U0924418

渡我

曲小蛐 著

上册

青岛出版社
QINGDAO PUBLISHING HOUSE

图书在版编目（CIP）数据

渡我/曲小蛐著.—青岛:青岛出版社,2021.9
ISBN 978-7-5552-7444-5

Ⅰ.①渡… Ⅱ.①曲… Ⅲ.①长篇小说－中国－当代 Ⅳ.①I247.5

中国版本图书馆CIP数据核字（2021）第131639号

书　　名　渡　我
作　　者　曲小蛐
出版发行　青岛出版社
社　　址　青岛市崂山区海尔路182号（266061）
本社网址　http://www.qdpub.com
邮购电话　18613853563　0532-68068091
责任编辑　郭红霞
校　　对　高玉莲
装帧设计　千　千
照　　排　梁　霞
印　　刷　三河市良远印务有限公司
出版日期　2021年9月第1版　2024年5月第4次印刷
开　　本　16开（710mm×980mm）
印　　张　37
字　　数　440千
书　　号　ISBN 978-7-5552-7444-5
定　　价　69.80元（全2册）
编校印装质量、盗版监督服务电话　4006532017　0532-68068050

我欲乘风去夜空摘一颗星星，

未承想他自银河飞下，奔我而来。

真正的温柔是世间宝藏，
是你从万米高空坠落，即将摔得粉身碎骨前，
唯一接住你的柔软的网，
是她唯一的网。

目录

上册

目录

下册

第一章　我有一个“鹅子”

盲枝养鹅日常

2020 年 5 月 30 日，星期六，天气晴

5 月只剩最后两天了，又是宝贝“鹅子”（儿子）没有任何消息和通告的一个月。

崽崽这么乖、这么帅，为什么没有人看到他？

成人的世界太残酷了，不过“鹅子”不要怕，妈妈会一直守护你！

PS（英文单词 postscript 的缩写，备注、补充的意思）：六一儿童节给宝贝“鹅子”的礼物准备好了，傍晚寄出，名单如下：

《夏日养生小须知》手账本 ×1

维生素 B、维生素 C、维生素 E 大礼盒 ×1

养生绿茶（清热解毒、生津止渴、防辐射、抗氧化，夏日必备，希望崽崽能乖乖按手写说明书喝。）×1

…………

“嗡嗡。”伏在书桌前认真记录的女孩抬头，柔滑长发落下窄肩，清秀安静的鹅蛋脸露了出来。她看向桌角的手机，一条信息进来。

顾念合上深褐色软本，但没等她把本子收进抽屉里放好，手机已经从信息提醒界面切成了来电界面——“林南天”的催命魔咒。

顾念叹了口气，把本子放到桌子左上角，拿起手机，声音轻得发懒：“喂？”

“你怎么还没到？”

顾念歪过头看了看：“不是还有半个小时吗？”

对面的人咬牙切齿：“这可是相亲，你当是卡点来上课？”

顾念趴到书桌上，侧脸被压起一点儿蔫蔫的弧度："知道了，这就来。"

写好的节日贺卡被顾念小心地摆在手账本的封盒上，她从衣柜里随便拎出一条碎花裙，换上就出了卧室门。

客厅里，同一个编剧小组的江晓晴和秦园园脑袋凑在一起，正聊得热闹。

"噫，顾念你要去相亲了吗？"江晓晴抬头问。

"嗯。傍晚要寄的——"

"知道啦，给你的宝贝'鹅子'寄的礼物嘛。那两个大盒子是吧？"

"还有书桌上的手账本和贺卡。"

"好、好。"

顾念放了心，垂着的眼皮总算撑起点儿精神，嘴角也翘起个小小的弧度。她走到玄关，坐到鞋凳上换鞋，刚换好一只，客厅里传来江晓晴咬牙切齿的声音："那我们让顾念判断！"

没几秒，两个女人冲到了她面前："顾念你说，是你的话，骆家那两个少爷你选哪个？"

顾念提着鞋，茫然地问："什么骆家？什么少爷？"

江晓晴呆滞地转头："连骆家都不知道，你是住在山顶洞吗？"

秦园园小声提醒："我前段时间跟你说过的，我写豪门剧本的时候会参考的那个K市豪门骆家。"

"哦，好像有点儿印象了。"顾念不在意地弯下腰，穿上另一只鞋，"他们怎么了？"

"啊，你真是！"

江晓晴坐到顾念的鞋凳旁："之前一直传他们兄弟阋墙，结果是兄弟俩都不想继承家业，正在暗地里斗智！"

"所以？"

对着顾念一副"关我啥事"的惫懒模样，江晓晴挫败地抹脸，丧气道："我和园园在谁能赢的问题上发生了分歧，你给我们做一下裁判。"

顾念转向秦园园。

秦园园："我选小少爷骆湛，K大少年班天才，AI（人工智能）领域新锐，而且帅。"

江晓晴表情坚毅地说："我选那位神秘的骆家大少爷。神秘是一个男人最大的魅力！"

江晓晴正经不过三秒，闹腾着滚进顾念怀里："那群媒体还没见过大少爷的庐山真面目，但是他能在骆家坐稳长孙的位置，怎么可能普通得了？！越神秘越牛，剧本里都是这么写的！"

秦园园打击她道："你剧本看多了。"

"哼！骆家老爷子都说过，说他有城府！"

"原话是说他生性凉薄、心思深沉、无欲无求，这不算好评价。"

“不管！”

顾念在两人争执的背景音里不为所动，穿好鞋起身，随口道：“真无欲无求，那不该出家吗？”

“咦，你怎么知道？”

顾念回眸。

江晓晴哭丧着脸道：“他们也说大少爷不恋江山不爱美人，就是一心出家。”

顾念拍了拍她的肩膀：“节哀。”

顾念转身就要走，却被江晓晴拉住了：“等等，你还没说你支持谁呢！”

“嗯……”顾念思考了一下，“我支持骆修。”

江晓晴蒙了：“骆修又是谁？”

顾念一直表情淡淡的脸上浮起老母亲的悲伤：“同姓不同命，是我那个可怜的宝贝‘鹅子’。”

江晓晴这才想起来：“啊，就那个连百度百科都没有介绍的180线……”

顾念对她进行死亡凝视。

江晓晴惊觉自己踩到了顾念的雷区，连忙捂住嘴巴。

顾念也知道江晓晴说的是事实，精神蔫了，没什么表情地往外走：“我去相亲了，给我‘鹅子’的礼物别忘了寄。”

“保证完成任务！”

顾念出门后不久，快递员就上门来取件了。

在秤上过完重量后，邮递员按着两个养生品大盒子：“就这些了是吗？”

“对……等等，”江晓晴一拍脑门，“差点儿把本子和贺卡忘了。”

她连忙转身跑去顾念的卧室，刚迈进门，就先看见了掉在地上的贺卡。

她弯腰捡起：“咦，被风吹下来了吗？那本子……”她的视线在桌面上扫过，落到左上角深褐色的软包本上。

江晓晴眼睛一亮，拿起本子，很有信心地拍了拍。

“一定就是你了！”

夏天的晴好像总不过三秒。

大片的乌云不知道什么时候悄然爬到城市的上空，顾念这边刚坐上车，外面就噼里啪啦地下起雨来。

雨滴落到地面，溅开圆形的湿痕，车窗外被染成一片雾蒙蒙的光怪陆离的世界。

车里的广播不知道调在哪个频道，有个低得有些哀伤的女声在清唱。

顾念困得厉害，靠在车窗上，那些歌词就从她的左耳钻进去，又从右耳跑出来。

借我一叶轻舟，渡我去彼岸。

红尘如梦，爱恨皆负，千年不过一场蹉跎。

…………

青灯下，古佛说。

终是一场空了。

歌曲收在尾音，司机姐姐似乎听得意犹未尽，主动跟顾念搭话："小姑娘，你听过这首歌吗？"

顾念压下个哈欠，睁开惺忪的睡眼："听过。"

"也是啊，《渡我》毕竟是前两年的网络金曲之首，恐怕没人没听过。"

"嗯。"

"我当初就最喜欢这首歌。它的作者和原唱是叫'盲枝'吧？听说这首歌火遍大江南北的时候，作者还不到二十岁，你说她后来怎么就退圈了呢？"

忍到最后还是没忍住，顾念泪眼蒙眬地打了个大大的哈欠，随口接道："可能出什么事了吧。"

司机愣了下，皱眉道："你这小姑娘说话真是，怎么叫出事了？盲枝有名气，有才华，肯定只是换了个名，在别的地方大红大紫呢！"

不。

她还有可能是个名不见经传、日常赶剧本赶到凌晨4点的悲惨小编剧。

顾念接着咽下一个哈欠，顺便把这个残酷的事实咽了回去。

出租车把她送到星月酒店。下车后，顾念撑开包里备着的伞，踩着方砖上一个又一个的小水洼，朝酒店门廊走去。

她在门廊收起伞时，外面的雨也基本停了。

对着这片仿佛就是想跟她开个玩笑的天，顾念木着脸抬了抬头，没表情地问：

"你是想劝我别来是吗？

"你以为我想来？

"母命难违你懂吗？

"算了，你没有妈妈你不懂。

"说到妈妈，希望宝贝'鹅子'今天出门记得带伞。"

在旁边帅哥安保人员"长得这么漂亮可惜脑子坏了"的遗憾眼神里，顾念认命地转身进了酒店。

她的闺密兼母亲钦定的相亲形象大使林南天，此刻正等在大堂的沙发区，表情肃穆地刷手机。

顾念走近了，从后面趴过去："看什么？"

林南天被吓了一跳，但没顾得上责怪顾念，伸手把人钩过来："你们编剧小组前段时间赶的那个剧本，是不是叫《有妖》？"

"嗯。"

"那这个抢了你们的剧本的狗屁美女编剧'青灯下'又是谁？"

顾念靠过去一看，林南天的手机屏幕上是一则与娱乐圈八卦相关的新闻，标题立得很是吸睛：

“疑似盲枝大大，新晋美女编剧卓亦萱（现笔名‘青灯下’）带着她的新剧《有妖》杀回来啦！”

顾念表情高深地对着标题的开头，很快就恢复到来时没睡醒的模样。她靠进沙发里：“好像是《有妖》导演组钦定的挂名编剧。”

“那不是你们的剧本吗？”

“我们这种没名气、没背景的小编剧，能拿到剧集的全款就不错了，不指望冠名。”

“可你们写出来的剧本，凭什么归给她？”

“凭人家背靠大树好乘凉？”顾念打了个哈欠，“还有‘疑似盲枝’的标签在，总有人想捧。”

“她？她是个屁的盲枝！就凭她笔名‘青灯下’合了《渡我》最后一句歌词？蹭热度的心还能再明显点儿吗？？”

“粉丝都信了。”

“信了的都是假粉！”

义愤填膺的林南天几乎要把她七八厘米的高跟鞋鞋根踩进地瓷缝里了。某个间隙，她用余光瞄到懒懒地窝在沙发里的顾念，火气“噌”的一下蹿了起来。

林南天扑过去，按住顾念的肩：“你给我老实交代，那个写《渡我》的盲枝是不是就是你——？”

“啊。”顾念突然睁眼。

林南天受惊：“怎么了？”

“再不上楼，”顾念指向大堂落地钟，无辜地看向林南天，“相亲就真的要迟到了。”

“差点儿把正事忘了！”

林南天一秒从沙发上弹起身，拎住在她转身后立刻蔫回去的顾念，奔向电梯间。

星月酒店 26 层，西餐厅。

一看这窗明几净、穿燕尾服的男侍应生比客人都多的场面，顾念就知道又让林南天破费了。

但林南天不在乎，豪迈地摆了摆手：“没事，我家是暴发户啊。”

林南天这气质从小稳到大，上学时全班男生一尿了就管她叫哥。

顾念不，尿了一般喊爸爸。

精神上的“父女俩”在侍应生的指引下，到餐厅靠窗的一桌落座。

林南天皱眉道：“人呢？”

侍应生弯腰回道：“那位先生去洗手间了。”

林南天松了眉头：“好吧。”

餐厅里客人不多，她们所在的隔断空间里，只有身后那桌是有人的。

隔着几米，薄薄的纱幔松散地垂着，两个男人并肩而坐的身影隐约可见。偏偏他们对面没有人，这就使得那场面格外诡异。

观察周围的一切是顾念作为编剧的职业习惯，这次也不例外。

唯一例外的是，这一次看着看着顾念就有点儿迷惑了。那双垂着的眼角一点点抬起来，小鹿眼也慢慢变得活泛。

到某一秒，顾念像喝饱了雨水的树叶子，抖着灵动劲儿转回来，兴奋地问林南天："我看后面那个人的背影，怎么那么像我的宝贝'鹅子'。我们先过去看看？"

林南天头都没回，一把摁住这个提起"鹅子"就像打开电源开关的人："你想'鹅子'想出幻觉了？"

顾念严肃地道："真的很像。"

林南天："如果你'鹅子'能在这儿吃饭，那他还会是个穷困潦倒的180线小艺人？"

顾念惊醒。

林南天说得太有道理了，呜呜呜。

星月酒店的西餐怎么样顾念不知道，但勺子擦得是真亮，银色流光从手柄淌下，流进勺身，汇成一汪浅影，光可鉴人——不但能"鉴"到自己，隔上两三米，身后的人影也一样"鉴"得到。

林南天铺好餐巾，抬头就见顾念正聚精会神地盯着那把汤勺。

林南天嫌弃地撇嘴："就这打了十层马赛克似的影子，你能看出什么来？"

顾念："轮廓。"

林南天："轮廓？除了高矮胖瘦，不是差不多？"

"差很多。肩腰臀腿的比例非常重要，多或者少都不可以。"顾念纠正道。

林南天打趣她："肩腰臀腿？小瞧你了啊，女流氓。你搞这么严苛，还能有符合你的审美标准的人吗？"

顾念骄傲地抬头："我目测过，我的'鹅子'就非常完美——行走的大卫雕像。"

"大卫？就佛罗伦萨美术学院里'遛鸟'那个？"

顾念木着脸转过头，和林南天对视。

空气沉寂了数秒。

顾念："你侮辱艺术没关系，但不能侮辱我'鹅子'。"

林南天失笑："行、行，我错了，但我不信你'鹅子'能有大卫的身材。"

顾念："真的！"

林南天："那就是太丑了。"

顾念："崽、崽、特、别、帅！"

林南天嫌弃地掰着手指："身材特别好，长得还特别帅……他真具备这两个条件早就火了，怎么会是个连百度百科和网传照片都没有的180线明星？"

“我也想知道。”

顾念被点中死穴，沉浸在老母亲的悲哀里。

她没来得及悲哀太久，相亲对象回来了。

来人身高一米八左右，穿蓝色休闲西服，头发烫成亚麻色的微卷，还生了双顾盼生姿的桃花眼。

顾念兴致寥寥——她对除了她“鹅子”的男性的兴趣，还不如对窗外飞过去的那只鸟大。

林南天作为相亲形象大使倒是尽职尽责，趁对方驻足和侍应生交谈，回头嘀咕道：“这次的介绍人太谦虚了，这长相不属于一般范畴吧？”

“嗯。”

“难道是他长得太帅，所以让我觉得他笑起来有点儿轻浮？”

“是吧。”

顾念心不在焉地敷衍完两句，发现身边没声音了，心里一飘，立刻收敛游弋的心魂，安静地转回视线，对上了林南天死盯着她的眼。

顾念扬起嘴角，露出小仙女般的微笑：“有什么问题吗？”

林南天面无表情地捏手指：“你要是再敢敷衍这场相亲，那我可要找人对付你家小艺人了。”

顾念握住林南天的手，情真意切地道：“我配合，一定配合。”

林南天这才满意地点头。

为了宝贝“鹅子”不被祸害，顾念转回身，开启自我催眠功能：贤淑，端庄，优雅；贤淑，端庄，优雅；贤淑……

等顾念进入角色，带着温婉笑意抬眸时，生了双桃花眼的相亲对象正巧在她对面坐下来。

双方会谈开始。

“桃花眼”自称Josh，作为海归友人，也没能免俗，坐下后开了几句留学地的玩笑，然后漫不经心地抛出问题：“顾小姐现在的职业是……？”

顾念低眉顺眼，十分温柔地道：“编剧。”

“哦？”

Josh愣了下，下意识地看向顾念身后。

等察觉自己失态，他微微眯起桃花眼，笑里多了点儿玩世不恭：“抱歉，想起我的一位朋友，走神了。”

顾念：“没关系。您的朋友也是编剧吗？”

“他？他不是，”Josh似乎真心愉悦，眼角泛起点儿笑纹，“他只是被迫……进了影视圈。”

“这样。”

晚餐吃过半小时，桌上的话题按相亲节奏就该进入“险境”了。

果然，Josh 将擦完嘴角的餐巾叠好放回后，第一句话就是笑里藏刀：“顾小姐，据我了解编剧行业在国内似乎不太好做？”

顾念温柔地笑道：“您说得对。”

Josh：“那顾小姐是想在这条路上走到哪一步？”

“既然站上跑道，应该没人不想拿第一。”

这句话的错位感让 Josh 怔了怔。

来不及反应，他就听女孩轻叹了声，乌黑的小鹿眼温柔无害，好像那一秒的凌厉只是他的错觉。

顾念：“这话谁说的？我就不想，只是没办法，总要做点儿事情养活自己。”

Josh 回神，挑了挑眉：“这样说来，顾小姐不介意在婚后辞职做一位全职主妇？”

顾念手里的甜品匙停下。

一两秒后，女孩抬头，淡红色的猫咪唇上沾了点儿奶油，笑得也像个纯真的孩子：“当然，我比较内向，梦想就是在家里相夫教子。”

Josh 微笑着道：“那看来在这方面我和顾小姐很能达成共识。”

顾念微笑不语。

这一来一往成功给了林南天“两人相谈甚欢”的错觉，她在桌下轻碰了碰顾念的腿，随即起身道：“抱歉，我去一下洗手间。”

“小姐请便。”Josh 点头。

林南天趁着转身朝顾念握拳，同时做口型：拿下他！

顾念回了个乖顺听话的仙女微笑：“地瓷有点儿滑，你小心点儿哦。”

“嗯。”

林南天心满意足地走了。

目送林南天进入盲区后，顾小淑女收回视线，然后一秒抽离角色。

再转回来，顾念手撑着脸颊，声音已经困得发懒，蔫得没精打采：“看得出来 Josh 先生也不太想来这次相亲，在这方面我们确实能达成共识。”

Josh 感到有些意外，停下了刀叉。

确定之前听到的话不是错觉，他忍住笑问：“顾小姐的意思是，我们这就结束了？这实在有点儿突然，总该有个理由吧？”

顾念：“我配不上您。我只是一个底层小编剧，穷到喝风，饿到要饭，平常从来不进这种餐厅，相亲饭都要靠我朋友做慈善。”

Josh：“顾小姐玩笑了。”

顾念：“我认真的。”

Josh：“可我对顾小姐很满意。”

顾念僵了下，回眸：你认真的？

林南天刚进洗手间，就发现自己把手机落在桌上了。

21世纪，手机是本体，梦里都得带着。

她只得往回走。

转进就餐区，林南天落向自己桌子那边的目光却被一层纱幔挡住了。

她这才想起身后有桌客人，顾念还说其中一个像其喜欢的那个180线小艺人。

林南天随意地朝那桌落下视线，然后视线就没能收回来——窗边椅子上坐了个男人。

男人身着金色淡条纹衬衫，领口微敞，肩线修直，袖子被挽至七分，微褶的袖口下延展出流畅如艺术品的手。

在这样一间人人谨守礼节拿捏分寸的高档餐厅里，唯独他坐得随意：半靠在椅中，侧望着窗外，一条腿压着另一条，又懒懒地搭上一截手腕。

望着别人流连的景色，他像在自家书房里寡然无味地看后花园，贵气天成。

单单一个背影，她那些附庸风雅的暴发户亲戚一辈子也学不来。

林南天回过神，撇撇嘴想笑，可惜那人似乎察觉了她，侧身望回来。

两人四目相对，林南天不自觉地屏住了呼吸。

那人的侧影是沐在光里的，黑色的发有几分凌乱的美感，鼻梁高挺，一副细细的圆框金丝镜随意地架着，单边垂落一条细细的金链。

金链衬得那人肤色更白，白得在暖光下透着种冷感，五官美得更甚，也更冷淡。

如果说第一眼是沉迷，那对视后林南天就会清醒：镜片后的眸子是温和的，但又从那温和里透出几分极端的冷漠疏离。

男人温和的假象下，是拒人于千里之外，不容狎近。

但他此刻好像又……在笑？

林南天蒙了下。

没等她细思原因，就听见不知为何停了音乐的餐厅里，一个熟悉的、困得发懒的女孩子声音，清晰地从那人身后的纱幔里传了出来：

"我要是说了这么多，Josh先生您还不想放弃……"

Josh忍笑道："那你就放弃？"

顾念："不，我还有最后一件事没说。"

Josh："什么事？"

顾念："其实我有个儿子。"

顾念："怀胎两年了。"

顾念："你能接受他吗？"

金链轻晃了下，镜片上流过一点淡淡的光。

那人侧开脸，笑意更显。

顾念被林南天的魔爪残酷地拎出酒店，并泡了一路的冷冻低气压，才回到住处。

两人从小认识，林南天一直罩着外表比同龄人细弱得多的顾念。

林南天坚信，如果不是高二时家里突然迈入暴发户行列并搬去另一座城市，那她肯定会和顾念考上同一所大学，就不会有顾念原因不明地肄业以及至今母胎单身二十二年的事。

想起来林南天都气——

就顾念那小鹿眼、细鼻、猫咪唇，天生一张清纯美人脸的模样，但凡她肯开一点点窍，何至于沦落至此？

带着怒意的林南天拉过椅子，大马金刀地往上一坐，黑脸包公的气场就出来了。

“给我个理由。”

顾念觉得自己今天要是不说出个让林南天满意的原因，狗头铡可能就得拉上来。

她立刻眼神乖顺地道：“我是考虑双方角度才那样说的。”

林南天：“哪个双方？”

顾念：“一方是Josh，他自己连本名都没说，显然是不想跟我有任何瓜葛，所以我就想善解人意地给他一个合理的借口。”

林南天沉默了会儿，问道：“那另一方呢？”

顾念：“我自己。”

顾念掏出手机，打开日历伸到林南天面前：“下周一，也就是后天，我们就得去外地拍摄了。我是真的没时间谈恋爱。”

听着顾念的话，林南天定睛看去，顾念手机日历的备注上果然记录着“跟组《有妖》”的字样。

林南天看完皱眉道：“你们不是在家里写剧本就行了？尤其那个破挂名权都给那个什么卓亦萱了，怎么还要你们跟组？”

顾念：“导演组那边突然来的要求，我们没话语权。”

林南天：“剧本才交了多久？第一次见这么全年无休的……以你的成绩做什么不好，你干吗要选这么个破工作？”

顾念谦虚地摆手：“我哪有成绩。”

林南天：“你还没有？你当年可是我们市的文科高考状元，高出录取线那么多分进的大学，然后风风光光——”

顾念：“地退学了。”

顾念接话完全是因为顺口，接完才想起这是林南天的雷区。

她立刻补救：“还好我现在做的是我喜欢的工作，虽然钱少事多活累，但是幸福而充实。”

林南天摆出死鱼眼来瞪着她。

顾念无辜地回视。

林南天：“幸福而充实？”

顾念：“嗯！”

林南天：“那好，我就问你一个问题。”

顾念："你问。"

林南天："两年前火遍全网的那首《渡我》，叫盲枝的那个作者是不是你？"

顾念眼都没眨地道："不是。网上不是说了，是那个笔名叫'青灯下'的美女编剧卓亦萱吗？"

林南天死死盯着她，眼神凶狠："你从初中开始就用'盲枝'作为笔名，你当我是金鱼脑吗？"

顾念表情无辜地说："巧合。"

林南天："你敢发毒誓？"

顾念："那有什么不敢的？"

林南天："好，今天你要是说了一句假话，就让你喜欢的那个叫什么骆修的小明星这辈子都火不起来——"

顾念差点儿滑跪过去。

她伸手握住林南天的手，语气诚恳地说："别，祸不及子孙。"

林南天气卒。

"顾念，我傍晚给你把快递寄走了，这是寄件——"

卧室房门被推开，进来的江晓晴停住，视线在顾念深情握着林南天手的手上停了数秒，小心翼翼地问："我进来的时机是不是不太对？"

"去。"

顾念玩笑着接过单子，放在桌上。就在要转回身的那一秒，身影却突然停住了。

"晓晴。"

"啊？"

"你确定你帮我寄走了？"

"对啊，寄件单不是都给你了吗？"

"可你要是寄走了……"顾念拿起书桌右边的手账本封盒，回身问，"这是什么？"

江晓晴呆了下，问道："你说的本子，原来是这个盒子吗？"

顾念僵住："那你寄走了什么？"

江晓晴表情无辜地慢慢指向书桌左边："那里不是放了个还蛮好看的缠线软包本？"

顾念回眸，桌角已经空了。

想起自己忘记放回抽屉的本子，顾念的表情如遭雷劈。

林南天旁观全程，等顾念把江晓晴打发走后，问："那儿原本放的是什么？"

顾念气若游丝地道："我的随笔。"

顾念转回头："全名叫《盲枝养鹅日常》。"

目送自己的相亲对象被她的同行朋友"打包"带走后，乔西，也就是Josh，坦然起身，绕过对面的纱幔，停在临窗的桌旁。

窗外高楼林立，万家灯火辉映在薄薄的镜片上，戴着金丝镜的男人听见脚步声，倚在椅中抬眸，有深褐色瞳孔的眼睛像某种质地绝佳的宝石，在镜片后微微闪动。

一点儿浅淡笑意，伴随金链的晃动，半真半假地被噙在唇边。

“结束了？”那人随意地问。

乔西拉开对面的椅子：“后半程音乐停了，你应该全听见了吧？”

“只有最后几句。”

“那还不够？”乔西说，“我还是第一次被女孩这样嫌弃。怀胎两年这种理由都编得出来，啧。”

骆修笑了笑，没说话。

乔西示意了下骆修身旁的空位：“安亦人呢？”

“道观里来电话，他去接了。”

“他们道士还用手机呢？”

“我们道士怎么就不能用手机了？”有人接话，声音从乔西身后的方向传来。

乔西回头。

走过来的人穿了一套宽松得让人难以分辨款式的衣裤，头顶有个像是随手簪起来的道士髻。

安亦坐下来：“你相亲结束了？”

“今日告败。”

“活该，让你回国见面，约上骆修和我还不够，还得搭一局相亲。”

“相亲是我外婆的意思，我敢不从吗？”乔西嫌弃地扫视两人，“谁像你们，一个从小在道观里长大，另一个时刻准备去观里出家……”

乔西说着，目光飘到骆修身上，表情里有着藏不住的幸灾乐祸：“骆大少爷的出家计划被耽搁了吧？听说你和骆湛的赌约都快结束了，结果又冒出新的变故？”

骆修没说话，转回来似笑非笑地望着他。

乔西正被那眼神瞧得背后发凉，就听安亦嘲笑道：“闲的你，没事招惹他干吗？”

乔西摸了摸胳膊：“我也后悔……不过到底怎么回事？我在国外消息不灵通，就听说是骆湛给他下了一个绊子。”

“他和骆湛打的赌不是谁露谁输嘛。”安亦也笑起来，“咱骆大少爷低调一年多，眼看剩最后两个月就能功成身退，骆湛跟他玩了招暗度陈仓，把他塞进一个外地的小剧组里了。”

乔西：“哦哟。”

尽管骆修依旧是那副温雅笑着的神情，但乔西还是从镜片后的褐色眸子里品出一点儿幽暗之色。

这也就基本验证了安亦的话。

乔西探身，低声问：“真被他阴了？”

骆修语气不疾不徐，淡定得像是在说别人的事情：“我知道的时候，资料已经进组了。”

乔西：“所以没余地了？”

骆修：“有。”

乔西：“嗯？”

骆修：“灭了全剧组人的口。”

对着这个从小就腹黑的主儿，乔西一时竟然分辨不出他是认真的还是在开玩笑。

安亦在旁边乐：“你在国外待傻了吧？我们这可是法治社会，你愣什么呢？”

乔西幽幽地回神：“我是相信你旁边这个人的魔鬼程度。别人不行，他说不定就有什么心思和手段能做到呢？”

安亦笑：“也对。”

“不过，进外地剧组？”乔西回头，“我刚回国你就得走？”

“嗯。”

“哪个剧组？”

“Z市，《有妖》。”

“《有妖》？”乔西惊讶地道，“那不是卓亦萱的新剧吗？骆湛这一手还真是把你往虎口里送啊！”

安亦问：“卓亦萱是谁？”

骆修没抬眼皮，修长的手指轻晃着桌上的红酒杯：“不认识。”

乔西失笑道：“那可是卓家的掌上明珠，是个大美人不说，还自带几亿的陪嫁，早几年上学那会儿就对骆修一见钟情，追了好久。骆修，你这句不认识也说得太没人性了吧？”

红酒杯停下，艳红如血的酒浆挂在杯壁，留下山峦似的浅影。

灯下，骆修回忆完，懒懒地抬起眼，眼神透着凉薄：“抱歉，确实没印象。”

他这什么都不在意的语气，别人是听不出半分歉意的。

“啧，真冷漠。”乔西靠到桌边，打趣道，“按照现下流行的套路，等你们再在剧组里遇见，就该你爱上她，然后‘追妻火葬场’了。”

大致理解了那个陌生的词后，骆修轻勾嘴角，视线落到窗外，眼镜的金链垂在镜片旁边微闪了下光。

骆修神情漠然，连嘲弄或反驳的话都懒得说。

乔西偏题地道：“卓亦萱是编剧，我今天的相亲对象也是编剧，这样说起来这个行业是不是盛产美人？”

安亦：“你的相亲对象很漂亮？”

“对啊，白白净净的，眼睛、鼻子、嘴巴都好看，说话特轻，还有种说不上来的撩人劲儿。”乔西随口说了一句，“骆修也听着了。”

“很有趣。”

乔西点头：“你看，连骆修都这么……说？”

乔西茫然地回头，看向望着窗外的男人："刚刚那话是你说的？"

"嗯。"

"你……竟然还会夸女人？"

"和性别无关。"骆修收回目光，神色淡淡地说，"确实有趣。"

乔西警觉地道："你不会第一次动凡心，就是朝着我的相亲对象去的吧？"

骆修微怔，须臾后淡淡一笑，转向窗外："和性更无关。"

乔西："真没觊觎？"

"我从来不夺人所爱。"

乔西笑了："不至于、不至于。你的话，我放心。"

偏题回来，乔西想起重点："你什么时候出发去剧组那边？"

"下周一。"

"后天，这么赶？今天我还得回去看望我外婆——这样，明晚吧，找家酒吧我俩给你饯行。"

乔西的话音刚落，安亦泼了冷水："我们全真道士五荤三厌，跟那群和尚差不多，不能喝酒。"

乔西："是不是兄弟？"

安亦："是爹也没用。"

乔西："那就骆修和我喝酒，你喝果汁。"

安亦："他想去我们道观出家，也不能喝。"

乔西："滚、滚、滚，你别去了！没见你这么烦的道士！"

安亦和乔西从前就这样，碰一起没说几句话就要闹翻。骆修从来就不管，就算他俩的牙磕对方的脑门上了，也跟他无关。

好在安亦的道观不仅有五荤三厌，还有千百条的戒律，折腾不久，他就被师父一通电话拎回去了。

乔西还没消气："难怪他师父给他的道号叫'持寡'——持重寡辞，不就是叫他稳重点儿少叨叨？他这可差太多了！"

乔西没等到回应，回头看向窗边的男人。沉默几秒后，他皱眉问："你真铁了心，赌约结束就去出家？"

骆修收回视线："嗯。"

"为什么？"

骆修想了想，随意一笑："没意思。"

"什么叫没意思？"乔西无力，"美人、美酒、香车宝马、纸醉金迷的生活，别人争得头破血流的东西，哪个对你而言不是唾手可得？哪个没意思？"

骆修抬眸，望向窗外的城市夜空，金链在他的颈旁轻晃了晃，他笑了起来。而镜片后，那双褐色眸子却又显得十分冷漠。

"全部啊。"骆修回答得斩钉截铁。

顾念做了一晚上噩梦，然后被她老妈顾媛的电话吵醒。

顾媛在顾念幼时离婚，所以顾念跟着她这个户主姓。户主大人今年芳龄五十一，自从退休后，每天最操心的事除了麻将，就是她这个独女的恋爱交友情况。

昨晚顾媛陪老朋友们通宵“堆长城”，赢了半晚上很兴奋，所以看见林南天关于顾念相亲再次失败的小报告后都没发火，苦口婆心地劝顾念：

“念儿啊，妈相信你，虽然你爸是垃圾，但你一定能找着个好老公。”

“嗯嗯。”顾念一边鼓着脸颊刷牙，一边蔫蔫地回应。

“妈的婚姻是失败的，但我这儿有三条经验，一定要传授给你。”

“嗯？”

“一不要太帅的，二不要太有钱的，三不要城府太深的——这三条，男人有哪一条都是祸害，不能往家里带。”

“咕噜咕噜咕噜。”顾念漱了口，好奇地问：“那如果三条都有会怎么样？”

顾媛沉默。

顾念等着。

顾念等了半晌，顾媛终于开口：“都快中午了，你怎么还没睡醒？”

这就是亲妈了。

又听顾媛老生常谈了十分钟，通话终于结束，顾念坐在床边开始沉思昨晚的噩梦。

前面她都忘了，只记得最后噩梦的结局，她好像拽着一个长了翅膀的、有一人那么高的本子呜呜地哭，一边哭还一边解释：“‘鹅子’你不要走，你相信妈妈，妈妈不是变态，妈妈是真的爱你的，呜呜呜……”

顾念沉默着把自己埋进被子里，试图憋死自己，直到房门被敲响。

“进。”顾念回头。

江晓晴小心翼翼地扒在门口：“你醒了啊？”

“嗯。”

江晓晴进来：“昨天给你寄错东西的事情，抱歉啊，我真不是故意的。”

“我知道，没关系。”顾念坐起身，“本来就是我麻烦你帮忙，而且寄错也没事。”

“啊？真的没事吗？”

“嗯，”顾念心头滴血，强颜欢笑道，“真的。”

江晓晴立刻松了口气：“那就好，那就好，我刚刚看你好像很沮丧，还以为是因为这件事呢。那你在烦别的什么事吗？”

顾念眨了眨眼：“是……嗯，我妈催我相亲。”

“相亲？”江晓晴眼睛一亮，“刚好我今晚要和网上认识的朋友见面，他约我去酒吧，还会带几个他的朋友——干脆你和我一起去吧？”

顾念婉拒：“我们不是明天就该出发去《有妖》剧组了吗？今晚我还得收拾

行李。”

“明天下午才走呢，而且听说剧组那边好偏僻的，我们更该趁走之前好好玩一晚上了！”

“我怕吵，还是不去了。”

“啊，那好吧。”

江晓晴遗憾地点头。

见江晓晴准备离开，顾念犹豫了一下，问：“你今晚是一个人去吗？”

“是呀。”

“你刚刚说的朋友，是网上认识的？”

“对啊。”

对方理直气壮的回答让顾念放下心来，然后她弯眼一笑道：“有任何事记得给我打电话。”

江晓晴笑：“OK（好），OK，你说过很多次啦，你的号码我一直存在快捷拨号里的。而且放心吧，我朋友人很好，不会有问题的！”

顾念点头：“那你好好玩。”

“嗯！”

江晓晴非常开心地“滚蛋”了。

当晚江晓晴就身体力行地验证了“墨菲定律”的存在。

晚上九点一刻，顾念洗漱完毕，准备为明天的早起尽快入睡——在这个想法冒出不久后，她的手机振动起来，来电显示：江晓晴。

顾念心里咯噔了一下。

电话刚接通，带着哭腔的声音就传了出来：“顾……顾念，我这边发生了点儿情况，你能不能……能不能过来一趟？”

在江晓晴断断续续的讲述下，顾念捋清了事情的来龙去脉。

显然，江晓晴在网上认识的这位朋友并不是她说的那样“人很好”。对方和江晓晴约在酒吧见面，相谈甚欢的时候，一个女生带着她的两个朋友突然出现，凶神恶煞地揪着江晓晴骂“小三”，说她勾引自己的男朋友——江晓晴在网上认识的那名“单身好人”。

江晓晴虽然痴迷帅哥，但一贯有贼心没贼胆，吓得躲进厕所，在对方的捶门声里带着哭腔给顾念打来了求救电话。

听完全程，顾念叹气：“我到之前，你不要出去。”

“好、好，我不敢出去。”江晓晴吓得六神无主，颤着声音答应了。

顾念挂断电话，翻下床跑到衣柜前，刚准备拿她的牛仔裤，就看见了衣柜旁的等身镜。

镜子里的女孩穿着刚过大腿根的宽松白T恤，鸦羽似的黑发垂下，干净的瓜子脸上是一双无害的鹿眼，还有细挺的鼻梁和猫咪唇，全身上下都能体现一句话：攻击力等于0。

没时间犹豫，顾念捏住牛仔裤的指尖松开，手伸向了衣柜背光的角落里。

K市西区，QUEEN酒吧。

这是K市最大的酒吧，狂欢的不夜城，每天晚上都是灯火喧嚣，巨大的音乐声肆无忌惮地炮轰着每一个客人的耳膜和感觉神经。

卡座区在酒吧的边缘。这边的每一桌都被沙发环绕，像个小型包间，私密性更好，也相对安静——只是“相对”。

骆修倚在沙发里，徐徐抬眼看向挡住自己视野的这位女性。

女人穿着紧身棉T恤，身前“波涛汹涌”。她毫不介意，手压着膝盖朝坐着的男人俯身，胸前的衣服几乎贴到对方身上去。

她大概刚从舞池回来，面色带着介于醉意和运动之间的红，声音里有藏不住的兴奋之意：“帅哥，你是一个人来的吗？”

刺鼻的香气袭来，浓烈得让人窒息。

骆修神色未变，没有避让，嘴角存的那点儿笑意都不见淡下来，只镜片下的眼眸漠然微垂：“不是。”

“那你的朋友呢？怎么不见他们和你一起啊？”

女人说着话已经在沙发上坐下来。她借着交谈贴近，貌似无意地让自己的胸部从男人的手臂旁擦过去。

她痴迷地看着男人的侧颜，酒吧里昏暗暧昧的光，将他从额头到鼻梁再到下颌的线条映得清俊绝美。过来之前她已经和自己的姐妹观察半晚，在细致讨论了一番这样的男人有多极品后，她就和姐妹打赌，今晚无论如何都要认识这个男人。

搭讪和靠近都没有被拒绝，在她看来这就已经成功99%了。

所以即便接下来没有收到回复，女人还是更近一步，柔软的身体几乎完全贴上男人的手臂，声音放软放轻：“看来你的朋友暂时不在呢，不如我请你喝一杯吧？”

女人的红唇差一点儿就要贴上男人隔着衬衣的锁骨。

“不了。”

女人一僵，抬起头来。

眼镜的金链轻轻晃动，男人带着一丝未变的笑意侧过脸，微微垂首望着她，神色温柔而冰冷：“我有洁癖，嫌脏。”

女人脸色陡变。

“而且，”男人垂眸，扫过女人紧贴在他的手臂外侧的软胸，冷漠地抬眼，“我对女人没有欲望。”

陌生女子怒甩出“去死吧”这样的狠话，搭讪惨烈收场。

旁观半程的乔西叹着气过来，把寄存在酒吧的路易十三搁到桌上：“暴殄天物，还连累我的名声。”

骆修冷淡地扫他一眼：“你是亲自去法国取的酒？”

乔西失笑道：“我还以为你没脾气呢，怎么，重度洁癖症被侵犯到了？你说你，自己长得好看被搭讪，总不能怪我拿酒拿慢了吧？”

“不过我刚刚路过散台，确实遇见了特别有意思的事情，所以耽搁了。”

乔西不指望骆修会好奇，压根没等对方问，就一边倒酒一边笑着指向身后：“刚刚那边几个女的闹一男一女，说女孩勾引别人的男朋友，那女孩正孤立无援的时候，她的一个朋友带着三个男的来了——喏，就那个。”

骆修随意地抬眸，顺着乔西指的方向看过去。

酒吧里灯光昏暗，虽然散台到卡座距离不远，但骆修仍只能模糊地分辨出一道身影。

乔西笑道：“我路过时看见的，刚来的那姑娘可太绝了，铆钉服、哥特金属妆、机车鞋、高吊长直黑马尾——要多酷有多酷，刚刚散台那边的男士们都快挪不开眼了。”

骆修不在意地收回视线。

卡着 DJ（唱片骑师）换盘的间隙，散台那边争执的声音传来——

“那她也是抢了我的男朋友，不知情就能算了吗？她得给……给我补偿！”

“没错……你别仗着你带三个男的来，就以为我们怕你了！”

“对，必须有补偿。”

几句明显没什么底气的帮腔话完结后，有个冷淡的女孩子声音响起来。

“抢了你的男朋友？”女孩冷笑，语气凌厉，“那垃圾还是你的，分类回收会不会？还要我教你？”

“可……可她今晚和我的男朋友聊了那么久，总不能白聊！”

“好啊，不白聊，补偿你。”

穿着铆钉服的女孩侧身，让出三个男人的身影：“这三位是我的前男友、前前男友，还有前前前男友，聊哪位，几分钟，你挑。”

“你！”另一个女孩憋气之后，把最熟悉的狠话撂下，“你给我等着！”

凌乱的脚步声消失后，那边的骚乱总算结束了。

乔西呷了口酒，转回来笑着搁下杯子：“带三个前男友来这儿帮朋友，跟你正相反，整个一女中豪杰、人生玩家啊，牛吧？”

骆修不语。

而就在下一秒，“受害者”从吧台那边飞身扑向穿着铆钉服的酷女孩，声音带着哭腔地说道：“呜呜呜呜……顾念！你就是我的救星，我爱你！”

卡座里，骆修顿住。

乔西也僵住了拿杯子的手。

几秒后，乔西：“顾什么？”

骆修抬了抬眼，淡淡地答：“念。”

乔西：“我昨儿遇见的那个小仙女似的相亲对象，叫什么来着？”

骆修的视线落向散台。那里已经恢复原本的散乱，人影幢幢，女孩已不见去向。

骆修垂眼，轻笑了声，修长的手指随意一抬，杯里的酒被他一饮而尽——“顾念。”

“阿嚏！”

顾念鼻尖前的纸巾被吹得掀起一角。

江晓晴从后排的车座探头过来，紧张地问：“你没事吧，顾念？是不是感冒了？”

“没事，可能昨晚受凉了。”

“我带感冒药了，我去给你找！”

“不用——”

“用”字没说完，江晓晴已经坐回去翻找起来了。

顾念只得把话咽回去。她回过头看向窗外，郁郁葱葱的枝叶正压着她面前的车窗扫过去。

这是进山的路。《有妖》剧组最近的拍摄基本在Z市郊区一个山沟沟里进行。接了导演组的“诏令”，顾念和江晓晴只得在周一一早坐上飞机飞到Z市，从机场出来又搭上车往剧组的拍摄地赶。

一路舟车劳顿，下午三点多，她们终于到达拍摄地。

来接两人的是秦园园。她是Z市本地人，昨天提前回了趟家，今天也比她们两个早到些。

秦园园主动去接两人的行李：“我先带你们去房间吧。这边的房间不太多，剧组让我们三个住一屋。走这边。”

拍摄地点是直接租的当地民用房，剧组工作人员的临时宿舍也都分散在这片平房里。

这个时间正赶上全剧组在外取景拍摄，基地里没什么人在，秦园园领着两人一路七拐八绕，总算到了目的地。

“就这里了。”进了某个院子，秦园园在一排相连的平房前停下，推开其中一扇门，率先进去了。

顾念忍着哈欠跟在后面。

最后一个跟上来的是江晓晴。她满脸震惊地呆了几秒，才快步跑进去：“我们就住这儿？”

“嗯，剧组安排的。”

“这……这……这……这是来拍摄，还是下乡改造啊？！”

秦园园哭笑不得。

顾念来之前在网上查过这边的情况，早有心理准备，这会儿并不意外。她把手里的小行李箱推到墙角，就准备坐上板凳。

“等等、等等！”

江晓晴见了，一个短跑冲刺过来，不知道从哪儿摸出了纸巾，摸出来就往凳子上抹。

擦完以后，她才起身，满面笑容地对着顾念殷勤地道："顾念大大，坐！"

顾念一顿。

秦园园也看得目瞪口呆。回神后她走过来，忍着笑问："才一天不见，晓晴你被鬼上身了？"

江晓晴："你还不知道这个消息，我正式通知你一下：从今天开始，顾念就是我最爱的女人，没有之一！"

秦园园："啊？"

江晓晴语速飞快地给秦园园讲了昨晚的事情。

"……你是没看到那三个原本凶神恶煞的女人走之前那惨白的小脸，还有我们顾念大大的英姿！从卫生间跑出来的那一刻我就发誓，她就是我的英雄，是踏着七彩祥云来救我于危难的齐天大圣！"

"自己人就别吹了。"顾念听得脑壳疼，"一点儿小事，有惊无险，你记得把我带去的那三位群众演员的出场费结了就行。"

"那一定！"

"听晓晴这么说，我也有点儿遗憾没看到。"秦园园抿着嘴笑。

江晓晴："岂止有点儿遗憾！我都遗憾透了！"

顾念声音懒懒地笑，歪着脑袋看向江晓晴："对那个渣男贼心不死？"

"嗐，我可没被猪油蒙心。"

"那有什么好遗憾的？"

"我还能遗憾什么？肯定是帅哥啊！"

江晓晴将手里的包甩上床，然后兴奋地跑回桌旁，在两人中间坐下来。

"我跟你们说，我躲在卫生间里那会儿听见外面有个女生说，昨晚 QUEEN 酒吧里去了个绝世极品的男人，特别、特别、特别帅！"

顾念由衷地敬佩道："生死关头还不忘男人，算你厉害。"

"一般帅的我肯定顾不上，但是那人真的特别帅！"

"你见了？"

"没有，我不是出去就跟你走了，没机会看见吗？呜呜呜呜——所以我才觉得遗憾嘛。"

"那你怎么知道他帅？"

"听那妹子说的！而且 QUEEN 酒吧常聚的那几个夜场女王全都被惊动了，一个接一个地上去搭讪！"

"一个接一个？"

"对啊，因为全失败了。"

提到这个，江晓晴脸上的兴奋之色退去，她垮下肩膀，叹气道："说是佛祖下凡，

QUEEN 那个 No.1（第一）的夜场女王亲自上——那可是号称半个酒吧的男人都是为她去的尤物——结果胸都蹭那人的胳膊上了，却只换回来一句‘我对女人没欲望’。你说说，这是人能干出来的事情吗？”

顾念：“嗯。”

江晓晴回头：“嗯是什么意思？”

顾念转过来，无辜地笑了笑：“三种可能：一、他真是佛祖；二、他不行；三、他说的是真的。”

江晓晴一时无语。

见江晓晴沉浸在悲伤里，顾念笑着转回头，然后就瞥见秦园园隔着方桌坐在她对面，此时正皱眉看着手机。

顾念低声喊了句：“园园？”

“啊？”秦园园忙抬头。

顾念：“你怎么了？好像有点儿心不在焉。”

秦园园纠结数秒后道：“我在想怎么跟你们开口。”

“嗯？”

“我上午不是先到了嘛，然后导演组那边就叫我过去了，还跟我说了一下他们让我们三个来这边的原因。”

“对哦，差点儿忘了正事！”江晓晴醒悟地抬头，“他们干吗非得叫我们三个都过来？这荒山野岭的，抓壮丁啊？”

秦园园：“是剧组里临时加了新演员，导演组要我们在剧本里额外加一个角色。”

顾念和江晓晴同时抬眼。

秦园园补充道：“而且不是小角色，导演组说了，要在不改已经拍完的镜头的前提下，把新角色的番位提到男三。”

等回过神，江晓晴先炸了：“这时候加男三，开什么国际玩笑？而且剧本都交付了，让卓亦萱自己加啊！她才是唯一冠名的编剧，凭什么风光全是她的，苦力全是我们出？”

顾念也摇头道：“这个难度太高，我们已经按合同完成了完整剧本，没义务做这么麻烦的事情。”

秦园园面露纠结之色。

江晓晴扭头：“园园，你别告诉我你已经答应他们了啊。”

“还没有，”秦园园犹豫地说，“我说我们回来讨论一下。”

江晓晴仰天长叹：“你这个拒绝困难症患者！这有什么好考虑的？他们这根本就是不平等条约！”

秦园园为难地看向顾念。

顾念在心底叹气。

江晓晴说得没错，秦园园确实有点儿拒绝困难症，让她跟导演组说不同意根本不现实。

顾念正想着对策，江晓晴已经拍桌起来了，愤怒地道："我去说！"

顾念手托腮看着她："怎么说？"

"当然是质问他们凭什么给我们强加这么大的工作量，他们又肯定不会加钱！"

顾念点了点头："如果导演组暗示，不加角色就不付拍摄完该交付给我们的尾款，那你怎么办？"

江晓晴蒙了，房间里安静了片刻。

江晓晴眨巴着眼看着顾念："他们有可能这么干吗？"

顾念摇头。

江晓晴松了口气，笑道："我就说嘛，他们怎么会这么无耻——"

"不是有可能，"顾念伸了个懒腰，起身道，"是一定。"

江晓晴有点蒙。

看看两人同时蒙了的表情，顾念俯身过去摸了摸两人的头："指望你们是不行了。走吧，我打头阵，去据理力争一下。"

江晓晴最快回神，拉起秦园园就屁颠屁颠地跟上去："不愧是我的齐天大圣，靠谱。"

顾念木着脸打哈欠："太难听，我拒绝。"

"不管、不管，嘻嘻嘻。"

半小时后，导演组。

"顾念，剧组是信任你们三个作为剧本的原创作者对剧本的把控力，所以才把这个事情交给你们的，你们这样推卸，是不是太不负责任了？"

"林副导，您开玩笑了。"桌前站着三个女孩，为首那个看起来神色慵懒，眼神却没半点儿退意。

中年男人皱眉道："我哪儿开玩笑了？"

"从创作角度来说，我们如果接受提议，在这种时候随便增添角色，那才是对剧本不负责任。"

"喀，那也考虑一下实际情况嘛，拍摄需求摆在这儿……"

"实际情况更简单，"顾念不紧不慢地打断副导演的话道，"剧本交付，跟组后的事情都该归卓亦萱编剧负责——我们拿多少钱做多少事，这就是实际情况。"

副导演一时失语。

僵持了几秒，他放下茶杯说道："你们这辈年轻人啊，就是太急躁，动不动就钱、钱、钱的，一点儿理想、情怀都不讲——这个剧本做好了，虽然不冠你们的名，但业内的人知道啊，对你们总是有好处的嘛。"

顾念不为所动："好处不能当饭吃，编剧首先是人，没饭吃要饿死，其他都是饿不死以后的事情。"

副导演盯着她看了几秒，摇头笑道：“不愧是写剧本的，嘴皮子功夫厉害。我拿你们没办法，我说了也不算——这样，导演正巧在见新演员，我领你们过去，你们跟他谈。”

顾念淡定地点头：“麻烦您。”

三人不远不近地跟在副导演身后，并肩走着。

江晓晴直撇嘴：“他先提的责任，你说责任他又说实际情况，你跟他说实际情况他又扯理想、情怀，果然够无耻……还好是顾念你打头阵，换我真要被他绕进去了。”

顾念忍着困意叹道：“待会儿才是硬仗呢！”

“全靠你了！加油！”

副导演领着她们三个到了导演组的临时会议室门口，侧身让开：“就是这儿了，你们敲门进去自己说吧。”

“好。”

“要加角色的那个新人演员也来了，你们进去说话注意点儿，别事情没谈好，把人给得罪了。”

顾念意外地看向副导演，点头：“谢谢您提醒。”

“去吧。”

顾念抬手叩门。

里面安静了两秒，然后有人道：“进。”

顾念压下门把手推门进去：“耿导您好，我是编剧组的顾念，我们来——”

话声戛然而止。

顾念扶着门把手，呆呆地望着屋内的人。

坐在导演耿宏航的对面，穿着素色衬衫、长裤的年轻男人抬眼，深褐色眸子温润如玉地望过来。

那一秒里，男人眼底的情绪微微变化。

可惜顾念没看见。

空气静止了数秒。

顾念迈进屋内的脚蓦地收回，房门也被她重新合上。

门外打算跟进去的江晓晴和秦园园茫然地望着她。

顾念僵着回头道：“里面那个，就是……新来的演员？”

林副导愣了下回道：“是吧，好像叫骆修？怎么，你认识他？”

望子成龙，梦想起飞，就在今夜。

顾念忍住老母亲的泪水，殷切地看向副导演：“不就是加个角色吗？我可以，让我来。”

“原来他就是你那个宝贝‘儿子’？我就说副导演说出骆修这个名字的时候，怎么觉得那么耳熟呢！”三人站在导演组临时会议室外的走廊上，江晓晴恍然大悟道。

秦园园也点头："难怪你突然改主意了。"

顾念眼睛亮晶晶的，嘴角压不住地往上翘："新加的角色戏份你们不用担心，我自己来。"

"那不行，我要跟你一起写！"江晓晴挽住顾念的胳膊说道。

秦园园："之前的《有妖》剧本是你为主力做好的大纲和分集，这次我们也该帮点儿忙。"

顾念想了想道："那好。"

三人做好决定，顾念带头过去，告诉了等在门外的副导演这事。

副导演眼神古怪地看着她："这次不改了？"

"不改了。"

"确定剧本由你们来完成？"

"嗯。"

副导演笑着摇头："你们现在这些年轻人啊，长得好看就这么管用？"

顾念还没来得及回答，她身后的江晓晴冒出脑袋说道："咦，真的长得很好看吗？顾念以前跟我说我还不信呢。"

林副导："他下午在剧组院里走了一遭，摄影组、场务组，还有服化道那几组，一堆小姑娘跑来打听他的来头。你说呢？"

江晓晴立刻来劲儿了："啊，我要看！"

顾念骄傲且宽慰，但还是十分残忍地给了秦园园一个眼神示意，双人合力把试图挣扎的江晓晴拎走了。

走之前顾念问副导："我们回去安排新角色，确定前我们可以和我宝……咯，和演员联络一下吗？"

副导演点头："没问题。我到时候跟他说一声。"

"谢谢副导。"

顾念开心地拎着江晓晴走了。

看着三人的背影，尤其是那个和来时没充电似的模样完全不同的女孩，林副导笑着摇了摇头，敲门进了会议室。

导演耿宏毓坐在桌后，见副导演进来，皱眉问："刚刚什么情况？"

"编剧小组的，进来的那个叫顾念，剧本主创。"

耿宏毓："那怎么又走了？"

"本来她们是来抗议加角色的。"

"嗯？"

听到这话，桌旁的骆修也抬起眼，正对上林副导投过来的含笑目光："还是骆修长得好，那个叫顾念的小姑娘进来后才看了他一眼，立刻就同意加角色了。"

耿宏毓愣神，然后失笑道："好啊，有观众缘，这是好事。"

骆修淡淡一笑，垂回眼，深褐色的眸子里原本的笑意却淡了，然后慢慢化开。

他无趣地望了眼窗外，夏光正燥，鸣蝉满树。

都是聒噪的蝉。

本来他以为那女孩儿或许有点儿不同，原来终归是一样的。

傍晚，顾念从林副导那儿拿到了骆修的个人联系方式。

“我已经和骆修打过招呼了，约他谈角色的事情看你什么时候方便，顺便也给他讲讲剧本。”

“好的！”

抱着宝贝“鹅子”的联系方式，滚进硬板床里的顾念几乎流下老母亲喜极而泣的泪水。

江晓晴都忍不住打趣道：“我算是长见识了，从来不花痴的女人花痴起来才是真的可怕。”

秦园园抿嘴笑了笑：“顾念和你不一样，她才不是花痴呢。对吧，顾念？”

“没错。”顾念滚了半圈，翻身坐起，表情严肃地说，“母爱永不变质。”

“哼，不信。”

顾念没理会江晓晴的打趣，带着激动的心，颤抖着手抱着手机编辑要发给宝贝“鹅子”的信息。

删删改改无数遍后，顾念终于把和第一遍没有太大区别的信息发了出去：“你好，我是编剧小组的顾念，不知道你今晚是否有时间？如果方便，我想和你聊一下剧本和角色的事情。”

一分钟，对方没回。

两分钟，对方没回。

五分钟……对方还是没回。

顾念蔫回常态，把手机放到枕头旁，努力压住了自己分分秒秒盯着它的想法。

她走去桌边：“对新角色我有大概想法了，我们先组内讨论一下这个角色的可塑性吧。”

“这么快？”江晓晴和秦园园齐声惊讶道。

停在桌边的女孩轻轻握拳，严肃地说：“‘鹅子’就是第一生产力。”

江晓晴：“噗。”

秦园园也笑起来，拎着笔记本去桌旁坐下：“快让我听听，是个什么样的角色？”

进入工作状态，顾念打起了精神，也正经起来。她把自己的二合一平板电脑的支架打开，做成彩色的人物关系图就铺展在电脑当前窗口，说：“我想过了，如果要加入一个全新的、没有任何铺垫或者设定的角色，在现在的拍摄进度下是不太能实现的。”

江晓晴凑到两人中间：“对啊，我想秃头都没想到要怎么插进一个那么多戏份的新角色。”

顾念眨眼一笑道："所以我就有了个新点子。"

"嗯？"

顾念拿起电子笔在屏幕上随手一圈，转头看向两人："你们还记得在剧本最初的设定里，女主角前世遇到的这朵染了魔性的优昙花吗？"

江晓晴思索两秒，眉头一松："我记得！优昙花伴佛陀降世而生，寓意佛门，它天生有佛心，后来给女主角挡了一劫，染了魔性。"

秦园园点头："我也有印象，如果不是它，女主角无法顺利转世。"

江晓晴："是想把它重新设定成人吗？但是前世的群像镜头都拍完了，重新拍摄的话剧组肯定不乐意。"

顾念："不加前世，加转世。"

江晓晴："啊？"

顾念："为女主角染了魔性的优昙花，转世化人。"

安静了数秒后，江晓晴开口："听起来有点儿带感。"

秦园园："佛坛圣物为爱成魔，生了欲念，动了凡心……这个角色确实很可以。"

见两人都同意，顾念轻松下来："那我们就按这个写？"

"好。"

顾念："优昙花的设定需要细化一些，你们搜罗资料，我来拟角色细节吧。"

江晓晴："辛苦辛苦，要不要我推荐一些儒释道相关的歌曲给你，你一边听一边找灵感？"

顾念没抬头："我有常用的。"

江晓晴："嗯，是什么？快推荐给我。"

顾念："《大悲咒》。"

江晓晴抹了一把脸："算你狠。"

秦园园插话："我觉得还是《渡我》合适。"

江晓晴扭头，差点儿蹦老高："对、对、对！强烈推荐《渡我》，我刚刚也是想说这个！盲枝最棒！"

顾念顿住。

秦园园犹豫了下，往桌子中间趴了趴："说起这个，外面现在都在传，说《有妖》的挂名编剧卓亦萱就是盲枝，你们说是真的假的？"

江晓晴撇嘴："怎么可能？"

秦园园："剧组里的人也都信了，好像是私下有过采访，采访的人问起，卓亦萱没有否认哎。"

"得了吧，盲枝大大是我的女神，可那个卓亦萱，"江晓晴撇了撇嘴，"笔名'青灯下'来源《渡我》，处女作里更是照搬了《渡我》好几处设定和原歌词——是被人骂抄袭后，她才反营销自己是盲枝的马甲（网络词语，指同一个 IP 地址的不同 ID。）吧？"

秦园园点头："但是叙事风格确实和盲枝有点儿相似？"

江晓晴更嫌弃了："明显就是模仿啊，还画虎不成反类犬。我们这些盲枝大大的死忠粉最厌恶的就是她了！"

"这样吗？"秦园园回过头，"顾念，你怎么看？"

"看什么？"

顾念在平板电脑上快速写画着，随口问道。

"关于卓亦萱是盲枝这件事。我记得那天还看到你的电脑里有《渡我》这首歌，你应该也挺喜欢盲枝的吧？"

"还好。"顾念拿电子笔头戳开了垂下来的刘海，声音里也没什么情绪，"她可能是吧。"

江晓晴把秦园园拽回来："别打扰我们顾念大大创作，你什么时候见她对这种八卦消息关心过？"

"也是。"

两人刚达成一致，顾念的床上恰好传来一声短促的铃声：

"鹅鹅鹅！"

没有情绪的顾念激灵了一下，头顶仿佛有无形的触角"噌"的一下竖了起来。

旁边的两人抬头，江晓晴呆滞地问："这是什么奇怪声音？"

顾念飞向床头："给我的宝贝'鹅子'设置的特别提示音！"

江晓晴回头，对秦园园小声嘀咕："遇上任何和她'鹅子'有关的事情立刻进入亢奋状态，关联性越大亢奋程度越高——咱顾念大大这症状得是'精分'了吧？"

秦园园忍笑道："差不多了。"

江晓晴："啧啧。"

顾念顾不得看两人的反应，把全部注意力都给了手机里骆修的回复。

"19点后，我都有时间。顾小姐随意安排。"

顾念抱着手机，差点儿感动得泪流满面。

呜呜呜，宝贝"鹅子"太客气了，叫什么顾小姐，叫妈妈就行。

顾念自然没胆这么回，怕骆修等久了，快速敲着手机回复："好的，那我19点去你的房间找你！"

信息发出去后，对面的人却沉默了。

顾念正不安宝贝"鹅子"是不是临时有什么事情的时候，旁边幽幽冒出颗脑袋："顾念大大，克制一点儿。"

顾念满脑袋问号地回头。

"你自己看看你写的，"江晓晴指了指她的屏幕，"一副小金主迫不及待地要上门要人的架势。"

顾念不相信，低头看去。

降温后的兴奋大脑在审视信息半分钟后做出判断：真的像。

"鹅子"，妈妈真的不是变态，你要相信妈妈啊。

不知道是不是听了这份祷告的原因，在沉默长达两分钟后，骆修的消息终于回复过来。

“好。”

顾念欣慰地道：“我‘鹅子’果然善良、乖巧又听话。”

江晓晴：“从一个‘好’字里你能解读出这么多信息吗？”

顾念戳屏幕，认真地道：“你看，还有个句号。”

江晓晴：“这能说明什么？”

顾念更欣慰了：“他很细心，聪明又认真。”

老母亲的心啊，海底针。

老母亲的爱啊，比海深。

傍晚，山里的晚霞很美，一大片绚烂地铺在天边，勾连着渐合的夜色，给连绵的山林染上一层层或浓或浅的碎金光芒。

风一拂动，万壑松林摇曳，霞光像海浪涌在山间，瑰丽惊心。

晚上 6 点多，伴着一路晚霞，顾念三人到达镇里的酒店。

《有妖》拍摄地虽然是在山沟沟里，但这边被影视摄制组当作取景地也不是第一次了。当地借机发展旅游业，镇上办起了商业街——和大城市的市中心商业区没法比，但满足基本舒适的生活条件还是能做到的。

比如此时在三人面前，就是以 8 层楼高傲视全镇酒店的星月酒店分店。

“演员住酒店我们住农房，这就是赤裸裸的歧视。”江晓晴怨念地说。

顾念回头看向挽着手的两个人：“你们真不去？”

秦园园：“我刚好要买点儿生活必需品，让晓晴陪我一起。”

江晓晴快速点头：“没错、没错，不打扰你们母子相认。”

顾念莞尔道：“你也不看帅哥了？”

江晓晴：“哎呀，不要动摇我！之后在一个剧组里，一定还有机会看到的！”

顾念没强求：“好吧。”

三人作别，顾念独自进了酒店。

剧组让演员们住进酒店不只是出于经费考虑，显然也怕剧组中个别演员被粉丝突袭。这里安保森严，顾念拿着副导演给的工作证才被放行。

骆修住在酒店的 7 层。

顾念乘直梯上楼，按着手机里信息栏的“717”，辨别了一下方向，拐进电梯间右边的走廊。

地毯柔软，踩上去几乎没有声音。走廊上的灯光有点儿暗，门牌自带隐身效果，夜盲的顾念不得不一个挨一个地凑上去看。

709、711、713……顾念心里默念着，一间间走过去。

一个哀怨的女声突然打破长廊上的安静气氛。

“我本来以为是同名同姓，没想到竟然真的是你！你来这里为什么都不跟我说一声呢？”

顾念脚步一停，抬起头来。

声音是从长廊前面不远处传来的，似乎是哪个客人的房间门没有关好。作为辅证，在几米外的长廊墙壁上还投着一块门形的光块。

顾念迟疑地往前迈出一小步。

声音又起。

“不认识？什么叫你不认识我？我……”女声激动起来，只是声音的来处似乎有些曲折，因此并不清晰。

顾念放轻步子，加快了脚步。

她离光块已经越来越近，只希望能在里面的客人注意到她前偷偷溜过去。

她第一脚踏进了光里。

“我不信！他们都喜欢我，你怎么可能对我没欲望？”

顾念木着脸：可能因为男人到底行不行这个问题实在强求不来吧。

她腹诽着，第二步也迈进了光区。

只是这次，不等她落下脚尖，耳边的女声突然变得清晰——

“那我证明给你看！”

“噼里啪啦——砰——”

直线传来的声音让顾念本能地停下。

空气寂静了数秒，顾念缓缓回头。

视线里，正对她的房门大大咧咧地敞着，一身白衣长裤、清瘦挺拔的男人被一个身着紧身短裙的女人压靠在墙壁前，垂下来的湿发半遮住了他的眉眼，却遮不住挺直的鼻梁、凌厉的薄唇。

发黑、肤白、唇红，色彩的美感和侵略性在那张清俊的侧脸上被发挥到极致，尤其再调进几分情绪去，就更是勾人。

就算那情绪是……冰冷的厌恶。

顾念回过神的第一秒就想扭头，但女人因被打断“强扑”行为而愤恨的目光已经落过来：“你是谁？！”

“路人。”

顾念自觉被迁怒实在莫名其妙，毕竟她也不是故意停下，而是被吓了一跳后的应激反应。

她垂下眼皮，声音毫无起伏：“抱歉，打扰了，这就走。”

脚尖转过45度，顾念停了下，拖着轻而慵懒的尾音说：“善意提醒……酒店办事，建议关门。”

这次不等女人瞪她，顾念转身走人。

走出去后，顾念借着身后的光瞥见身旁的门牌号：719。

顾念的脚步慢了下来。

右边是奇数间，719是她身旁这间，所以宝贝“鹅子”的717就是方才那间。

那么差点儿被霸王硬上弓的没戴眼镜的大美人就是……

717房间内。眼镜在方才突然的冲突中落地，那双冷漠的眸子再没了遮掩，最后一丝温和被剥落殆尽。

骆修抬眸，眼神如冰：“你——”

急促的脚步就在此时杀回门口，刚刚没睡醒似的女孩急刹在房门外，高举手机，神色肃穆。

顾念护“鹅”心切，在喊“不许动”和“放开他”之间纠结了0.1秒，脱口而出：

“不许放开他！不然我报警了！”

第二章　潜规则

空气死寂。

这死寂的时间漫长得像断头台上铡刀落下前的那几秒，煎熬又绝望。

顾念最绝望。

如果早知道会嘴瓢成这样，那她一定准备好了再冲回来。但话已出口，木已成舟，她想反悔都没机会了。

只要她不尴尬，那尴尬的就是别人。

顾念这样安慰自己，木着脸偷偷放下手机，并开口："这位小姐，有话好好说，不要动手，不经允许侵犯他人是违法犯罪的行为。"

作为编剧，顾念说完这话后本能地自查逻辑漏洞，于是又补充了一句："当然，经过允许的侵犯他人的行为超过一定范畴也是违法犯罪的。"

房间内的女人方才就被骆修的眼神吓到，本能地向后退了一步，此时见顾念进来，更没了发挥的余地。

积压的负面情绪于是向顾念宣泄过去，女人恨恨地瞪向她："我们的事，和你有什么关系？！"

顾念认真地道："同违法犯罪行为作斗争，是每个中国公民义不容辞的责任。"

女人气得咬牙，化着漂亮妆容的脸都有点儿狰狞："你是酒店工作人员还是客人？"

这人是想以后报复她？

顾念沉默两秒，语气平淡里带着点儿欠："你猜？"

女人："你给我等着！"

踩着七八厘米鞋跟的细高跟鞋、穿着紧身短裙的女人愤恨地快步离开了，背影透着一丝狼狈，像逃似的。

顾念自觉把这女人被吓跑归功于自己，但顾不得庆祝，注意力飞快地转回屋内。

顾念小跑进来，担忧地停在离房里那人不远处："你没事吧？"

墙边的男人抬眸望来。

这一次离得近了，顾念看得分明，确实是她家宝贝"鹅子"，只是摘了眼镜后有点儿陌生——素来藏在镜片后的深褐眸子露在发下，光照进深处，冷漠里透出一丝黝黑。

他大约刚从浴室出来，松软的黑色碎发垂着，湿而凌乱，像是洗去了平日的温和，显现出几分凉薄的冷感。

这点儿陌生感让顾念又想起在门外她那仓促一顾时，余光里骆修看着那个女人时冰冷厌恶的神色。

那种眼神像那一瞬产生的错觉，毕竟和她记忆里骆修的模样大相径庭。

等顾念回过神来，面前的男人已经是她记得的温和神态。对方眼睫一垂，在眼睑处投下一片阴影："谢谢。"

顾念心里一颤，那点儿疑虑立刻被对宝贝"鹅子"的信任取代。她紧张又心疼地嘱咐道："以后出门在外一定要记得保护好自己啊，尤其是像你这样长得好看的男孩子，一个人太危险了。"

骆修抬起眼睫，温和的眼神未退，却神色淡淡地望着她，莫名有种反差感。

顾念被望得茫然，对视几秒后恍然想到什么："你是不是掉了眼镜，什么都看不清楚？"

骆修停顿两秒才接话："嗯。"

"那我帮你找找……啊，在这儿。"顾念在床边绕了两步，拿起掉在地上的眼镜托着镜腿跑回骆修面前。

顾念手里的眼镜是淡银色的桃形细边镜框，日常款，镜片很薄。她原本想把眼镜递过去给骆修，然后想起对方现在没了眼镜难以视物，那多半是看不清的。

顾念没多想，隔着薄衬衫钩起男人的手腕，把眼镜朝内放在他微僵的掌间："给。"

指尖触及他的掌心时，那温度叫顾念怔了怔，她慌忙低下头道："你的手怎么这么凉？"

骆修连方才和卓亦萱的推搡都没这样的感觉，即确切的肌肤相亲带来的陌生的灼人似的感觉，和女孩长发间淡淡的清香味道，一瞬间在他感官间恣意地蔓延开来。

在骆修的严重洁癖做出反应前，这种热度先离开了。

女孩的背影娇小而翩跹，她小跑着去关了酒店的窗，又转身到门口合上敞开的房门。

骆修淡淡地望去，眼镜被他修长的指节钩起，随意地往鼻梁上一架——前后没有任何差别的清晰视野里，女孩关上房门，松了口气地转了回来。

顾念的背倚着门。

安静了几秒，她才在安静的空气里察觉到一丝不妥。

理智终于从"护鹅行动"里解脱，顾念连忙直起腰，把被她合上的门重新拉开一条宽缝。

然后她转回来解释道："我刚刚感觉你的手很冷，虽然是夏天，但山区这边晚上温度很低，你又刚洗完澡，我怕你吹风着凉，所以才关窗……"

"谢谢。"男人声音温和，低而无害。

顾念在原地感动。

呜呜呜……不愧是她善解人意的宝贝"鹅子"，这么善良又天真，明明差点儿被人欺负了竟然还这么信任她，呜呜……

"但……你是谁？"

老母亲式的感动戛然而止。

顾念回神，走了过去，拿起自己一直挂在身前的工作证，有点儿不好意思地说："忘了自我介绍，我就是《有妖》编剧小组的顾念，来之前我发信息联系过你。"

骆修微微颔首："顾小姐。"

顾念："不用客气、不用客气，你叫我——"

顾念卡壳了。

上来就让人叫妈妈可能会挨打，她还是一步一步慢慢来吧。

于是骆修就见女孩在短暂思索后，抬起头，脸上表情依旧不多，但眼睛里写满期待地看着他："顾姐、念姐、顾念姐，你想喊哪个都可以。"

骆修抬起眼，从倚着的墙前直起身，垂坠感极佳的衬衫长裤拉出了他修长挺拔的侧影。

骆修又向一旁落下视线，望向尚不及他肩膀高的女孩，背着光的眼底闪过几分似笑非笑。

"姐姐？"

骆修没站直身时，顾念还没察觉自己离他这么近。

而此刻她放平视线，只能瞧见他衬衫下隐约起伏的胸膛弧线；仰了仰头，是半敞的领口间男人修长的脖颈；再仰仰头，才见到那人的眉眼。

顾念：原来186厘米的"鹅子"这么高吗？

呜呜呜……她不配当他妈妈。

顾念陷入被打击的巨大悲伤里，声音都变得有气无力："叫姐姐也行，没关系，你开心姐姐就开心。"

颓丧的顾念毫无占人便宜的自觉，已经扭开身，松下背包："你先坐，我这就给你讲角色和剧本。"

骆修没动。

他静看着女孩站在不远处，蹲下去翻动她带来的背包，背影单薄，毫不设防，仿佛从她进门到现在所有的言行都是无心。

可若她真无心……

乔西的相亲、酒吧的晚上、剧组的偶遇，还有今晚从她出现到此刻的一切过度关心行为……简直像个写好的剧本，她顺着他的视线，撩拨他不多的意趣，想带他进入一个未知的局。

这也是骆湛的设计吗？

如果是，这么步步为营、环环相扣，看来在以往的失败里骆湛已经跟他学会了很多东西。

如果不是……

"咦，你没过来吗？"翻完东西，抱着平板电脑和资料夹起身的女孩回头，担心地皱起了眉，"是不是刚刚磕到哪里了？"

"没有。"骆修垂眸，淡淡一笑，然后走向她。

如果不是也没关系。

这个女孩想从他身上得到什么、有几个现男友或前男友可供陪聊，他并不在意。反正是她先开始的游戏，他只要装作被牵入局就可以。

也巧，出家前的这最后两个月，他正觉得无趣。至于与人斗的小游戏，他还从未输过一次。

这次也不会例外。

顾念对剧本和角色的讲解持续了一个多小时，等到结束，她自己都有点儿精疲力竭。

"这个本子涉及的剧情和人物基本就是这些。你觉得呢，应该没什么问题了吧？"顾念用对甲方们都没有过的温柔语气问完，非常"慈爱"地望向自己的宝贝"鹅子"。

"嗯。"

"那就好。我看看，已经八点半了吗？"顾念看完腕表有点儿吃惊，连忙收拾起圆桌上摊开的资料，"你九点就该睡觉了吧？我不打扰你了，剧本留在这儿，有什么不明白的地方你可以发信息给我。"

骆修久未回应。

顾念觉得有点儿奇怪，停了手里的动作回头，就见半卷着衬衫袖子靠在椅子里拿着剧本的男人抬起眼，用镜片后的褐色眸子望着她。

顾念老母亲似的关怀备至地问："怎么了？"

"我习惯九点入睡，"骆修随手扶了下眼镜，淡光一掠后，笑意温润如初，"顾小姐也知道？"

顾念噎住。

她见"鹅"心喜，得意忘形了，啊啊啊！

要解释这个问题，那她就只能袒露粉丝身份了。

宝贝"鹅子"这么温柔善良，应该、或许、不会……太介意他有个妈妈粉？

顾念这样想着，整理好手里的资料，抱着资料站起身后，酝酿足了勇气，眼睛晶亮地看着她的宝贝"鹅子"。

"其实我是你的——"

“粉丝”两个字还没出口，一阵急促的脚步声后，低着头拽着手里的袋子的男生走进房间：“骆哥，你的门怎么没关？咦，这位是……？”

被打断的顾念无奈地回头。

来人她也认识，骆修的小助理，和她在社交软件上热聊一两年的“网友”，她能认出来是因为他社交软件的头像就是用的他的自拍照。

对方显然不认识她，看了看房间又看了看骆修，震惊地问：“骆哥，这是你的女朋友？安娜姐知道吗？我要是知道了不告诉她她会弄死我的！”

顾念的笑容僵住。

她在心底给小助理记了一笔“大逆不道”后，微笑着解释：“你好，我是《有妖》剧组的编剧小组成员之一顾念。我来给骆修介绍剧本，门也是我为了避免误会才开着的。”

这位“网友”并不知道她的真名，所以顾念介绍得很放心。

“哦、哦，这样啊，是我误会了，抱歉啊。你好、你好……”小助理摸着后脑勺，不好意思地朝顾念点了点头。

顾念回以点头。

“骆哥，这是公司那边寄过来给你的。”小助理说话间已经走过来，手里的袋子也终于撕开了。

近距离之下，顾念看清了，那是个快递袋。

快递……袋？

顾念心里突然生出种不祥的预感。

在这预感的指引下，她亲眼见着小助理从里面拿出一个无比熟悉的褐色软皮本。

《养鹅日常》你怎么跑这里了？妈妈好想你。

小助理笑嘻嘻地说：“还是那个支持了你两年的死忠粉寄去公司的礼物，好像是个本子。”

骆修打量两秒才抬手接过本子。

他并未打开，只拿在手里，转向一旁被冷落的顾念：“你刚刚要说，其实你是我的什么？”

顾念看着本子，热泪盈眶。

把这种本子寄来的粉丝，一定会被宝贝“鹅子”当成变态吧！呜呜呜。

“顾小姐？”骆修打破沉默。

顾念眼含热泪地抬起头：“其实我是你的……”

“嗯？”

“有……有缘人。”

小助理看向顾念的眼神充满了深意。如果在他身上插一个读心器，那读心器大概率会飘过“呵，又一个见色起意的女人”这种标语。

顾念冤枉，但还不能讲。

她只能依依不舍地看了眼自己落在骆修手里的《养鹅日常》，一边在心里盘算之后怎么把它拯救出来，一边含泪告辞："角色就先这样，最晚这周周末我们小组会把台词戏份补足，到时候剧组见。"

骆修淡淡颔首："好。"

"那我先走了，骆修先生晚安。"

骆修顿了顿，然后才抬眸："好。"

顾念背起包走人，经过小助理身旁时犹豫了下，忍了忍还是没忍住，靠过去轻声说："我知道镇上有家很不错的夜宵店。"

小助理："啊？"

顾念责怪地看着他道："我'鹅'……骆修清瘦了好多，你不觉得吗？"

"有吗？"小助理茫然地抬头，隔着个子不高的女孩对上自家老板的侧颜。

男人靠坐在椅子里，衬衫挺括地挂在他的肩上，手臂修长，十指交扣，正慵懒无趣地侧开脸，望着落地窗外的夜色，藏在镜片后的那双眼里的情绪早已变得冷淡凉薄。

小助理汗颜地转回来道："啊，这个……我会提醒骆哥注意三餐饮食的。"

顾念心疼地叹气："虽然这样像衣架子，穿什么衣服都特别好看，但是太瘦了肯定不行，对身体不好……"

顾念的声音低了下去，她越想越难受。

不行，明天她一定要以死忠粉的身份在社交软件上问一问小助理：她寄给他的那些养生保健品都哪儿去了？怎么近距离看宝贝"鹅子"会这么清瘦呢？

唉，她好想天天请"鹅子"吃夜宵，把他养得白胖一点儿……

怀揣着老母亲的怨念，顾念离开了骆修的房间。

等她走后，小助理才哭笑不得地走到骆修的椅旁："骆哥，这个编剧是什么情况？"

骆修转回眼眸。

小助理弓下腰，压低声音说道："对你这么嘘寒问暖还道晚安，她不会是想潜规则你吧？"

骆修垂下眼睫，眸里的笑意像碎了的玻璃折射出的冰冷的光："如果是，她应该不需要这么大费周章。"

小助理茫然地问："啊？她费什么周章了？"

骆修还未回答，搁在一旁的圆茶几上的手机轻振了一下，屏幕亮起，信息来自一串没有备注的号码。

小助理习惯性地看了一眼："谁的短信？剧组有事情吗？"

骆修停顿片刻，拿起手机前随口道："顾念的。"

"啊？"

"那个编剧。"

"哦、哦，对，她叫顾念。"

信息有两条，是前后发的：

“走之前有助理在所以不方便说，你放心，今晚的事情我不会告诉任何人！”

“别怕，专心拍戏！我相信你一定会火起来的！”

骆修放下手机，靠在椅子里停了两秒，小助理突然听见男人轻笑了一声。

小助理茫然地低头，想看短信内容——能真正逗笑他家老板的东西，他可真是没见过。

可惜屏幕已经暗了，小助理没看清：“她发什么了？”

“大概算是，”骆修移开视线，看向窗外的夜景，“炫耀或者威胁。”

小助理惊了：“啊？威胁什么？”

“拿住了我的把柄。”

小助理紧张起来：“她要求你做什么了吗？我们要不要通知安娜姐？”

“没有。不要大惊小怪。”

骆修想起什么，摘了眼镜，拿起擦镜布缓缓拭过细长的镜腿。

小助理松了口气，随即怨念地道：“您还说她不是呢，这不就是？”

“是什么？”

“想潜规则你啊。”小助理皱眉道，“我看她不但想潜规则你，还很在意用户体验。”

“她走之前还专门跟我说骆哥你太清瘦，让我给你加餐呢，这不就是怕你身材不好嘛。”

拿着擦镜布的修长漂亮的手指停了一下。

房间安静几秒后，一声轻笑响起。

“她说的？”

小助理猛点头：“对啊，她还要给我推荐夜宵店呢。”

“好。”

小助理很蒙：“好什么？”

骆修懒懒地抬起眼，那一秒眼底假作的温和尚未消散，又倏地从中透出冰冷凌厉的锋芒，但也只在那须臾间。

银丝眼镜被他轻轻扣回，于是温和笑意重染上眼角，骆修仰靠在椅里，眼神凉薄地望着窗外：“挺好玩的。”

小助理更蒙了。

骆修没有给他解释：“没事你就回去休息吧，我要进浴室了。”

小助理回神，指了指男人半湿半干的碎发：“您刚刚不是洗过了？”

想到被卓亦萱扑在墙上的画面，骆修神色一冷，没说话，淡淡地抬眼。

小助理却领悟错了：“哦，因为和那个小编剧共处一室的时间太久了是吧？”

经这提醒骆修才记起什么，看向手腕。区别于卓亦萱身上浓烈的香水味，他想起了那种淡淡的、像是洗发露留下的清香。

是她离开得太快，所以他没有反感吗？

小助理还在他耳边嘟嘟囔囔道：“骆哥，不是我说，您这重度洁癖症是真的得治治了。一进公开场合你连口水都不碰，这可太容易得罪人了……虽然我估计治也治不好。”

“可能未必。”

“啊？”

骆修从手腕上挪开视线，站起身来。正回头的小助理恰巧看见旁边被骆修随手搁下的软皮本：“哎——小心！”

他没来得及停下。

本子被骆修碰到，从茶几上落下，“啪”的一声摔到地上。

骆修蹲下身拿起本子，原本准备直接将其放到桌上，但刚拿到半空，夹在本子里的一张卡片掉了出来。

骆修伸手拿起卡片，随意一扫，停住了。

“祝宝贝‘鹅子’六一儿童节快乐！天天开心幸福！妈妈永远爱你！”

大概为了应景，贺卡上还认真地画了彩色的爱心烟花。

旁边的小助理也看见了，“扑哧”一声笑了出来：“骆哥，您这死忠粉可太绝了，除了清明节，只要是个节日她就给您寄一堆保健品、养生品。”

骆修起身：“这次也有？”

小助理：“对啊，两大箱子，都在公司呢。知道您不用，太沉了他们就没往这儿寄——不管怎么说，两年啊，这可真是老母亲般无微不至的照顾了。”

骆修没说话，掀开软包本的封壳，准备把贺卡插回去。

卡放回一半，本内最顶上的粗体黑字已经映入他的眼帘——

《盲枝养鹅日常》。

往下是他的一幅简笔画的Q版画像，背后还长了两只翅膀。

旁注：宝贝“鹅子”是天使啊，妈妈会一直爱你、保护你的。

他现在是真的很想见见自己这位野生“老母亲”了。

小助理在旁边笑得快断气，一边打跌一边艰难地问：“骆哥，哈哈哈哈……这……这不会真是您家阿姨故意搞的吧？”

“不会。”

“说不定呢？不然您打电话问问她是不是？”

“她已经死了。”

小助理的笑声戛然而止。

一两秒后，他僵硬地抬头，视线对上骆修随手搁下本子的平静侧影。

说那句话时，男人的神态和语气没有一丝变化，温和如常。小助理却觉得心里发凉：“那上次给您打电话的那位是……？”

骆修笑容未变：“是我弟弟的母亲。”

难怪他跟在骆修身边两年了，过年过节都不见这人归家，更不见这人身边有任何亲朋好友，就连家里的电话都只有那一通。

他是即便身在所谓的“家”里，也是一个人生活了二十多年吗？

脑补足够，小助理彻底不敢说话了。

骆修拿着手机走进浴室，将手机放在隔水的置物台上，修长的手指解开衬衫扣子，一点点露出肌理分明的胸膛。

他解到第三颗扣子时，衬衣内的肌肉线条若隐若现，而置物台上的手机再次轻振。

骆修神色淡淡地垂眸望去，还是那串没备注的号码发来的消息。

“晚安啊，骆修先生。”

手指停下，骆修愣怔了一下，像不久前他听见女孩说出那句话时的愣怔一样。这种好像发自心底的语气温柔的晚安，他是第一次听到。

“对你这么嘘寒问暖还道晚安，她不会是想潜规则你吧？”

顾念……吗？

骆修将脱下的衬衫扔进衣物篓里，停了两秒，还是拿起手机点向备注的选项。

回去以后接连两天，顾念都在房间里埋头写剧本，几乎没见外面的太阳。

这灵感纷飞、思绪敏捷的程度，一度叫江晓晴和秦园园两人汗颜。帮不上太多忙，她们只能负责给顾念带带三餐，晚上聊聊设定启发一下顾念。

第三天中午，江晓晴和秦园园从外面回来。

在桌上放下盒饭，两人对视了一眼，还是江晓晴开口：“顾念，你看手机了吗？”

正敲键盘的顾念没抬头：“没有，怎么了？”

顾念又写下几行字后，才发觉房间里一直没有回应声。她回过头，看见江晓晴和秦园园为难的面色。

“出事了？”顾念停下，捏了捏有点儿酸疼的指关节，转头四处看看，发现手机早就不知道被她扔在哪个角落去了。

江晓晴叹气，拉过凳子坐下：“导演组那边说，这个角色不用我们来写了。”

顾念僵了几秒，回过头来。

江晓晴缩了缩脖子，放低了声音道：“《有妖》的挂名编剧好像也来剧组了。导演组说她主动接了添新角色的事情，所以用不上我们了。”

顾念：“卓亦萱？”

江晓晴气鼓鼓地说：“对，就是那个卓亦萱。之前她嫌拍摄条件不好没来，结果前天不知道为什么又突然来了。”

顾念没表情地揉着发麻的手腕：“导演组确定要她来写？”

“林副导给我们发的消息。”江晓晴不满地道，“我也不知道导演组怎么想的，剧本明明是你主力撰写，当然你对其熟悉程度最高。”

秦园园犹豫了下，插话道：“卓亦萱现在在编剧业界挺有名气的，导演组肯定乐意她来。”

江晓晴：“她有什么名气？她有作品吗？”

秦园园："有《渡我》就够了。"

提起这个，江晓晴更爆炸了："啊啊啊！作为盲枝大大两年的死忠粉，我说第一万遍，卓亦萱绝对不是盲枝！盲枝大大是不可能担着狗屁美女编剧这种名号招摇过市的！"

秦园园欲言又止。

顾念合上平板电脑，站起身，声音慵懒地道："她是不是并不重要。"

江晓晴生气地回头。

"多数粉丝认为她是，她本身又有足够的炒作噱头，这些就够了。"

"可……"

江晓晴满怀怒气地想反驳，但张口后又说不出什么来。

她知道这是事实。在流量时代，立于每个行业的资本高度向下俯视，世界早就不是"酒香不怕巷子深"的年代了。更甚至，"巷子深"本身就逐渐成为一种营销方向，而真正在巷子深处的那些不肯迎合时代不想"随波逐流"者，就只能永远被埋没在流量时代的洪流里。

江晓晴越想越气，暴躁捶桌："啊啊啊！盲枝人人现在是在哪个不通网的深山老林里吗？为什么看着这个女人这样冒充她的名号招摇过市还不出来捶爆这个美女编剧的狗头啊？！"

秦园园无奈地安抚她道："如果卓亦萱不是盲枝，那可能真的盲枝有什么难言之隐吧。"

江晓晴："她不是！绝对不是！"

秦园园："好，不是、不是。"

江晓晴还想再说什么，面前有身影飘过去，她一愣，转头问："顾念你去哪儿？"

"导演组。"

"你去导演组干吗？"

顾念揉着发麻的脖颈，蔫得没精打采，声音也轻飘飘地传回来："跟导演请教一下做人的道理。"

院门被推开，燥热与蝉鸣扑面而来。广袤的天空蓝得发白，万里无云，山区的天好像都比城市里的那片更干净。

不过太阳是一样毒辣的，空气中有被炙烤出的清香的草木和泥土气息。

顾念站在简陋的院门外，懒洋洋地伸了个懒腰。对着晃得人睁不开眼的太阳，她挪开视线，视线拂过远山，最后落在从院外探进围墙里的绿树树梢上。

顾念叹了口气，声音轻得风一吹就没了："还真是深山老林哪。"

"你啊，不肯写的是你，有人写了又要抢着写的也是你，你说说，你怎么就这么喜欢和我们唱反调呢？"

熟悉的窗前，熟悉的桌旁，熟悉的林副导抱着他熟悉的老茶缸。

顾念受剧本摧残两天，又被晒了一路，此时比上回还蔫："同理，要我们写的是您，费心费力写一半了又让我们作废的也是您，要猴戏里也没这么玩猴的啊。”

“就你嘴皮子机灵。”林副导觉得好气又好笑，抬了抬眼皮，“这次铁了心，非得跟导演争取？”

顾念抬手，手点着下眼睑，还拉了拉。

林副导：“干吗？跟我做鬼脸啊？”

顾念没精打采地道：“不是，让您看看我这黑眼圈。为了加这个角色，我做梦都在搬砖，黑眼圈快掉膝盖上了，换了您，您能一声不吭地回去吗？”

林副导想忍，还是没忍住笑。

顾念的编剧小组就是他挑上的，顾念的剧本他也见过，她年纪太轻，台词功底还差些，但故事的架构和角色的有血有肉方面都做得很好。

更现实的一方面是，小姑娘虽然总是一副睡不醒的模样，但是天生底子好，模样漂亮讨巧，性格古怪惫懒里又透着点儿机灵，既不像愣头青似的锋芒毕露不通世故，又不圆滑得丢失个性——很难让人不喜欢。

综合来说，他很看好这个年轻人的前途，不然也不会这么纵容她。

“行吧，那我再帮你搭这次桥。”副导演起身，“不过能不能说通耿导，还是要看你自己。”

“谢谢林导。”

“这个点，拍摄快结束了，导演他们应该会去临时食堂，我带你过去看看能不能遇上。”

“好。”

说是食堂，其实就是在拍摄地旁边租的一大片连通民房。比起顾念住的那里，这边是有二层的。

食堂就在二楼。

顺着那木质楼梯上去时，顾念深觉脚底下的每一块板子都在呻吟，诉说着它们的年久失修，只等一位有缘人哪天中了狗屎运，踩塌了掉到一楼，牺牲自己，造福后人。

警觉到这一点后，顾念立刻拿出手机，准备给宝贝“鹅子”发信息提醒一下。不过第一个字还没打上呢，她就听见走在上面的副导演惊讶地“咦”了一声。

顾念抬头。

林副导看着里面自言自语：“卓亦萱竟然也不嫌弃来这边吃饭了。”

顾念没兴趣，耷下眼皮继续发信息。可惜林副导没放过她，还很是挑事一般，笑眯眯地让开身道：“喏，那就是抢了你的工作的人。耿导听说她是当初写《渡我》那个盲枝后，可一直捧着她呢。”

林副导“盛情邀请”观看，顾念不好拒绝，只得上完那两级台阶，视线向门里落去。

在扫一眼就准备离开的那一秒，顾念僵住了。

那个美得吸引了半个食堂员工的目光的女人似乎在等什么人，很是不耐烦地坐在里面，从头到脚都透着一种熟悉感。

如果她换回那天晚上在酒店穿着的红色紧身短裙，那顾念一定更熟悉。

空气死寂后，林副导笑道："怎么样，确实是个大美人吧？她家里背景相当厉害，人脉广着呢，又有'盲枝'的名气和粉丝底子保驾护航，一般人招惹不起——你待会儿斟酌言辞，可别把人得罪了啊。"

不得罪？

她现在立刻去整个容，可能还来得及。

林副导："我先进去跟她打声招呼，你待会儿进来，自然些，就装作是偶遇吧。"

"嗯。"

林副导进门，顾念也已经从方才的震惊里恢复常态，靠着墙晃了晃踩着白球鞋的脚丫，突然想起什么。

她得罪卓亦萱没关系，宝贝"鹅子"可不能落进虎口！

一想到善良、单纯、无辜、乖巧的宝贝"鹅子"被女魔头看中，顾念过了电似的直起身。

手机的信息页面几乎被她敲出火花——

"那天晚上欺负你的人是剧组挂名编剧卓亦萱，你最近一定躲她远点儿。有事不要怕，打电话给我！"

"还有食堂楼梯特别危险，你尽量别来，来也一定小心。"

发完信息，顾念松了口气。

"叮咚。"

"叮咚。"

前后两声提示音，间隔三四秒，第二声是近在顾念脚旁几级台阶下响起的。

顾念怔了下，回眸看去。

站在比她低了七八级台阶的休息平台上，身形挺拔的男人放下手机，褐色的眸子在薄薄的镜片后微微闪光。

他神色貌似温和，却透着疏离："顾小姐。"

顾念仿佛从 2% 的极限电量一秒充到满格，奓了毛般飞下楼梯。

骆修怔了怔，下意识地抬手，觉得小姑娘扑过来那架势怎么也是要滚下来的。

奇迹的是，她还真完好地下来了，只是来势略汹，捂着自己的嘴就把自己按到了墙上。

"嘘！"

骆修身体骤僵。

一两秒过去后，他才压下眸里翻涌的情绪，隐忍着垂眼。

扑在他身前的女孩正惊慌地回头看楼上。

门里没走出人。

顾念仍紧张地往回转："那个女人现在就在食堂里，你小点儿声，别让她听见你的声音。"

转到一半，顾念又忧心忡忡地拧起眉，低头沉思："我怀疑她突然要做加角色的工作也是因为你。"

没听到回应，顾念抬眸，这才惊觉自己还把人的嘴捂着呢。

"抱歉、抱歉。"顾念慌忙退开，不忘压着声音。

骆修抬手，轻拭过残留着陌生温度的唇，抬起薄薄的镜片后的眼，笑意淡然："因为我什么？"

顾念回神，严肃警告自己这个天真单纯不懂圈内险恶的"鹅子"："她很可能是想利用编剧的职务潜规则你！"

警告完，顾念没收到宝贝"鹅子"惊慌的反应，反而见着对方垂眸望着她，眼角残留几分淡淡的似笑非笑的神色，眼里似有深意。

"原来想潜规则我的，是她？"

宝贝"鹅子"为什么要这样看她？

顾念以为骆修不信她的话，很是扼腕："宝……咳，骆修先生，你不能这么单纯，你这样在圈里会被人欺负的。那天她都……那样了，如果她负责你的剧本，那你觉得她会放过这样的机会吗？"

骆修深望着她："不会吗？"

顾念坚定地摇头："一定不会的！"

骆修："那会怎么做？"

顾念不假思索地道："肯定是拿剧本要挟你，如果你不从她就给你删减戏份或者把你安排成反面角色，逼你就范！"

骆修眼里的情绪变得有些凉，他意味深长地望了顾念数秒，淡淡点头："我知道了。"

顾念疑惑。

宝贝"鹅子"知道……什么了？

顾念没能得到答案，他们身后年久失修的木质楼梯"吱吱呀呀"地作响，上楼的人察觉有身影晃动，抬头："骆修？已经到了怎么不上去？"

顾念闻声回头一看，来人是《有妖》的总导演，耿宏毓。

对方也看见她，皱眉道："你是……？"

顾念的表情淡淡的："我是编剧小组成员顾念。耿导，我想跟您——"

"站这儿说话累不累？"耿宏毓听完顾念的自我介绍就打断了她的话，"进食堂里面说吧。"

"好……"顾念在心底叹了口气。

她看出来了，应该是耿宏毓找来的骆修，就是不知道背后有没有卓亦萱的意思。但耿宏毓一来，不管有没有，骆修都只能和他们一起上楼。

顾念担心地看向骆修。

导演从他们面前走过去，骆修也抬眼，和顾念对视：“顾小姐一起吗？”

顾念脸上的担忧立刻变为坚定，她轻轻握拳，放轻声音信誓旦旦道：“嗯！别怕，我会保护好你的！”

不等骆修反应，勉强一米六出头的小姑娘已经雄赳赳气昂昂地走到他前面了，背影像只努力奓起毛装老虎的猫。

临时食堂内，卓亦萱在和副导演闲聊。见总导演耿宏毓进来，林副导先起身，卓亦萱的目光跟着落过来。

卓亦萱和耿宏毓打过招呼，紧接着就期盼地看向他身后，然后就看见了个奶凶的小姑娘，还特别眼熟。

卓亦萱呆了几秒，陡然反应过来，伸手怒指顾念：“你不是那天——？”

顾念早有防备。

卓亦萱捅破了窗纸丢了脸没关系，但她的宝贝“鹅子”绝对不能沾上被潜规则这样的传闻。

所以在卓亦萱说出重点前，顾念已经“嗖”地上前，拉下女人指来的手，非常敷衍地晃了晃：“你好，我是编剧小组的顾念，很高兴认识你，卓编剧。”

女人哑了。

理智回笼，她才想起自己那天晚上的糗事不能被说破，脸色顿时难看起来。

耿宏毓疑惑地问：“你们见过？”

顾念面带微笑地道：“我和卓编剧很有缘分，确实见过。”

卓亦萱忍了忍，没说什么。

耿宏毓点点头转开注意力，顺着林副导的牵引在旁边落座。

卓亦萱想抽回手，但甩手前，顾念已经垂下眼，快速地放开了她的手。

这个名不见经传的小破编剧竟然还敢先嫌弃她？！

卓亦萱的愤怒没能传达到顾念那里，脱离了导演们的目光监视，顾念连眼神都懒得给她了。

顾念的全部注意力都放在了给宝贝“鹅子”找个远离女魔头的位置上。

骆修此时也走过来。

他身形挺拔，五官俊美，半点儿不输圈内被称为顶流的那些男“爱豆”，到哪儿都难免吸引人目光。

从他进组开始，各路偷拍的照片就在剧组内私下流传。这会儿他虽然晚众人几步进来，但仍迅速勾走了多数人的视线，其中以卓亦萱为先。

顾念给她带来的不愉快被她暂时抛开了，见骆修将从自己面前经过，她面露喜色，想都没想就往前跨了一步。

“骆——”

男人淡淡抬眼，唇边勾着漫不经心的笑，望来的眼神却冷如寒冰，疏离里藏了一丝警告。

卓亦萱的尾音轻颤了下，停住。

她可以在两人独处时爆发自己的情绪，但绝不敢在众人面前暴露他的身份，因为这会惹怒他。

这个人永远看似温和无害，但那是在他全不在意的方面，而一旦触及他的禁区，哪怕分毫都要付出代价。

卓亦萱深知这一点。

她曾经追在这个人身后几年，比绝大多数人都了解这个男人，了解他温和假象下的腹黑内里，了解他的手段和他的凉薄心性。

越是了解，她越是没办法控制自己沉沦——时至今日她也坚定地认为：她这样了解他，所以只有她配站在他身边。

如果最后有人能得到他，那也一定是她，不可能有别人。来日方长。

卓亦萱这样告诉自己，握紧了指尖，维系住笑容，忍着看男人好像不认识她那样地从她面前走过去。

卓亦萱的目光追随着那人的身影，身体控制不住地跟着他转过去。

然后她就看见那个在她面前蔫得眼皮都懒得抬的小姑娘站在长桌旁，像发现了新大陆一样兴奋地抬起眼皮，回过身朝骆修快速招手。

“骆修先生，这里，这里。”

卓亦萱这时才发现，女孩生了一张很没攻击性的美人脸——或者说明明是美的，却总被她平常惫懒得没睡醒的模样给掩藏起来了。

直到此时，那双鹿眼染上光彩，五官跟着活泛起来，眉眼鼻唇都变得动人，卓亦萱才惊觉这点。

她心底生恼，又冷笑。

这人好看有什么用？跟只电动招财猫似的，骆修会搭理她才怪。

这念头冒出来不到两秒，众人视线里的男人就脚步略停，然后竟真的朝那只“小招财猫”走过去了。

卓亦萱僵住。

导演耿宏毓也意外地道：“刚刚在外面就见你们站在一起，你们以前就遇见过？”

刚刚就……站在一起？

卓亦萱回神就听见这么一句话，顿时惊怒地看向顾念。

骆修停在顾念身旁，没有答话，更好奇顾念这时候要怎么说。

“我和骆修先生今天才是第二次见面呢。”帮他拉椅子的小姑娘仰起头，笑容惬意。

耿宏毓：“那你们还挺一见如故。”

顾念眼睛一亮，立刻把握机会向导演安利宝贝“鹅子”：“之前我找骆修先生谈剧本和对角色的理解，骆修先生特别配合也特别敬业，所以是我单方面对骆修先生一见如故！”

林副导见惯了顾念蔫得没充电似的常态，此时看她精神抖擞的，忍不住插话打趣道：“是一见如故，还是一见钟情啊？”

顾念蒙了两秒，小仙女一样的笑脸一收，神色严肃地说：“我怎么能对骆修先生一见钟情呢？那也太大逆不道了。”

闲聊过后，几人坐下来围着长桌用餐，顾念一边盯着导演的动向，准备找机会跟他谈加角色的事情，一边还得防备女魔头对她的宝贝“鹅子”有不轨行动。

一顿午餐吃下来，她感觉身心俱疲。

午餐结束，一次性餐具被撤下收走，后勤又端上来一盘高杯，每杯里面都盛着奶白色的不透明液体，散发着诱人的香气。

后勤人员介绍说是地方特色，名字也有些古怪的，顾念没听懂。但这不妨碍她端起来尝了一口，香甜里带一丝淡淡的咸味。

“哎，这东西味道确实不错。”林副导竖了拇指。

耿宏毓也点头，显然喝得挺满意，视线扫到旁边：“骆修，你怎么不喝？”

几人的视线落了过去。

果然只有骆修面前那杯饮品，液面静止，纹丝未动。

顾念愣了下。

她想起骆修的小助理以前跟她抱怨过，说骆修有严重洁癖，尤其不能容忍与人共用物品——非一次性的餐具、杯盘这块是重灾区。

但是这话她要是说出来，显然只会得罪人，尤其是这位以抠门老派著称的总导演……

骆修抬眸，淡淡地开口：“抱歉，我不习惯。”

“骆修先生有乳糖不耐受的毛病！”顾念在桌下一把按住骆修的手腕，险而又险地打断了骆修的话。

骆修顿住。

耿宏毓点了点头：“这样啊，有这种情况下回要早点儿和场务提，免得闹出事来。”

耿宏毓不了解，林副导却清楚顾念的脾性，知道她这会儿插话肯定是没说实话，问：“才见了一面，顾念你就这么了解骆修了？”

顾念一本正经地胡说八道：“塑造角色是编剧的职责，而在塑造的时候，了解演员的习性也很重要。”

林副导笑了笑，没拆穿她。

逃过一劫，顾念回头，小声严肃地告诫骆修：“耿导风格比较老派，不喜欢年轻演员挑剔，你不要在他面前提洁癖的事情。”

骆修的视线原本落在顾念扣着他的手腕的手上，闻言他抬起眼，淡淡一笑：“顾小姐对我确实很了解，洁癖这件事极少有人知道，你是怎么知道的？”

顾念受惊后仰，一时无语。

怪她爱子心切，又忘了。

顾念满心想如何填坑，所幸骆修似乎没有深究的意思，只是抬了抬手。

顾念被他的动作轻扯了下，蓦地回神，连忙收回自己还搭在他腕旁的手：“抱歉……”

骆修淡淡地敛眸：“没关系。”

顾念：这样都不追问、不计较，宝贝“鹅子”果然好善良、好温柔！

顾念没来得及感动多久，就收到林副导使的眼色。

知道不能再拖了，顾念等耿宏毓放下杯子，主动开口：“耿导，换人加角色的事情，我希望您能再考虑考虑。”

耿宏毓不意外，也没看她：“考虑什么？”

“这个剧本毕竟是我们小组三人操刀，论对故事设定、人物关系和剧情发展的熟悉度，应该没人比我们更高。”

“你的意思是，我这个总编剧还不配改你们的剧本了？”不等耿宏毓开口，卓亦萱冷冷地接了话。

“我说了，只是熟悉度。”顾念语气慵懒，但分寸不让，“就算对同一个‘鹅子’，亲妈和继母总是不同的。”

卓亦萱脸色一寒，但没反驳。

耿宏毓愣了愣：“同一个……什么东西？”

“鹅子，”顾念想都没想地道，“就是圈里对儿子的一种——”

话音未落，她突然警醒到什么，浑身微僵。旁边光可鉴人的瓷砖承重柱上，在她右边的男人不知何时抬起眼，目光淡淡地望着她。

顾念没敢回头，笑容一秒切回小仙女模式：“导演您没听说过吗？这是圈里妈妈粉们对‘爱豆’们的一种称呼。这两年妈妈粉数量越来越多，快要占据粉丝圈的半壁江山了！”

林副导笑着插话：“你了解的东西还真不少。”

顾念在心里擦汗，面带微笑道：“没什么、没什么，编剧的基本素养。”

耿宏毓回过神道：“顾念是吧，你说得确实有道理，不过我们组里也有自己的考虑……”

只听这个开头，顾念就懂了总导演偏心卓亦萱的坚定程度。

来之前她还以为对方能有些动摇，那看来，只能用撒手锏了？

顾念手慢慢撑住脸，面上笑意柔软，低眉顺眼地应和导演，实际上心绪早就不知道飞到哪个天边打自己的小算盘去了。

“所以，”耿宏毓结束长篇大论，终于给了顾念一个正眼，“希望你们还是能理解导演组的安排。”

坐在斜对面的卓亦萱低低地冷笑了一声，眼神不屑地瞥向顾念。

顾念权当没看见，十分乖顺地点头：“我们——”

“我倾向……”

一个好听的声音插入话中。

顾念心里一惊，连忙回过身想阻止，可惜对上那双深褐色的仿佛深情的眼眸时，已经听见了那人余下的话：

“和顾小姐合作。”

老母亲泪流满面，一时陷入感动、又怕宝贝“鹅子”被导演记仇的惶恐中。

耿宏毓眉头一皱，明显不悦，就要开口，关键时候还是林副导不动声色地拉了他一把。

两人目光交流，耿宏毓似乎想到什么，咳嗽了一声忍下怒意，但眉头仍未松开：“在剧本创作和知名度方面，我们卓编剧更有实力，骆修，你不再想想？”

“卓编剧很优秀，”骆修垂眸，淡然地笑道，“但我和顾小姐更合拍一些。”

卓亦萱脸色陡变。

她自桌旁猛地起身，恼怒地瞪着顾念，然后不甘地转向骆修：“你觉得我会比不上这么一个只能写剧本卖钱的小破编剧？！”

恼怒之下，卓亦萱的眼圈红了起来。这样一个大美人隐隐落泪的模样，看得在场男士忍不住动容，有几人想上前安慰她了。

唯独她视线焦点中的那人——骆修不为所动，嘴角笑意甚至一丝不变：“不，只是她更合拍。”

冷冰冰的一刀刺了过来。

卓亦萱哪受过这种委屈，忍无可忍，甩开身旁安抚她的人，红着眼圈扭头跑走了。

顾念旁观全程，感动得双眼含泪。呜呜呜，不愧是妈妈的好“鹅子”！

耿宏毓思索再三，终于皱着眉起身道：“好吧，这件事我回去会再考虑考虑，晚上之前给你们通知。”

顾念连忙回头：“谢谢导演。”

耿宏毓皱着眉看了她一眼，转身走了，林副导也跟着他一起离开。

两人走到楼梯上，见前后无人，耿宏毓皱着眉问：“你之前拦我，是查出骆修的来历了？”

林副导苦笑着摇了摇头：“具体的没查到。”

耿宏毓：“那你那么怕他？！”

“耿导，您为人正直，不爱掺和富人圈这些事所以不了解——在他们那儿，越是查不到来历的，越可能背景恐怖。”

耿宏毓警醒了下，但还是不太想服软：“他要真有那么厉害的背景，会进我们这么一个中等制作的剧组，还只做个男三号？”

“那些人的心思，谁猜得透啊？”

耿宏毓沉默了一会儿，转头紧盯着副导演：“你实话告诉我。”

“我跟您说的就是实话啊。”

“你说的是实话，但未必说全了吧？”耿宏毓说，“我不信你要是一点儿风声都没查到，会这么避讳得罪他。”

林副导又苦笑道：“逃不过您的火眼金睛。我倒不是不告诉您，只是不确定这来历属不属实。”

耿宏毓不耐烦了：“少卖关子，他到底什么来头？”

林副导四下看看，然后才附耳过来，低低地吐出两个字：“骆家。”

“哪个骆——”耿宏毓的声音戛然而止。

他回过神，微微瞪大了眼看向副导演，眼神惊疑不定。

林副导也收起平常老好人的模样，认真朝耿宏毓点了点头。

几秒后，两人不约而同地没再说一句话，转身下楼去了。末尾，只听一阵轻飘飘的尾音飘回来，被晒化在炎炎的烈日下：

“要真是他……那可是请进来了一尊要命的大佛啊。”

临时食堂内。

看着两位导演的背影消失在门外，顾念心里的石头落地，她转回来，认真地看着骆修：“骆修先生，我特别特别感谢你今天的帮助。”

骆修：“不客气。”

顾念：“但是……”

骆修略一停顿，抬起眼眸，然后就对上小姑娘一张严肃得不能再严肃的漂亮脸蛋。

“你下次一定不能再这样了！你——”顾念僵了两秒，低下头揉了揉脸，又蔫又颓，“不行，看着你的脸我没法凶你。”

意外地微怔之后，一点儿笑意由衷地在眼底浮起，骆修靠着椅背，半挑起眉眼和勾着薄唇，轻笑了声：“我不能怎样？”

顾念努力低着头不去看骆修，声音也严肃回来了：“虽然不知道你的经纪公司怎么帮你争取的这个角色，但这对你来说确实是沉寂很久后最难得的机会——你要相信自己，以你的自身条件，只要进入公众视线，就一定能够收获大量流量。”

骆修淡淡颔首，似笑未笑道：“所以……？”

“所以你绝不能在这个关键时候冒任何风险，一丁点儿都不可以。”

顾念说到重点，蓦地抬头：“像刚刚那样帮我说话但是很可能得罪导演的事情，真的不可以有第二次。”

骆修：“或许我并不是为了你。”

顾念：“我知道你也一定不想和卓亦萱合作，但那种情况，有我顶在前面就够了！”

骆修顿住。

几秒后他垂下眼，眼里的笑意更深，声音莫名透出几分哑：“顾小姐难道是在教我……利用你？”

顾念愣了下。

思索片刻后，她转回来认真点头道：“可以这样说。这个圈子里本来就是互相利用的关系最多。”

“为什么？”

“嗯？”顾念茫然，“什么为什么？”

眼底那点儿波澜被压下去后，骆修才抬起眼，褐色眸子里仍残存几分凉薄凌厉的深意。

“你真的是想保护我？哪怕自己挡在我前面？”

“嗯。”

女孩毫不犹豫地道。

在他一丝一毫的细节都不肯放过的审视下，他竟然看不出半点儿虚伪的迹象。

甚至对着他的目光，那个明明应该是个狡狐心性的女孩鹿眼微弯，猫咪唇笑得翘起来——

“因为没有什么比保护你更重要了。”

骆修怔住。

夜晚的民房内。

顾念在床上滚过她的第179圈，双眼含泪地抱着被角和手机。

“呜呜呜……南天你说，我的宝贝‘鹅子’是不是特别单纯、特别善良、特别可爱？”

“明明有我挡在前面就可以了，结果他还冒着得罪导演的风险主动站出来了！”

“万一他惹怒导演被压戏份怎么办？一点儿都不考虑自己，他怎么会这么善良、这么天使呢？”

长久沉默后，林南天在电话对面长叹一声：“所以为这点儿事，你就感动了一下午加一晚上？”

“不是这点儿事，这是‘鹅子’的爱。”顾念滚过第180圈，握拳道，“而且我下午继续钻研了剧本，把握好每一点儿时间，努力为宝贝‘鹅子’写出吸粉的角色！”

林南天抚额：“不是我泼你的冷水，按你说的，你不觉得虽然他帮你说话站队了，但也帮你把那个卓亦萱彻底得罪了吗？”

顾念静默一会儿，然后松开被角，表情严肃地坐了起来：“你的意思是，我的宝贝‘鹅子’其实是想利用我，把卓亦萱的仇恨值拉到我身上，以此转移卓亦萱对他的注意力，摆脱纠缠？”

林南天抖了下：“你们编剧搞起阴谋论来都这么可怕的吗？”

民房里的横梁上挂着几串农产品，投下的阴影把女孩的脸半藏着。房间内一时静默，她的神色也难以分辨。

不过须臾，顾念就笑着仰起脸：“怎么可能？我的宝贝‘鹅子’可是人间天使，你少编派他。”

林南天：“刚刚那些是你说的。”

顾念：“我那是顺着你的话表达了一下你的想法。”

林南天放弃和一个靠写剧本吃饭的人诡辩了。

林南天也确实没能和顾念聊下去，两人的电话打到一半，顾念这边的手机响起“嘀嘀嘀”的其他通话介入声。

顾念拿下手机，看了眼后对林南天说：“应该是导演组那边有决定了，我改天再找你吧。”

“行。”

顾念接起林副导的电话。

林副导开门见山道：“小顾啊，我们导演组已经定好修改剧本的事情了。”

顾念：“您说。”

林副导：“我们看得出来你对剧本确实很认真负责，熟悉度也确实比卓编剧高一些，所以修改剧本的前、中期工作，就交给你们编剧小组了。”

顾念顿了顿，问道：“还有后期？”

“算是最终审核阶段吧。”林副导放软了语气，“卓编剧毕竟是我们的挂名总编剧，剧本最后理应过一遍她的手，如果她实在觉得有什么细节不妥，那你们再商讨就是了。”

“怎么，这样你还不满意？为了你，我在耿导那里都快把嘴皮子磨破了。”

沉默片刻后，目光微微闪动的顾念终于决定什么，弯下眼角轻笑了声：“麻烦林导了，我们会好好写剧本的。”

“好、好，你能理解我们的苦心就好。给你们的时间不多，别被人挑毛病啊。”

“嗯。”

秦园园和江晓晴回来后，顾念把消息告诉了两人。

江晓晴听完后，看顾念的眼神更敬佩了：“连导演组你都能说动，不愧是我家顾念大大！”

顾念眉眼弯弯，语气带着藏不住的愉悦：“其实不是我说动的。”

“啊？不是你还会是谁？”江晓晴对上顾念活泛的眼神，想到了什么，“看你高兴的，难道是……”

“没错，”顾念骄傲地仰头，“要多亏我的宝贝‘鹅子’！”

于是她又一遍开启老母亲视角的“爱的回忆”。

说完顾念就翘起下巴，一副开心“等夸”的模样：“我‘鹅子’是不是很善良？”

江晓晴听完直乐：“我都能想象卓亦萱当时是什么表情了，哈哈哈，她活该！”

秦园园道：“顾念你挺骆修的原因我们懂，但骆修和你不是才见了一面吗？他为什么也这么信任你啊？”

江晓晴也道：“是哦，为什么？难道——？”

江晓晴拖长的尾音拉回了顾念的注意力，她好奇地问：“难道什么？”

江晓晴笑嘻嘻地凑上来，拿肩膀撞了撞顾念的肩膀：“难道骆修对你一见钟情了？”

小姑娘的表情一秒冰冻成严肃状态：“不要乱说话。”

“那你说为什么？”

“一定是因为——”

“什么？”

“母子同心，其利断金。”

江晓晴忍不住扭过头，小声对憋笑的秦园园说：“万一这个骆修真喜欢上我们顾念，那简直是人间惨剧。”

秦园园：“嗯？”

江晓晴：“被想追的女人当儿子爱，这世上还有什么比这更惨的事情吗？”

秦园园终于忍不住笑出来：“没有了。”

这边两人说着悄悄话，顾念自己趴在床头发起呆来。

没有用到她准备的底牌就解决了这件事，确实意外。虽然解决得并不完美，但她能不暴露那个身份，不再被拉回那个噩梦里……实在太好了。

还有那个把她从噩梦里拉出来的人啊。

顾念轻轻翻动手机里的图片，视线定在最后那张有点儿模糊的侧影照片上。

她手托着脸，温柔地笑起来。

“我的宝贝‘鹅子’，”她用手轻轻触着照片里的人，笑道，“果然是个天使。”

盲枝养鹅日常

2018年8月31日，星期五，天气中雨转大到暴雨

今天刚好是和宝贝“鹅子”相遇的一周月纪念日！

傍晚雨停了，看到有个小女孩一边帮妈妈摆摊一边写作业，裤脚都湿透了，就心软买下了这个本子，回来以后才发现软皮的颜色竟然和宝贝“鹅子”的眼睛一样，都是深褐色的！

真好看！

这应该就是缘分吧。所以我决定了，从今天开始，就在这个本子上记录和宝贝“鹅子”有关的事情。我给它起了个名字，就叫《盲枝养鹅日常》吧！

这个名字因为你而继续存在，以后也只会为你存在……

总之，妈妈要努力把天使一样的“鹅子”养得白白胖胖的，然后希望宝贝“鹅子”茁壮成长，事业起飞，红红火火。

不管遇到什么危险，妈妈永远会站在你前面！

PS：听说娱乐圈里的人都很相信气运——从今天开始，每周帮宝贝做一件好

事，每个月去道慈观上香，一定不能忘。

…………

骆修合上手里的本子，微垂下眼。

一周月，如果他没有理解错这个奇怪的表达方式，那他和本子的主人第一次见面，应该是在2018年的7月31日。

那天，发生过什么事情？

“咚咚咚。”房门被叩响。

骆修抬眸。

“骆哥——咦，你怎么看起这个了？”小助理刷卡进来后，第一眼就看见骆修手里拿着的深褐色软皮本。

骆修垂着手搭在褐色的本子上，淡淡地道：“有点儿无聊。”

小助理见怪不怪，赔着笑道：“最晚下周，您那些书就能没有半点儿损毁地寄过来了，到时候您就能打发时间了。”

骆修点了点头。

小助理把手里的东西放到桌上：“说起这本子，我那天看见它的衬页上写的是盲枝养鹅，咯……”小助理回过头，尴尬地掩饰过去，“您说这个盲枝，会是那个盲枝吗？”

骆修抬了抬眼：“哪个？”

小助理愣了愣：“您不会不知道吧？”

“知道什么？”

“盲枝啊，《渡我》那首歌的原创和原唱作者，两年前这首歌可是霸榜各大音乐网站的！”

骆修淡淡地点头：“没听过。”

小助理叹气，小声嘀咕着转回去：“您活得这出世劲儿，简直和我爷爷有一拼了。”

骆修笑了笑，笑意似微风拂面，但半点儿未达眼底。

小助理：“那您肯定也没听说过剧组里最兴盛的八卦消息吧？”

“嗯。”

没看到骆修兴致寥寥，小助理兴奋地说：“大家可都说那个大美人编剧卓亦萱，她就是当年的盲枝呢！”

骆修目光微闪，几秒后嘴角一勾，眼神落了回来，把手里拿着的深褐色本子抬起，修长的指节在本皮和光的反衬下，白皙得近乎冰冷。

“这个盲枝？”

小助理疯狂点头：“假如这个本子真是盲枝的，那这大美人编剧可是您的死忠粉了。两年呢，她每个月雷打不动地给您寄东西，这情分，您——”

“不是。”

“啊？”小助理被打断得突然，茫然地抬头。

“卓亦萱不会是这个盲枝。”

小助理蒙了好一会儿才道：“可卓亦萱自己都没否认，要是她不是盲枝，那她就是冒名顶替啊……不对，您都没听过《渡我》，怎么能确定她不是盲枝的？”

骆修垂眸，视线在重新打开的本子的正文第一页上一扫而过。

看着那句“妈妈永远会站在你前面”时，骆修眼里难得浮现一点儿微恼而无奈的情绪。

他轻敲了下本子，淡淡一嗤道：“卓亦萱不会说这种话，准确地说……”

小助理：“什么？”

骆修抬起眼：“正常人都不会说这种话。”

小助理歪头看完本子上的内容，还挺认同：“确实，那个卓亦萱看起来挺大小姐脾气的，不像是说得出这种话的人。”

“嗯，顾念都比她更有可能。”

小助理有好几秒都以为自己幻听了，直到看到那双温润却冷淡的眸子才醒神，惊讶地问：“顾念？那个小编剧？我这还是第一次听您主动提什么人呢，真难得。”

骆修顿住。

小助理问：“不过为什么您说顾念更有可能？她跟您说过这样的话啊？”

骆修仍没有说话。

小助理笑道：“看来您对人家的话印象还挺深刻，不然也不会记到现在突然提起来。”

骆修终于给了点儿反应，抬起眼帘随意地道：“已经忘了。”

骆修没有解释，放下本子，下了逐客令：“我准备入睡了，你回去吧。”

小助理讪讪地应了句，转身前想起什么：“您还是睡前做冥想？”

“嗯。”

小助理：“我特好奇，您到底怎么做到静心的？我每次学着您做冥想，脑袋里总是乱七八糟的什么事都有。”

骆修起身：“我习惯了。”

“啊？习惯什么？”

“没什么在意的，所以没什么事可想。”

小助理叹了口气：“懂了，是我等凡人六根未净，不打扰您休息了，小的告退。”

骆修没搭理他的油嘴滑舌。

小助理走到门口道：“我帮您关上玄关的灯，您安心冥想。”

“嗯。”

房门关上，周围归于寂静。

骆修坐回椅中，放松身体，闭上眼，“我”的意识慢慢消散，泯灭，仿佛和眼前的黑暗融为一体，心跳与呼吸的声音也轻了下去。

意识变得轻盈、透明，在它即将飘去无尽黑暗的深处时，一幅画面猝不及防地撞进他的脑海里：午日的光、透着古旧松香的楼梯、斑驳的墙壁，空气中飘浮的细小微粒。

还有……还有女孩明媚温柔、近在咫尺的笑容。

“因为没有什么比保护你更重要了。”

骆修蓦地睁眼。

这是生平第一次，他竟然在冥想时……乱了心境。

又经历了半个地狱周的时间，加入作为男三角色的“优昙花”的《有妖》剧本终于敲定。

顾念的编剧小组主笔的《有妖》是一个以玄幻为背景的、有前世今生两部分的剧本。

剧本所构架的世界观里，天地间有灵智的生物分为仙、妖、佛、人、魔五个种族。

其中仙族、佛族居上界，也叫天界；人族、妖族居中界，也叫人界；唯独魔族苟活在没有半点儿生机、暗无天日的下界，即冥界。

在前世故事的最开始，天启元年，人族诞生一位绝世天才，出生时天现异象，震动五族。五族长者卜算，皆言此子前景无量，但会在未来堕入魔道，彼时将屠戮苍生，取天道而代之。

仙、佛、人、妖四族以之为患，号其为“魔种”。

魔种名为妄无涯，成长速度极为恐怖，四族欲暗地袭杀他却反而折损实力。而随着亲朋师长相继背叛，妄无涯也逐渐生出逆心，行事越发果决狠辣，再加上他实力进境的速度不可遏制，一时四族内人人自危。

关键时刻，人族圣者出山，暗中下了情锁，情锁两端锁住了魔种妄无涯与仙族帝主之女——从此，妄无涯对仙族圣女情根深种，受其牵制。

而《有妖》的女主角丁乔不是别人，正是仙族圣女……山下一个小妖。

她原本是一株擅长幻化的丁乔木，因圣女气机萌生灵智，化形后人形相与圣女有五分相似，只是圣女高贵典雅，而她妖艳灵动摄人心魂。

妄无涯受仙、佛两族阻挠，对圣女求而不得，折戟而归前见到初开灵智的小妖在林中热泉里戏水，将之掳回，视为圣女的替身。又因为她与圣女五分相似的容颜，妄无涯对小妖丁乔时好时坏，将其深囚宫中。

丁乔自小孤苦伶仃，妄无涯是第一个对她好的人，所以她很快就不能自拔地爱上了这个人人除之后快的“魔种”。

后来天地惊变，五族开战，仙、佛、人三族联手欲剿灭魔族，他们利用仙族圣女设下圈套，要引魔种妄无涯入彀，降下灭世天雷，打他一个魂飞魄散。

小妖丁乔意外从妖族朋友那里得知消息，在苦劝妄无涯无用后，给妄无涯下了从妖族求回来的七莘毒，可以使他昏睡七天。然后丁乔利用天赋能力，扮作妄无涯的模样，只身赴约。

魔种是天生异才，七莘毒起效不过七个时辰。醒来发现丁乔的留信后，妄无涯大惊失色，连夜直奔蚀魔谷。

然而他到之时，蚀魔谷内一片焦黑，方圆百里寸草不生。灭世天雷的降落处，一望无涯的天坑深陷，半点儿生机也无。

那个总是抱着他的腰身嬉笑求欢、他最看不起的卑贱又妖艳的小妖怪……替他尸骨不存、魂飞魄散。

妄无涯伫立许久，然后慢慢转身，吐出一口血，血滴落在她留下的最后一张信纸上。

血映出一行被藏起的小字：明年丁乔木该开花了。到时候你陪我去看看，好不好?

妄无涯支撑不住，骤然跪地，“哇”地又吐出一口鲜红的心头血。

在四族惊惶的注视下，情锁浮现，然后一寸寸碎裂、崩毁。

妄无涯一息入魔。

…………

镜头到此被一片血色淹没，前世部分也至此结束。

“所以，为了承接转世加入的新角色，还需要我补拍一段前世镜头？”听完顾念对最后一镜的介绍后，骆修平静地问。

“对，”顾念认真地解释，“丁乔在这里之所以还能保留魂魄转世，就是因为她机缘所得的佛族圣物优昙花，也就是你，为她挡下这一劫。”

骆修微微点头：“如果不做改动，那优昙花会如何？”

顾念愧疚地道：“挂了。”

骆修怔了怔，回眸。

说这句话时，小姑娘像做错事似的，蔫蔫地耷着眼皮：“虽然它很无辜，但佛坛圣物这种级别的东西，连灭世天雷都能挡下来……在设定里就是bug（漏洞）一样的存在，只能是一次性物品，肯定不能把它留给主角的。”

骆修淡淡一笑道：“我只是随口问问，你不用这么认真。”

“是你问的问题，我当然不会敷衍了。”

小姑娘仰头，鹿眼又变得亮晶晶的，好像只有望着他的时候才会这样。

骆修眼底情绪微动。

只是很快，他便像什么都没察觉一样，将视线落回摊开在他们面前的剧本上面：“那我今天下午要补拍的前世镜头，就是优昙花度劫化形？”

“没错！”顾念用力点头。

她自觉眼神里老母亲的爱意满满——老母亲是毫不吝啬给宝贝“鹅子”“你最棒”这样的肯定的。

母子连心！

宝贝“鹅子”一定也感受到了，所以才不好意思和她对视！

呜呜——宝贝“鹅子”真是个乖巧又可爱的小天使啊……

顾念一边快乐地畅想，一边也不忘提醒重点："化形这里的本质是，优昙花在度劫时本体被劈出一道裂缝，魔族气息乘虚而入，给他种下心魔——佛坛圣物为爱堕魔，这是这个角色的核心基准点。只要把握好前后两种状态的交替和矛盾，那这个角色你一定能演好！"

骆修淡淡地应下："我尽力。"

顾念："我相信你！你一定没问题！"

对上顾念一副"你就是影坛未来之子、明日之星"的坚定表情，骆修也想不通到底是她演技太好，还是她真的就这样相信他。

骆修没有细究，从临时食堂的长桌前起身——顾念为了下午的前世镜头拍摄，约他来这里"考前突击"。

"多谢顾小姐，那我就先走了。"

老母亲的一腔爱意被这句客套依旧的"顾小姐"浇灭了一半。

顾念泪眼汪汪，没忍住，颤着声音说出了心里的悲伤："叫姐姐也行啊……"

欲转身的骆修一停，侧身望过来。

食堂窗户开得很大，金灿灿的阳光洒在他身后，那双深褐色的眸子被光衬着，像是质地上好的琥珀石，莹润剔透，在温和里又透出一种疏离的冷意。

"姐姐？"男人低声重复。

"哎……哎？"

听见就自觉答应的顾念这回终于听出一点儿不对劲的情绪，小心地抬眸，眼睛对上了男人薄薄镜片后似笑非笑的眼。

"第一次见面时，我就想问顾小姐了。"

"啊？"

"顾小姐今年芳龄？"

顾念犹豫了 0.1 秒，还是遵循了对宝贝"鹅子"知无不答的原则，灿烂一笑道："二十二！"

"那顾小姐知道我的年龄吗？"

顾念："二十四！"

这理直气壮的模样让骆修几乎失笑，但他惯于掩藏自己的真实情绪，所以只"温和"地问："既然这样，我叫你姐姐似乎不合适？"

"这有什么不合适的？"

小姑娘站起来了，就用她那一米六的个头理直气壮地在一米八六的骆修面前，拍着小胸脯道："只要我有一颗姐姐的心，那你永远都是我弟弟！"

因为在剧本中加入人形优昙花这个角色，所以后勤组不得不去镇上采买剧本新增的道具。

顾念作为这部分剧本的直接负责人，保险起见也和后勤组一起出发。

她无比痛心自己无法看到宝贝“鹅子”的镜头首秀，便千叮咛万嘱咐，叫江晓晴、秦园园一定帮自己录下来——要是剧组实在不让，拍两张照片也行。

交代完这件事，卑微老母亲才一步三回头地出发了。

傍晚前，顾念回到拍摄基地。

之前在车里有剧组其他人在，顾念不方便打电话。这会儿一下车，她就迫不及待地给江晓晴拨电话过去：“你们那边进度怎么样？”

江晓晴气若游丝地道：“没拍完。”

顾念感到意外地问：“还没拍完？除了前世化形，还拍别的镜头了？”

江晓晴：“恐怖之处就在于，没有。”

江晓晴忍了数秒，还是崩溃了：“你家‘鹅子’简直就是影视界的灾难，我承认他的长发古风造型是真的仙人下凡，美到爆棚——也就是这样，所以他 NG（指演员在拍摄过程中出现失误，或笑场或表演不能达到最佳效果）了那么多遍还能活在这个世界上吧？换了别人，我看他早就被剧组集体谋杀了好吗！”

顾念失语良久，仿佛不能接受“宝贝‘鹅子’竟然演技差”这个残酷噩梦般的现实，半晌才找回声音：“那他现在怎么样了？”

“耿导黑脸叫停，让他去对着剧本和人物小传反省了。”

顾念心疼地问：“耿导凶他了？”

“说起来还真没有。神奇哈，这可不像耿导的一贯作风。”

顾念听说宝贝“鹅子”没挨训，心总算落地：“那我这就过去，你帮我看着，千万别让人欺负了他。”

江晓晴哭笑不得地道：“他都二十四了。”

顾念一边加快步子，一边严肃地接话道：“二十四了也是我的宝贝‘鹅子’，谁都不许欺负他。”

江晓晴笑道：“好、好。”

顾念以最快速度赶到了临时片场。

可惜她来得不是时候，正撞到了耿宏毓的枪口上。

“顾念！你过来！”

耿宏毓戴着导演帽，在余光里一见到顾念，就冷声放了话。

顾念只得收回迈向角落的步伐，垂着眼过去：“耿导。”

“这就是你写的好剧本、好角色！一段没台词的镜头，演员 NG 了多少遍、浪费了我们多少时间和成本，你知道吗？！”

片场内原本就安静，耿宏毓的大嗓门一炸，多数工作人员面上不显，但注意力早就藏在余光里，偷偷看向这边。

大家都知道导演这是迁怒，顾念也清楚。

她眉眼间不见情绪，平静得很，声音都轻极了，听起来发懒：“抱歉。”

耿宏毓拧着眉毛：“导演组是信任你，才把这事情放给你们做，结果你们就做出这么一个结果！而且我再问你，我之前让你跟演员沟通角色，你沟通了吗？”

顾念：“没沟通。”

耿宏毓：“沟通了还这么个结果——”

话声戛然而止。

说到一半被迫憋回去，实在把耿大导演憋得面红脖子粗，好半晌他才回神，气急败坏地问：“为什么不沟通？！”

顾念：“时间太紧，没来得及。”

耿宏毓：“这是理由吗？啊？”

顾念：“不是，对不起，我知道错了，下次不敢了。”

她面无表情，连连道歉。

看着漂漂亮亮乖乖巧巧的小姑娘站在跟前，垂着眼一副“随便你怎么骂，今天我就跟你认错到底了”的模样，耿宏毓气得快心肌梗死还拿她没办法。

最后他十分嫌弃地摆了摆手：“给你三天时间，好好跟他沟通一下角色，把他这个镜头表现给我拧过来！”

“好的，耿导。”

顾念得了“特赦”，转身回去。

片场里接近冰点的死寂气氛终于缓和，一些或同情或幸灾乐祸的目光纷纷落到顾念身上。

江晓晴跑过来，有些愤愤不平地拉住顾念，小声咕哝：“明明是骆修的演技问题，导演凭什么这么凶你？”

顾念：“不。”

江晓晴一脸疑惑。

顾念严肃地说：“子不教，母之过，所以就是我的错。”

顾念问：“骆修在镜头前的表现问题出在哪儿？”

江晓晴想了想道：“太温和了。化形那里明明是优昙花的魔性难以压制的一个节点，虽然没有台词，但需要演员表现出那种富有攻击性的凌厉感，可惜骆修就只有温柔的感觉……”

顾念越听越泪目。

她快速搜寻一圈片场，虽然没看到骆修的正脸，但很快在角落找到了骆修的小助理。

旁边的大躺椅里背对着她的那道身影，显然就是她的宝贝“鹅子”了。

顾念锁定目标，快步走了过去。

“完了、完了。”小助理慌忙收回目光。

骆修抬眼：“嗯？”

小助理小声道：“那个顾念编剧过来了。她刚刚被导演训得那么惨，肯定要对您发脾气了。”

骆修淡淡地点头："应该的。"

小助理没来得及再说话，顾念已经停在他旁边："骆修先生？"女孩将声音压得很低，手在身后背着。

骆修垂了眸，站起身。妆发还未卸掉，长发滑落肩后，一身古风长袍的人转回来，露出一张惊艳的美人脸。

情节设定是优昙花度劫化形，身负重伤，化妆师明显忍不住给了这张脸最极致的病弱美人妆——雪白的袍子襟领处印着雪里红梅似的斑驳血痕，薄而弧度好看的唇透着苍白的淡色。

长发、白袍、病弱美人，还是战损状态，顾念屏息数秒，深呼吸，一盆冰水在心里泼下去，浇灭了母爱变质的小火苗。

骆修："抱歉，顾小姐。"

顾念："对不起！"

顾念还在深刻反省："明知道骆修先生你温柔又善良，我不该给你设定这么有反差的角色的！难为你了，我一定帮你梳理好角色感觉，弥补这个过错。"

片刻的死寂后，小助理慢慢地蹭到骆修身旁，把声音压到最低："骆哥，她难道是在……反讽你？"

爱八卦大概是娱乐圈人的天性。

没用一晚上的时间，下午发生在拍摄片场的事情就被传开了。

"不输圈内顶流男'爱豆'的新人演员果然是个空有颜值没有演技的花瓶"这类的说法，也迅速在整个剧组的男性同胞间扩散。

女性工作人员则对他们的说法嗤之以鼻。

"骆修那能叫有颜值吗？那叫盛世美颜！对一个新人演员，苛求这种级别的盛世美颜和演技同在？"

"他们可能指望一个国内版的莱昂纳多，出道自带巅峰演技，然后还跑来我们这么一个小剧组当男三号。"

"他真有你们说的那么好看？"

"姐妹！相信我！他是能凭一张脸就让你一秒爬墙的存在！"

"没错，昨天下午我在拍摄现场，那个长发古装太'杀'人了。"

"对、对、对！去化妆间搬砖的时候我还听见两个化妆师在那儿讨论呢，他们这种见惯了美人的人都说骆修的骨相绝了，五官自带立体妆感，给他们减轻了好多工作量！"

"如果他天天在片场，我愿意天天来搬砖。"

"我也是！"

"听你们说得我也想亲眼看看他了——他今天怎么不在？"

"我一来就找了，也没找到，呜呜。"

拍摄还没正式开始，三个凑在角落的小场务正四处搜寻着她们的目标，就听斜后方响起个声音。

“这个……我应该知道答案。”

“嗯？”三人迅速回头，随即狐疑地问，“你是……？”

“江晓晴，编剧小组的。”

“啊，我见过你。你知道骆修今天在哪儿？”

“对，”江晓晴点头，“我们编剧小组的负责人顾念大大正在给他开小灶。估计他这两天都不会来片场了。”

“这样啊……”

三个女生失望地离开。

江晓晴拿起手机，给顾念发消息：“告诉你一个好消息。”

过了会儿，对面的人回复了一个问号。

从这个问号里感受到了顾念大大的敷衍，江晓晴撇嘴：“见色忘义，不对，见‘鹅’忘义的女人。”

江晓晴又回：“恭喜你，你即将拥有很多很多的准儿媳妇了。”

顾念又发了两个问号过来。

江晓晴：“我在片场，刚刚听见好几个女生聊你的宝贝‘鹅子’的盛世美颜，话语间充满对你的宝贝‘鹅子’的觊觎。按照这个趋势发展下去，你‘鹅子’不日将收获大批女友粉、老婆粉，有望迅速脱单。”

顾念：“让她们忍忍，我宝贝‘鹅子’还小。”

江晓晴：“不小了、不小了，再说，就算她们忍得住，你确定你二十几岁的‘鹅子’还忍得住吗？这个年纪的男生不正是年轻气盛、血气方刚，最容易犯错误的吗？”

顾念深思良久，肃穆抬眸。

不远处的落地窗旁，骆修就像平日那样坐在那只有半圆环形靠背的椅子里，依旧穿着衬衣、长裤，唯一例外的是那副垂着单边金丝细链的薄片眼镜架在他的鼻梁上，他就像……就像一位从黑白画里走出来的清雅的民国贵公子。

顾念一秒从警惕状态变成欣慰的猫猫眼——

她的宝贝“鹅子”是这么乖巧、听话、懂事又温柔可人的好孩子，怎么可能做出为了谈恋爱荒废事业的事情呢？

他一定不会这样的！

可惜这欣慰情绪没能持续多久，顾念就因为想起自己为什么会在这儿而高兴不起来了。

果然，她的宝贝“鹅子”这样温润如玉的性格，怎么可能演得了入了魔的佛坛圣物这种矛盾又反派的角色？

她真是太糊涂了，呜呜呜。

这可是她的宝贝“鹅子”好不容易拿到的进组机会，重新写剧本导演组肯定不让了，万一适应不了角色，“鹅子”难道要因为她的大意而葬送前途？

呜呜呜……千万不要！要惩罚就惩罚她这个不称职的妈妈吧……

骆修在窗边看倦了剧本，某一秒因有些乏味无趣而抬起眼眸，然后就见到坐在圆桌后的女孩不知道为什么，像只小松鼠似的两只小短爪抱着桌边，正把自己的额头往桌上磕。

她这是……犯什么癔症呢?

骆修没意识到自己抬了下嘴角，轻放下剧本，从椅子里起身，踩着柔软的地毯走了过去。

顾念完完全全沉浸在老母亲式的痛苦和自责里，没察觉有人过来，更忽略了那声“顾小姐”。

直到某次额头在半空被什么柔软的东西托了下，然后“砰”的一声，有什么东西不轻不重地磕在桌上，声音吓了她一跳。

她几乎弹直身，呆呆地看着停在她身旁的骆修：“骆修先生，你……”

理智回归，顾念突然想到什么，脸色一变转向眼前——骆修的手还停在桌角。

也就是说，她刚刚压着她的宝贝“鹅子”的手，还把手磕在了那么硬的桌面上！

顾念爹毛了：“对……对……对不起！我不是故意的，你的手没事吧？！”

“没关……”

“系”字未出口，骆修的手腕已经被小姑娘一把握住。在重度洁癖的驱使下他笑意一淡，本能地就想抽回手。

但最终他没有这么做。

骆修垂眸望去，小姑娘自己撞得额头发红，却好像半点儿都没察觉，只紧张地翻着检查他的手，动作小心至极，仿佛捧的是什么碰一下就会碎掉的珍宝。

骆修微皱起眉。

这些，也是她演给他看的吗?

等顾念终于把她家宝贝“鹅子”的手确诊为无伤后，她这才长松口气地抬头：“还好没事，要是明天红了或者瘀青，你一定跟我——”

顾念噎住。

对着那双深沉又若有所思的褐色眸子，她茫然地问：“怎么了？”

骆修没回答，垂下眼。

顾念跟着骆修的视线，一直看到她双手捧着的骆修的手腕上。

她连忙把骆修的手托到桌边，确定不会再撞上桌面才立刻松开：“抱歉、抱歉，我刚刚是怕磕伤你所以检查一下。”

骆修轻轻握了下修长的指节，指腹位置好像还残留着一点儿陌生的温度。

须臾后，他淡笑着抬眼：“我知道，谢谢。”

顾念：呜呜呜……宝贝“鹅子”好温柔。

但顾念面上还是假装正经地道：“没关系、没关系……我刚刚让你看的那段镜头，你已经看完了吗？”

“嗯。”

顾念连忙问：“能复述一下那个场景吗？”

骆修点头：“转世后女主角丁乔和云昙在酒吧里第一次见面，丁乔不慎坐进云昙怀中，摸索着起身时被他按住手——”

顾念：“停。”

骆修垂下眼。

顾念认真又紧张地看着他，轻声道：“复述这里云昙的台词。”

房间里安静几秒后，才有声音响起。

“你想摸哪儿？”

骆修开口，声音淡然、平稳，听不出一丝情绪起伏。

一句本该是暧昧至极、冷淡又极富挑逗性的台词，被他念得像一句“谢谢惠顾”。

顾念的眼泪都快流了下来。

抱着对宝贝“鹅子”的演技看好的最后一丝希望，顾念做最后的挣扎：“骆修先生，你是……如何理解入魔后的优昙花的性格的呢？”

骆修没说话，温柔地望着她。

沉默对视十秒后，顾念彻底放弃启发他，决定进行填鸭式教学了：“那我来说一下我的想法，你看能不能理解一下。”

“嗯。”

“优昙花本身是佛坛圣物，即便因度劫而入魔，外在的圣洁佛性是不会完全消失的，甚至可以说仍旧占据主导地位。但又因为魔性的侵蚀，他的心性里掺入了截然相反的矛盾表现。”

顾念说到此处停顿，看着骆修的眼又道：“所以入魔后的优昙花应该是在佛性里透出一丝妖冶性的。”

骆修点头：“嗯。”

顾念眼底燃起希望：“你懂了吗？那我们再来一遍？”

“还是那句台词？”

“对，对！”

“你想摸哪儿？”

顾念再度“教学”一分钟后：“没错，就是你理解的这样！我们再来一遍台词。”

“你想摸哪儿？”

十分钟后。

“再……再来。”

“你想摸哪儿？”

半小时后。

“最后一遍……”

“你想摸哪儿？”

三个小时后，顾念泪眼婆娑地扒着酒店的房门："明天！明天我还会回来的！"

"好。"

顾念含泪离开。

在女孩转身后，骆修眼底假装的情绪退去，终于透出一丝忍俊不禁的笑意。他半靠在门旁，望着那个蔫头耷脑地离开的小姑娘，直到她的背影消失在视野里。

"顾、念。"他慢条斯理地重复了一遍这个名字，如她所想见的，表情在冷淡佛性里透出一丝妖冶气息，似笑非笑。

可惜无人听到。

骆修垂眸，望着自己的手掌静立许久，然后转身回了房中。

长达三天的地狱折磨后，苦心孤诣的老母亲终于结束了她并没有多少成效的小灶，并在片场找到耿宏毓做"述职报告"。

"效果怎么样？"耿宏毓翻着剧本，"你觉得骆修掌握角色了吗？"

顾念按下躁动的良心，回道："大概……掌握了。"

耿宏毓眉毛一挑，问道："怎么叫大概？"

顾念："就是演员已经尽力了，剩下的是我的错。"

林副导坐在旁边，笑着插话："你的剧本写得挺好的，演员演不好怎么能让编剧背锅？顾念，你这可就太维护骆修了吧？"

顾念神色肃穆地说："新人演员没有经验，我没考虑到这一点，所以就是我的错——成年人绝不甩锅。"

耿宏毓听不下去，嫌弃地把人撵走了。

顾念一走，他就转头瞪林副导："你这是从哪儿挖来这么一个活宝？年纪轻轻的一点儿盛气都没有，我就没见过比她还惫懒的小姑娘。"

林副导笑道："您得承认，她写本子写得确实漂亮。"

耿宏毓哼了声，没说话。

林副导想起什么，稍稍正色道："说起写本子，咱那位卓总编剧除了盲枝的身份和美女编剧的名号炒得够响亮，写的东西实在虚有其表。她这水平，真是那个盲枝？"

耿宏毓皱眉道："不知道。但她背景深，尽量别得罪。"

林副导："背景再深，深得过骆家？"

耿宏毓顿了顿，神色有些避讳。

这次沉默了好一会儿，他才开口："骆修到底是不是骆家的人，不还是件两说的事情吗？我还是不信那个骆家里的人会跑来一个剧组里厮混日子。"

林副导笑道："行，行，听您的——哎哟，坏了！"

耿宏毓："怎么了？"

林副导望着顾念离开的方向："忘了提醒她，卓亦萱今天也来片场，让她小心些了。”

顾念是在洗手间外面遇见卓亦萱的。

这一块的洗手台在外面，男女共用，顾念从卫生间出来后，垂着眼去镜子前洗手。

她连着给骆修开了三个白天的小灶，晚上还要修补剧本，努力降低云昙这个角色的共情难度，实在累坏了。

这会儿应付完耿宏毓，半点儿精神也不剩了，她宛如梦游，走路都像踩棉花。

然后梦游着梦游着，顾念就听见有个女声好像从天边过来了，还是朝她来的。

顾念抬起眼皮，看向镜子里映着的人影：站在她身后的女人趾高气扬，脸上挂着嘲讽的笑，红唇张张合合，好像在跟她说话。

“这就是你自不量力地和我抢的结果，现在担心耿导为难了？一个人躲在这儿哭有什么用？可笑。”

哭？

顾念忍着哈欠，转回视线。

镜子里的女孩蔫得好像下一秒就能睡过去似的，眼圈泛红，眼角湿润，看起来还真像哭了。

顾念木着脸，抽出擦手纸擦完手以后揉了揉扔进纸篓里。扔完她转过身，径直就要离开。

卓亦萱几度被无视，忍无可忍，提高声音道：“顾念！”

顾念慢吞吞地停下，抬眸看向对方。

卓亦萱气得发笑：“你是缩头乌龟吗？所以不管我说什么，你都只敢装听不见，再偷偷跑人是吧？”

洗手间所在的小长廊，旁边不远处就是化妆间、道具间，工作人员数最多，此时已经有几个听见动静的，在长廊外面探头探脑地竖着耳朵。

感受到那些注视，卓亦萱更加解气，冷笑道：“又不说话了？也对，你靠什么站在这儿的自己清楚，你就只敢躲在骆修身后吧。”

睡眠不足的顾念被吵得脑壳疼。

她揉了揉太阳穴，不满地轻轻哼哼了一声，然后才抬起头。女孩的声音轻得难以分辨：“还有事吗？”

卓亦萱噎住。

顾念：“没事我就回去补觉了。”

卓亦萱反应过来，气极道：“你少跟我装！”

看来对方是没事了。

顾念终于忍不住，打了个大大的哈欠。在重新盈了眼眶的泪光里，她垂着眼，慢吞吞地从卓亦萱身前走了过去。

擦肩而过的那一秒，女孩的声音藏进哈欠里，轻得像幻觉：“那你靠什么……盲杖吗？”

卓亦萱蓦地僵住。

等回过神，她再想去细分辨听到的那丝嘲弄是不是真实存在过时，却发现顾念根本未停顿，头都没回地离开了。

傍晚，骆修的小助理接到导演组安排的通知，来酒店接骆修去片场进行夜景拍摄。

两人提前到的，剧组人员大概都去食堂吃晚饭了，临时化妆间里没人。

山沟沟里条件有限，临时化妆间兼具道具储藏室的功能，再往里，隔着面透风墙的就是剧组的临时休息室。

小助理陪骆修在休息室里等化妆师过来。

等了会儿他有点儿无聊，凑到骆修身旁问：“骆哥，那个小编剧真教了您好几天啊？”

骆修翻看着休息室里的杂志，随口应下：“嗯。”

小助理：“她可真行。我听说卓编剧今天下午还拿您 NG 的事情怪她角色设定有问题，她竟然没迁怒您？”

翻页的杂志停在空中，骆修抬眸，神色淡淡地问：“卓亦萱为难她了？”

小助理乐了：“之前在食堂您替顾念‘出头’的事我都听说了，卓编剧会如何做，您不是那时候就知道了？”

骆修没说话。

和那双琥珀石似的眸子对视几秒后，小助理自觉地收敛了笑，不敢再反问，乖乖地回答：“是的，卓亦萱冷嘲热讽了她两句。”

骆修：“她是什么反应？”

小助理：“好像……没反应。”

小助理偷偷观察了骆修的神色，这才大起胆子说：“我听剧组的人说的，卓亦萱当着好几个人的面刁难她，结果顾念梦游似的就过去了，还打了个哈欠，差点儿把卓编剧气厥过去。”

骆修垂下眼眸，淡淡失笑。

小助理来劲地往前凑：“您说这个顾念，上回导演训她也是，全剧组的人都听见了，就她好像没事人似的——她怎么就那么没脾气呢？”

骆修抬眼，神色淡然。

虽然不知道原因，但是从自家老板那儿察觉到不悦情绪，小助理立刻缩了缩脖子，不敢再废话了。

休息间里刚安静没多久，外面的道具间兼化妆间传来门被打开的声响，然后进来两个脚步声。

小助理看了骆修一眼，准备出去看看是不是化妆师到了。但没等他起身迈出第一步，外面的声音穿过那面能透风的墙传了进来。

“今晚又是拍那花瓶的镜头啊？”

“花瓶？”

“就那个新人啊。”

“哦、哦，是他的戏。”

“惨了、惨了，说不定要加班。”

“你别叫他花瓶了，前天他一露面，剧组里一大半人成他的颜粉了。等这剧开播，指不定数他最红。”

“那不就是个花瓶吗？空有张脸，依我看也没多帅，一群花痴。”

“哈哈哈，你是嫉妒人家被大美人编剧喜欢吧？”

“我嫉妒他？呸！我嫉妒他什么啊？！谁知道他是怎么半道进的剧组？！”

外面那个男人似乎被戳中痛处，声音陡然拔高一截，说话变得尖酸刻薄，又附上不怀好意的笑：“他长得确实帅，我看多半是个没什么能力的小白脸儿！”

小助理气得脸色发青，又吓得发白。

他做的第一件事是扭头去看骆修。

那人就靠在沙发里，神色慵懒地垂眸翻着书页，侧影冷漠而疏离。听了那样不堪入耳的话，他却连眼皮都没抬，好似毫不在意。

小助理心上的巨石落下。

外面的男人还在冷笑道：“说穿了他就是陪出来的角色，我会嫉妒他？我——”

“咻！砰！”一声吓人的裂响传来，像是什么东西撕开空气，然后重重甩在墙上，撞得粉碎。

死寂片刻后，男人好像受了什么惊吓，声音都变得尖细：“你……你疯了？差点儿砸我脸上！”

一两秒后，还是那个熟悉的、轻得惫懒的女孩子的声音响起，但是这一次带上了最叫人陌生的冰冷情绪。

休息室外，顾念背着手站在门口，礼礼貌貌、温温柔柔，像个无害的小仙女似的说道：“你他妈再说一遍？”

门内，抚着书脊的骆修手指一顿。

须臾后，他放下书本，倚在沙发里缓缓抬起眼望向门口。

第三章　你行你上

化妆间里一片死寂。

过去了十几秒的时间，站在中间那个尖嘴猴腮的男子才从震惊里回神。他瞪大了眼睛，不相信地看着门外那道纤细柔弱的身影。

男子指了指自己："你……你骂我？"

门外的女孩往前踏了一步："刚刚是你在说话吗？"

"是……是啊。"

"哦，"女孩的笑冷了下去，"那你说我是不是在骂你这个只敢在背后恶意诽谤他人的小人？"

"你——"

"你刚刚的话我已经录下来了，现在就能给骆修先生的经纪公司发一份原声录音——你是想去和定客传媒的法务部门谈谈侮辱罪和诽谤罪的量刑？"

男子的脸色青白变换："你算什么玩意儿，还敢替骆修出头？你敢发，信不信老子拉你陪葬？！"

"哇哦，"顾念木着脸看着他道，"那人家好怕怕哦。"

顾念懒得费口舌，抬起手机朝他晃了下，屏幕显示在邮件页面，她的手指在绿色的发送按钮上悬空停着。

然后顾念扭过头，面无表情地威胁道："保证你以后再也不中伤骆修，再在十秒内滚出去——否则我们就来看看是你弄死我，还是定客传媒弄死你。"

她说这话时声音里半点儿情绪都没有，好像真什么都不怕的样子，听得男子心里发怵。

没收到对方的反应，顾念了然地点头："十、八、六——"

"不是说十个数？！"

"哦，我讨厌奇数。六、四——"

“我走！走还不行吗？！”男子终于扛不住这心理压力，恨声说完后朝门外冲去。

“等等。”

尖嘴猴腮的男子都快冲到门外了，又停住，扭头恶狠狠地瞪着顾念：“又怎么了？”

“保证，”女孩转回来，鹿眼里情绪淡淡的，声音也轻，“以后再也不中伤骆修先生。”

“你……你认识骆修吗，你为了他不要命了是吧？你真不怕我弄死你？！”

顾念懒得搭话，晃了晃手机：“四、二——”

“好！我保证！我再也不说他一个字了！”男子几乎咬碎了一口牙，恨恨瞪了顾念一眼，扭头冲了出去。

顾念看着空无一人的门口，木了两秒，慢吞吞地放回手机。她走到门后拿起卫生工具，去清理被她摔碎在墙上的马克杯。

化妆间里还有个人，是和方才的男子一起进来的场务，对方似乎被顾念的淡定清扫行为给镇住了。

“你……就真不怕崔伟报复你啊？”

顾念扫了两下，抬头问道：“你在和我说话？”

“对。”

“崔伟是谁？”顾念“哦”了声，“刚刚那个？”

“嗯……”

“不怕。”

“为什么？”

“以我的经验，言语上的巨人基本都是行动上的矮子。”

女孩嘴角一弯，或许是这张脸蛋太有欺骗性，那人一时看不出这是笑还是嘲讽。

但他很快就懂了。

顾念低头，把最后一块垃圾扫进簸箕，那一刻她背着身后的光，半张脸藏在阴影里，神情模糊。

“只有胆小又自卑的懦夫才会躲在阴暗的角落里用恶毒的言语攻击别人，因为无法企及，就把对方也拉下来弄脏、毁掉。”

这话里的情绪沉甸甸的，她不像在说别人。可惜那人没发现，只当顾念还在为骆修鸣不平。

他犹豫了下，故作轻松道：“看来顾编剧也成了骆修的新粉丝？”

顾念意外地回头：“咦，你认识我？”

对方点头。

顾念：“啊，那惨了。”

顾念指了指已经没人的门口，语气无辜地说：“我不怕他报复我，是因为我以为你们不认识我。”

顾念遗憾地道：“失算了。”

场务沉默许久，还是不死心地拉回话题：“顾编剧冒着危险也要维护那个骆修，难道你喜欢他吗？”

这个有点儿突兀的问题让顾念停下动作，抬眸和对方对视。

然后在那人眼底，顾念看到了他没掩藏住的悸动——只要她敢说个“不”字对方立刻就能邀请她下周约会。

顾念：这可使不得。

于是顾念毫不犹豫，情真意切地道：“我爱他。”

场务蒙了：“爱？”

顾念：“没错，希望他能成为我的第一顺位继承人那种爱。”

假如法律允许二十二岁成年女性可以领养一名二十四岁成年男性的话。

作为正常人的代表，场务显然把这句话自动翻译为“我要嫁给他”。他神色失落地走了，离开前还不忘绅士地说：“祝你如愿。”

“谢谢，我会努力的！”

对着空了的化妆间，顾念握拳。那么温柔、善良、单纯、可爱的宝贝“鹅子”，她一定能用她伟大的母爱感化他！

“鹅子”！妈妈来了！

休息室内。

听着最后走的女孩哼着《世上只有妈妈好》的调离开，小助理很努力地憋着笑回头。

“骆哥，我就说这小编剧是真心实意地想‘潜’您的，您还不信——这回您听见了吧？她可都妄想到要跟您进同一个户口本了。”

骆修抬眸，眼镜的金链垂在他的颈侧，白皙的肤色衬着轻晃的金链，金链摇曳着冰凉的质感。

从头到尾他都侧靠在沙发里，外面情势最紧急时他也没动过，好像完全不在意一墙之隔外那个替他出头的女孩会不会有什么危险。

他冷酷得让熟悉他的真实脾性的小助理都有点儿感慨。

“虽然说这小姑娘多半也是对您见色起意，但听她这么深情告白，还不畏艰险地保护您，您就没有一点儿……”小助理伸手比心，“触动的感觉？”

骆修淡淡一笑道：“触动你了？”

小助理拍着胸脯：“要是有这么漂亮的小姑娘愿意为我挺身而出，那她就算是想‘潜’我，我也认了！”

骆修微抬下颌，似笑非笑道：“那你去认。”

“嗯？我去吗？这不合适吧？”小助理跃跃欲试地忸怩起来，“毕竟人家喜欢的是您。”

随着话音落下，小助理的目光落到了沙发上的那人身上。

男人靠坐在内，随意地跷着长腿，闻言慢条斯理地抬眼，嘴角带着笑意，温润地望向他，那眸子深处，仿佛藏着一块化不开的污黑的东西。

小助理心里一颤，一秒绷直腰板，只差敬礼，神色肃然地道："不，我不能去！这不合适！人家喜欢的是您，我去怎么能行？！"

"真不去？"

"不、不、不！"小助理在强烈的求生欲下疯狂甩头。

直到这个话题结束，吓飞了的三魂七魄重归身体，小助理才调动着僵滞的大脑慢慢反应过来：

奇怪。

他刚刚难道是在他家老板身上看到了类似占有欲的苗头？

这个想法冒出来不久，小助理狐疑地看向沙发上的男人，小心翼翼地开口试探道："骆哥，我听说最近剧组里有不少人正在疯狂给卓编剧献殷勤。"

"嗯。"男人眼都没抬，随声应了。

小助理松了口气。

果然，他的这种想法太惊悚也太离谱了。这可是他家老板，女人脱光了衣服扑上来都未必抬一下眼皮，因此一度被他怀疑是不是性无能的男人，怎么可能对追求者们有占有欲这种东西？

晚饭时间一过，工作人员陆续回到剧组，开始准备夜里的拍摄。

顾念则一直盯着片场入口，等着给她家宝贝"鹅子"做"考前磨枪"的突击工作。

中途她被耿宏毓喊去问话，等回来以后，就发现她的宝贝"鹅子"已经做好妆发，在拍摄准备区等着了。

顾念茫然：这是化妆师速度太快，还是她之前错过她的宝贝"鹅子"的入场了？

但顾不得思考太久，顾念抱着剧本欢欣地奔向了她的宝贝"鹅子"。

到了跟前，顾念还算没被母爱冲昏头脑，乖乖地停下来问候了句："骆修先生，晚上好。"

骆修回眸。

因为已经做好妆发造型，所以骆修摘掉了总是戴着的金丝框眼镜，那双深褐色的眸子没有遮拦地和她对视着，仿佛蕴有某种深藏的意味。

顾念等了两秒没等到回应，抬头和骆修对视，随即恍然道："骆修先生是不是摘掉眼镜看不清了？"

顾念很善良地往前趴了趴："我是编剧小组的顾念。"

骆修垂眼："我听出来了，顾小姐。"

"嗯？你能听出我的声音？"

骆修："嗯。"

顾念泪目。

不愧是她的好"鹅子"，才认识不久就对妈妈这么熟悉了，这一定就是传说中的母子连心吧。

"顾小姐找我有事？"骆修问。

顾念回神："我是想问你今晚状态如何？待会儿就要拍摄了，你紧张吗？"

否定的话在出口前停住，骆修半垂着眼，遮在眼睑下的眸子里情绪不明。某一秒他似乎做了什么决定，薄薄的唇轻弯了下，须臾后便压平。

沉默等于默认。

没等到"鹅子"回答的顾念顿时心疼："不要紧张、不要紧张，你最近几天的进步已经很……很明显了！"

"是吗？"

"当然是了，真的，我难道还会骗你吗？"顾念按住垂死挣扎的良心，"只要你相信自己，那你今晚一定可以表现好的！"

"顾小姐这么相信我？"

"嗯！"

"为什么？"

"当然因为你是我的儿——"

话声戛然而止。

差点儿上当受骗的老母亲警觉，"嗖"的一下恢复正常。

骆修却没放过她："你刚刚说了什么？"

"我说，因为你是我的儿、儿……"顾念急中生智道，"儿时梦想！"

说出去的话泼出去的水，再离谱她也要自己扛。

顾念强作无辜地和骆修对视。

骆修失笑地垂眸："我是你的儿时梦想，那顾小姐今年几岁？"

顾念泪目："三……三岁半？"

骆修："顾小姐的意思是，我是你现在的梦想？"

顾念怔住。

回神之后，她眼睛晶亮，飞快地点头："没错，是这样！骆修先生就是我的梦想！永远都不会变！"

骆修一僵，垂着的睫毛轻颤了下，几乎本能地就要抬起眼帘去看她。但他忍住了，因为知道自己这片刻间的情绪变化根本没有半点儿遮掩，也遮掩不了。

他不懂怎么能有这样的人，不懂她怎么能轻易说出这样的话，就好像那些语气里的真诚，那些眼神里的情绪，都不是假的，没一句谎话。

就好像她真的……深爱着他？

那个对骆修来说过于陌生的词，像颗落进寺庙平静了千年的湖里的石子，"扑通"

一声就沉了底，却荡开一圈又一圈的涟漪。

湖面活了，飘下的落叶活了，湖旁的古树活了，整座尘封的寺庙都慢慢醒了过来。

骆修抬眼。

“骆哥！”突然插入的声音打破了一切气氛。

顾念直起身，回头看到了跑过来的小助理。对方显然也看见了她，要出口的话犹豫地停在嘴边。

顾念会意，转回去对骆修说：“那我就不打扰了——离你的镜头拍摄还有一段时间，你记得休息，要养精蓄锐才能拍好戏！”

说完，顾念朝小助理点点头，转身走了。

等她离开一段距离，小助理才上前，不安地问：“骆哥，她没有对你做什么吧？”

“做什么？”

“就比如，动手动脚、占便宜之类的事情？”

骆修早已平复了情绪，闻言抬起眼，含笑地望向小助理。

小助理连忙解释：“我这也是担心你的安危嘛，你没听她傍晚那会儿跟那个小场务说要努力吗？我觉得她肯定会采取行动的。”

骆修收回视线：“说正事。”

“啊？正事？什么正？——哦哦，”小助理一拍脑门，苦恼地道，“我正想跟您说这个坏消息呢。您要的书本来都装上车了，结果今晚车在进山的路上发动机坏了。”

“所以……？”

“就……估计得明天到了……”

骆修抬了抬眼，声音温和地问：“那我今晚怎么办？”

小助理快被这“温和”的声音吓跑了，小心翼翼地从包里往外拿东西：“我给您带来了打发时间的东西，这个。”

一个褐色本子就躺在小助理手里，骆修也认识它——《盲枝养鹅日常》。

见骆修不说话，小助理悻悻地往回放本子：“我就试试，您既然不喜欢，那我再去给您找点儿别的。《淮南子》估计不好找，《道德经》《南华经》说不定还能淘到两本。”

“算了。”

“啊？”小助理茫然地抬头。

骆修伸出手，指节修长而分明，朝小助理怀里示意了下：“本子，给我吧。”

“哦、哦。”小助理连忙将本子放进骆修的掌心里。

骆修接过，随手翻开问：“几点开始拍摄？”

“我刚刚问过了，到您的镜头估计至少还有两个小时。”

“到时间叫我。”

“好的！”

顾念一晚上都在绞尽脑汁思考如何才能挽救她家宝贝“鹅子”那可怕的演技的问题。

头脑风暴了半个小时，她还真的想出办法来了。

“补妆？”化妆师皱眉，“不是已经化好妆了吗？再说，骆修那脸也不用化多少妆啊。”

顾念：“不是颜值问题，是角色表现力，我想能不能通过妆容体现一下优昙花入魔后的迹象？”

化妆师了然道：“你是怕骆修演不出来，就靠妆补出来是吧？”

顾念本能地想否认，但最后只能含泪点头：“这也是为了减少我们的工作量，反复 NG 的话，补妆也很麻烦您。”

“这倒确实，那你说说你的想法吧。”

“是这样……”

顾念费尽口舌，终于跟化妆师达成一致。可惜没能验收成果，她就又被导演组叫去问话了。

等终于从导演组那里出来，顾念已经困得哈欠连天，恨不得原地找个角落猫进去睡一觉。但考虑到等一下就是宝贝“鹅子”的“生死之战”，顾念只得眼含泪花地朝骆修休息的角落走去。

因为是夜里拍摄，没镜头的演员和轮班的工作人员都去休息了，骆修这里又是个最偏僻安静的角落，所以顾念到时几乎没什么人路过。

小助理也不在。骆修一个人靠在躺椅里，一动不动，似乎是睡过去了。

顾念打到一半的哈欠被她自己捂住，她憋得泪花闪闪的，放轻脚步，蹑手蹑脚地走到了椅子正面去。

果然，躺椅里的男人正安静地合着眼。细长的睫毛翘起一点儿微卷的弧度，勾勒出饱满的眼线，鼻梁高挺，侧投下一片淡淡的阴影，薄唇上了淡妆，显得苍白而病弱，更让人有种想将其染红的冲动念头。

顾念屏住了呼吸。

骆修已经补过新妆，仍是鸦羽似的长发，但从额角垂下一绺银白发丝，夹杂在乌黑的发里，分外吸引人。

而他的额心正中勾出了一朵盛开的优昙花。不同于佛教惯用的神圣描金，这一朵是血红色的，在他白皙肤色的衬托下，显得冷漠而妖冶。

顾念的另一只手也捂住了嘴巴。

呜呜呜呜……宝贝“鹅子”也太适合这个妆发了吧，老母亲看得心都要化了。

“鹅子”不火，天理难容！

顾念在母爱的海洋里原地蛙泳了十八圈，才终于恢复理智。

理智回归的第一秒，她就发现她的宝贝“鹅子”睡过去了，但是没盖毯子。

这可不行！

虽然是夏天，但是山区昼夜温差大，宝贝“鹅子”着凉了怎么办？！

顾念跑去后排，从包里翻出自己带来的长外套，最快时间赶回来，小心翼翼地给宝贝“鹅子”盖上。

以她一米六的身高，显然就算外套拖地也盖不住骆修的全身。

在“‘鹅子’好高”和“妈妈不配”的悲喜交加的心境下，顾念小心地给骆修拉下了衣角。

而就在顾念起身的那一秒，恰巧瞥见骆修的右腿旁边，贴着躺椅内侧放着一个无比熟悉的……褐色软包本。

顾念呆滞了数秒。

养！鹅！日！常！

呜呜呜……妈妈这就来救你了！！

在紧张得心跳犹如擂鼓的情况下，顾念站在椅子旁，无声地扶住扶手，作为支点借力倾身朝躲在里侧的本子伸出了罪恶的手。

她聚精会神，指尖离本子愈来愈近。

就在她即将摸上本子边沿时，本子已经近在咫尺，气氛都变得灼热……

“顾小姐。”

顾念受惊，作为支撑点的左手一滑，右手下意识地往下一撑。

“啪——”

顾念错过了她的《养鹅日常》，但她那只细白的、很小但是很有自己想法的爪子，稳准狠地按在了她家宝贝“鹅子”的大腿上。

为了确定落点，手还下意识地多摸了两下。

顾念：爪子，你这是在犯罪，你知道吗？

顾念绝望地抬头：“我可以解……”

对上近在咫尺的脸，顾念呼吸一滞。

骆修不知何时笑了，带着初醒时慵懒感的嗓音有些低哑，摘去眼镜的遮掩后，那双深褐色的眸子透出一种近乎墨黑的勾人色泽。

他向前倾身，夹着一绺白色的乌黑长发从他的肩前泻下，他额心那朵血红的优昙花也好像活过来了，染得他冷冷的眉眼自不可狎近的圣洁佛性里透出一丝惊艳的妖冶气息。

他表情似笑而非，像极了那株入了魔的佛坛优昙花——

“你想……摸哪儿？”

顾念似乎吓呆了。

她就一动不动地保持那个动作，目光滞留在骆修的眼睛里，仿佛深陷其中不能自拔。

她轻轻嗫嚅道：“再……”

骆修眼底笑意凉薄：“再什么？”

“再……”

“骆……骆哥？！”

惊恐的声音插入两人之间，过来的小助理僵在原地，看着不远处的角落，他那个真实本性绝对堪称可怕的老板正被那个剧组的小编剧摸着大腿压在躺椅里。

小助理：这……这是要霸王硬上弓了吗？

小助理顿时陷入“上去救人”和“转头离开”的两难情形之中。

不过没用他为难多久。

骆修瞥过惊得脸色发白的小助理后，就淡然地收回视线，焦点重新定格在女孩脸上。

“再什么，顾小姐？”

顾念瞳孔一缩，陡然回神。

那一瞬间，无与伦比的惊喜和希望在她眼底炸开，她想都没想，抬手直接握住骆修的手腕：“再……再……再说一遍！”

骆修有点蒙。

顾念激动得声音都发颤了：“就是刚刚，就是刚刚那种眼神、那种表情还有那种语气！”

骆修沉默。

顾念却亢奋得快要把他拉起来了：“保持这种状态！记住你刚刚说话时的表情、感知和情绪！只要镜头前你能表达出刚刚那程度的二分之一，不、不对，三分之一就足够了！你一定可以一炮而红的，骆修先生！”

骆修失语良久，垂眸低声笑起来，嗓音仍余一点儿低哑：“顾小姐好策略。”

“没错，这样绝对没问题！我就说你一定有演技的，只是新人还没适应过来……”

顾念重燃望子成龙的希望之火，差点儿激动疯了，好几秒后才转回脸：“嗯？骆修先生你刚刚说什么了吗？”

骆修抬眸。

女孩拉着他的手腕站在躺椅旁，即便是在这片光线稍暗的地方，那双乌黑的眼瞳依旧像星星一样熠熠闪光地望着他，里面盛满了欢欣与雀跃之色，真实、美好、动人得叫人恍神。

对他来说，顾念是他的世界里的第一个例外，他分不清她的虚情假意，甚至如此刻，即便已经察觉警惕，还是能轻易被她拖进她的局里。

骆修望了她两秒，眼睫毛一扫，垂了眸，淡淡地笑道：“没什么。”

如果是平常，顾念一定会认真关怀一下她家宝贝“鹅子”，但是此时她实在顾不得，唯恐骆修身上那点儿流星一样的灵感演技会飞快逝去。

“骆修先生，一定保持住状态，我们现在立刻去拍摄区！”

“你的外套。”

“啊啊啊！管它呢！衣服不重要，你才重要！我们走吧！”

身上带着淡淡馨香的外套滑落，骆修只来得及将它捞进臂弯，就被那个从来惫懒得像只没电机器人的小姑娘亢奋地从躺椅里拉了起来。

她牵着他，兴奋地快步朝拍摄区走去。

“一定把这个状态保持下去，这个角色你可以做到完美！你就是有天赋的！我就知道！”

两人从旁边路过，小助理回神，被已经兴奋到自动屏蔽掉他的顾念震惊到，惊慌地看向被女孩拉着走的骆修：“骆……”

骆修给了他一个制止的眼神。

小助理噎住，只得慢慢地把话咽回去。一直到两人的背影快要消失在他的视野里，小助理还紧紧盯着两道身影系在一起的地方——那个小编剧非常亲密地握着的、他们老板的手腕。

对别人来说这或许不算什么，但是对重度洁癖症患者的某人来说……

“骆哥的洁癖症，难道好了？”小助理失神许久，喃喃自语。

耿宏毓抱臂站着，面无表情地盯着监视器，然后转头，视线落向旁边一米六的小姑娘：“这就是你跟我说的，他演技爆发的程度？”

宝贝“鹅子”的演技果然就像她的灵感一样，稍纵即逝。

但顾念没有放弃，揉了揉脸，重燃希望：“耿导，虽然没能让您看见骆修先生的巅峰表现，但您不觉得他的这个镜头可以算是及格了吗？”

林副导在一旁打哈哈：“谦虚了、谦虚了，你的教学成果不错，这表现能卡上良好水平了。”

顾念感激地道：“谢谢林副导夸奖他，骆修真的是有演技潜力可以挖掘的。”

林副导：“我明明是在夸你。”

顾念当没听见这句，笑盈盈地转回耿宏毓那边：“耿导您觉得呢？”

耿宏毓：“嗯，老林说得不错，勉强良好，一半的演技靠他新补的妆发加成——听说额头描血色优昙的那个点子是你想的？想法不错。”

明显能看出小姑娘眼神里的火热程度一下子就从山巅 down（跌）到谷底，林副导都气笑了：“你就这么喜欢骆修？他长得有那么好看吗？”

顾念本能地接道：“骆修先生当然最好看了，但我喜欢他和他的长相没——”

“骆修，你听见了吗？”

顾念噎住，顺着林副导的话回头，果然就见换装后的骆修从她身后走了过来。

他停在她身旁，隔着几十厘米的社交礼貌间距。

“听见什么？”

“顾念在夸你最好看。刚刚我夸她她还不承情，非要听我夸你才高兴。”

“是吗？”

从骆修过来后，顾念一直歪头偷偷瞄着宝贝“鹅子”的现代装风格。她面露遗憾之色——抹去了血色优昙花痕迹，“鹓子”身上的妖冶劲儿好像半点儿都寻不着了。

难道之前真的是她的错觉，骆修根本没有什么眼神、语气的演技加成，只是妆发原因？

顾念正走神回忆着，她的目光就被恰巧回头的骆修捕获。骆修此时和耿宏毓并肩停在监视器旁，耿宏毓指着方才的回放，显然正在对他做演技上的教导。

目光交流后，骆修轻轻颔首，转了回去。

顾念迟疑了下，问林副导：“这是云昙的现代造型？”

“嗯，前世这几个镜头算他过了。今晚他走完几个现世戏的单人部分镜头，明天就可以开始拍摄剩下的对手戏镜头。”

林副导说完，目光落到几米外的骆修身上。

骆修此时西装革履，原配的金丝眼镜，领带和衬衫系扣得一丝不苟，自带几分疏离冷漠的禁欲劲儿。

林副导满意地收回视线：“挺好的嘛，你还有哪里觉得不妥？”

顾念抬手，隔空在骆修身上比画了一下：“是不是出入大了些？云昙的现世角色设定，更接近斯文败类那一挂。”

“嚯，你们现在的年轻人的用词，够会描述的——怎么，你觉得西装革履不够斯文？”

“够是够的，问题就是或许够过了？”

林副导笑道：“卓编剧最近比较忙，不常在剧组，你是责任编剧，有很大的发言权。而且你应该已经看出来了吧，耿导这次看了你补的剧本后对你也明显重视不少——说不定以后他就会直接找你合作呢。”

顾念头疼地说：“您别捧我，我就随便一提。”

顾念说完就想溜远点儿，免得再被这位爱当伯乐的林副导逮着。可惜她刚转个身，就听林副导不紧不慢地笑道：“那你不插手，骆修演砸了，可还是要被耻笑的。”

顾念含泪咬牙转回来，挤出个仙女微笑：“您说得对，我是责任编剧，有责任提出我对角色造型的建议。”

“那去吧。”

“耿导那边……”

“我和他说，你放心吧。”

“哦。”

两人掰扯间，骆修已经走进搭好布景的镜头里，群众演员也纷纷就位。副导演那边给了 OK 的示意，顾念就在众目睽睽下木着脸低着头走进了镜头。

骆修察觉，侧眸望向她。

但他没说话，只在貌似温和的眼神里露出征询的意味。

顾念穿过群演，停在坐着的骆修身前。这个镜头该是云昙与女主角丁乔现世在酒吧重逢之前的一幕，灯光师刻意将灯光调成了偏暧昧暗淡的氛围。

顾念轻攥着手，尽管是在这样的灯光下，但仍能看出她的身体有些发僵，似乎本能地在逃避身后那些镜头，和平常惫懒的模样大不相同。

顾念无声地做了一遍深呼吸，慢慢将那些不太愉快的记忆压进深处，然后抬眼朝骆修笑道："我是按林副导的要求，上来帮你调整造型的。"

"嗯。"

顾念抬手，隔空示意了下："我可以……吗？"

"没关系。"

顾念这才放心。

她弯下腰去，虚扶着骆修身侧的沙发靠背，抬手捏住男人颈下的领带结。她对这种东西的操作并不熟练，犹豫之后便循着本能向下一拽。

骆修眼神一沉，蓦然抬眸。

可惜顾念正专注地弄造型，完全没察觉他的目光。拽松了领带之后，她弯着腰从侧面靠近他，去解那些特别难解开的细小的正装衬衫扣。

镜头里，两道身影一站一坐，相互交叠，意外地和谐。

耿宏毓原本一直在和负责后期处理的工作人员交流什么，间隙里瞄过几眼监视器，不一会儿目光就被黏上了。

看过片刻后，耿宏毓回身道："老林。"

"嗯？"

"顾念的背影是不是和宗诗忆很相像？"

宗诗忆是《有妖》女主角丁乔的饰演者。她在圈内处于上升期，路人缘还不错，但流量稍差些，算是二三线的位置。

林副导从看热闹的状态里退出来："您是说，以后万一有情况，让顾念做替身上戏？"

"嗯，你觉得怎么样？"

林副导摇头道："指定不行。这小姑娘的脾气倔着呢。"

"这圈里，有几个年轻人不想在镜头下风光？"

"别人我不知道，她恐怕不想。"林副导笑了起来，"您没见刚刚她进镜头里紧绷的样子，跟战备状态似的——您就别招惹她了，有这水平还不张扬，都是暗里藏着扎人的刺呢。"

耿宏毓没再说话。

但林副导清楚他的脾气，这老派导演的倔劲儿不比顾念弱，面上不说，心里的算盘不定打得多么响。

这可就不能怪我不帮你了啊，顾念。

林副导笑眯眯地想着。

镜头下，骆修靠坐在沙发里，任顾念在他身前摆弄自己。

解了两颗扣子的衬衫被调整在最恰当的角度，修长白皙的颈线和锁骨隐约露出，又在薄薄的衣料下凹起阴影，将衬衫衬托出了凌厉的弧度和美感。

顾念调整了最后一处，终于露出由衷的老母亲式的欣慰笑容。

吾家有“鹅”初长成。

“鹅”中龙凤!

这种级别的颜值和气质，放在美人为患的圈内也是大杀器级别的存在了，恐怕没哪个女孩扛得住这样的诱惑吧?

顾念正美好地畅想着宝贝“鹅子”的未来，就突然惊觉一个事实：别人挡不住，明天就要和骆修走对手戏的宗诗忆挡得住吗?

她如果挡不住……

一瞬间脑补出无数个能在圈内掀起腥风血雨的通稿标题，顾念顿时不寒而栗。

不行。

宝贝“鹅子”还在事业起步期，怎么能谈恋爱呢?

尽管宗诗忆其实挺好的，人美声甜看起来乖，性格好脾气也好，不耍大牌，从来没有乱七八糟的绯闻，站在一起说不定还和宝贝“鹅”很般配。顾念越想越觉得宗诗忆当宝贝“鹅”的媳妇真是个不错的选择……

不行!

二十一世纪了，自由恋爱，她要尊重宝贝“鹅子”的选择!

于是，骆修斜倚在沙发里，等面前这个拎着他的领带尾巴就突然陷入沉思的小姑娘等了好久，才见她抬头。

她手里还拽着他的领带尾，拽得紧紧的，神情却十分肃穆。

“骆修先生。”

“嗯。”

“你想谈恋爱吗?”

男人声音低低的，温和里透出一丝难察的凉意：“选在这样一个公开场合这样，顾小姐别出心裁。”

顾念：嗯?

宝贝“鹅子”这是在夸她吗?

虽然没搞懂骆修的逻辑，但这不妨碍对宝贝“鹅子”毫不设防的老母亲谦虚地接话：“没有、没有，我就是突然想到这个问题了。”

“那顾小姐希望听到什么样的回答?”

“我吗?”顾念惊讶。

“嗯。”骆修抬眸，眼神似有深意，“既然选在这里问，顾小姐应该对我的不同选择都做出过应对的准备了?”

顾念茫然地道：“算是吧……不过无论你怎么选择，我都会支持你的!”

骆修闻言笑了笑，看起来并不相信：“是吗?”

“真的!”

骆修没有继续纠缠这个真假问题，真相在他看来一目了然："我还是想听听顾小姐的建议。"

顾念愣了愣，随即热泪盈眶地道："你这么尊重妈……咯，我的想法吗？"

"嗯，毕竟是顾小姐先问的。"

顾念顿时感觉肩头落下两座沉甸甸的大山，左边压着"母爱"，右边压着"责任"。

这种又当爹又当妈的感觉，就是传说中的"甜蜜的负担"吗？

顾念眼里含泪。

她终于要成长为被宝贝"鹅子"认可的好妈妈了。

在这甜蜜的负担下，顾念正色，没注意自己把手里的领带拎得更紧："如果可以的话，那我还是建议你以事业为重，先不要谈恋爱。"

骆修顿住。

这个意料之外的回答让他不禁抬起眼，镜片后的褐色眸子紧紧盯着面前的女孩。

顾念把这眼神当成了宝贝"鹅子"的无声抗议，叹了口气，劝道："我懂你们这个年纪的年轻人，肯定血气方刚，难免冲动，还是忍不住想谈恋爱。"

顾念还在苦口婆心地说："但骆修先生你现在在事业起步期，机会难得，更要抓紧。如果你在这个时候和宗诗忆谈恋爱，那很可能会大量分散你的注意力和公众热度——"

"等一下。"

"啊？"顾念抬头。

"你说，我和谁谈恋爱？"

"宗诗忆呀。"

"她是谁？"

这次轮到顾念沉默。数秒后她松开手捂住脸，声音微恼："骆修先生你这样以后会得罪很多人的……是《有妖》的女主角，明天要和你拍亲密对手戏的演员宗诗忆啊。"

骆修："你刚刚问我想不想谈恋爱，是和她？"

"嗯。"

"我不认识她。"

"我知道，但你们明天不是就要认识了吗？之后你们还有亲密对手戏要合作，宗小姐又很漂亮、很可爱，你会因戏生情，对她动心是很正常的事情……"

听完顾念的话，骆修了然："顾小姐原来是在试探我。"

顾念："啊？"

"那你希望我怎么做？"

"什……什么怎么做？"

"和宗诗忆保持距离？"骆修没理会顾念的"装傻"，抬起眼，将声音压得低低的，眸子里的笑意凉薄又勾人，“这样够吗？”

顾念彻底被蛊惑，下意识地接话：“够了……吧。”

“好。”

一直到在耿宏毓忍不住的催促下离开镜头前，顾念才终于从那种蛊惑里回神。

她茫然地回过头，看向拍摄区内。

刚刚宝贝“鹅子”的意思难道是，他会听妈妈的话？

顾念的眼睛倏然亮了起来，她望着场中骆修的身影，感动得老母亲的泪水都要流下来了。

果然，她就知道她的宝贝“鹅子”最懂事、最听话，也最能体谅妈妈的苦心了！

呜呜呜……放心吧“鹅子”，妈妈也一定不会辜负你的！妈妈要捧红你！这次不行就下次，迟早有一天可以，你等妈妈！

骆修的单人分镜拍摄结束时已近深夜，小助理苦守在场边，第一时间抱着骆修的长款大衣外套跑上前去。

山区昼夜温差大，深夜的温度确实偏低，骆修披上大衣，想起什么，抬眼在拍摄区外掠过一圈。

小助理凑过头去：“您找什么呢？”

“顾念。”

“她？没事，您放心吧，她困得撑不住，刚刚叫我来给您拿衣服后就已经回去了。”

“外套还她了？”

“还了，她本来还打算留下来呢，我说给您备了她才走的。”小助理觉得好笑地道，“我现在看她这态度不是要潜规则您，更像要谈恋爱似的。”

骆修没搭话，拢上大衣往外走去：“回酒店吧。”

“好嘞。”

路上，小助理从后视镜里窥视着后排真皮座椅内闭眼休息的男人，几次欲言又止后，终于忍不住了：“骆哥？”

男人睁开眼，眸里并无睡意。

即便再疲惫，他在任何有第二个人存在的空间内也都无法入睡，就像今晚在剧组准备区的角落里一样，他在第一秒就察觉了顾念的接近。

不知道又想起什么，骆修的眼神沉了沉，然后他才抬起视线望向前排的人：“什么事？”

“也没什么，我就是有点儿把握不准。今晚那小编剧是不是没忍住朝您下手了呀？”

骆修未语。

小助理又问：“那这事我要和安娜姐那边提一提吗？您要是不方便出面处理的话，

就让安娜姐那边来处理？”

后排的人沉默片刻才道：“不用。”

小助理：哎哟。差点儿被小编剧压进椅子里趁着夜黑玩一出霸王硬上弓的戏码，我家老板竟然还说不用？

这……这……这……难道我老板喜欢这种类型的？

小助理大着贼胆追问：“那小编剧今晚直接把您拉走了，是不是跟您挑明什么潜规则之类的条件了？”

骆修淡淡地勾了下唇，笑意似带着嘲弄：“没有，她今晚一直在装傻。”

小助理警觉地问：“嗯？她这不是吃了要赖账吗？”

骆修：“她吃什么了？”

小助理干笑道：“没……没……我措辞不当。不过没挑明什么条件也好，您也装什么都不记得就好了，还能正常相处嘛。”

骆修眼神一停，随即落回车里：“你说条件？”

“啊？哦，对啊，您不是说她没提条件嘛。”

“也算有一个。”

“哎？！”

“明天要拍摄的分镜剧本里，有我和女演员的亲密对手戏？”

“啊？这个……”

话题转得突然，小助理连忙调动大脑回忆今天导演组那边给的分镜通知。

想完之后他应声：“对，就是剧本里丁乔和云昙相遇那场戏，不是有个丁乔在黑暗里不小心歪倒坐到云昙腿上的分镜吗？”

“只有那一个？”

“对。怎么了，骆哥？”

“让他们把这段避开吧。”

小助理愕然抬头：“我提前检查过剧本，里面没有直接的肌肤接触……这段坐怀也是，这……这也要避开吗？”

“嗯。”

“可这样会不会显得您太没演员的职业道德了？”

后排传来一声浸入夜色的低哑失笑声，莫名有些凉意：“我什么时候有过那种东西？”

小助理：有道理。

别说职业道德，他有时候觉得他家老板连道德感，不对，应该说人性部分都是缺失的。

但这话小助理自然是借一车熊心豹子胆也不敢说的，他只敢委婉地提出第二点不安因素：“事到临头要急改分镜，肯定是要动用您的特权了。让他们直接插手剧组拍摄事小，若剧组里的人都知道了的话，会不会让您太引人注目了？”

骆修轻叹。

小助理没懂这声叹气的意思，有点儿蒙："我说的哪……哪有问题吗？"

骆修："没有。"

小助理放心了："那您看我们要怎么——"

骆修淡淡地打断他的话："按你的方法，你说得确实没问题。"

跟在骆修身边将近两年，小助理虽然没能学得多聪明，但至少摸出了骆修一定的脾性。

所以他很听话地接了："但是……？"

骆修轻摘下眼镜，慢条斯理地问："方法有很多，你就不会选个更干净的吗？"

方法很多吗？为……为什么他只能想到动用特权这一个？

骆修打开扶手箱取了擦镜布，将镜片擦拭干净，然后收进扶手箱内专设的眼镜架里。

而前排的小助理想秃了头还没想出更干净的方法。

骆修转向窗外："算了，我自己来办吧。"

他又一次因为腹黑程度完全跟不上自家老板而被嫌弃了。

他不承认是智商问题！绝不！

第二天，还是傍晚，小助理将骆修送到拍摄片场，可惜他在来的路上追问了一路，也没能从他家老板那儿得知那个"更干净的方法"到底是什么。

到了片场后，他还准备再接再厉的时候，导演组来人了。

"朱助理，耿导那边喊骆修过去一趟。"来传话的是个场务。

小助理疑惑地问："离拍摄准备都有好长时间吧，现在就过去？"

"呃，应该不是拍摄的事，耿导好像有别的事情要说。具体……具体我也不清楚是怎么回事。"

对方说话时明显眼神闪避，显然不是那么"不清楚"，但小助理也没为难他，点头道："好，那我这就叫骆哥过去。"

"嗯嗯。"

小助理回来把消息告诉了骆修。见骆修完全不意外，小助理更验证了自己的猜测："骆哥，导演组这时候叫您过去，是不是您说的那个更干净的法子起作用了？"

"去了就知道了。"

"噢。"

到了导演组那边，他们却没能第一时间见到耿宏毓，理由也简单："会议室里现在还有别人，耿导不让打扰，你们稍微等会儿吧。"

"哎，"小助理拉住对方，"耿导在里面见的是什么人啊？"

"宗诗忆。"

"哎？"

小助理还没来得及反应过来，就听隔着隔音效果不太好的墙面，里面耿宏毓暴躁的声音传了出来——

“什么叫太亲密不能接受？！坐一下大腿都算亲密了，你是从清朝回来的啊？何况前面和妄无涯的吻戏都拍过了，你这会儿跟我说什么亲密呢？！”

没来得及抽身的那个小场务停顿了下，朝骆修投来同情的一眼，快步离开了。

僵立几秒后，小助理彻底反应过来，惊愕地回头，低声问：“原来您的那个方法就是站在局外，让宗诗忆去和导演组掰扯？”

骆修没承认也没否认。

他昨晚因为一点儿事情没休息好，今天精神不佳，又无法在有人的情况下补觉，实在有些意倦神懒。

小助理却兴奋地道：“这样既达到了目的，又只有宗诗忆那一方大概知道您的背景厉害，还能蒙过剧组的其他所有人？”

“嗯。”骆修随意地应了。

小助理并未察觉自家老板的敷衍，还在喋喋不休地说：“看那个场务的反应，他们肯定还都在同情您被宗诗忆嫌弃咖位小或者别的原因，所以她不肯合作呢，绝对不会有人猜到这其实是您的意思——果然，您说得对，这才是最干净的方法啊！”

“不是。”

“啊？”

兴奋的小助理被浇下来一盆冷水，茫然地问：“我哪里说错了吗？”

“这不是‘最’干净的。”

“哎？这还不是最干净的？难道您还有别的办法？”

骆修靠在椅子里，眼神无趣地望着窗外染了血红色的霞云。

在暖意融融的傍晚余晖的衬托下，他的侧影却透出一种疏离的冷意，声音也低低的，淡漠而无所谓。

“最干净的方法，应该让不该知道的人都不知道。”

小助理蒙了：“那要怎么做？”

“卓亦萱。”

小助理思索数秒，恍然大悟，但很快又迷茫了：“那您为什么不用这个法子啊？”

是啊，为什么？

骆修也在问自己。

昨晚的睡前冥想又一次出了问题，扰乱他的心境的还是那个声音，台词却换了。

“我爱他。”

“骆修先生就是我的梦想，永远都不会变！”

“骆修先生，你想谈恋爱吗？”

所以为什么？

为什么他会是因为她这么做呢？

“顾念，你——”

“林导您别拦我，这件事我一定要问清楚。”

长廊拐角后面传来说话声，伴着快步走过来的脚步声。

小助理惊讶地道：“骆哥，是……”

骆修侧身望去。

“顾念，你胡闹！这是导演组定下的事情，哪能每次都因为你改主意？耿导好不容易对你印象改观，你不要自毁前途好不好？！”

“按您说的，我是责任编剧，我的剧本你们要改，我来问这才是负责。”

“可你就不是为你自己来的！删一段戏怎么了？他骆修多大牌面啊，一段亲密戏都不能删？”

“这不是删戏的问题！”

女孩惫懒的声音极为罕见地提了音量，不知道是不是错觉，像是带着细微的颤意。

一种恼怒、生气更接近急切的难过情绪，无法掩藏地透过每一个字词传出，真实得触人心弦。

“剧组里现在怎么议论骆修的，您不会听不到！宗诗忆这已经不是演员个人职业道德问题，这样有特殊针对性的拒绝合作行为只会让那些恶意猜测越来越多，她不能这样！”

“你——你就知道替骆修出头，还想不想要你自己的饭碗了？”

死寂几秒后，女孩的声音变得坚定而冰凉：“我的饭碗是我自己端稳的，不靠任何人垂青和施舍——别的我可以不争，我也不在意，但骆修，你们欺负他就是不行！”

话音落地之后脚步声重新响起，转瞬而至。

拐角旁两人四目相对，顾念蓦地僵住。

她望着会议室门前逆光里那双像遇到错觉似的、幽暗又压抑着某种亟待挣出的情绪的眼眸。

“骆修？”

或许是骆修那眼里的情绪太深太重，也太陌生，顾念有些不确定。她下意识地走近两步，借着窗外投进来的余晖，终于看清了会议室门外那人。

五官俊美，一副系着金丝链的薄片眼镜下，眸子温润，是骆修没错。

那刚刚又是她的错觉吗？

顾念迟疑地上前：“骆修先生？”

骆修眼神微闪，垂眸颔首：“顾小姐。”

“你怎么会在这儿？”

“导演组让我来的。”

顾念想到什么，恍然而微恼地扭回头，正迎上追上来的、面露心虚神色的林副导：“您刚刚还跟我说，这件事没有完全定下来？”

林副导干咳了一声："说不定耿导就是叫骆修过来商量一下的。"

"商量。"顾念轻轻重复了一遍，乌黑的鹿眼里埋下了怒意。

顾忌着骆修还在，她到底没有直接挑明。

林副导见再阻拦也于事无补了，只得摇摇头，问骆修和他身后的小助理："叫你们来的人有没有说明白，为什么喊你们过来？"

骆修："没有。"

林副导张口想说什么，但对上骆修那双深褐色的眸子，眼睛避讳地闪烁了下，转向顾念："我去和耿导打一下预防针，你先和骆修解释一下吧。"

不等顾念答应，林副导敲门进去了。

会议室的门无情地关上，上面油漆刷得锃亮，像给门上了一层可以清晰鉴人的油光。

方才还气势汹汹的小姑娘，这会儿已经愁得发蔫了。

顾念：她要怎么委婉地对宝贝"鹅子"表达，才能在不伤害他的基础上，解释清楚"他被女主角针对性地拒绝了亲密对手戏"这件事？

宝贝"鹅子"那么温柔善良的人，听到这个消息一定会很伤心吧……

顾念愁得眉心都蹙到一起了。再三纠结后，顾念慢吞吞地转过身去："骆修先生，是这样的……宗诗忆对我修改后的剧本里云昙和丁乔重逢那一段剧情不满意，认为必要性不高，所以、所以希望让导演组删减那个部分的戏。"

骆修："是我们今天应该拍摄的那段分镜？"

"对。"

顾念一边答应，一边小心观察着骆修的反应，然后就见他轻垂眼帘，似乎了然地自嘲道："她不是对顾小姐的剧情不满意，是对我不满意吧？"

顾念慌忙摆手："不……不……不是的！她真的就是不喜欢这段剧情，她……她……她昨天晚上还……还找过我，质疑过这段剧情的合理性，我……"

顾念的声音戛然而止，她忙扭过头去。

夕阳下，余晖暗淡地被收进初起的夜色里，像铺进那双眸子里的黯然底色。

顾念鼻子一酸，感觉好心疼啊。

她家宝贝"鹅子"明明很优秀、很棒了，也很努力地和她对台词、背剧本，很认真地拍摄到深夜。他好不容易才遇到这么难得的机会，承受过那些花瓶、潜规则之类的恶意猜测，为什么还要遭受这么不公平的事情？

顾念压下酸涩感，用力握了握拳："骆修先生。"

骆修抬眸。

女孩隐隐泛红的眼角让他怔了怔。那一秒他眼底假装的情绪像被一根极细的针戳了下去，在将碎的最后一刹那摇摇欲坠。

顾念没察觉，只是撑起平素惫懒地垂着的眼角，认真又坚定地说："我向你保证，我一定会为你争取你应得的一切。任何人想要欺负你，都必须从我这一关过去。"

骆修的眼神轻晃了下："你不怕得罪他们？"

"要得罪早就得罪了。"

顾念说完，面上露出一点儿迟疑之色。她在思索之后，还是鼓足勇气往骆修那儿迈出一步，然后低声说："而且，我有撒手锏的哦，骆修先生不要为我担心。"

"撒手锏？"

"嗯。"顾念仰起脸，轻翘起来的眼角微微弯下去，勾起一点儿不设防的笑弧，"不然上次在食堂，我也不会让骆修先生尽管利用我了。"

骆修极少对什么人产生兴趣，更好像从来没有过好奇这种情绪。但是这一次，对着女孩眼底的灵动光芒，他能够清晰分辨出自己的发问与伪装无关。

他是真正想了解关于眼前这个女孩的事情。

"那个撒手锏是什么，能告诉我吗？"

听见这个声音，顾念意外地回头望去。

骆修垂眼，细密的睫毛遮住了眸子里深深浅浅的情绪："听顾小姐这样说，我实在有些好奇。如果不方便也没关系。"

"虽然很想告诉你，但是，"顾念想想惨落"敌"手的《养鹅日常》，遗憾地叹气，"现在真的不可以。"

"没关系。"

"而且，那个撒手锏关联着很多不太愉快的回忆，如果能够不用的话……"女孩回眸，朝骆修粲然一笑，"那我希望骆修先生永远不知道那些不好的事情，永远善良温柔就好了。因为我会保护骆修先生的嘛。"

骆修顿住。

会议室的门恰巧在此时打开，林副导探头出来，给顾念使一个眼色："你们进来吧。你待会儿注意措辞啊，可别再得罪耿导了。"

"好，我尽力。"

顾念应下了，偏过身遮着嘴巴朝骆修小声提醒道："骆修先生，你就站在我后面吧。别担心。"

顾念说完没敢耽搁，便径直朝门内走去。转身的刹那，她错过那人抬眼时，细碎黑发下的眸子里再也藏不住的幽暗情绪。

顾念身后，小助理发蒙地看看这个，又看看那个，等骆修都进去了才反应过来，望着他家老板的背影肃然起敬。

要不是跟在骆修身边两年，更从日常安娜姐他们的只言片语里了解到了骆修可怕的背景，那恐怕连他都要被方才骆修的表现给蒙蔽过去了。

就这演技，可惜他们老板志不在此，不然怎么看都是未来角逐"小金人"的潜力苗子吧？

会议室内的氛围也正僵着。

耿宏毓显然刚跟宗诗忆发过火，此时脸色还有点儿涨红，听见门口的动静，表情不太好地瞪了过去。

刚进门就察觉敌意，顾念下意识地往骆修前面挡了挡，做出护鸡崽似的本能反应。

不知道是不是她的动作有点儿明显，耿宏毓立刻察觉了：“顾念，你那是什么表情？我能吃了他啊？”

顾念默默缩回自己的爪，堵了回去：“耿导好。”

“不好！一个比一个能给我添堵，我怎么好得了？”

耿宏毓还想发火，又顾忌地看了眼顾念身后跟着走进来的男人。

他皱眉思索了下得罪这个背景不确定的人的风险，最后还是不满地按捺下脾气道：“骆修，叫你来是跟你谈谈今晚的分镜，酒吧那场戏应该会改动一些剧情和台词，实在不行也可能考虑删除，等重新确定那段后你再拍摄。”

“耿导，”无视了林副导制止的眼神，顾念在骆修之前开口，“我能问问要大改或者删除那段戏的原因吗？”

耿宏毓皱眉道：“这跟你没……”

顾念：“这是我们编剧小组的剧本，也是我主责撰写的，后续增补工作甚至基本是我独立完成的，就算我没有绝对决断权，至少过问的权利总该是有的吧？”

耿宏毓面露不满之色。

空气在对峙中沉默数秒，耿宏毓终于皱起眉，别开视线看了林副导一眼，眼神里写满了“你到底从哪儿挖来这么犟的活宝”的不悦之意。

林副导耸了耸肩，表示无奈。

耿宏毓哼了声：“宗诗忆，顾编剧问呢，你不说句话？”

角落的沙发里，双手放在膝上的宗诗忆被猝不及防地点了名，只来得及快速把视线从那个身形挺拔的男人身上挪开。

她站起身，低着头揪着手歉意地轻声说：“抱歉，顾编剧，是我的个人原因，我不太能接受您那段剧情里的亲密戏份。”

顾念噎了下。

小姐姐有点儿可爱……不对！这人可爱也不能欺负她的宝贝“鹅子”，还害得他在剧组里的那些恶意传闻又翻了一番！

顾念硬下心肠，木着脸道：“宗小姐，如果不慎跌倒坐到对方的腿上都算是您口中无法接受的‘亲密戏’，那我想您对演员职业甚至是整个影视行业的尊重程度之低，实在是到了令我惊讶的地步。”

“抱歉……”

宗诗忆咬了咬嘴唇，露出委屈但负隅顽抗的表情。

顾念并不感到意外，转向耿宏毓：“耿导，您是业内评价极高的导演，难道您也认可这种剧组内演员随个人意愿、不考虑任何剧情完成度就更改剧本的任性行为吗？”

这高帽子一戴上来，耿宏毓想摘都摘不下来。

耿宏毓头一回被人夸得这么进退不得，咳嗽了两声才道："这种行为当然是不提倡的，但演员有个人诉求，一味驳斥也影响拍摄进度——所以我才叫骆修来，问问他的意见。"

顾念木着脸。

你刚刚可不是这么说的。

但她自然不会在这时候拆耿宏毓的台，只态度坚定地接话："在听骆修先生的意见之前，我作为剧本作者，出于完整人物和剧情线的考虑，绝不同意在这里进行大改甚至删除。"

"顾念。"林副导终于没忍住，稍沉着声音提醒了一句。

顾念没回头，认真地看着眉头紧皱的耿宏毓："我之前无偿配合剧本的改动、人物和剧情量的增加，是出于自愿，但现在剧本既定，也已经通过多方审核，在今晚就要拍摄的分镜头里突然进行删减，还是因为无理的个人要求——这一点我不能接受，也不会让步。"

耿宏毓终于冷了脸："顾念，你说话前先掂量清楚自己的分量。年轻人不要有点儿才气就急着冒尖，过盛易折的道理你懂不懂？"

"懂啊，我特别懂。"站在中间的小姑娘突然笑了，一扫惫懒的样子，漂亮灿烂，语气却藏着犀利之意，"我不但懂得这个道理，还亲身经历过，所以会面对什么样的恶劣状况我都考虑清楚了——然后才郑重地站到您面前的。"

耿宏毓绷着脸道："你什么意思？"

顾念敛了笑，眼神认真地说："在剧本更改权和著作权的关联程度问题上，有的掰扯——我耽搁得起，但您这么大的剧组、这么多的工作人员，多耗一天就多烧一天的资金，您也耽搁得起吗？"

"砰！"

耿宏毓拍桌："你这是在威胁我是吧？"

"我是在替您考虑。"

"你就非逼着我不改剧本？！"

"这是我的底线。"

"除了这个，别的你就可以答应了？"

"只要您不改动剧本，其他的我当然可以配合！"

顾念僵住。

这一秒她直觉自己掉进坑里了，但可惜话出口总是比脑子转动更快的。

"好！这可是你说的。"

顾念抬头，对上了耿宏毓已经不见半点儿怒意的表情。

"果然还是老林了解你啊！"耿宏毓难得露了笑脸，"我不想难为你们，还好有个两全其美的法子。"

顾念预感不妙，谨慎地问："什么办法？"

耿宏毓："昨天晚上你去给骆修整理妆发的时候我就发现了，你在镜头前的背影和宗诗忆很像嘛。"

顾念僵住："所以？"

骆修半垂着眼眸，眼底的情绪微微晃动起来。

耿宏毓淡定地安排："所以，既然她不能拍那段亲密戏份的分镜，那就你替她上嘛。"

支开了骆修和宗诗忆的会议室内，顾念忍着崩溃的情绪和两位导演据理力争着。

"林导，我是编剧又不是演员，哪有编剧自己上阵试戏的？"

"没让你当演员啊。"

"替身演员也是演员！"

"你这也算不上替身演员，就一个摔跌坐怀到起身的简短镜头，你就只露个背影，后期台词都是要叫宗诗忆自己补录的，哪能算替身演员嘛。"

"您这是诡辩。"

"我说的有哪里不对吗？更何况我们也没逼你，刚刚当着骆修和宗诗忆的面，不是你自己亲口说的——只要不删减戏份，你就什么都答应？"

掉进坑里的顾念磨了磨牙，木着脸抬头："所以您刚刚说要进来打预防针，其实根本不是，是进来联合耿导给我挖坑的吧？"

林副导笑得很和善："怎么会呢？"

这些人都是老狐狸。

林副导难得见这只惫懒的小狐狸栽在自己手里，她越蔫他越眉开眼笑："怎么样，你答应还是不答应？"

"我有选择余地吗？"

"嗯？怎么会没有呢？"林副导故作无辜不解的样子。

"我如果说不，你们肯定会非常遗憾地告诉我，那就只有给骆修删减戏份这一条路可选了，对吧？"

"哈哈哈哈。"

林副导开怀大笑，一边笑一边拿手指点着顾念："你啊，本来就是最难骗到的，要不是为了骆修关心则乱，我还真不敢说能把你钓上钩呢。"

顾念垂下眼，心里叹气。

果然，她还是太年轻、太轻敌了。但眼下想要宝贝"鹅子"的戏份不被删减，好像确实也只有这一种方法了啊。

会议室外。

骆修是和宗诗忆前后出来的，小助理一直等在门外，听见动静就迎上去："骆哥，宗……宗小姐？”

宗诗忆朝小助理点头作为还礼，犹豫了下，还是在身后门关上后礼貌而拘谨地喊了一声：“骆先生，家母让我代她向您问好。”

骆修回身，眼里情绪冷淡。

宗诗忆解释：“家母就是我的经纪人，骆先生的事情也是她交代给我一定要做好的。您放心，我没有跟任何人透露过。”

骆修点头：“谢谢。”

宗诗忆一惊，显然没想到能得到这么一个回答。她下意识地抬头，在那双深褐色眸子的焦点从她身上移开前望了进去。

尽管是道谢，好似温和，但那人眼底是一点儿温度都没有的。连映着她那张被圈内人都交口称赞的漂亮脸蛋时，里面也波澜不起。

难怪传言里都说骆家大少不沾烟火一心出家，就是不知道他怎么会进剧组来……

宗诗忆突然想起什么，歉意地低声道：“您进来前，我也没想到两位导演会突然提出让那位编剧替身上戏的事情，所以没来得及通知您。骆先生如果不想出面，那我可以再向导演组提出异议，阻止这件事。”

“不用了。”

“哎？可是这样那位编剧不是就要和您拍那段亲密戏？”宗诗忆错愕地抬眼。

窗外夕阳已经落了山，廊内夜灯初起。那人侧身站在模糊的光影里，嘴角勾着一点儿似有若无的凉薄笑意。

他没回头，也没看宗诗忆，声音依旧温和：“没关系。”

原地呆了几秒，宗诗忆醒神，恍然又震惊。

她往身后看了一眼，会议室的房门紧闭，但隐隐还能听到一点儿细微的交谈声传出来。

想起方才那个站在她面前压着恼怒为骆修鸣不平的小编剧，宗诗忆顿时心情复杂。

宗诗忆抬头，轻声玩笑道：“原来不是这段戏不行，是我不可以啊。竟然有人能得到骆先生的青睐，真叫人羡慕呢。”

骆修瞥去目光：“是吗？”

被那含着凉意的眼神一掠，宗诗忆的笑容僵了下。

骆修垂眸，声音温和无害：“宗小姐很聪明，聪明的人都喜欢多想。”

宗诗忆心里一凛，绝不敢再信这人外表的温和了，正色道：“聪明的人想再多，都不会跟不该说的对象说一个字的。”

骆修淡淡地点头：“好。”

廊灯的光依旧温暖，但被荫蔽的黑暗里藏着叫人骨子里发凉的冷意。

宗诗忆不敢再待下去，找了个理由就先离开了。

宗诗忆一走，憋了半天的小助理终于忍不住了：“骆哥，您和宗诗忆打什么哑谜呢？”

骆修没情绪地瞥他一眼。

小助理干笑道：“我就是好奇嘛。不过这个宗诗忆态度真恭敬，差点儿为您得罪了剧组一大票人，还这么嘘寒问暖、鞍前马后的，难怪在圈里人缘好。”

“你以为这是慈善场？”

“啊？”小助理茫然地回头，随即恍然，“您的意思是，她或者说她背后的人是拿了利益才办事的？”

“看得到的、看不到的、已经拿到手的、以后会拿到的……所有人不都是在这些利益的驱使下熙熙攘攘地忙碌吗？”

骆修轻笑，温和得好像全无嘲弄之意。

“即便是慈善场，在背后运作的也是最庞大复杂的利益网络，更可能藏污纳垢。人性如此，在哪儿都一样。”

小助理听得点头，又忍不住笑道：“要是都像您这样看开了，那林安寺和道慈观这样的寺庙道观可要被塞得满满当当了。”

骆修轻嗤。

小助理突然想起什么：“不过也有例外嘛。”

小助理示意了下还关着的会议室门：“今天看顾编剧为您出头的态度，她不就算个例外吗？”

“怎么看她也不像是知道您的身份的样子，那就更没什么利益驱使了吧，除非是馋您的身，咯。”

在作大死前，小助理险之又险地收住了话。停顿后，他小心翼翼地去看他老板是不是已经听见了准备弄死他了。

但这一看他却觉得意外了，骆修并没有看他，甚至注意力好像都早就不在这边了。

那人正望着那扇紧闭的会议室门，好像视线已经穿过门，在看里面的什么人。

安静半晌，骆修转回视线，眼神深沉：“她确实不一样。”

确定老板是没听见自己的作死发言，小助理暗自庆幸，连忙转开话题：“不过避开亲密戏份这事，宗诗忆刚刚说还有顾编剧的事情，难道她阻挠成功了？”

“没有。”

“哦、哦，那就好。”

“宗诗忆的戏份会由她作为替身上。”

“替身也行，总比您——”小助理的声音戛然而止。

数秒后，他才僵着脖子扭过头，呆滞地看向骆修：“是我理解的那个，顾编剧作为替身上的意思吗？”

“嗯。”

“您……您没拒绝？”

“嗯。”

小助理无语。

得，他算是彻底看明白了。

他家老板的重度洁癖症既没痊愈，也没加重，而是定向、定点、定人地不发作了。

“好了，回去准备吧。”

“好。”

小助理快步跟上去，忍不住嘴贱地问：“那等剧组的事情结束，骆哥您还打算出家吗？”

骆修身影一顿，侧回身，似笑非笑地问：“为什么不？”

呵，男人。

按顾念要求，这场替身拍摄的分镜戏被挪到这一晚拍摄日程的最后一段里。

无关演员和剧组工作人员都被遣散了，顾念成妆出来后，拍摄片场十分安静，只有机器运转的极低嗡鸣声，以及两位导演交流镜头角度的声音。

被赶鸭子上架的顾念耷着脑袋，晃到拍摄区旁边。

耿导打量她一圈，点了点头：“准备好了？”

“人怎么还这么多？”顾念咕哝着，环视片场周围。

耿宏毓：“要不我给你清场？”

“好啊！”顾念抖擞起精神，鹿眼亮晶晶地转了回来。

“好个屁，”耿宏毓气得笑骂，“我这是拍什么限制级影片吗？无关人都撤了不够，还要清场？！”

小姑娘下一秒就蔫得耷拉下脑袋。

顾念磨磨叽叽地挪进场中。

还是那个熟悉的酒吧布景，熟悉的沙发，以及沙发上熟悉的人，就连那人白衬衫解开的扣子、松散的领带、若隐若现的锁骨胸膛线条，都完全仿照她之前给他做出的调整的。

顾念看了三秒，飞快低头。

呜呜呜呜呜……自作孽不可活。

顾念你清醒一点儿！你可是坚定的“母爱绝不变质”主义者啊！！

顾念在心底用光辉伟大的母爱给自己洗脑了无数遍，然后慢吞吞地挪到了骆修的腿前。

姿势是按导演的要求摆的，骆修一条手臂懒洋洋又随意地搭在沙发靠背上，另一只手晃着洋酒杯，杯里一个半透明的冰球，球里还冻着朵艳红的花。

他平素柔顺的短发被造型师抹了一点儿啫喱，揉出几分凌乱感，摘了眼镜，那双深褐色的眸子暴露出来，眼线饱满，天生微微勾挑的眼角被刻意暧昧的灯光描摹上落拓不羁的斯文败类感。

这段分镜确实非常简单。

丁乔来酒吧找朋友，穿过舞池慌乱地跑出来后，被人一撞，在昏暗的环境里不慎跌坐进云昙的怀里。

然后云昙认出了她，攥住了她的手腕，还说出了那句顾念监督骆修在酒店房间里对了无数遍的台词："你想摸哪儿？"

顾念深呼吸。

没错，反正在酒店房间里两人已经对过无数遍了，这次只是加上一点儿动作而已……不心虚。

前后最多十几秒的镜头……她不心虚、不心虚。

骆修抬眼，似乎已经入戏，声音低哑而慢条斯理地道："顾小姐紧张吗？"

"怎么会？"顾念棒读，"完全不……不紧脏（紧张）。"

她这个一紧张就嘴瓢的毛病！

导演那边喇叭响了："顾念、骆修，准备好了吗？"

最后的倒计时来临，顾念大脑内所有思考能力彻底宣告罢工。

骆修恰在此时回眸，朝顾念笑了笑："顾小姐不必着急，你可以再适应一下。"

"怎么适应？"

"顾小姐想怎么适应？"

顾念木着脸低头。

她的视线落在那人被黑色长裤裹着的修长、笔直且勾人的大腿上。

顾念抬头，大脑空白，诚实得全凭本能："那我……坐下适应？"

沉默数秒后，骆修轻挑起眉。

第四章　坏女人

在骆修若有深意的目光罩上来前，顾念已经反应过来自己刚刚脱口说出了什么样的虎狼之词。

她本能地抬手想捂嘴，但显然已经晚了。

骆修抬眸似笑非笑地望着她。

被那没了镜片遮掩的眼神一撩，顾念却忍不住走神了……

她家宝贝“鹅子”在演技方面绝对大有潜力！入魔后的云昙这样斯文败类、冷漠疏离里又透出妖冶的类型，竟然也能被他演得越来越入骨三分了。

“顾小姐刚刚说什么？”

顾念回过神来，想起自己的处境，慢吞吞地垂下眼：“我刚刚说话了吗？”

“嗯，说了。”

“那我自己太紧张，忘……忘了。”

骆修了然地点头，但并没有放过她：“我听顾小姐好像说，要坐下来适应？”

顾念：“……”

宝贝“鹅子”哪里都好，就是太单纯、太直接了。

妈妈明显是口误，你就不能装作没听到吗？呜呜呜呜。

顾念心虚地往边上瞟了瞟：“咯，对，我是想说……我能不能在沙发上坐一会儿，适应适应？”

骆修：“当然可以。顾小姐既然想坐，那坐哪里都可以。”

顾念：“……”

这句“哪里都可以”好像被咬了重音，是她的错觉吗？

顾念狐疑地抬头，然后对上一张五官冷峻但笑意温柔的美人脸。

顾念当场就被治愈成猫猫眼。

宝贝“鹅子”这么乖，怎么可能话里藏话？

一定是她的错觉。

两人这边气氛“融洽”，拍摄区外的导演组却憋不住了。

耿宏毓拎起喇叭道：“要不我趁气氛好，先给你们俩开个房间，你们俩单独聊聊？”

毒舌是他们导演的通病吗？

骆修征得顾念的同意，给导演一个准备完毕的示意后，拍摄开始。

灯光调整好，背景音乐准备好，群众演员就位，顾念以一个侧背影的角度，在昏暗的光线下进入镜头……

半分钟后。

“Cut（暂停）！”

耿宏毓皱着眉看着监视器，沉默几秒后敲了敲卷成卷的剧本，拿着喇叭道：“重来！”

“Cut！再来一遍！”

“Cut！！那个醉汉，撞得用力一点儿！”

“Cut！！！”

耿宏毓忍无可忍，暴躁地摔了剧本，咬牙切齿道：“顾、念！”

场中为了扮成宗诗忆的模样，垂着长发的顾念无辜地回头：“耿导？”

“你自己写的剧本你不清楚？是叫你摔进他怀里，不是飘进他怀里！你给我搞人工慢放呢？！”

顾念茫然地道：“是摔啊。”

“摔！要撞在一起那才叫摔！”耿宏毓两只大巴掌往前一拍，“啪！要这样才叫摔！”

似乎担心顾念还是做不到，耿宏毓扔下喇叭，干脆撸起袖子冲到了拍摄区内。

他指着沙发上骆修撑起的长腿，对顾念凶着脸道：“坐！”

顾念：“耿导这不合适……”

“叫你坐你就坐！”

骆修靠在沙发里，左手拿着的那个洋酒杯里，冰球几乎化掉三分之一的体积了。他指尖一晃，冰球在液体里轻荡，碰出“叮”的一声轻响。

顾念下意识地望过去，对上骆修带笑的眼，眼神很温柔，好像在对她说没关系一样。

顾念心里一软，轻吸了口气，走到骆修的腿旁，撑着膝盖慢慢坐了下去。戏外是夏，戏里也是夏，衣料实在薄得很，两人轻轻一贴，灼人似的热度就顺着感知末梢酥酥麻麻地漫上来。

顾念背脊一绷，耿宏毓却黑了脸：“我刚刚隔着机器看就觉得不对——怎么着？骆修腿上是竖了一排刺，你坐不下去啊？”

顾念：“我坐了。”

“你这姿势能叫坐吗？你这叫扎马步！”

顾念：“……”

"你起来！"

耿宏毓气不过，干脆过来上了手。

顾念刚起身，就见耿宏毓伸过魔爪来，力道小山似的摁着她的肩膀就往骆修怀里摁："要用力、摔下去这种坐！"

顾念慌了："等等……等……"

话没出口，伴着骆修闷哼了一声，身影前倾，顾念完完全全地被按进了骆修怀里。

陌生的体温灼烫，两人同时僵住。

周围一片死寂。

耿宏毓把人摁下去就有点儿心虚了。

他这着急脾气一上来，手劲好像没收住，压得太狠。一个瘦瘦弱弱的小姑娘，可别叫他给摁坏了。

耿宏毓连忙收手。

顾念回身，几乎是在肩头"小山"移开的第一秒就跳起来，焦急地回身："骆修先生你没事吧？？"

"我没关系。"

男人额前碎发垂下来几绺，贴在白皙的额角，他敛下眸子里的情绪。他微抿了下薄唇，但声音还是温和的。

顾念握了握拳，低着头起身："我知道错了，导演，您别动手了，我自己来。"

耿宏毓心虚地咳了声，转身回去："下回注意啊。"

顾念转回来，声音低低的，似乎有些蔫："抱歉，骆修先生，是我连累你了。"

耿宏毓还没出拍摄区，不急着开始。骆修抬起眼眸，淡淡地问："顾小姐是不想和我接触？"

"当然不是！"顾念想都没想，连忙反驳。

"那为什么？"

犹豫两秒，顾念还是低下头，沮丧地道："骆修先生太清瘦了，我怕压伤你啊……"

骆修一怔，有点儿错愕地望去。

小姑娘还在懊恼，眉心都紧紧地蹙在一起："早知道耿导用劲这么狠，还不如我直接坐下呢。"

骆修终于醒过神。

他垂下眼眸，眼底禁不住染上笑意："我在顾小姐眼里就这么弱不禁风吗？"

顾念怕宝贝"鹅子"被自己的话伤了自尊，连忙否认："不是、不是。但毕竟有重力加速度和撞击后的冲力在，万一压下来力是很大的……"

看着女孩严肃否认又着急地解释的样子，骆修眼底的笑意终于破开伪装，染上他细长微挑的眼角。

他再开口，声音哑然带笑，这一次却是不见于人的真正温柔。

"没关系，压不坏。顾小姐不要拘谨，随意就好。"

顾念噎住。

一句“随意就好”，仿佛被那人入戏太深的语调把玩得像——“欢迎品尝”。

而伴着话音，男人靠回真皮材质的沙发靠背上，薄薄的衬衫被抻起凌厉而勾人的线条，那双深褐色的眸子里像漾着化开的醇酒，让人如溺深海。

美人绝色。

顾念心里没来由地一慌。

她连忙转身，回位。

“各单位就位，准备——

“Action（开拍）！”

人影幢幢的酒吧里，喝得醉醺醺的醉汉面色酡红，穿过拥挤的人群，踉跄着出来。

醉汉和某个人撞了一下肩膀，他不爽地拎着酒瓶转身，一边退着走，一边口齿不清地骂：“你瞎啊，你……走路也不看……看路！”

话音刚落，“砰”的一下，他狠狠地撞上了后面的人——正踮着脚在酒吧昏暗的光线下找人的女孩猝不及防地被斜后方向的人一撞，重心失衡，只来得及惊呼一声，就摔向旁边的沙发。

沙发角落里一团阴影，不等辨识躲避，女孩就跌坐进一个散发着淡淡清香的怀里。

“抱……抱歉！”女孩慌忙道歉，手掌下意识地撑在身旁。隔着薄薄的衣料，明显是陌生体温的触感烫得她手指一僵。

也就是这一秒的迟疑，她耳旁响起一声轻笑，一只手从身后昏暗处伸出来，蓦然攥住了她的手腕。

拉力猛地传来，刚要起身的女孩再次跌坐下来，被身后的男人扣着手腕压在腿上——那人在沙发里坐直身，慢慢前倾，最后停在光影交错的边界处。

那双藏在昏暗里的眸子里泛起一点儿微弱的光，似冷淡又妖冶，似深情又凉薄。

“你想摸哪儿……小姐？”

顾念一僵，蓦地抬头。

“Cut！过了！”

几声解放的欢呼里，灯光亮起。

提前一秒出戏的顾念松了口气，随即不确定地问：“骆修先生，你刚刚是不是喊了我……”

话音未落，耿导的声音透过喇叭撞了上来：“顾念，刚刚叫你坐你不坐，这会儿拍摄结束了，你又不舍得下来了是吧？”

顾念回神，几乎是从骆修膝上弹起来的。

在被喇叭吸引过来的工作人员的目光和哄笑声里，素来惫懒的女孩罕见地红透了脸，忙不迭地跑向后台。

“我……我去卸妆！”

笑声散去，骆修终于从已经消失的背影方向抽离视线，低下头，虚握了握手掌，那点儿陌生的触感仿佛还残留在掌心里。

原来，就算他有重度洁癖，也不是每一个人和他接触都令他生厌。

真的有例外存在，而且还是个能让他在自己的虚伪里“出戏”的例外。

“顾……念。”男人一字字轻念，声音低缓。

“骆哥，给您准备的晚茶！”小助理不知道什么时候跑了过来，保温杯递到一半才咦了一声：“你刚刚喊我了吗？”

“没有。”

“哦。”

小助理疑惑地晃了晃脑袋，然后发现手里的保温杯并没有被接走，沙发里的男人一动未动，望着杯子若有所思。

小助理迷茫地抬头：“骆哥？”

骆修敛下眼：“我不喝。”

“哎？可这是安娜姐吩咐我让我专门给您准备的——哦，您怕不干净吗？您放心吧，您用的杯子我每次都认认真真地清洗好多好多遍！”

等小助理絮叨完，骆修已经起身。

他语气冷淡地道：“送去化妆间吧。”

小助理茫然地问：“啊？送去化妆间干吗？”

骆修：“给顾念。”

片场洗手间内。

一捧清凉的水被掬起来，在交扣的掌间盈盈地晃动着，折射着从天花板上落下的光，令人恍惚。

顾念半躬着身，对着水发呆。

“你想摸哪儿……小姐？”

那句台词的回音好像还在耳边不停地回荡。

顾念不解地皱起了眉。

被刻意模糊掉的那个字音，是她因错觉而听到的“顾”吗？

她越想越觉得像。

如果不是她的错觉，明明是在戏里，那时候的骆修也是入戏很深的模样，怎么会出戏到直呼她的本名？

就仿佛那句话他不是对戏里的丁乔所说，而是对她说的一样……

“顾念，在这儿发什么呆呢？”

身后有剧组的工作人员带着笑意问。

顾念把掌心漏掉了一半的水泼到脸上，冲干净最后一点儿洁面泡沫，甩掉水珠，起身道："想起点儿事情，走神了。"

"今晚你肯定累坏了，耿导那脾气，炸起来可不分人的。"

"还好、还好。"

"噫，给你化的妆你全卸了？"

搭话的就是之前负责顾念的"丁乔"妆容的小化妆师。

说话间她已经走到顾念旁边的洗手台前，看着镜子里拿纸巾擦掉脸上水珠的女孩，无奈又觉得好笑地道："你们这种人就是得天独厚吧，不过长得漂亮就敢肆无忌惮地素颜出门啊？"

顾念轻牵了下嘴角，笑得也悆懒："哪有，我只是不喜欢脸上抹太多彩妆。"

"我也不喜欢，还不是要为了颜值抹一脸，为了吃饭做这个功？"小化妆师叹了口气，"长得漂亮真好啊，光彩妆就省一大笔钱了。就算天天素颜来剧组，爱慕者照样络绎不绝，都追到洗手间外面了。"

顾念越听越感觉不对，机警地回头："爱慕者，谁的？"

"人家都堵在门口了，这里就我们两个，你说还能是谁的？"

顾念头疼地回了回身。

她从小就五官清丽，生得一副乖巧模样，再加上头脑聪明，成绩一直顶尖，又不是难以接近的高冷女神，所以最不少见的就是被告白的状况。

不过这也是叫顾念最头疼的状况。

悆懒神色都掩藏不住她的忧愁，旁边的小化妆师显然也看出来了，气笑道："人家被告白都是高兴的，你这要被告白怎么像讨债的上门了？"

顾念揉了揉头发，木着脸咕哝了一句："不就是讨债的吗？"

"哈哈哈，行，那你出去迎战你的债主吧。"

"这里……"顾念垂着眼，视线四下瞄了瞄，"就没有后门、后窗什么的吗？"

小化妆师笑得捧腹："被爱慕者堵到卫生间爬窗逃生，你可真行！"

顾念遍寻后窗无果，只得往外走。

快到洗手间门口的时候，她已经冒出了主意，手机被她拿了出来，拨出去一个号码。

没两三秒，对面的人接通了电话。

"咦，你怎么突然这个点想起给我打电——"

"啪"。

顾念毫不留情地挂断电话，揣起手机快步往外走去。

洗手间外的长廊上，果然有位有点儿眼熟的剧组男性工作人员等着。

对方回头，一见到顾念就精神抖擞地往前迎上来："顾念，你好，我是——"

三，二，一。

顾念倒计时完，手机在她的口袋里适时响起。

"抱歉，"顾念一边拿出手机，一边朝对方点头，"我接下电话。"

"啊？"那人遗憾地追了两步。

顾念侧身接起手机。

对面的林南天咆哮道："我睡到一半你给我打电话，一句话没说完你又给我挂了！你是不是玩真心话大冒险耍我呢？敢说是你就死定了！"

顾念早有准备，单手死死捂着手机传声端。

等咆哮结束，她脸上漾起温婉又害羞的笑："亲爱的！"

林南天："……"

顾念甜着声音说话："我今晚确实有一点点累，不过还好啦，你不要太担心了。"

林南天开始茫然："你喝高了啊？大晚上的突然腻腻歪歪的，什么毛病？"

顾念充耳不闻，笑得更加甜蜜："对啊，能接到你的电话我就很开心了，所有疲累都一扫而空了呢。"

林南天："你正常说话，别跟我'呢''了''啊'的，我瘆得慌。"

顾念："嗯嗯，我也爱你呀！"

完了，这孩子是不是没救了？

"好呢。晚安，亲爱的！我答应你啦，今晚我的梦里一定、一定会有你的！"

顾念飞快地念完最后一段临时台词，在林南天质疑或者爆发前抢先挂断了电话，然后将手机塞回口袋。

做完这一切后，顾念松了口气，半弯着眼回头，看向那个震惊又失落的人："你好，先生，你刚刚找我有事吗？"

"是啊，不……不是，没什么……"那人强颜欢笑，指了指顾念的手机，"顾小姐刚刚是在和男……男朋友讲电话吗？"

顾念点头："对的。"

那人遗憾地道："我还以为顾小姐是单身呢。"

"怎么会？"顾念面不改色地扯淡，"我和我男朋友从小就认识了，只是他中途出国，今年才刚回来。不然，说不定我们已经结婚了呢。"

"这样啊，那……那恭喜你们了。"

对方找了个借口，扭头走了。

顾念非常"好心"，没提醒他离开的那个方向是个死胡同——毕竟两人如果同路往外走，估计也挺尴尬的。

顺利解决"债务"一桩，顾念心情轻松，不过面上仍旧困得发蔫，轻打了个哈欠，转过身去，然后顿住。

不远处的拐角前，骆修的小助理抱着一个保温杯，震惊地走出阴影。

小助理那个面色复杂、眼神受伤的程度，差点儿让顾念错以为自己是出轨被抓包的妻子。

她最近有这么人见人爱花见花开吗？

顾念犹豫了下，上前问道："朱助理，你是来……上洗手间的？"

小助理一下子回过神，沉痛地道："不是，我是来给你送东西的。"

“这个。”带着愤恨，小助理把保温杯重重地往顾念怀里一放。

顾念本能地推拒道：“不用麻烦了，我——”

“这是我们骆哥让我送给你的晚茶。”

骆哥？

也就是说……

顾念低头，看向怀里的保温杯。

这是宝贝“鹅子”送给她的？

沉默数秒，顾念感动落泪。

呜呜呜呜……宝贝“鹅子”长大了，知道关心妈妈了。

这里面满满地装着的是宝贝“鹅子”的爱啊！妈妈一定会一点儿不剩，全部喝完的！

小助理听见了顾念的前半句，这会儿正义愤填膺，专等着顾念再推辞一句就直接把保温杯抱回来。

但是他等啊等，等啊等，就等到顾念感动地抬头：“谢谢骆修先生，我会好好品尝的。”

果然这人还是对他老板不死心，一提起他来就媚眼如丝！

明明她都有男朋友了！

狐狸精！

小助理在内心咆哮完，不舍又含恨地望了一眼顾念怀里的保温杯：“哦，你慢慢喝。”

顾念点头：“嗯！”

小助理面无表情地转过头，朝走廊尽头走去。他脚下生风，越走步伐越急越快，到最后几乎是小跑起来了，神色也变得狰狞。

哼，这个狐狸精给他等着！

他是绝对不会让她在他老板身上得逞的！

片场内。

骆修坐在休息区的躺椅里，半合着眼休息。

接连两天的夜景拍摄打乱了他的生物钟，让他有些疲累。但仍旧是那个习惯，在这样陌生的环境还有第二个人存在的空间里，他再疲惫也无法入睡。

小助理就是这时候冲过来的。

“老板！”

极少听助理用这个称呼，骆修睁眼，声音困哑冷淡：“怎么了？”

“您绝对不能心软，不能让顾念得手！”

骆修顿住，须臾后，抬起散去困意的眸子。

小助理委屈又愤恨地道：“她都有男朋友了，还来勾引您！”

“男……朋友？”

骆修难得怔神，重复了一遍。

“对啊！”小助理义愤填膺道，“还是青梅竹马、认识好多年了、就快结婚的那种！”

骆修回神，垂了垂眼：“你听谁说的？”

“我亲耳听见，顾念她自己说的！她刚刚和她男朋友打电话被我听到了，一口一个‘亲爱的’‘我爱你’什么的，噫！肉麻死人了！”

“嗯。”

小助理气鼓鼓地等他老板的反应，心想怎么也得给这个不知天高地厚、明明有男朋友还来勾引他们老板的小编剧一个教训！

但是等来等去，他就只等到了骆修和衣起身。

小助理蒙了下：“老板，您就没有什么要问的吗？”

骆修回眸。

那双琥珀石一样漂亮的深褐色眸子看了他片刻，骆修似乎想起什么：“晚茶给她了？”

小助理急了：“这都到什么时候了，您还关心这点儿小问题！”

骆修弯腰拿起旁边矮桌上倒扣着的《南华经》，慢条斯理地翻了两页，眼睫低垂，声音冷淡：“到什么时候了？”

“当然是到了该您快意情仇，让她知道一下天高地厚，以后再也不敢随便脚踏两条船、都快结婚了还敢勾引别的男人的时候！”

小助理一口气说完，憋得脸红脖子粗的。

骆修抬了抬嘴角，却不是在笑：“她又没做什么。”

“她就差带您开房——哦不，在您房间开过了……她就差霸王硬上弓成功了！怎么还能算没做什么？”

“那她成功了吗？”

“没……没有啊。”

骆修合上书，抬眸淡笑道：“既然她没成功，那我为什么要报复她？”

小助理噎了好半天。

直到见骆修果真一副要收拾书本离开的模样，他有点儿急了，凑上前去：“她这种明明有男朋友还往您身上扑的行为，您真的就一点点都不在意？？”

“我为什么会在意？”骆修没抬眼地问。

小助理一副死鱼眼表情。

要不是他还记得自己刚刚是去送晚茶保温杯的，那可能就真信了。

“咦，骆修先生，你们还没走吗？”突然有个女声插进来。

小助理吓得差点儿跳起来，惊恐地扭回头，果然就见把保温杯双手抱在怀里的小姑娘好奇地从后面走了过来。

停下时她已经扫去惫懒神色，眼角弯弯地笑着，微歪着头绕过小助理，去看侧背对着她的骆修。

“骆修先生，谢谢你的晚茶，我刚刚尝了一点儿，很好喝。等晚上回去，我一定会全部喝完的！”

骆修的手在空中停了须臾，他回身，眸里笑意温和却斑驳，像洒了细碎的阴影。

“顾小姐喜欢就好。”

“当然喜欢，骆修先生送什么我都会很喜欢的！”

顾念想都没想，抱起怀里的杯子轻晃了下。收到宝贝“鹅子”的第一件礼物这个事情足够她眉开眼笑几个月了。

“你放心吧，我今晚把它带回去，明天一定洗得干干净净的，然后再还给你。”

小助理偷偷瞪着这个都被他识破了，却还对他老板贼心不死、胆大妄为的“狐狸精”。

听见这话，他轻哼了声：“这种杯子骆哥有很多，送出去的才不会——”

“涵宇。”骆修没抬头，垂着眼淡淡地叫了一声。

小助理神色一凛，立刻噤声。

顾念能够察觉骆修的声音里低下去的气压，但有点儿不明所以，也察觉得到小助理今晚对她的态度好像……不太友善？

顾念没想通，但不是骆修的事她也就懒得多想：“那骆修先生，你们尽快回去吧。这里离酒店还是有段距离的，晚上开车一定要小心啊。”

“嗯。”

“那我们明——”

顾念还没说完，手机的振动声再次打断了她。她拿起手机来看了一眼，来电显示“林南天”。

顾念握着振动的手机，抬起头来。

小助理立刻心虚地别开视线，顾念没在意，朝骆修笑了下：“我们明天见。”

顾念走出去几步，接起电话。

隔着几米，女孩的声音带笑地传回来，还能见到她侧颜的眉眼间的轻松惬意。轻得发懒的声音渐渐远去。

骆修敛眸，视线落在女孩斜投于地上的影子上。她单手拿着电话，另一只手无意识又自然而然地把他给的那个保温杯紧紧地抱在怀里。

是她把自己都演进戏里了，还是其实她对她身边的每一个人都是这样？

骆修眼神深沉，久久不语。

小助理没察觉，瞪着那个背影，愤怒地走到骆修身旁：“打电话的一定是她的男朋友，我刚刚看见了，来电显示上是叫林什么天，中间那个字没看清。”

“果然我妈说得对，长得漂亮的女孩子都最会骗人了！她这行为是摆明了的圈里乱象，不承认、不负责，只想在这两个月的剧组之行里发展一段绯色恋情，然后拍摄结束就一拍两散嘛！”

小助理气愤了半天都没等到当事人的一句回答，再一回头，才发现他老板已经走出去好几米了。

“哎，骆哥，等等我啊！”小助理拎起收拾好的包，急急忙忙地追了上去。

盲枝养鹅日常

2018年9月17日，星期一，天气阴转多云

费尽九牛二虎之力，我终于拿到宝贝“鹅子”……的助理的联系方式啦！

唉，定客传媒看来也不完全是个垃圾败类场，至少慧眼识珠地挖到了宝贝，还给宝贝“鹅子”指派了专人助理，这好像是好多小明星都没有的待遇。

就是这个叫朱涵宇的小助理看起来刚毕业不久，有点儿傻乎乎的，还不太设防，才聊了半个下午，就被我把宝贝“鹅子”的生日信息套出来了。

万一以后他也被别人这样忽悠，那我的宝贝“鹅子”岂不是有点儿危险？不行，我以后得多教他防范着点儿……

6月16日，我宝贝“鹅子”出生的日子！多么吉利的数字！！

所以我家宝贝“鹅子”一定可以一生都长长久久、圆圆满满、顺顺遂遂！

可惜今年已经错过，我没办法给宝贝“鹅子”过生日了……

但是也没关系！

接下来的每一个生日，不管宝贝“鹅子”在哪里，不管以后我有没有机会再次见到天使一样善良的你，我都会在这个世界的某个角落，认认真真、快快乐乐地陪你度过6月16日的每一秒。

祝你生日快乐。

祝你一生快乐。

我的天使。

…………

山里的早上，天亮得格外晚些。

地平线上刚泛出一点鱼肚白，还没来得及在夜里铺展的墨布上完全染开，小镇里已经起了人烟。

小助理拎着在镇上一家最干净的店铺买好的早餐，用备用房卡刷开了他老板的房门。

门一开，迎面就是落地窗外透蓝还暗的天，还有天际处一线朝霞初起的艳色。

窗旁的墙角，落地灯垂着细长的灯光，映着单人沙发里的人影，在墙上投下斜斜的一道影子。

黑色缎面家居服、金色眼镜搁在肘边，修长白皙的指节微微屈起，扣在书脊上，在光下有半透明的质感。

晨读是骆修多年的习惯。

小助理不意外地走进来，等那人抬眼，才一边放下早餐一边问："您昨晚回来得那么晚，怎么今天早上还这么早起来？"

"你不是也起来了？"骆修合上手里的书本。

"我这不是工作嘛。我要是不用早起，那肯定睡到……咦？"

走近了，看清楚骆修手里拿着的本子，小助理惊讶地抬头："我还以为您在看书呢，怎么又看起这个本子了？真那么好玩吗？那我也想看看了。"

骆修将本子插进书立中由高到低排序的书本之间，闻言眼也未抬地道："不给。"

小助理伤心地抬头："您以前对我从来没小气过的，现在连粉丝的告白本都不肯分享给我了吗？"

骆修淡淡地回眸："嗯。毕竟我以前不知道，我的生日资料被你不到一下午就'卖'出去了。"

小助理一噎："她连这个都写在里面了？"

骆修："你说呢？"

小助理乖乖地认错，"骆哥，我那会儿是没经验不懂事，就犯了那一回错误，后来再也没告诉过别人！"

骆修："这个盲枝教你的？"

小助理惊愕地抬头："您怎么连这个都知道？"

骆修感觉有些无奈。

有一点这个盲枝没说错：遇上这么一个助理，他这两年果真是处境"危险"。

手从本子上抽离，骆修随口问道："你见过盲枝吗？"

"没有，我们一直都是在网上聊天的。"小助理顿了顿，弯了下腰，"难道，骆哥你对盲枝小姐姐感兴趣了吗？"

"比起兴趣，我觉得她更需要教育。"

"啊？什么教育？"

想起今天看的那则里最后一句"我的天使"，骆修淡淡一嗤："无神论教育。"

小助理迷惑完也笑了："不过如果您的这个死忠粉真是盲枝的话，那她确实有点儿神神道道的。我到现在都没想明白她到底是怎么成了骆哥您的粉丝的。"

骆修："按她本子里说的，我们见过。"

"咦，骆哥您见过盲枝本人吗？"

骆修："不记得。"

小助理心想：不愧是你。

骆修回忆了下第一则日记："她说的见面时间，是 2018 年 7 月 31 日。"

小助理愣了下："7 月 31 日？"

"嗯。"骆修拿起眼镜扣回，然后不在意地抬了抬眼："怎么了？"

"就觉得这个时间好像有点儿耳熟，但是仔细想又想不起来了。"

骆修颔首，隔着镜片的褐色眸子里仿佛有温柔之色："记得多吃核桃。"

小助理气愤地嘟囔："您不也不记得见过盲枝了吗？"

"不一样。"

"哪里不一样？"

"我不记无关人事。"

被那温柔下疏离的笑意噎了好几秒，小助理气不过地道："那这世上对您来说还有'有关的'人和事吗？"

骆修想了想，然后摇头，仿佛遗憾地道："没有了。"

小助理叹气，沮丧又无奈地说："在娱乐圈里还这么看破红尘惦记出家的，大概就独您一位了。"

骆修无所谓地笑了笑。

小助理铺着早餐餐布，突然想起什么，回头问："对了，骆哥，今年生日又快到了，下周二就是了吧？"

骆修几乎没什么表情："忘了。"

小助理没办法："那您还是不过生日啊？"

"嗯。"

小助理不意外，摇着头叹着气摆弄桌布去了。

空闲两天，骆修的拍摄行程在周日下午被安排上了。为了避免耽搁，小助理中午前就把骆修送到了片场，然后遇上了"守株待兔"的顾念。

"骆修先生中午好啊！"

小姑娘从树下跑出来，在这炙热的正午里，脸蛋红彤彤的。

下车的骆修显然感到意外："你怎么在……这儿？"

"我是来还你保温杯的，好不容易才等到你今天拍摄。猜你会提前来，我就在这里等你了！"

大地被炙烤，蝉鸣焦躁，骆修在沉默中望着女孩被晒得厉害的皮肤。她是细白的那种肤质，大约不太经得住这种曝晒，脸颊上有一点儿被晒伤的粉色痕迹，人却还全没注意地笑得灿烂。

骆修垂回眼："劳顾小姐等很久了。"

"没多久，"顾念说完，大概也觉得这话可信度太低，又严肃地补充了一句，"医生说我作息太颠倒，眼白都有点儿淡蓝色了，就是晒太阳太少的缘故，要多接地气才行。"

骆修："下次放在剧组就好，不用专程来还。"

顾念亮起眼睛："原来还有下次吗？"

骆修顿住。

和那双一下子就亮起来的乌黑鹿眼对视须臾，骆修不禁笑了声，点头："如果顾小姐喜欢，那随时可以。"

顾念口是心非，眼睛里似有小钩子拽着他的衣角，却还在嘴硬：“嗯，那就太麻烦了，还是算了。”

“没关系。以后在剧组的夜景拍摄时，晚茶我会叫人准备两份。”

顾念感动得差点儿原地转圈。

好多份宝贝“鹅子”的礼物！

一送一还、一送一还，他们之间的“母子感情”一定会越来越深的！

“既然这样，那以后骆修先生中午在片场的时候，午餐就由我来请客吧！”顾念迫不及待地望着骆修道。

骆修停顿住。

站在顾念身后，小助理拼了命地疯狂摇头摇手，同时用最夸张的嘴型给他老板提醒：千万千万不要上这个坏女人的当啊，老板！她可是有男朋友的！她就是想撩你！

薄薄的镜片后，骆修的眼里充满了情绪。

然后他垂眼，笑意温和，遮了眼底的幽暗情绪。

“好啊。”

阻碍无功，小助理只能眼睁睁地看着那只狐狸精在光天化日之下，公然勾引走了他老板……

临时食堂。

小助理看得表情复杂。

现在的狐狸精都这么不按套路来了吗？公共的场合，她要怎么勾引他老板？

等等，难道她是故意选在众目睽睽的场合，让他老板即便被占便宜也没办法发作？比如她在桌下隔着西装裤蹭他老板的……

狐狸精！不要脸！

小助理的脸涨得通红，也不知道是羞的还是气的，他极度愤怒地冲向了楼梯。

自己一定要保护好他的老板！绝对不能让老板落进那个垂涎他的美色的狐狸精的陷阱里！

于是顾念这边刚点好餐，回到桌旁就看见他们定好的位置上多了个人——对她虎视眈眈的小助理。

“骆修先生呢？”顾念坐下问。

“骆哥去洗手了。”

“这样。朱助理也和我们一起用餐？”

小助理虎着脸道：“我吃过了，我陪着骆哥。”

顾念的表情变得严肃：“你吃过了，我宝……骆修先生怎么还没吃？”

小助理被这老母亲的质疑问得蒙了一下。

还没等他反应过来，追问就来了：“难道是你们公司无良老板又压榨艺人，让他们不顾身体健康地减肥了？”

小姑娘垂着眼，奶凶地道：“他们这样绝对是违反劳动法的，骆修先生已经那么瘦了，不能再减了，万一弄坏了身体他们是能负责还是能——”

“负责什么？”冷淡的声音从身后传来。

顾念立刻收起严肃神色，回眸道：“骆修先生回来了？快坐下吧。”

“嗯，”骆修就座，随意地问，“你们刚刚在聊什么？”

小助理终于回过神，立刻借机插话告状：“明明是骆哥你自己说胃口不好才没吃饭，结果顾小姐说我苛待——”

“胃口不好？”顾念脸上撑住没一秒的笑消失了，她转过脸，严肃地打量着骆修，“是不是熬夜工作导致的？”

骆修无奈地道：“没有，只是偶尔。”

顾念垂下眼来，不安地咕哝：“胃不好一定不能轻视的，尤其是圈里的工作总是要熬夜，万一加重到胃炎溃疡穿孔，那可就出大事情了……”

接下来的一顿饭，就在顾念对骆修老母亲般无微不至的关怀以及肠胃养生知识的科普课程里度过。

小助理一开始还机警提防着顾念对他老板不轨，然后就越听越困越听越困，最惨的是差点儿打哈欠的时候突然被顾念拎起来。

小姑娘表情肃穆地道：“你不能睡，我下面说的这几点你尤其要记好，万一骆修先生之后又胃不舒服的时候你才好应对。”

小助理都快困得睁不开眼睛了，逃跑未果，几次向骆修眼神求助，但可惜都被他们这个腹黑的老板坦然无视了。

小助理甚至觉得，老板不但无视了，还在旁边看热闹看得很愉悦！

无良老板！

半个小时后，小助理终于熬完这人间地狱般的一顿午饭。

顾念要去倒掉厨余垃圾送还餐盘，起来前还不太放心地问他：“都记下了吗？”

“记下了。”小助理抱着备忘录卑微地答道。

顾念这才点头，放心走了。

小姑娘一走，朱涵宇立刻委屈地转向骆修：“骆哥，她比安娜姐都能剥削我！”

骆修半垂着眼，似笑非笑道：“还好。”

“哪里还好？！”小助理把自己字迹密密麻麻的手机页面一推，泪流满面道，“我记了整整三页！她还意犹未尽的，说不定下午还要缠着让我记别的养生知识……咦，这么说起来怎么有点儿熟悉？”

“那你先回去吧。”

“那不行！”小助理没来得及去捕捉那丝熟悉感是怎么来的，听了骆修这话迅速回头，“说不定她就是故意要麻痹我赶走我，好方便她对您下手！”

骆修轻笑了声，仍低垂着眼。

他修长白净的手指随意捏着双筷子，在餐盘里轻轻挑动。

小助理说完才注意到，好奇地低头问道：“您在看什么？咦，为什么骆哥你这份排骨炖土豆里全是排骨？”

骆修手里的筷子停了下，他轻眯起眼，那幅画面就又飘回眼前来了：小姑娘一边絮絮叨叨、皱着眉认真监督小助理记录养生养胃知识，一边目不斜视，动作却能自然、本能又精准地把她餐盘里的小段排骨全挑来他这边。

大概考虑到了他的洁癖，她用的还是特意拿的另一副餐具。

然后小段排骨就在他的餐盘里慢慢堆起，旁边的女孩像只忙得来来回回囤松子的小松鼠。不过这只小松鼠看起来大概是傻的，所以才把自己家的东西都囤到别人家里去了。

骆修没说话，小助理自己在旁边揣测起来：“肯定是盛菜的小姐姐故意给你多盛的。唉，可惜她不知道老板你今年准备出家，都不碰红肉类的东西很久了……”

“咦？”

送完自己的餐具的顾念回到桌边，望着骆修的一次性餐盒里被她堆成小山的排骨：“食堂这边炖的小排骨酥软入味，很好吃的，你不喜欢吗？”

骆修抬眸，不答反问：“你很喜欢？”

顾念认真地点头：“肉类是信仰，没吃肉的一餐和没吃有什么区别？”

骆修失笑。

小助理看不惯她，在旁边抬杠：“肉类算什么信仰？佛家和道家各有荤戒，不杀生才算信仰。”

小助理说完，扭过头去寻求骆修的认同：“骆哥，您说我说得对——”

对着那块被夹在修长指间的筷子上的小段排骨，小助理呆住了。

几秒后，小助理内心咆哮！

老板！！

您还记得您是个要出家的人吗？！

狐狸精这是故意要勾引你破戒，你不能再听她的了，啊啊啊！！

中午就餐后，三人一起去了拍摄片场，到时距离有骆修参演的分镜还有一段时间。

于是他们在演员休息区选了个偏僻角落。顾念不知道从哪儿搬来个小板凳，蹲在骆修的躺椅旁，认真给他讲解起后续分镜头剧本里云昙的部分。

“云昙在现世遇到丁乔的时间是在男主妄无涯之后，这会儿因为前世羁绊，丁乔已经对妄无涯有好感了。”顾念细细地拆分解释着剧本里的人物关系，“所以对丁乔来说，此时云昙对她的感情更类似于一种介入……”

“第三者吗？”骆修突然出声问。

顾念愣了下，这话语气莫名发凉，让她下意识地抬头望去，却只见到一双温润如玉的褐色眸子。

看来又是她的错觉了。

顾念迅速跳过任何对“鹅子”不利的想法，眼角一弯，说道：“也不算呀，毕竟这时候丁乔和安无涯并没有确定关系。”

骆修点头，声音冷淡：“那丁乔怎么想？”

“嗯？怎么想什么？”

“云昙已经知道丁乔和安无涯的前世羁绊，也知道两人现世的感情，却还要插足其中。对这样的云昙，丁乔怎么想？”

顾念呆了几秒，赞叹地扭头，朝骆修跷了一下拇指：“你这个角度不错哎，是我的失误，之前竟然没有代入丁乔的视角对云昙这个角色再做完善。”

“既然是你的剧本，那你现在谈谈你的想法也可以。”

“嗯……那让我想想。”

骆修无声地望着椅旁的人。

顾念原本就个子不高，坐到小板凳上后更干脆团成一团了似的。答应完他的话后，她就抱着剧本蜷在膝前，紧皱着眉思索。

看神情她并不设防，似乎也对他话里的若有所指完全没多想。

这样过去几秒后，顾念好像想通什么，“唰”地坐起来：“我知道了！”

“嗯。”

“丁乔应该是可以理解云昙的。云昙原本是佛坛圣物优昙花，为她挡劫才入魔，而即便堕魔，他本性未改，在现世里最后也确实为了成全丁乔和安无涯而选择放弃。”

“所以丁乔对云昙的理解，要建立在他放弃丁乔上。”

“噫，骆修先生怎么会这样想？当然不是！”

骆修抬眸望着她。

顾念认真地掰扯着逻辑：“丁乔理解云昙的原因是他是为她入魔，而入魔以后云昙没办法控制自己对她的欲念，是情不自禁，所以明知丁乔喜欢的是安无涯，还是忍不住想要接近她、得到她。”

顾念说完，回眸和骆修对视：“自始至终，即便云昙看起来强大无畏，魔性可怕，但他的内心才是最痛苦的。这一点丁乔同样能理解。”

“是吗？”

骆修的话音刚起，就被从两人身后方向传来的声音打断：“骆先生，您可以去化妆间了。”

顾念和骆修同时回眸。

和来人视线一对，顾念愣了下，那人也愣了下：“咦，顾念，你怎么在这儿？”

来的是昨天给顾念化妆，又在卫生间和她开玩笑的那个小化妆师，也是组里正牌化妆师的助理。

顾念：“我正在给骆修先生讲剧本。”

“这样啊？那你们去化妆间聊？”

顾念回头看向骆修，征询他的意见。

骆修点头："好。"

旁边困得打瞌睡的小助理一见两人起身，立刻哈欠连天地跟上去。即便快困成熊猫，他也不忘紧贴在骆修身边，严防死堵另一边的顾念。

小化妆师则跟在顾念另一旁，拐着她的胳膊笑嘻嘻地说："哎，我今天上午就听剧组里都在传了。"

除了宝贝"鹅子"和剧本，顾念对什么事都不太热衷，对八卦消息也没什么精神。所以听了小化妆师故意吊她胃口的话，她也只是垂着眼敷衍地问："传什么？"

"就传……我们组里的小美女顾编剧……有男朋友了啊！"

顾念怔住了。

小化妆师的声音没怎么压低，骆修距离顾念一米之遥，将对话听得清楚。小助理立刻给了骆修一个"老板你看我就说吧"的眼神。

骆修没抬眼，神色淡然。

顾念在短暂惊讶一秒后已经蔫回去了："噢。"

这种事她懒得解释，而且有这样的传言对她来说是好事——能给她减少许多麻烦。

"怎么就一个'噢'的反应？你也太冷淡了，我之前还一直以为你没男朋友，还想给你介绍我朋友呢。"

顾念一听就头大，微笑道："不用。我和我男朋友感情特别深厚。"

"真的假的？"

"比 24K 黄金都真。"

"那他行不行啊？就放心把你这么漂亮的一个小姑娘扔在这种深山老林里，一两周了也不来看你一回？"

顾念木着脸自吹："嗯，可能是我值得他放心吧。"

刚说完，她就感觉到旁边投来一束存在感极强的目光。顾念好奇地瞥去一眼，然后就对上小助理愤恨的眼神。

这孩子最近两天到底怎么回事？"大姨妈"来了吗？

助理化妆师："那一定是你没把骆先生的照片发给他看。"

听到宝贝"鹅子"突然被 cue（提起），顾念立刻回头。

助理化妆师显然是在开玩笑，目光在顾念和同样望来的骆修之间转了一圈："不然让你男朋友看到你身边有这么帅的男人，肯定立刻就跑来了。"

顾念茫然地问道："跑来做什么？"

"当然是担心自己的女朋友被大帅哥撬了墙脚啊！"

小助理终于忍不住了，愤愤地插话："我们骆哥是什么人？外面不知道有多少喜欢他的单身女孩排着队乐意和他交往呢！他怎么可能会做这种事情？对吧，骆哥？！"

小助理刚转回视线，就落进一双眸子里，眸子上的淡淡笑意是一层假象，轻易便被跌破，然后人陷入如幽暗沼泽般深不见底的寒潭。

小助理身影蓦地一僵。

顾念附和的声音抢在此时响起，带着笑意："就是，你过分了啊，骆修先生可不是那种人。"

"哎呀，开个玩笑嘛。"

"开我的行，骆修先生的不要随便乱开。他可是艺人，艺人的名声太重要了……"

女孩拉着助理化妆师，半是笑闹半是威胁地把人拐走了，背影单薄轻巧。

骆修抬眸，那个背影不偏不倚地落进他的眼底，烙成了最深的颜色。

顾念在化妆间里给骆修讲了没多久的剧本，就被化妆师忍无可忍地赶出来了。

还差一段收尾没说完，考虑到宝贝"鹅子"那时有时无的演技，顾念怎么想都觉得不放心，于是干脆在化妆间门外等了起来。

这一等她就等了将近一个小时。

骆修出来时，化妆间门外窝在墙角手托着脸一边等一边打瞌睡的小姑娘已经快把自己团成一坨了。

骆修下意识地放轻脚步走过去，停在她前面不远处，垂下眼细细打量她。

顾念脸瘦白，偏瓜子脸，平常下巴总是尖尖的，但这会儿两颊被她自己的巴掌"迫害"得厉害，挤向鼻尖……还真像小助理说的狐狸似的。

他没见过这样瞌睡虫似的狐狸。

骆修背着光，一动未动地望着墙角前的女孩，眼底神色不明。

有一秒，鬼使神差般，他俯身下去，手伸向女孩看起来就很柔软的、带一点浅浅栗色的头发。

不等他的手落上去，那颗脑袋动了动。

几秒后，顾念困得眼前模糊地仰起头："嗯？"

等视野渐渐清晰，顾念才看清面前逆光站着的那人：笔挺长裤、白色衬衫，凌乱碎发，还有摘去了金丝眼镜后那双深褐色的眼睛。

顾念抱着膝蹲在原地，初醒表情空茫地看了眼前之人几秒后，就不由得绽开笑容。

"骆修先生。"

"嗯。"

"我刚刚在梦里梦见你了，还突然想起一件事情。"

"什么事？"

"下周二是6月16日，你的生日快到了！你有什么想要的礼物吗？我一定送给你！"

没收到任何答案，哪怕一个语气词都没有，顾念有点儿疑惑，但从这个逆光的角度，没法看清骆修的神色。

于是顾念敲着恢复意识后立刻开始发麻的小腿，慢慢起身："骆修……先生？"

靠着墙站直的那一秒，顾念看清了骆修此时的脸，愣了下。

他上了淡妆，但和平常没什么区别，唯一的例外是他露出的大半额头上，碎发下，那在眉心以细笔勾描的优昙花。

血红的优昙花衬着极致的白色肌肤，形成最冷漠又妖冶的反差感。

顾念看得恍神。

在这一刹那，她完全无法分清眼前的人到底是温润如玉的骆修，还是那朵入了魔的佛坛圣物优昙花。

“来之前的路上，顾小姐说我不是那种人。”淡色的薄唇微微开合，男人似笑非笑，声音低得可以蛊惑人，“那顾小姐是那种人吗？”

“哪……哪种？”顾念轻吸了口气，莫名有些仓皇地抬头。

背着光的人敛了敛神色：“那种，明明有男朋友了，还想勾引别的男人上床的人？”

顾念噎了一下。

好……好妖。

尽管看不太清男人的五官和神情，但只从这压得低哑、好像带笑又好像情绪冷淡的声音里，她也能感知到骆修身上和平素的温润完全不同的妖孽感。

宝贝“鹅子”这是入戏太深、不能自拔了吗？

听说区别于技巧流派，天赋型的演员确实容易有这种共情过度，将现实和剧本短暂混淆的问题……

顾念还没想完，身前本就离得不远的男人蓦地上前一步，那种从未有过的压迫感随之落下。

他微绷着下颌，声音压得更低：“顾小姐会吗？”

唉，毕竟是自家宝贝“鹅”，她还能打一顿不成？

而且作为妈妈，她必须得给他树立一个拥有正确世界观、价值观、人生观、恋爱观的榜样形象！

嗯！

顾念想完抬起头，正色道：“当然不会，我和我男朋友从小青梅竹马感情深厚，对爱情的态度十分忠贞，无论身心，我们是绝对不会背叛对方的！”

死寂半晌，她耳边传来一声冷淡、凉薄、低沉而妖冶的笑声。

骆修：“是吗？”

盲枝养鹅日常

2018 年 11 月 22 日，星期四，天气阴

唉，今天寄养生茶的时候问了朱涵宇，宝贝“鹅子”这个月又没有接到任何通告。

之前我果然还是高估定客传媒了，满脑子潜规则的垃圾高层能做出什么明智

决定？他们把宝贝“鹅子”这样的艺人签回去都不知道好好规划，白白挥霍他宝贵的时间和青春！

定客早日倒闭！

不对，还是等宝贝“鹅子”红了，再让他们早日倒闭！

这个月忙得傻掉了，差点儿把去道慈观上香祈福的事情忘了。还有这周没有时间去福利院做义工，不过以宝贝“鹅子”的名义给慈善项目捐了款……

每周福气一点点，积攒久了，宝贝“鹅子”一定能大红大紫。

啊对，今天小雪节气。

明天记得叮嘱朱涵宇，一定要监督宝贝“鹅子”穿秋裤！接下来天气越来越凉，宝贝“鹅子”穿得单薄，老了以后肯定会得老寒腿的。

说起来，要不要给宝贝“鹅子”织一条围巾？古诗也说“慈母手中线，游‘鹅’身上衣”……

嗯！

就这么定了！

宝贝“鹅子”一定能感受到我织在围巾里的沉甸甸的母爱！

不过，K 市今年还没有下雪呢。

下雪的时候总是很冷，一个人走在路上也感觉孤零零的，希望有人能陪在你身边。

不要生病，不要孤单，不要难过。

祝我最温柔的宝贝，永远、永远健康快乐。

…………

片场休息区。

小助理在骆修的躺椅旁来回好几趟了，他老板始终在看那个深褐色本子，专注得眼皮都没抬起来过。

朱涵宇到底没忍住，弯腰凑到了骆修身旁：“您那死忠粉到底在本子里写什么故事了？我怎么觉着您最近翻看这个本子的频率越来越高了？”

“没什么。”骆修合上本子。

小助理只看见了最后一句的开头“最温柔的宝贝”，惋惜地站直身，嘀咕道：“有这么宝贝吗？”

骆修轻扶了下眼镜，金丝细链在他的颈旁晃了晃，他温和地笑道：“没有。”

“那您给我看一眼？”

“不行。”

温柔个毛啊，都是假的、假的！

小助理沮丧地转身想走，却被身后的人叫住了。

“等等。”

小助理飞快回头，以为他们老板改主意了，没想到只见骆修抬了抬拿着本子的手：“盲枝也是K市人？”

小助理愣了下：“应该是吧？之前她给您寄东西到公司，好像都是同城快递来着。”

“她和公司有瓜葛？”

“咦？有吗？没听说过啊。”

小助理又绕回来，嬉笑着问：“骆哥，您真对这位盲枝大大有兴趣啊？您要是想知道，找人查查不就行了？凭您的人脉——”

“不用，”骆修慢条斯理地截了他的话，“谈不上兴趣，没听过就算了。”

小助理叹气：“行吧，不过我估计您这位死忠粉也坚持不了多久了。”

骆修没搭茬，看起来确实全不在意。

小助理只得自己接道：“从她把这本子寄给您以后，联系我问您近况的频率都快降到零了——您说这本子，是不是她寄来跟您做个了结的啊？”

骆修似乎想到什么，但很快就兴致寥寥，又垂回眼去。

顾念来的时候，《养鹅日常》还安安静静地乖巧地躺在骆修的手边。

“骆修先生，一起去吃午餐——”顾念的话在她看到《养鹅日常》的第一秒就自动消音了。

最近两天都是顾念找来，骆修已经习惯了，他闻言起身，抬眸望过去时，察觉女孩眼神的落点。

骆修垂了垂视线，看向腿边：“怎么了？”

“没……没事。”顾念心虚地想否认，但又怕骆修起疑心，“啊，我就是看到过这个本子好多次了，看来你蛮……喜欢它的？”

顾念问得心虚气短，问完都没敢看骆修的眼睛。

骆修：“在剧组无聊，打发时间。”

听不出明显的好恶，顾念松了口气：“这样啊……那我们走吧？”

“嗯。”

小助理最近几天也习惯了，每天中午提前去食堂订好三人餐和位置，等骆修和顾念来了一起用餐。

这话自然是骆修发的，对此小助理很是心痛了一下他家老板的自甘堕落：老板不但不对那个觊觎美色的狐狸精严防死堵，反而自己送上桌去了，堕落啊堕落。

摆好餐盒以后，小助理就在桌后正襟危坐，盯着食堂门口。

今天也是用目光警告狐狸精离他们老板远点儿的一天……就是今天的狐狸精怎么都没给他眼神？

“小心。”

顾念被人拉了下手腕，茫然地停住，然后看见一个和同行人玩笑着后退的男生险之又险地从她面前贴过去。

对方手里的热汤一晃，洒出一摊，正落在顾念脚边。

对方也吓了一跳，连忙道歉："对不起，没看见后面有人。"

"没关系，我也走神……"

顾念刚要点头就察觉什么，视线落向手腕处，然后顺着握在上面的修长指节，一直望到旁边男人的脸上。

镜片后目光微冷，骆修望着那个青年，侧颜被光影刻出几分陌生的凌厉感："既然端着热汤，那就该注意些。若真出了事，对不起有用吗？"

"抱歉、抱歉，我一定注意。"

等对方在骆修的眼神下仓皇离开，顾念才回过神，不确定地喊了声："骆修……先生？"

骆修回神，温润柔和的神色一秒回到他的眼底。

骆修侧回身问："你没事吧？"

"没，他没碰到我。"

"那碗汤看起来很烫，夏天衣服又单薄，洒在身上一定会被烫伤，所以我有点儿着急了。"骆修说着，似乎歉意地抬眼，"吓到你了？"

顾念呆了数秒。

所以，刚刚宝贝"鹅子"是因为担心她受伤，才那么紧张甚至眼神冷得叫人害怕和陌生的？

呜呜呜……这就是进阶版的母子情深吗？她的爱果然没有错付！！

顾念感动得泪目："我怎么会怕你？永远不会的！"

"永远……"骆修轻声重复了一遍。

顾念听到："怎么了？"

"没什么，"骆修淡淡一笑道，"只是觉得这个词每次听到或见到，都有种不现实感。"

"嗯？为什么？"

骆修没有回答。

但顾念很快就想到了，一边走一边回过头朝骆修明媚一笑："骆修先生是觉得，我说的永远不能履行吗？"

骆修抬眸，沉默地望着她，褐色眸子里落进光去，衬得眼底有些斑驳。

"你给我等着噢。"顾念装凶不到几秒，笑了，"等着看吧，我答应骆修先生的永远，一个都不会忘。"

骆修垂眸："就算一切并不如你所想象？"

"就算一切不如我想象。"顾念想都没想地道。

骆修淡淡地抬眼，似笑非笑道："你这到底算是聪明，还是好骗？"

顾念："我当然聪明。"

"是吗？"

顾念莞尔："但骆修先生跟别人不一样嘛。可能在你面前，我会比较好骗一点儿。"

骆修怔住。

小姑娘跑出去两步，发现身后没人跟上，回过头，正望见骆修意外愣怔的神色。

顾念想通因果，笑了："难道骆修先生会骗我吗？"

骆修回神，轻勾嘴角，眼神似温和而无害。

"不会。"

顾念三人快吃完午餐时，他们身后来了五六个人，似乎是灯光组的，端着餐盘去后面那桌落了座。

没吃几口，就有人开腔。

"我这盼星星盼月亮，可终于要把卓编剧盼回来了。"

"哎，美女编剧要回组里了？"

"不是说她之前的剧本获得什么奖项提名了吗？她怎么又要回来了？"

"嚯，这就是盲枝大大的气魄吧，奖项提名都没兴趣去。"

"难怪她当年那么火的时候退圈，这淡泊名利的态度，跟我们就是不一个样哈。"

几人的对话里，终于插进个不和谐的嘀咕声："得了吧。"

"谁说话了？"

"干吗？不服气盲枝的名气啊？"

"人家有实力，别酸啊。"

那人撇嘴："且不说卓亦萱是不是盲枝，单说盲枝，她当年退圈也跟淡泊名利没关系好吧？"

"嗯？"

"你知道原因？"

几个人原本还恼火，一听有八卦消息的样子，立刻凑了上去。

"咯，我也是听我在X大念过书的一个朋友说的。"那人清了清嗓，"X大你们知道的吧，圈里不知多少名导、名编、名角是从那儿出来的。我那朋友说，当年盲枝就是他们学校一个大二的学生。"

"牛啊，盲枝是X大的？这真算是圈里镀金边的高才生了。"

"然后呢？然后呢？"

"然后她不是火了吗？一夜爆红的级别，学校里的学生只知道有人用这个笔名，具体是谁没几个人知道。那时候不少公司抢着想签下她，按理说这就是走花路的光明未来，可惜啊……"

"可惜什么？"

"别卖关子了，快说吧。"

那人哼了声，不屑道："可惜没多久，她被人'扒'出来在校外给一个圈里的传媒公司高层当'小三'，还被人家的未婚妻'扒'出来，闹到学校去了。"

"真的假的？"

"不可能吧？这么大的事情我完全没听说过！"

“X 大给压下了呗。名校在校学生公然给人做‘小三’还闹这么大，这得是多大的丑闻啊，他们当然得压下去。”

“那后来呢，后来怎么样了？”

“难道盲枝退圈就是因为……？”

“是吧。人家大传媒公司高层的未婚妻什么势力什么背景？她再火那会儿也就是个没人脉、没资源的学生。那段时间 X 大的学生全都在八卦这个事情，还有人想把她‘扒’出来，不过好像在那之前，她就退学了。”

“盲枝竟然是‘小三’，我的女神梦破灭了。”

“本来我还惋惜她退圈呢，那她可真是活该啊，‘小三’都不得好死。”

“不是，他说你们就信啊？这种事情真真假假的，谁知道到底怎么回事？别墙头草似的。”

“不是吧，‘小三’你还护？我朋友为什么要诬蔑她，有好处吗？”

隔壁桌火药味越来越浓，小助理则震惊地转回头：“骆哥，你听见了吗？他们说你那个死忠粉是小——”

“没听到。”骆修打断他的话道。

“哎？可是——”

骆修没抬眼，声音近乎冷淡：“我不觉得无凭无据议论别人是什么有趣的事，你如果喜欢这种八卦消息，我不介意，但别和我聊。”

“哦。对不起，骆哥，我知道错了。”小助理委委屈屈地应了。

骆修收回视线。

坐在他对面的女孩眉皱得紧紧的，一副非常难受地陷入沉思的模样。

“顾小姐身体不舒服吗？”

“嗯？”顾念抬头，脑海里回溯骆修的问题后，摇头，“没有，就是他们的话让我想起——”

骆修微皱眉：“顾小姐也喜欢这种八卦消息？”

顾念的话恰在这一秒理所当然地接上：“让我想起，你的生日礼物我还没纠结好呢。”

骆修：“……”

这种联想，是怎么做到的？

第五章　图谋不轨

6月15日，周一。

骆修和宗诗忆的对手戏在傍晚结束，天边晚霞艳丽，夕阳如血。

耿宏毓喊了收工，一下午的拍摄到此结束，工作人员们松了口气地下班。

“骆先生，今天辛苦了。”

工作人员散去大半后，宗诗忆去化妆间卸妆前，专程跑来跟骆修问好。

骆修接过小助理递来的冰镇毛巾，在脖颈下按了按，闻言随意地点头应了：“宗小姐客气。”

宗诗忆迟疑着，小心地问：“骆先生，今晚您有时间吗？我想请您在镇上的酒店吃晚餐，不知道您方不方便？”

骆修指节一停，回眸。

在那双深褐色眸子的注视下，宗诗忆挺了两秒就有点儿撑不住，低头避开了视线。

骆修不在意地转回去，用毛巾擦拭着手腕：“宗小姐有什么事情吗？”

宗诗忆张了张口，眼神游移，欲言又止。

骆修没回头，但已了然：“今天我很累了，宗小姐有什么不方便别人听到的事情，明天再去找我吧。我明天没有拍摄，一直在房间里。”

宗诗忆露出喜色，立刻点头：“好的，谢谢骆先生。”

宗诗忆的身影远去后，之前自觉地躲到旁边的朱涵宇凑上来，疑惑地望着宗诗忆的背影：“骆哥，她怎么突然找你，还一副要告白不方便的架势？”

骆修瞥了他一眼。

小助理噎了下道：“您的眼神伤了我的心。”

骆修：“我怎么了？”

小助理控诉道：“您刚刚那一眼里写满了在看一只小学鸡（网络流行语，小学生的意思。）的嫌弃！”

骆修思索之后，淡淡地点头：“差不多，你的领悟能力有提升。”

小助理悲愤地问：“我说的哪儿有问题吗？宗诗忆刚刚不就是一副要告白又不好意思在公开场合说，所以要单独约您的反应吗？”

“你能不能用……”骆修架上金丝眼镜，慢条斯理又冷淡地抬起眼，似笑非笑地瞥他：“成年人的脑子思考问题。”

他果然是被嫌弃了。

小助理不甘心地追问：“那您告诉我呗，她到底是为什么事情这么欲言又止的？”

“找到我这儿，求的无非是资源或者渠道。”

小助理蒙了下：“她又不是您公司的艺人，硬要说的话宗诗忆连定客传媒的艺人也不是，同门之谊都没有，怎么会找您——”

小助理的话消了音。

他终于想起来了什么，有点儿头疼地问：“果然上次您说得对，圈里不是慈善场，只有利益驱使。我还以为宗诗忆真是像她的人设那样单纯友善没心机呢。”

骆修拎起躺椅上挂着的外套，侧身离开前停顿了下：“她人呢？”

“啊？谁？”

小助理转转脑袋反应了几秒，才恍然地说：“您是说顾念？林副导好像找她有事，在您拍摄中途就把她叫走了。”

“难怪不在。”

“您找她有什么事吗？”

骆修停顿了下，说：“我去休息室等她。她回来以后，让她直接去那边找我。”

小助理停下手里的动作，狐疑地盯着骆修：“骆哥，您不会是……真的……真的对那个小编剧有什么……？”

“有什么？”

“就……那种意思啊！”

“哪种意思？”

骆修从头到尾没抬过眼，声音也冷淡里透着一点儿散漫的倦意。小助理却被他这不紧不慢的反应逼急了，跳着脚蹿到骆修正面。

“还能哪种意思？当然是类似她对您的非分之想那种意思！您可千万不能上狐狸精的当，她可是有男朋友的，这件事情不管怎么算，结果都是您亏大了啊！”

骆修终于抬起眼，眸子里晃着点儿笑意，轻声笑道：“我……亏大了？”

“嗯嗯！”小助理拼命点头。

“怎么说？”

“您看她当众对您那种态度，肯定就是只打算发展露水情缘嘛！等拍摄一结束，她绝对吃干抹净拍拍屁股就回男朋友身边了，您身情两失，什么都落不着！”

“那我把她变成我的，就不亏了。”

“这倒确实是个……”小助理戛然停下，惊恐地扭头，“骆哥你认真的吗？？”

骆修慢慢扣上眼镜盒。

“啪嗒”一声轻响后，他抬起头，眸子里笑意温润如常。

“开玩笑的。”

“是她之前有事要和我说，所以你记得告诉她，我去休息室了。”

小助理僵在原地，目送着那道背影离去。

直到风把山里一丝干热的暑意吹进拍摄片场内，朱涵宇在这热腾腾的温度下打了个激灵，才猛回过神。

他低头搓了搓胳膊上无故冒起来的鸡皮疙瘩。

“怎么总感觉要出事了？”

盲枝养鹅日常

2018 年 12 月 2 日，星期日，天气小雪

第一次“爱的围巾”行动尝试失败，我现在严重怀疑自己是个手残。

…………

2018 年 12 月 21 日，星期五，天气晴

第二次，又失败了。

…………

汪！！！

…………

2019 年 1 月 15 日，星期二，天气阴转多云

虽然这次成功了，但是这个卖相……它侮辱了我，也侮辱了我“鹅子”，呜呜呜呜。

我不信！我一定会成功的！

…………

2019 年 2 月 4 日，星期一，天气晴

今天是除夕夜。自从市里不让放烟花后，现在的除夕夜晚上都变得好安静啊。

给宝贝“鹅子”准备的新年贺卡，不知道能不能准时送达，希望宝贝“鹅子”能感受到贺卡里妈妈深沉的爱。

尤其是那条围巾！学了三个月，我终于学会了！呜呜呜……我可真是个没用的妈妈！

不过昨天给围巾收尾的时候被我妈发现了，她以为我交了男朋友。

嗯，就让这个美丽的误会保持下去吧。从退学以后，她总是担心我会自闭抑郁什么的，我觉得还好，但是她不放心。

这就是母爱吧，真伟大。

我也要像妈妈爱我一样，好好爱我的宝贝“鹅子”！

宝贝“鹅子”！新年快乐！

那我今年的新年愿望，就是宝贝“鹅子”在未来的一年里平平安安，健健康康，心想事成！

妈妈永远爱你！！

…………

骆修的指腹慢慢滑过，最后停在这页纸的底端。

修剪得圆润的指甲前，“永远”两个娟秀的黑色小字细细地勾在纸面上。

这让他想起了另一个人。

“等着看吧！”

透过窗的大片阳光下，背过身的女孩转回来，朝他笃信地笑着。

“我答应骆修先生的永远，一个都不会忘。”

骆修垂下眼帘，细密的睫毛扫下去，在眼睑下投出淡淡的影。

他从不信任何人，更不信永远。

在他看来，言语只是掩饰人心的文字游戏，真实从不需要通过言语表达，只有谎言和欺骗才需要。

也只有愚者，才会被那些包裹着温柔外壳而在暗里藏着苟且目的的话术所蒙蔽，就像过路的旅人被路边的芳香吸引，去触碰娇艳的花朵却忽略了花瓣下黑色的荆棘，最后倒进剧毒的花丛，在虚假的梦里死去。

这样的愚人骆修看见过太多，懒得提醒，更有甚时实在无趣，还会帮那些带毒的花加一把推力。

人总归有一“死”，对很多人来说，死在梦里说不定比死在真实里更幸运。

骆修只是从来没想过，有一天他也会在一丛花前驻足。

和那些人不同，他明明看到在阳光下藏在花瓣间闪着狰狞寒光的毒刺，但好像就是无法克制……

他无法克制地朝她伸过手去。

骆修的手无意识地在本子页上轻轻拂过，掀起一页，瞥过去时，指腹上被擦起灼烫的感觉——

纸页摩擦起轻响，指腹上传回的痛觉也拉回了骆修的理智，他垂眸，翻过手，食指尖端正往外渗出殷红的血。

骆修眼里半点儿波澜不见，他不在意地收回视线，从桌旁抽出张纸巾，还把血未压回时，休息室的门突然被人推开。

一身薄款米色风衣的女人站在门外。

“骆修，你果然在这儿。”卓亦萱定睛看清屋里的人，露出愉悦的神情。

骆修没说话，垂回眼去。

“我好不容易才在你生日前赶回剧组来了，而且我可是扔下一个颁奖典礼回来的！”

“嗒嗒”的高跟鞋声后，卓亦萱已经走到沙发前，停在骆修屈起的长腿旁边，半弯下腰来。风衣下带起香风，薄款T恤的领口半宽松地垂着，漂亮的锁骨和事业线若隐若现。

卓亦萱妩媚地笑道：“我知道错了嘛，之前是我缠你缠得太紧，以后不会了，你想我怎么做都可以，我一定都听你的。”

房里没有其他人，骆修抬眼，语气里带着淡淡的嘲弄：“你回去一趟，专门跟谁取的经？”

卓亦萱的笑容僵了下。

她站起身，不自然地拨了拨落下来的长发：“没有取经啊，就是问了朋友一点儿建议。她们说我太强势了，所以你才不喜欢，但没关系，只要你喜欢，我软一点儿就是了。”

“抱歉。”骆修慢条斯理地合上本子，撩起眼，“我不喜欢。”

“你……”卓亦萱气得攥紧手，“那你到底喜欢什么性格的人？”

骆修的神色变得倦懒，他最厌烦和无聊的人纠缠无聊的话题。

他转开眼道：“和性格无关，我不喜欢任何人。”

卓亦萱上前一步就想发作，但在怒言出口之前，还是想起朋友的提醒，深吸了口气压回她的大小姐脾气。

卓亦萱开口道：“你现在不喜欢我没关系，反正你也不会看上别人，我可以等你，我们慢慢相处。反正无论家世背景、容貌身材、个人能力和熟悉了解的程度，你也找不到比我更配得上你的人了。”

卓亦萱顿了顿，偷偷观察骆修的神色：“这次回去以后我还特意去看望了骆老爷子，不过你放心，我没告诉他你在剧组的事情，我们就是闲聊。他对我也挺满意的。你总要考虑家里长辈的意见吧？”

骆修原本没什么反应，听到最后一句话才转回脸。

只是不同于卓亦萱想象中的动容，那双琥珀石似的深褐色眸子里，只有完全不融于这盛夏暑热的冷意。

“长辈的……意见？”骆修的笑里含着冷淡而疏离的嘲弄，“那你要失望了。骆家的教育里从来不包括这一条，他们的意愿如何，不会让我产生半点儿动摇。”

卓亦萱微微咬牙，漂亮的妆容都显得有几分扭曲：“你又不可能一辈子不回骆家！”

骆修淡淡一笑，嘲弄神色都懒得遮掩。他起身，不想再和卓亦萱纠缠。

见骆修要离开，卓亦萱只得放软语气，追到骆修身旁："好、好、好，我不和你吵了。明天就是你的生日了，我知道你肯定不会回骆家过，那让我给你过生日好不好？"

卓亦萱说着话，就想伸手过来挽骆修的手臂。

骆修侧身躲过她的指尖，然后垂下眼，笑意冷淡："你了解我？"

"当然，没人比我更了解你啊。"

"那你更应该知道，我从不过生日。"

卓亦萱脸色微变："我以为你只是不喜欢骆家人，也不喜欢在骆家过生日。"

骆修淡漠地道："你现在知道了，不是？"

骆修转身往外走去。

他将到房门前，卓亦萱回过神，又追来："骆——"

"咚咚。"房门被人轻轻叩响。

"骆修先生，我进来啦。"

房门被推开，顾念握着门把手停下，茫然地看着站在她面前一两米处的骆修："咦，骆修先生，你站在这儿做什么？"

问完，顾念才注意到骆修身后的卓亦萱。

沉默数秒后，顾念警觉地轻眯起眼。

卓亦萱竟然在回到剧组的第一时间就来找骆修，果然潜规则她宝贝"鹅子"之心不死！

她不会让卓亦萱得逞的！

骆修垂下眼，望着面前一秒进入奶凶的戒备状态的小姑娘，眸里滑过一丝淡淡的笑意。

卓亦萱也在此时回过神："你怎么又来纠缠骆修了？他不是你攀得上的高——"

"顾小姐，"骆修淡淡打断她的话，声音温和地道，"你不是找我有事吗？说吧。"

顾念从奶凶状态退出，转向骆修时难得露出一丝犹豫之色："我在这儿说吗？"

骆修顿了顿，微眯起眼。

卓亦萱还在被打断的不爽里，闻言轻蔑一笑道："怎么，你还觉得你和骆修之间有什么是我不能听的？"

顾念木住脸，没看她："我只是讨厌我和别人说话的场合里有总喜欢没礼貌插嘴的人。"

卓亦萱恼了："你说谁没礼貌？！"

"谁恼羞成怒我说谁。"

"你！"

骆修看着女孩蔫蔫的却把卓亦萱气得跳脚失态的模样，就忍不住想笑。

他轻垂眼角，压着笑意开口道："说吧，我会认真听，你的话不会被插话打断。"

卓亦萱气卒。

顾念将视线落到骆修脸上，懒洋洋地垂着的眼皮也一点点抬了起来。

等和骆修对视时，小姑娘乌黑的鹿眼已经亮晶晶的了：“骆修先生，明天就是你的生日了，你有没有什么个人规划和安排？”

骆修摇头：“没有。”

顾念的眼睛更亮：“那可以让我陪你过生日吗？我特别认真地准备了生日礼物，想亲手送给你！”

骆修停顿了下。

斜后方，卓亦萱冷笑了一声，不屑地抱起手臂，等着看顾念碰一鼻子灰的糗样。

大约是看出了骆修的迟疑，顾念连忙补充：“没时间也没关系，我可以等你生日后再……哦，那个礼物就没办法给你了……”

小姑娘有点儿失落，声音低了下去。

但没到两秒，她又“嗖”的一下支棱起来：“不过没关系，我还有 plan B（B 计划）的礼物可以送给你！”

骆修沉默之后，无奈地问：“你今天上午一直说要和我说的事，就是这个？”

“对。”

“那怎么不早一些提？”

“我担心太早的话，骆修先生没有确定生日安排，会为难嘛。”顾念笑了笑，“不管怎么样，有人陪你过生日就好——你明天应该不来剧组了吧？那我先祝你生日快——”

“可以。”骆修淡淡地说。

顾念茫然地仰了仰头：“什么可以？”

在卓亦萱难以置信的目光下，骆修和顾念对视着。

然后顾念回神，原本黯下去的眼睛里像是点起了两簇小烟花：“你是说……？”

“嗯。”骆修轻叹，“明天，请你陪我过生日吧，顾小姐。”

顾念没告诉骆修，她要怎么安排他的生日——作为母爱如山的老母亲，亲自给宝贝“鹅子”过的第一个生日，必须惊喜且有意义。

顾念这么坚信着，然后第二天在 9 个闹铃的不懈努力下，起了个大早，几乎摸着黑，坐上去镇里酒店的车。

毕竟是夏天，又是六月份，临近北半球北回归线直射点时间，天亮得最早。

等顾念赶到酒店时，小镇里人烟已起。

铺着石板的路上响起“咔嗒咔嗒”的小推车的声音，吆喝的，叫卖的，带着听不懂的方言，又有着莫名的人间烟火亲热气。

顾念走在中间，满心愉悦，抱着提前准备好的剧组工作人员的证明，通过酒店安保检查，进到了酒店楼内。

骆修的房间一直在 7 楼，还是熟悉的 717。

顾念站在房门前，拿出口袋里准备好的小碎花筒，又在心底背诵了一遍祝福语。

一切准备工作就绪，顾念抬手轻轻叩响房门。

时间大约过去了 20 秒，在顾念几乎要怀疑宝贝“鹅子”还没起床的时候，房门在她面前被轻轻拉开。

穿着一套浅灰色真丝睡衣的男人撑着门，黑色碎发半湿半干地贴在额上。他的发尾卷翘起来，弧度都透着一丝浴后的性感。细密的眼睫倦懒地抬起，没了眼镜的遮掩，深褐色的眸子里隐着深沉的幽暗光芒。

顾念被这美色蛊惑，呆了两秒陡然回神，将手里的碎花筒拉开。

“啪！”

“骆修先生生日快乐！祝你身体健康万事如意事业红火笑口常开——”

顾念背了一路的 100 字 25 词的四字祝福语才说个开头，就被房间里传出来的声音打断。

“骆先生，出什么事了吗？”

伴着话音，骆修身后，一道熟悉的女人身影慢慢从房间里走出来。

宗诗忆。

顾念的笑容陡然僵住。

扶着门的骆修到此时才回神。他确实是第一次过生日，也确实没有想到顾念的第一个惊喜就从早上的突然造访开始。

“你怎么来这么早？”骆修没应身后的声音，问。

按山里到这儿的距离和行车难度，她要在这个点出现在他的房门口，那至少要四点多就起来。

顾念似乎蒙住了，看看他身后的女人，又看了看他身上的睡衣和明显浴后的黑色碎发，然后继续呆滞。

和小姑娘的眼神对上 0.1 秒，骆修就知道她误会什么了。

骆修停顿了下，罕见地皱起了眉：“她是来——”

“不用解释。”顾念终于回神。

骆修的眉皱得更紧。

同样是第一次，他心底冒出一种烦躁但又好像掺杂着自责和从未有过的慌张的心情，复杂得令他整个人的眼神、气场和情绪状态都开始混乱。

他紧盯着顾念的神色。

按照他了解不多的“相关知识”里讲的，女孩现在最可能的反应是说完“我不想听”，然后转身跑走。

那他应该……

骆修没想完。

因为他眼皮子底下的小姑娘不但没跑，还非常痛心疾首、恨铁不成钢地望着他，然后贴近。

她柔软的气息就轻轻吹拂在他衣领下裸露的锁骨上，带着灼人的温度。

女孩凑在他身旁，声音压得低低的，语气异常肃穆：“你们……做安全措施了吗？”

酒店7楼，717房门前，一高一矮两人相对而立，一个没表情地低垂着眼，一个神色严肃地仰着脸。

气氛堪称诡谲。

顾念终于先撑不住了。

为了给宝贝“鹅子”准备生日惊喜，她睡得太晚今天又起得太早，眼睛都快睁不开了，这么瞪了没几秒就酸得想掉眼泪。

顾念揉着眼睛低下头，同时心里拔凉拔凉的。

看宝贝“鹅子”这反应他估计是忘了，这要是真闹出点儿什么事，不管怎么处理，都是给以后红了的时候埋下超级恐怖的定时炸弹啊。

不行，他一定得和宗诗忆谈清楚，两人是要交往还是单纯的都市男女意乱情迷。必须划出准确的界限，不能给以后留下话柄和隐患，这也是对双方的事业都有利的处理方式……

在顾念已经考虑到万一以后东窗事发宝贝“鹅子”应该怎么做的阶段时，房间里的宗诗忆终于熬不住这叫人头皮发麻的死寂，慢慢挪到玄关处。

“骆先生，你是不是还有私事要处理？”

又过去几秒，骆修才慢慢从顾念身上挪开了视线，侧过身道：“嗯，你先走吧。”

“好的，那我——”

宗诗忆一直低着头，直到说话间一抬头，瞥见骆修浅灰色丝质睡衣上的庆生碎纸屑，蒙了。

她印象深刻，经纪人也就是她母亲反复跟她强调过和骆修接触时一定要注意的几个忌讳点，其中最严重的一个就是对方的重度洁癖症。

那这种程度，是他可以忍受的？

宗诗忆茫然地想着，目光横移，落到站在门外的女孩身上。

女孩垂着脑袋，正在揉眼睛，虽然脸蛋被垂下来的长发和手遮了大半，但宗诗忆还是一眼就认出，这是剧组里那个当初给她做过替身的小编剧。

察觉女孩发红的眼，宗诗忆想到什么，心里一惊：“顾小姐，你不要误会，我们不是——”

“宗小姐。”骆修打断了她的话。

“啊？”宗诗忆回过头去。

骆修眼神冷淡，朝门外示意了下：“你可以先离开了。”

“好……好的。”

察觉到骆修此时不太友好的情绪状态，宗诗忆没敢多说话，犹豫地看了一眼顾念后才快步走出去。

顾念也在等宗诗忆离开。

撞见这种场面，三人都在场的情况下摊开了说透实在太尴尬，她还是能避则避，至于后续……

顾念还没想完，就听见头顶响起个声音：“你刚刚问我什么？”

用眼睛的余光看着宗诗忆已经拐进电梯间了，顾念这才抬头，神色严肃地问：“你们昨晚没被什么人拍到吧？宗小姐在圈内已经有一定的影响力了，难保不会有狗仔在蹲她。从我上楼的情况看应该是没有的，那就只需要考虑昨晚——”

“顾念。”

“嗯？”

顾念跑远的思绪一下子被拽了回来。

她有点儿蒙地仰头：刚刚宝贝“鹅子”是直呼了她的名字？他好像生气了？是不是因为觉得她逾矩了？

她好像也确实因为太担心而有点儿心急了……

顾念自省完，垂下眼道：“抱歉，骆修先生，我是真的太担心闹出事情会影响你的前途。你要是不喜欢，我就当今天什么都没看见、不知道，也什么都不会管，不会多话的。”

骆修低垂着眼，眉微皱。

视线里的小姑娘变成了平常看不到他时的模样，又蔫又丧，没精打采的，可能比平常的状态还要严重一点儿。

沉默半晌，他轻叹了口气：“她是今早才过来的。”

顾念陷入了沉思。

宗诗忆今早才过来的是什么意思？昨天工作太累，需要养精蓄锐，所以两人才在今早……

宝贝“鹅子”应该也是第一回被人撞见，觉得不安想寻求理解？

嗯。

顾念在心里点头，一定是这样。

思索许久，顾念终于调整好表情，自觉像一位温柔慈祥、小心安抚不安的宝贝“鹅子”的母亲那样轻柔开口：“没关系的，我们可以理解。你们都是正值青春的年轻男女，有一些情感或者其他方面的需求很正常……”

委婉是行不通了。

这是骆修第一次有这种被什么人气到发笑偏又拿对方无可奈何的感觉。

他抬了抬手，完成了那天在化妆间门外的墙角前想做却没来得及做的事情。

顾念正慈母般念叨着，就感觉脑壳一沉。

她蒙了下，话语卡住。

这个感觉是……

顾念仰头，正对上那双半垂下来的褐色眼眸。

“我没有和她发生过关系，将来也不可能。宗诗忆今早来找我，是因为工作上的事情需要请我帮她搭线，除此没有任何事情。我表达得足够清楚了吗，顾、小、姐？”

顾念僵硬地点头。

“你愿意相信我了？”

顾念迟疑几秒，再次慢吞吞地点了下头。

骆修这才垂眸，也放下了手。

他侧过身，半倚在敞开的房门上，让出通到房间的玄关：“先进来等？”

“啊，好。”

顾念还在浑浑噩噩的状态中，顺着骆修的话走进了房间里。

路过浴室时，她好像还能闻到空气里飘着不知道是沐浴露还是洗发水的淡淡清香。

等在椅子里呆坐几十秒后，顾念搅成糨糊似的脑袋终于慢慢找回一点儿理智。

她不确定地抬手，僵硬地摸上自己的头发。

所以，她刚刚是被宝贝“鹅子”……摸头了？

虽然和宝贝“鹅子”再一次拉近亲子距离的感觉很好，但是被宝贝“鹅子”摸头杀，她身为老母亲的尊严何在？！

果然，“鹅子”还是没有把她当成可以依靠的妈妈吗？呜呜呜。

顾念身陷沉痛情绪中，沮丧地抱住那块已经和她很熟了的圆茶几，再次磕起额头来。

骆修听见声音从浴室出来时，眼前就是这格外熟悉的一幕。

他垂眸，掩住淡淡笑意：“顾小姐。”

“嗯？！”顾念“嗖”地挺直腰板。

“你的身体不舒服？”

“没……没有啊。”

“那是等的时间太无聊了？”

“怎么会，也没有。”顾念尴尬又不失礼貌地笑道。

“那你刚刚是在……”

顺着骆修的视线，顾念瞥向刚被自己用额头祸害过的茶几。沉默数秒后，她心虚地用爪子在桌边摩挲了几个来回：“我……试试材质。”

骆修的眼角几乎被笑意压得弯了下来：“那材质好吗？”

顾念一本正经地说：“嗯，挺好的，完全没有偷工减料。”

“怎么判断，听回声吗？”

“嗯？”

顾念茫然地回头，就见骆修抬手轻轻点了点他自己的额头。

那人放下手也抬起眼，嘴角轻勾，表情似笑非笑。

呜呜呜……她一定又被“鹅子”当小学生了。

宝贝“鹅子”，不是这样的，妈妈真的是个成熟又称职、温柔还会照顾“鹅子”

的好妈妈啊，呜呜呜。

老母亲在心底以泪洗面。

骆修没有再逗她，走到立式大衣柜前，打开其中一扇长门，修长的指节在木质抽屉上掠过，停在第二格上。

骆修弯腰拉开抽屉，手伸了进去。

顾念此时回头，蔫蔫地问：“骆修先生是要做什么，有什么我能帮上忙的吗？”

骆修：“没关系，我自己来。”

顾念闻言抖擞精神起身跑来：“骆修先生不要跟我客气，刚刚误会了你我很抱歉！作为补偿，今天任何可以代劳的事情都让我来吧！”

骆修扶着抽屉回眸：“你确定？”

“当然！”

骆修没再说什么，右手已经从抽屉里抽出来，拿着一个触感柔软的黑色真丝袋子，上面分别用中文和英文写了一个词：吹风机。

顾念这才想起刚刚看到的骆修半湿半干的碎发，大概是晨起沐浴后，宗诗忆突然到访，他还没来得及将头发擦净吹干。

那她给他弄好像不合……

“这件事似乎不方便。”

顾念心里刚刚冒出的理智念头，一秒后就被叛逆因子跳着脚踩到了下面。

都是一家人，她给宝贝“鹅子”吹个头发而已，能有什么不方便？！

她今天一定要让宝贝“鹅子”感受到她这满腔感人的母爱！

于是骆修就见小姑娘停在他面前，撸起袖子，露出细白的胳膊和手腕。然后顾念朝他伸手：“给我吧。相信我，我真的可以！”

骆修垂眸，最终还是妥协，手里的黑色真丝袋子被他放进女孩的掌心里。

顾念隔着袋子抱住吹风机，想了想又跑去浴室，从里面挂好的大大小小的毛巾、浴巾里选了型号合适的一条。

出来前，她不忘认认真真地把手指尖都洗了一遍。

最后左胳膊臂弯里挂着两条干净毛巾，右手握着吹风机，顾念雄赳赳气昂昂地出来了。

此刻她深以为自己是个会洗剪吹一条龙服务时、技巧娴熟的“托尼”老师。

骆修坐在落地窗边的椅子里，翻着书……不对，翻着《养鹅日常》等她。

一看见《养鹅日常》，顾念立刻蔫了，缓慢地挪到骆修身旁。

骆修合上本子，抬眸：“需要我怎么配合？”

“不用，”顾念心系《养鹅日常》，神思恍惚地道，“骆修先生坐着就行，我自己来。”

骆修顿住。

顾念完全没察觉自己说了什么可怕的虎狼之词，低垂着眼，表面非常淡定，实际上早就魂游天外了。

手上的一条毛巾被顾念拎起，小心翼翼地盖在骆修的睡衣上，绕了他颈子一圈披起来。

“嗯，我先用毛巾擦一擦，这样干得更快一点儿。”

第二条白毛巾盖到了骆修的头发上。

他只觉眼前一暗，身影僵了下，垂在扶手下的手无意识地攥了起来。

朱涵宇和安娜这些跟在他身边一定年限的人都知道，他无法在有第二个人在的空间里入睡。

但他们不知道，导致这一点的根本原因是他无法忍受在黑暗的情况下，身边站着第二个人。

童年经历所致，这会让他产生强烈的不安全感。

但骆修什么都没说，慢慢调整呼吸，将情绪压抑了下来。

同时，隔着那条毛巾，他能够感觉到轮廓比起他的手算得上细小的女孩子的手，轻轻地在他的头发间用毛巾揉擦起来。

她很小心，动作很轻，好像怕稍微用点儿力就会弄伤他似的，连凑近的呼吸他都能听清。

“这样可以吗，不会弄疼你吧？”顾念不安地问。

骆修藏在黑暗里，深褐色的眸子黯了黯：“不会。”

穿过毛巾的遮挡，男人的声音听起来低低哑哑的，格外好听。

顾念松了口气，也笑起来：“那就好。我还是第一次帮人擦头发呢，好怕业务不熟练。今天可是你的生日，我一定不能让你有糟糕的体验。”

“第一次？”

“嗯，”顾念本能地诚实答了，“怎么了？”

“没给你男朋友擦过？”

顾念顿住。

糟糕了，她早就把她之前为了给宝贝“鹅子”建立“伟光正”形象而瞎扯的这个有男朋友的设定给忘了。

顾念心里慌得不行，面上却稳如泰山：“嗯，我和我男朋友已经认识很久了，不……不会做这种事情了。”

骆修没回应。

顾念在心里流泪。

宝贝“鹅子”不会是猜到她在说谎了吧？她还没来得及建立完善的好妈妈形象，难道已经要就此塌了诚实的人设了吗？

不等顾念想好怎么补救，就听见毛巾下传来一声轻笑，低低的，又带着莫名的凉意：“顾小姐真的开诚布公，一点儿都不想掩饰是吗？”

是不是“鹅子”大了，她怎么总跟不上他的思路了？

像每个努力消灭和孩子之间的代沟的老母亲那样，顾念茫然而坚定地点头：“当然，诚实是好事情，我不想欺骗骆修先生。”

——如果有选择的话。

骆修沉默半晌，垂下了眼，压着眼底那丝暗中挣扎翻涌的凶恶波澜，淡淡地轻嘲道：“顾小姐对感情的态度真是豁达开放得让我惊讶。”

“豁达？”顾念再次茫然。

难为自己的大脑数秒之后，她脑海里灯泡一亮：“啊，你是说刚刚我在门外误会的那件事吧？嗯，就算不是误会我也能理解的！年轻人嘛，正值青春躁动的时期，抵挡不住外界的诱惑，会有冲动在所难免。这很正常，很正常。”

有毛巾的遮蔽，再加上骆修背对着她，顾念完全没办法看到男人此时的眼神和情绪——如果能触及骆修此刻眼底幽暗的真实情绪，那她一定会慎重考虑，三思而后言的。

可惜她不能。

所以她不但没有三思，还在第N次瞥过那就放在骆修手边的深褐色《养鹅日常》时，自认为脑袋冒出了一个机智的点子。

顾念酝酿了下，说道：“骆修先生。”

“嗯。”

顾念：“虽然这样说很不好意思，但我确实有个不情之请，如果今天能陪你过个让你心情不错的生日，那你能答应我一个愿望吗？”

骆修垂眸。

卡在那个话题后的愿望，她还真是诚实得迫不及待。

他不可能答应。

但是能够想象出女孩用平常期盼的眼神望着他的表情，骆修听见自己鬼使神差地应了一声：“好。”

“谢谢骆修先生！”女孩欢欣的声音传来。

说完那个“好”字的瞬间他就醒神，但答应了再反悔并不是他的风格，所以他只能克制着语气，问：“是什么愿望？”

顾念隔空看了一眼即将回归她的怀抱的宝贝《养鹅日常》，快乐又害羞。

“可能会比较无理，现在说有点儿难以启齿，还是等晚上给你过完生日再说吧！”

已经藏都不藏了的坏女人。

新晋托尼老师顾念认认真真地帮骆修吹干头发后，就自觉跑去酒店房门外等他换衣服了。

小助理朱涵宇按惯例卡着七点来给骆修送早餐，然后见到了在房门外等候的顾念。

朱涵宇意外地停下，问道：“顾编剧？你怎么会在这里？”

顾念听见声音回头，见了朱涵宇后灿烂一笑：“我在等骆修先生啊。”

朱涵宇愣了下：“你等他干什么？”

“当然是请他去吃生日早餐了。”

朱涵宇被这信息量惊住，第一反应是提了提手里的早餐袋，“你请他吃早餐，那我干什么？”

顾念拍了拍他的肩膀：“你今天带薪放假，我替你工作一天，开心吗？”

朱涵宇：“不工作当然开——等等！”

顾念被他吓了一跳，警觉地缩回手：“怎么了？”

“你刚刚说什么早餐？”

“嗯，生日……”

“你知道骆哥今天过生日？？”

“知道。”

“你怎么知道的？”

顾念心虚得眼神乱飘，《养鹅日常》还没拿回来，她当然不能说是从他这里知道的。

几秒头脑风暴后，顾念从容地转回去道：“嗯，剧组那边要演员的资料表，是你们公司发过来的。”

朱涵宇皱眉，显然是信了：“剧组的人事组怎么连这种信息都泄露出来了？这也太不负责了……”

嘀咕完以后，小助理轻蔑地一抬下巴，看着顾念说：“就算你知道了骆哥的生日，专程一大早就来门口堵他也没用，他是不会和你出去的！”

顾念：“为什么？”

小助理想都没想地说：“当然是因为我们骆哥从来不过生——”

话音未落，两人面前虚掩的房门被从里面拉开，换上一身白底浅条纹衬衣和休闲长裤的男人走了出来。

小助理扭头，瞠目结舌。

在沉默对视数秒后，他才喃喃地问：“骆……骆哥，你今天这是要……出门吗？”

“嗯。”

“可今天不是——您打算去哪儿啊？”

骆修没回话，回眸看向身侧的顾念：“我们今天去哪儿？”

顾念没察觉这话里少了的称呼和多了的代词，竖起一根食指：“先带你去吃镇上最好吃的早餐！”

骆修点头，对小助理说：“去早餐店。”

小助理：“……”

他听得到！他又没聋！！

小助理咬牙切齿、神色狰狞，看看这个又看看那个，看看那个再看看这个，最后心一横，大着胆子拉住骆修走到一旁。

还没停下，他已经感觉到骆修皱着眉钉在他手上的目光。

骆修：“手拿开。”

小助理："之前顾念拉您您都没嫌弃她！"

"这两者间有因果关系吗？"骆修垂眸，眼神很漠然。

"没有……"

被伤透了心还没足够大的胆子的小助理只能心不甘情不愿地放开手。

骆修拉平了衬衫袖口的褶皱，然后才抬起眼："有话就说。"

小助理："您还记得今天是什么日子吗？"

骆修："6月16日。"

小助理："那您还记得今天是您的——"

"生日。"骆修打断他的话，"你想说什么？"

小助理含恨道："您真的不能再被这个狐狸精勾着跑了！您忘了您自己说的从不过生日了吗？"

"嗯。"骆修敷衍地应了，没什么情绪地垂着眼，细密的睫毛投下阴影，侧颜看起来近乎淡漠。

小助理不死心地问："您真要去啊？"

"我答应她了。"

"但是以骆哥您的手段，就算答应了，在不主动违约的前提下让事情没法进行的方法应该有很多很多种吧？"

骆修："大概是吧。"

小助理急忙道："那您赶紧出个法子呗！她可是有男朋友的人，又明显对您图谋不轨，如果真牵扯到一起闹大了传出去，那对您的名誉——"

"你很了解我？"带着一丝低低哑哑的笑意，那个莫名有些凉的声音响起。

小助理僵住。

到此刻他才惊觉，他和表面温和无害、好像对什么都很随意的骆修相处惯了，已经有点儿忘乎所以了，连他只是骆修的助理，应该是他听骆修的话而不是骆修听他的这件事都快忘了。

小助理懊恼地低下头："对不起，骆哥，我、我就是着急了，怕您这边出什么流言，那安娜姐肯定会恼火我办事不力的。"

"没关系，你跟在我身边两年，确实比较了解我。"骆修淡淡一笑，"不过既然这样，你也应该知道……"

小助理茫然地抬了抬头，然后看见了那人垂着眼淡淡的笑。

"我的道德感一向不高。"

小助理蒙住。

他呆呆地看着骆修说完这句话后便转身，回到那个等在原地的女孩身旁。女孩朝他老板笑了，说了什么，然后他老板也笑了。

和面对他还有其他任何人时，那种面上在笑、眼睛深处的情绪却冷进骨子里的感觉不同，他老板在望着那个女孩时眼里的笑意好像是鲜活的。

一直等到两人的背影消失在视线里，小助理才反应过来，揪着头发蹲了下去：“啊啊啊……老板您对谁动凡心不好，为什么要对一个快要成有夫之妇的狐狸精动凡心啊？！”

长廊寂静，无人回答。

某个瞬间小助理突然想起什么，蹦起来拿出手机拨出了一个号码。

等对面的人接通电话，小助理再也忍不住情绪地鬼哭狼嚎起来：“安娜姐，出大事了！”

直到走进炊烟袅袅的小镇里，踩上高低不平的石板路，顾念犹觉着身后还飘着那幽怨目光似的。

她不安地回头看了一眼身后。

“怎么了？”骆修察觉，问道。

“没事。”顾念犹豫了下，转了回来，“我们把朱涵宇一个人扔在酒店，没关系吧？”

“会有什么关系？”

“呃，倒不是别的问题，就是觉得我们走之前，他看我的眼神好像一个被我当面抢走了新婚老公的妻子……”

顾念越说声音越轻，某一秒心惊胆战地抬头，然后正对上骆修温润的褐色眼眸。

骆修无比平静，从容淡定道：“我不喜欢男人。”

顾念脸上立刻漾起小仙女一样的笑容：“啊哈，哈哈，骆修先生你真会开玩笑。怎么突然这样说？”

“因为你刚刚就是这样在心里猜我的。”骆修回眸，似笑非笑道，“我说的有错吗？”

她很想否认，但是被宝贝“鹅子”这么漂亮的眼睛认认真真地盯着，她好像连说谎的能力都丧失了。

顾念只得含泪点头：“对不起，骆修先生，我不该这样揣测你，实在是朱涵宇的眼神太幽怨了。”

骆修：“他的幽怨另有原因。”

顾念抬头：“咦，什么原因？”

骆修却只是深深地望了她一眼，笑了笑不肯说话了。

顾念很想追问，但在那之前，已经看到熟悉的招牌。

天大地大，宝贝“鹅子”的生日最大，其他无关的事情还是先扔开好了。

顾念成功安抚了自己的好奇心，眉开眼笑地往前走了几步，指着那个古色古香的招牌，回过身面对骆修：“骆修先生，我说的那家早餐铺子到了，就是这里！”

“嗯。”

两人并肩走进那家店面不大的早餐铺。

和招牌的设计风格一样，这间早餐铺的店内装修也有种朴素复古的感觉，没有上过明显漆胶的桌椅还透着淡淡的木香，质感看上去也很舒服。

镇上生活节奏很慢，年轻人大多出去务工了，留在家里的都是些老人，极少人会出来吃早餐。

再加上时间还早，店里几乎没什么人。

顾念拉着骆修落座，熟练地拉了一下桌旁垂下来的细绳。

“当啷。”一声轻响从门帘后传出来。

没多久就有个绾着头发打扮干净的中年女人掀开帘子出来。

看到店里新来的客人，中年女人笑了起来，操着一口带着点儿方言味道的普通话跟顾念打招呼。

“小念姑娘，你又来了？噫，今天还带了朋友？”

“是啊，老板娘，你们家的早餐太好吃了，我都想搬着被卷住你们这儿了。”

“那当然欢迎。”

顾念和老板娘熟络地聊了几句后，就转过来跟骆修介绍了一下他们店铺的特色早餐，问过他的意见才点了单。

等老板娘去后厨忙着准备东西时，顾念听见骆修问：“你来过很多次？”

顾念回头：“对啊。”

骆修：“拍摄片场离这里很远，一趟至少一个半小时到两个小时的公共汽车车程……你专程来这里吃早餐？”

“算是。够吃货吧？”

骆修无言。

顾念绷着脸，但最后还是没忍住笑起来：“其实我是来踩点的。从上周我就在筹划，如果今天陪你过生日，那要怎么安排流程。镇上的早餐店我都吃过一遍了，这家是我最喜欢的！”

骆修顿了顿，问：“为今天踩点？”

“嗯！”

“你不担心我今天另有安排？”

“担心过好几回呢。不过担心以后我就想，万一你能答应，那不就太值得了？”

说话时顾念手托着下巴，笑得眼角眉梢都飞翘着，开心的情绪完全掩饰不住的模样。

骆修怔怔地望着她。

顾念被盯得呆了下，摸了摸脸颊：“我脸上有什么吗？骆修先生怎么一直盯着我看？”

骆修回神，敛眸道：“没有，只是觉得你今天和平常不太一样。”

“嗯？哪里不一样？”

“今天格外活泼。”

“啊，这个啊……”

顾念转回去，声音很轻，却无比诚挚和认真，带着笑意：“能陪骆修先生过生日，这一天我想过很多次很多次。现在竟然真的实现了，你都不知道我有多高兴。”

他应该，知道。

骆修望着女孩的侧脸。

就算昨天和今天还有这之前不知道，那他现在也知道了。

那些真实的欢愉无法遮掩，也无法伪饰，笑意止不住地好像要从她眼底开出花来。

那么美的花，就算花瓣下藏着毒刺，他也想紧紧攥进掌心里。

早餐之后，顾念领着骆修坐着提前安排好的包车，在镇里逛了一大圈。

每个地方都是她提前一周体验过的景点，熟悉程度堪比镇内导游，专业之外还友好热情，服务宗旨是宾至如归，给予妈妈般的慈爱关怀。

当然，最后这条她没敢跟宝贝“鹅子”讲。

临近中午，手机记录的行程表里，最后一项已经画上代表完成的钩，坐在回镇里的车上，顾念托着下颌算了一下时间，回头道：“骆修先生，我在镇里酒店的午餐订桌是 12:30，现在还有半个小时，我们是直接过去，还是……？”

骆修听出顾念还有别的心思：“你有想去的地方？”

“是陪你过生日，所以都是按照你的喜好安排的。然后我想去的这个地方不在计划里，不知道你想不想去。”顾念露出不好意思的笑容。

薄薄的镜片下，骆修眼里的光轻晃了晃。须臾后他垂眸，嘴角噙着温和的笑：“什么地方？”

顾念精神抖擞，眼睛晶亮地说出了那两个字：“寺庙！”

十分钟后。

送两人回到镇里的包车停在了小镇内一家颇有灵验之名的寺庙外。

顾念和骆修下车。等顾念跟司机打过招呼回来，骆修也从寺庙的台阶前收回视线。

“你信佛？”

“当然不信。”顾念顺口接了，然后才反应过来，朝骆修笑了笑，“我是个坚定的无神论主义者……嗯，在寺庙前说这种话会被人打吗？”

骆修淡淡一笑，侧身望向庙门：“那为什么想来这里？”

“虽然我不信，但是听说圈里人都很信这个的。”顾念一本正经地抬起手，拍了拍骆修的肩膀，“多来庙里上上香，说不定骆修先生就能嗖的一下红起来啦。”

骆修回眸。

小姑娘正仰脸望着寺庙，一副踌躇满志的架势，看神情好像已经在畅想他火起来的样子了。

她搭在他肩上的手，细细白白的，近距离看，指甲下还透着淡淡的粉。

顾念畅想完宝贝“鹅子”的美好未来，回过头才发现骆修正侧着脸垂着眼，盯着她放在他肩上的手看。

顾念连忙抽回手举到身旁：“抱歉、抱歉，我忘记你的洁癖了。”

骆修眼睫一扫：“没关系。”

“我下次一定不会了！”

顾念说完反省了一下，自己最近好像不止一次逾矩。顾念心虚，连忙保证：“以后未经允许，我一定、一定一个手指头尖都不会碰骆修先生的，你放心！”

“没关系，你可以碰。”

“啊？”

顾念愣怔地回头，有点儿不确定这话的意思是不是像她听到后的感觉那样……

“你不是我的朋友吗？”骆修抬起眼，褐色的眸子在光下带着温和无害的笑，“既然是朋友，那不需要允许，你可以随便碰。”

顾念蒙了好一会儿。

因为是朋友，所以她可以随便碰他？好像哪里怪怪的，又好像没什么不对。

等等，宝贝“鹅子”这是亲口承认她是他的朋友了？

顾念反应过来，兴奋得脸迅速红了起来：“对，骆修先生和我当然是朋友了！”

一万个小人在顾念心里欢呼雀跃。

朋友都做到了，她做妈妈还远吗？！

两人并肩走向庙门。

小姑娘很欢快，走着走着就想跳起来似的，几乎走几步就要停下来等等身后的人，拉近距离。

骆修跟在她身旁，背着光的眸子藏在碎发下的阴影里，让人看不清情绪。

女孩欢快的声音绕在他身边。

“骆修先生，所以你和你的朋友们相处的时候就没有洁癖的问题了，是不是？”

“嗯。”

“那就太好了！”

“好什么？”

“因为我总担心你和家人、朋友在一起也会犯洁癖地嫌弃他们，或者从来不靠近人，这样时间久了会没朋友的。那你总是一个人，不就太孤单了？”

“嗯，我不嫌弃他们。”

如果这话能传到乔西和安亦两人的耳朵里，那大概率只会换回来两声冷笑！

不嫌弃？

不嫌弃个鬼。

临近傍晚。

顾念带骆修一起去体验了镇里傍山的缆车项目。

他们坐的是最后一趟缆车，六人座的缆车里只有他们两个人。顾念和骆修一人一排，相对而坐。脚下的缆车底部故意做成了半透明效果，借着晚霞余晖，他们能看到翠绿的丛林在脚下一点点地后退。

顾念靠在椅子里，晃了晃脚尖，然后抬头看向身旁的玻璃外的风景。

余晖从天空尽头铺洒过来，给天边的残云描上火红的金边。缆车车厢慢慢升起，那些云好像也一点点烧过来，璀璨绚烂。

"好美啊。"顾念眼睛不眨地看着天际，眸子熠熠生辉。

骆修闻声回眸，目光在顾念脸上停留，然后顿住。

几秒后，望着女孩微红的眼圈，骆修僵了下："你怎么了？"

"啊？"顾念回头。

不是错觉，骆修望着女孩眼底微微闪烁的泪花，皱着眉，不确定地问："你是因为景色，所以……？"

他示意了下眼睛。

顾念终于回神，破涕为笑："啊，对不起，是不是显得很神经病？"

骆修稍微放松。

理智和思考能力回归后，一两秒他就得出结论："你应该是属于高敏感人群？"

顾念意外地抬眸："骆修先生也对这个有了解吗？"

"嗯。这一类人在人群里占20%左右的比例，感知神经比较发达，对外界的触发条件，无论良性还是恶性的，都比普通人敏感得多，所以非常轻易就会被触动，也更容易与人共情。"

骆修说完，稍微停顿了下又道："很适合你的职业。"

顾念莞尔："骆修先生这么了解，难道你也是？"

"我不是，只是了解过。"

骆修隐下了心声。

事实上，如果一定要给他做性格界定，那他大概属于和高敏感人群极端相反的类型——淡漠，无欲，缺乏同理心，几乎没有主动的共情能力。

伪装共情，这个他更擅长。

顾念没察觉，歪过头笑了起来："那真的很好。虽然可能有助于演员提升演技，但我一点儿都不希望骆修先生同样是高敏感人群。"

"为什么？"

"因为在这个圈子里生存的话，面对同样的舆论压力和责难，高敏感人群一定是最容易达到承受极限，然后崩溃的类型。"

不知道想到什么，女孩面上的笑淡了淡，像水染上画布，洗去一层浮色。

但她很快就抖擞起精神转回来，眼睛晶亮地望着骆修："所以我希望骆修先生永远、永远都不需要承受那样的事情，希望我可以把你保护得很好，不让你受一点儿伤害。"

缆车将行至山巅。

顾念连忙合起双手，闭上眼："听说到山顶的时候许下一个愿望，那就一定会实现，不过每个人一生只有一次机会哦。就快到了，骆修先生也快快准备！"

"好。"骆修应了，却没有动也没有闭眼。

他只是靠在夕阳的余晖里，不眨眼地紧紧望着女孩。

她闭着眼，在笑，好像想到了什么很快乐、很美好的愿望。

骆修问："你要许什么愿？"

顾念紧紧握着手，虔诚得不肯睁眼："我要许愿——骆修先生一生幸福美满。"

骆修叹气："不是每人只有一次机会？"

"嗯，镇里人是这样说的。"

"那怎么不把愿望留给自己？"

"因为，"女孩闭着眼双手合十，轻笑起来，"我比任何人都希望你幸福，而且希望你比任何人都幸福。"

凡事所出，必有其因，骆修知道。

就像从一开始他就知道，她是抱着某种目的接近他的。那时他觉得无聊，所以进了她的局，想看一层层剥掉壳子以后，藏在核里的那个目的是什么。

但现在，他不想知道了。

不管有多少人同样被这花丛吸引，不管有没有人先他一步被毒刺刺穿手掌倒在花丛下，现在他只想要这丛花成为他的。

他一个人的。

山顶已至。

"咔嗒"一声，缆车车厢短暂地停住。

顾念还紧紧握着手，非常虔诚还有点儿紧张地开始许愿。

安静几秒后，她闭着眼笑起来："我许完了！骆修先生你呢？"

"我的愿望吗？"

骆修望着闭着眼一无所知的女孩，褐色眸子里一点一点刻下她的身影，最后烙成最深的印记。

他眼睛一眨不眨地望着她。

"找到了。"

缆车将两人送回山腰的起点。

两人从那个玻璃罩似的缆车车厢里出来时，棚外的天已经擦黑儿。缆车的工作人员好心提醒："下山的小路两旁都有路灯，不过你们还是小心些。"

"好的，谢谢。"

顾念和工作人员告别，走回骆修身边，仰起脸笑道："还剩最后一个生日惊喜了，骆修先生。"

骆修顺着她问："是什么？"

顾念眨了眨眼："既然是惊喜，那当然不能现在就告诉你。走吧，我现在带你去看。"

"好。"

从缆车区出来，他们走上工作人员说的那条下山的小路。路铺得很平整，填了水泥，坡度也缓，两边还有单层很矮的石阶。

路灯是复古风格的造型，形状有点儿像从前的煤油灯，灯光颜色也柔和暖黄，衬在这样的夜晚里格外有情调。

唯独……顾念情不自禁地哆嗦了一下。

她千算万算，唯独把夜里的山区会有多冷这一点给忘记了。明明白天还是进了空调房就像去了天堂一样的暑夏，但一到晚上，就仿佛是深秋或者初冬。

风一吹过去，冷到骨子里。

顾念想起什么，立刻回头。

她被冻感冒了没事，骆修可不行。今天是他的生日不说，明天下午剧组还有他的拍摄呢，他带病上阵可就太惨了。

好在她记得骆修出来的时候穿了件蓝色的休闲西装外套，应该还能挡些寒风……

顾念头刚转回去一半，正见着一道影子贴靠到眼前。她心里一惊，本能地往后一退，却忘了这里还是下坡的山路。

虽然坡度缓，但也架不住预计之外的踩空，顾念重心失衡向后倒去……

在惊呼声喊出来前，她后腰一紧，跟着她被那股力道往前一拉。"砰"的一声，撞得鼻尖都发酸后，顾念的身影止住。

路灯下，两道影子紧紧地贴在一起。

"没事吗？"顾念被撞得七荤八素的意识，捕捉到一道来自头顶的声音。她赶忙应道："没事，我……谢谢……"

她揉着撞得发酸的鼻尖抬头，对上一双深褐色的眼眸。

顾念的舌尖打结了。

他们这也太……太……太……太近了！

路灯在旁边投下光影。

骆修正弯着腰低下头，细碎的黑发遮在他的眼角处，不知道是路灯的光或者别的什么原因，他细长的眼角有淡淡的红痕。

近距离看那人，鼻子更出众得过分，薄薄的唇瓣微微张着，透出一点儿殷红的色泽。

因他的垂首，两人之间的距离被拉到极近，近到顾念刚刚抬头都有什么温热的东西擦过她的额角。

顾念屏住呼吸，僵硬地挪开目光，落到那只紧紧环在她腰后的手臂上——托它的福，两人现在几乎是贴靠在一起的姿势。

顾念一时想挣扎，又怕惊了骆修，只得僵着身子轻声道：“骆修先生，你——”

“抱歉。”那人低声应了下，眯起眼睛，像是在捕捉她的身影，“刚刚在缆车里摘了眼镜，现在看不太清……你还好吗？是不是吓到你了？”

顾念陡然回神。

对哦，从第一回在717近距离接触她就发现了，宝贝“鹅子”好像是那种摘了眼镜就人畜不分的重度近视的人。

那次被卓亦萱碰掉眼镜，他就一直乖乖站在墙边，掉在地上的眼镜还是她给他找回来的。

换句话说，这种近距离接触的尴尬应该只有她一个人感受得到，造成这个场面的宝贝“鹅子”什么都看不清，完全是为了保护她嘛。

顾念长松了口气，笑道：“我没关系的，谢谢。”

骆修垂下手，退开半步：“我刚刚是不是太失礼了？”

“怎么会？”顾念连忙摆手，绝不给宝贝“鹅子”自责的机会，“是骆修先生救了我啊，要不是你上来拉住我，那我说不定都要从这里滚下去了。”

顾念说着回头看了一眼身后，那漫长又曲折的山路让她心里一抖，原本只是为了减轻骆修的负罪感的语言顿时真诚了无数倍。

她回过头，半是玩笑道：“你现在是我的救命恩人了。”

骆修从裤袋里摸出折叠眼镜盒，取了眼镜戴上，然后歉意地垂下眼道：“但你好像是被我吓到才往后退的。”

顾念反应过来：“啊，刚刚的影子是你？”

“嗯。”

顾念笑了：“没事，是我自己太胆小了。不过骆修先生刚刚是……？”

骆修抬手，示意了下臂弯间挂着的休闲外套。

“夜里风凉，我只是想给你披一下外套，没想到会吓到你。”

他说话时垂着眼，睫毛在鼻梁旁投下淡淡的阴影，神色里好像藏着点儿自责的低落情绪。

顾念的眼泪都差点儿下来了。

呜呜呜……宝贝“鹅子”也太乖、太听话、太叫人心疼了吧？

顾念差点儿没忍住母爱冲上去抱一抱“鹅子”摸摸头。所幸最后关头她还是靠残存的理智忍住了。

顾念上前道：“我没关系，你快把外套穿回去。明天你还有拍摄呢，万一着凉影响了拍摄，导演该责怪你了。”

“在你眼里，我好像一直弱不禁风？”

“啊？没有，只是……”

“那就把它穿上。”

“可我穿了，你怎么办？”

“你不穿我也不会穿的。”骆修似笑非笑地低声道，“女士冷得发抖，男士却只在旁边看着，这样下山，我会被所有路过的人瞧不起的。”

顾念认真地想了想，觉得有道理。

“那好吧，谢谢……”

“你”字她还没来得及说出口，带着骆修身上特有的木质清香的那件蓝色外套在她身后甩开，然后罩了上来。

“伸手。”

隔着极近的距离，胸膛里的声音轻轻震荡，入耳时富有磁性，低沉。

顾念呆住，视线也僵在原本的水平位置。白色的衬衫在路灯下呈现半透明的质感，若隐若现的肌肉线条在她的眼前起伏。

她感觉脑袋好像被什么搅成一团糨糊似的，混沌里第一个冒出来的清晰想法是：她好像在什么地方听人说过，白衬衫一定要有漂亮的胸肌撑起来才好看，果然是这样。

第二个想法是：宝贝“鹅子”好像完全不是她想象中那种清瘦样子，而更接近于女孩子们最喜欢的那种穿衣显瘦、脱衣……

停！

在想法到达危险的悬崖边缘前，顾念及时刹车，晃了晃脑袋，有些惊慌。

顾念你清醒些！你可是个坚定不移的、说好了母爱永不变质的“妈妈党”！

“怎么了？”

突然低下来的温和声音叫回顾念的神志，她紧攥着身上这件染着陌生气息和温度的外套，抬眸笑了笑。

“没什么，我们快下山吧。”

骆修深望了她一眼，眼睫轻扫，眼睛里那点儿细碎幽暗的光掩了下去，脸上重换上温润无害的淡笑。

“好。”

最后一个惊喜布置在山下的小馆里。

这里是小镇上蛮有名的休闲小馆，从外面看模样像个旧时的酒楼，楼后又有几处代表不同功能区的古色古香的院子。

顾念看起来轻车熟路，骆修却是第一次来。

拍摄地选的这片山区游人不多，这会儿又还没到节假日的旅游高峰期，这间小馆也还算清静。

顾念和骆修进楼来时，一楼的大堂里除了坐堂的前台人员，只有三位客人。

其中两位似乎是一对小情侣，抱着一本类似介绍册子的东西凑在一起研究，另一位女客人是单独来的，好像在等什么人。

顾念进来后从包里拿了一个小木牌在手里，前台抬头看向两人要说话时，她拿起木牌来晃了晃：“有预订。”

对方点头：“欢迎。”

上楼前，顾念犹豫了下，不好意思地转向骆修：“你能在这里稍等我一下吗？”

骆修抬眸。

顾念指了指楼梯：“我想上去确定一下准备工作是不是还好。”

骆修了然地点头：“我在楼下等你。”

“好，我很快回来！”

小姑娘话没说完就转身跑掉了，看背影像只蝴蝶。

从相识至今，骆修还没哪次见她像今天这样活泼爱笑。尤其听小助理说，他不在她眼前的时候，小姑娘总是蔫头奋脑，就像没睡醒或者没充电似的。

“能陪骆修先生过生日，这一天我想过很多次很多次。现在竟然真的实现了，你都不知道我有多高兴。”

看着那个没几秒就飞奔上楼去的影子，骆修不禁垂眸莞尔。

她真有这么高兴吗？

正在此时，沙发上坐着的小情侣中的女孩抬头，无意瞥见骆修以后就挪不开眼了，拽着她的男朋友的袖子晃。

“你快看，那个帅哥好帅啊。”

“有我帅吗？”

“你对自己有点儿自知之明好不好？你睁眼看看嘛，摸着良心，你说他有没有你帅？”

“喀……我听说这个镇里最近来了个剧组，估计是个小明星吧，普通人没时间保养、美容、化妆的，哪可能长这么好看？”

“你就是嫉妒人家。”

小情侣的说话声音时高时低，偶尔入耳，骆修并不在意。

他低垂着眼站在楼梯旁，裤袋里的手机振动起来。骆修抽出手机扫了一眼，是个没备注的号码。

是卓亦萱的电话。

骆修并不想记得，可惜他的记忆能力大概属于被动技能。更何况今天顾念在他身旁时，这个号码的来电他已经见过几次了。

骆修抬头，望了一眼没有动静的楼梯，抬手将电话接起。

电话那边的女人恼怒道：“你终于接电话了！”

骆修声音平静地道：“我不拉黑你是因为骆家和卓家还有过几年交情，但我的耐性不是无穷无尽的。”

“我……我不过是着急，才给你打了几通电话。”

“有事？”

“今天不是你的生日吗？你跑哪里去了？我去你的房间找你几回了你都不在。”

骆修没说话。

第一次在食堂和顾念一同出现，那时候他可以轻易地用一句无关痛痒的维护的话，把顾念推到卓亦萱面前去做他的挡箭牌。

但现在，或者可能更早一些，他就已经做不到这样了。

然而卓亦萱也不傻，连续打来这么多通电话的根本原因就是验证她心底那个不安的猜测：“你真跟那个小编剧待在一起？还待了一整天？！”

骆修皱了下眉，不过很快他眉眼间的神色就淡了下来，声音也平静无所谓：“嗯。”

“为什么？她有什么好？她不过是个要靠卖剧本维持生计的小破编剧，凭什么跟我比？！”

“因为我不想见到你。”

对面的说话声戛然而止。

几秒后，卓亦萱才咬牙切齿地开口：“果然，我就知道……你根本不是看上她了，就是想借着她疏远我！但我是不会就这么放弃的，你等着吧！”

电话被挂断。

骆修懒洋洋地垂下视线，将手机放回裤袋。

之前他拿她做挡箭牌，现在给她做挡箭牌，一报还一报吗？

骆修的嘴角勾起一点儿淡淡的笑意，他回眸望向身后的楼梯，恰在这时，旁边那对小情侣的说话声又传回他耳边。

“楼上全是情趣套房？真的假的啊？你听谁说的？”

“当然是真的，我朋友之前带他女朋友来过。”

“哇，这镇子里这么刺激的吗？”

“怎么样，今晚要不改住这边？”

“去你的，真讨厌！”

情趣……套房？

骆修眼神微妙地抬眸，望向顾念跑上去的木质楼梯。

不知道是不是心有灵犀，几乎是他这边刚抬起视线，楼梯上边的尽头就晃出小姑娘的身影。

“准备好啦，”顾念脸上洋溢着笑，一只手藏在身后，另一只手朝骆修招了招，“你可以上来了。”

骆修停了两秒，垂下眼眸上楼去了。

直等到两道背影都消失在楼梯上，楼下那对沙发里的小情侣才笑作一团，嘀嘀咕咕地议论着什么。

旁边一直没说话的女客人终于忍无可忍，敲了敲茶几：“哎。”

小情侣被打断，茫然地抬头。

女客人不爽地指了指外面：“你们说的那个什么情趣套房是斜对面的那栋楼，去年扫黄打非，他们已经因为非法经营被吊销营业执照了。”

“啊？”小情侣发出失望的叹息。

与此同时，从三楼楼梯口拐出来，顾念从身后“变”出一条长长的黑色丝带，然后有点儿不好意思地朝骆修笑道：“为了人为地增加惊喜度，我只能出此下策了。骆修先生，能麻烦你配合一下不？”

骆修没说话，侧回身来，垂眼望着她。

他站在背光的地方，褐色眸子里情绪深沉，不说话的时候，顾念也没法分辨他此时的情绪。

那点儿细碎而罕见的挣扎情绪在骆修的眼底闪烁了下，最后他慢慢垂下了眼。

他终是妥协了。

“好。”

顾念一展笑颜，举起手里的黑色丝带就想帮他缠上，但比量了下，发觉以两人的现实身高差距，她很难完成这个高难度挑战。

“啊，骆修先生我们去楼梯那边吧，我帮你把丝带缠上。”

“嗯。”

一直站了三级台阶才达到合适高度，顾念小心地趴在骆修肩后，等骆修将眼镜摘下后，将丝带绕过他闭上的眼，然后在他的脑后轻轻打了个单蝴蝶结。

“好了。”顾念笑起来，“这样从后面一扯就掉了。走吧，我们去看给你的惊喜！”

顾念说完就想往走廊里绕，但紧跟着想起什么，不好意思地转了回来：“你是不是看不见？”

骆修闭着眼，微微低下头，薄薄的唇勾起一点儿极浅的弧度：“你说呢？”

顾念怔了下。

几缕细碎的黑发挣脱了丝带的束缚，垂下他的额角。骆修白皙的肤色和丝带的乌黑呈现出强烈的反差感，甚至有一丝难以言喻的性感。

这样一张美人脸，这样不设防地任她缚上双眼，随她将他带去一个未知之地。

这是多么深沉的……“鹅子”对妈妈的信任！

顾老母亲感动得热泪盈眶。她想都没想，抬手钩住骆修的手，让他握着她的手腕。

“骆修先生，跟我走吧。我会好好保护你的！”

安静的走廊里，两道身影走得不疾不徐，然后停在一扇虚掩的门外。

顾念小心翼翼地推开那扇门，牵着骆修进到房间里。

她轻吸了口气，侧过头问：“你准备好了吗？我要拆带子了哦。”

“嗯。”

顾念不知道是不是她的错觉，骆修握着她的手腕的力量，仿佛在进门后变得重了几分。

但顾念顾不得多想，在骆修身后垂着的黑色丝带上轻轻一拽。

丝带落下，骆修睁眼。

重现的光明带来晃人的光晕，他尚未完全清晰地视物，就听见几个碎花筒同时在身周不远处响起：“啪，啪，啪”。

漫天的礼带，碎花金粉、银粉里，剧组那一张张半熟悉半陌生的面孔包围在整个房间里，洋溢着灿烂的笑容。

“骆先生生日快乐！”

“生日快乐！”

七嘴八舌的祝福声后，不知道哪个五音不全的人起了个头，整个房间在欢笑声里陷入《生日歌》的和声海洋里：

“祝你生日快乐，祝你生日快乐，祝你生日快乐——”

骆修：“……”

多人参加的生日 party（派对）的热闹，大概只能用“人声鼎沸”这个词来形容。

顾念趁骆修被大家起哄切蛋糕的时候，提前跑出来跟店老板致歉，征得对方的理解后才回了房间。

没想到刚进门，她就见到了她的惊喜主人公站在门旁，靠着墙面低垂着眼，嘴角还噙着笑。

顾念没见过骆修这样笑，觉得不知道是灯火映衬还是情绪所致，莫名有点儿危险，又脱离了疏离冷漠，妖得勾人。

顾念想起什么，碎步挪上去，脸上漾起小仙女似的笑：“骆修先生，今天给你准备的生日惊喜你喜欢吗？”

骆修望着她。

顾念燃起希望：“那我们之前说好的，我那个愿望……”

骆修：“抱歉。”

“啊？”

顾念抬头，没来得及看清什么，脑袋被人用力又克制地揉了一把，擦过耳际的声音被压得低低哑哑的：“说过吗？我忘了。”

第六章　暗恋传闻

顾念摸着好像还残留某种温度的额发，陷入了怀疑人生的迷茫中。

宝贝“鹅了”单纯、善良又待人亲和，她以为这种性格的人都是很喜欢交朋友、跟人相处的，过生日也一定习惯了有很多很多朋友、家人热热闹闹地聚在身旁。

但是好像……

顾念迟疑地抬头，瞄了一眼房间中央：男人半靠坐在桌边，手里晃着个香槟杯，眼神慵懒，嘴角勾着淡淡的笑。

旁边围着他搭话的几个女演员笑靥如花，腰肢扭得跟水蛇一样。

“嘿，大功臣，你怎么一个人躲在这儿？”

顾念身旁的沙发一陷。她回过头，见是江晓晴就垂下眼，懒洋洋地应了声。

“怎么了，兴致不高啊？”江晓晴玩得尽兴，撞了撞她的肩膀，“我都没想到你能请得动剧组里的这么多人，果然母爱的力量是伟大的啊。你这肯定费了不少心思，怎么还不高兴呢？”

“不是我不高兴，是……”

“是什么？”

顾念抿了口柠檬汁，小声道：“我感觉我的宝贝‘鹅子’好像不太喜欢今晚这个安排。”

“嗯？不能吧？现在的年轻人里还有不喜欢当主角的吗？哦，除了你这个怪咖。”

江晓晴转了转头，在场中找到骆修的身影，看了两秒开口：“没有啊，骆修不是还在笑嘛，我看他和那几个女演员也聊得还行。”

“嗯。”

“不过说实话，你‘鹅子’这外形条件是真的绝。”

“嗯？”

这话题转得突然，顾念茫然地抬眼，不等看清江晓晴的表情，就被她附到自己耳边，带着酒味儿往耳朵里呼气："你看他的脚踝。"

顺着江晓晴的话，顾念下意识地瞥过去。

骆修今天穿了一身休闲西装，因靠坐桌边的姿势，深蓝色的长裤裤脚提起几厘米，露出一截白皙的脚踝，性感得很。

江晓晴："这线条感简直可以杀我。呜呜呜……你'鹅子'太绝了，我也想嫁给他！"

顾念"吾家有'鹅'初长成"的欣慰表情没能维持一秒，就在这句话成后立刻碎成了渣渣。

她面无表情地回过头道："不行，你太花痴了。"

江晓晴："我没有！我对帅哥最专一了！"

"你是只对最帅的那个帅哥专一，但最帅的那个总是在换人吧？"

江晓晴露出娇羞的表情："噫，你怎么这么了解人家啦。"

"你滚！"顾念冷酷无情地道，"花心的女人离我的宝贝'鹅子'远一点儿。"

江晓晴："但你'鹅子'不一样啊，难道你见过比他更帅的人吗？既然没有，那我就能一直对他专一的！"

顾老母亲沉默下来。

比宝贝"鹅子"更帅的人？当然不存在。她家宝贝"鹅子"就是天下第一帅兼天下第一大可爱！

顾念点头："你的眼光不错。"

江晓晴："那我能……？"

顾念："但还是不行。"

江晓晴："为什么？！"

顾念木着脸，上下扫视她："傻白甜影响我家宝贝'鹅子'的后代基因。"

江晓晴戏精上身，眼含着委屈的热泪，手指向顾念："好你个见色忘义的狗东西，以前藏得那么好，现在牵扯到你'鹅子'了我才知道原来你是这么看我的！哼，从今天起我们恩断义绝！"

"别犯二了，"顾念忍住笑，拉下她的手，"再犯二你就真嫁不出去了。"

"那你'鹅子'我不要了，小美人把你自己赔给我吧！"

"No（不），no，no——"

沙发里，一个酒疯子小姑娘缠上另一个小姑娘，俩人很快就笑闹成一团。

房间中央。

"骆先生？"

骆修回眸看向身侧，眼底的笑意淡了些。

对小 party（聚会）上的一个红酒杯也恨不得拿捏出拍高端杂志封面的造型感，剧组里他不知名姓的这位女演员已经缠他半晚上了。

而导致这一切的人毫无负责的自觉，还在角落里跟好朋友闹成一团。

“骆先生在看什么？”女演员脸漾着最美的微笑，回头道，“好像看得很入迷。”

骆修的眼睛轻晃了下：“是很让人入迷。”

女演员一惊，没想到他会承认，视线更迫不及待地寻过去——那沙发一角人不多，平常总蔫着的小编剧难得眉眼染笑，猫咪唇也翘了起来，在跟人疯闹。

女演员惊讶地转回来，语气有点儿复杂：“骆先生难道是在看顾编剧？平常没怎么注意，顾编剧长得确实蛮漂亮呢。”

骆修淡定地点头：“嗯，很漂亮。”

“不过以骆先生的条件，身边应该最不缺美人吧？”女演员笑着，仿佛无意地前倾几分，眨着她的半永久睫毛，“还是说，顾编剧比我们更会讨骆先生喜欢？我看这次生日 party 就是她张罗起来的，顾编剧确实很会做事呢。”

“她不必讨我喜欢。”

骆修没抬眼，声音里透出种冰凉慵懒的气息：“说不定是我先暗恋她的。”

顾念好不容易把江晓晴这个酒疯子制服，艰难地拿出振动好一会儿的手机，来电显示是个未知号码。

顾念接起来：“喂？”

“顾编剧？”

“你是……？”

“我是朱涵宇！骆先生的助理！”

“啊。”

“别啊了，这都晚上十点了！你把我们老板拐到哪儿去了啊？”

顾念一巴掌把又要扑上来的江晓晴按到沙发里：“抱歉，十点了吗？我没注意……今晚剧组给骆修先生办了个生日 party，大家都玩得晚了，抱歉。”

“生……生日 party？”

“对啊。”

“那，”对面的人僵了几秒，颤声问，“主办人还活着吗？”

顾念觉得莫名其妙：“我活得还行，谢谢你的关心。”

“你……你办的？？”

“对。”

“骆哥就什么都没说？还参加 party 了？？”

“是啊，怎么了？”

电话那端陷入死寂。

在顾念准备拿下手机确定一下通话状态的时候，对面终于响起气若游丝的声音：“没什么，算你狠。”

“求求你了，放他回来吧。”

顾念一脑袋问号。

“如果不是这个剧组拍摄的鬼安排，我们骆哥都是每天晚上九点就开始冥想准备入睡的。这好不容易休息一天，你还要在他生日这天折腾他吗？”

顾念惊了：“他没告诉我。”

“骆哥怎么可能告诉你？！”

“为什么不可能？”

“当然因为骆哥他——”话戛然而止。

小助理吓出一身冷汗：一时心直口快，差点儿就要付出生命的代价了。

诡异的停顿后，一直沉默的顾念低着头道：“我懂了。”

小助理慌了：“你……懂什么了？”

“骆修先生他……”顾念感动得含泪抬头，“他一定是太善良了，所以才不忍心让我失望的，对吧？”

小助理……他们骆哥，一个和深渊对视能让深渊自戳双目、和恶龙搏斗能叫恶龙落荒而逃的男人，全身上下哪有半点儿能跟“善良”这个词搭上边的地方？

他是因为你啊！换了别人早死一万次了好吗？！

小助理没机会解释了。

深陷感动中的顾念已经接回话头：“难怪看他今晚情绪不高，还什么都没说，我懂了。朱助理你放心吧，十一点前我一定把骆修先生送回去。”

Party 闹到十一点，剧组的其他人才发现主人公不见了，主办人也不见了。

众人都在讨论两人去哪儿了的时候，被扔在角落沙发里的江晓晴举了举手：“骆先生还有事，顾念找车送他回酒店了。”

“双人落跑啊，不带这么玩的。”

“来是一起来的，走还一起走？他们俩什么情况？”

“哎，你们刚刚听没听见，梅佳亭说骆修对顾念……”

几人凑在一起，低声嘀咕了会儿。

有人震惊道：“哈，不可能吧？”

“梅佳亭说的。”

“可顾编剧不是有男朋友了吗？”

“肯定是假的，开玩笑呢吧。”

“我看未必。”

…………

低低的议论声飘到窗外，藏进夜色丛林里。最高的树梢上托起一弯新月，月光皓洁，铺在小镇里缀着点点灯火的长路。

路中央，一辆 SUV 飞驰而过。

“你是主办人，我们提前离开，会不会对你不好？”

“没关系，”顾念想都不想地道，“这可是你的生日，当然你开心最重要。下次不要勉强自己了，如果你不喜欢，那一定要告诉我。”

“但你今天准备得很辛苦，我不想扫你的兴。”

顾念热泪盈眶。

世上怎么会有这么懂得体谅妈妈的好“鹅子”？

妈妈太感动了，呜呜呜。

在母爱一路膨胀下，司机把顾念和骆修送到了酒店楼下。

他们到时，小助理正在酒店的大堂里来回踱步，看起来已经焦躁不安地等很久了。

朱涵宇一见到骆修进了大堂，立刻冲上去，紧张得上上下下把骆修扫视一遍：“顾编剧没和您一起回来？”

“她有话和司机交代，待会儿进来。”

朱涵宇闻言立刻警觉地看了一眼玻璃门，然后才凑过去小声问骆修：“您没失那个什么吧？”

骆修垂眸瞥他：“失什么？”

“失身啊。”

骆修顿了顿道：“没有。”

“为什么看起来您对这个结果十分失望的样子？”

骆修淡淡一笑：“这么明显吗？”

小助理震惊得鼻孔都放大了。

骆修转回视线，轻声嗤笑道：“失望谈不上，我也不喜欢这种节奏的进度。”

小助理差点儿吓没的那口气被吊了回来：“那还好……还好，看来您还没完全被这个坏女人勾走魂，还知道拒绝啊。”

“我没拒绝。”

“是她没有实施。”

迟疑数秒，小助理小心翼翼地问：“那她今晚要是实施了呢？”

骆修想了想，语气随意地道：“那就随她吧。”

小助理抹了一把脸，面无表情地问：“所以您刚刚其实就是在遗憾和失望吧？”

“只是意外。”

“您可别意外，她……她……她这绝对就是在跟您玩欲擒故纵呢！”

“是吗？”

“对啊，您看，您本来不想这么快节奏的，现在都因为她没实施反而有点儿失望了！您说说她这招欲擒故纵，是不是玩得特别高明，特别厉害？”

小助理说完抬头，才见骆修淡淡笑着，看眼神没半点儿意外。显然他能想到的东西，骆修可能在他之前就已经联想到了。

联想到了他还这么一副甘愿入彀的模样……

小助理突然心里一颤：“骆哥，你刚刚说你不喜欢那个节奏的进度，那欲擒故纵这个，你喜欢吗？”

“不太喜欢。”骆修回身，隔着泛起冷光的玻璃门，望着外面车前那道纤细的身影，嘴角轻抬了下，“一个月太短，欲擒故纵？我等不起。”

验证了内心恐怖的猜测，小助理眼泪都要飙出来了：“您不会已经采取行动了吧？”

骆修转回来，笑容回到温和无害的样子：“你确实已经很了解我了。”

小助理气若游丝道：“我能问问是什么吗？至少有个底。”

“不能。”

骆修笑了笑：“等明天去了剧组片场，你大概就能知道了。”

小助理：“……”

苍天哪，还是让他死得更痛快一点儿吧！

于是当顾念和司机安排好夜里的行程，进到酒店大堂后，最先对上的就是小助理恨怨交织的复杂目光。

她不是都卡着十一点前把人送回来了吗？朱涵宇怎么还一副要跟她同归于尽的模样？

顾念迟疑地慢下脚步，最后停在骆修身旁：“骆修先生，既然你的助理下来了，那我就不送你上去了。你们早些上楼，尽快休息吧。”

骆修低声问：“你还要回去？”

顾念茫然地点了点头：“嗯，不然呢？”

骆修瞥了一眼玻璃门外浓重的夜色，声音温和地道：“时间已经不早了，进山的路程又远，等你回去该是半夜了，还是留在镇里的酒店休息吧。”

宝贝“鹅子”的声音被压得低沉动听，带着关怀，感动得顾念差点儿点头答应了，还好理智尚存一线。

顾念只能悲痛地放弃宝贵的促膝长谈的母子时光，不忍心地拒绝道：“晓晴还在山下小馆里，她今晚喝得有点儿多，我不放心她单独和他们一起回去。”

想起今晚那个扑在顾念身上又笑又闹占尽便宜的小姑娘，骆修眸子里滑过一丝淡淡的凉意，只是须臾就被他压了下去：“酒店里应该还有房间，再订两间，你们一起在这边住下好了。”

顾念严肃地摆手道：“剧组可没给普通工作人员准备酒店的房间，这种四星级酒店的价格也不适合我们小编剧。”

骆修被她绷着脸的模样逗得莞尔，垂了垂眼：“我让涵宇帮你们订好。本来就是我的生日，我来负担你们的夜宿费用也是理所应当的。”

骆修侧过身，刚朝被他的眼神支到一旁去的朱涵宇抬手示意，就被反应过来的顾念扑上来一把抱住了他的手。

“不行！”

骆修停住，眼神一沉，僵了一两秒，才慢慢垂下眼。

小姑娘正一脸严肃地抱着他的手腕：“当妈——咯，当姐姐的怎么能花你的钱呢？”

骆修再次停顿。

几秒后，他垂眸微笑，声音低低哑哑的，像是掺进了山里夏夜的凉意：“现在，你又是我姐姐了？”

顾念心虚，眼神乱飘：“我这不是……一……一直是吗？”

骆修轻眯起眼。

做了那么多的事情以后，她又让她自己退回最初的位置了。这一招连朱涵宇都能看穿的欲擒故纵，玩得不算特别高明。

但他承认，他很“吃”她的套路。

气氛微妙时，小助理已经接了示意，快步跑到两人旁边：“骆哥，您叫我？什么——”

走近前来，朱涵宇才发现顾念抱住骆修的手腕不撒手的姿势。他立刻目光警觉地瞪着顾念，看起来只等骆修一声令下就要冲上去把人带走。

骆修眼底转过淡淡的笑意，他刻意回眸，若无其事地说：“你去前台，代她和编剧小组的另一位江小姐订两间房，账我来付。”

“真的不行！”

顾念喊住朱涵宇。

骆修落下视线来：“为什么不行？怕我害你们吗？”

“当然不是。”

“那为什么？”

“因……因为四星级酒店的价格对我们小编剧来说太贵了。”顾念垂下眼道。

“不是说了应该我来付？”

顾念眼角一勾，奶凶奶凶地道：“那更不行了！”

“理由？”

“你……你赚钱多不容易啊，两年了才接到第一部剧呢，平常肯定只有经纪公司的补助嘛。”

顾念越说越心酸，抱着宝贝“鹅子”的手慢慢松开：“圈里机会这么少，不确定因素又很多，以后你说不定有的是要花钱的地方。”

骆修听得茫然。

这大约是生平第一次有人替他担心生计的问题了。

朱涵宇已经不只是茫然了，用一种看外星人的眼神，目瞪口呆地看着顾念。

骆修反应极快，在顾念感伤完抬头前，已经调整好了情绪。

对上女孩心疼的眼神，骆修停顿了下，还是垂眸笑了笑：“我不像你，我只有自己一个人，没有那么多需要花钱的地方。”

顾念没顾上前半句，神色变得肃穆：“怎么会没有？你买房了吗？”

这个堪称二十一世纪年轻人从经济独立后就不得不面对的第一大难题……骆修自然从未想过。

对骆家这两兄弟来说，大概人生的字典里从来没出现过“买房”这个概念。

小助理回过神，终于忍不住了，冷笑一声道：“我们骆哥需要买房吗？他有——”

“有公司补助的单身公寓。”

骆修温和无害的声音非常恰当地截住了小助理的话。

这是哪个公司里的疯子敢让您住单身公寓？拿命省钱啊？

小助理很憋屈。

小助理不敢说。

顾念闻言，十分心疼：“单身公寓怎么行呢，才几十平方米吧？环境条件肯定也很差！”

“还好。”

顾老母亲继续苦口婆心地劝：“单身公寓总不能住一辈子，年轻人还是要攒钱买房子的。”

“一定要买？”

“一定要的，”顾念坚定地道，“娱乐圈不比其他行业，风险波动太大，很多人吃的是青春饭，所以必须在年轻时攒够一定的资本，这样才能应对以后的风险。”

顾念说完想起什么：“哦对，还有最重要的。”

骆修抬起眼：“嗯？”

顾念仰头，望着自己 186 厘米的宝贝“鹅子”，认真嘱咐：“现在的年轻女孩还是很看重综合条件的，你要有一套自己的房子，以后才能娶到小姑娘。”

褐眸深处的那点儿笑意还是撞碎了眼底故意装出的情绪，涌了出来。

骆修没忍住，抬手轻轻揉了下表情严肃的“小姑娘”本人。

“好。”他的声音低得有些温柔，“我知道了。”

山区比不得城市里的灯红酒绿丰富多彩，剧组在这儿窝了一个多月，常驻的人员早就快憋疯了。

生日 party 正巧成了他们的狂欢夜，即便主人公和主办人都走了，也没耽误他们摆出不醉不归的架势。

一群人闹腾到深夜终于散场。

如骆修所说，等顾念安排好人员车辆，又把江晓晴送回去，早已经是半夜三更了。

顾念提着半迷糊半清醒的江晓晴去民房的水池边匆匆洗漱，又把人拎回了被窝里。

“上床，睡觉。”顾念垂着眼，打了个哈欠，没表情地睨着江晓晴。

江晓晴死死抱着床柱，另一只手还攥着自己的衣领：“你要对人家做什么？”

顾念：“……”

顾念困死了，没心情陪江晓晴耍酒疯，直接上手捞起被子，把胡乱挣扎的江晓晴往被窝里拎。

醉酒的人力气还总是格外大。

顾念一个不慎没拉住，江晓晴大力一甩，甩得顾念手腕一下子就磕到了床板边上。

“砰！”

深夜里传来一声震响。

顾念停住。

江晓晴也僵住了，无辜地仰头。

站在床边的小姑娘还是蔫着一张漂亮的脸蛋、没什么情绪的模样。她低头对着自己在月光下迅速红成一片的手腕看了两秒，抬头。

江晓晴一抖，被吓得醒酒了。

“顾念，我……我……”

顾念叹气，伸手过去摸了摸她的头：“乖，睡觉。”

江晓晴愣了下，反应过来，跪坐在床边往前一扑，蹭进顾念怀里：“呜呜呜……就知道我们顾念最温柔了，人家要跟你一起睡觉觉——”

话没说完，江晓晴感觉自己头顶那只温柔抚摸的爪子一停，然后慢慢重如泰山。

江晓晴再次停住，小心翼翼地抬头，对上了一双乌黑空洞的眼瞳还有一张毫无表情的美人脸。

顾念保持“抚摸”的姿势停住手，弯下腰，神情麻木：“在我下狠手帮你长眠不醒之前，乖，去睡觉。”

江晓晴犹如一道闪电，以最迅猛的动作把自己缩进被窝里面。

顾念转身走了几步后，也直接倒进床铺里，一觉到天……明了一半。

“顾念！晓晴！快起来了，再不走真的晚了！”

魔音灌耳之下，经过一番意志与惰性的殊死搏斗，顾念艰难地从被窝里冒出个脑袋。

她再艰难地撑开眼皮，看向房间里。

秦园园着急地站在床铺下，正把另一边半死不活的江晓晴往床下拖：“晓晴，你别睡了，快起来吧！”

顾念揉了揉眼，起床：“园园，怎么了？”

“剧组突然来的通知，让我们编剧组八点前到会议室开会！”秦园园抽空回了头，又立刻转回去拖江晓晴。

“我不去！”江晓晴哭唧唧地抱着床柱子，梦呓似的直哼哼，“谁爱去谁去，半夜才回来的，这一大清早……我还没睡够……”

声音慢慢低了下去。

秦园园拖累了，刚一松手，床上的人“嗖”的一下滚进去，紧紧卷进了被子里。

前功尽弃的秦园园：“……”

顾念此时已经艰难地下床，见秦园园又气又无奈，瞥了一眼床里赖出一副“死都不去”模样的江晓晴，慢慢打出个长长的哈欠。

“晓晴不去就算了。”

“啊？”秦园园回头，“那剧组那边……？”

“我们本来就不是跟组编剧，这段时间相当于不领工资白干活，我是个人特殊原因，你们两个够仁至义尽了，不用觉得理亏。”

秦园园不好意思地说：“我也知道，但就是硬气不起来。”

“没关系，我帮她请假。”

“嗯嗯，那你洗漱一下，我们赶紧走吧。”

“好。”

洗漱过后，顾念总算恢复了点儿基本的思考能力。

去会议室的路上，她随手接过秦园园给她看的通知消息的界面，看了两三秒就慢慢皱起眉。

“这个消息的意思是，我们编剧组内会议？”

秦园园凑过来重读了一遍，点头：“好像是哎。可能导演组也会出人过来说什么事？”

“真是那样就好了。”

顾念蔫了，把手机还给秦园园。

秦园园有点儿茫然地接过手机：“不然还会是哪样？”

顾念木着脸，声音懒洋洋地说：“卓亦萱吧。”

“啊？”

“昨天，不对，前天吧，虽然不知道我那会儿做什么得罪她了，但她一直到走前都一副要扑上来咬我的样子。我还想着她什么时候会找碴……”

顾念实在没忍住，一个哈欠打得泪眼蒙眬，然后眼角很没精神地耷回去：“嗯，耐性真差。”

秦园园：“那这趟开会不是跟鸿门宴差不多了？”

“嗯，不过没事，反正是冲我来的，你不用怕。”

顾念忍着哈欠，绷着脸，很义气地拍了拍秦园园的肩。

秦园园哭笑不得。

两人到了会议室，一打开门，果然她们最先见着的就是坐在主位上的卓亦萱。

秦园园原本还不尽信，此时不得不给顾念递了个“佩服佩服”的眼神。顾念懒耷着眼，回了个“好说好说”的眼神。

听见门响，卓亦萱抬头，语气冷飕飕地说：“七点五十八？你们还真能卡点来啊。”

顾念拖开椅子，没听见似的坐下了。秦园园小心地跟在她身旁，也落了座。

卓亦萱的脸色更冷：“我跟你们说话呢，你们没听见？”

秦园园局促地看了顾念一眼，往前挪了挪身，张口欲言。

“如果想我们早点儿来，那就发在通知的消息里。”

一个没精打采的声音在秦园园开口前响起。

秦园园愣了下，感激地回头。

顾念和眼神冰冷地望着她的卓亦萱对视着，很敷衍地扯了下嘴角，算是微笑。

“通知了八点，还希望我们自己领会意思是七点半到？怎么，您是皇帝，在这儿等我们揣摩圣意呢？”

秦园园：“噗。”

卓亦萱呆了两秒才反应过来，脸色顿时涨红：“你——”

顾念收回营业式的微笑，又低下了头。

她懒得和卓亦萱这样的人争论，一看就是没吃过苦顺风顺水的大小姐出身，活了二十多年大概没遇过逆着她意思来的人，所以连吵架甚至骂人都不会。

要不是替秦园园拦火，她觉得跟这样的人吵架都是浪费口舌。

顾念懒洋洋地撑起胳膊，手托住脸颊，压下个哈欠，酸意涌上鼻尖，憋得她想掉眼泪。

不愧是大小姐，作息都这么不知人间疾苦，早上八点开狗屁会哦。

她好想回去睡觉……

一场打着“讨论剧本”名号，实则以“找碴”为主题的早起会议，就在被找碴人浑然不觉梦游太空的两个小时里安然度过了。

任凭卓亦萱使出浑身解数，愣是没能让那哈欠一个接一个的小姑娘脸上出现第二种表情——除了困还是困。

所以看顾念困成小熊猫的德行，卓亦萱虽然一句便宜话没捞着，吃了半肚子火气，但最后还是宽慰了自己一句：活该，让她得罪自己，困死她！

等卓大小姐翻完最后一页剧本，终于心不甘情不愿地说出结束语：“今天的剧本讨论就到这儿吧，之后再有问题我再联系你们。”

秦园园松了口气，轻轻拽了拽昏昏欲睡的顾念的袖子。

顾念回神，按着桌板刚要起身，就听对面的卓亦萱开口：“那个谁先走吧，顾念，你等会儿，我有话跟你说。”

顾念动作没停，眼皮也没抬：“公事私事？”

“公……公事。”

“什么公事不能会上说？”

“那就私事！”

“我跟你又没私交，哪里来的私事可聊？”

“你！”

顾念说完话也收拾完东西，转过身就准备和秦园园一道离开。

卓亦萱大约是气狠了，拍桌站了起来：“和骆修有关的事情，你也不想听了吗？！”

顾念的身影突然停住。

那双懒洋洋地垂着的鹿眼慢慢抬起，原本困得黯淡无光的眸子也一点点亮了起来。

秦园园和江晓晴跟顾念走得近，她最清楚顾念什么都不在意唯独宝贝“鹅子”天下第一重要的脾性。

听见卓亦萱的话她就连忙去拉顾念的衣角，小声说：“顾念，你别听她的，我们还是赶紧走吧……”

“没关系。”顾念回神，露出一个无害的小仙女笑容，“你先回去就好了，不用等我。”

“可是——”

“真的没事，相信我。”

“好、好吧。”

秦园园一步三回头地出了会议室，在门外徘徊几步，又扒在门缝上偷听未果后，突然想到什么。

她看了一眼手表时间，已经将近上午十点半了。

“按今天的拍摄行程，那个骆修好像下午第一场戏就有镜头，上午肯定会提前过来，那这会儿他应该要到了吧？”

秦园园自言自语地咕哝了两句，脚下生风，快步朝剧组的拍摄片场跑去。

会议室内，秦园园一走，顾念脸上的笑意就退掉了。

她转回身，声音也困得发懒：“现在只剩我们两个人了，你想说什么就说吧。”

卓亦萱气得铁青着脸：“你到底有什么资格在我面前摆这种态度？你认得清我们之间的差距有多大吗？”

“如果你只想说这种无聊话，那我走了。”

“你等等！”

顾念本来就没离开的意思，既然是和宝贝“鹅子”有关的事，那卓亦萱想说什么她还是很好奇的。

转了一半的身体拧了回来，顾念垂着眼：“说吧。”

卓亦萱不知道想到了什么，微微咬牙：“骆修暗恋你的谣言，是不是你故意传进剧组里的？”

顾念蒙在原地。

卓亦萱话里的每一个代词、名词和动词，她全听得懂，但是组合到一起钻进她的耳朵里，就变成了一句外星语。

呆了的顾小仙女满眼写着“什么玩意儿”。

这不说话、不辩解的反应落进卓亦萱眼底，就成了心虚默认的表现。

卓亦萱冷笑道：“我之前还真是小瞧你了，没想到你这么会耍手段，借着骆修答应你给他过一次生日的机会，先一步让全剧组的人传了谣言。”

顾念更呆了：“全……剧组的人？”

卓亦萱：“都这会儿了你还装什么傻？你倒是有够大的胆子，直接说他暗恋你。知道他不会公开否认这种事就敢信口开河地给自己抬身价，你也不怕惹人笑话？”

半分钟过去了，顾念终于艰难地让熬夜过度还没睡醒就遭受“重创”的大脑理解了卓亦萱的一席话。

她没表情地抬头："你的意思是，有人在剧组里传谣，说骆修喜欢我？"

卓亦萱冷笑道："现在才想起来装傻是不是晚——"

"这是哪个憨憨说的？"

"砰！"

会议室整条长桌被顾念一巴掌拍得剧烈地颤了一下。

卓亦萱吓了一跳。

僵了两秒后，她低头看了看明显比她的身板结实得多的会议桌，又看了看对面那个明明才一米六的身形纤弱的小姑娘。

小姑娘此时还是没表情，不过和之前两个多小时里的蔫蔫的游魂状态完全不同，现在已经是仿佛于无形之中多提了两把杀气逼人的菜刀的模样。

卓亦萱："……"

会议桌挡着的地方，淑女裙下的小细跟慢慢往后挪了一两厘米。

但她作为卓家大小姐，气场是绝对不能丢在一个区区小编剧面前的。

卓亦萱直了直腰板，努力使自己的声音不带上颤音："你……你的意思是，谣言不是你传出去的？"

"当然不是。"

好，看在顾念这么有诚意的分上，她信了。

顾念还处在恼火的状态："这到底是谁散布的谣言？骆修还在新人起步期，这个人就在剧组里传出这样的事情，他是不是想毁了骆修？！"

卓亦萱犹豫了下，狐疑地看向顾念："你不是喜欢骆修吗？"

"我当然喜欢他。"顾念想都没想，说完以后对上卓亦萱又变得充满敌意的目光，顿了顿道，"但我对他的喜欢和你们的独占欲不一样……总之，我绝对不可能让这种谣言传出去。"

"别把自己说得那么高尚，我是有独占欲，那你是什么？博爱？"

卓亦萱抱起胳膊，冷笑了一声："我早听剧组里的人说了，你还有个男朋友是吧？跟骆修玩脚踏两条船，你是有几条命？"

顾念根本没回应卓亦萱，也没那些心思，满脑子都在回顾昨晚的生日 party——

昨天她自己还没有听说或者察觉任何异常，今天卓亦萱就找上门来，那谣言必然是今天上午刚刚传开的。

而最可能滋生这种谣言的，就是昨晚那个场合。

那到底是哪个环节出了问题？

顾念的不理不睬让卓亦萱更加恼怒，但她到底还记着几十秒前那一巴掌的余威。

脸色变换几回，眼见顾念似乎打定什么主意转身就要离开了，卓亦萱终于顾不得，连忙出声："你等一下！"

"还有事？"

顾念一心想揪出罪魁祸首，没耐心也没表情地回头瞪着她。

卓亦萱心里一凛。

还是那个一米六的小姑娘，还是那秀丽的鹿眼、翘鼻、猫咪唇，但是看人的眼神不知道比平常可怕了多少，像打开了某个开关，然后就完全换了一个人似的。

卓亦萱扶了扶身后的窗台，轻咳了声避开视线："我就是提醒你一句。"

"什么？"

"别和骆修走得太近。"

顾念没工夫理这老生常谈的威胁，压下门把手就准备出门。

但她刚拉开一条缝隙，卓亦萱的声音就从她身后传来。

"我认识骆修十年了，他是个什么样的人没人比我更清楚。他最会把握人心，最擅长掩藏自己，你以为你了解他，实际上你对他一无所知。如果你喜欢的就是他表现出来的样子，那你就完全被他骗到了，他——"

"我不喜欢听关于任何人的坏话。"顾念还握着门把手，低声打断她的话，"尤其是骆修的。"

卓亦萱恼怒地道："我没有说他的坏话，我是在说事实。"

顾念："我只相信眼见为实。"

卓亦萱气得颧骨都在抖："眼睛看到的才是最会骗人的。"

顾念冷淡地问："你还有别的想说的话吗？没有我就走了。"

"等等！"卓亦萱不死心地喊住她，"你不相信我没关系，你自己仔细回想一下，当初我和你第一次在食堂见面，你和骆修还是刚认识吧？"

顾念握着门把的手紧了紧。

卓亦萱的声音追了上来："刚认识他就那样维护你，你觉得真的正常吗？他明明就是想把你当挡箭牌的！而且他那时候甚至不掩饰这个目的，对你也根本不在意，我不信你一点儿感觉都没有！"

顾念握着门把的手蓦地一松。

她转回身，平静地望着卓亦萱："你说完了吗？"

卓亦萱被那个眼神噎住。

顾念神色不变地道："我喜欢骆修自然有我的原因，不需要任何人来动摇，任何人也都动摇不了——你不用白费力气了。"

没有再给卓亦萱说一个字的机会，顾念直接拉开已经半敞的门，利落地转身。

沿着长廊走了几米，顾念转过拐角，抬起头，然后僵住。

就在最多 20 厘米的距离外，不知道什么时候来的骆修倚着墙，低垂着眼站在那儿。

似乎是听见动静，男人抬起眼来。

"骆修……先生？"

顾念惊回了神，下意识地回头看了看身后。

她不确定这段距离有多远，也不确定会议室的隔音效果如何，更无法确定骆修是否听见了卓亦萱的那番话。

“我是听和你同组的那个女孩说，你被卓编剧留下来了。”骆修走到她身旁，眼神、声音都温和如常。然后他有点儿不确定地问：“她叫，秦……？”

“园园，”顾念下意识地接了，“秦园园。”

骆修的目光轻晃了下，随即他压下眼角，淡淡地笑道：“对，是她。我有点儿担心你，就想过来等等看。卓编剧为难你了吗？”

“没有。”顾念摇了摇头。

走廊里安静下来。

顾念低垂着眼没说话，骆修就耐心地等着她。这种近乎默契的安静持续了几十秒后，顾念终于鼓足勇气地抬头。

“骆修先生，你刚刚……有没有听见我们说的话？”

男人那双温润的褐色眸子里浮起一点淡淡的迷惑之色。

安静之后，他不解地问：“刚刚？在走廊里吗？”

“不是、不是。”顾念连忙摇头，也松了口气，“没听见挺好的。”

“我错过什么了？”

“没有，没有的事。”顾念立刻否认。

为了让骆修不再追问，她立刻转移了话题：“骆修先生，你今天来剧组之后，有没有听到什么奇怪的……流言啊？”

骆修：“流言？我刚到剧组就见到了那位秦小姐，还没有和其他人接触。出什么事情了吗？”

顾念头疼地叹气：“确实出事了。有人在剧组里散布一些不切实际的中伤你的谣言……不过你别担心！”

顾念猛地抬头，坚定地看着骆修道：“放心吧，我一定会把那个散布谣言的坏蛋抓出来，然后把他痛扁一顿，揍到他妈妈都认不出他来！”

“好。”

骆修垂眸，未忍住的那丝笑意染上他的眼角：“我相信你。”

“嗯，”顾念用力点头，“我也相信骆修先生！”

“那万一……我是个坏人呢？”

顾念怔了下，抬眼去找，只对上一双温和的眸子。

那句话似乎只是无心的玩笑。

顾念正色道：“不会的，骆修先生是天使，不可能是坏蛋。”

骆修顿了顿。

几行娟秀小字在这一秒里，小蝌蚪一样游过他的脑海。

“祝你生日快乐。”

“祝你一生快乐。”

“我的天使。”

清早，六点四十五。

星月酒店 7 楼 717 内传出一声堪称凄厉的鬼哭狼嚎：“老板我求求您了，快收了神通饶我一命吧！”

落地灯旁，骆修合上了手里的褐色本子，修长的手腕轻抬起来，摘下鼻梁上架着的金丝细框眼镜。

他抬眸看向门口，小助理正哭丧着脸往他腿前扑过来。

“站那儿就好。”

骆修喊停，扔下这句温柔又无情的话。

小助理卡住。

别扭了半天，他也到底没胆子试着挑战他老板的权威，只能委委屈屈地停下了。

“怎么了？”

“我快死了，呜呜呜。”小助理举起手机，欲哭无泪，“一大清早，安娜姐就给我打来电话，训了我足足二十分钟，一句话都不带重样的！”

“训你？”骆修平淡地问，“为什么？”

“还能为什么事情啊？老板您自己这周二刚做下的事情，难道您自己还能不知道吗？”

骆修淡淡一笑，褐色眸子里眼神冰冷：“你现在是在责怪我？”

这个温柔的笑和眼神看得小助理陡然僵住，然后哆嗦了下。

小助理回神，捧起招牌的谄媚笑容：“没、没，我是责怪自己办事不力，不仅让有关您暗恋那个小编剧的谣言闹得全剧组的人知道，还传去了安娜姐的耳朵里——这么简单的小事我都压不下去处理不好，我真是个废物，呜呜呜呜。”

骆修莞尔：“安娜也知道了？”

小助理的眼泪都快下来了：“对，骂了我整整二十分钟，问我到底是怎么给你当助理的。”

“那你怎么说的？”

“我说我不配，碰上骆哥您这样的，得来个大罗神仙才收得了尾。”

“行了，”骆修轻嗤了声，“别卖惨了。”

骨节分明的手指微微屈起，在褐色本子的边脊上轻叩了下，骆修似乎心情不错，声音也亲和得多。

“安娜再打电话来，你就让她直接找我。”

小助理耷拉着脑袋：“那我哪儿敢！”

“是我说的，你有什么不敢？”

小助理小心翼翼地问：“真的？”

“嗯。”

像是濒死得救，小助理眼神狂喜，但是没敢完全表现出来。他忍了忍激动的心情，试探着开口：“安娜姐好像知道了那个小编剧还有男朋友的事情……”

“怎么知道的？”

“呃，这个……应该……应该是和剧组里的传言一起传去的吧……”小助理的声音渐弱，他心虚地低了下去。

骆修将视线落在窗外，声音发懒：“原来不是你说的吗？”

果然，他就不该指望自己有什么心思或者事情瞒得过这个大魔王。

“老板，您相信我，我是迫不得已的，安娜姐在咱们走之前就交代我了，任何和您有关的事情，哪怕细枝末节我也必须跟她禀报清楚……就拿这次来说，这是打过预防针了，才挨训二十分钟，要是没说过，那可能就是二十个小时了。”

小助理一边说着，一边偷偷抬头观察骆修的反应。

所幸骆修似乎还是心情不错，并没有要和他计较的意思。

小助理长松了口气。

骆修回眸，笑意温和地道：“她让你做什么不必要的事情了吗？”

小助理神色一凛，立刻摇头：“当然没有，怎么会呢？管谁我们也不敢逆着您的意思管您的事啊。”

“那看来，我回去以后该找个时间谢谢她。”

“不能、不能，您是老板，我们听您的是分内的事情。”

小助理谄媚完，眼神飘了好一会儿，不知道是在为什么事情犹豫不决。

他欲言又止了三五回，骆修没抬眼地开口了：“有事就说。”

“啊？哦，也、也不是什么大事，就是想跟您探个底，也是安娜姐那边的意思，她说问清楚了，他们好早做准备。”

“嗯，探什么底？”

“就……那个小编剧的事情。”

“她是没名字吗？”

“啊？”

骆修抬了抬眼，似笑非笑地问：“没名字，所以你总称呼她小编剧？”

他又踩着老板的雷了。

两人啥关系都还没呢老板就已经护成这样了，那要以后真折腾起来，不得要了他们的老命？

小助理只敢腹诽不敢有异议，委屈巴巴地垂下了脑袋：“对不起，骆哥，我说错了，是顾编剧的事情。”

“她的什么事？”

“就……安娜姐让我问问您到底是什么打算，难不成您还真想当那个……”

小助理没敢直接说，伸手比了三根手指。

骆修望着他的手，笑起来：“在你们眼里，我的道德感果然很淡薄啊。”

“不敢、不敢，哪能啊，我们就是做最坏的揣测！”小助理拨浪鼓似的摇完头，也明显松了口气，“我就跟安娜姐说来着，骆哥您这要身份有身份、要能力有能力，长相、身材在圈里也是摸得到天花板的，怎么可能真去做‘小三’呢，是不是？”

“嗯。”

骆修垂了垂眼，视线落到褐色的本子上，修长的五指在本子上依次叩出五声轻响。

然后他抬眸，淡然一笑：“我会很耐心、很耐心地，等她分手。”

小助理呆了呆，下意识地问：“那万一她不分呢？”

房间寂静下来，这几秒里，好像连空调的声音都被扔进真空里了。

小助理感觉到一滴冷汗顺着脖子滑下去，慢慢咽了口唾沫，在心底欲哭无泪——

好奇心又不能当命用，他是不是疯了问这种问题？

没胆再拿命换答案，小助理眼珠滴溜溜地转了一圈，在目光扫到骆修的手指下压着的褐色本子时，眼睛一亮，飞快地转开了话题。

“对了骆哥，我那天突然想起一件事情！”

骆修抬起眼。

小助理：“就您刚拿到这本子那会儿，不是说里面写着盲枝和您遇见的时间是7月31日吗？”

骆修眼神微动：“是2018年的7月31日，你有印象？”

“对啊！”小助理一拍巴掌，“那会儿我就觉得这日子特别熟悉，前几天给您整理一份资料的时候我突然想起来了，如果是2018年，那7月底那天正巧就是您和定客传媒签经纪约的日子啊！”

骆修怔住。

这个答案显然让他十分意外，几秒里他都没有做出别的反应。

小助理得意扬扬地说：“我就知道您从来没把当艺人这事放心上，肯定早就不记得这事情了。”

骆修回神：“你确定是那天？”

“嗯，为了确定我还专程去看了一下您那份合同的电子扫描件呢，签名的时间就是在2018年7月31日。”

骆修垂眸不语。

小助理好奇地问：“既然这样，那您能想起那天什么时候见过盲枝大大了吗？”

“不能。”

沉默半晌后，骆修向后靠进躺椅里。

这边山区的天亮得总是很晚，这会儿也暗色未尽，落地灯罩着花瓣形状的灯罩，投下一片起伏的阴影。

藏在灯影里的那双温润眸子被染上幽沉的阴影。

小助理对这个答案不算意外：“您想不起来也正常，都快两年了，普通人都记不得两年前的某一天见过什么不认识的人了，更别说您这目中无……咳，更别说您这看破红尘的脾性了。”

骆修抬起眼帘，意味不明地望着他。

小助理心虚，嘀咕道：“我说的也是实话，您别不信。问您个最简单的，定客传媒的太子爷郑昊磊郑总，现在要是出现在您面前，您都未必能认得出来吧？”

“我为什么要认出他？”

小助理无奈地叹气：“骆哥，我可听安娜姐说了，当初人家定客的太子爷是亲自陪您签约的呢。”

骆修淡然地点头：“是吗？我忘了。”

骆修将本子放到床头，动作很轻，然后从沙发椅里起身。

小助理连忙跟上：“我送您去片场？”

“嗯。”

骆修走出去几步，突然停下，回身问：“她送的围巾呢？”

“围巾？”小助理蒙了一下，停下，“什么围巾？”

骆修看向床头的褐色本子：“那本日记里说，她在2018年过年的时候，送给我一条围巾作为礼物。”

“啊，盲枝的礼物啊？”小助理拍了拍脑袋，苦恼道，“她送过围巾吗？我好像没什么印象了。”

刚说完一抬头，小助理就发现骆修看着他的眼神凉飕飕的。

小助理：“这真不能怪我啊，老板，您这死忠粉可不是开玩笑的，每个月都能往公司寄一大箱子保健品和礼物什么的，而且也是您自己不收，都让我们扔公司搁着的。”

骆修的眼睫轻颤了一下：“很多？”

“岂止是很多，那是特别特别特别多！”小助理双手一比画，比量了个夸张的小山造型，“这囤了将近两年的礼物，我看差不多能堆满小半个20平方米的仓库了。”

骆修眼底的阴影更深。

小助理半开玩笑地说完，才发现他们老板的情绪不太对。

观察几秒后，他小心翼翼地问：“骆哥，怎么了？您突然问起这些事是……？”

骆修敛眸，神色也恢复如常：“其他礼物等我回去核查，那条围巾……让他们找出来吧。”

小助理受惊地抬头，“您要围巾就算了，还要自己回去看那些礼物？？”

“嗯，不可以吗？”

“可以当然是可以的，但这……这……这不是您的作风啊，您之前不是一直对那些礼物不管不问的吗？”

骆修没理他，拎起衣架上挂着的外套朝门外走去。

小助理突然想到什么，表情复杂地追了上去：“难道骆哥你是为了报复顾编剧脚踏两条船，所以决定自己也同时踏两条？”

骆修难得地被噎着。

走过去好几秒，他才回头，以一种难以言喻的情绪望着小助理："你的大脑是什么构造？"

小助理无辜地问："我这不是合理推测吗？除了这个，难道还有什么更可能的原因吗？"

骆修原本懒得给他解释，但抬脚之前，不知为何停顿了下，还是开口了："她是顾念。"

小助理茫然："啊？"

"盲枝，"骆修顿了顿，换了更严谨的措辞，"她可能就是顾念。"

开车时不敢走神，尤其是山区里的盘山公路，一个不小心可能就要出大事，所以小助理憋了一路。在他感觉自己都要被憋出心理问题的时候，他们才终于进了拍摄基地的停车场。

停下车后，他第一件事就是扒着车座回头："骆哥，我求求您给我个痛快，别折磨我了！盲枝她怎么可能是顾念？不对，应该说顾念她怎么可能是盲枝呢？！"

后座里闭目休息的骆修睁眼，神色淡然："我如果不说，你今天就要缠问一天？"

小助理撇了撇嘴："我尽量不，但我恐怕忍不住。"

为了避免朱涵宇"打草惊蛇"，骆修最后还是把那天在会议室外的走廊上发生的对话简单说给了朱涵宇听。

小助理听了以后明显长松了口气，也有点儿大失所望的意思："就因为'天使'那一个称呼啊？"

骆修抬眼。

小助理纠结了下："不是，老板您完全不关心圈里也不追星可能不懂，这明星粉圈里，说这种话的女孩子那真是密密麻麻人山人海的，她们夸起自家'爱豆'来，那什么天使、神仙乱七八糟的称呼可都太正常了！"

"很常见？"

"特别特别常见！"

"嗯。"

骆修敷衍了一声，已经自己拉开门下了车。

小助理呆了一下，连忙拔钥匙下车遥控锁车然后追上去，一边追一边问："哎，骆哥，你那反应，你这到底是信了还是没信啊？"

这回一直追到片场里，朱涵宇都没能得到骆修的答案。

在他们去到拍摄区之前，导演组先遣了个场务过来："骆先生，耿导和林导请您去导演组办公室一趟。"

"现在？"

骆修放下手里的外套，没抬眼地问。

“对，”场务应声，“耿导说是关于您最后一场合作镜头的事情，请您尽快过去一趟。”

骆修顿了顿，须臾后抬眸：“除了我，还通知过别人吗？”

场务愣了下，然后诚实地回答：“还有编剧小组的顾编剧。”

骆修没说话，嘴角轻勾了起来。

与此同时，导演组办公室里。

顾念蔫蔫地站在沙发边上，声音困得发懒：“林导您有话就直接说吧，我后面还有事呢，真没工夫过来听您唠嗑。”

林副导抱着他的大茶缸，笑眯眯地道：“哎呀，瞧你们年轻人的急性子，着什么急嘛。再说了，这剧本分镜都快拍完了，后续宣传什么的荣誉什么的……反正挂名编剧也不是你们编剧小组，你还能有什么事情？”

这无声的刀子捅得又狠又深，可惜沙发旁边的小姑娘听见了跟没听见一个样，依旧是一副没睡醒似的架势。

顾念因为心里还记挂着对林副导这种老长辈的尊重才忍住了没打哈欠。

“我是真的有事。这周二有人在剧组里传一些谣言，我捋了将近一整周，才终于确定罪魁祸首，必须查实处理。”

“谣言？”林副导捧着茶缸停顿了下道，“哦，就是说骆修暗恋你那个是吧？”

即便时隔将近一周，再次直接听见这句话还是让顾念表情一僵。

停顿了几秒，顾念严肃地抬头：“您用‘谣言’代指它就够了，不用直接复述。”

林副导失笑道：“怎么，被骆修暗恋，还委屈你啦？”

顾念更严肃地说：“这是对骆修先生……和对我的双重中伤。”

“嗯，这要是假的，那确实挺损的。”

“当然是假的！”

顾念一秒充电完毕，眼神变得奶凶。

林副导被她突然提起来的精神吓得手里一抖茶叶都晃到大茶缸的边上了，水也溅出几滴到桌上。

林副导无奈地抬头：“行了，行了，知道你有男朋友，名声很重要，也不用有这么大的反应。”

顾念想辩解，但还是忍下了：“反正不管为了谁，这件事必须澄清！”

林副导笑道：“骆修都不急呢，看把你急的。”

“他越不急我越急……”

“什么？”

“没什么。”顾念蔫了回去，“您还有别的事情吗？没事我真的要去找那个最早传谣的人了……”剧都快拍完了，留给她澄清的时间都不多了。

“你再等等。”

“您到底是让我等什——”

顾念话没说完，她身后的办公室门被人叩响了。

林副导仰脖提声道："进！"

房门被打开，一个温润熟悉的好听声音响在还没来得及回头的顾念身后："林导演。"

"骆修来了啊，快进、快进。"

不同于对顾念，看到骆修后，林副导脸上的表情立刻变得无比热情，跟戴了张画好的面具似的。

顾念回神，惊讶地转身："骆修先生，你怎么也……"说到一半，顾念转向林副导，露出警惕而提防的表情。

林副导转回身就撞见了这表情，觉得好气又好笑："你那是什么反应？我还能把你论斤卖了啊？"

顾念没说话。

林副导也没和她掰扯，放下手里的大茶缸，清了清嗓："其实叫你俩来的原因特别简单，就最后一个分镜拍摄方面的事情。"

顾念明显神色一松。

等了两秒，见林副导又不说话了，顾念头疼地道："您就别卖关子了，我真的着急去堵人呢。"

林副导从善如流，语速飞快地说："最后一场，云昙和丁乔的吻戏还是顾念你作为替身上，没问题吧？"

"好。"顾念想都没想就接了话。

房间里死寂数秒。

顾念陡然惊醒："……"

什么戏？

大脑反应过来的第一时间，顾念惊恐地看向林副导，脱口而出："这可万万使不得！"

林副导望着如临大敌、神色严肃的顾念，"扑哧"一声笑了出来："虽然确实有点儿难为你，但你也不用做出这样的反应吧？"

顾念着急："这是难为不难为的问题吗？"

林副导："不然是什么问题？"

顾念："这是——"

这当然是涉嫌有违"伦理道德"的大事情！

但顾念已经被"吻戏"两个字吓得完全清醒，困意全无，即便此时再慌张，也还记得这话肯定不能在骆修面前说的。

所以顾念纠结数秒，垂下眼："真的不行。"

"为什么啊？"林副导抱着他的大茶缸，笑眯眯地跟个没他一半年龄的小姑娘耍无赖，"我们也没逼你，你说你刚刚都自己答应了，才几秒钟就突然反悔，这不好吧？”

“我不是反悔，是刚刚没听……”

顾念辩解到中途回过神，没精打采地看着林副导：“分明就是您故意给我设套。”

林副导无辜地说：“你可不能随便冤枉人，骆修还在你后边站着呢，他能替我做证。”

顾念想回头看骆修的反应，但身体转到一半，又不知道因为什么停下来了。

小姑娘这几秒里的犹豫情绪和神色变化被林副导尽收眼底，他拿茶缸挡着，低头吹茶叶的时候笑了笑。

“再说，上回让你做宗诗忆的替身，你不也答应了，还不表现得挺好的吗？”

顾念回过神，偷偷磨了磨牙，面上仍旧绷着没表情：“吻戏能一样吗？”

“都是宗诗忆不想接的亲密戏，有什么不一样？”

顾念皱眉，想了起来：“宗诗忆又拒绝了？”

林副导装模作样地叹气：“我们也没办法，这女主角无论如何都不配合，宁可装病都不出演，你说我们能怎么办？你要实在不答应嘛，那就……”

顾念立刻抬头，听林副导的主意。

然后她就见林副导笑得不怀好意地瞥了她一眼：“那就……把这场戏删掉？”

顾念想都没想，脸色肃穆地道：“不行！”

林副导：“怎么？”

顾念：“这段戏不能删，这一整段是对云昙这个角色的最终诠释，只有有了这一段镜头，这个人物才是圆满的！怎么可以删这么重要的戏份？！”

林副导摊手：“我们这不是没有别的办法吗？”

导演组故技重施，顾念已经看出来了，但又如他们所料，她非常重视骆修在云昙这个角色上的戏份……

顾念为难地停住。

林副导见小姑娘左右两难的反应，心里估摸着火候差不多了，放下手里的大茶缸：“你要是实在不乐意，耿导也说了，这场吻戏可以拍借位。”

顾念蓦地抬头：借位吻戏……

虽然也是吻戏，但至少没有本质上的接触，就只是把两人之间隔着的空气从很厚变成有点儿薄，其实和平常的近距离见面、交谈也没什么区别……而已！

努力在心里说服了自己一百八十遍，又把企图冒头加入讨论的良心死死摁下去后，顾念抬头道：“好，那我答应。”

林副导差点儿乐出声。

关键时候他忍住了，还非常找事地憋了个坏，站起来笑眯眯地问顾念：“上次那个替身戏你答应得挺痛快的，怎么这次就这么为难啊？”

顾念：“我上次哪有很痛快……”

林副导置若罔闻，瞥了一眼顾念身后房间里一直反应淡淡、眉眼带笑的男人，才小声问：“别的戏可以，吻戏不能，这么说起来怎么好像你也怪嫌弃骆修的？”

顾念慌了：“我不是，我没有，您别胡说！”

背着骆修，顾念的手在面前很努力地拼命摇摆，试图让林副导“悬崖勒马”。

又不是自家的马，林副导显然一副看热闹不怕事大的心态，不但没勒，还给马屁股上来了一巴掌。

“难道不是吗？哦，这么说起来，上次坐腿的戏份你就不太想接，是吧？”

导演组是不是要趁剧组杀青前，把之前在她这儿受的憋屈全还回来？

见顾念不给反应，林副导笑眯眯地抬了抬眼，佯做要和骆修搭话的动作。

这回顾念不敢再给他开口机会了，立刻说：“是我的个人原因！”

林副导：“嗯？”

顾念：“因……因为……”

林副导：“因为什么？”

顾念：“因为我有男朋友，当然不好随便接吻戏，替身戏也不好！”

万不得已，顾念只能再次把自己的那位万金油——不存在的男朋友拉出来挡枪了。

林副导像煞有介事地点头：“原来是因为这个。”

顾念心虚：“对啊，还能因为什么？我都有男朋友了，又不是专业演员，接吻戏这种事情，嗯，男朋友知道了肯定会不高兴。”

林副导：“不错啊，你还挺有原则，对你的男朋友也挺好。”

顾念：“嗯，我对我男朋友最好了！”

林副导忍着笑，眼皮微抬，视线落到顾念身后。

站在那儿的男人依旧一动未动，旁边的旧式窗户外长着高大的不明品种的树，叶子被风吹得摇曳，投在他浅色衬衣上的影儿像波浪似的交叠起伏。

那双褐色眸子半遮在薄薄的镜片后，半明半暗，让人看不清眼眸深处真实的情绪。

某一秒，男人似乎察觉了他的注视，慢条斯理地抬起眼。男人朝他淡淡一笑，颔首。

林副导僵住。

他那点儿看热闹的心思好像一两秒内全盘暴露在男人的眼皮子底下。

是个人都最讨厌这样的眼神，好像居高临下的俯视，带着某种冷漠的睥睨，以及让人在这盛夏里背脊生凉的漠然。

林副导一把年纪，还是第一次被一个年轻人这样望着。他本能地有些不悦，但很快就想起这个人身后越发重了的阴影。

那可是个庞然大物啊，至少他……不对，至少这整个剧组所有人加起来，也不敢去招惹。

这么一尊“大佛”被请进剧组里，他单往这办公室内一站，这大夏天里他就自带清凉效果。

林副导没敢继续拱火看热闹，稍稍正色道：“顾编剧没问题，那骆先生？”

随着林副导身前的小姑娘也转身望回来，骆修敛眸，压了眼底的情绪：“我没关系。”

“那就好，那这件事就这么定了。你们回片场准备吧。”

从办公室出来，走了一两米，顾念就带着纠结的表情跑到了骆修身旁。

“骆修先生，你千万不要误会。”

骆修回身：“误会什么？”

顾念认真地道：“我真的……真的，完全没有一点点嫌弃你的意思。”

骆修点头：“我知道。”

“啊？”

顾念还憋了一大段解释、取信他的话，没想到骆修这么轻飘飘地就应了。

她错愕地抬头，去看骆修的眼。

可惜不等她看到，那人侧身转回去了，声音淡淡地道：“你一向很爱自己的男朋友，不想他误会……我听到了。”

顾念心虚地点头：“对，骆修先生你不知道，我男朋友的醋性可大了。”

骆修：“可以理解。”

“嗯，骆修先生不会误会就好。”

话虽这样说，但顾念莫名觉得，骆修语气里的温度不知原因地……降了下来，而且大有越降越低的趋势。

所以宝贝“鹅子”到底还是觉得她嫌弃他了吗？

呜呜呜……她真的没有。

“鹅子”你要相信妈妈，妈妈不是不爱你，但是那样是不道德的！

我们不可以啊！

“刚刚进去后，你说有事情急着去做？”骆修突然的话音叫回了顾念的思绪。

顾念醒神，蓦地抬眸：“啊对，是有件事，必须得在剧组杀青之前解决掉，不然就来不及了。”

看着小姑娘一秒从颓丧进化到奶凶的模样，骆修眼底的凉意也淡了许多。

知道她这几天私下里都在剧组忙什么，但骆修还是装作不知地问：“是什么事情？”

顾念为难了两秒，坦诚道：“就是之前剧组里的流言。”

骆修似了然，点头道：“是说，我暗恋你那件事？”

顾念泪流满面。

“鹅子”，你怎么能把这么惊悚的事情说得这么云淡风轻呢？

骆修回过头，眼神温润地朝顾念笑笑：“只是流言，不管应该也没什么关系。”

“那不行！”

“为什么？”骆修似乎笑得更温和了，“你是怕你那位醋性很大的男朋友听到了会吃醋吗？”

“啊？”话题转得突然，顾念差点儿没接住，“哦对，这只是一方面。主要还是骆修先生。”

“嗯？”

顾念决定严肃教育一下这个进了圈还这么单纯天真傻白甜的宝贝“鹅子”，以免日后他因为太过单纯天真傻白甜，再被人坑了。

“骆修先生，在我们这个圈里，流言非常可怕，它是可以杀人的。尤其是以舆论风向为凭仗的流言，它可以肆无忌惮地歪曲事实。那些制造者，可以扯着正义的大旗做挡箭牌，可以倚仗法不责众而不计后果、无所畏惧，尽可能释放发泄他们最大的恶意。

“它能在你的生活里无孔不入，能轻易毁了你一切的认知和社会关系。想要保护你的人同样会成为他们目标，想要中立判断的理智者也会被指责而只能藏匿消失，最后只剩下铺天盖地的恶意。

“到了那时候……”

顾念慢慢呼出一口气。

她眼底深处好像藏着某种难言的阴影，但很快就消失不见了。

顾念抬头：“到了那时候，想毁掉一个人，比打碎一个杯子都容易。”

骆修眼神微深。

顾念醒回神后，恢复了平常神色，有点儿不好意思地问：“我是不是说得太多了？”

“没有，只是觉得，”骆修垂了垂眼，“你像是在讲自己亲身经历过的事情一样。”

顾念身影一僵。

须臾后，她弯下眼笑起来：“怎么会？我只是一个小编剧而已，还没资格经历那种程度的恶意呢。”

“是吗？”

“嗯，只是在圈里多待两年，难免看惯了不少不顾事实真相的戕害、假正义。”

“所以啊，”顾念垂下眼，话题被她木着脸拽了回来，“这个人传这种谣言，背后一定有他的目的，而这个目的很可能起源于对骆修先生你的敌意。所以在事态发展得更严重之前，我们必须找到根源，肃清问题。”

“那如果不是谣言呢？”

“啊？”

顾念还沉浸在对敌气氛里，没回过神，茫然转头。

她对上了一双褐色的、隐有深意的眸子，骆修继续问道：“如果传言是真的，那怎么办？”

第七章　恶龙真面目

有那么一两秒，顾念仿佛能听见自己大脑突然停摆、运转齿轮卡住时发出的“嘎吱嘎吱”的摩擦声，正常的思考能力被碾成渣，碎了一地。

顾念全凭本能地茫然发问：“什么？……传言是真的？”

骆修眼神微动。

最近两天他花时间把整本《养鹅日常》细细地翻看过一遍，觉得如果那个盲枝就是眼前的顾念，那么时间线、职业生活习惯似乎都能够和她契合。

而如果真是这样，那从最开始，他以为她是为了故意接近他而设下单方面偶遇的局，就全是他自作多情的误解。

她没骗过他，更没打算蓄意勾引。除了男友方面唯一的自相矛盾，她对他的全部情感始终如一，没有丝毫他们揣测的恶意。

尽管那种情感他不能理解，但如果这是表里如一的她，那他才是自始至终一直想拉着她走横跨在悬崖间的钢丝线的那个“违规者”。

这样的违规，会吓到真正的她，就像此刻一样。

骆修慢慢垂下眼，温和的笑遮掩了他眼底真实的情绪：“我只是想，很多正义要依靠舆论的力量才能到来，不是亲身经历就很难对传言的真假进行判断，如果人人因无法分辨而漠视，那真正的正义又会被埋葬。所以如果传言是真的，那怎么办？”

顾念僵住的思维解冻。

到骆修将问题重复抛出时，她长松了口气：“原来骆修先生是在问这个。”

“不然，你以为？”

“嗯，没什么。”

顾念勾起指尖，不好意思地蹭了下发热的脸颊，心里暗暗怪自己居心不良意图不轨，居然把宝贝“鹅子”的意思理解去了那么奇奇怪怪的方向。

自责之后，顾念也回过神，点头：“骆修先生说得确实没错，不是亲身经历，很难判断真假。所以媒体的引导作用也就格外重要，那些为了博取眼球获得关注、不顾新闻人底线杜撰捏造、未经考察的不实报道，才是真正的罪魁祸首……”

话题直奔一本正经的讨论方向后，两人并肩从导演组办公室外的走廊里离开了。

走廊尽头的脚步声消失后，虚掩的办公室门被打开，捧着茶缸的林副导笑呵呵地走出来。

他背后还有个人——之前一直待在办公室里间装不在的正导演，耿宏毓。

林副导收回目光，笑着说：“耿导，我说得没错吧？”

耿宏毓皱着眉没说话。

林副导：“这骆大少爷都快图穷匕见了，现在也就顾念自己当局者迷了。”

耿宏毓：“真是他？”

林副导：“基本确定了，不会错。”

“但进组前完全没消息。”

“他们这背景，藏自己的身份还不简单？”

“那现在你又怎么能确定了？”

“嘿，”林副导把茶缸换了只手拿着，乐了，“还能怎么？人家自己为了行动方便，不想藏了呗。”

见耿宏毓不答，林副导也无奈了：“您还不信哪？”

“如果真是他，违意进组不该；喜欢这么一个小姑娘，更不该。”

“喜欢这事只有撞没撞上，哪有什么该不该的？您拍了几个情情爱爱的剧本，也见识了圈里不少不能告人的关系，不该不信这点吧？”

耿宏毓轻皱了下眉，又看了一眼两人离开的方向，然后才转回来，看神色是信了八九分，但还不太服输地问：“那他们两个这是拿的什么剧本？”

“他们啊？小顾遇上别的事古灵精怪的，这事上我看白瞎。至于那位大少爷，要是小顾没有男朋友，那为了钓美人鱼上钩，三十六计他估计能给小顾来一套全活的；要是有，那就是……”

耿宏毓挑了挑眉，问：“有就是什么？”

林副导摸着搪瓷茶缸粗糙里又透着细腻的质感，古怪地笑了声：“横刀夺爱吧。”

顾念到达片场前，造型组已经收到导演组的通知，整装待命。顾念这边刚进拍摄片场，就被宗诗忆那边的化妆师直接拎去做“丁乔”的造型准备。

给宗诗忆这位女主角做造型的化妆师自然也是剧组里最大牌的，平常看起来凶巴巴的，很不好惹。

顾念平常基本素颜出门，最不习惯全妆厚妆，眼见着化妆师拿上全套的大化妆箱上来，试图挣扎了一下。

“我只是替身，应该不需要这么重的……”

“你今天的替身镜头里会有半遮脸的借位吻戏，到时候侧机位对上来，万一妆容不到位露了馅谁来负责？”

顾念最怕这种和林南天性格相似的人，刚上来就蔫了，没吱声。

“年纪轻轻的，仗着底子好，一点儿都不知道好好保养皮肤，不化妆出门也就算了，你看看你这黑眼圈！”

顾念小声解释：“我是吃编剧这口饭，不是演员来着。”

“这跟你的职业有什么关系？！熬夜伤血、伤气还伤根，脸上露出来的这点儿比起身体里埋下的祸根都是小事！”

没几句话，顾念就被这位哥特风眼影的化妆师训得跟只鹌鹑似的，乖乖缩在化妆椅里，一声都不敢吭了。

等化妆结束，她靠在椅背里已经困得眼睛都睁不开了，还时不时点头。

助理化妆师要叫醒她，化妆师拿粉刷握柄抵开了助理的手，一边亲自收起他宝贝似的化妆用具，一边嫌弃得眼都不抬：“让她睡会儿吧，看着别蹭了妆。导演组从哪儿挖来的小编剧？不知道的以为我们这儿旧社会奴隶制呢，跟三天没睡过觉似的。”

助理化妆师忍不住笑：“小顾编剧是不是很讨人喜欢？我上次就跟您说，您还不信，以为她要手段拿的替身位置——您看，不可能的吧？”

化妆师哼了声：“少说话多做事，收你的尾。”

助理化妆师吐了吐舌头，刚准备跑一边去，突然想起什么：“哦对，您见着梅佳亭了吗？”

“谁？”

“就那个女四号，丁老师给化妆的那个。”

“我见她干吗？”

“不是……顾念进来前拉着我念叨一定要让我盯着，说那个梅佳亭一来化妆组就赶紧跟她说。”

“怎么，她们有仇啊？”

化妆师只是随口毒舌，没想到助理化妆师认真点了点头：“我看是，小顾编剧这么没脾气的人，说起梅佳亭的时候可严肃了，眼神都是带火的。”

化妆师停下动作，皱起鼻尖嫌弃地想了想：“就是那个走哪儿都带着她的限量版 Gucci 手包的吧？化妆位应该就排在她后面，按她这个睡相，错不过。”

“好嘞。那我盯着，回头等小顾编剧醒了我就跟她说。”

“嗯。”

“哎，等等。”

助理化妆师准备走了，又被叫住，然后就见她老大再次摆出嫌弃的神色道：“跟她说，骂战可以，打架不行，要打也等拍完镜头打，省得还要我给补妆。”

小化妆师失笑道：“好的、好的。”

顾念这一觉一直睡到被助理化妆师偷偷挠醒。

她还没睁眼，就听见个声音在旁边小声嘀咕：“哎，顾念别睡了，梅佳亭都要走了，你快点儿。”

顾念在梦里咕哝：“没家庭？谁没家……”

梅佳亭！

她在剧组挖了三天才终于找到的那个谣言的制造者！

顾念陡然清醒，从化妆椅前蓦地直起身。

旁边假装拔插座的助理化妆师被吓了一跳，半蹲着斜歪起头看她：“你可别弄花了妆啊，我们老大拿化妆箱砸人的架势最恐怖了，能追着你绕剧场三百圈不分男女的那种。”

顾念的气焰立刻自动收敛三分。

她温柔又僵硬地拨了拨耳边垂下的细心打理过的长发，张口喊住了从里面那个化妆椅前起身，就要离开的女四号演员梅佳亭。

对方听见声音，回过头来。

仔细看了看才发现是顾念后，梅佳亭的表情顿时有点儿不自在，但还是笑着的：“顾编剧有事吗？”

“嗯，有点儿私事想和你聊聊。”顾念朝她招招手，“我们去休息间说。”

顾念是刚睡醒，神志不清，虽然难得的全妆把她勾得五官精致无瑕，可惜她全无表情，明明垂着温柔似水的长发，但配上那耷着的眼角、乌黑微暗的瞳，愣是透出一股子小太妹的架势，不过是穿着乖乖过膝学生裙还梳着长马尾的那种。

也不怪梅佳亭僵在原地，听了话好几秒都一动没动。

助理化妆师还蹲着，拽了拽顾念的裤脚，小声提醒：“太凶了。”

“是吗？”顾念也小声回。

正在顾念用还没完全脱离梦境的大脑思考该怎样顺利请君入瓮的时候，梅佳亭动了。

她摇着那在剧组里没少受人称赞的水蛇腰走过来：“好，顾编剧有什么想跟我聊的，我们尽快些吧，免得耽误了拍摄进程。”

“嗯。”

顾念随对方反客为主，走在后面到了化妆间里面的休息间门口。

梅佳亭脸上盈盈的笑，是在她推开门迈进去，然后抬头的那一秒僵在脸上的。

休息间斜对门口的长沙发里，穿着休闲衬衣、长裤的男人半低着眼，闻声抬头。

两人四目相交。

男人没有半点儿意外，轻晃的金丝链旁，薄唇浅浅一勾。

梅佳亭手指僵在门把手上，后背没来由地一寒。

就在此时，她身后传来个疑惑的声音：“梅小姐？”

梅佳亭低下头，匆匆进去。

顾念跟进来，然后也愣了下：“骆修先生，你怎么在这儿？你什么时候……进来的？”

她回头看了一眼身后。

休息间在化妆间的里面，谁要进来必须经过化妆间，可她刚刚一直在外面的化妆椅上，没见骆修进来。

除非……

“你还在椅子里睡午觉的时候，片场里人多嘈杂，我就躲到这儿来了。”骆修淡淡一笑，给她解了惑。

嗐。

希望自己睡觉时候没流口水，不然她在宝贝“鹅子”心里的伟大形象就毁于一旦了。

顾念心虚地进来，随即才想起个严肃的问题：接下来她要和梅佳亭谈的事情，虽然骆修就是另一位当事人，但她没想让他也在场来着。

这要怎么办?

骆修放下手里的杂志，从沙发前起身。长裤拉起笔直凌厉的裤线，他走到顾念身旁：“你们有话要聊，我在不方便吧？”

顾念犹豫了下，到底没忍心“赶”宝贝“鹅子”出去，只得无奈地说：“我们要谈的事情原本也和骆修先生你有关系，你不用避嫌。”

骆修似有些意外：“什么事情？”

顾念回眸，看向梅佳亭。

女人不知何时靠着墙边，离房间里的沙发远远的，低着头没说话，与方才进来时的反客为主和从容大不相同。

顾念没多想，只以为她是面对两位当事人做贼心虚。

顾念在心里叹气，眼角垂下：“她就是最早传出流言的人。”

骆修问：“什么流言？”

顾念一噎。

几秒后她无奈地侧了侧身，站到骆修和梅佳亭之间，背对着梅佳亭朝骆修做口型：“就是我们之前谈到的那个。”

骆修点头：“这样吗？”

顾念感到挫败地望着宝贝“鹅子”淡然处之的反应。

圈里怎么会有宝贝“鹅子”这样单纯得像朵剔透无瑕的小白花似的人？这样的人以后在圈里成了名，真的不会被人欺负死吗?

老母亲越想越忧愁。

宝贝“鹅子”不争气，她只能自己上了。

顾念转过身，神色也变得肃穆正经起来：“梅小姐，我想你应该知道，我为什么找你进来吧？”

梅佳亭揪着手没说话，脸色有些难看。

顾念朝她走近：“由你传开的那个流言，在剧组里已经越传越广，我不知道你是怎么做到让这个消息短短几天内散播开的——”

“我没有，”梅佳亭急忙抬头辩解，“我只是……只是那天晚上喝多了，没忍住说出去的，第二天我就后悔了，往回收都来不及，怎么会去推波助澜让它传开呢？！”

“我姑且相信你，毕竟结果已经造成，追溯过程无用。”

“那你找我是……？”

“首先，剧组里很多人已经知道这是你传出来的消息。我希望你为自己的行为负责，承认你是因为私人恩怨传播了谣言，然后道歉。”

梅佳亭咬了咬嘴唇，有点儿委屈。

但她又不得不承认，那天她确实是勾搭骆修被婉拒，又听见骆修那句暧昧不明的话，为了泄私愤才报复性地把这件事传出去的。

她只是真的没想到，事情会传得这么开，闹得这么大。

如果骆修不是暂时只在组内小有名气的新人，而是什么一二线的当红小生，那后果……

梅佳亭想想都觉得可怕。

何况骆修成为一二线当红小生，还很可能就在不远的未来实现。

所以梅佳亭委屈了几秒就明白，即便是为了她自己，这个流言也得在此刻影响最小的时候被澄清。

梅佳亭攥着手指用力点了点头：“我会的。”

“还有第二件，”顾念的眼神冷了点儿，“我希望你告诉我，这件事背后到底是谁在捣鬼？”

“什么？”

顾念：“你和我们没有私人恩怨，也没有利益冲突，我认为你没有什么必要这样不遗余力地给彼此挖坑。就像你说的，推波助澜的人不是你，这点我相信。所以我想知道，最初是谁授意你这样散播谣言的？”

“没有人授意我……”梅佳亭僵了下。

在茫然抬头的这一秒，隔着纤弱的小姑娘的身影，她的视线停留在顾念身后一两米外，半靠着门边墙壁倦懒垂眸的男人。

似乎察觉了她的目光，男人镜片后细密的睫毛微微抬起，一双温润却冷淡的褐色眸子凝视着她。

须臾，那人温润一笑。

“说不定，是我先暗恋她的？”

那冰凉的声音仿佛还在耳边，那时听得入骨酥麻，此刻梅佳亭却感觉通体生寒。

他是故意的！

他猜到了她会如何做，所以才把那句似是而非的话，在只剩她一人在他旁边时就那样“不设防”地说给了她听！

“梅小姐？”

梅佳亭猛然回神，眼神重新聚焦，就见顾念正不解地看着她：“你这样看我干什么？”

梅佳亭：“我没有看你！我——”

梅佳亭的声音戛然而止。

在这一秒里，她想起她们进来骆修就在这儿等候多时而顾念意外的反应，以及他刻意起身装作离开，走到顾念身后，借一个明知故问就让顾念回身站到两人中间，所以直到此刻，顾念都以为自己是在看她，对她身后那个人没有半点儿怀疑。

这男人步步为营，运筹帷幄。

梅佳亭慢慢低下头，在这个燥热的夏日里，打了个哆嗦。

她还以为自己是阴错阳差成了这场谣言的制造者，可原来她还是高估自己了。

她不过是那个男人手里一颗随取随用的棋子。

在那场 party 之前，这个男人应该见都未曾见过她，半晚的纠缠和攀谈，就让她陷进了这个局里，而且是没有选择的局。

她猜他有一千种方法进退得宜，撇清自己，就算她歇斯底里，除了毁了她自己不会有任何别的结局。

梅佳亭不甘心，但又不敢不甘心，握紧的手指松开，声音低得无力："抱歉，顾编剧。"

"嗯？"顾念不解。

梅佳亭："这件事就是我一个人说的，和别人没关系。"

梅佳亭紧攥着拳，僵着身体迈开步子，走过顾念身旁时说："谣言我会澄清道歉，顾编剧不用担心。是我不满骆先生的拒绝，又恰好见两位当晚一起出现，所以酒醉后不经大脑地编出这样的话……没人要害骆先生。"

话音落地时，梅佳亭正停在骆修身旁。

对她的话和反应，男人全程置身事外，好像真的半点儿不知道，和他没半点儿干系。

而且直至此刻，他也只是微微侧身，笑意温柔地让出通路。

温柔……温柔个屁。

这种毒蛇猛兽恶龙魔王级别的存在，所有人都是瞎了眼，才真当他良善可欺。

梅佳亭眼神微颤地避开另一个视线，看都没敢再看那人一眼，脚下生风地快步走了出去。

"哎——"顾念回过神，下意识地往前追了两步。

"不用追了。"骆修侧回身，视线落到跑过来的女孩身上，眼底那点儿凉薄的笑意落到实处。

他把微翘起的眼角轻压下去："她不是已经道歉，也答应要澄清了？"

顾念遗憾地停住脚："可我还没问出罪魁祸首。"

"那个她好像也说了。"

"她说你就信啊？骆修先生你可不能这么单纯。"顾念叹气，"我总觉得这件事没那么简单，就是没想到她会这么力保幕后主使……难道是和她关系亲密、利害相关的人？"

"不要想那么多。"

"啊？"

顾念抬头，还没来得及看清男人的神色，就感觉头顶被人轻轻摸了摸，低下来的声音很好听：“想多了是容易秃头的，顾念。”

顾念蒙住，前一秒是因为再次被宝贝“鹅子”摸头杀的事实，下一刻就是因那个称呼了。

骆修对她直呼其名，在今天之前只有一次，就是他生日那天在717房间里，他用带着微凉的语气打断她的臆测。

而今天和那时不同，这一声“顾念”……温柔得仿佛刻骨。

没有任何缘由，大脑一片空白的顾念感觉自己的两颊飞快地灼烫，理智也只来得及惨叫一声，就被烧成了飞灰。

顾念在一片空白里茫茫然地想：对哦，是从哪一次、哪一刻起，他好像再也没有称呼过她“顾小姐”了。

那人的手拿开了。

那个声音低低的，似乎就在耳边，温柔如旧：“快到拍摄时间了，跟我出去吧？”

“好。”

顾念像个提线木偶似的，由骆修牵着，从休息间走出去，迎面对上两张熟悉的面孔。

那两人目光落在骆修隔着薄薄的衬衣握着顾念的手腕的修长手指上，同时顿住，然后一起表情扭曲。

顾念在烧成灰烬的理智灰堆找到残存时，然后恍惚想起来，这是剧组的大牌化妆师，还有他的助理化妆师。

助理化妆师是神色惊恐。

大牌化妆师则在表情扭曲到一个极致后，怒吼一声冲了过来：“不是说头可断、发型妆容不能乱吗？谁？谁碰她的头发了？”

空气死寂了数秒。

顾念陡然回神，立刻挣开骆修的手，惊慌地抬眼看向骆修。

骆修细长的眼睫轻颤了下。

他侧过身，视线扫过空落落的手掌时一点儿阴影出现在瞳孔深处，再抬眼时笑得温和歉意。

“抱歉，我提前入戏了。”

拍摄片场旁的演员临时休息区里，顾念抱着手里的剧本，看着拍摄区中间的两道身影，一边看一边魂游天外。

场中的两人是骆修和宗诗忆，他们将要拍云昙和丁乔的最后一段对手戏的分镜，不过会省略中间半分钟左右的亲密戏。

那段自然就是被宗诗忆拒绝的要顾念作为替身上场的戏了。

这里的分镜已经临近整个《有妖》剧本的结局。

此时的丁乔在经历了一场生死劫后终于恢复前世记忆，而男主妄无涯为了度她化劫身陷险境，命悬一线。

在这个时候，已经入魔的云昙出现，为了阻止丁乔不顾生死地去救妄无涯，将丁乔带进深山中他的居处“软禁”起来了。

这里将爆发两人的最后一场对手戏，并以云昙最终选择退出、成全两人为结局。

此时拍摄还未正式开始，耿宏毓正皱着眉给两人讲戏。离得太远，顾念听不分明讲了什么。

事实上顾念也没在听。

“想什么呢？”

“我在想……他到底是从什么时候开始，再也没称呼我顾小——？”

顾念梦游似的声音一顿，她警觉地回头，对上了林副导笑眯眯的眼睛。

顾念垂下眼，无奈地道：“您怎么总是神出鬼没的？”

“明明是你自己看帅哥看入迷了，还诬赖我？”

“我哪有看帅哥看入迷？”

“喏，”林副导朝场中抬了抬下巴，“他不算吗？”

顾念回眸。

在最后一场戏里，云昙带丁乔离开俗世回到深山，也恢复了他在前一世的妆容。

唯独不同的是，鸦羽长发已经由原本的夹着一绺白，变成现在的如雪落满头。

头发明明是最极致的干净颜色，却被额心那朵细笔勾勒出来的血红优昙花衬着，白得妖冶惊心。

优昙花下，清俊面庞上的五官更是被浅妆雕琢得胜雪似玉，淡色的薄唇美得勾人欲吻。

“又看入迷了？”

顾念被那个打趣的声音叫回神，垂着眼皮答：“刚刚确实是，但您过来之前我是在思考问题。”

“哎，看帅哥有什么不好意思承认的？”

“我没……”

林副导当没听见，视线落过去，呵呵地笑：“骆修确实了不得啊，带着这个妆发造型一出来，组里一多半的小姑娘被他勾得魂不守舍的。”

顾念与有荣焉，骄傲地仰了仰头：“那当然了，我儿……骆修先生就是最帅的。”

“哟，这么喜欢他？”

顾念不想和这位老狐狸副导演研究“喜欢”的种类和区别，眨眨眼就当把这话从眼皮子底下扫掉了。

“您找我有什么正事吗？”

“正事”两个字被小姑娘咬了重音。

林副导没计较：“我来确认一下你这边的准备情况啊。宗诗忆这段戏一结束，你就得立刻顶上了，可别上去以后还盯着人发呆，那耿导非骂你不可。”

“我才不会。”

“剧本背熟了吗？”

“那段本来就没几句台词，又是我写的剧本，您也太小瞧我了。”

“谁说只让你背那段了？前面也得一起。”林副导板起脸，“前面的台词不背，那你怎么酝酿得出那里丁乔的情绪？”

“我就是个正脸镜头都没的小替身，还需要 100% 发挥演技吗？”

“那必须啊，耿导的要求多严格，你没印象了吗？”

上次被摁进宝贝“鹅子”怀里的阴影至今挥之不去，偶尔午夜梦回她还会叩问她那颗老母亲般的心，怎么可能没印象？

腹诽完，顾念垂着眼点了点头：“前面的我也记得，您放心吧。”

“真的？”林副导看起来并不信任她。

“嗯。”顾念面无表情地应了，抬头看向场中。这会儿拍摄已经开始。

想要逃跑的丁乔被云昙堵在他的山中洞府里。那道修长挺拔的身影着一身长袍，披着如雪华发，只可惜背对着她们这边，顾念看不清正面，也听不清台词。

顾念歪了歪身，靠到旁边椅子的扶手上，懒懒地手撑着脸颊，面无表情地棒读着云昙的台词：“无论前世今生，我似乎总是比他晚来一步。上一世我没有选择，但这一次……丁乔，我不想再放开你了。”

顾念换了左手撑左边脸颊，身体也歪向另一侧，继续没情绪地棒读丁乔的台词：“我知道我欠你良多。等我救他出来，我一定偿还！”

“我已经等了你几百年，不想再等下去了。你明知道我对你的感情，如果你真想偿还，那就留下来。”

“你真想让我用这种方式偿还？”

…………

“好，那我还给你！”

顾念这边念完台词，节奏卡住，一两秒后，拍摄区场中传出衣料被撕碎的声音。

“刺啦。”

宗诗忆身上的斜襟长裙被她从领口拽开，扯下一片碎布，露出雪白的抹胸。

她眼圈通红，恨恨地厉声道：“我把你想要的给你，我们自此两不相干！”

半晌，长发滑落肩下，男人踉跄着退了一步。

“你走吧。”

这段后面就该是丁乔转身欲离，几步后不忍见云昙绝望落寞，回身饱含歉意地吻云昙的下颌，最终在一句“对不起”后，决然离去。

但没等宗诗忆迈出离开的第一步，监控区喇叭一响，耿宏毓带着怒意的声音震荡开来：

“Cut！”

这个镜头还没到结束的时候，耿宏毓叫停显然是又不满意了。工作人员不管演员，按规矩停下。

果然，下一秒耿宏毓忍着暴躁开口："云昙，丁乔撕碎衣服后你的眼神不对，太冷漠、太死板了，她是你心爱的女人，你要再有感情一点儿！重来。"

…………

"Cut！"

"欲望，欲望！你得把你克制隐忍的欲望露出来！你已经堕魔了，又爱她，看到她这样做，你的眼神不可能那么平静！懂了吗？我们再来一遍。"

…………

"Cut！再来！"

…………

"Cut！最后一遍！！"

…………

"Cut！"

耿宏毓摔了喇叭，面黑如炭。

他怒瞪着场中一袭玄色袍子加长发的侧影，胸膛剧烈起伏，最后恨恨地收回视线，一拂手道："就这样吧！"

一字一句犹如从牙缝里挤出来的。

场边的顾念："……"

多么熟悉的让人心痛的一幕啊。

顾念旁边站着的林副导龇了下牙花子，有点儿头疼地说："这个骆修的演技……"

顾念："进步空间很大。"

林副导气笑了："是挺大，全校倒数第一的进步空间更大。"

林副导没空和顾念再掰扯，回过头去安抚被骆修气得七窍生烟的总导演了。

两人将脑袋凑在一块，嘀嘀咕咕地议论，也不知道在聊什么，就见耿宏毓皱着眉抬了抬眼："这能有用？"

"您试试呗，反正不会比现在更差了。"

场边，顾念正对着剧本发呆，耳边就响起耿导透过喇叭传出来的声音："小丁乔，到你了。"

顾念："……"

去他的小丁乔。

顾念怨念地把剧本放到一边的椅子上，垂着眼站起来，走向拍摄区中央。

灯光组正在按导演组要求重新调整灯光，拍摄还未正式开始，宗诗忆也还站在骆修旁边说着什么。

不过眼睛的余光瞥到顾念过来，宗诗忆立刻退了半步，分别朝两人一笑："我不打扰你们了。"

不等顾念理解这话到底什么意思，宗诗忆已经穿着那件和她身上穿的完全相同的长裙翩然离场。

顾念回过头："她刚刚没有对你说什么奇奇怪怪的话吧？"

骆修望见她嘴角便噙上笑："比如呢？"

顾念："嗯，嘲讽什么的。"

骆修垂眼，莞尔："没有，别担心我了。"

"那就好。"

见女孩松了口气又蔫回去的模样，骆修眼神微动了动，问："我刚刚的表现是不是让你很失望？"

"啊？"顾念茫然地抬头，然后就见自家宝贝"鹅子"用一双澄澈的褐色眸子凝着她，神色好像有点儿落寞。

顾念揪心地道："不会！怎么会？！"

骆修的声音低低的："但耿导似乎很生气。"

"他这算很压脾气了。"顾念下意识地说了实话，说完才连忙补救，"耿导要求高，你又是新人，这是难免的。不要太担心。"

"好。"

顾念想了想，趁没拍摄认真给宝贝"鹅子"上课："刚刚那场戏只有导演组那边有监控近镜头，我没看到。不过听耿导的说法，应该是你的面部表情还有眼神里的情绪没有调动起来。"

骆修眼睛一眨不眨地望着她，声音温和地道："那我该怎么做？"

顾念没察觉，垂着视线思索，然后一敲手心道："这种情况下，如果你实在没办法入戏，那可以把和你拍对手戏的人想象成你喜欢的人。"

等了几秒没等到回应，顾念回过头，却发现骆修的神色看起来没半点儿变化，于是决定再启发一下："嗯……比如，你可以代入一下你的初恋。"

骆修垂眸。

顾念不安地问："怎么了？"

"我没有。"

顾念："没有什么？"

骆修抬眼望着她，不说话了，褐色的眸子像两块剔透的琥珀石似的，里面细细勾着她一个人的身影。

对视两秒后，顾念呆住："你没有谈过恋爱吗？"

骆修微微偏了下脸，某种情绪压抑着从他的眼底掠了过去。然后他重新转回来，温和地对她笑道："抱歉。"

顾念回神，表情严肃地说："这不是什么需要道歉的事情。"

"可你刚刚的反应，好像我这样很不正常。"

"我没有那个意思，如果让你误会了那也应该我来道歉。"顾念犹豫了下，坦诚地小声说，“其实我只是觉得，像骆修先生这样好看又温柔的人，应该在学生时代就交过女朋友了。”

骆修愣住。

顾念未察觉他的神色变化，遗憾地叹气：“没谈过恋爱的话，那适合你这个年龄的剧本里有感情线的部分，对骆修先生你来说确实难理解很多……失策了，我完全没考虑过这种可能性。”

骆修回神，低笑了一声。

顾念茫然地抬头：“怎么？”

“没什么，”骆修抬眼，“只是觉得你思路奇特，很可爱。”

顾念：“……”

顾念：她刚刚是被宝贝“鹅子”夸可爱了吗？

伟大的母亲形象濒临崩塌边缘。

顾念还在反省自己刚刚哪里做得不够慈母损害了自己的形象，后面导演组已经放喇叭了。

“各组准备。”

趁最后片刻，顾念往骆修那里凑了凑，认真地小声道：“你放心吧，以后你一定会接到更适合你的剧本的，不要沮丧！”

骆修抬起眼，眼底烙下她凑近的影子：“好。”

“哦对，小丁乔。”

顾念顺着声音回头看向监控区。

耿宏毓拿着喇叭，不确定地皱着眉道：“你那段戏，往前稍微提一提。”

顾念：“啊？”

耿宏毓：“嗯，这样，你们两个直接把刚刚那段分镜重新来一遍。”

顾念蒙了数秒才道：“我不是只需要拍转身回来‘壁咚’云昙的那个镜头吗？”

“为了衔接顺畅，全拍了吧。”

顾念：“可刚刚不是这么说的……”

“怎么？”耿宏毓问，“这还是另外的价钱，要给你补上？”

行吧，她屈从强权。

顾念刚准备转回去，就听林副导扯着嗓子跟旁边吆喝：“道具组，上去给小丁乔把衣领做脆一点儿。”

顾念僵住。

一两秒后她惊恐地回头：“我也要撕吗？？”

“全镜头、全机位地拍下来，哪个镜头都有可能被剪入，当然要。”

骆修眼底的光仿佛蓦地跳了一下。

那一刻他已经本能地侧过身。

但在阻拦的话出口的前一秒，骆修又慢慢压回眼底跳跃的火焰似的情绪。

差点儿忘了，他还没资格，也没立场阻止这种事。

台上，顾念抱胸，木着脸小声跟过来的那位场务大姐商量：“姐姐，省件衣服吧，道具组不容易。”

大姐岿然不动：“我就是道具组的，谢谢你。手放下来。”

这就是个贼窝，大家沆瀣一气，呜呜呜。

强权之下，拍摄开始。

山崖间的石洞空隙里，蹑手蹑脚的红裙女子一边沿着石壁往外走，一边小心翼翼地回头窥视身后，似乎在躲什么人。

眼见着这面石壁就要到尽头，她低头松了口气，转回身来，软布小靴刚抬起还未落下，她放松的神情就怔住了——

面前数米之外，一身玄色长袍的男人站在她唯一的出路尽头。身后猎猎的山风吹得他雪白的长发在身后舞动，而那张面孔却是极其淡漠的，唯有眉心一朵血色优昙开得妖冶而勾人。

丁乔僵住。

男人幽暗的眸子望了她数秒，然后他垂下眼，嘴角好像翘起一点儿弧度，又好像不是。

“你果然……还是要为了他逃走。”

丁乔紧张得扶着石壁的手微微抠住石壁，手部肌肉紧绷几秒后，指尖蓦地一松。

“求你了，云昙。”她喑哑的声音仿佛鸟雀哀鸣，“无涯就要死了……我再不去救他，他真的要死了……”

“你去了又有什么用？再像前世一样，拿你的命换他的命？”

丁乔不敢说话。

她心里即便抱有这样的想法，也不敢说出口叫云昙知道。云昙如果听到，那一定更不会允许她离开半步了。

丁乔正痛苦为难，身侧蓦地有气息逼近。她惊慌地抬眼，瞬息前还在几米外的男人，此刻已经攥着她的手腕不容反抗地将她困在石壁前。

那张冷漠得近乎佛性的面孔垂下来，深不见底的眸子里仿佛跳着妖异的墨色火焰。

“无论前世今生，我似乎总是比他晚来一步。上一世我没有选择，但这一次……”

他仿佛欲亲吻她，又隔着薄薄的空气缓缓嗅了嗅，然后斜抬着下颌，停在欲吻她的位置。

细密的睫毛离她极近，然后轻颤着抬起，他用眼神勾着她，声音低哑地道：“我不会再放开你了。”

顾念僵住。

等等，这和说好的剧本不一样！

丁乔的称呼呢？还有是“不想”不是“不会”啊！

顾念差点儿被拽出戏。但导演没喊停，她只能硬着头皮往下演。

…………

“你真想让我用这种方式偿还？”

石壁前，红裙女子眼底含泪，固执地仰脸看着面前的男人。

那人深深望着她，没有说话，仿佛要把她的身影刻进眼底。

“好。”丁乔点头，含着泪转开脸，微微咬牙，单手抓着自己的衣襟用力一扯，“那我还给你！”

“刺啦——”襟领上的盘扣蹦跳着落地，被风吹得微微飘动的碎领下，雪白的锁骨暴露了一片。

石壁前，那道挺拔的背影陡然僵住。

丁乔的声音颤得厉害，她红着眼角，愧疚又绝望地望着他。

“我把你想要的给你，自此，我们两不相干。”

把那只纤细手腕高按在石壁上的手的修长指节蓦地收紧，那双眸子慢慢对上她的眼，瞳孔深处像死死困着一只无声而歇斯底里的魔。

它张开了欲望的巨口，想要把她吞吃入腹。

顾念眼神一颤，后背蓦地贴上冰凉的石壁。

男人身体一僵，须臾后垂下眼，猝然笑了一声，握着她的手腕的手指一根一根地慢慢松开，最后人退离。雪白的长发从那人的肩头滑下。

他的声音带着笑，却有些哑：“你走吧。”

顾念陡然回神。

她想都没想，放下手腕便擦过他的肩侧，逃向他身后的缝隙。

但在即将跨进去的那一秒，她放缓脚步，最后停下，指尖抠着石壁，几乎要抠进去，但终于还是挣扎不过，回头看向身后的人。

那人一动未动地站在原地。

他只望着她，眼眸藏在暗处，但深处的绝望如遮天的阴云。

顾念动容。

起初只是意动，然后不知道哪一秒，她管不住自己地跑过去，隔着那人肩头顺滑的长发，把他扑在石壁前。

她愧疚又难过，泪盈盈地紧紧盯着他，然后踮起脚。

女孩紧张得轻颤，唇瓣在他的下颌处拂过。

“对不起。”

女孩紧闭住微抖的眼睫，低声说完，随即红衣长裙在空中一摆，转身就要离开。

就在那一秒，石壁前身着玄色袍子的男人蓦地抬手，还差分毫就要握住女孩的手腕——

“Cut！”

灯光骤然暗下，一切回归现实。

耿宏毓紧拧着眉，抱臂在监视器前站了好久，终于沉声松口道：“收工。”

片场从寂静回归欢腾。

场中，一听见收工，顾念立刻脱离角色，惊叹地扭过头："骆修先生，你刚刚的演技很好啊。耿导怎么回事？他对你这样的演技竟然还有质疑？"

骆修垂着眼，站在场中，静默得有点儿诡异。

顾念愣了下，正要一探究竟，就见那人慢慢沉气。

一两秒后，骆修重新抬眼，眸里的神色温和。

"抱歉，我出戏总是很慢。"

"不，没关系！"顾念竖起拇指，鹿眼睁得圆圆的，不遗余力地给他肯定，"超级棒！"

"谢谢。"

"那我们快去卸妆吧——你这长发质感很好。"顾念说着伸手捞起一绺，放在鼻尖前嗅了嗅，然后皱眉，"怎么更像是化纤类的？戴着应该不太舒服吧？"

她说完自他身前抬眼，却见骆修微僵着身体，眼睫低低地搭在眼睑上。

顾念托着那绺长发，顿了顿。

察觉了自己此刻行为不妥，顾念连忙松手，退后一步："抱歉，我——"

"没关系。"骆修打断她的话，蓦地上前一步。

两人之间刚刚拉远的距离又回到最初状态。

顾念怔了下，不解。

骆修也没解释，只是低声道："稍等一下，好吗？"

"啊，好的。"

骆修望向场边，几秒后，小助理抱着骆修的衣服，快步跑到拍摄区。他把手里的外套递给了骆修："骆哥，你是要这个吗？"

"谢谢。"

骆修抬手接过，外套衣角在空中画出一道弧线，披到顾念身上。

顾念茫然。

骆修也没说话，将衣领合上，大了几个号的外套松松垮垮地挂在女孩单薄的肩上，那块碎掉的衣襟被遮得严严实实。

骆修垂手，抬眸道："好了。"

顾念终于反应过来，莞尔一笑："骆修先生真的很绅士，没谈过恋爱实在太奇怪了。"

"是本能。"

"嗯？"

"没什么，我们去卸妆？"

"好啊。"

那一双身影终于消失在化妆间的长廊拐角处。

监控器前，林副导笑眯眯地走过去，问："怎么样？我就说如果让顾念陪他搭这一段戏，那肯定没问题吧。"

耿宏毓叹了口气："比起这段，他前面的表演简直算脱节，不是一个层次上的东西。"

"想换女主角了啊？"林副导玩笑着问。

明知道是玩笑，耿宏毓还是忍不住，气得笑骂道："为了男三换女主角，我有病吗？"

林副导乐得直摇头。

耿宏毓点了点剧本："不过这个顾念，你和她熟悉，她考虑过往这方面发展吗？"

"这方面？哪方面？"林副导回过头，对上耿宏毓的表情后，哭笑不得地说，"就她那个惫懒性子，你指望她来当演员？"

"随口问问，她在共情方面有点儿天赋。"

"哈哈，没点儿共情天赋她可能也写不出这剧本。"

等导演组监控区这边的工作人员也散得七七八八了，林副导面上的笑意淡了些。他压低声音，往耿宏毓身边靠近："耿导，怎么了？"

"什么怎么了？"耿宏毓像是刚回过神，问。

"我看这段戏的效果是非常绝的，骆修的镜头单独剪入，一定能出大彩——但您好像不太满意？"

"戏我很满意。"

"那是……？"

耿宏毓迟疑起来。

过去好几秒后，他才不确定地说："上午时你说这个骆修对顾念有心，我还不信。"

林副导笑道："您现在信了？"

耿宏毓好久没说话，最后叹了口气："他最后在戏里看顾念那个眼神，他自己知道有多……"话没说完就没了。

林副导却了然，宽慰地玩笑道："云昙是要横刀夺爱嘛，难免的。而且越是真实越是容易叫观众入戏，这不好吗？"

"真实？确实真实，真实得不能剪进那个正向镜头。"

"怎么？"

耿宏毓没好气地说："这是女主角和男三，我可不想一群观众瞧见这一眼，被他都带上歪道去。"

林副导失笑。

耿宏毓独自想了想道："我还是不能理解。"

"不理解什么？"

"骆修。"

"如果他真是骆家那位，进组里就算了，可对顾念……"耿宏毓皱着眉问，"他缺什么？他至于吗？"

林副导没直接回答，只笑起来："云昙这角色其实是真适合骆修。"

“嗯？”

“越是佛性的人，一朝着了魔，”林副导轻声道，“越是要命。”

卸妆换装出来，顾念和骆修并肩往外走去。

顾念想起什么，道：“明天是父亲节，骆修先生要赶回去给父亲祝节吗？”

骆修：“不用。”

顾念意外地侧过脸。

骆修半垂着眼，轻声道：“我父亲并不喜欢我，有弟弟陪他就足够了。”

顾念愣得停下了脚步。

骆修察觉，同样停下来，回身看向她。

顾念终于反应过来，惊讶地问：“骆修先生有亲弟弟？”

“有。”

“我都不知道……我最想有兄弟姐妹，感觉会特别好！”顾念兴奋地回头，“你和你弟弟关系好吗？”

“我们是同父异母。”

顾念脸上的笑意僵住。

站在极近处的那人低垂着眼睫，长廊外的光从他身后打下，给他白皙的皮肤镀上了易碎似的柔弱光芒。

男人垂眼，落寞地笑道：“他和他的父母一样不喜欢我。后来……我忍够了他的欺侮，就从家里逃出来了。”

顾念怔住。

长廊里安静半晌，顾念陡然回神，目光心疼又仓皇：“对不起，我……我不知道你家里的情况是这样。”

“为什么要道歉？”骆修轻抬起眼，褐色眸子温柔地望着她，“这又不是你的错。”

“那你的母亲……”

“母亲？”骆修似乎怔了怔。

“对，”顾念小心翼翼地问，“你现在是和阿姨生活在一起吗？”

骆修淡淡地笑了：“‘母亲’对我来说，是个有点儿陌生的词。”

“嗯？”

骆修：“听别人说，她在我出生不久后就过世了。家里没有她的照片，父亲从未提起，我也就不记得她了。”

顾念难过得哽住。

她完全没想到宝贝“鹅子”的身世藏着这么惨的秘密，而这样难以宣之于口的秘密，宝贝“鹅子”竟然毫不设防地就告诉她了。

这就是“鹅子”对她沉甸甸的信任吗？

顾念一颗心在眼泪水的浸泡下，很快滋生出酸涩又沉重的责任感。

“鹅子”别哭，有妈妈在，就算那些坏蛋都对你不好，妈妈也绝不会辜负你的！

骆修低垂着眼，晃着金色细链的眼镜在卸妆之后已经架回他的鼻梁上，隔着微微泛起薄光的镜片，那双褐色眸子里的神色不明。

藏于心底那只险些因一场戏脱了束缚的欲望化形的怪物，贪恋着女孩因他而起的每一丝情绪变化，渴望着她的全部。

“但是骆修先生，这样的你真的很厉害！”

女孩突然抬头，骆修立刻垂眼，遮住来不及收敛的真实情绪，匆忙得难能透出一丝狼狈。

回神后，骆修自嘲地勾了下唇。

从小到大都是他闲散从容地看别人的笑话，现在……该说报应不爽吗？

“我哪里厉害了？”骆修接回顾念的话。

“性格。”顾念认真地道，“就算经历了这样的不公，骆修先生还是长成了一个正直、善良又温柔的人，这一点太难得了。”

“或许未必。”

“啊？”

顾念没听清楚骆修那一声低语，正茫然地看向他，就感觉放在口袋里的手机突然振动起来。

顾念皱了皱眉，拿出手机准备挂断电话——

和宝贝“鹅子”敞开心扉的关键时刻，还有什么能比这更重要的事呢？

结果还真有。

对着手机屏幕上“速速跪下接旨”的来电显示，顾念内心泪流满面。

她饱含歉意地看向骆修：“抱歉，我得先接个电话。”

骆修点头：“没关系。”

顾念走到一旁：“妈？”

“哼，原来你还记得有我这个妈？三天都不知道给我打个电话。”

顾念纠正：“两天半。”

“我这两天确实有点儿忙，忙忘了。”

“算了、算了，我大前天发给你的那个名片，你怎么没加人好友啊？”

顾念噎了下，讪讪地笑道：“也不用这么着急吧？”

“怎么能不着急？”顾媛不满。

顾念小声道：“我这二十二周岁的生日还有将近四个月呢，法定结婚年龄刚过一年半，您就催我。”

“我还不是因为你那——”

顾媛说到一半戛然停住，沉默两秒后，缓和了语气说：“我也不是逼着你结婚，就是给你介绍个朋友，你们认识一下。年轻人嘛，多认识个朋友没什么坏处吧？”

顾念头疼，蔫蔫地靠到墙上：“好、好，等我回去就加。”

“不许敷衍我。”

“我哪儿敢呀。”

“还有，你最近不是去剧组了吗？如果工作里看到什么优秀的人，那你也可以把握机会……”

顾念终于忍不住，弯下眼笑道：“妈，您这是在现场教学教我怎样脚踏两条船吗？”

“胡说！你这连块木板都没捞着，怎么就踏两条船了？”

顾念莞尔。

顾媛想了想，又不放心地补充：“不过说好了啊，跟你似的工作人员可以，歌手、演员什么的可不行。”

顾念愣了愣：“为什么？”

“我不关注你们圈里那些乱七八糟的事情都知道你们圈里乱得很，今天跟这个有绯闻关系明天就跟那个同进同出，还纸醉金迷的，诱惑那么多。你要是找个歌手、演员什么的，以后不是等着被劈腿吗？”

“您这是刻板印象。”

顾念严肃纠正，没忍住回过头瞥了一眼身后的人。

那人临窗而立，薄光给他镀了一层柔和的暖意。对方似乎察觉她的目光，抬眼望来，温和地笑着。

顾念回了个笑。

然后她转回来，一本正经地纠正道：“我们圈子里明明有很多正直有为还温柔善良的好青年。”

“你是说谁？”

“啊？”

“我怎么听着，你好像对什么人——”

“不，您听差了！”顾念想都没想，立刻打断顾媛接下来可能说出的惊悚判断。

“没骗我？”

“没有，妈您就别多想了。再说，歌手、演员之间传绯闻到处都是，您什么时候见过歌手、演员和后台工作人员或者是个小编剧传过绯闻了？那根本就不是一个世界的嘛。”

沉默许久，顾媛被这个思路说服了：“也是。”

顾念松了口气。

后续顾念又听顾媛唠叨了许久，最后在“一定记得加人家好友啊”的反复嘱咐里，终于挂断了电话。

顾念不好意思地走回骆修身旁：“让你等很久了。”

“没有。”骆修回眸，目光从她的手机上扫过，“是家里的伯母吗？”

顾念表情一僵。

骆修：“怎么了？”

顾念回过神，眼角弯成月牙："没什么，只是骆修先生用的这个称呼我还是第一次听身边人用到，感觉很传统，嗯，很贵气。"

骆修怔了两秒，垂下眼，似玩笑又似遗憾地道："你在嘲笑我。"

"嗯？"顾念回神后立刻否认，"我没有！"

"真的？"

"真的！"

顾念就差赌咒发誓了。

骆修望着她，眸子熠熠生辉，也不知道信了还是没信。

顾念正被盯得心虚的时候，就听骆修说："你也一样。"

"啊？"

"你对我的称呼，'骆修先生'，不是也很传统？"

"啊，这个……"

顾念犹豫了几秒，最后还是坦诚道："其实这是我的一点儿私心。"

"私心？"

"对，就是……很多很多人会喊你骆先生，我就想有个特殊一点儿的称呼。"

顾念一边说着，一边小心问："你不喜欢这个称呼吗？不喜欢的话，我可以改掉。"

骆修自失神里回过意识。

和小心翼翼地望着他的小姑娘对视两秒，他点头道："对，我不喜欢。"

顾念惊慌了下："那我之后一定记得——"

"因为太陌生了。"

顾念说到一半被打断，茫然地抬头："啊？"

不等她完全看清，那个温和的声音已经带着淡淡笑意近了些："我们不是已经是朋友了吗？朋友之间用这样的称呼，是不是太冷淡了？"

顾念反应过来，又高兴又纠结地问："那我应该怎么称呼？"

"你想怎么称呼？"

"我想——"

在"宝贝"和"鹅子"之间卡壳了两秒，理智回归的顾念淌下了泪水。

好像哪个她都不能叫。

骆修淡淡一笑道："如果想不出，那就在原来的基础上摘掉两个字吧。"

顾念迟疑地道："直呼名字会不会有点儿不礼貌？"

骆修眼神微动，然后一笑："不会。"

"那就，骆修？"

"嗯。"

"好！就这么说定了！"

这一刻只有骆修自己知道，他想听的称呼其实是被顾念默认摘掉的那两个字：先生。

如果这样喊他的人是她，那他可以把它当成另一种含义。

他这样谋算一个不设防的小姑娘，好像有点儿卑劣啊，而且还没成功。

骆修遗憾地垂下了眼眸。

顾念正朝他笑，难得笑容灿烂："我们出去吧？"

"好。"

没关系，他要谋就谋她的来日方长，不急一时。

6月底，《有妖》剧组完成了最后几个镜头的补拍，全组杀青。

虽然骆修在几天前就结束了最后一组镜头的拍摄，但并未离开——导演组为了确保补拍前人员俱齐，给所有演员和工作人员统一的归期安排都是留在杀青之后。

顾念所在的编剧小组也一样。

剧组杀青后有杀青宴是约定俗成的事，地点就选在镇上的星月酒店。或许是金主爸爸们的资金没花完，这次剧组难得大方了一回，直接把这间四星级酒店包了一天一夜的场。

终于脱离了民房和山沟沟，组里的工作人员幸福得满镇子乱窜。

酒店4楼，409房间。

"哇——"推门而入后，江晓晴夸张地伸展双臂扑进房间。

"这就是四星级酒店的气息吗？我太感动了，有生之年我竟然还能住一回四星级酒店！"

拖着行李箱进来的秦园园无奈地道："你能不能出息一点儿？说不定以后我们就能……"

江晓晴："停、停、停，这还没到下午五点，天都还没黑，不要做梦噢。"

"我哪有。"

江晓晴转了一圈，倒到柔软又有弹性的床上，仰面乐道："你不是想说，说不定以后我们就能靠自己住四星级、五星级酒店？"

"得了吧，就国内这编剧圈，我是没那能发家致富的资质或者人脉，能混口饭吃都烧高香了。"

"谁……谁说我是想说这个的？"

"那你想说什么？"

"我——"秦园园眼睛一转，看到身后拖着咔嗒咔嗒的小行李箱进来的顾念，像是看见救命稻草似的，回过身去把人拽了进来。

"我是想说，顾念说不定以后能在编剧界飞黄腾达，到时候我们两个就算做她的助理编剧，也能搭上顺风车鸡犬升天啦。"

江晓晴眼睛一亮："对哦，你说得有道理。"她也扑过来，抱住顾念的另一只胳膊："顾念大大，我以后的四星级酒店可就靠你了！"

顾念突然被拖进战局，不解地左右看了看："你们在说什么？"

江晓晴："你没听见我们两个刚刚的聊天啊？"

"没有。"

"你就跟在我们后面——看什么呢，这么专心？"

见顾念手里的手机亮着，屏幕上密密麻麻的小黑字，江晓晴好奇地凑过去一看，蒙了下："这个看起来好像……《有妖》的剧本？"

"嗯。"

"不是都杀青了吗？你还看剧本干吗？"

顾念艰难地把自己的两只小细胳膊从这两人的禁锢里挣脱，然后才把行李箱拉去旁边，同时懒洋洋地开口："我在复盘，看看人设和剧情上有没有什么硬伤。"

两人对视一眼，不约而同地叹了口气。

顾念满脸疑惑地回头。

江晓晴代表出列，上前拍了拍顾念的肩膀："顾念大大，你不成名，天理难容啊。"

顾念打了个哈欠，摆了摆手："好说。"

秦园园比较好奇，从江晓晴身后冒出个脑袋："但是以前我总觉得你懒洋洋的，天赋高可是没什么斗志啊，怎么突然这么勤奋了？"

一提这个，顾念就睁开眼睛了，不但睁开了，好像在那乌黑的瞳孔深处，还点起了一把愤怒的小火炬。

"为了宝贝'鹅子'！"顾念握拳。

"骆修？"

"嗯！"

"和他有什么关系？"

"为了'鹅子'，我要重拾斗志，战胜困难，努力成为一名金牌编剧。"

"然后……？"

"然后，"顾念磨了磨牙，"就不让任何人再像宗诗忆那样，说拒绝演对手戏就拒绝，肆无忌惮地欺负我的宝贝'鹅子'没背景。"

江晓晴："为了'鹅子'奋斗成金牌编剧，这就是母爱的力量吗？"

秦园园："好感动。"

江晓晴："我也是。"

顾念没理两人的调侃，抱着手机窝去沙发里，继续复盘剧本。

"不过剧组还是抠门，"江晓晴抱怨道，"我们三个人，却只给一间豪华双床房，就不能分两间吗？"

"没关系。"沙发上的顾念头也没抬，举了下手，"我睡沙发。"

"别、别，顾念大大还是跟我睡一张床吧，我们多亲近亲近。"

"不，我要和顾念睡一起。"

"我先说的！"

“我刚刚已经在心里说了！”

两只小学鸡迅速缠斗在一起，由于实力相当于菜鸡互啄，半晌难舍难分，最后两人一起筋疲力尽，只得艰难地握手言和。

江晓晴瘫在床尾的凳上，回头道：“顾念大大，杀青宴六点半才开始，还有一个多小时呢，你要不要出去一起逛逛，买点儿特产带回去？”

“不用，你们去吧，”顾念依旧没抬头，“我跟我宝贝‘鹅子’约好了。”

两人齐刷刷回头。

死寂半晌后，顾念察觉什么，抬起眼眸，缓缓接了后半句：“约好了，他答应以演员的角度，帮我复盘剧本。”

“嘁！”两人失望地转了回去。

顾念手托着没表情的漂亮脸蛋，趴在沙发上懒洋洋地看着她们：“你们刚刚在期待什么？”

江晓晴奸笑道：“那还用说吗？听听这些关键词：绝品大帅哥、私人邀约、孤男寡女、酒店……”

顾念木着脸打断她道：“那是我宝贝‘鹅子’。”

“啧，我早就说以骆修那张脸，做妈妈粉就是暴殄天物，没天理。”江晓晴撞了撞秦园园，“我说得对吧？”

秦园园难得和江晓晴意见一致，点了点头。

顾念沉默片刻之后，严肃地道：“你们少来玷污我纯洁的母爱。”

“好啦、好啦，知道你母爱永不变质，我们就是遗憾一下。那你继续复盘吧，我和园园先去买特产了。”

“嗯。”

片刻后，房门关上，房间里再无声音。

顾念一个人在沙发上趴了会儿，视线在手机屏幕的某一行字上左右挪动，始终没有往下。

又过了几秒，小姑娘慢吞吞地手托起脸颊，自言自语地咕哝了一句：“约在酒店里……好像确实有点儿不合适。”

五点二十八。

顾念比约定时间提前两分钟到达了骆修在酒店里的 717 房间。

房门虚掩着，顾念犹豫了下，上前轻轻叩门。

里面传来骆修那个小助理的声音：“请进。”

顾念推门进去。

四目相对，小助理看起来对顾念进来并不意外，喊了一声顾编剧就回头去继续整理手边的行李箱了。

顾念目光转过玄关处：“骆修出去了吗？”

那个称呼让小助理手一僵。

须臾后，朱涵宇绝望地回头："没，骆哥在浴室里淋浴。"

顾念点头，随即目光移到行李箱上。她怔了下，有些不安地问："你们是打算今天晚上就离开吗？"

"不是我们，是我。"朱涵宇皱眉道，"我家里有点儿急事，我今天要提前赶回去，所以……"

"这样啊。"顾念松了口气。

朱涵宇拉上行李箱的拉链后，似乎迟疑着什么，一直僵在原地，只时不时地抬头偷偷看一眼顾念。

尽管顾念很想无视，但他的目光存在感实在太强。

忍了三次以后，顾念终于抬眼："你好像有问题想问我？"

"也不是。"

"哦。"

顾念点头，既然对方不想说，那她也不会——

"顾编剧，我能拜托你一件事吗？"

顾念茫然地抬头。

只见小助理迟疑着上前道："我待会儿就要出发了，所以晚上骆哥那边我就没办法跟着了。"

顾念点头："所以？"

"就晚上的杀青宴，人多又杂，能不能麻烦你帮忙照顾着骆哥一些？"

顾念想都没想地答应道："当然，我一定会的。"

"尤其别让他喝酒啊。"

顾念怔了几秒才问："骆修不能喝酒吗？"

小助理犹豫了下，小声道："骆哥不让跟任何人说，我是怕你不重视才说的，你千万别跟他说我告诉你了啊。"

顾念严肃地道："你说吧。"

小助理："好像骆哥小时候一直不在父母身边，由别人照顾。有一回被人放错东西，他吃了有毒性的食物，送去医院洗胃才救回来，从那以后他就落下了特别严重的胃病，调养了好些年都一直没除掉病根。之前给顾编剧你喝过的晚茶，就是专门给他养胃的。"

顾念听得怔住。

"我估计他从来不碰外面的饮品不全是因为洁癖，很大可能也是因这件事留下阴影了吧。"

小助理嘀咕完，想起重点："哦对，所以像酒还有辛辣之类的对胃有刺激的东西，他都不能碰的。明明那么严重，他还谁都不告诉，也一点儿都不在乎自己的身体似的！"

顾念的眼睛颤了颤。

小助理不满又后怕地说："这次来剧组之前他好像就和朋友喝了酒，回去当天晚上就犯了胃病，第二天输了半天液，吓死我了！"

顾念张了张口，嗓子干涩得说不出话。半晌她才垂下眼，轻声说："好，我知道了。"

小助理不安地回头看了看身后："不过你别问他哈，他不让我告诉任何人的。要不是去年他胃病发作一回被我撞见了，骆哥肯定连我都不告诉。"

"好。"

两分钟后，骆修穿着干净的衬衣、长裤，半湿着碎发从浴室里出来。

看到桌旁的顾念，骆修擦拭头发的手指停了停："我好像迟到了。"

顾念抬头，失神地看了他几秒后翘起嘴角道："迟到了两分钟，但是可以原谅。"

骆修温和一笑："那我会好好补偿这两分钟的。你的剧本……"

"今天不聊剧本了！"顾念突然打断他的话道。

骆修顿住。

顾念心虚地避开视线："那个……我今天有点儿累了，突然不想聊工作的事情了。晚上还有杀青宴，到时候肯定有的折腾，不如我们现在休息——"

顾念懊恼地停住。

呸！什么叫"我们现在休息"？！

房间里安静了几秒，突然响起低低的失笑声。

"你是只要紧张就会嘴瓢，是吗？"

被戳穿的顾念恨不得原地挖坑自埋。

但不等她补救，那人已经走上前。他停在桌旁，修长骨感的指节扶着桌角，微微俯身，声音低哑得勾人："为什么事情突然紧张了？"

顾念竭力发挥演技："没事，我真的就是太累了，觉得在今天晚上的杀青宴前还是好好休息比较重要。"

骆修似乎信了，点头道："没关系，你可以回房间休息，等有时间我再陪你复盘。"

"那你呢？"

"因为约好剧本复盘，所以我没有计划过……"

骆修半靠到桌边，长腿随意交叠，浅灰色的布质拖鞋上露着一截白皙的脚踝。

他目光淡淡扫了一圈，落在床头的那个褐色本子上。

骆修垂下眸子："我看书。"

顾念眼神一跳："可你也要休息才能养好身体……"

她的话语尾音，消失在那若有深意地望来的眼神下。

对视数秒，骆修的笑意淡了些，他问道："朱涵宇和你说什么了？"

顾念僵住，惊讶地看着那双如墨的眸子。

又对视几秒后，骆修敛眸，轻叹了声："果然不该信任他的口风。"

顾念忍不住道："我还什么都没说，你、你别乱猜。"

骆修淡淡一笑，重抬起眼望着她，眼神似温柔无害："所以你现在的奇怪反应，不是因为知道了我有胃病？"

顾念：对不起了，朱助理……

看着女孩从震惊转向绝望的小眼神，骆修垂眸失笑。

"我没事。"

被拆穿了，顾念索性放弃遮掩，板起脸蛋，认真又严肃地告诫骆修："胃病是很严重的问题，你不要忽视它。"

"好。"

顾念还是不放心，补充道："今晚的杀青宴，你一定不能喝酒！"

"有人敬酒呢？"

"谁的都不能喝！"

"资方的酒也不喝？"

"资方的酒也不能——"顾念停住。

几秒后，她再次绝望。

金主爸爸让喝杯酒都敢拒绝的话，那宝贝"鹅子"以后就别在圈里混了。

骆修眼底的笑意压不住了，他垂下眼，轻声安抚道："别担心了，只是几杯低度数的酒，不会出事的。"

"不行！朱助理说了，你的胃病是特别严重的那种，有一点儿酒精的刺激就肯定会犯病！"

顾念难得着急，声音都提高了，总是懒懒耷拉着的鹿眼里此时也藏着惊慌和不安的情绪。

直到某一秒，她感觉脑海里的小灯泡一亮，急中生智道："啊，有了！"

骆修垂下眼："有什么？"

"有我在，他们要求的话，我可以替你挡酒！"

骆修盯了她两秒，似乎无奈地说："你确定你自己能喝酒？"

"当然能了！"

在骆修仿佛能穿透她的所有想法的目光下，顾念心虚了 0.1 秒，随即挺胸抬头，语气认真得只差拍胸脯："我的酒量可好了！"

晚上六点半，星月酒店 6 楼宴会厅，《有妖》剧组在此举办杀青宴。

剧组难得大手笔地包下了整个酒店，楼下大堂外安保人员严防死守，挡着不让外人进入，宴会厅外就更是严格审查，受邀前来的资方爸爸们凭邀请函进入，剧组工作人员凭工作证，演员凭脸。

不知道是不是受当地淳朴好客的民风民俗熏陶，这场杀青宴办得十分热闹，接地气的程度使它看起来更像婚礼现场。

宴会厅内铺开十几张圆桌，每桌少则六七人多则十人，入座人员按重要程度由宴会厅中央向四周辐射。

而作为甚至不在正式编制里的编剧小组成员，顾念三人几乎被安排在宴会厅的最角落里。

“园园，顾念怎么还没来啊？”江晓晴盯着宴会厅入口，担心地问。

“我刚刚在电话里问了，好像是在和骆修聊剧本的角色问题，两个人聊得把时间给忘了。”

江晓晴：“聊得这么投机？”

秦园园点头后，迟疑了几秒，才不确定地问：“晓晴，你觉不觉得骆修对顾念特别好啊？”

江晓晴迷惑地转回头：“你确定你没有说反吗？明明是咱们顾念大大对骆修特别好吧？”

秦园园：“可是我听说那个卓亦——喏，就你讨厌的那个冒牌盲枝美女编剧，她对骆修都很有意思，剧组里其他人就更不用说了。但是骆修好像只和顾念一个人走得比较近吧？”

江晓晴想了想，点头：“也是。”

秦园园：“所以我就怀疑，骆修对顾念会不会有那种……？”

秦园园抬手，拇指往一起轻轻扣了下示意。

江晓晴睁大眼：“不会吧？”

秦园园放下手，说：“我也只是猜测。”

江晓晴：“呃，说不定就是因为顾念对他很好，所以他投桃报李？”

“嗯……”

两人的讨论还没来得及得出结果，江晓晴的手机嗡嗡振动起来。

“是顾念！”江晓晴连忙接起电话，拖长声调道：“顾念大大，你怎么还没到呢？”

“我们刚进宴会厅。”

“已经进来了？”

江晓晴闻声扶着桌子起身，朝宴会厅厅门的方向看去。

果然，在刻意铺起的红毯尽头，一高一低两道身影穿过厅门，并肩走进这间高吊顶的大宴会厅里。

两人都是十分随意的打扮，走在左边的男人一身白色淡条纹休闲衬衫搭着黑色长裤，右边的女孩是一条浅紫色连衣裙配黑色细带小凉鞋。

今晚的杀青宴里不乏盛装出席的人，这两人的服装风格和他们比起来，可以称得上“朴素”。

但偏偏两人的长相又都是最出众的那一类，衣着只能沦为陪衬，所以几乎两人一进宴会厅，离着最近的几桌就立刻有人注意到了。

江晓晴听见电话里声音离远了点儿，像是女孩回过头去对身边的人说话，声音压得很低："我们好像不该一起进来的。"

"没关系，不要在意他们。"

一声低笑同样被收进话筒，隔着两部手机听起来都低哑而撩人。

江晓晴一噎，朝秦园园递了一个"你说得可能对"的眼神。

不等两人讨论，顾念的声音回到手机里："你们现在在哪桌？"

"啊，"江晓晴回神，"我和园园在西南角，靠窗这张桌。我站起来了，你往这儿走就能看见我们。"

"嗯嗯，好。"

挂断电话，江晓晴回头道："你说得对，我现在也怀疑骆修对咱们顾念大大用意不纯了。"

秦园园："那要怎么办？直接告诉顾念？"

"不行，告诉她没用的。"

"为什么？"

"像我这样不喜欢思考也不太聪明的人，才喜欢直接接受别人的想法和观念。"江晓晴不吝自黑，"但是顾念多聪明啊，他们这种聪明人最大的毛病就是什么事情都爱怀疑一下——只要不是她自己发现的问题，直接告诉她只会让她产生逆反心理的。"

秦园园琢磨几秒，笑了："我发现你也挺聪明的嘛。那你说，我们怎么做？"

江晓晴："那当然是用我们发现的问题，启发一下她！"

"那你来。"

"好！"

一分钟后，江晓晴的笑容变得僵硬，她万万没想到地看着站在顾念身后的男人。

顾念已经在规划桌子的位置，还是秦园园回过神，小心翼翼地开口道："顾念，你是打算让骆先生跟我们坐一桌吗？"

"嗯，怎么了？"顾念回头观察着两人，"不方便吗？"

"不是、不是，宴会厅里的位置好像是已经排好了的。"

顾念："啊？"

"几位主演是和导演还有资方坐头两桌的，所以骆先生的位置应该是在……"秦园园讪讪地转身，指向宴会厅中央的两张桌子，"那边。"

跨过大半个宴会厅，顾念才找到目标。

真要坐得离宝贝"鹅子"这么远，那她还怎么挡酒？

骆修收回视线，似乎对这种座位安排没有丝毫意外。

他微侧过身，声音温和如常，还带着淡淡的笑："看来我不能陪你坐在这边了。"

顾念忧愁地点头。

"那你陪我去那边坐，可以吗？"

顾念抬眼，不解地望向骆修。

旁边的江晓晴心直口快地插话道："顾念过去也没用，那边的座位肯定也是安排好的。"

顾念点头："还是等待会儿上完菜后的敬酒环节，我偷偷溜过去。在我过去以前你千万不要碰酒。"

"不需要等，"骆修说，"朱涵宇是今天下午临时有事要回去的，那边应该留了他的位置，因为我们还没有通知他们取消。"

顾念恍然："那我就可以过去坐他的位置了？"

"嗯。"

骆修微垂下眼，隔着薄薄的镜片，那双褐色眸子里的笑意温和而无害。

被宝贝"鹅子"的天使微笑蛊惑住，顾念下意识地就要抬脚。

关键时候，江晓晴伸手一把拉住她："等等！"

顾念回眸。

就要勾走的小姑娘半道被人截了，骆修眼底的笑意一凉。

从过来以后，他第一次正眼看其他人，视线冷冷地瞥去。

江晓晴防备地看了骆修一眼，问顾念："你就这么走了啊？"

顾念木着脸转回来："你是想说你舍不得我，希望我陪着你吃晚饭？"

江晓晴噎了一下："不是……"

江晓晴显然是顾忌骆修在一旁，一直支支吾吾，没能说出什么话。

骆修了然，对顾念温和地笑道："你们聊，我过去等你。"

顾念有点儿不好意思，但也不想这么"见'鹅'忘义"，只得点了点头，还不忘嘱咐："我过去以前，你不能碰刺激性的东西哦，尤其是含酒精的饮料。"

"好，"那双褐色眸子像是剔透的琥珀，眼神温柔溺人，"我听你的。"

顾念：呜呜呜……"鹅子"也太乖了吧！

老母亲感动得差点儿当场洒下热泪。

等骆修转身离开，挺拔瘦削的背影没入人群间，顾念慢慢回神，眼角也耷了下来。

她不解地转向江晓晴："你有什么事情，还要背着骆修说？"

江晓晴转了回来："我的顾念大大啊，你难道不觉得你最近跟骆修走得越来越近了？"

顾念："嗯？"

江晓晴："你看，这才一个月的时间呢，你们就从互不认识——哦不，从他不认识你，发展到现在这么亲密了！"

顾念没表情地点头："还好吧。"

"哪里还好？！"

顾念想了想，然后认真道："他现在还只是把我当朋友，距离母子关系确定还有一大段艰难路程需要克服，所以还好。”

好几秒过去，江晓晴才反应过来，怀疑人生地看着顾念：“什么时候开始，朋友的下一步关系竟然变成母子了？？”

顾念一本正经地说：“只要我的母爱足够伟大，那就一定可以感化我的宝贝‘鹅子’。你看，宝贝‘鹅子’愿意和我成为朋友，就是我感化他的第一步的成果。”

行吧。

江晓晴放弃在骆修的态度进展这方面启发顾念，决定曲线救国，于是换了个角度。

“但是顾念大大，你觉不觉得，你对你家宝贝‘鹅子’太好了？”

这个问题在顾念这儿停留了 0.1 秒，她就立刻摇头：“怎么会呢？我对宝贝‘鹅子’还是不够好。”

江晓晴呆住：“哪里还不够？”

顾念：“哪里都不够，因为母爱永无止境。”

江晓晴彻底绝望了，退开一步，朝秦园园弯腰示意：“我不行了，你来。”

秦园园没敢动。

顾念的目光倒是主动找上她了。小姑娘有点儿无奈地说：“你们今晚到底想跟我说什么？直说就好。”

两人对视一眼。

江晓晴“内伤”太重，还是秦园园纠结着措辞开口道：“我们就是怕你对骆修太好，这样下去会招来一些……不好的结果。”

“不好的结果？”顾念怔住。

见有启发希望了，江晓晴立刻帮腔：“岂止是不好，还可能是特别严重的后果！”

沉思数秒后，顾念突然抬头，木着脸，左手敲击右手：“我知道了。”

江晓晴松了口气：“你知道就——”

顾念：“慈母多败儿。你们说得没错，我以后一定会注意，绝对不会让我的宝贝‘鹅子’走到歪路上去。”

过于震撼的两人失去了今晚最后一次劝告机会，只能目送她们思“鹅”心切的顾念大大在三两句话结束讨论后转身奔赴宴会厅中央。

顾念不过晚到两分钟，她家宝贝“鹅子”已经被人缠上了，还是“老熟人”——卓亦萱。

“既然你那个助理没来，他们又不会安排别人了，那就让我坐在你旁边吧，好吗？”

卓大美女一袭礼服长裙，头发在一侧绾着，娇声说话的模样惹得和骆修同桌的几个男演员和各组负责人禁不住直用谴责的目光看那个还要她亲自求的男人。

唯独被她央求的男人坐在椅上，垂着眼眸，嘴角勾起的笑意是温和的，人却又近乎漠然地不为所动。

“我说了，这里有人。”

“哪里有人？头桌都坐下了，谁还能坐这——”

卓亦萱的声音戛然而止。

她僵在原地，表情难看地望着那个拎着裙尾跑过来的小姑娘。

“抱歉，”顾念隔着好远看见卓亦萱就怕宝贝“鹅子”吃亏，匆忙跑过来，气息不稳地停下，“我过来晚了。”

卓亦萱反应过来，气得咬牙：“你凭什么过来？这边没你的位置，回你的角桌去。”

顾念张口欲反驳。

在那之前，骆修起身，不着痕迹却正好拦在顾念身前。

背对着小姑娘，骆修望着卓亦萱的眼神疏离而冷漠，带着一点儿濒临忍耐极限的警告。

卓亦萱噤声。

警告之后，骆修敛眸，侧过身时，温和无害的笑意已经重染上他的眉眼。他安抚地虚扶住顾念身侧，垂眸笑了笑：“没关系，还没开席。”

顾念松了口气：“没耽误就好。”

“嗯。”

被骆修警告之后，卓亦萱只能按下她的大小姐脾气，但就这么放弃显然气不过：“骆修，你让她坐到这边，导演组肯定不会乐意的。”

骆修眼神一动。

不待他开口，旁边的小姑娘抬了抬眼，突然朝卓亦萱伸出了细白的手：“你好，卓编剧。”

卓亦萱愣住。

她不知道顾念葫芦里卖的什么药，也不想理顾念，但现在当着一桌演员和各组负责人的面，她只能嫌弃地伸出手。

“自我介绍一下，”顾念握住卓亦萱的手，撑起一个非常敷衍的营业式微笑道，“我是顾念。”

卓亦萱忍住没翻白眼：“我又不是不认识你。”

“也是骆修先生今晚的临时助理。”

说完以后顾念一秒都不想多碰这个对她的宝贝“鹅子”图谋不轨的女人，“嗖”的一下收回手，同时回眸：“骆修先生，你旁边这个位置是给什么人的？”

骆修莞尔，配合着说：“留给我的助理的。”

“啊，那应该就是我的了。谢谢骆修先生。”

顾念刚要走过去，就见面前抬起只手，搭在椅背上，慢条斯理地拦住了她的去路。

顾念怔了怔，顺着那只修长的手望上去，没懂骆修为什么会拦她。

后面的卓亦萱回过神，眼里泛起希望之色。

男人淡淡地笑道："我们说好不要用这样疏离的称呼了。"

顾念反应过来，脸红了下："抱歉……我忘了。"

"没关系，原谅你。"男人垂回手。在顾念从他身前走过时，细长的发丝蹭过他衬衫前精致的扣子。

他垂眸一笑，声音哑哑的，擦过她的耳际："但这是最后一次。"

可能是被那压得有磁性而低哑的嗓音灼的，顾念感觉自己的脸颊热了起来。

她快步走到那把唯一空着的椅子旁，椅背后，卓亦萱还固执地站在那儿，身体发僵，一动不动，脸色发白又失魂落魄似的望着骆修的侧影。

有那么一两秒，顾念是有点儿同情她的——看起来一直不太聪明的样子，一副大小姐脾气，好像确实很喜欢她家宝贝"鹅子"。

不过，这大小姐强势得能把她"鹅子"压到墙上欺负……

不行不行，这种"鹅媳妇"不可以，"鹅子"以后会被欺负的。

念·恶婆婆·顾想完，严肃地板起脸道："卓编剧可以让一下吗？我要坐下了。"

卓亦萱回神，眼底闪过难堪的情绪，但最后还是将其压了下去，抬头看向顾念，低声开口："我可以和你交换位置。"

顾念怔了下，回头看去。

卓亦萱挤出一个笑。她坚信以骆修的性格绝对不会透露身份，所以毫不介意在这个时候让他看清楚这种底层小人物的本性。

卓亦萱侧过身，让顾念的目光能顺利看到她身后的主桌："坐在那桌上的，你看见了，除了男、女主演，就是耿导和林导，剩下的那几个位置，你知道是给谁留的吗？"

"是《有妖》的资方。"卓亦萱转回来，隐藏着眼底的高傲和不屑，循循善诱道，"只要你的名字能在任何一人那儿留下印象，以后你的编剧路子就前途无量了。现在，我把我那个位置让给你，你——"

"卓编剧说完了吗？"顾念懒得听完她的话，插话道，"说完了的话，卓编剧可以回去了。"

卓亦萱呆了几秒，表情都有点儿狰狞了："你最好考虑清楚，别以后后悔。这样的机会你真不要？"

"不要，谢谢，受不起。"顾念语气平淡，重新抬起眼，说道，"您请回。"

"现在打肿脸充胖子，你以后别后悔！"

卓亦萱踩着小高跟鞋，"啪嗒啪嗒"地回邻桌去了，听那力道似要把它楔进地里。

顾念顺心地落座。

折成漂亮形状的餐巾刚被她拆开，她耳边便响起带笑的低哑声音："真不会后悔吗？"

"后悔什么？"顾念抬头。

对上那人的眸子，顾念思索两秒，悟了。她勾了下嘴角，垂下眼去："没什么好后悔的。"

"她没有骗你，说的是事实。"

"嗯。"

骆修笑着垂下眼："那为什么不后悔？"

顾念纠结地等了一会儿，还是没忍心不回答宝贝"鹅子"："我不想背后说别人的坏话……你真想听？"

"嗯。"

"好吧。"顾念重新铺好餐巾，"卓编剧自己用惯了外力，可能都把这些当成晋升必然的途径了，但我不会。我不喜欢那样。"

骆修眼神微动，抬眸望向她。

顾念没察觉，依旧懒懒耷着眼摆弄自己腿上的餐巾。

"我的'前途无量'，只有我想不想，不需要任何人来让。她也不配。"

笑意在那双深不见底的眸子里慢慢加深，与此同时，他心底那种仿佛就要压抑不了的渴望越来越重。

顾念铺好餐巾，感觉身边好久没了声音，茫然地向旁边看去，便对上了黑沉得似乎光照不进的眼瞳。

顾念怔住。

但就好像她的错觉，等她回神重新看去，那双眼睛里只有骆修温润的笑意。

顾念茫然了两秒，问道："怎么了？"

"没什么，"骆修转回去，淡笑着说，"只是想不通，刚刚那些话为什么不说给她听。她应该还认为，你会为今天的选择后悔的。"

顾念点了点头，声音依旧轻得显得有些慵懒："随便她啊，我又不在乎她。"

骆修眼底的笑意深了些。

他没望她，像真无辜也真不知地问："那为什么告诉我？"

顾念想都没想地说："当然因为骆修先生和别人不一样。"

意料之中的答案，还有比意料之中更愉悦的愉悦感。

还有，他好像快没办法掩藏和压抑心里的渴望。

骆修眼底掀起的波澜太盛，有一两秒他不得不狼狈地垂下睫睑才得以遮掩。情绪如绷紧的弦将断，恍惚中他有一种精神都被撕扯到疼痛的感觉，但乐在其中。

顾念。

他在心底一遍一遍地无声念着，像拿这个名字去平息他心底无边的欲壑深渊。

杀青宴至后半局，宴会厅里早就不分桌椅。

圆桌被玩成了自助桌，没几样饭菜，倒是摆满了各种各样的酒品、饮品。

头桌旁有一坐一立的两道身影。

顾念感觉头晕得厉害，明明站着，看脚边地板的距离却好像时远时近。

偏偏面前这个大叔今晚好像就是为折腾她来的，一杯一杯喝个不停，话多是冲着坐着的骆修说的，酒杯却自觉地往她面前递。

“小姑娘年纪不大，酒量不小啊，没少跟着出来折腾吧？”

“还……好。”

“还好？哈哈，现在的年轻人可真谦虚。你要是还好，那你老板可不会带你出来。来，这杯还是你来对吧？”

“嗯。”

顾念这次对焦了两回，才终于确定那个在她眼里摇摇晃晃的酒杯的位置，伸出手去——

“啪”。

她的爪子被拍了下去。

手腕一紧，顺着那力道，顾念被起身的骆修拉到了身后去。

“她的酒量确实一般。”

他素来一成不变的温和从容，此时已不剩几分，反透出凉薄的凌厉感。

“嗯？小姑娘自己不是还没说什么吗？”是剧组资方的中年男子端着酒杯顿了下，随即笑道，“带着漂亮的女助理出来，就得有被灌酒的觉悟嘛，年轻人，气不要太盛。”

“嗯，对！”

这一声是从骆修的胳膊旁边冒出的那个脑袋应的，应完以后她还歪了歪头，认真地对骆修说：“我觉得……我可以再喝两杯，不……不对，三杯！”

小姑娘将竖起的五根手指压下了一根，认真数了一遍剩下的四根手指，小声咕哝了一句：“对，三杯。”

骆修叹了一口气。

女孩的几根手指被他抬手握住，牢牢攥进掌心里，然后他抬眼看向那个面相让他生厌的中年男人：“我的助理醉了，失陪。”

“哎——”中年男人抬手，可惜没来得及有任何再多话的机会，就只能看着骆修侧回身，把女孩半护进怀里，往宴会厅外带。

厅门外，长廊寂静。

“四……不对，这是三……三杯！”

拐过拐角，骆修好不容易钩下女孩认真和他辩论自己到底长了几根手指的手，还未压住，就见电梯间前似乎等了很久的两个人。

编剧小组的……骆修思索了一两秒，坦然放弃。

名字他忘了。

“有事？”他抬起眼，神色冷淡地问。

江晓晴和秦园园愣了下。回过神后江晓晴就要扑上来：“你……你……你要把顾念带哪儿去？”

骆修："楼上的房间。"

骆修侧扶着顾念的肩，绕开傻住的江晓晴："借过。"

秦园园在后面大着胆子挡了一下："我们不可能让你把顾念带走的！我……我们带她回去休息！"

"没错！"江晓晴也回过神，快步绕回来挡在骆修面前。

骆修的眼神一瞬间变得凌厉而冰冷。

秦园园伸向顾念的手都僵住了。

江晓晴更是吓得不轻，攥着手机颤声道："你……你……你别乱来啊！我们三个人呢，而且我……我可是会报警的！"

骆修垂了垂眼，慢慢缓下呼吸，重新抬眼，说道："你们三个人住的是两人间吧？"

江晓晴下意识地答道："是啊。"

秦园园扯了她一把，她回过神，警惕地扭头问道："你……你问这个干吗？"

"717是我的房间，内外套房，她不需要下楼，可以睡在我那边。"

江晓晴炸了："不行！你们孤男寡女的，顾念又喝醉了，我们怎么可能放心她和你一起？！"

"你也可以让她选。"

骆修垂眸，看向肩前的人。

被他抓住两只爪子后的小姑娘分外安静，听话得只有眼睛扑闪扑闪的。她的眼睛此时乌黑晶亮，比她平常蔫蔫的模样活泛多了，就是脑子可能不在线。

不过她有本能在就够了——按照他现在对《养鹅日常》的熟悉度，他很清楚顾念会做出怎样的选择。

骆修开口，声音下意识地放低，比对江晓晴两人说话时轻了不知多少："顾念？"

顾念仰起头，不说话地望着他。

骆修："我叫什么名字？"

顾念："骆……修。"

骆修："她们是谁？"

顾念飞快地看了两人一眼，立刻把目光落回骆修的脸上："不认识！"

骆修都意外了一下。

须臾后他的嘴角忍不住地勾起，露出今晚耐性告罄前最后一次淡淡的笑："我和她们，选一个，你要跟谁走？"

"你！"顾念丝毫没有犹豫。

"好。"

即便明知道女孩不会对他的回答有反应，骆修还是低声应过，然后才抬眸看向两人，那双琥珀似的眸子重归冷淡："你们听到了？"

江晓晴回过神，气愤地道："她喝醉了，根本没法分辨！"

“我可以的。”骆修扶着的小姑娘绷着脸，认真严肃地回答。

江晓晴差点儿气晕。

虽然秦园园很怕骆修，但更不敢让骆修就这么带走顾念，咬着牙开口道：“骆先生，你可能误会顾念了，她对你不是——”

“我知道。”骆修打断她的话道。

秦园园愣了愣，抬起头来。

“她现在将我视作什么，我不介意，因为将来总会更正。”骆修眼神深沉地道，“但那是我和她之间的事情，你们现在也无权插手。”

“我们才不是要插手，”江晓晴急道，“我们只是怕——”

骆修的最后一丝耐性彻底被消磨殆尽。

他懒得再听她们说什么，直接从裤袋里拿出手机，指腹一拨，手机发出“咔嚓”一声，前置镜头给靠在他怀里半晕半醒的小姑娘拍了一张照片。

骆修瞥过一眼，将照片展示到两人眼前：“合照。”

江晓晴和秦园园蒙了，没懂骆修要做什么。

骆修收回手，又打开录音，半垂下眼眸，神色冷淡，对着话筒说道：“如果顾念明天有任何意外，那就是我做的，请报警抓我。这些是所有物证。”

录音结束。

骆修直接将那部手机扔给了江晓晴。

他冷冷地抬起半垂的眼，眸子里无半点儿往日的温和：“这样够了？”

两人呆住。

骆修没再理会两人，带着顾念径直进了电梯。

关上的电梯门外，两人艰难地回神。

江晓晴：“顾念之前怎么说她‘鹅子’来着？”

秦园园：“温柔、天真、善良的天使。”

过了半晌，江晓晴长长地叹了口气：“年纪轻轻的，眼睛说瞎就瞎了。”

第八章　恶龙的温柔

白衬衫被揉起了褶皱。

骆修右手虚握成拳，抵在左肋下轻揉了揉。

整洁干净的卫生间里瓷砖白得发光，只开了一盏侧灯，灯照着镜子里修长的身影，那碎发下眉头微皱。

骆修的胃病确实不轻，一犯起来就是火烧火燎一样或刀割般疼。

今晚的杀青宴上，递向他的酒杯都被护犊子似的小姑娘全数拦下了，他滴酒未沾。但这种不分餐的聚餐，骆修只碰第一筷子的食物，再加上一直盯着顾念谨防她醉倒，一整晚基本没吃东西。

胃部的疼痛在宴会厅里就已经开始发作，电梯间外他被拦时已接近忍耐的极限。

到他刚刚把人带回房间，耳边清净下来，强忍的疼痛开始肆虐。

骆修扶着冰凉的大理石洗手台，停了数十秒才终于熬过那疼痛剧烈的阶段。

他抬手摘了眼镜，将其撂到一旁。

洗手间干区紧挨着衣帽间，骆修转过身去，拉开其中一扇抽屉，从里面翻出个药箱来。

他从白色药瓶里倒出两粒形状奇怪的白色药片吃下。没用水送，苦涩感在舌尖上多停了一会儿。

就在这一两秒里，他听见不远处响起窸窣的声音。

骆修回眸。

洗手间干区的门是双页木框的大推拉门，上面是厚实的磨砂玻璃，一个胡乱穿着外套、光着脚丫的小姑娘扒在那扇关着的门后，歪露出半个脑袋，眼瞳乌黑，巴巴地望着他，但表情还绷着："你是不是在偷偷吃糖？"

骆修叹了口气，觉得无奈又好笑。

他实在没想到顾念喝醉以后会是这么个叫人头疼的性子，如果提前知道，那做顺水推舟的决定以前他或许会再考虑两秒。

骆修沉默间，小姑娘已经受“糖”的诱惑，从推拉门后的阴影区里慢慢挪过来了。

顾念从走近到停下，眼睛始终一眨不眨地盯着骆修手里还没放回去的白色药瓶：“我能不能也尝一颗？”

“不能。”

不知道是喝了酒还是别的什么缘故，那双鹿眼格外水汪汪的，她仰起头，似乎打算通过憋出眼泪来获得同情进而得到“糖”。

骆修隐下笑意。药瓶在他干净的掌心里滚过半圈，晃出药片撞击瓶身的轻响。他扶着衣帽间的推拉门，低了低身，笑问：“真的想要？”

女孩的眼睛亮了：“嗯！”

“不给。”

当着酒醉的顾念的面，不掩饰真面目的恶龙残忍地把药瓶放进小药箱，然后锁进了保险柜里。

骆修合上衣帽间的推拉门，一转回来，就先对上不知道何时凑上前的小姑娘欲泣的眼睛。

骆修身影一停。

早在初见他就知道顾念藏着戏精属性，只是没想到酒后不用他勾，她就已经自动暴露得这么彻底。

虽然知道是装的，但真在那巴巴的眼神下，骆修还是没能扛住太久。

他无奈地抬手，敲了敲金属保险柜：“不是糖，是药，而且很苦。”

“是……吗？”顾念露出不太确信的模样。

“嗯。”

小姑娘低下头想了一会儿，突然抬头，表情严肃地问：“是治你胃不好的药吗？”

骆修怔住。

他没想到就算醉成这个模样，顾念还一直记挂着他的胃病。

看来今晚他真的让她担心不少。

骆修抬手揉了揉小姑娘的脑袋：“没关系，已经好了。”

顾念似乎想躲，但最后还是忍住了，木着脸站在原地被摸了摸头。等骆修垂下手，她才抬起眼一本正经地道：“你不能摸我的头。”

“为什么？”

“这样于礼不合。”

骆修忍了忍，还是没忍住，屈指轻敲了下她的额头，无奈地道：“明明比我小两岁，脑袋里却整天想些没谱的事情……什么于礼不合，嗯？”

顾念捂住了额头。

骆修收手时顺势握住了她的手腕，牵着小姑娘出了洗手间。

套房的玄关只亮着小小的两盏夜灯，灯光昏黄，骆修踩着脚下的影子，想把顾念带去里间让她休息。

但还没走出两步，手里一空，他就被小姑娘给挣脱了。

骆修回眸看去。

顾念指着自己身后、和他们去处反方向的套房门，脸蛋上有藏不住的兴奋神色：“我们出去玩吧！”

骆修无奈地道：“你是夜猫子吗？”

顾念认真点头。

骆修：“但是这个时间了，外面已经没什么好玩的去处了。”

顾念：“那就散步！”

看得出顾念很执着，骆修也没有拧她的意思，他只看了一眼顾念身上单薄的衣裙，还有踩着地毯的光脚丫。

“稍等我一下。”

“嗯！”

片刻后，骆修拎着终于从房间里两个神奇的角落找到的黑色细带高跟鞋，臂弯里搭着件他的休闲西服外套，回到玄关里。

顾念一动不动地站在原地，非常听话，显然是在等他回来。

骆修一直走到她面前，隔着十几厘米时停下，屈膝弯下右腿，将手里拎着的细带高跟鞋放在她的脚旁。

骆修抬头，褐色眸子在灯下像温柔的湖泊：“你自己可以穿吗？”

“嗯！”顾念点头。

骆修：“你可以扶着我的肩。”

“好！”细白的手搭在他一侧的肩上，顾念弯下腰去努力穿鞋。

柔软的长发垂在他眼前，带着淡淡的花香，骆修眼里黯了黯。

看着毫不设防的小姑娘，他哑笑了下，声音低低的：“虽然知道你不会记得，现在大概也听不懂……我很想为你做这种亲密的事，但是这种时候，还不可以。”

“我想对你更卑鄙些，但我怕会失去你。”

顾念忙活了好一会儿，终于把两只鞋都提好了。她听见了最后一丝若有若无，好像藏着很深沉、很复杂的情绪的声音，但是很模糊。

顾念直回身，茫然地垂了垂眼，看着仍保持那个半蹲半跪姿势停在她腿前的男人：“骆修，怎么了？”

“没什么。”骆修起身，情绪退去，褐色眸子温柔如常，“走吗？”

“好！”

说好的出去散步，最后两人只绕酒店一圈，就回到大堂内了。

今晚的酒店被剧组包了场，绝大多数人还在6楼的宴会厅里觥筹交错，极少数回了房间，也就使得楼下大堂里冷冷清清的。

顾念和骆修回来的时候，大堂里除了两位值班的前台，一个人影都不见。

顾念蔫在原地："不想回房间。"

骆修："2楼有片露台，想去那边坐会儿吗？"

顾念"嗖"的一下充满电抬起眼，用力点了点头。

露台同样无人，四角各自亮着一盏路灯似的小灯，瓦数不高，在夜色里像被风吹得摇摇欲坠的星子。

几张零散的圆桌和藤椅不规则地分布在做了架空的木板露台上，无人问津。

顾念从长廊通向露台的门一进来，就已经兴奋地朝圆桌、藤椅跑过去了。毕竟是在2楼，骆修怕她有危险，立刻跟上去。

所幸顾念酒醉后也算听话，只对着藤椅挑挑拣拣。把其中两只拉到一起，然后小姑娘就仰起头，拍打着椅背朝骆修笑："快坐、快坐。"

小姑娘跟只被捞上岸拍鱼鳍的小海豹似的。

骆修不禁垂眸，压住眼底莞尔的笑意。

他将臂弯间挂着的休闲西装外套拎起来，轻轻一甩，把小姑娘包进去了："晚上风太冷，小心着凉。"

"我不冷！"小姑娘梗着脖子嘴硬，说完就打了个哆嗦。

沉默两秒，她若无其事地扭开头。

骆修敛下含笑的眼。

两人坐下没几秒，顾念拖着藤椅往骆修那边靠了靠，然后趴到圆桌上，歪着头枕着胳膊："骆修，你陪我聊天吧！"

骆修感到意外。

他以为他才是要等机会切入某个话题的那个人，没想到顾念先开了口。

回过神，骆修勾了下嘴角，顺水推舟道："聊什么？"

顾念兴奋地道："剧本！"

安静一两秒后，夜色里混进声低低哑哑的无奈轻笑。

"我就不该对你抱希望。"

"嗯？"顾念听到了，茫然回头。

骆修问："怎么突然又想聊剧本了？"

"没有突然。"顾念一本正经地绷着脸，"杀青宴前我们还没聊完角色的部分呢！"

如果不是小姑娘的眼神还迷迷离离的，声音也是平常清醒时她绝不会和他用的那种有点儿软绵还带点儿鼻音的，那骆修大概要以为她已经醒酒了。

"醉成这样，还记得工作……"骆修笑起来，"可惜了，竟然没人给你评劳模。"

"那不需要。"顾念摇头晃脑地表示拒绝，然后更晕乎了，咕哝着说，"自由创作者，就是要靠自……自觉才会成功的！"

骆修眼神一闪，原本都不想逆着她的意思刻意试探了，可这是她主动送上来的。

顾念揉着发晕的脑袋时，就听见耳旁有个好听得可以蛊惑人的声音，好像随意地问了一句："那你这样自觉敬业，成功过吗？"

听见这个问题，小姑娘"嗖"的一下抬起了头。

头也不晕了眼也不花了，顾念警惕又怀疑地盯着面前的人。

那人倚在藤椅里，神色从容温柔。

看清楚那再熟悉不过的五官，顾念慢慢放松下来，但从嘴巴里出来的回答仍旧是否认："没有……我没红过，我就是个小……小编剧。"

骆修的笑意微沉。

能叫顾念在这样的酒醉状态下仍做出应激反应、时隔两年依旧讳莫如深……当年盲枝退圈，果然不会是因为一件小事。

能让她退学的，是谣言吗？

骆修按下心底微微涌动的情绪，只顺着她的话问："那还想再红一次吗？"

酒醉的小脑瓜实在扛不住恶龙的引诱，顾念"啪"一下跳了坑。

"想！"小姑娘严肃握拳。

骆修被她一堆奇奇怪怪的表情逗乐，心绪微沉也忍不住失笑。

顾念听见了，严肃警告他："你不要笑，我是认真的！"

"有多认真？"

"嗯……我以前发誓过再也不要火了，只想过非常非常非常平淡、任何人都看不到我的生活。"

骆修笑意一敛，抬眸望着她。

顾念皱眉："但现在我改变主意了！"

骆修回神："为什么？"

小姑娘突然不说话了。

她木着脸一动不动地坐在椅子里，一直过去好几秒，突然扒住圆桌边缘，凶巴巴地虎起脸瞪着圆桌，好像那上面刻着她的仇人似的。

"宗诗忆，坏女人！"

骆修还未理解这句突然转折的话的意思，就见顾念扒着桌边，"砰"的一下把额头磕上去。

骆修一惊。

这画面他并不陌生，抱桌磕头的小毛病顾念也不是第一次犯了。

只是这回她喝醉了，他怕她没个轻重，起身便想等顾念再抬头就把她的额头护住——

结果小姑娘在哪儿"摔"倒就在哪儿趴下了，两只爪还是牢牢抱着桌边。小姑娘保持叩头的姿势，停了几秒。

"呜呜呜呜呜！"她开始哭了。

生平第一次，骆修感受到这种好气又好笑，还手足无措的复杂情绪交织的感觉。

他扶着桌沿压低身问：“顾念？”

“呜呜呜呜……”

小姑娘忙着哭，抽空回了他一个上升语调。

骆修：“你怎么了？”

顾念：“我难过，呜呜呜。”

骆修：“为什么？”

顾念：“因为有人欺负骆修！”

再想起那句愤慨的“宗诗忆”，骆修须臾就明白了前后因果。

想通的那一秒，他肋骨间闷疼了下，那疼远比简单的疼痛感更深、更触动他，也更入骨。

骆修垂眸，似笑似叹道：“所以，是为了骆修？”

“嗯！”小姑娘突然仰起头，顶着被自己撞得发红的额头，认真地望着前方的夜色，眼里泪还没尽：“他没有背景，那……那就我来做他的背景！欺负他没金主捧，那就我来捧！等……等我成了金牌编剧，谁都……谁都别想再删我宝贝‘鹅子’的戏份！”

骆修怔住。

顾念回过头，借着小灯看清楚了俯低身站在自己旁边的男人。

呆滞两秒，小姑娘一个前扑，在最恰当的高度抱住他的腰，埋脸痛哭：“呜呜呜呜……宝贝‘鹅子’你不要怕，妈妈总有一天会成为金牌编剧的，到时候妈妈会更加努力地保护你，谁都不许再欺负你，不许！妈妈一定能捧红你的！”

骆修僵着身体垂眸望着抱着他的腰身、眼泪把他身上单薄的衬衫都哭湿了还一边哭一边喊他“鹅子”的女孩。

沉默半晌，骆修认输地说了声：“好。”

他温柔地摸了摸女孩的头：“不哭了……让你捧。”

老母亲的眼泪是被一通手机来电叫停的。

刚掏出手机的时候顾念还抽搭着，泪眼蒙眬地看清来电显示上的“速速跪下接旨”，条件反射似的打了个嗝，眼泪应声收住。

默视两秒，顾念“啪嗒”一声把手机正面朝下拍在了圆桌上，手机自动进入静音模式。

骆修问：“谁的电话？”

顾念蔫蔫地揉眼：“我妈的。”

骆修：“这样不接，可以吗？”

“在死和半死两个后果之间各有 50% 概率吧。”顾念咕哝。

骆修失笑：“那还不接吗？”

“不要。”

“为什么？”

“因为她肯定又要念我……”

“念你什么？”

“就是找男朋友啊，相亲啊，为什么不通过对方的好友申请，为什么通过了又把人删了之类的。”顾念的声音越来越低，最后她干脆枕着胳膊趴回桌上去。

骆修眼神一晃，“找男朋友？”

“嗯。”醉得迷糊的小姑娘闷声应道。

“你不是已经有男朋友了？”

“嗯？”一张茫然的脸努力仰了起来，“我有男朋友了？”

“嗯，你自己说的。”

小姑娘闻言低下头，紧紧皱了好几秒眉，似乎在记忆的角落里努力扒拉着翻找自己那个不知道丢在哪儿的男朋友。

沉思许久后，她松了眉心，咧开一个傻乎乎的笑，白净的爪子一挥——

“怎么可能！”

骆修：“嗯？”

小姑娘骄傲地挺胸道：“我顾念母胎单身二十二年，哪里来的男朋友？”

骆修低垂下眼，似无意地问，“那之前朱涵宇在你的通讯录里，看到那个姓林，名字最后一字是‘天’的人，问你，你说他是你男朋友。”

“林天？林什么天……啊，你说林南天！”小姑娘嘿嘿地傻乐，“她是我好朋友！闺密！我们两个从小一起长大的，她对我可好可好可好了！”

露台上风声渐歇，然后在某一秒蓦地呼啸而至。

“原来……”骆修嘴角一勾，眸子被夜色染得漆黑，“果然没有男朋友啊。”

“没！有！”顾念骄傲地举起双手。

骆修深望着她，须臾后垂眸，失声轻笑起来——

即便发现她是盲枝时他就对“男朋友”的存在早有怀疑，但此时哄她亲口说出来，也还是有完全不同的愉悦感。

酒醉的顾念完全不懂宝贝“鹅子”为什么突然就笑了，还笑得很……好看，和平常完全不同的好看，低垂着的眼睫上好像落了星子的碎粉，在光下熠熠闪烁的，让人挪不开眼。

顾念呆呆地看了好几秒，轻声问：“你心情好吗？”

“嗯。”骆修抬起眼，弯着嘴角，“从未有过的好。”

“是有什么很开心的事情吗？”

“嗯。”

“是什么？”顾念拖着藤椅往他腿前靠了靠，好奇心满盛在眼底，“我也想听。”

“等以后吧。”

“嗯？”

“以后，我一点点说给你听。”

“噢。”

顾念遗憾地点了点头，但没失落多久，就“嗖”的一下又转回去了：“那我们继续讨论剧本吧！”

骆修无奈地笑道：“你是工作狂吗？”

顾念严肃地说：“早一点儿努力，早一点儿成名，早一点儿捧红你！”

骆修莞尔，垂手揉了揉她的头：“好，你还有什么想调查的，问吧。”

“嗯！”

顾念工作的心是坚定的，但可惜被酒精麻痹的大脑先她的意志一步投降罢工了。

顾念问到最后一个“从饰演者的角度，你怎么看云昙这个角色”的问题时，声音已经轻得像梦呓，眼皮直打架，脑袋也点着点着，就往桌面落去。

骆修一抬手，在小姑娘的脑袋磕到圆桌上前，适时托住了她的额头。小姑娘的脑袋往下缓冲了几厘米，在桌面上方将将停住。

顾念抬头，眼神呆滞地甩了甩脑袋：“嗯，我睡过去了吗？”

骆修莞尔：“回房间吧，时间不早了。剩下的问题我可以明天再回答你。”

“不……不行！”小姑娘坚决否定。

“怎么了？”

“明天我们就要离开这里了。我要回我们编剧小组的出租屋里写剧本，你也要回定客传媒，努力接通告。我们见面的可能性又要变成零了……”

女孩的声音和头低落了下去。

但是不等骆修安慰，她自己就突然抬头：“但是没关系的，我一定会加倍努力！等妈妈成了金牌编剧的那天，就是我们母子团聚之时！”

心底刚刚被勾起的柔软和感动情绪，一瞬间就清零了。

骆修忍下了伸手过去把小姑娘搓圆揉扁的冲动，笑叹了声，然后慢条斯理地发问：“年龄上，我比你长两岁；身高上，我比你高二十几厘米；性格上我也不该是让人觉得可爱的类型。所以你是怎么回事，嗯？”

顾念被耳边这个低低的温柔嗓音哄得晕乎乎的，傻跟着他的思路走：“什么，怎么回事？”

骆修在她身旁的藤椅上坐下来，靠着扶手望着她，眸子里像落了星河，含着点点笑意：“为什么要把我当儿子？”

顾念表情纠结。

骆修：“我不好看，还是我不是你喜欢的类型？”

顾念听了立刻抬头，严肃地道：“胡说，我宝贝‘鹅子’天下第一好看，怎么会有人类不喜欢我‘鹅子’这种类型？”

骆修觉得好气又好笑。

他忍住上去给顾念捏住叨叨的嘴巴的冲动，耐心哄骗着她说答案：“那是为什么？”

顾念沉默了会儿，小声咕哝：“可能因为，就是太好看了吧。”

骆修顿了顿，撩起眼。

顾念低着头，自言自语似的说道：“你很善良，又很温柔，对人就像天使一样，长得也像。你是我见过的最好看的人。这样的你应该被很多很多很多人喜欢，也一定会有那样一天的。”

骆修：“所以呢？”

“所以……可能很多妈妈粉是真的在最开始把宝贝‘鹅子’当崽崽看待，只是后来变了……应该还有一小部分，像我……”

小姑娘的声音差点儿把她自己哄睡过去，她脑袋点了一下，落空，又醒过神来接到后半句——

“像我，我知道你以后一定会遇到一个很好、很优秀的女孩，我很想看着你成长、变好，不想因为这个女孩的出现而离开……所以最简单的办法，就是在最开始给自己画下一条明确的界限。”

说到这儿，女孩停了下。

她仰起脸，醉着弯着月牙似的眼，朝骆修露出一个灿烂的笑：“办法就是把你当‘鹅子’，这样妈妈就能一直陪着你啦！你高兴我就高兴，你难过我就难过……只要我不越过那条界限，就没有人会受伤害！”

骆修怔怔望着女孩，失语半晌。

顾念精神回来，转了转脑袋就想起自己未完成的剧本复盘：“哦对，你还没有告诉我，你对云昙这个角色怎么看呢。”

骆修回神，声音轻下来：“云昙大概是个不幸又幸运的人。”

“嗯？”顾念意外，“我还从来没想过这种评价……说他不幸我好像可以理解，明明是佛坛圣物优昙花，却被无辜牵连，入魔不说，开了灵智动了凡心，损了心性毁了修行，最后还是求而不得。”

“嗯。”

顾念：“这个角色从最初我们组内设定的时候就是属于悲剧性的，哪里幸运？”

骆修：“他自己觉得。”

顾念一怔，抬眼去看骆修。

骆修察觉她的目光，视线接上她的：“如果我真是云昙，那我不会后悔。就算让我知道了一切结局，再让我回到最初和丁乔相遇之前，我依然会选择和她相遇，会做和他一样的事情……至少绝大多数选择是一样的。”

顾念不解：“为什么？那些不幸都是因为丁乔，佛家八苦里讲爱别离、求不得，丁乔不正是云昙所有苦难的来源吗？”

“对，她是。”骆修说，“正因为那些苦难因她而生，所以对云昙来说，即便那是苦难也是他所不愿舍弃、想要珍惜的。”

顾念陷入沉思。

许久后，顾念点了点头，绷着脸严肃道："我回去以后会好好考虑这一点角色内心的，谢谢你。"

骆修被她明明醉得眼睛都眯起来还绷着脸一本正经的模样逗笑："好。"

顾念扶着圆桌，慢慢起身："我觉得我……我有点儿醉了，我们回去休息吧。"

骆修失笑："你现在才觉得吗？"

"嗯……"

顾念站直身后被一阵夜风吹得有点儿晕，脑子里也好像有什么转来转去的，连骆修的话声都变得遥远而模糊。

她晃了晃脑袋，然后更晕了。但在这眩晕感里，她想起什么，回过头。

"哦，对了，还有最后一点……"

骆修虚扶着看起来摇摇欲坠的小姑娘，褐色的眸子温润地望着她，像温柔的湖。

顾念被蛊惑了一两秒，眨眨眼："你刚刚说，绝大多数选择……和云昙一样。"

"嗯。"

"那不……不一样的那个选择，是什么啊……？"

骆修垂眸，轻笑了声。

这个反应叫顾念茫然："你笑什么？"

"是惊讶。"

"惊讶……什么？"

"惊讶你的敏感。"骆修抬起眼，眼神深沉，"这是身为编剧的职业本能吗？"

如果顾念此时还清醒，如果清醒时观察力还在，那一定会发觉此刻眼前站着的骆修仿佛又入戏到她笔下那个入佛也入魔的优昙花了。

可惜她没有。

这会儿的顾念醉得将到最厉害时，所有下肚的酒精全被夜风吹上了头，搅着困意，迷迷糊糊的，让她站直了看清楚面前骆修的身影和五官都困难，更别说分辨他的神色和情绪了。

所以顾念只迷茫地在陆离的光影间捕捉到那人清瘦的影子后，不解地等待他的答案。

"我唯一会和他不同的选择，在最后一幕。"

"嗯？"

顾念被酒精熏得麻木的大脑有些转不过来，没想通这句话，茫然地回过头。

那人的身影在半明半暗间，表情模糊，让人无法分辨。顾念只听得到对方似乎声音带笑，低低哑哑的："如果是我，在那座石壁下我不会放她离开。"

"那要……怎么做？"

"我会从妄无涯手里夺走她。妄无涯是死是活我不在意，如果她难过，那就让她忘记他。世上总有办法。"

骆修说完以后很久没有等到回应，以为是他的话吓到了顾念，回过头去，却发现女孩歪着脑袋靠在他的肩膀上，已然醉得昏睡过去了。

骆修一怔，随即无奈地垂眸："你可是把最后一次'逃生预警'就这么错过了。"

自然没人回答他。

骆修弯腰将人横抱起，往露台的出口走去。

但刚从铺着镂空木板的台阶前走下，骆修就听到露台入口处传来人声。他抬眸望过去。

来人他认识，至少是认识那张脸的——正是那个在今晚的杀青宴上发现是顾念替骆修挡酒后，就一直拿着酒杯来灌顾念酒的中年男人，也是《有妖》剧组邀请的资方代表人之一。

此时的中年男人早已喝得满面通红，大约是被服务员介绍来这座酒店唯一的露台上醒酒的。

他显然也认出了骆修，离着还有几米就停下脚："你不是那个……"

含含混混的声音，在目光移到骆修怀里昏睡的女孩身上时，戛然停住。

停了几秒，中年男人望着昏睡不醒的女孩，慢慢露出个难看的笑："我记得你，你是那个……剧组里的演员，对吧？"

骆修不语。

露台的入口不宽，是扇单页的门，这个脑满肠肥的中年男人堵在门前，就只剩下一条细窄的半人宽的缝，骆修抱着顾念没办法通过。

他正思索间，中年男人见他不语，望着他怀里的顾念色眯眯地笑起来："这是你的女助理吧？长得很漂亮的一个小姑娘啊，你这是准备带她去哪儿？楼上，开房？"

骆修回神，侧了侧身，将顾念挡在中年男人那恶心的目光外，然后才冷淡地低声开口："和你无关，让开。"

他顾及靠在他胸膛前的顾念，刻意压低音量，免得胸腔振动吵醒了她。

中年男人难以置信地愣了几秒，气笑了："哟，新鲜……多少年没听见个小艺人胆子这么肥了。你知道我是谁吗？你就敢这么跟我说话？以后你不想在圈里再混了是吧？"

骆修懒得理对方。

对这种在一张难看皮囊里满盛着肥油和垃圾、从没产生过完整人格也缺乏最基本的人性常识的社会失败产物，他一贯是懒得动怒的。

只要那恶心的目光不要再沾到他怀里的人，他不介意自己在垃圾的眼里有任何标签和形象。

这种东西也不值得他有任何情绪。

骆修的想法，中年男人自然不知道。他面对过的每一个小艺人确实对他毕恭毕敬，就像今晚他在剧组、酒店里经历过的一切阿谀奉承和迎合一样。

骆修不说话，他就以为这个年轻男艺人是怕了。

中年男人得意地笑起来："你还算识抬举。年轻人，狂气点儿，说话没压住脾气也算正常，我可以不和你计较。只要……"

中年男人的目光慢慢下移，带着更加猥琐恶心的眼神和笑容，他看向了骆修怀里的女孩。

"喏，只要你跟我道个歉，然后表示一下道歉诚意，那我就能不计较你今晚的言语过失。说不定心情一好，还能给你找个一番、二番的角色让你在观众面前多露露脸——道歉的诚意嘛，也不用多，就把你这个女助理送给我——"

"我也给你最后一次机会。"

温柔轻细的男声低低地打断了他的话。

中年男人一愣，看见站在他对面的青年人眉眼温和，眸子如琥珀般剔透，连笑意都让人如沐春风。

中年男人下意识地问了句："什么机会？"

青年人眸子微动，示意了下他身后的露台出口，然后含笑的眼神落回，再开口时，声音温文尔雅，轻得像是怕吵醒了什么人："最后一次机会，自己滚。"

中年男人陡然回神，大怒得脸色涨红。

他气极了，喘了几口气才从脑子空白的状态中出来，终于组织好语言破口大骂："给你脸你不要脸了是吧？你以为自己是个什么玩意儿？平常看都不配我看你一眼的十八线货色，长一张小白脸你就不知道自己姓什么了是吧？！"

怒骂之后，中年男人气极地往前扑，但只见着面前的青年人右腿向后退了一步，以左腿为支点，身体一转——

酒精不只麻痹了大脑，也麻痹了掌握平衡能力的小脑，中年男人狼狈地扑了个空，还差点儿摔到地上去。

他吓出一身汗，艰难地扶着露台边缘的矮墙撑住身。

而在方才，骆修借着后退又侧身避过的间隙，已然站到了中年男人和露台出口的中间。

他垂眸看向怀里的人——在他的保护下，女孩没有被这动静和细微的动作幅度吵醒，看起来睡得依旧香。

骆修眼底的笑意化开。

他重抬起眼，看都没看身后那个身体和脑子都拙笨如猪的垃圾，迈开长腿就要往露台外走。

而就在骆修跨出第一步时，扶着墙喘粗气的中年男人回过第一口气，站直了身往前追了两步，恼怒骂道："有本事你别走！敢惹我，你有几条鸟命够你这么折腾？！我已经记住你的脸了，你以后——不，你明儿就给我等着，看我能不能弄死你个不知死活的东西！"

骆修已经走到露台门前，差一步就跨进去。

骆修从头到尾眼神未动分毫，身后追过来的那些难听的谩骂声对他来说无异于狗吠。

打狗这种事他不需要亲自去做，不然传出去都是他自污身份。

“呸！”

中年男人跨着粗短的腿追了两步就气虚地停下，吐了口唾沫，嘴脸狰狞。

“不就是要玩你的女助理一晚上，还护着，等收拾完你，你这个女助理我还不是想怎么玩就怎么——”

“啪”。

男式休闲皮鞋的鞋跟停在冰凉的地瓷上，发出一声极低极冷的闷响。

那道无动于衷的身影骤停。

薄薄的白色衬衫下，肩背肌肉慢慢绷紧，像是在蓄积某种亟待爆发的情绪。

中年人感到意外，随即露出狰狞的笑：“哟，不当缩头乌龟了？生气了？哦，你这女助理说不得是吧？嘿，行，那我非说给你听听——等收拾了你，玩你的女助理的时候我也不拦着，就让你在旁边——”

那道身影骤然折回。

追到露台门前的中年男人只来得及看见那双几秒前还温润的眸子像秋风乍起，眼神带着肃杀刺骨的寒意。

骆修上前，提腿，给了中年男人当胸一脚。

“砰！”

中年男人感觉自己像被什么飞掷的重物击中胸口，毫无反应余地就身体重心一空，伴着重重的闷响，一屁股摔到了露台上。

麻木之后，胸腔位置强烈的疼痛感席卷而来：“嗷！”

力是相互的，即便暴怒之前早有防备，骆修也退后了两步才勉强稳住身形。刺骨的冰冷情绪从他的眼里退去，他第一反应是低头去看怀里抱着的女孩。

这次没能幸免，动作幅度太大，昏睡的女孩被外界的剧烈晃动给带醒了。

更别说，那个垃圾尖锐的嘶叫哀号声，还像杀猪似的响彻在几米外的露台，想不吵醒顾念也没可能了。

顾念一睁眼，天旋地转之下，先看清的就是模糊成一圈圈的光晕，还有一道影子遮在她的头顶。

“顾念？”

耳边有个声音，低低的，带着一丝还没来得及散去的冷意。

“呜。”顾念应得像一声呻吟。

酒醉的眩晕感在此刻达到巅峰，她完全没法整理出完整的思绪和思考能力，只听得到叫人烦躁的号叫声。

顾念闭了闭眼，还往骆修怀里深处躲了躲，带着醉意和困意喃喃问：“什么声音啊？”

骆修抬起眼，从来温柔的褐色眸子里此时只有刻骨的凉意。

但他笑了下。

也就至少让接下来的说话声进到顾念耳朵里时，仍旧是温和甚至温柔的。

“有人喝醉，在露台上摔了一跤。”

顾念喃喃：“啊，严重吗？要不要我……我给他打 120？”

“不用。”

骆修抱着女孩转身，对身后的惨叫像没听到一样地走了出去。

一如既往的温柔笑意渐染上他垂下的眼角，他声音温和，慢条斯理地道：“最多断了一两根肋骨，会有人来收垃圾。”

骆修抱着顾念走进电梯间，正见到打开的梯门里，显然是听见露台动静的安保人员惊慌地出来。

对方看见他，眼里露出一点儿怀疑之色，张口似乎想说话。

“晚上好。”青年人眼神温柔，微微颔首。

即便怀里还抱着个昏昏欲睡的女孩，年轻人的一言一笑、举手投足间也都透着疏离冷淡的贵气，俨然是个世家出身的公子少爷类的人物。

在真正的四星级酒店里专做安保，这点眼力见这人还是有的。他不敢得罪眼前的年轻人，点头还了礼后迟疑地问：“先生您好……请问二楼露台那边，是不是发生了什么事情？”

骆修温和地笑道：“有人摔倒了，不过问题应该不大。具体原因你们可以查看监控。”

安保人员在这让人如沐春风的笑意和坦然话语下放下了最后一点儿不安情绪：“好的，谢谢您。”

安保人员拘谨地侧了侧身，让抱着女孩的年轻人先进了电梯：“您上几楼？”

“7 楼。”

“好的。”

安保人员帮抱着女孩的男人按下 7 楼按键，就快速退出电梯梯厢。

在梯门将合的最后几秒，准备离开的安保人员听见电梯里的男人开口，依旧是轻柔的声音：

“我住 717。后续有任何问题，直接拨前台留存的电话，不要上来打扰。谢谢。”

在安保人员茫然的目光下，电梯关上，徐徐上升。

顾念是在 717 套房外被迫醒来的，因为骆修不想扰她睡眠而双手横抱她还想拿房卡开门的情况显然无法实现。

他只能把怀里又快睡过去的小姑娘叫醒。

顾念艰难地醒来，双脚着地以后，扒在酒店长廊印着凹凸不平的花纹的壁纸上，跟只小壁虎似的，又困又醉，还咕咕哝哝地念叨：“这床好硬，睡起来一点儿都不舒服。”

骆修拿出房卡刷开门，闻言不禁无声地笑了下。

他侧回身，弯了弯腰，凑近问她："房间里面就有很软的床，要不要去里面睡？"

安静两秒，脸颊泛上酡红的小姑娘扒在墙上，眼睛慢慢地睁开一条缝儿："软……吗？"

"嗯。"

"那要的。"

好不容易把半醉半困的小姑娘"哄骗"进套房里间，不等骆修考虑如何再把人哄去洗漱的问题，顾念揣在怀里的手机突然在安静的房间里炸响起来。

小姑娘靠坐在床头，捧起手机，眯着眼努力看了看。

然后她朝骆修举起手机，秀丽漂亮的小脸上是傻呵呵的笑："宝贝'鹅'你看，是视频通话哎！"

骆修一顿，刚要阻止，却已经晚了。

"啪嗒"一下，顾念点在了接通按钮上，灿烂一笑，将手机放到耳边："喂？"

死寂了两秒后，电话里传出顾媛憋着气的声音："喂个头，这是视频电话，把手机拿下来！"

"噢。"顾念听话照办。

母女俩的脸各自出现在对方的手机屏幕里。

看清楚顾念酡红的脸颊，顾媛忍了忍，额头青筋蹦了下："你现在在哪儿呢？刚刚给你打语音电话你一直不接，我还以为你出什么事了呢！"

顾念左右转了转，对着陌生房间疑惑地问："对哦，我在哪里？"

顾媛忍住顺着手机爬进去把这个憨憨女儿收拾一顿的冲动，问："你又喝酒了？"

顾念转回来，快乐地点头："嗯！"

"我不是告诫过你，就你一杯晕两杯醉三杯倒的酒量，不要在家以外的地方喝酒吗？"

顾念不好意思地笑起来："剧组杀青宴嘛。"

顾媛忍下怒火。

顾念这会儿完全丧失"识时务"这种能力，还红着脸颊睁大一只眼睛往手机镜头前凑了凑："你为什么要这个点给我打电话呀？"

顾媛："你还有脸问。"

顾媛："我前几天让你加人家好友，结果你加完没多久，没聊上三句，就直接把人拒绝，还删好友了？"

顾念眨了眨眼："是吗？过分！谁这么没有公德心？！"

顾媛气结。

忍来忍去，顾媛还是忍不住了，虎着脸道："你说说你，你都二十二岁了，白瞎这么一张脸蛋，都叫人造谣冤枉成'小三'了，还一回恋爱都没谈过！你说你能不能有点儿出息，啊？"

顾媛继续恨铁不成钢地道："你要是让人省心就算了，你看看你现在，自己一个人在外面喝酒都喝成这个样子，你叫我怎么放心？”

顾媛：“你现在还年轻，不谈恋爱不结婚是没事，但等你以后怎么办？无儿无女的，谁给你养老？”

被训得蔫成一团的顾念捕捉到某个关键词，“嗖”的一下抬起了头。

终于有了反驳机会，她眼睛晶亮，声音清脆地道：“我有‘鹅子’的！”

屏幕内外，声音戛然而止。

几秒后，顾媛回过神，大惊失色，吓得老脸惨白：“你未婚先孕了？”

顾念从床边蹦起来，直扑房间中央。

骆修停在原地。

从听见顾念那句话他就预感到了，但到底没忍心不管不顾地把小姑娘一个人撂在这儿。

顾念踉跄着扑过来的时候，他还本能地往前迎了两步，抬手把人接进怀里。

顾念抱着宝贝“鹅子”的胳膊站稳，还咕哝着顺手摸了两把：“噫，看起来好清瘦，但是好像有肌肉……”

顾媛惊恐的声音从手机里传了出来：“你的酒店房间里有男人？”

“嗯？”

顾念回过神，直起腰，在骆修身前跳着，想把骆修的身影拉进被她平举的手机镜头里。

20多厘米的身高差，想靠一个喝醉的小脑拉平显然是不可能的。

骆修无奈地失笑，抬手按住了乱蹦的小姑娘，也扶稳了她举着手机的手。然后骆修俯身，清俊五官映进镜头内。

顾念得逞，扶住骆修的肩，自豪地看着镜头，傻呵呵地炫耀道：“妈，你看，我‘鹅子’——高不高，帅不帅？！”

骆修无奈，和镜头里真正震惊的老母亲对视，温和地道：“阿姨好。”

顾念不赞同地转过头，带着点儿酒精气息的柔软呼吸直往骆修衣领里钻：“叫什么阿姨，叫姥姥。”

6月25日，清晨七点。

某不知名小镇星月酒店，717房间里，熹微的晨光已经照进窗内，落在床边的木地板上。

床上的薄被高低起伏，以向光面和阴影切割交错，勾勒出被子下的两道身影。

某个时刻的寂静里，躺在左边的顾念蓦地睁开了眼，神情惊恐。

她做了个梦，噩梦。

梦的场景七零八碎，光怪陆离，好像一场完全逻辑混乱的连续剧。前面的剧情内容和出场人物她已经记不得了，唯一有印象的，就是梦的最后一小节……

在昏暗得只有落地灯昏黄灯光的房间内，她把她毫无防备的宝贝“鹅子”扑倒，还压进了她没见过的欧式沙发椅里。

那沙发椅扶手位置包裹着精致的缎面，缎面的触感非常真实，而比它的触感更真实的是，“鹅子”衬衫下的腹肌。

顾念一抖，从被子里抬起爪子，眼神惊恐地看着。

梦里那个“疯女人”在不小心摸到了一下以后，还一边迷糊地喃喃着“噫，明明看起来那么清瘦为什么哪里都有肌肉”，一边伸出罪恶的手，认认真真地在那干净薄透的衬衫上平整地捋过一遍，然后不确定地又捋了一遍。

而且梦里不知道为什么，她“鹅子”右腹的衬衫还是湿的，一大片，极佳的布料被染成透明的，白皙的肌肤一览无余。

梦里那个“疯女人”摸过两遍以后，竟然还在透明衣衫处认真戳了戳：“腹肌满分，以后拍杂志可以吸引很多身材粉了。”

说完“疯女人”就脑袋一沉，“啪”的一声趴在她认可的满分腹肌上睡过去了。

回忆完这最后一段梦境的顾念醒了！

无缘无故地，她怎么突然做起这么惊悚可怕的噩梦了？

还好只是个梦，顾念这样想着，扒拉开身上盖着的薄被，慢吞吞地起身。

她下意识地放轻了自己的一切动作，尽管不知道为什么要这样做，好像只是出于一种莫名的求生本能。

顾念揉了揉宿醉之后昏沉又时不时疼一下的头，刚从床上挪动着要转身下地，眼睛的余光就突然瞥见她的腿侧的物体。

被她掀开的薄被下，露出一只漂亮的、骨节分明而修长的手。

男人的手。

原地不动地僵硬数十秒后，顾念终于一点点回过神，僵着身体慢慢、慢慢地从被子里抽出双腿，踩到地上。

地板传来淡淡的凉意，顾念蜷着脚趾，无声地起身，在最后一点皮肤离开床后，又以树懒的速度徐徐回头。

晨光正好，和煦地落在床头，柔软的枕头下陷，细碎的额发垂落在白皙的额角下，闭着眼的男人生了一副挑不出任何瑕疵的绝美五官，凌厉的下颌到颈线下，露出半截凹陷的锁骨。

薄被盖住了少儿不宜的画面，将最美好的人体掩藏了起来。

这么一幅被晨光修饰的美人夏睡图，不是犯罪现场就是钓鱼现场。

准嫌疑犯、准被钓鱼者顾念呆立原地，脑补了一下几个小时后她双手举着写了自己名字的入狱牌，站在号子里的身高板前拍照的悲怆画面。

顾念：“……”

呜呜呜……她还有大好的人生和青春没来得及挥霍，难道今后就要在铁窗里度过了吗？

顾念痛苦地抹了一把脸。

而就在她沉痛反省，试图从她糨糊似的脑袋里提取出有用信息的时候，她听见床上发出窸窣的声音。

薄被翻动，男人闭着眼侧过身，朝着她的方向又沉沉睡去。

可能是酒劲儿还没完全从大脑里撤军，顾念站在原地呆看了两秒。

宝贝“鹅子”的睡颜真好看，她想……

停。

顾念陡然回神。

她来不及多思考，趁着宝贝“鹅子”还没醒来，借着窗外投进来的光，快速在房间内看了一圈。

分别在床头柜上下找到目标手机和目标鞋子后，顾念拎起自己的赃物，不，犯罪证据，做贼心虚地看了一眼床上熟睡的男人，然后便转过头，蹑手蹑脚地溜向玄关去了。

门把手被无比小心地压下，门被拉开一条窄窄的缝，门内的小姑娘无比灵活地“嗖”一下闪身就站到了屋外的长廊上。然后门被她小心翼翼地拉上。

“啪嗒”，电子锁自动落锁。

顾念长松了口气，蹦跳着穿上高跟鞋，然后飞快地逃离了自己身后的“犯罪现场”。

与此同时，一门之隔内，光线半明半暗的房间里，大床上侧躺的男人慢慢睁开了眼，露出没有半点儿睡意的眸子。

望着面前已经空无一人的房间，他垂眸轻笑了声，坐起身来。

顾念狼狈地蹲守在编剧小组分配的酒店房间外，直到听见门内有了动静，才抬手叩响房门。

里面的人停了几秒，迅速跑出来开了门。

开门的人是江晓晴，一看清门外的顾念，直接扑上来：“啊啊……顾念你终于回来了！我醒过来的时候还在和园园纠结要不要冲上楼去救你呢！”

蔫得厉害的顾念茫茫然地抬头：“救我？”

“对啊，你昨晚不是和骆修在一起吗？我们好怕你出什么事情，尤其是酒后……嗒嗒！”

顾念终于反应过来，想说什么，很快意识到身在走廊上，四下看看后木着脸把江晓晴拖进去，顺手关上了房门。

同样听见动静出来的还有卫生间里的秦园园，她探出脑袋：“顾念你回来了啊？”

“嗯。”

顾念应完，转过身严肃地看向两人，问：“你们昨晚看见我了？”

江晓晴点头：“对啊。”

“在哪儿见的？”

“电梯间。你好像醉得很厉害，骆修扶着你从宴会厅一出去，我们立刻就追上去了。”

“然后呢？”顾念泪目，“你们就没试图拯救一下你们将要犯罪的朋友吗？”

江晓晴：“我们试图拯救了，但骆修问你我们分别是谁的时候，顾念大大你就只记得你家宝贝‘鹅子’了。”

秦园园点头补刀：“你说不认识我们，还说得特别大声。”

江晓晴：“对。”

江晓晴：“而且骆修也不让我们带你走！他说楼上有他的套房，一定要送你上去休——咦，等等，刚刚你为什么说自己将要犯罪？”

顾念长叹一声，把自己扔进了长沙发里，任疲惫的灵魂出窍。

江晓晴和秦园园对视一眼。

江晓晴小心翼翼地走到顾念面前，在沙发旁边蹲下来，问：“骆修他……应该没对你做什么过分的事情吧？毕竟他都提前录好自己的‘犯罪证据’给我们了……”

“什么犯罪证据？”顾念气若游丝地问。

江晓晴把骆修的手机放到顾念面前，然后把昨晚电梯间里的斗争简单描述了一下。

听完以后，顾念在沙发上的趴姿动了动，她回头饱经沧桑似的道：“你们提防错了人。我宝贝‘鹅子’那么乖的人，怎么会犯罪？要犯罪显然也是我啊。”

听了这个“乖”字，江晓晴一脸被噎住的表情。她回过头，痛苦地看向秦园园。

而秦园园的洞察力显然比江晓晴敏锐多了，她好奇地问：“难道你记得自己昨晚做什么了？”

顾念悲壮地点头。

这下连江晓晴也好奇了：“你做什么了？”

顾念痛心疾首地说：“总结起来只有八个字。”

秦园园和江晓晴一脸问号。

“大逆不道，十恶不赦。”

再次想到那唯一残存在记忆中的梦里画面，顾念哀号一声把自己埋进了沙发里：“我有罪！呜呜呜呜……我以后再也无颜面对我的宝贝‘鹅子’了！呜呜呜呜！！”

江晓晴沉默了几秒，慢慢把就放在顾念面前的骆修的手机往前推了推，残忍地开口道：“虽然但是，你可能还是得先把你‘鹅子’的手机还回去——今天早上上面来了几通电话，全都是同一个号码，而且任何备注都没有。”

顾老母亲停住哭泣。

她从伸平的胳膊中间抬起脑袋，慢吞吞地看向那部黑色手机：“没有……备注吗？那会不会是骚扰电话？”

江晓晴：“骚扰电话从六点半开始打，打到七点多，那只能说这哥们太敬业了。”

站在房间靠墙位置的秦园园担心道：“我们怕有什么急事，但又完全不认识、不清楚骆修，不敢随便接电话。”

“嗯嗯，”江晓晴应声，“真打得挺急的——”

江晓晴话音未落，顾念面前的手机嗡嗡地振动起来。

三人一顿，然后江晓晴和秦园园同时看向顾念：“你来接吧。”

顾念木着脸回头：“你们接不好，我接一样不合适吧？”

江晓晴：“怕什么？他不是你‘鹅子’吗？你帮‘鹅子’接电话，天经地义！”

江晓晴：“而且我太想知道这到底是谁了，一大早就扰人清梦。如果是骚扰电话就把手机给我，让我骂它！”

秦园园也劝道：“既然手机还来不及送给骆修，那顾念你就先接一下吧。万一有什么急事呢？”

到底还是秦园园说中了顾念的担忧，思索之后她没再犹豫，直接拿起面前的手机按了接通键。

顾念把手机举到耳边，小心轻声道：“你好？”

“你——”对面的人几乎和她同时开口，是个懒洋洋又极好听的男声，可惜说了一个字就突然停了。

顾念正想拿下手机确定一下通话状态，就听见对面的人问：“女人？”

顾念：“应该是。”

对面的人又是沉默。

几秒后，顾念听见那个倦懒的声音挪远了点儿，带着散漫不正经的笑，似乎是在电话另一端和别人说话——

“爷爷，接电话的是个女的。合理推测，骆修可能被人绑架，然后撕票了。”

不等顾念质疑，对面有个隔得更远的老者声音中气十足地咆哮：“怎么说你哥呢，你个臭小子！”

顾念顿了顿。

——哥？

“我们是同父异母。”

“他和他的父母一样不喜欢我。后来……我忍够了他的欺侮，就从家里逃出来了。”

伴着脑海里的声音，顾念想起那人站在廊下，半垂着眼眸，笑得温柔而努力藏起难过的样子。

顾念木着脸：哦，这就是那个竟敢欺负她家宝贝“鹅子”的浑蛋弟弟吧？

所以他接电话第一秒听见是别人，第一反应竟然是笑着怀疑他温柔可怜又好欺负的哥哥被绑架撕票了。

顾念已经可以想见，她宝贝“鹅子”这二十几年在家里过的都是怎样水深火热的生活了。

呜呜呜……宝贝“鹅子”太可怜了。

电话对面那个声音似乎又被之前的老者训回来了，他像漫不经心地问道：“你认识骆修？他的手机怎么在你那儿？”

顾念回神，为免误伤她还是决定确定一遍：“你是骆修的弟弟吗？”

“啧，连我们家的家庭关系都了解了。”对面的人发出了懒散的笑声，“骆修是不是真被绑架了？那不用问了，我选撕票。”

顾念正色，严肃地问，“所以你就是骆修的弟弟，是吗？”

“我是不是，你不会看备注吗？”

顾念放下手机，重新看了一眼手机屏幕，然后又将手机放回耳边：“他没备注你的电话。”

死寂数秒后，对面的人冷飕飕地笑了声：“那看来不是。”

压下莫名的心虚，顾念努力告诉自己，一定是因为骆修的家人对他太坏了所以他才不备注的。

自我暗示完，顾念成功地消除心虚，问道：“你找骆修先生有事吗？他刚刚把手机落在了……会议室，我待会儿给他的时候可以转达一下。”

“会议室？”对面的人发出一声冷淡的笑，“早上七点多结束的会议，会议内容是什么？”

顾念想都没想，木着脸说道：“论如何高效高质量地为人民服务。”

交锋之后，对面的人突然笑了：“本来是爷爷让我来问他，今天端午节要不要回来吃饭。”

顾念听出了潜台词：“那现在？”

“你还是把手机还给骆修吧——我突然有点儿别的事情想和他聊聊了。”

这次不等顾念再问，对面的人说了声敷衍的再见就挂断了电话。

顾念皱着眉放下手机。

江晓晴：“谁的电话？”

顾念顿了顿，最后还是决定不把骆修的家庭情况透露出来，所以只含混地说：“骆修的家人打来的。”

江晓晴惊讶地问：“家人的？那电话号码怎么都没备注？我还真以为是骚扰电话呢。”

秦园园也点头：“之前那个未接来电我不小心戳进去，看见他的通讯录里一个备注都没有，这可能是他的二号手机？”

江晓晴：“有可能，不对，肯定是。自己的手机，然后一个家人或者朋友的电话备注都没有的话，他这得是多人情淡漠啊？”

顾念低头看向手里的手机。

她知道这不是他的二号手机。

如果是，那骆修那个弟弟就不会一直打这部手机了。

江晓晴说完，发现顾念起身从自己身旁过去。

她连忙问："你刚回来又要去哪儿啊？"

顾念没回头，声音低低地传来："我去给骆修把手机送回去。"

"哦。"

房门重新关上。

江晓晴犹豫了下，走到秦园园身旁："园园，你说我们要不要把骆修的事情告诉她？"

秦园园："啊？什么事情？"

江晓晴皱了皱眉，比画了一下："就昨晚上咱俩看见的那个骆修啊，明显和顾念口中那个温柔善良得像天使的人完完全全不一样吧？圈里搞人设的明星可太多了，顾念没追过星，被人骗了怎么成？"

秦园园想了想，摇头道："我觉得不要。因为就算我们说了，你觉得以顾念这两年来对骆修表现出来的感情，她会相信我们的一面之词吗？"

江晓晴认真思考之后，沮丧地叹气："会相信就怪了。要不是她二十二岁骆修二十四岁，看她对骆修那么关怀备至、视若己出的架势，我真要以为这是她的私生子了。"

秦园园失笑道："不至于吧。"

"怎么不至于？"江晓晴表情夸张地说，"以后顾念要是结婚有了儿子，她儿子得多吃这个干哥哥的醋啊？"

秦园园："哈哈，真有可能。"

江晓晴又纠结起来："可是不跟顾念说，我总担心她被骗。"

"你往好的地方想。"

"嗯？还有什么好的地方？"

"或许，顾念说骆修温柔善良得像天使，是因为骆修确实这样，也只对她一个人这样呢？"

沉默数秒后，江晓晴朝秦园园竖起拇指："不愧是写言情部分的人，在下佩服。"

"哈哈……我认真的！"

顾念拎着一个小纸袋，小心翼翼地站到了 717 的房门前。

对着房门深呼吸 10 秒，又自我暗示 10 秒后，顾念终于鼓足勇气，抬头叩门。

片刻后，房门被拉开。

黑色碎发松散地垂在额角，有着难得一见的凌乱；白色衬衫的扣子解了两三颗，露出引人遐思的锁骨，男人似乎意外地微怔之后，那双褐色眸子温润如初，染上柔如春水的笑。他似乎初醒的声音低低哑哑的，有些勾人："你回来了？"

刚要开口的顾念蓦地噎住。

一两秒后，她的脸颊不可自抑地热起来。

这句话实在太自然，自然得就好像他们是一直同居一个屋檐下的，而此时只是过去无数个相同清晨中的一个——

他在晨起后，给归家的她开门。

顾念慌乱地垂下眼，看见自己手里的纸袋，想起来意，把两只手都提了提："我是来还手机给你的，顺便给你送一份早餐。"

"谢谢。"骆修却没接纸袋，而是侧身让出容人的位置，"进来吧。"

这就是传说中嫌疑人被押解着去犯罪现场，回忆忏悔案发经历的过程吗？

顾念泪流满面地走了进去。

手机和早餐被她一起放在餐桌上，顾念始终目视前方，神情正直凛然，不敢往旁边尤其是床那边瞄上哪怕一眼。

她的反应逗得骆修莞尔，他垂了垂眼，笑意淡然："不坐吗？"

"不……不……不了吧。"

"紧张？"

"不……不……不紧脏（紧张）。"

骆修轻笑了声。

呜呜呜呜……妈妈又一次被宝贝"鹅子"看笑话还嘲笑了！

骆修没有强求她，而是自己拉开沙发椅，在圆桌前坐下来。

他慢条斯理地拆开顾念带来的早餐纸袋，尽管没抬眼，却好像已经猜透了顾念的所有拘谨。

"不用紧张，"骆修拿出餐盒，"你昨晚没做什么。"

顾念惊喜地确认："真的吗？"

"嗯。"

顾念笑意一凝，犹豫地道："但我记得，我好像……"

骆修停下动作，修长的指节轻抵着餐盒边缘，抬眸问道："记得什么？"

顾念不好意思地叹道："多数都忘得差不多了，就记得最后我好像一不小心把你……"

顾念颤巍巍地抬手，指了指骆修身下的欧式沙发椅。

骆修垂下眼帘，薄唇却勾了起来，似笑非笑道："你的记忆，很会选重点。"

所以那些场景果然是真的！

不是梦！她是真的对宝贝"鹅子"做了那么大逆不道、十恶不赦的事情！

汪！

顾念快蔫成一坨了："对不起，我不是故意的，我以前没喝醉过，不知道自己喝醉以后酒品这么差！呜呜。"

"没关系。"

"真……真的吗？"

"嗯。"骆修抬起眼，淡淡地笑道，"只要你陪我吃早餐，我们之间的事就一笔勾销，好吗？"

顾念眼睛晶亮。

果然！她家宝贝“鹅子”就是第一善良、第一温柔的天使！！

完全没想到事情会这么轻易地解决，顾念快乐极了。所以她快乐地吃完早餐，快乐地跟骆修告别，又快乐地回到编剧小组的房间，并没有发现自己忘了一件很重要的事情。

编剧小组的房间是虚掩着门的，大约专门等她回来。但顾念进来以后，却发现江晓晴和秦园园都站在窗边，隔着玻璃探头探脑地往楼下看着。

“你们在看什么？”顾念好奇地问。

江晓晴回头朝她招手：“你快来！有大热闹！”

“嗯？”

“昨晚杀青宴上，受邀来的那个特猥琐的资方代表，你记得吗？”

顾念思索了几秒，不太确定地问：“是一直让我喝酒的那个？”

“对，就是他！仗着自己是什么娱乐公司的高管，背景厉害，没人敢得罪，不要脸到一定境界了！昨晚的杀青宴上他转着圈地欺负骚扰女演员和女工作人员，简直就把想潜规则写在脸上了！”

顾念闻言，眼底掠过一丝极深的厌恶和冷意。

她很快将情绪掩饰过去，问：“他怎么了？”

“我们也是刚刚听剧组里的人偷偷在小群里说的，他昨晚好像是喝醉了，然后在露台摔了一跤，肋骨都摔断了一根！”

顾念怔了怔，抬眸：“是摔的？”

“大家都这么说，酒店那边也是给的这个说法，但是……”

江晓晴抬手，在自己胸口的位置比画了下，神秘地道：“听去看情况的场务说，他胸前这儿有一个脚印呢！”

秦园园也在旁边笑：“刚刚我就跟晓晴聊这件事呢，在露台上摔跤，怎么可能别的地方什么事没有，就断了根肋骨？”

江晓晴：“没错，肯定是被人踹的！”

顾念恍了下神。

这一两秒里，好像有什么场景和惨烈号叫的声音从她脑海里闯过去，但模糊又遥远，她无法记起。

顾念皱了下眉，只当是宿醉后遗症：“那个人没闹吗？”

“刚开始他骂得可厉害了，但接了通电话后立刻变哑巴——然后就是他非说自己是摔的，和任何人都没关系。”

顾念怔住。

酒店楼下。

“轻……轻点儿！你们疯了吗？！慢慢抬着……嘫……慢慢抬着走！”担架上

的中年男人一边对着抬担架的人呵斥，一边脸色惨白、时不时“哎哟哎哟”地叫唤两声。

星月酒店这家分店的负责人听说出了事，一大早就赶过来。此时见中年男人被抬上车，他才连忙上前：“高先生，要不要我带两个人陪您去省三甲医院看看？”

“你？带两个人？你怎么不带一个旅游观光团去看我出丑？”

“不敢、不敢，我是担心他们路上照顾不周。”

中年男子惨白着脸，没好气地摆了摆手：“不用你们，我自己走——这事让你们酒店里的人把嘴巴闭严实了，要是传出去我第一个找你算账！”

“哎。”负责人心里如何腹诽不知道，面上却是毕恭毕敬、点头哈腰的。

中年男人打了止痛剂，但还是疼得厉害，这会儿急着离开，见负责人还磨磨叽叽的，不耐烦地问：“还有什么事？”

负责人左右看看，这才小心地往前倾了倾身，附耳低声问：“昨晚上2楼露台那边的监控，您看需不需要给您剪辑一份？……”

本来中年男子的脸色只是难看，他听见这句话，脸顿时跟刷了白粉似的，又冷又灰。

他不知道想到什么，眼里泛起惧意，厚嘴唇抖了几下才艰难开口：“不用！原样都给我删了。昨晚露台上什么事情都没发生，就我自己一个人喝醉摔了一跤。天王老子来了你也得是这么个回答，知道了吗？！”

最后的话他说得又低又狠，沉得近乎嘶哑。

负责人被中年男子那浸满血丝却还掩藏不住恐惧的眼惊得心里一抖，立刻低头道：“我明白了，高先生放心，我一定把这件事处理得妥妥当当。”

车门关上，盖住了躺回去的中年男子的身影，车载着他“哎哟哎哟”的叫唤声沿着镇里的长路远去。

酒店负责人站在原地，内心挣扎了一番，最后还是没敢深究，摇着脑袋转身进了酒店。

4楼窗边，江晓晴和秦园园落回脚跟，也收回看热闹的目光。

秦园园感慨道：“真的太奇怪了！”

顾念坐在桌旁翻笔记本，没抬头地问：“怎么了？”

江晓晴指着窗外，咋呼道：“他竟然就这么走了！”

“嗯，”顾念停下笔，“不然你还期待一场武打戏？”

“就算没有武打戏，我以为肯定也是对峙场面呢。这猥琐大叔一个人肯定不敢跟直接踹他的人对上，但他的人都来了，我还以为他肯定要带人上楼直奔昨晚那位义士的房间！”

顾念笑了下：“然后呢？”

江晓晴拿大拇指一抹鼻尖，摆开四不像的握拳姿势：“那肯定是义士一挑二十，打得他们屁滚尿流地摔下楼梯！”

顾念叹气，合上笔记本转过身来。她手托着脸颊，用一种赞叹的目光看着江晓晴的脑袋。

江晓晴被顾念发亮的眼睛盯得发毛：“怎……怎么啦？”

“没什么，我就是好奇。”

“好奇什么？”

“你的大脑到底是个什么神奇构造？”

江晓晴反应过来，恼羞地扑上去挠顾念的痒痒：“啊啊啊……你又挖苦我！”

顾念笑着躲开。

等江晓晴闹完，顾念回过头，发现秦园园还在窗边发呆，于是玩笑地问：“你也在等那二十个黑衣人吗？”

秦园园回神，笑了起来：“没有，不过我也以为会发生点儿什么的。”

“嗯？”

秦园园：“听说这家娱乐公司可是业内巨头之一，他们的高管，即便只是个小高层，也没几个人敢得罪的。”

“对！”江晓晴趴在旁边附和，“昨天晚上这个姓高的来了以后，耿导演都对他恭敬着呢，剧组里就没个他不敢调戏的女演员。”

秦园园点头：“而且我听说过这个人，虽然他自己是个草包，在公司里没什么实权职务，但他姐姐是这家公司老总最喜欢的小情人儿，手里一把人脉资源。他仗着姐姐的背景在圈里跋扈惯了，吃了这么大一个亏，丢了这么大的脸，竟然就这么夹着尾巴跑了？”

听完秦园园和江晓晴你一言我一语的补充，顾念点头：“所以，踹了他的人是他也得罪不起的。”

“对哦，还有这种可能，所以才没有义士一打二十。”江晓晴的眼睛亮了起来，“酒店里竟然还藏着这么厉害的人物，扫地僧本僧啊？”

顾念无奈地看着她道：“你还是少看点儿武侠小说吧。”

江晓晴做了个鬼脸。

秦园园趴到两人面前的桌上，神秘兮兮地说：“可是酒店昨天都被剧组包场了，应该没什么外人吧？”

“也有其他资方受邀来的。”

秦园园不甘心地问：“你们说，就没可能是我们剧组里的人？”

顾念顿了顿，回眸看向秦园园。

不等她开口，江晓晴大大咧咧地一摆手道：“怎么可能？我都知道我们这小破剧组里不可能有这个级别的大人物。”

秦园园失望地叹气，顾念又转回去看江晓晴。

江晓晴被看得心虚，摸着脸问：“我说错了吗？”

“不，只是那句‘我都知道’。”

"嗯？"

"你越来越能看清自己了，晓晴，妈妈很欣慰。"

几秒后，江晓晴反应过来再次扑上去："啊啊……不许占我便宜！我可比你还大呢，你明明是我们中间最小的一个，叫姐姐、叫姐姐！"

顾念被江晓晴的魔爪摇晃几下，突然笑意一僵："啊。"

江晓晴连忙停手："怎么了？"

"我忘了！"

"嗯？忘了什么？"

顾念把手机举起来，再说话时人已经飞出去了："我忘记跟骆修说他弟弟给他打电话的事情了！"

不等江晓晴和秦园园开口，房门"啪"的一声关上了。

江晓晴呆滞地回头："你觉得她还记得，我们剩下不到一个小时就该离开酒店回K市的事情吗？"

秦园园苦笑道："可能健忘是宿醉后遗症吧。"

江晓晴："我去追她回来？"

秦园园："发短信给她好了。毕竟是她最后一天和骆修在同一个剧组了，对顾念而言，这得算是……"

两人对视一眼，江晓晴沉痛地道："骨肉分离。"

顾念还是记起得晚了。

之前的早餐过后，骆修送顾念离开，然后独自回到空寂的房间里。

距离公司那边安排的车来接他还有两个小时，骆修去衣帽间的保险柜里取出药箱。白色的药瓶被他拧开，两粒药片被倒在掌心里。

骆修垂着眼，将药片放进口中。

拧上盖子的刹那，他正侧过身，看见对面的长镜。镜子照着的木质的推拉门，只开了一扇。

错觉似的，好像还有个喝醉的小姑娘光着脚丫，扒在门板上拿乌溜溜的眼睛盯着他。

"你是不是……在偷偷吃糖？"

骆修怔住。

他习惯了镜子里映着的那道身影永远只是一张冷漠素淡、没有情绪的画皮，就算工笔再美、再精致，皮下也是空荡的。

而就在此时，他前所未有地感觉到一种情绪像汩汩的山泉般从干涸龟裂的心底冒出来，一点点充盈那张画皮。

那种情绪渐渐胀满他的心口，满得要溢出来，让他觉得想念，觉得……

如果扒在门后的人影不是他的错觉而是真实的，那该有多好。

骆修垂下眼，猝然轻笑了一声，笑容带着点儿狼狈的自嘲。

如果骆湛知道这样的他，那大概免不了要嘲讽：你也有今天。

含在舌尖前忘记咽下的药片已经化开，蔓延着让人麻木的苦涩味道。骆修轻轻卷了下舌，把药片咽下去。

再抬眼时，他神色如往日般冷淡，笑意凉薄。

将药瓶拧上盖子放回药箱后，骆修转身回到卧房，从桌上拿起那本《养鹅日常》，还未翻开，被他随手放在桌角的手机振动起来。

骆修动作一停，目光落过去。

手机对他来说，绝大多数时候是可有可无的存在。没几个人知道他的号码，平常他也基本不会听到这个东西响起来。

除非……骆修放下书，转而拿起手机，屏幕上一个有点儿熟悉的号码跳动着。

骆湛。

骆修坐到椅子里，指腹随意一拨，懒懒地垂着眼将手机拿到耳边："有事吗？"

"你的手机拿回去了？"

骆修翻开《养鹅日常》的手指顿住。

一两秒后，他抬起眼，褐色眸子里浸着细碎的凉意："你之前就给我打过电话，谁接的？"

对面的人懒散地轻嗤了一声："骆大少爷不是什么都算得准吗？你猜？"

骆修将手里的本子合上，须臾，那点儿寒意在他眼底沉下去，凉薄的笑浮了上来："看来上次挨了家法后，你对我送的礼物不太满意？"

对面的人大约想起什么非常不好的回忆，噎了两秒才冷嗤道："下次你敢不敢不把我妈这种杀器搬出来？"

骆修温柔地笑道："只要能达到目的，我不避讳使用任何手段。"

兄弟两人间最熟悉的僵持状态出现。

持续片刻后，骆修打破僵局，声音回复得冷淡："我今天心情一般，没耐性陪你玩兄友弟恭的游戏。如果你是为了完成爷爷的任务，那这一两分钟足够你交差了——毕竟你是弟弟，我让你，你先挂断。"

对面的人哑然几秒，蓦地笑了："原来你是这个目的。"

骆修抬眼。

"故意提上次的事情激怒我，想带跑我的注意力？你以为我还是十几岁的时候？"

骆修搭在本子上的手指轻动了下，但他没说话。

"本来我以为只是个知道你的身份的小姑娘，结果……是能让骆修在意的人出现了？"

介乎少年与青年之间的声音懒散里透着点儿低哑，他像是仰坐进什么地方，恣意地笑起来："你'完'了，骆修。"

那双深褐色的眸子终于抬起，伴着一声不以为意的低哂，骆修随手翻开面前的本子，指腹顺着柔软的纸张滑下。

他慢条斯理地开口："唐染喜欢你，是喜欢你这么能脑补过度吗？"

对面的人顿了顿，声音里的笑微凉了下去："我还没说要做什么，骆大少爷就这么紧张地拉染染做挡箭牌，只会让我觉得你心虚。"

"嗯，我心虚。"骆修垂着眸笑，声音温柔地道，"你来试试。"

"我九九八十一难都走完了，就算试试对我来说也没什么风险，你最好别激我。"

"取经路走完了，"骆修笑道，"你确定抱回去的经书上有字吗？"

就在僵局即将再次来临时，骆修房间的房门突然被人叩响。

他眼底那点儿笑意镜花水月似的，转瞬就碎了，半点儿不剩。骆修抬眸瞥了一眼挂钟上的时间，不该是公司的人来接他的时间。

想到什么，骆修微顿。

几秒后他垂回眸子："我还有事，这次不让你了，弟弟。"

骆修起身，同时挂断了电话。

走向玄关的几步里，骆修调整着自己的情绪状态，将方才交谈里他自己的言语纰漏一一捋过，最后换回声自嘲的笑："漏洞百出。"

他果然关心则乱。

房门在两人之间被拉开。

顾念泪流满面地站在门外："对不起，又是我，我又来了。"

骆修眼底冰冷的湖变得温暖，他半扶半倚着门，垂眸望着女孩："不用抱歉，你随时可以来。"

顾念顾不得感动："我这次来是因为刚刚忘记了一件事！"

"嗯？"

"就……就是你的手机不是放在我朋友那边了吗？然后早上一直有电话，我们担心有急事然后我就接了——"

"慢慢说，"骆修轻声插话，尾音带着一点儿温柔的笑，"不用紧张，我又不会因为这种小事责怪你。"

顾念感动得噎住。

呜呜呜呜……天底下为什么会有宝贝"鹅子"这么善良的天使男孩子？！

提前获得原谅，顾念也松了口气，放缓语速道："我接的那个电话，好像是你那个弟弟打过来的。"

骆修："嗯，我知道。"

顾念茫然地问："你怎么知道的？"

骆修莞尔，很想伸手在这会儿看起来格外呆的小姑娘头顶揉一揉，但还是忍住了。

没扔下的手机被他抬起示意："刚刚他打电话过来了。"

顾念顿时又泪流满面："对不起，我一定是昨晚喝多了，酒精损伤了我的海马体。

我平常记忆力很好的。”

骆修失笑：“没关系。”

顾念犹豫了下，抬起头看向骆修，不安地问：“那他有没有欺负你，或者再说什么难听的话？”

骆修的眼睛微晃了下。

他最清楚骆湛的脾气，因谁都知道骆家小少爷从小到大都是天之骄子，除了唐染的事情，他是半点儿软话都不会说的。

对他或者拿着他的手机接了电话的人，骆湛更不会有什么好话。

于是骆修垂眸，淡淡一笑道：“没有，他应该是在家里给我打的电话，有爷爷在，他对我还好。”

顾念奓毛了。

那竟然叫还好？

那个浑蛋弟弟都说骆修被撕票了！

那如果他们的爷爷不在，那个弟弟岂不是要变本加厉地欺负她的宝贝“鹅子”了？！

啊啊……她的“鹅子”在家里过的是什么生活？宝贝真的太惨了，呜呜呜……

顾老母亲流下心疼的泪水，含泪抬头：“你不要怕他啊，我们也一定可以养活自己。如果他们都欺负你，那你就不要和他们来往了，他们也不能拿你怎么样！”

“我没关系，但……”

对上那双褐色的好像天生温柔又难过的眸子，顾念感觉自己心都快疼化了，立刻问：“但什么？”

“我弟弟会戏弄别人，他知道了你认识我，那以后可能会来找你。”

“找我？”顾念怔了下，立刻警觉地问，“难道他是那种希望你一个朋友都没有的性格吗？”

骆修没说话。

顾念心疼不已，想都没想就说道：“没关系，你不要怕，他说什么我都不会听的！就算他要见我，我一定看都不看他一眼。不管另一边是谁，我永远永远站在你这边！”

骆修眼底的情绪微滞。

像是虚假的画布掀起震荡的波澜，须臾后他轻叹，又笑起来：“你为什么这么信任我呢，顾念？”

还在愤慨之中的顾念怔了下，回过头，望进一双很深很深、湖泊似的眼眸。

那双眼眸像初见时一样，永远温柔，引人沉溺。

顾念慢慢回过神，眼角耷拉下来：“这是一个秘密。”

“秘密？”

“嗯。”

“连我都不能告诉的秘密吗？”

顾念被那双掩着失落情绪的眸子凝视着，不超过三秒就要缴械投降。所幸卡着最后一点儿理智失去的时间，顾念立刻抽走了目光，往后退了一步。

她忍不住笑起来："不行、不行，你这样犯规了，我现在是不会说的。"

骆修放过她，也莞尔道："那什么时候说？"

顾念想了想，说道："明年，作为明年我送你的生日礼物之一，怎么样？"

骆修摇头："太晚，我等不及。"

顾念犹豫地道："那换个别的节日？"

"嗯，端午节吧。"

"好……嗯？"顾念及时住口，"端午节不是今天吗？"

骆修莞尔："被你发现了。今天不可以告诉我吗？"

顾念抱住自己最后的理智："今……今天我真的没准备好……"

"好。"

顾念本来还在想更多的理由，听见这么干脆的应答，怔了下，抬起眼眸。

骆修垂着眼，伸手揉了揉她的头顶："我会等你准备好。"

顾念呆住，脸颊上慢慢浮起红晕。

气氛正旖旎微妙，一个突然出现的声音打破两人之间的安静——

"咦？顾念，你怎么在这层？"

顾念惊慌地躲开，回身看向声音传来的方向。

林副导一脸笑眯眯的样子，看好戏似的望着两人："大清早的，你们在 7 楼排戏呢？"

顾念原本只是艳粉的脸颊涨得通红："我……我……我是上来跟骆修先生告别的！"

"哦噢，这样。"

林副导一脸"你猜我信了还是没信"的反应。

顾念心虚不已，匆忙回头看了一眼骆修："那，我就先走了，我们编剧小组那边应该很快就出发了……有机会，我们在 K 市见面吧。"

迎着女孩不舍又期盼的眼神，骆修点头："好。"

得了宝贝"鹅子"的允诺，顾念感觉心都飞了起来，不过之前的窘迫还跟着林副导的目光缠在他们身上，便没有再说什么，转身溜了。

林副导连忙跟上一步："哎等等，别给我把电梯带下去，我也下楼！"

"林导。"

一声冷淡的低喊叫住了林副导的身影。

他顿了顿，干笑着回头："对不住啊，骆修，我也不是特意打断你俩的，实在是从我的房间去电梯间就这一条路……"

"没关系，我不介意。"那人抬起眼眸，温润地笑着道。

林副导的身体僵了下。

那人这眼神说的还是不介意，那要是介意，他这把老骨头今天是不是得撂这儿了？

林副导心里腹诽，面上不露分毫，仍是笑道："那我就……"他指了指电梯间的方向。

骆修点头："您慢走。"

"好、好，回见。"

林副导转过去，跨出的第一步还没落地。

"对了。"

林副导压着被耍的恼意回过头，对上门旁已经侧过去的身影。

那张俊美的脸藏在逆光的阴影里，林副导看不分明，只听得到那人温和似笑的低沉声音——

"我知道你查过我，不止一次。"

那人推开面前的门，最后一句温柔低语留在身后：

"请——不要告诉她。"

房门在眼前合上，林副导僵在原地，一后背的冷汗。

半晌，他擦了擦额角的汗。

之前基本确定骆修的身份的时候他就想到过这个场面，不过没想到是这么简单的两句话，也没想到这么两句话就把他吓得这么没出息。

不过……"请"不要告诉她？

不然他要"杀"了自己是吗？

林副导在心里跟自己玩笑着摇了摇头，转身走向电梯间。

进去后他有点儿意外，因为小姑娘尽管蔫得都不想搭理他，但还真留着电梯门在梯厢里等他。

林副导很感动，快步进去："好孩子、好孩子，这年头像你这样的好孩子已经不多见了。"

顾念木着脸按键："您想多了，我只是怕您打击报复。"

电梯门关上，电梯缓缓下行。

林副导脸上的笑意慢慢淡了下去。

其实人在任何一个圈子里混的时间久了，慢慢变成圈子里的老油条，良心这种奢侈品都会慢慢被消磨掉，最多能剩下一点儿，还会找个不为人知的角落偷偷藏起来，省得徒给自己招惹祸端。

至少方才被骆修提醒时，林副导就是这么想的：多一事不如少一事嘛。

年轻人就是要踩坑的，不是天然坑就是别人挖的坑，踩哪个不一样？哪个年轻人不踩坑呢？

但是……不等林副导将目光落到那个一离开骆修的视野就没精神了的小姑娘身上，电梯就停在四楼。

电梯门打开，顾念耷着眼，但正经地朝林副导躬了躬身："这个月里承蒙您体谅照顾，谢谢林导。"

说完她也不拖泥带水，转身就出去了。

林副导眼皮一跳："你等等。"

顾念回头。

林副导伸手按住电梯的门，表情纠结得有点儿阴郁："问你个问题。"

"您说。"

"你到底喜欢骆修哪点？"

顾念觉得莫名其妙，但还是答了："骆修先生很温柔啊。"

林副导忍住冷笑一声的冲动，努力使自己显得慈眉善目，只是顺口一提："温柔、温柔，我听你这么说他耳朵都快起茧子了。温柔谁不会呢？圈里这么多演员，别的不好演，温柔还不好装？"

顾念怔了两秒，失笑道："您怎么了，为什么突然这么说？"

"我……就是实在好奇，顺口问问。"林副导心虚地说，"你们还年轻，将来要面对的问题有很多，判断一个人不要只从表象来看。更何况温柔多泛滥啊，这其实算不上什么优点……"

"那您就错了。"顾念声音很轻，但很坚定地说。

林副导愣了下，抬起头看着她。

女孩有一双乌黑漂亮的眼睛，平常总是蔫着没什么精神，但她认真抬头看人时，那双眼睛就像最干净剔透的水晶，一丝瑕疵和污垢都不存。

"真正的温柔是很珍贵的，像骆修先生一样。"

顾念弯下眼角，那些认真和坚定神色被她深藏了起来。

"真正的温柔……"林副导若有所思道，"你在骆修身上见过？"

顾念眼神一动，像记忆之湖泛起涟漪。然后她回神，笑着点头。

"见过一次，就永远都不会忘。"

真正的温柔是世间的宝藏，是你从万米高空坠落即将摔得粉身碎骨前，唯一接住你的柔软的网。

第九章　真正的盲枝

顾念靠着行李箱，没精打采地坐在酒店大堂的沙发上，等导演组安排的巴士来接他们回 M 市市区。

《有妖》算是中型剧组，人员配备齐整，整体人数不少。杀青结束，剧组安排摄制组下各小组分批乘坐大巴离开镇子。

演员们多数有各自公司派来的私人保姆车接，其余各组人按受重视程度分批次离开，最后只剩给场务组捎带着编剧小组的大巴还没来，说是半路出了点儿问题，耽搁了，还得再晚些到。

“这时候就看得出在导演组那边，各组重要程度的排序了。”江晓晴撇撇嘴道，“亏得林副导整天左一个小顾右一个小顾地挂在嘴边，还是把顾念和我们撂在最后！”

秦园园无奈地笑道：“你是第一天知道啊？林副导本来就是剧组里最有名的笑面虎，他跟耿导合作十几二十年了，两人从来都是一个唱红脸一个唱白脸的——你信他就只看好我们那才是傻呢。”

江晓晴：“哼，太虚伪了！”

秦园园：“顾念自己都没说什么，你就别有怨言了。”

江晓晴顺着秦园园的示意回过头，果然就见顾念撑着拉起来的拉杆箱直杆，耷着眼靠在上面，一副“不以物喜不以己悲”的魂游天外的模样。

江晓晴挪坐到顾念身旁：“顾念大大？”

静默两秒，顾念像树懒一样缓缓回过头。

江晓晴忍不住笑了，拿肩膀撞了撞她：“你听见我和园园刚才在聊什么了吗？”

树懒念沉默之后，在脑海的瞬间记忆里把方才掠过耳边的交谈内容扒拉回来，然后没什么表情地懒懒点头：“听到了。”

“那作为当事人，你不发表一下看法？”

顾念思考了几秒，蔫蔫地靠回拉杆上：“只要剧本的尾款准时打到账户里，我不介意他们给我安排第几班车。”

江晓晴竖起拇指：“还是我们顾念大大看得通透，现在我也不介意了。”

顾念点点头，不说话了。

眼见小姑娘眼皮又要一点点耷拉下去，江晓晴哭笑不得地问：“你这状态，都快成软体动物了。怎么啦，要和你家宝贝‘鹅子’分开，你舍不得啊？”

被戳到心窝子，顾念泪目地抬头，还用力点了两下。

然后她沉痛地道：“人，总是在失去的时候才知道珍惜。我刚刚就在反省这一个月来，我没能每一分每一秒地把握好和宝贝‘鹅子’近距离相处的机会，现在机会逝去了，我才追悔莫及。”

“不会的，”江晓晴拍拍她的肩膀，“反正你们都在K市，又都是圈子里的，以后说不定有的是见面的机会。”

顾念叹气：“不会了。”

江晓晴：“为什么？”

顾念：“因为我对我宝贝‘鹅子’有信心。”

江晓晴：“这跟你对他有没有信心有什么关系？”

“唉。”顾念撑着拉杆，忧伤地又叹了一口长气，“凭我宝贝‘鹅子’的绝世美颜，只要《有妖》顺利开播，他肯定能一炮蹿红。”

“然后？”

“然后再利用一些合适的机会，经过公司的运营，他一定很快就能成为万众瞩目的流量演员，圈下无数粉丝。”

“到时候，我就只是他万千的妈妈粉中普普通通的一个，注定会被埋没在他粉丝的汪洋大海里。”

顾念含泪回头：“你说，这是不是一个很悲伤的故事？”

江晓晴想了想，努力地安慰她：“乐观点儿，说不定剧一上线就直接扑街了呢？”

顾念顿住。

然后顾念原地变脸：“不要诅咒我‘鹅子’，我宁可一辈子没有再近距离接触到他的机会也不愿意他的第一部剧就扑街。”

母爱如山，感天动地。

江晓晴放弃拯救顾念，叹口气转过头，紧接着目光就被电梯间方向出来的一道身影吸引住，紧接着背脊一僵。

顾念被勾出忧虑：“不行，回去以后必须第一时间去道慈观上香了。希望我宝贝‘鹅子’的新剧一定要火，不然第一部剧就扑街那岂不是要从此无人问津、穷困潦倒、露宿街头……”

顾念越想越觉得恐怖，正忧愁得皱起眉时，被旁边回神的江晓晴戳了戳胳膊：“顾念……”

“嗯？”

顾念还在犯愁宝贝“鹅子”的未来星途，没抬眼地应了一声。

“你……抬头看看。”

顾念不解地将目光移向江晓晴，对上江晓晴的眼神和非常努力地朝她挤眉弄眼的扭曲脸。

顾念看了两秒，问：“你的脸不舒服？”

“她可能是想告诉你，我过来了。”

身后突然响起的声音，惊得顾念奓毛，她惊慌地拧过身朝后望去。

站在沙发靠背后，身形挺拔的人微微俯身，镜片后温润的褐色眸子里沾染着细碎的笑意。

顾念呆呆地张口：“骆……骆修？”

在顾念惊慌的神情下，骆修的神色变得意外而歉意：“我吓到你了吗？抱歉，我不是有意的。”

顾念回过神：“不……不，不怪你，是我自己太容易受惊，而且刚刚想事情想得太投入了。”

骆修微微弯起眼角：“原来你是容易受惊的体质？那我记得了。”

“嗯？”顾念蒙了下，“记得什么？”

骆修：“下次我会记得从前面或者旁边走近你。”

顾念一怔，然后欢快地点头。

江晓晴看了看沙发前这个脸红起来但还是眼睛晶亮地望着男人、心底一定举着写了“我宝贝‘鹅子’天下第一温柔”的牌子兴奋乱晃的女孩，又看了看后面那个眼神温柔含笑、仿佛她们感受过的冷淡漠然只是错觉的男人。

明明深知这两个人可能完全不在同一个频道上，但他们之间的目光就仿佛凝胶，一接上就容不下任何东西介入。

江晓晴默默从顾念身边挪走目光，后退，然后移到沙发边上的秦园园身旁。

秦园园笑道：“你怎么不黏着你们家顾念大大了？”

“你明知故问。”江晓晴假装生气，视线又瞥向沙发旁边的两人，然后叹了口气，“这种任谁看都觉得冒粉红泡泡的场景，大概也就我们顾念大大一个人会觉得这是母慈子孝现场了。”

秦园园乐了：“别这样说，说得我都有点儿同情骆修了。”

另一边，顾念从离别前再次见到宝贝“鹅子”的欢喜里回过神，惊讶地问：“不过你怎么没走？其他演员和工作人员都离开了。”

骆修怔住。

来接他的是他自己公司里的私人专车，裸车价格即便一个零头也不该是他这种“小演员”负担得起的。

为了避免麻烦，他让司机在楼下多等了会儿，但没想到晚些下楼还会收获这样大的一个“惊喜”。

骆修这片刻的沉默落进顾念眼里便成了一种难以启齿，几秒内她就迅速做了加工处理，然后得出一个沉重的结论——

“难道是公司没有给你安排保姆车，剧组也忘记了？”

骆修抬眸。

坐在沙发里的小姑娘仰着脸望着他，说这话时表情肃穆得紧绷，乌黑的鹿眼里也像跳着小火苗。

骆修眼睛一晃，然后勾唇，声音温和地道：“嗯，大概是忘了。”

小姑娘气得握拳：“他们也太过分了，自己家的艺人竟然这么不重视、不看护……”

“没关系，我可以搭车回去。”

“这边毕竟是山区，回市区还剩一段山路要走，黑车太不安全了！”

顾念忧虑地皱起眉，然后突然想到什么，眉心一展：“我们最后一班车只有一部分场务组的人加我们三个编剧小组的，应该还有空位——我去帮你问一下负责人，你稍等！”

不待骆修应声，顾念抛下自己的行李箱，转身就朝大堂另一个休息区的角落跑去。

骆修站在原地，看见小姑娘跑到负责人身边，嘀嘀咕咕说完了什么。对方点了点头，小姑娘笑脸一展，灿烂又漂亮。

场务组留下的负责人是个年纪二三十岁的年轻男性，明显被这笑容冲击了下，愣了好几秒，看着顾念转过身才慢慢回神。

骆修站在沙发后望着，薄薄的镜片上闪过一道反光。

等顾念回到他面前时，藏在眸子深处的那点儿阴影早已退去不见。

顾念脚步轻快地走到他面前：“已经解决了，负责人说多出好几个位置呢，完全可以带你一起去 M 市市区。”

骆修温和地笑道：“谢谢。”

“不客气！”

又过了二十分钟左右，来接剧组最后一批人的大巴车终于姗姗来迟。

负责人走进大堂，跟剩下的工作人员宣布出发消息：“大家拿好东西准备上车。因为酒店门口这段路不方便倒车，所以巴士没有开进来，需要大家走一百多米过去。”

“哎，怎么这样啊？”

“晚来这么久，还要我们拖着行李箱自己走过去？”

“我的行李箱可沉了，好不容易才搬下楼的，他们怎么不早说呢？”

…………

众人不约而同地抱怨起来，然后才带着恼火情绪拉着行李箱往外走。

这中间神色最异于其他人的，大概就是顾念了。

“顾念大大，控制一下，”江晓晴趁大家都起来，凑到顾念身旁说，“你的嘴角都快翘到眼角去了。”

顾念笑着回头：“这么明显吗？”

“嗯。知道的这是和‘鹅子’同车回家，不知道的还以为你今天嫁人呢。”

顾念绷了绷脸：“那我克制一下。”

“好。”

江晓晴刚欣慰地应下，顾念转头看见骆修拉着行李箱过来，立刻重展笑颜，欢快地飞过去，传回来的声音快乐得往天上扬：“要我帮忙吗？”

顾念这是真的到了“鹅控”晚期，没救了。

骆修扶着行李箱的手停住，然后他垂下眸子，淡淡莞尔道：“你是女士，不该是我帮你吗？”

“你是艺人，我是……嗯，我是你的临时助理，”顾念一本正经地说，“所以应该我帮你。”

“这样争论好像不会有结果，”骆修淡淡一笑，“那你帮我拿我的，我帮你拿你的，是不是就抵了？”

“好！”

顾念一秒判断过自己的行李箱里没有重物，立刻点头答应，但是等她从骆修那儿接过他的箱子，就发现自己错了。

“为什么你的箱子比我的还轻？”顾念不确定地拎了拎手里的灰色亚光行李箱，几乎怀疑这个重量的箱子里面是否装了东西。

骆修莞尔道：“朱涵宇昨天已经带走了。”

她失策了。

顾念：“那要不还是换回来？”

骆修已经推着女孩的白色行李箱走出去，声音低哑带笑地飘回来：“不可以。”

顾念只得快步跟上去。

顾念和骆修因为这几句讨论，落在大部队最后。等出了酒店门，顾念却发现其余人还没走远，有不少人慢下步伐，甚至有人几乎停下来对着路边的一辆车指点着什么。停下来的人里就包括编剧小组的秦园园和江晓晴。

别人顾念没精神理，这两位还是要在意一下的。她推着灰色行李箱过去，探头问道：“你们不上车，在这儿干什么呢？”

两人被突然插进来的话吓了一跳，一齐回头。

看清是顾念，江晓晴松了口气，随即语气夸张地示意了下身后：“快看！看一眼少一眼！”

顾念顺着江晓晴手指的方向望过去，这小镇不算宽的主路上，一位身着正经西服的男士垂手站在路基石下。

他的身后，深黑色的轿车在正午的阳光下泛着质感极佳的漆光，像流水一样在车身上流淌。

顾念看了两秒，木然地收回视线：“看完了，然后呢？”

江晓晴：“什么叫然后呢？你看见车标了吗？”

“嗯，不认识。”

江晓晴抹了一把脸，一言难尽地说，“这可是汽车行业里的顶奢品牌，专做高端产品，全都贵得要死，随随便便拿出一辆来就是七位数，这个系列里的顶配更是接近八位数的！”

江晓晴越说越激动，恨不得摇一摇旁边这个越听越没精神的女孩：“你想想！坐这种车的人，得是什么级别、什么身价的大佬？！难道你就没有一点儿想法吗？”

在江晓晴迫切的注视下，个十百千万在心底过了一遍，顾念难得露出一点儿情绪：“有。”

江晓晴惊喜地说：“这才对嘛！怎么样？是不是很想见识一下这位大佬的庐山真面目？”

原本慢了顾念几步的骆修听见，脚步放缓，镜片后的眼睫一抬，望向顾念。

顾念的回答是哪一个都不会改变他之后的意愿，但会影响他的策略。

背对着他的顾念开口：“没有。”

江晓晴：“那你有什么想法？”

顾念的声音很严肃：“同资本主义的奢靡之风斗争的道路上，我辈任重道远。”

骆修垂回眼眸，不禁莞尔。

江晓晴抹了一把脸，痛不欲生地拉起行李箱就走：“再见。”

顾念眼神里露出一点儿捉弄得逞的俏皮之意。

秦园园快笑出声了，也追上去：“晓晴，你就别挣扎了，你哪回动摇得了顾念了？”

两人的背影稍远，顾念回头看向骆修。对上他似笑非笑的表情，顾念连忙解释：“晓晴刚刚是在跟我开玩笑呢，她不是那种人，只是嘴上……”

“没关系，”骆修眼神温和，说道，“我相信你，自然也相信你的朋友。”

顾念松了口气，眼角一弯：“那我们也去巴士那边吧。”

“好。”

“不过你觉不觉得奇怪？”

“什么？”

“就是刚刚我们出酒店门的时候，站在门外的那个安保人员好像认识你的样子。”

“是吗？”

“嗯，而且我觉得他好像一看见你就往后退了一步，不过低下头就没别的反应了……也可能是我想多了。”

温和好听的男声，和着轻得发懒的女孩子的声音，同燥热惫懒的夏风一起掠过耳边。

深黑色轿车前，等待的司机辨别出那个声音，立刻抬头，果然见到了那道清瘦修长的身影。

不过和偶尔在公司出现时西装革履一丝不苟的模样不同，此时的青年只穿着简单的衬衫长裤，碎发松散，眉目带笑，似乎心情不错的样子。

司机看得意外，下意识地望向那人旁边。

和他们骆总并肩走着的是个小姑娘，看起来二十出头，一双干净的眸子，脸蛋漂亮，手里还拖着……他们骆总的行李箱？

司机深感意外。

就在他回不过神的这几秒，两人已经快要走到他的正前方。

司机顾不得多想，连忙微微躬身。他气沉丹田，已经准备好了一声“骆总好”，只等他们骆总停在他面前。

司机低垂的视野里，那双修长的腿没有半点儿停留，缓慢从容地在他的眼皮子底下走了过去。

司机呆住。

那个女孩子带点儿疑惑的声音夹在风里传了过来：

“咦，那个人是不是在朝着前面鞠躬？”

“应该不是。”

“那他在做什么？”

“可能鞋带开了。”

在女孩回过头来以前，尚蒙着的司机全靠本能反应，迅速蹲下，一秒拆开了自己皮鞋上的装饰鞋带。

须臾后，风里传来女孩的轻笑声：

“真的哎，果然还是骆修你更聪明一点儿。”

“我猜的。”

“那也聪明。不过这么热的天气，他们老板让他一个人在外面等了很久，果然资本家都没什么良心。”

“嗯……”

那个熟悉得让司机泪流满面的声音，压下了尾音里最后一点儿纵容的笑：“太没良心了。”

甫一得知骆修从剧组里回来了，乔西就给他打来电话，约他和安亦在乔家的别馆小聚。

乔家别馆在K市郊区，藏在一片青绿竹林里，要的就是小桥流水诗意人家的景致。外围专做了防蚊虫处理，夏日竹林间林风清凉，确实是个避暑的好去处。

这处别馆不对外开放，只用来招待乔家自己的亲朋。

骆修到得最早。

安亦和乔西碰巧在林子外遇见，一起进来的，路上免不了一通互相嘲讽，逗得别馆里的帮佣小姑娘们路过时都一边回头看一边偷偷抿着嘴笑。

乔西听见，拉开尽头的厢房木门：“你要是不来，那我在她们心目中的形象一定是英伟睿智的。”

“哦？没看出来你们乔家这么喜欢做慈善。”

“什么慈善？”

“招一群眼神不好，脑子也不好，所以才会觉得你英伟睿智的帮佣，那不就是做慈善吗？”

两人斗着嘴进来，乔西带头，熟门熟路地转进南侧半开放的厢房。

竹席榻榻米上，骆修坐在房角唯一能拦住一半阳光的地方，正对着手里的本子看得入神。

乔西两人进来他都没抬头。

乔西叹着气，隔着一张古朴木桌在他对面坐下：“瞧瞧这觉悟、这用功程度，持寡道士，我觉得你不能招他进你们道慈观——骆修要是真进去了，下任观主的位置多半就跟你无缘了。”

安亦也不在意，笑着坐下：“那最好不过了。”

“做道士没有年终绩效考核是吗？你怎么这么不求上进？”

“你求上进，所以在国内就花天酒地，等你爸一提进公司的事情，你扭头就跑国外去了？”

“你不懂，我这叫求生欲强——我要是进他的公司了，他那个血统纯正的儿子，还不得气得要弄死我？”

“看你这点儿出息。”

“你好，那你那个翻身做主的赘婿爸爸要培养你做接班人，怎么你还猫在那小道观里？”

“因为我和他不一样，我还剩点儿未泯的良知。”

“啧，你有良知？鬼信。”

两人见了面就化身两只小学斗鸡，互相揭短是家常便饭，骆修眼皮都懒得抬起。

直到这边暂时休战，总体吃瘪的乔西才将注意力转回来。

他一只手撑着颧骨，另一只手叩了叩桌面，懒洋洋地问：“骆大学士，还学呢？今天是哪本，《道德经》还是《南华经》？”

骆修将手里的本子合上，抬起头，慢条斯理地扶了下眼镜。

“都不是，一本随笔。”

“随笔？”乔西愣了下，“你什么时候开始对这种东西感兴趣了？”

“这个月，月初开始。”

“月初？你在那个什么《有妖》剧组里的时候？”

“嗯。”

骆修没有深谈的意思，乔西却明显被勾起了好奇心。他起身绕过古朴木桌：“能让你感兴趣的东西可太少见了，我看看？”

骆修、乔西和安亦三人小时候在机缘巧合下结识，各自因为那微妙相似的身世和尴尬的家庭地位，早些年一直被圈里同辈的其他人暗中议论。

后来三人组成了固定圈子，交情一直最深，各自和家人的关系也未必比得上他们之间亲近。

所以乔西完全是本能地就去拿骆修手边的那个褐色本子，却没想到，他这边手刚摸上去要拿起来，本子另一端就被按住了。

乔西怔了两秒，抬起头。

薄薄的镜片后，那双深褐色的眸子里带着笑意："别的没关系，这个不行。"

乔西愣愣地收回手。

听见这句话，木桌另一端的安亦都意外地抬眼，视线在两人间瞟了瞟，最后落在骆修手指下扣着的本子上。

安亦随口问："什么随笔，搞得这么神秘？不过乔西又不识几个字，看了也没事。"

原本还在愣神状态的乔西扭过头，面无表情地道："你大爷才不识字。"

安亦笑笑，没搭理他，眼神落回骆修身上。

骆修收回手："是别人的，所以未经允许，不能看。"

乔西皱眉："别人的？那你不是也看了吗？"

骆修半垂着眼，闻言嘴角轻勾了下，目光微闪："我不一样。"

厢房里安静了数秒，乔西突然爆了声粗口，惊恐地往后退了好几步，然后指着骆修问安亦："你……你……你看见了吗？"

"看什么？"

"就他刚刚那笑，像不像被什么妖孽上身了？大师，快，该你显神通救人收妖孽了！"

安亦喝自己的茶，隔着袅袅飘起来的水汽看了骆修一眼，笑道："你看错了。"

乔西："是吗？"

安亦："嗯，不是妖孽上了身，我看更可能是被什么妖精勾了魂。"

回过神后，乔西既惊愕又八卦的目光立刻瞟向骆修："安亦说的，是真的假的？"

骆修没抬眼，淡淡嗤笑道："你不是一直说安亦是卖弄道法忽悠小姑娘的神棍吗？你说是真是假？"

"这次不一样……你确实不对劲，很不对劲。"

"哪里？"

"如果换了以前我们这么猜，你肯定理都不会理，随便我们怎么想。"

骆修没再说话，抬起眼望过去。

乔西和他对视两秒，面色凝重起来："这进了一趟山里的剧组，前后才一个月时间……以前老人们总说山里面有不干净的东西，我还一直不信，看来是真的了。"

骆修垂眸莞尔。

见骆修都懒得辩解了，乔西转向安亦，扼腕叹息："看见了吗？"

"又看什么？"

"你们道家最有希望成仙的好苗子，就这么折在一个山野深处的女妖精手里了，多可惜？你师父要是知道你没拦住他进组，我看都得打你。"

打趣完，乔西走回骆修身旁：“你这道行有多深，我们可都是见识了的，还有勾得动你的女妖精？”

骆修：“别乱说话，什么妖精？”

乔西：“现在想否认晚了。有照片吗？快让我看看，我实在好奇这得是什么样的天人才撩得动你？”

骆修：“没有。”

乔西假装威胁道：“你别逼我啊，我不喜欢动用特权，你可别逼我去把《有妖》剧组下到十八上到八十的女同志翻个遍。”

安亦在后面看热闹：“还有山里的，不能落下。”

乔西：“对，一起。”

骆修并不怀疑乔西的背景和能力，也相信这个只能用花天酒地来诓他父亲的另一个儿子放松警惕的发小有多无聊，总想找个乐趣。

骆修抬了抬眼：“不需要去查，你也认识。”

乔西：“嗯？”

乔西思索了两秒，惊愕地问：“你不会是说卓亦萱吧？”

骆修：“不是。”

乔西：“那是谁啊？”

“你不会第一次动凡心，就是朝着我的相亲对象去的吧？”

“我从来不夺人所爱。”

骆修眼睛一晃。

身侧的本子被他拿起，他随手翻开，视线在那个简笔画的小天使上面的标题前停留。

“盲枝。”

“盲枝是谁？我不认——”乔西的话声戛然一停，然后他回眸，“等等，是去年那首评了年度金曲的《渡我》的作者？”

“嗯。”

乔西更疑惑了：“可是外界不是一直传闻，卓亦萱就是盲枝吗？”

骆修眼底笑意一淡，甚至难得地皱起了眉：“她不是。”

“可卓亦萱自己都默认了。”

骆修：“冒名顶替罢了。”

“哦。”

不等乔西再追问，骆修突然开口：“卓亦萱就是盲枝的事情，传言范围很广？”

“当然了，尤其是《有妖》之前开机炒作，还把这个话题炒了不少热度，现在知道盲枝的人里应该一大半相信卓亦萱的‘青灯下’就是盲枝的新笔名吧。”

乔西说完，慢半拍地反应过来：“这么说起来，如果卓亦萱不是盲枝，那真正的盲枝为什么不出来解释？被人这么占着名号，她也太憋屈了吧。”

安亦在木桌上拣了个橘子，一边剥皮一边没正经地笑道：“解释？解释给谁听？”

“也是，卓家的势力，啧。”

说到一半，乔西脑海里警铃一响，他收敛笑意，严肃地看向骆修：“你刚刚这么问我，不会是打算——”

骆修抬眼，笑意温和地道：“物可以不归原主，但也不能任人侵占。”

从M市的偏远山区回来以后，顾念在家里冲了澡，洗完出来就把遮光窗帘一拉，手机静音，倒进床里昏天暗地地睡了一天。

直到第二天中午，她才在昏沉的黑暗里醒来。

睡饱以后哪儿都好，缺了一个月的觉都补回来了似的，她洗把冷水脸立刻精神百倍，唯一的问题是……胃里正在大演空城计。

顾念从卧室出来，客厅里没人。江晓晴和秦园园昨天下午一回来就说过今天要出门购物，感受城市的芬芳，所以顾念也不意外。

她打开冰箱，从自己那格里翻出了鸡蛋、细火腿肠、香葱和泡面，拿去厨房。

将水烧开，面饼下了锅，火腿切片，葱花切得细碎，撒到面饼上，又在锅边随便打了个鸡蛋，等面好了出锅，顾念终于得以慰藉一下她饿得开始发疼的胃。

趴在料理台前，一边吃顾念一边皱着眉沉思。

饿了胃疼都这么难受，她的宝贝“鹅子”年纪很小的时候洗胃，那样留下的后遗症得有多可怕？

不行，过两天她得去求问一下她家母上大人，好像家里那边有个老中医，对调养身体开的方子一直不错的……

顾念正想着，家里的正门被推开了。江晓晴和秦园园拎着大包小包，一边说着什么一边进来。

“她就是不要脸！”

这迎面一句，听得顾念蒙然地咬着面抬头。

江晓晴一脸义愤填膺的表情，在转回来看到顾念后，神色变得舒缓了点儿：“我们睡美人可终于睡醒了啊？”

顾念含混地应了一声，咬断嘴巴里的面条：“你们出去买东西了？”

江晓晴：“嗯，家里的东西不是放坏了就是过期了，零食之类的也空了，我们就去大肆采购了一番——爽！”

顾念点点头，想起什么，指了下自己手里的泡面碗：“你们吃泡面吗，我给你们下两份？”

“别、别，哪能劳烦你？”江晓晴放下大包小包的东西。

秦园园也附和：“我们上午还在说你这个月累坏了，千万不能吵到你。”

“没事，已经好了。”

等两人归拢好各自买回来的东西，回到客厅，顾念也收拾走自己的碗筷，随口问道：“你们进来的时候在说什么事情？晓晴好像很不忿的样子？”

“哦对！还没跟你说这件事！”江晓晴义愤填膺地冲过来，“我跟你说，那个卓亦萱可不要脸了！”

听到这个名字，顾念顿了顿：“怎么了？”

“《有妖》不是杀青了吗？然后今天剧组官方发了杀青庆祝微博，还放了卓亦萱的一段采访——她大言不惭地说剧本里的每一个人物都是她的心血！而且她竟然还说什么，自己想要靠这部作品撕掉大家过去贴在她身上的标签，希望大家记住现在崭新的她！我呸！”

江晓晴气得脸红，已经开始撸袖子了：“她有什么过去的标签，啊？她不就是说盲枝的事情吗？她还要不要点儿脸，本身就不是，现在竟然还想踩在盲枝的肩膀上，让别人看见崭新的她？崭新个头！那是她的剧本吗？啊啊啊啊……我要被这个不要脸的女人气疯了！”

顾念走神了。

秦园园无奈地笑着上来劝道：“好啦，你就别生气了，在路上看到这条新闻以后你都气一路了。”

江晓晴抱着沙发上的抱枕撕扯发泄：“我也想不气啊！啊啊……但是没办法！我做不到！我好希望盲枝大大立刻出现，最好是光芒万丈那种，碾轧她！打肿她的脸！”

秦园园苦笑，无奈地看向顾念。

顾念回神，莞尔道：“你想得太简单了。”

“嗯？！”江晓晴立刻回头。

顾念走了过去：“你怎么确定，盲枝出现就能光芒万丈？”

“我……”

“按照现在的情况，最合理的推断应该是她已经默默无闻，泯然众人了。”

“不可能！”江晓晴想都没想就否认了，“以盲枝的才气，只要她愿意，一定可以功成名就！”

顾念失笑，轻声说：“功成名就？哪有那么简单？”

江晓晴没说话，但看表情显然是不忿也不认同的。

顾念坐到她身旁的沙发上，声音轻柔地道：“就拿我们的圈子来说，有多少人夜以继日地写剧本，熬故事，好不容易完成了，要上门央求着别人看一眼，还常被拒之门外，甚至恶言相向？最开始踌躇满志，最后糊口都难？”

“又有多少人，即便背着抄袭借鉴的骂名，依旧能名利双收，风光无限？”顾念拍了拍低着头的江晓晴，笑道，“功成名就很难的，在无数人看到‘成功’的先例都想走那条‘捷径’时，坚持原则、坚持底线的功成名就就更难了。”

江晓晴挣扎好久，不甘心地抬头：“你说的这些我都知道，所以我才希望盲枝能站出来。”

“站出来？”

“对，她和我们不一样，她有她的实力和底气，我们没办法做到的事，她能做到。如果她光芒万丈，能碾轧那些龌龊小人，那我们就不会这么气愤又无力了。”

顾念怔住，还没放下的手僵在江晓晴的肩头上。

江晓晴没察觉，丧气地低下了头：“但我知道你说得对，这个圈子——不对，应该说这个世道好像就总是叫人悲观，恶者功成名就，善者默默无闻……我就是个俗人啊，也想有名有利，我把盲枝当偶像不只是喜欢她写的东西，也是认可她作为榜样的形象。所以每当这种时候我就会忍不住想，我只是个普通人啊，如果连盲枝那样的人都做不到的事，那我坚持的那些东西有意义吗？”

客厅里安静了许久。

江晓晴突然反应过来，连忙抬头，尴尬地笑着摆手：“哎呀，我都在说什么奇奇怪怪的东西？我就是今天被卓亦萱的不要脸行为给震惊到了，没忍住就——”

“对不起。”

江晓晴惊愕地问：“顾念你……你干吗突然跟我道歉？”

“没什么，只是觉得我以前太看轻你们了。我忘了当名字成为一种符号时，那它本身就被赋予了责任和意义。”

“啊？”江晓晴越听越茫然，“我怎么听不懂你在说什么？你看轻我？为什么？”

顾念重展笑容，伸手揉了揉江晓晴的短发：“就是以前我以为你只是个‘傻白甜’，没想到你考虑得这么多——我很抱歉。”

江晓晴茫然地转向另一侧，问秦园园：“她是不是在暗讽我？”

秦园园同情地看着她道：“直白到这种程度，已经不算是暗讽，是在明晃晃地嘲讽你了。”

等江晓晴转回头去要找顾念算账时，顾念早已经以最快速度起身回房间了。

江晓晴理顺了被揉乱的头发，感觉好气又好笑地冲刺着追上去：“顾念你每天都有一个要挖苦我的指标是不是？不挖苦我晚上躺在床上你会睡不着吗？你别跑！”

“砰”。

房门险而又险地关上，江晓晴被关在卧室门外，只听见里面传出女孩劫后余生的得逞笑声。

等终于闹腾完，门外的江晓晴放弃地离开，靠在门后，顾念脸上的笑慢慢淡了下去。

是她自欺欺人了啊。

她跟自己说逃避可耻却有用，龟缩在自己的那个壳子里，还一直说服自己：你的选择没错，错的是那些人。

可她只说给了自己听。

原则不是一个壳子，不该供她躲在下面逃避现实，让她自我安慰：外面太黑，她是不想同流合污所以才不出去。

原则是一面旗，她应该握着它，应该正大光明地让所有人看见她站在旗下，应该为它发声。

穷则独善其身，达则兼济天下，这话不假，但这话不该用于原则上的问题。

因为原则不“穷”。

如果有原则者都在独善其身，那天下才会成为无原则者的天下。

顾念沉默许久，走到床边拿起了桌上的手机。

手机里有她已经两年没有登录过、名为“盲枝”的认证账号。顾念僵着手指重新启动，认证，登录。

她看着那个陌生又熟悉的界面，眼睛不可抑制地轻颤了下。

但她还是点下去，一字一字地输入。

两分钟后，那个有无数粉丝却已经长草两年的空白账号下，突然弹出一条更新提醒——

> 两年前我摔到悬崖下，然后秉持着“在哪儿摔倒就在哪儿躺下”的精神，躺到了现在。
>
> 现在我想重新爬上去了。
>
> 等到我站在山顶那天，想挺胸抬头地告诉你们我真正的名字。
>
> 你们愿意听吗？

一石激起千层浪。

两年前的《渡我》作为年度网络金曲，传唱度之高可以说是遍及大街小巷，一度被誉为“突破了流行音乐中古风壁垒”的歌曲。

而原创兼原唱者“盲枝”的突然退圈和销声匿迹，更使得这首天才作品成为某种意义上的绝唱。人们对无法企及的“逝去”的天才总不吝于施加至高的光环，这也就无形中极大地拔高了受众对她作品的印象分。

因此即便时隔两年，盲枝突然再次现身，也还是在最短时间内就惹起了圈里的一场小型飓风。

如果没有谁推波助澜，或许这件事会随着她的重新沉淀而慢慢平息，但显然有些人并不这样希望。

定客传媒总公司，总经理郑昊磊的办公室里，坐在电脑前的男人眉头紧锁，脸色黑沉得难看。他正死死盯着面前的电脑屏幕，右手里的无线蓝牙鼠标被他攥得“咔咔”轻响。

屏幕上，赫然是认证为“盲枝”的那条动态。

动态发表于三分钟前，然而回复量已经在以一种爆炸的速度增长。

随着这条动态的热度升高，郑昊磊的脸色也大有向煤炭色看齐的架势。

就在此时，办公室的门突然被叩响，叩门声有些急促。

“进。”郑昊磊沉着声音道。

秘书冒头：“郑总，那位卓小姐的电话又打进来了。”

郑昊磊额头青筋一跳：“不是跟你说了，告诉她我在开会！没时间！”

美女秘书吓得脸色发白，委屈地看了这个下床就不认人的男人一眼，低声道：“我……我已经说了，但她说，如果你十分钟内不接她的电话，她就要直接来公司，还……还说……”

“还说什么？”郑昊磊声音发冷地问。

“她还说，如果你不怕她来公司被拍到，有人顺藤摸出当年的事情，那她也不介意……”

郑昊磊的神色变得狰狞：“这个疯女人！”

第一回见郑昊磊这么发火，女秘书瑟瑟地问：“那……电话还在线上，该……该怎么办？”

“接进来！”

“好……好的。”

女秘书连忙关门出去了。

郑昊磊拿起桌上的座机，刚拿到耳边没几秒，就听见对面气急败坏的女声：“郑昊磊，你当初是怎么跟我保证的？！”

郑昊磊冷冷一笑道：“注意形象啊，卓大小姐，这样没有礼教的反应太有失你的身份，也不符合你给自己营造的美女编剧岁月静好的人设了吧？”

“你少跟我来这一套！”卓亦萱气得声音都变得尖锐，“当初是不是你跟我说，盲枝的原主绝对、绝对不可能再出现，更不会公开发声！要不是有你的这番保证，我怎么可能在公众面前一直默认盲枝的身份，还给了她这样打我的脸的机会？！”

郑昊磊笑起来，靠向身后的真皮老板椅里，指节在扶手上一下接一下地叩动：“卓小姐，你现在是想把所有的黑锅都推给我咯？难不成是我逼你用的盲枝的身份？”

“容我提醒你一句，当初可是你自己‘借鉴’盲枝的东西过度，被人‘扒’了出来，不想坏了名声才找到我这里。你不就是因为知道了当初想要和盲枝签经纪约的是我的公司，想通过我找到她，拿钱协商解决吗？”

“你！”被戳到痛脚，卓亦萱气得声音发哑，却又无法辩驳。

郑昊磊在心底冷笑，语气却稍稍和缓：“好了，卓大小姐，这才哪儿到哪儿你就激动成这样？又不是本人现身镜头下，这个发布动态的人到底是不是盲枝本人还有待商榷，你激动成这样做什么？”

卓亦萱听出深意：“你……你能解决这件事情？”

“我会尽量解决，毕竟咱俩是一条线上的蚂蚱。你要是被‘扒’出来，我不觉得自己能有多安全。”

卓亦萱松了口气，嘴上却不饶人：“你知道就好！”

郑昊磊在心底冷笑了一声，狠厉地瞥了一眼电话。

卓家就惯出这么个虚张声势还大小姐脾气的废物，要是没有背景，这种人得在他手里死多少次？

郑昊磊压下眼底的阴鸷，笑着接回话："不过我劝你也尽快做些准备，这种时候就别清高得不肯用卓家的人脉了，这件事背后明显还有人在推波助澜。"

"什么？怎么可能？我又没得罪什么人……"

"单凭盲枝一个人，她不会在这么短的时间内就有这么高的关注度。"

"那就是她背后有人想操作这件事来获取——"

"不会。"

郑昊磊的断然否决，让卓亦萱愣了下。她听出男人语气里的阴沉，不解地问："你怎么知道？"

郑昊磊敲着扶手的手指蓦地停下，攥紧了扶手，手背上暴起一两根青筋。

几秒后，郑昊磊仰进椅子里，望着天花板上几乎难以分辨的暗色壁纸花纹，冷冰冰地笑了声："我认识盲枝，也了解她。她不过是个没背景只有实力还有一堆狗屁原则的蠢女人。"

"你的意思是……？"

"她不可能有这样的背景。她那些狗屁原则也注定了她不会接受这样的帮助。"

沉默许久后，卓亦萱皱眉道："好，我就再相信你一次。舆论这边我会自己安排人做一些应对，但盲枝那里，你必须确定到底是不是她本人，万一真的是——"

"万一真的是，"郑昊磊低声笑起来，眼神狠戾，"那可就太好了。"

"什么？"

"刚好我有一笔忍了很久的账，想和她好好算一算。"

…………

又一两分钟后，通话被挂断，郑昊磊没有放下座机话筒，而是垂着眼木了一会儿，然后随手按下一个键。

话筒里，方才的美女秘书小心翼翼的声音传来："郑总？"

"去休息室等我。"

"啊？好。"女人羞赧地应了，电话重新被挂断。

一个小时后，拉着窗帘的休息室里昏暗一片，空气中飘着情事之后的颓靡混着烟草的气味。

女人虚脱地靠在男人结实的胸膛前，声音娇滴滴地道："您干吗总亲人家的嘴巴？太明显了，上班会被看出来的。"

郑昊磊阴沉着脸，没说话，靠在床头抽一根事后烟，猩红的一点儿光在黑暗里时亮时暗。

半晌，他声音低哑地冷笑了一声："因为你只有嘴唇生得好看。"

女人脸色一变，但敢怒不敢言，只得委屈地低下头去。

等两人穿好衣服，从休息室里出来，郑昊磊松散地系着领带，揉了一把凌乱的发，眉心依旧紧皱着。

无论女人说什么，他都充耳不闻似的径直往前走去。

直到进办公室前，郑昊磊突然停下，回头问女秘书："我办公室里的墙纸上印着的花是什么？"

女秘书蒙了："啊？"

"花的名字！"郑昊磊沉下声，不耐烦地说。

女秘书吓了一跳："不……不知道啊。"

郑昊磊的眼神更阴沉了，"百慕大奶油花，记住了。"

"啊，好。"

"明天起，你不用来了。分手费会打到你的卡上。"

女秘书难以置信地回过头，然而那个翻脸不认人的男人已经头也不回地进了办公室。

房门在他身后重重摔上。

顾念发出那条动态后没多久，后台的消息提醒就开始冒出来。

起初还只是一个、两个或三个五个，再过几十秒后，数字的增长速度就已经是指数倍的了。

顾念没有去看，回过神的第一时间就关闭了后台。

她本身就是对外界言论会过度解读的高敏感人群，再有两年前那场致使她不得不以退学、退圈作为最终办法的风波，至今她还是很难面对大量的第三视角言论。

心理问题总是要一步一步慢慢来的……

顾念慢慢做着深呼吸，缓解下来自己因为这条动态产生的紧张和焦虑感，也清空了大脑对无数种可能性的假设。

深呼吸做到第五次时，顾念刚准备吐气睁眼，专门做过隔音处理的墙壁都没能挡住的一声尖叫破墙而来。

"啊啊啊啊……！"

"破音了。"顾念被震到麻木的第一秒，木着脸在心底叹气。

做好交代一切的心理准备，顾念起身，拉开卧室门走了出去。

她还没在客厅里站稳，眼前一道黑影飞扑而来："啊啊啊啊啊！顾念你看你看这是什么？！这是！什么？！"

顾念猝不及防地近距离承受了这种非人类的分贝，木着脸喃喃道："可能是声音的死刑吧。"

"不是！你看！看我的手机！！"

"你手机快要戳我的鼻尖上了，我真看不见。还有，我一米六的身板承受不了你这一米六五挂上来的力量。能不能把你的腿从我的腿上挪开，顺便让你的人从我身上下来？"

"啊？哦、哦，不好意思，我太激动了！哈哈哈哈！"

江晓晴松开差点儿被勒到窒息的顾念，按捺着激动心情把手机屏幕再次戳到顾念面前："你快看啊！我的女神盲枝大大发动态了！！"

"嗯、嗯，我看到了。"

"你说我刚跟你们说完我的心愿才多长时间，她竟然就时隔两年突然出现，还发了一条动态！这是不是——？"

顾念心虚地轻声道："这件事我可以解释……"

江晓晴声音激动得快穿透房顶："这是不是就是传说中的心有灵犀一点通？！"

江晓晴还在兴奋地说："果然，我就知道盲枝大大肯定也忍不了那个不要脸的卓亦萱，之前只是没看见！看见了她就会揭穿那人！不愧是我的女神，连情绪的点都把握在最高潮的地方！"

激动得语无伦次后，江晓晴还带着满脸兴奋地扭回头："顾念，你刚刚说啥？"

顾念沉默片刻，然后叹了口气："没什么。就是为盲枝拥有你这么一个，嗯……真实的粉丝，由衷地感到开心。"

江晓晴谦虚地摆手："哈哈哈……没什么、没什么！那可是我唯一的女神啊，对她真情实感点儿真的没什么！"

顾念再次沉默。

江晓晴没在意，已经兴奋得抱着肚子滚到沙发上，来来回回地滚了一圈又一圈，激动得胡言乱语，自说自话，模样不像是等到了女神发声，更像是得了失心疯。

顾念心情复杂地收回视线。

既然江晓晴没猜到，那自己就是盲枝这个事情还是暂时不要告诉她好了。等到一条动态江晓晴都兴奋成这样，自己真告诉了她真相，说不定一个度没把握好，就得闹出点儿事情。

不过她瞒得住江晓晴，秦园园就……

顾念恰巧察觉什么，抬起头，正对上客厅角落里表情复杂又无奈的秦园园。

两人目光交流了一番，在彼此那里确定了自己的想法，也达成了共识。

顾念叹气：果然，但凡是脑子正常的人推敲一下前后情况，应该也能察觉到什么了。

至于江晓晴……

顾念和秦园园的目光不约而同地错开，然后一齐落到沙发上。

有个仿佛半分钟就让人类几千万年进化的努力成功白费的类人猿生物正在上面快乐地翻滚。

顾念无奈地笑起来，秦园园也趁"类人猿"还没脱离快乐状态，没额外的注意力分给她们，轻迈着步子走到顾念身旁。

秦园园："那个……"

顾念犹豫了下，轻声道："我可以把事情的缘由解释给你们听。"

秦园园摇头，"不用了，我相信你。你之前既然选择隐瞒，一定是有什么苦衷的。就等到你的苦衷澄清或者你自己觉得时机合适，你再说给我们听就好了啊。而且你放心吧，这件事我不会告诉任何人的。"

顾念心里一暖："谢谢你，园园。"

"我们可是在无数个甲方手底下共同出生入死过的'战友'。"秦园园玩笑道，"再说了，不管你以前的笔名是什么，我认识和了解的是顾念，那不就行了？"

"嗯。"

两人正相视笑着的时候，一颗毛脑袋突然从她们中间冒出来："你们两个在密谋什么？"

顾念和秦园园齐刷刷地退后一步，神色微妙。

不过江晓晴显然没在意这点儿小动静，脸上的笑容已经快变成半永久了，还在把手机屏幕往两人中间放——

"快看、快看！卓亦萱这个不要脸的，被正主打脸，她的报应终于来了！"

顾念再次被那个名字勾走注意力，面上笑意淡了："她怎么了？"

"还能怎么？营销反噬呗。"江晓晴快意道，"我就说过，之前她给自己营销美女编剧人设吃的那些流量和红利，这一切都是建立在她不是盲枝这件事情永远不会被揭穿的基础下——现在好了，地基一塌，她上面的人设可全都要崩盘喽！"

秦园园好奇地凑过头去："网友们是什么反应？"

"几乎全都是骂她的，哈哈哈，太爽了！这世界上还有什么比看到恶有恶报更爽的事情呢？"

见江晓晴恨不得仰天大笑的模样，顾念忍了忍，还是开口道："虽然不想打击你，但是……"

江晓晴警觉地落回视线："但是什么？"

顾念："事情不会就这么简单顺利的。"

江晓晴："你可别诅咒我的女神！"

顾念哭笑不得地说："我干吗要诅咒我……诅咒你的女神啊？但在《有妖》剧组待了一个月，你应该也感觉到了，按导演组对卓亦萱的态度，她身后肯定有很厉害的背景——你觉得她和她背后的人，会放任舆论这么发展下去吗？"

惊得六神无主以后，江晓晴扭过头，脸色不安地问："那我的女神岂不是摊上大麻烦了？她会不会被他们诬蔑或者使什么别的手段啊？"

"放心吧。"

"这我怎么放心得下？"

"既然选择站出来，"顾念眼角一弯，轻松地笑道，"那她应该也是躲够了，想试试站在风口上的感觉吧！"

"还是别了，希望一切顺利……"江晓晴哭丧着脸道。

而拿着江晓晴的手机的秦园园犹豫了下，抬头看了看两人："那个，你们可能要看一下这个。"

"嗯？"

顾念和江晓晴的目光落到了秦园园示意的屏幕上。

那是一条条从动态下的评论再点进去的评论，从主楼开始就很扎眼——

“这么说这个美女编剧就是个抄袭狗喽？我记得她的新剧本《有妖》要上了吧，不会也是抄袭作品吧？”

“那还用说吗？肯定是。”

“抵制抄袭编剧！抵制抄袭作品！”

“没错，抵制《有妖》！！”

“这剧要是敢开播，我一定要骂死他们！”

“啊，这……也不用这么一棍子打死吧？演员接这个剧本前又不知道卓亦萱不是盲枝，一起被抵制好无辜啊。”

“谁让他们倒霉呢？”

“没错，绝对不能让抄袭者的作品播出！”

…………

看完评论区，三人表情各异。

秦园园犹豫着看向顾念：“不会真的影响《有妖》开播吧？”

江晓晴也面色忧虑，但很快就摆摆手，藏着心虚道：“怎么会呢？有的剧也有抄袭风波，不是照样拍、照样播吗？”

顾念没说话。

安静许久后，她转身往卧室走去：“我去打个电话。”

“哎——”

江晓晴还想说什么，被秦园园拉住了。

等房门合上，江晓晴担心地问秦园园：“毕竟是骆修的第一部剧，也是他翻身的最大希望，顾念会不会怪我女神在这个时候发声啊？”

秦园园收回视线，一言难尽地看了这个“傻白甜”好几秒。

最后她只能叹气，给江晓晴摸了摸头：“以你的脑瓜，就不要想这么复杂的问题了。来，忘了这个，多想点儿快乐的事情吧。”

顾念回到房间的第一件事，就是拿起手机快速地拨通了骆修的号码。

一边等电话接通，她一边在心底暗暗唾骂自己：她怎么就把这层因果关系给忘了呢？！

万一《有妖》真被耽误或者牵连，那骆修……

顾念没敢也没来得及想完，电话在轻声振动后，接通了。

那个温和好听的声音轻轻振动了顾念耳边的空气：“顾念？”

奇迹似的，他一开口，她那些忧虑和不安就消掉了一大半。

不过还是剩了些，而且其中的愧疚感占据了主导位置。

顾念张了张口，却没说上话来。

对面的人在耐心地等了几秒后，轻声问：“怎么不说话？如果是还没想到要怎么开口，你可以只嗯一声，让我确定你没有出什么事情。”

顾念怔了怔，回过神后，感动得眼泪都差点儿掉下来。

于是安静之后，骆修听见电话对面响起闷闷的、好像带着鼻音还压着点儿哭腔的一声“嗯”，像某种委屈巴巴的幼崽发出的声音。

骆修松了口气，但又有点儿觉得好笑和心疼。

他没再催促她，只是安静地等着电话对面的人平复情绪。

终于，顾念从各种情绪里脱身，语气不好意思混着愧疚，低声开口道：“对不起……”

骆修问：“为什么道歉？”

顾念噎了下，没回答，只心虚地问：“卓亦萱和盲枝的事情，你看到了吗？”

“嗯。”

顾念又闷了会儿才道：“不知道舆论会往哪个方向走，也不知道会不会影响到《有妖》开播……帮不上什么忙，我很抱歉。”

骆修认真地道：“这不是需要你道歉的事情，和你无关。”

“但是……”

“而且，即便是当事人盲枝，也不需要道歉。”

顾念怔住，抬眸，窗外阳光正挣扎着从乌云堆里透出一束又一束的光。

而她耳边的声音温柔低沉：“她只是在说正确的话、做正确的事，她应该跨过了很多障碍，克服了很多恐惧才做出这样的选择，不需要也不应该向任何人道歉。”

顾念站在窗边上，呆呆地看着那可怜巴巴的小太阳，它还在很努力地挣扎着，想冲破什么。

她轻声问：“真的吗？”

“真的，我很敬佩她。”

沉默片刻，顾念陡然回过神，低下头揉了揉被太阳照得发酸的眼睛，有些破涕为笑：“明明是我想打电话安慰你的，怎么变成你安慰我了？”

骆修莞尔：“我很好，不需要担心。”

顾念点头，顿了顿，又心虚地问：“不过你对盲枝很了解吗？好像……你还挺支持她的。”

“嗯。”

委屈巴巴的小太阳从乌云里挣脱出来，阳光温暖地洒下。

在同一片天空下，骆修靠在乔家别馆的门扉旁，垂眸望着外面圆石围起的小潭间的水面，笑意漾在眼底，比午后的潭水更温柔。

骆修：“我是她的粉丝，愿意永远、永远支持她的那种。”

顾念惊呆了，脱口而出道：“好巧！我也是你的粉——”

骆修低哑一笑：“什么？”

顾念噎住。

几秒后，她含泪低头，违心地开口：“我是说，好巧，我也是她的粉丝，我……我会和你一起永远支持她的。”

骆修垂眸笑道："好。"

片刻后，挂断电话，骆修从门扉前直起身，转回厢房内。只是他刚抬起头，就见到身后不知何时过来的两人写满八卦和其他复杂情绪的脸。

骆修敛下眼底的笑意："怎么了？"

安亦将手揣在他的道袍袖子里，靠在一面墙上，还冲骆修挑了挑眉："谁啊，山里的女妖精？"

骆修淡淡地发出声轻笑："滚。"

安亦扭头，故作惊讶地道："嚯，乔西，你听见了没？咱们活佛似的骆大少爷会骂人了，长这么大我可是头一回听见！"

"不是……"乔西表情古怪，像是有点儿牙疼地看着骆修的手机，然后上移目光，"勾了你的魂儿的那女妖精，叫什么名？"

第十章　蓄谋百年

乔西面无表情地盯着骆修。

大概是眼神太凶，中间木桌旁站着的上来给他们斟茶的年轻姑娘手都有点儿抖。

溅出几滴水在茶杯外，姑娘更慌了，放下软布托着的紫砂壶，连忙低头向乔西道歉："对不起……对不起……"

这一看就是新招的人，道歉也慌慌张张的，脸色更是被吓得发白。

安亦好脾气地笑了笑："没事，茶壶搁这儿。我伺候这俩大少爷，你下去吧。"

帮佣的年轻姑娘闻言，大着胆子看向一旁的乔西，见对方没说话，朝安亦躬了躬身，就连忙转身出去了。

等姑娘拉上包间门，安亦也转回头，撑着胳膊笑道："你瞧瞧你们两个，把人家小姑娘吓成什么样子了？"

骆修抬了抬眼帘，随意一笑："别误伤，把人吓跑的不是我。"

"哦，说你呢，"安亦轻碰了下身旁乔西的椅子，"不就是个相亲对象吗？看你搞得像夺妻之仇似的。"

乔西扭头瞪安亦，想要开口。

"妻？"木桌对面，骆修支起右手，修长指节拈着薄胎茶杯转了半圈。他望着光下晶莹透亮的茶汤，冷冷地笑了下："那恐怕轮不到他。"

乔西又恨恨地转回来了，磨牙瞪着骆修。

安亦忍不住，脸上带着笑，也转向骆修："骆大少爷，你今天是来给我开眼界的啊？你以前不是觉得斗嘴的事情最无趣吗？怎么现在一个字眼都这么斤斤计较了？"

骆修没抬眼，笑道："不一样。"

"没错，这件事不一样！"乔西终于把刚才被骆修憋回去的话说了出来，"这是原则问题！"

安亦："什么原则？"

乔西："朋友妻不可欺！"

骆修抬起眼，眸子里笑意冰凉。

乔西心虚了一秒，又连忙补充："就算是相亲对象，那作为朋友，他也不带这么挖墙脚的！"

安亦："有道理。"

乔西："更何况他上回亲口跟我说的，说他从来不夺人所爱。你也听见了吧？"

安亦典型的看热闹不怕事大："听见了、听见了。"

有了安亦的帮腔，乔西感觉腰板直了点儿，扭回头去继续面无表情地望着骆修，试图给他施加目光上的谴责。

骆修："我确实说过。"

乔西："嗯？"

"但那场相亲你只是敷衍，谈不上所爱。"

乔西迟疑地探头："那如果谈得上所爱，你就不会挖我的墙脚了？"

厢房里安静了片刻，骆修垂眸，莞尔道："你不会想听到答案的。"

乔西："……"

他就该知道，这个眼睫毛切开可能都是空心还流墨汁的男人，是绝对不可能有原则这种东西的。

乔西愤而起身："我宣布和你断交三分钟。"

说完他转身就走。

安亦回头："你上哪儿去啊？"

"洗、手、间。"

等厢房门再次被拉上，安亦这才转回来。坐在他斜对面的骆修半垂着眼，似乎在想什么事情，兴致不高。

安亦收敛了笑意，开口道："乔西不是真生气，你不用往心里去。"

骆修抬眸看过来。

对视数秒后，安亦已经从那个眼神里懂了——骆修确实压根没往心里去。

安亦失笑，问："看你有点儿走神，我还以为你在担心乔西的事情呢。"

"嗯，不是。"骆修收回视线。

"那你在想什么？"

骆修沉默两秒，坦然地道："盲枝的事情。"

"哦，就那位顾小姐是吧？"安亦说，"顾小姐的电话打进来前你接的那一通，也是说这件事的吧？"

"嗯。"

"我该说不愧是骆家的大少爷？"安亦玩笑道，"毕竟我还以为你已经做好退隐山林的准备了，可消息还是这么灵通，才一点儿风吹草动，立刻有人来跟你报告了？"

骆修抿了口茶，神色不动："你少来奚落我。"

“我可是说实话，万分坦诚。”

在安亦那藏着审视的玩笑眼神下，骆修不在意地点头道：“嗯，你没猜错。”

安亦神色一凛。

骆修索性说破：“我是在找人调查她，尤其是她当年退圈的事情。”

安亦皱着眉，欲言又止。

骆修：“有话直说。”

安亦思忖几秒，这才开口：“如果这位顾小姐是能得你独一份青睐的人，那我想她应该不会喜欢私下被调查这种事情。”

“我知道。”

“那你还……”安亦下意识地抬头，却见骆修望着他，褐色的眸子里透着一种冰冷的光：“就算知道，我也只能这样做。”

“为什么？”

“只有这样我才能掌控局势，了解和把握那些会对她造成伤害的因素。”

安亦叹气：“或许问题就在于，任何时候你都想掌控局势。我承认你也确实做得到，但在感情里，这不是什么会被人喜欢的优点。”

骆修蓦地笑了。

安亦没好气地问：“你笑什么？”

骆修抬起含笑的眼：“我什么时候有过优点？”

安亦被噎住了。

“真正了解我的人里，你、乔西、骆敬远、骆清塘，还有骆湛……”骆修笑意温和地道，“难道有谁觉得我是一个好人？”

安亦过意不去：“你也不用这么妄自菲薄。”

“哦，”骆修笑笑，举起茶杯相邀，“那你说一个我的优点？”

安亦愣住。

温柔？假的。

善良？不存在。

真诚？没有过。

对着这么一位共情能力基本为零的好兄弟，安亦沉默许久，竖起拇指：“长得好。”

骆修失笑：“难为你了。”

安亦尴尬地咳了声。

骆修不在意，把玩着手里的茶杯淡淡地道：“我不觉得有人会喜欢真实的我，也不需要。”

安亦不解地看着他。

骆修温和地笑道：“要真实做什么？要她喜欢就好。她喜欢什么模样，我就是什么模样。”

安亦皱紧眉头。

虽然他没谈过恋爱，但直觉认为这样不对。可是哪里不对他又实在说不上来。

最后安亦只得叹口气，放弃这个话题："盲枝当年退圈的原因你查到了？"

"还没有。"

"那眼下怎么办？"安亦问，"你接电话的时候我和乔西看了网上的情况，没想到这么短的时间，闹得还挺厉害。"

骆修指间轻转的薄胎茶杯停了停，看见杯里荡起的波澜，他眼神冷淡地轻笑了声："因为有人在背后运作，想把事情闹大。"

安亦愣了愣问道："你的人？"

"当然不是。"骆修皱眉抬眼，"为什么会这样想？"

安亦回过神，笑道："这不是你们两个太过默契？你前面刚说要揭露卓亦萱不是盲枝的事情，转眼盲枝自己就站出来了。我以为你乐见其成，等着顺水推舟呢。"

骆修摇头："现在舆论的焦点都在盲枝身上，这不是我想看到的情况。这种时候推一把只会令她置于风口浪尖上，我不会这么做。"

"既然不是你，那还会是什么人？卓亦萱和她背后的人肯定不可能，他们巴不得这件事悄无声息。要说结仇，也不应该。"

骆修闻言勾了下嘴角，那点儿情绪却不像是笑，更像是冷冰冰的嘲弄。

看他这个神情安亦就知道："你猜到是谁了？卓亦萱有什么仇家吗？"

"不需要结仇，有可观的利益驱使就足够了。"

"利益？这有什么利益？"

"《有妖》杀青不久，正是他们拼命想维持最好热度的时候。"

安亦愣了下，几秒后才反应过来："剧集总编剧出了这种丑闻，对他们有什么好处？"

"你不了解这个圈子。口碑是导演组和演员看重的，在那之前，资方想要的只有关注度和话题热度。"

"即便是这种丑闻也无所谓？"

骆修的语气平静得近乎漠然："只要在可以控制的范围内，无论正面还是负面，都可以统归为流量和热度。"

安亦听得哑然半晌，笑着摇头："你们玩资本的人都这么可怕吗？不愧是一群从根上就开始在黑泥潭里钩心斗角的人啊。"

骆修淡淡一笑，毫不留情地戳破他："追本溯源，你的出身也不干净。"

安亦立刻正色道："这位信士不要妄言，我的根在道慈观，不在别处。"

骆修似笑非笑道："是吗？"

不等安亦再开口，不远处的厢房木门外，几声似乎是争执的动静传过来。

房间里的两人同时一停。

安亦回头："什么情况？乔家的别馆里还能有人起冲突？"

骆修将手里的茶杯搁下，视线跟着垂下，随口道："大概是乔西和乔……东？"

安亦气笑了，转回来："乔家那正统少爷叫乔林安，什么乔西乔东？"

"嗯。"

骆修眼都没抬，显然对乔家那个儿子是叫乔东还是叫乔林安没什么兴趣。

安亦很快回过神："你怎么知道是乔东，呸，乔林安来了？"

骆修："猜的。"

不等安亦追问，厢房门被拉开，还是刚刚那个失手溅出茶水的年轻姑娘，此时一脸慌张地跑了进来。

"两……两位先生，你们要不要出去看一下？"她指着房门，不安地压低声音道，"大少和二少吵起来了。"

安亦表情复杂地扭回头看向骆修。

骆修抬眸："怎么了？"

安亦："你别是鬼吧？"

安亦："不然你就坐在我面前，一动没动，怎么能猜到是乔林安和乔西在外面吵架？"

骆修瞥向身旁，帮佣急得热锅上的蚂蚁似的看着两人，他朝对方点了下头："我们这就出去。"

帮佣松了口气，连忙转身。

骆修随之起身，离桌前开口："因为这里是乔家别馆。"

"嗯？"

安亦抬头，骆修却已经走出去了。等安亦想明白其中的逻辑，也起身跟了出去。

绕过回廊时安亦还在感叹："还好你不打算进我们观里了。"

骆修疑惑地回眸看来。

安亦："我观里的师弟们性格纯直，你这种祸害要是进去了，他们哪里玩得过你？"

骆修笑了笑，不予置评。

在帮佣小姑娘的指引下，两人绕过曲折的回廊。

在第三个拐角处转弯后，帮佣回头："就在前面。"

她话音刚落，前方月洞门后，一声讥讽的笑传了过来。

"我早跟你说过，你该摆正自己的位置，不要不知轻重地动你不该动的东西。像乔家的别馆，就不该是你能正大光明地来的地方。"

乔西忍着怒意的冷冷声音也响起："我只是和朋友小聚，不会碍着你们。你没必要这么咄咄逼人吧，大……哥？"

"大哥？哈哈，你们听见了吗？他竟然还叫我大哥？"

几声附和的笑十分刺耳、难听。

乔西的声音更沉了些："你今天喝醉了，我不想和你争执。我的朋友还在等我，请你让一下。”

“我让？哈，这是乔家的地界，我是乔家的下一任主人，你让我给你让位置？”像是被戳中什么痛点，乔林安的声音也变得阴沉起来，“你算什么东西？能和你混在一起的狐朋狗友，又有什么资格进我们乔家的别馆？”

“乔林安，你别——”

乔西的怒气值达到顶峰，刚要爆发，他就见到乔林安几人身后不远处，从月洞门里走出来的安亦。

乔西的神色顿时变得无奈又复杂。

安亦出来后就往月洞门上一靠，懒洋洋地笑起来：“哟，这么热闹？乔二少你这排场够大的，出来上个洗手间，怎么还前呼后拥的呢？”

“谁？”喝得脸色发红的乔林安扭回身，看清安亦，面色放松下来，冷笑道：“我还以为是谁呢，原来就是——”

话音未落，月洞门后又走出来一个人。

乔林安顿时变了脸色。

骆修出来时没看别人，只朝着身旁的人似笑非笑地问：“平常和乔西斗那么凶，怎么这种时候跑得比谁都快？”

安亦：“我是来看热闹的，又不是来帮他的。”

骆修含笑道：“哦，是吗？”

这片刻间，乔林安那边站着的几个人都回过神来，纷纷把目光投向中间。

焦点处的乔林安显然也不好受，脸色变了几回，才终于不甘心地放软些语气说道：“原来乔……原来二弟的客人是骆先生。”

骆修听见话语声，回过身，笑容温和地过来：“乔先生客气，狐朋狗友罢了，不值一提。”

“噗。”安亦靠着月洞门笑出了声。

乔林安下意识地瞪过去，可惜恼恨眼神中途就被一双温柔的褐色眸子截住，他僵了下，艰难地挤出笑道：“我……我酒后失言……骆先生别放在心上。”

骆修却好像什么都没听见，走到他们面前也没有停下的意思，乔林安和他那几个朋友只得避开身。

骆修停在乔西身旁：“我想过了，这件事是我不对，抱歉。”

乔西顿了下才反应过来“这件事”是哪件事，表情微妙地问：“你确定要在这儿聊你的个人问题？”

骆修笑了下，然后转回身，温和地望向乔林安：“乔先生，你刚刚在跟我说话？”

乔林安表情难看，挣扎了好几秒才低了低头：“二……弟，这件事是我不对，抱歉。”

乔西愣了下。

听到这和骆修如出一辙的套话，他看了骆修一眼，然后明白了什么。

乔西无奈又敷衍地应了一声："没关系。"

乔林安沉着脸色，这才转向骆修："今天的事对不住骆先生，等我酒醒了，改天一定上门给骆先生赔罪。今天就先告辞了。"

"乔先生慢走。"

等那几人走远了，乔西表情复杂地收回目光，盯着骆修看："要不是侧门还印了个乔字，我都要怀疑这是你家别馆还是我家别馆了。"

骆修随意地笑了笑。

安亦也走到两人身边，听见乔西那句话，朝骆修一抬下巴道："你可别以为他现在还是你出国前那名声，这两年你不在国内，有段时间骆老爷子生病，骆家他代掌了一段时间——中间不知道在圈里传开多少他的传奇故事，是吧，骆修？"

"是吗？"骆修语气温和地敷衍道，"没听说过。"

安亦嗤笑道："不用说别的，两年前骆湛可还是骆家小少爷，现在被一半人换成骆家二少爷了吧？"

骆修充耳未闻，笑容温和。

乔西叹气："刚刚你过来那架势，别说，还挺帅的。你就是这么把我的相亲对象给勾走的吗？"

这句骆修听见了，不知道想起什么，垂眸失笑道："不。把你换作我，一定是她挡在我前面。"

回神后，乔西嫌弃地道："太不爷们了吧？"

安亦拍了拍乔西的肩膀："傻孩子，你不懂，所以这就是你表面花天酒地实际上单身到现在的根本原因。"

乔西更嫌弃地抖掉安亦的手："你一个终身不娶的道士，有脸说我？"

"我是为你好，"安亦指着骆修，"这就是个妖精，我是怕你着了他的道所以提醒你呢。可千万别去，他那道上的人心思又黑又歪。"

乔西苦笑了下："我是不想，可惜……"

安亦停顿了下，插科打诨地转向骆修道："你刚刚那话我都没反应过来呢，这个乔林安可以啊，和你心有灵犀一点通？"

骆修没在意安亦的扯淡用词："他的能力和脑筋不差。"

安亦："脑筋没问题能干出刚刚这出来？"

骆修冷淡一笑："他自己把握着分寸，就算乔西回乔家告状，他也可以托词自己是酒醉失言。"

"为了让乔西白吃气？"

骆修随口道："如果激得乔西冲动犯错，那大概更合他的心意。"

乔西和安亦同时表情一僵。

最后还是安亦感慨地拍了拍乔西的肩膀："他不一定怎么样，你差点儿摊上事……我就说他们这些人心思黑。"

骆修微皱起眉，回眸望着乔西：“以他这几年在乔家的势头，不该这么针对你。最近你父亲对你的态度有变化吗？”

乔西怔了两秒，摇头道：“没有什——难道是祭祖的事情？”

骆修：“祭祖？”

“对，我们乔家祭祖通常要给老祖宗作法，一般是去各大道观请名望高的道士。”乔西看了一眼安亦那个道士髻，无奈地转回来，“往年都是我父亲操办，今年不知道怎么回事，他就说我太清闲了，请道士这环要交给我来办。”

骆修眼底滑过一丝了然之色。

安亦茫然地插话：“所以就是个跑腿的苦力活儿？你哥脑壳有问题，这也要计较？”

骆修笑叹了声：“如果骆敬远突然说，祭祖的事情要交给我或者骆湛——你知道我们会怎么做吗？”

安亦：“骆老爷子的吩咐还能怎么做？剪刀石头布啊。”

骆修笑道：“跑，连夜去国外，还要想办法耽搁另一个人的行程。”

骆修没再解释，问乔西：“什么时候去？哪家道观？”

乔西：“我只有周末有时间，下个月的第一个周六，好像是 4 号吧？地方嘛，肯定是安亦的道慈观，也就那里我还勉强算熟。”

骆修点头：“嗯，那天我和你一起去。”

乔西怔了下。

安亦警觉地回头问道：“你干吗去？出家祸害我们道观之心不死？”

骆修失笑，却没有回答。

盲枝养鹅日常 2.0

2020 年 7 月 4 日，周六，天气晴

没想到拍摄结束了我也没能把《养鹅 1.0》拿回来，看来有生之年我是和它无缘了。

对不起《养鹅 1.0》，为了妈妈的粉丝马甲不掉，妈妈只能对不起你了。

这两天晚上我逛遍了那家商场都没能再找到一本和《养鹅 1.0》的褐色本子相近的本子，唉。那个颜色真的和宝贝“鹅子”的眼睛好像的，好可惜。

算了，最近就先用这个吧。这次我会好好珍惜你的，2.0！

本月养鹅 tips（提示）：

（1）为了弥补上个月的缺失，顺便祈祷宝贝“鹅子”新剧大火，刚好这个月清闲，每周六去道慈观给宝贝“鹅子”祈福！

（2）记得给顾媛女士打电话，问问家里那位老中医，有什么良方能够调养胃病。

…………

顾念的笔尖中途停下。

她从旁边拿起振动的手机，屏幕上来电显示的“速速跪下接旨”让她心肝一颤。

顾念茫然了下。

奇怪，除了删了相亲对象她又没做什么别的亏心事，怎么看见顾媛的电话会有这么心虚的感觉？

顾念没想通，茫然地接起电话：“妈？”

顾媛的声音有些低：“你怎么回事？”

“啊？什么怎么回事？”

“要不是你张阿姨喜欢上网冲浪，那我到今天都不知道——”顾媛拔高音量之后，又强忍着压下来，“你……上周一直闹到现在的，盲枝的那件事，是不是你自己发的？”

“那个啊，是我发的。”

“你怎么想的，啊？咱们不是说好了，过去的事情就让它过去，大活人不能被事情缠死，你还去碰它干什么呢？”

顾念轻叹了声：“妈，您就别担心了。我知道自己在做什么，会照顾好自己。而且您应该也看到了，我还什么都没有提。”

顾媛：“我看了，知道你不甘心，但妈现在不想你多么有出息、多么飞黄腾达，妈就希望你过得好好的……平淡是福。”

“我知道，这两年我也一直这么劝自己，拿这个做理由让自己心安理得地逃避——但我更知道我心底不是真的这么想的。”

“你真想好了？”

“嗯。”

顾念咬重了音，然后看见自己面前的本子，眼角弯了起来：“而且，除了我自己的内在动力，我现在还有一个外在目标。”

顾媛：“嗯？什么目标？”

顾念轻笑着仰进椅子里：“一个秘密，不告诉您。”

电话里顾媛大约听出她的语气不是假装，松了口气，还笑话了她一句，顾念没听清，因为房门外同时传来江晓晴的声音——

“顾念，你好了没？”

“就来。”顾念转而对电话里的人道：“我今天约好了跟室友一起去道慈观祈福呢，等我回来再给您回电话呗？”

“不用，我就剩一件事，说完你去就行了，也别给我回电话，我约了你三个阿姨搓麻将呢。”

顾念哭笑不得地道：“您说。”

顾念没想到顾媛能有什么正经严肃的事情，多半又是个新的相亲对象。

所以她一边从椅子里起身，一边准备去收拾东西。

然后顾念就听见顾媛在迟疑几秒后，不确定地问："上次在酒店里那个送你回房间的男生，真不是你男朋友？"

顾念停下脚步。

呆了几秒，她迷茫地问："酒店？我男朋友？"

"对啊，就上次我给你打视频电话那个——"顾母顿了顿，气笑了问，"所以你这个周没给我打电话不是因为不好意思提，而是根本喝断片了？"

"断……断片？"

顾念心里咯噔一下。

近两年内她唯一一次喝醉是什么时候，她可太清楚了。出于逃避心理，再加上骆修安慰，她一直天真地没去回忆，还真以为那天晚上什么事情都没有发生。

而现在从顾媛口中听到的，显然至少有一件她已经忘了。

大脑空白过之后，顾念颤着声问："您……您……您那天晚上给我打视频电话了？"

"嗯。"

"我接了以后身边有别人？"

"有，你还搂人家了。我当时以为他是什么趁你喝醉欲图谋不轨的不法分子，就差让那孩子手持身份证拍张照片了。"

顾念内心鬼哭狼嚎，面上还得强作镇静，就是声音有点儿抖："是……是……是叫骆修吗？"

"嗯，他是这么跟我自我介绍的。"

顾念泪流满面："那我除了搂他，还做什么更过分的事情了吗？"

电话对面的顾媛突然沉默。

顾念的心高高提起。

然后她就听顾媛叹了口气，语重心长地说："我是说过不让你找个太帅的人当老公，但也没教你把人当儿子啊。"

道慈观坐落在 K 市市郊的一座小山下，虽然地处偏僻，但道观住持名声在外，观里也算香火鼎盛。

尤其周末，顺着专门铺砌的石阶小道上山的香客信士，络绎不绝。

顾念和江晓晴也走在其中。

"从剧组回来这几天明明看你挺精神的啊，"江晓晴挽着顾念的胳膊，歪着头看她，"今天是怎么了？不但又蔫回去了，你还一副生无可恋的架势。"

顾念木着脸抬头，乌黑眼瞳黯淡无光。

她确实非常生无可恋。

对视数秒，顾念叹着气低回头："嗯。"

江晓晴笑着道："你都长吁短叹一路了。有什么不开心的事情，你说出来我帮你纾解一下。"

顾念对此将信将疑。

江晓晴拍着胸脯："别看不起我啊，我大学那会儿可是我们班里的心理委员来着，专门帮人疏导心理问题。"

顾念迟疑地问："真的？"

"真的！所以你就说吧！"

两分钟后。

"哈哈哈哈哈哈……"

猖獗的笑惊飞了石板小路两旁竹林里的鸟，扑簌簌一片翅膀扇动下，顾念面无表情地盯着面前这个笑得捧腹的女人。

被盯着的江晓晴毫无自觉，眼泪都被笑得挤到眼角："哈哈哈哈哈……所以你就那么当着阿姨的面，搂着骆修让他管阿姨叫姥姥啊？哈哈哈哈哈……笑死我了！顾念大大你真是个人才！骆修第二天还能那样若无其事地对你，他更厉害！"

她刚刚一定是被鸟屎糊了心，所以才会真的相信江晓晴这个不靠谱的能给她做什么心理疏导。

顾念叹了口气，面无表情地扭头就走。

江晓晴捂着笑疼的肚子追上去："哎，你等等、等等我，我不笑了、不笑了，哈哈哈，真的……"

追了十几米，江晓晴终于艰难地止住笑，扒着顾念的胳膊，一边调整呼吸一边努力装正经："所以就是，那天晚上杀青宴酒醉以后，视频通话里的你对骆修就完全以妈妈身份自居了是吗？"

"嗯。"顾念耷拉着脑袋，没精打采地应了一声。

"其实我觉得情况没你想的那么糟。"

"嗯？"

"你想啊，按阿姨说的，骆修那天晚上都被你'欺负'得那么惨了，第二天还跟没事人一样对你特别好，是不？"

顾念回忆了下，感动地点头。

江晓晴："所以啊，这就说明他要么并不在乎你是他的妈妈粉这件事，要么就是只当你在耍酒疯。你们之间的友好关系完全没有被影响嘛。"

顾念迟疑地问："他会当我是耍酒疯？"

江晓晴点头："会啊，我们大学室友一起出去喝醉了，经常爸爸、儿子地乱叫。"

顾念的眼睛微微亮了起来。

江晓晴想起什么，回过头道："而且回来以后，上周你不是还给他打电话了吗？他态度怎么样？"

顾念泪目：“特别温柔，还安慰了我。”

“你看，”江晓晴打了个响指，“我就说他没放在心上。你就别想那么多，当这件事你没想起来就好了。”

“好，不想了！”

江晓晴意外地回头，看着脱离没精打采的状态变得坚定严肃的顾念，有些蒙地问：“我现在的说服能力已经这么强了吗？”

顾念：“主要是进道观前要清心净念，听说这样祈愿比较虔诚。”

上香祈愿的流程顾念已经很熟悉了，只是主殿人多为患，再虔诚也得按排队顺序来，顾念和江晓晴只得顶着七月酷暑的大太阳，在没有树荫遮蔽的青石板上站着。

江晓晴显然不太虔诚，没熬上几分钟就撑不住了。

“不行了、不行了，”她对顾念摆手，“这哪是来祈愿的，就是来上刑的。”

“嘘！”顾念见无人注意才松了口气，垂着眼转回来，“在道观里说这种话，你也不怕被人套麻袋？”

“天尊们那么慈悲，会原谅我的。”江晓晴没心没肺地说，“不过这太阳我是真顶不住了，再这么晒一会儿我就该中暑了。”

顾念看了一眼长队，确实还有的熬：“那你不祈愿了？”

“不祈了，生死有命富贵在天。”江晓晴摆出一副死猪不怕开水烫的表情。

顾念莞尔：“好，那你找个有树荫的地方等我。”

“我去后面转转，听说那边有求签的，人还不算多——你祈愿完了过去找我？”

“好。”

于是两人分开行动。

顾念这边的长队排了半个多小时才终于结束，她打起十二分精神，非常虔诚认真地走进了殿里。

香脚在手内，香头朝下，燃上三炷，左手拇指、食指捏上，右手拇指、食指捏下，顾念弯腰三拜，然后上香祈愿。

她祈愿的内容和过去两年里每个月来时一样：愿骆修先生岁岁平安，万事顺意。

上了香祈了愿，顾念离开大殿。

跨出殿门下了台阶，她手机里恰好收到江晓晴的信息。江晓晴拍了一幅道观平面图，然后在上面画了歪歪扭扭的路线，最后只有一句话：“我站这儿等你呢，快来、快来。”

顾念回了个笑脸，在晒得人发懒的太阳下伸了个懒腰，按着“地图”的指示朝江晓晴的方向走去。

踩着道慈观的青石板，绕过年份悠久的古树，高低陌生的身影穿梭在面前身后，顾念依着编剧本能一路感受着，走到“地图”示意的目的地。

隔着还有几米，江晓晴站在两级石阶上，蹦着脚朝她挥手。

顾念笑了笑，从那种魂游天外的状态里退出来，朝江晓晴走去。

“哇，我等你好久了，你们这个祈愿队伍也太浩浩荡荡了吧？”江晓晴上前就挽住顾念的胳膊，把人往自己身后的方向拖。

“还好，今天算不上最长的……”顾念被拖得迷茫，“你这是要带我去哪儿？”

江晓晴兴奋地回过头：“在你过来之前我在这一片问遍了，听说道慈观的求签特别灵，好多别的省市的人专门跑来求签呢。”

“求签？”

“嗯！就那个，你看、你看！”

江晓晴拉着顾念停下，顾念顺着她平举的手指往斜前方望过去——

这方院里的几处殿门大敞着，或多或少的人出没在各个殿门之间。

殿门后面各自摆着几张长桌，每张铺着八卦图的长桌后面坐着一位道士，都是头戴偃月冠、身着戒衣、脚蹬麻履的打扮。

江晓晴给她数：“这边求签的分类可齐全了，事业线、姻缘线、财富线、健康线，什么都有。”

顾念跟着移动视线。

见她这个反应，江晓晴疑惑地问：“你以前不是每个月都来这边吗？不知道这些啊？”

顾念点头：“嗯，我一般都在前殿上过香就回去了。”

“哇，那多浪费？走、走、走，我们去求一签试试！”

顾念没来得及拒绝，已经被江晓晴拉着朝前走去。等到了石阶下，江晓晴犯了难：“我听刚刚跟我介绍情况的大姐说，最好只求一支，不然容易影响签运。你说我们要求哪一种签子？”

顾念无奈地道：“我对这个没什么兴趣……”

“来都来了，试试嘛。”

顾念没什么精神：“你试就好了，我在这里等你。”

江晓晴缠着她：“为什么不试试？我想找个人做伴嘛。”

顾念犹豫了下，前后看看周围没什么陌生人，然后才转回来，无奈地道：“其实我不信这些。”

两人四目相对，江晓晴呆呆地看了她片刻，回过神问：“你都不信，那来这种地方干吗？”

顾念想了想道：“就是一种精神寄托，对我的宝贝‘鹅子’的美好祝福。那时候我离他那么远，只能通过这样的方式祝福他了。后来我来得多了，也就养成一种习惯了。”

江晓晴抚额：“你对骆修还真是爱得深沉。”

顾念骄傲地仰头。

两人都没注意到，在江晓晴那句话说完时，她身后一个路过的年轻道士脚下蓦地停顿，走出去几步后停了下来，回眸望向两人。

这边江晓晴转了转眼珠："对了，你不是担心《有妖》会被影响开播吗？那你就替骆修求一支事业签呗。这边不但能求签，遇到不好的还可以化解呢。"

顾念顿时意动。

迟疑几秒后，她慢慢点头："那好吧。你要求什么？"

"嗯，姻缘吧！"江晓晴咧嘴笑，"看我的天命之子什么时候能来！"

"好。"

望着两个女孩走向求签台的背影，站在树下的年轻道士打了个哈欠，然后笑了起来。

旁边一个小道童路过，被年轻道士喊住。

小道童转回来，辨清楚面前年轻道士的长相，慌忙低头："持寡太师叔祖！"

这相当于一声太爷爷的大辈分称呼喊得年轻道士头都有点儿大："他们就不能缓着点儿收徒弟吗？"

"太……太师叔祖您说什么？弟子没……没……"

"别慌，"年轻道士伸手拍了拍小道童，"不是问你修行课业的。"

小道童还是紧张。

进观里后他就总听师兄甚至师叔们说，观里上一位老住持退隐悟道前收过一位小弟子，年纪轻轻，道法尚浅，却和现任住持同辈，一定不能得罪，但也最好别亲近……

小道童心里默念着师父的嘱咐，然后就听见头顶那个有点儿懒洋洋的声音说："我去前殿有事，你去后院贵客厢房帮我给那里一位姓骆的信士送个信儿。"

"啊？"小道童迷茫地抬头，下意识地看向年轻道士的手，空的。

安亦笑了声："送口信，又不是真的信。"

小道童恍然，涨红了脸。

"要是见了他，你就叫他来这求签台。"

小道士认真地点头："要说是太师叔祖您的吩咐吗？"

"嗯。"安亦想了想道，"不过就算这么说，他也多半不会听我的。这样，你再加一句。"

小道童迷茫地看着他。

他们太师叔祖用一如师叔们背地偷偷议论的那样不正经的语气，笑着道："你就说，有个山里的女妖精今天跑来观里了。"

小道童呆住，几秒后表情惊悚地问："女……女……女妖精？在……在哪里？！"

安亦失笑："这是小弟子不能知道的事情，去传信儿吧。"

"是……"

小道童哭丧着一张惨白小脸，扭回头朝后院贵客厢房跑去了。

安亦也一拢道袍袖子，回过头往前殿走去，一边走还一边遗憾地道："可惜了，要不是师兄交代，今天怎么也有场好戏看……"

事业线这边无论是求签的还是等着解签的，都比其他几处的人流量少得多，顾念得了个“事业亨通”的大致意思，就从里面退出来了。

江晓晴不在殿门外，按两人分开前的约定，顾念朝姻缘线的解签殿走去。

到了以后她并未进去，而是停在石阶下，想等江晓晴出来。刚站定没几秒，她就见几个女孩言笑晏晏地从她面前走过去，还时不时回头往后看。

顾念没在意，被太阳晒得蔫蔫的。她往旁边挪了几步，想找个舒适点儿的阴凉地方待着。

她刚走出去两步，又有两个进姻缘解签殿的年轻女生从她面前过去。

这一次她和她们离得近了，女孩脸颊上激动的红晕，还有她们兴奋讨论的声音，一点儿不落地传到顾念面前。

“这要不是在道慈观里，我肯定以为是遇上电影明星了，长得也太好看了吧？”

“还有小道童领着呢，我都怀疑是不是观里嫌求姻缘签的人太多，他们扔了个这么帅的人出来解决问题的。”

“哈哈哈……有可能，不过这么一个可不够分。”

“他要是乐意，这姻缘我就不求了，当场把他带走。”

“美的你！”

女孩们彼此之间打趣的话溜进顾念的耳朵里，也没能使她抬一下眼皮。她垂着眼就要迈进殿前檐下那片阴凉地里时，最后一段将散的模糊话音止住了她的脚步：“不过比起来，我好喜欢那个男人戴眼镜的样子啊，你看见垂下来的那条金链了吗？特别斯文败类的感觉有没有？！”

顾念的身影骤然停下。

金链，眼镜？

难道是……

顾念蓦地回过头去。

面前人流熙攘，她犹豫了 0.1 秒就转身返回去。

想要在密集的人群里找一个人很难，但她想要在里面找一个尤为好看出众的人，并不是什么难事。

一两分钟后，顾念就在通往前殿的唯一出口的树下找到了她的目标。

“骆修！”

女孩没有掩饰惊喜的声音穿过吵闹又燥热的空气，来到了站着的男人身边。

骆修回眸，深褐色的眼睛里带着点儿意外：“顾念。”

“几天不见，没想到会在这儿遇到你！”小姑娘仰着脸看他，笑容灿烂。

“你是来找我的？”

“嗯！”

“你怎么知道我在这边？我刚过来不久。”

顾念没察觉这个问题有点儿奇怪，指了指后面的姻缘解签殿，笑道："我在那儿听到有人讨论一个人，感觉跟你很像，所以就过来看看——果然，真的是你！"

骆修失笑，垂下了眼："原来还有这种方法。"

"啊？"

顾念没听清他的话，往前凑了一下。

骆修再一抬眼，就瞧见女孩凑在他面前泛红的脸颊，还有那双乌黑的好像藏着两潭清澈泉水的眼睛。

骆修轻恍了下神，淡淡地笑道："没什么。"

"嗯。"顾念毫不怀疑，落回脚，笑着问，"你今天来做什么？"

骆修顿住。

乔西的家事并不适合用作闲聊，但除此之外……

顾念见骆修不说话，心思转得飞快，看了看骆修站的地方，又望了一下身后这条路唯一通向的去处。

然后顾念了然地转回来，笑意盈盈地道："我知道了。"

骆修望着她。

"你是来求签的吧？"

骆修："求签？"

"不是吗？后面只有求签殿，"顾念侧过身，示意了下人群最熙攘的地方，"事业、健康、财富、姻缘，这些都可以在那边求签。"

骆修眼底的情绪微动，等顾念再转回来时，他已如往常般温和地笑道："嗯，我是来求签的。"

顾念好奇地问："你想求什么？这边的建议是只求一支。"

骆修垂下眼睫，似笑道："姻缘。"

顾念呆呆地和骆修对视了好几秒，才确定她听到的真的就是她现在在想的那个"姻缘"。

回过神，顾念心底含泪：果然，宝贝"鹅子"到年纪了，不想搞事业，总想谈恋爱。

妈妈很难过，但妈妈不能说。

难过的老母亲强颜欢笑道："我知道姻缘殿是哪个，我带你过去吧。"

"好啊。"骆修笑意温和地应道。

顾念刚回过身，口袋里的手机却先响了起来。她愣了下，对骆修说："我先接一下电话。"

"嗯，我没关系。"

顾念拿出手机，见来电显示是江晓晴，这才想起什么，连忙接通。

"顾念你去哪儿啦？我在事业签这边的解签殿怎么没找到你？"

顾念心虚地回："呃，那个，我刚刚遇见骆修了，然后就和他聊了几句。现在我在前殿旁边的石板路上，很快就能回去。”

沉默数秒，江晓晴冷笑一声：“你这个见‘鹅’忘义的女人，你说，你是不是见了骆修就立刻把我扔到天边去了？”

“没有，”顾念按下良心道，“偶遇、偶遇。”

“哼。”

“我待会儿跟你说，你先回姻缘殿吧。我们还是在石阶下面见。”

顾念这边终于暂时安抚下江晓晴，再回到骆修身旁时，正见那人半垂着眼，左手拿着手机，屏幕似乎停在什么信息或者通话记录之类的界面上。

顾念轻声问：“你有什么事情要处理吗？”

骆修抬眸，眼底的情绪退去，换上温柔笑意：“没有，只是朋友的消息。”

“那我们现在过去？”

“嗯。”

在骆修收回口袋里的手机上，暗下去的界面上只有一条来自一串未备注号码的消息：

“盲枝退学、退圈的具体真相尚未查明，目前已知两条重要信息。

“其一，盲枝退学前的插足风波，另一位当事人就是您暂签两年经纪合约的定客传媒太子爷，郑昊磊。

“其二，当年盲枝因《渡我》成名后，定客传媒曾放出将签约她作为职业原创歌手的新闻。但这条消息的真实性无法确定，盲枝在退圈前并无任何经纪约在身。”

郑、昊、磊。

骆修轻抬起眼，眼神十分冷淡。

他记忆力极佳，唯独对人名是个例外。多数他不感兴趣的人脸和名字在他的记忆里停留不过一天就会被擦除，但这个名字他有印象。

上个月在《有妖》剧组，谈及顾念作为盲枝和他的初遇时，他从朱涵宇口中听过一遍这个名字。

“……您刚拿到这本子那会儿，不是说里面写着盲枝和您遇见的时间是 7 月 31 号吗？”

“如果是 2018 年，那 7 月底那天正巧就是您和定客传媒签经纪约的日子啊！”

“骆哥，我可听安娜姐说了，当初人家定客的太子爷是亲自陪您签约的呢……”

骆修的眼神变得有些深沉。

当年的定客传媒公司内，到底发生了什么？

“骆修？”

耳边的声音突然叫回骆修的神思，他低头定睛看去，停在他身前的顾念正茫然地望着他：“你不舒服吗？你刚刚的脸色好像不太好。”

骆修轻闭了下眼又睁开，眼底那点儿情绪顷刻间被封存。他轻笑道：“没有，只是想起一件事情，走神了。”

顾念犹豫了下问：“是什么不好的事吗？”

“为什么这样问？”

“因为你刚刚的样子……”顾念迟疑地停住。

她不知道转身那一瞬看到的、让她下意识地叫出名字的陌生的骆修，是不是她的错觉或者是她想象出来的。

但在那一刻里，那双深褐色的眸子里的情绪是与她熟知的温柔完全不同，甚至……甚至是截然相反的东西。

应该，是她的错觉吧？

顾念眨眨眼，把那点儿忧心遣散，重新换上笑脸：“没什么，我刚刚帮你求的签子已经由小道童送去解签了，我们在这儿等一下就好！”

骆修眼神微深：“好。”

顾念回头：“不过晓晴怎么还没来？她刚刚应该离这边不远——”

顾念话音未落，一道身影从旁边直接扑了过来：“顾念大大！成了！”

顾念被扑得一蒙，退了半步才撑住：“什么成了？”

江晓晴兴奋得脸蛋通红，从她身上下来就握住她的肩膀：“上周谈的那个剧本立项，他们说基本上定下了，叫我们小组立刻带着详细大纲过去跟他们细聊！”

顾念意外之后，也弯起眼睛：“太好了。”

江晓晴：“啊，你怎么看起来一点儿都不惊喜？我刚刚从园园那儿得到消息，可是兴奋得绕着树转了好几圈呢！”

顾念莞尔。

等江晓晴又拉着她叽叽喳喳地说了几句，顾念才突然反应过来：“他们是叫我们什么时候过去？”

“就今天，今天下午！所以园园打电话给我，叫我们赶紧回去呢。”

“这么着急？”顾念下意识地回头看向身后，“可我还要——”

骆修站在她身后几步外，将全部对话听得清楚。

看穿顾念的迟疑，他温和一笑道：“不要因为我耽误工作。”

顾念犹豫地说：“可你一个人等解签会不会太无聊了？”

骆修莞尔：“你把我当小孩吗？”

顾念被噎了下，心虚让她没来得及在第一时间解释和反驳。

骆修也没给她解释的机会，轻一抬手，以绝对身高的优势轻易地就摸到了小姑娘的头顶，甚至还要低下腰去将就她的视线。

顾念被再次的摸头杀摸得呆住，茫然地望着面前那张清俊的脸。

骆修哑然笑了笑，说道：“不要总是担心我，要更关心自己才可以，好吗？”

“好。”顾念的脸颊热了起来。

骆修适可而止，收回手站直身，垂眼笑望着她：“那么，改天见？”

“改……改天见。”

女孩走下石阶，然后没入人群。她一步步在他的视野里走远，直到绕进前殿的青石板路，彻底消失不见。

骆修从头到尾都站在原地，一动未动。

温和无害的笑意在他眼底散开，他明明朝着光，那双眸子里却有像墨一样化不开的幽暗。

不知道过去多久，一道穿着道士袍的身影停在他旁边。

年轻道士懒洋洋的，像笑又像奚落道："我们道观是正经戒情戒欲的清静地，可摆不下您这么大一块望妻石。"

"清静地？"骆修淡淡地收回视线，笑意冷淡，"求姻缘的戒情戒欲？"

"喀，这叫与时俱进。"

骆修轻勾了下嘴角，没说话。

"说起姻缘，"安亦想起什么，从他的道袍里拈出一个纸卷来，"你的姻缘签解完了，喏。"

骆修垂眼瞥去，神色冷淡。

以安亦对他的熟知，他的下一句话多半就是——

"扔了吧。"

骆修冷淡地收回视线。

安亦差点儿气笑了："就你这德行，当初还想进我们道观？不怕进来第一天就被天尊或者哪位开了眼的祖师爷叫下雷来劈了你啊？"

骆修淡淡地勾着嘴角，似笑似嘲道："我信我自己的道，不够吗？"

安亦往旁边挪了两大步。

骆修侧眸望着他。

安亦微笑："别看我，没别的意思，就是怕你站殿前说这话，被雷劈死的时候连累了我。"

骆修失笑，声音近乎温柔地说："那你让它来，我就站这里，不会躲。"

这祸害到底是怎么做到把无法无天和温柔无害这两个极端表现捏到一起的？

安亦苦思许久，放弃了："你也别退圈了，就当你的演员吧，这个职业就是为你量身打造的，没你以后我就不看奥斯卡颁奖典礼了。"

骆修似乎没听见，已经准备下石阶了。

"哎，这姻缘签，你真不看了啊？"

骆修："没兴趣。"

"看一眼呗，挺有意思的。"

骆修："不看。"

"你可想清楚了，人家顾小姐为了给你求个签，又送来解签，来回折腾了好一会儿。"

往石阶下走的身影停了下来。

安亦只是试试，也没想到自己这话居然这么奏效，怔然看着骆修转身回来，走到他面前，然后拿走了那张解签。

骆修将纸卷打开。

安亦这才回过神，一副牙疼似的表情："知道你被勾了魂儿，可没想到是三魂七魄一样没剩啊。"

骆修没搭理他，一眼扫完解签。

安亦瞥下去："你这签不行，但又确实切中要害。"

骆修望着字条。

下签：克己，自省，不可冒进。如此或得一时亲近。

安亦走下去一级台阶，问："签子都劝你克制了。"

骆修合上字条，淡淡一嗤道："然后得她一时亲近？"

"……"

听出异样语气，安亦抬眸望去，却只见那人转身，眸子幽暗，漠然轻哂："可我贪得无厌，对她蓄谋百年。"

渡我

曲小蛐 著

下册

青岛出版社
QINGDAO PUBLISHING HOUSE

第十一章　恶龙钓鱼

顾念、江晓晴和秦园园三人的编剧小组分工很明确。

顾念是剧本创作的核心，一切大纲和人设由她主刀，产生分歧时以她的意见为主；然后三人平分，负责具体剧集内容的编写。

小组的社交方面则以性格大大咧咧的江晓晴为核心。顾念这种一周七天有六天半是灵魂离线状态和秦园园这种拒绝困难症的人，显然都不适合跟陌生剧组或者资方的人打交道、处关系。

具体到合作商谈、合同拟订，则是由本科辅修过法律专业并获得学士学位，而且细心谨慎的秦园园出面跟进。

三人合作至今已有一年半的时间了，一直没出过什么问题。顾念很放心秦园园对合作商谈的把握，所以从来不过问。

从道慈观回到租屋，三人连夜整理和敲定了一遍新剧本大纲和人设的细节，为第二天的上门“面试”做足准备。

她们和那边约好的时间是上午 10 点整。

又熬了一夜，顾念刚睡下，因形成规律的生物钟，8 点就醒了。睡眠严重不足的顾念洗漱后飘进餐厨区，顺着高凳趴在料理桌上，枕着胳膊打了个哈欠。

顾念隔着黑色大理石桌面看着对面兼管后勤事务的两人。秦园园正翻弄着平底锅煎鸡蛋，江晓晴则站在旁边，主要负责捣乱。

“你再闹我，待会儿就准备吃黑鸡蛋吧。”秦园园威胁道。

“别，黑的致癌。我们生活习惯够可怕的了，还是多给自己留点儿保命的余地吧。”

江晓晴嬉皮笑脸地捏着鸡蛋壳扔进垃圾桶，抬头时看到了趴在桌上蔫成软体动物的顾念。

江晓晴跟着往前一趴：“哎，顾念大大，你怎么又蔫了？属气球的吗？”

顾念抬了抬眼皮，没回答她。

秦园园把最后一份煎好的鸡蛋和培根出锅装盘，将白瓷盘子放到江晓晴面前：“你别闹顾念了。她这会儿正在蓄电，你现在给她把电放完了，待会儿到资方那儿，你来讲人设和剧情走向啊？”

江晓晴吐了吐舌：“得了吧你，那还不如让我给他们跳支钢管舞。”

“哈哈哈，你一边去！我们是正经的编剧小组，你少污损我们小组的名声。”

除了吃饭时面无表情地说了一句“感谢款待”，直到上了出租车顾念都没再说过话。

出租车停在了一栋大楼前，顾念下车，转身，然后僵住。

她顺着视线中这个似曾相识的公司一楼大堂门口，慢慢仰起脖子，大楼上的“定客传媒”四个字特别醒目。

“你怎么不走了？”后面被挡住的江晓晴愣了下，茫然抬头。

顾念还是没动，声音沙哑地问：“我们为什么要来定客传媒？”

江晓晴挠了挠头：“资方那边给园园的地址就是这儿吧？”

秦园园此时正从副驾驶位出来，绕过车身来到两人身旁：“你们在这儿站着看什么呢？”

江晓晴：“顾念问为什么要来这儿。”

“啊，好像制片人那边联系的新金主就是定客传媒，怎么了？”秦园园小心地观察了下顾念的神色：“顾念，你跟这个公司……？”

“没事。”顾念缓过神来，回头朝两人笑了笑，“可能是这楼太高了，让我有点儿不舒服。走吧。”

“那必须啊，定客传媒可以说是娱乐圈的老招牌了。”江晓晴赞叹道，“他们公司肯做的剧本，后期的宣传也一定很棒……哎，这么一说，骆修好像就是定客的艺人。”

“嗯。”

“哇，那你俩岂不是又可能在同一个剧组了？定客自己做剧的话，演员肯定优先从自己公司里选吧？”

没等顾念回答，走在前面的江晓晴茫然地回过头。

只见顾念正低垂着眉眼，漂亮的五官此时却隐着一种冰冷且拒人于千里之外的神情。

江晓晴不解地转回顾念面前。

从认识以来，她就没见过这个模样的顾念。

进了定客传媒公司的大楼，她们三人向前台人员说明来意，秦园园也联系了对方的负责人。

三个人坐在大堂的沙发上等了没多久，就见刚才联系的负责人从电梯间出来，快步来到她们面前。

“实在抱歉，我临时接了一个电话，让你们久等了。”来人是位看起来四十岁左右的中年男制片人，笑容很和蔼。

江晓晴很自觉地接话，笑得也热情灿烂："没关系，我们刚好聊了聊待会儿的'面试'怎么过。"

男制片人笑道："哪有什么面试？就是走个过场。我们内部对这个项目很看好，你们不用太担心。"

江晓晴和秦园园惊喜地对视了一眼。

站在两人身后的顾念闻言，却警惕地微微收敛神色，不安地看向男制片人："我们接下来去哪儿谈？"

男制片人愣了愣，视线往后移，露出疑惑的神情："这位是……？"

"顾念——我们小组的剧本核心部分内容都是由她负责的。"江晓晴连忙介绍。

"哦，原来这位就是顾小姐！"男制片人脸上的笑容变得更加亲切和蔼了。他侧过身，朝自己来处的电梯间示意了一下："三位跟我上楼吧，我们去3层商谈合作的具体事宜。"

说完，男制片人率先转身朝电梯间走去。

顾念放松了下来。

江晓晴一边跟上去，一边疑惑地小声问秦园园："为什么要去3层？"

"3层是他们的临时会议室。"顾念在旁边轻声道，"一般用来招待我们这种无关紧要的小人物。"

江晓晴："有被伤害到的感觉。"

秦园园捉摸不透，好奇地问："那他们还有别的会议室？"

"嗯，正式会议室在26层。"

"啊？为什么要搞得那么高？"江晓晴迷惑地转过头。

"大概是因为离他们……总经理办公室更近。"

"总经理？"

江晓晴正茫然，走在前面隔了一段距离的男制片人突然回头笑道："顾小姐，您对我们定客非常了解啊。"

顾念身体一僵。

她此前长时间紧张的心情刚放松，完全是本能地回到了秦园园和江晓晴的问题中，她根本没想到隔着这样的距离，这个制片人还是会听到自己的话。

不等顾念解释，江晓晴笑眯眯地接过话："那是，因为顾念很喜欢的艺人就在你们公司，她肯定提前做了很多了解嘛。"

顾念难得感动地看向江晓晴。

"哦？是哪一位艺人？"

江晓晴想都没想地道："骆修啊！特别特别好看的那个！"

来不及阻止的顾念绝望地收回自己的感动之情。

所幸这位男制片人似乎只是随口问问，笑着应了一声就继续往前走去。

四人乘电梯上楼，进到一间小会议室。这个临时会议室面积不大，大约20平方米，椭圆形会议桌两侧分别放着三张真皮座椅。

靠门一侧最右边的椅子上，已经有一个四十岁左右的中年男人坐着了。听见开门声，他起身并转过身。

制片人介绍："这位是我们这个剧本项目的副制片人，连金城。"

"连制片您好！"

"你们好！快请坐。"

顾念等三人经过投影仪和投影幕布，坐在房间里侧的三张椅子上。

对人设和剧情走向部分的介绍显然要由顾念来完成，所以她坐中间，江晓晴和秦园园则在她的左右分别坐下。

顾念刚坐下，就见连制片坐到对面右侧，而去接她们的那位男制片人坐在了对面左侧，他们中间那张正对着顾念的椅子则被空了出来。

顾念眼神微滞。

"顾念？顾念？"

耳边低声的提醒让顾念回过神，她慌忙回过头："啊？"

"我们装有 PPT（幻灯片）的 U 盘是不是在你那里？"秦园园边问边犹豫地观察了下顾念的神色，"你怎么了？身体不舒服吗？你的脸色看起来不太好。"

顾念眨了眨眼，勾起个略显僵硬的微笑："昨天晚上没睡好。"

顾念把 U 盘从包里拿出来递给坐在自己右侧的秦园园。秦园园接过后，主动起身到投影仪旁的电脑上操作起来。

秦园园操作电脑进入 PPT 播放界面后直起身，顺便将旁边的遥控器带过来递给顾念。

顾念接过，轻吸了口气："那我们开始——"

"顾小姐，麻烦您稍等一下。"男制片人突然开口打断顾念的话，低头看了一眼金色腕表，再抬头时目含歉意，"我们还有一位总负责人，正在楼上开会，会议预计还要一段时间才能结束。我们等他下来再开始，可以吗？"

顾念的眼神慢慢冷淡下来。

如果在这之前她还能一直暗示自己，只是自己在吓唬自己，这件事和那个男人应该没关系，那此刻再也没办法自欺欺人下去了。

显而易见，突然被换掉的资方、对她们这个小编剧组态度不冷淡反而热切到近乎谄媚的制片人、单独留出的空位……这些全都指向了同一个人。

顾念握着遥控器的手慢慢收紧，低垂的眼睛里，神情一点点变得更加冰冷。

如果现在只是自己一个人在，如果这不是她们三个人最近费尽心力写的剧本，她或许会坦然起身，直接离开。

可这仅仅是"如果"而已。

完全无辜并且无比期待着这个机会的江晓晴和秦园园就坐在自己的身旁，她不能那么自私，不能不顾及她们的想法和由此造成的后果。

顾念垂下眼帘，努力调整着呼吸，来克制自己紧张忐忑的情绪。

然后她抬头看向男制片人：“如果可以，希望您能跟那位总负责人确定一下时间，我们总不能就这样等着。”

男制片人愣了下，立刻笑着点头：“好的，我这就给总负责人发信息。”

顾念在他发消息前又提醒道：“如果他实在抽不开身，我们可以直接把音视频文件传给他，等他之后有时间再——”

“不必了，我还是更想亲眼看见。”会议室门被打开，响起一个莫名阴沉又快意的声音。

顾念的身体僵了下。

她一动没动，江晓晴和秦园园好奇地抬头望向门口。而在会议桌一侧的两位制片人像弹起的弹簧似的，齐刷刷地起身后转向门口。

一身西装革履却又落拓不羁地松散着领带和衬衫顶端纽扣的男人，大步流星地走进会议室。

他在空着的那张椅子旁，也是顾念的正对面，停下身来。

两个制片人前后声地喊道：“郑总。”

“嗯。”男人敷衍地应着，目光一直落在对面的女孩身上。那种热切的渴望搅在黑白分明的眸子里，看上去阴沉可怕。

带顾念等三人上来的制片人犹豫了一下，低声问道：“会议应该还有半小时左右才结束，您怎么……？”

郑昊磊眼睛一眨不眨地盯着顾念，随口道：“哦，你不说我倒忘了。我跟他们说去一趟卫生间，之后就没回去了——你让她们继续吧。”

“啊？”制片人苦笑着说，“这……是不是不太合适？”

“有什么不合适的？”

“万一……会上有什么重要事情需要您决策呢？”

“事情非得我在会上才能决策，那我还要你们干什么？”男人终于移开目光，眼神阴沉却又面带笑容地瞥向制片人，“而且，顾小姐那个主意就不错，以后的会议记录可以考虑用音频或视频的方式保留，方便我会后查阅翻看。”

“是。”

制片人知道，这位太子爷又开始犯浑了，自己只能无奈地笑着答应。

中间的座椅被男人拖出刺耳的声音。他在离会议桌有半米的位置坐了下来。

男人又盯着顾念，眼睛一眨不眨，说道：“顾小姐急着做PPT报告，还不开始吗？”

顾念握了握手里的遥控器，在心里默念了三遍“对面就是只会说话的垃圾桶”，然后冷冰冰地转开脸。

电动窗帘慢慢合上，会议室里，投影仪发出束状光线。女孩起身，手里的遥控器不时抬起，投影幕布上的PPT画面在她轻缓柔和的声音中播放着……

“骆先生，关于盲枝当年的事情，我目前调查到的情况就是这些了。”

某高级公寓的私人茶室一隅，坐在桌前汇报的男子合上手里的文件夹，正色望向斜对面的人。

临窗放着一张红木椅，上面雕琢着浅浅的暗纹，椅子上的男人穿着一身家居服，碎发散垂，面色温和。

房间里一片沉寂，男人半晌才转回头，声音低沉地问："所以两年前盲枝退圈、退学的那场风波是郑昊磊一手自导自演的？"

"恐怕是。"矮桌前汇报的男子犹豫着开口，"但到底是什么原因，我们还在调查。目前还没有找到那件事的其他关联人，所以……"

"为什么没有找到？"

汇报的男子愣了一下，才道："因为顾小姐以盲枝身份签约定客传媒只是定客单方面的说法，没有办法证实其真伪。而顾小姐那时候又是单人创作，没有团队或者经纪人可以查证……"

"那未婚妻呢？"

"什么？"汇报的男子愣愣地抬头，对上窗边明光下那双深沉又被温和笑容掩饰着的眼。

"既然是他自导自演，那么去顾念的学校里闹事的那个假未婚妻——把她找出来。"

男子反应过来："但她后来没出现在郑昊磊身边，可能只是临时找来的人，不一定知道具体情况。"

"即便她没有和郑昊磊直接接触，也该有负责和她接触的人。"

男子恍然大悟，低头道："好的，我会顺着这条线索查下去。"

房间里又沉寂下来，片刻后，骆修抬起视线："关于郑昊磊，查得怎么样了？"

男子苦笑道："郑昊磊这个人实在没什么值得挖掘的信息，就是个风流成性又不择手段的富二代，管理能力不差，但性格很差，永远利益第一，也从不粉饰自己的劣迹。从某种角度来说，他算是表里如一。"

男子刚说完，就被自己的最后一句话噎了下，慌忙抬头去看窗边椅子上坐着的男人，生怕对方被自己这"表里如一"给刺激到。

所幸那人似乎对这话充耳未闻，没有任何反应。

男子刚松了口气，就感觉自己兜里的手机振动了一下。

他原本拿出手机之后想直接挂断电话，但看到那个号码后，抬头道："是我在定客传媒的线人的电话，可能有什么新的情况，我接一下？"

"嗯。"

得了准许，男子侧开身接起电话。大约过了两分钟的时间，电话被挂断。

男子脸色有些微妙地转过身来："骆先生……"

"怎么了？"骆修看过去。

"按我的线人所说，今天上午 9:50 左右，顾小姐和她的两位编剧朋友一同去了定客传媒。"

骆修顿了顿，皱眉问道："她们是去做什么？"

"似乎有个什么剧本要谈。"

"而且……"男子犹豫了一下，才又小心地开口，"按照线人所说，应该只是个小项目，但她们抵达公司 10 分钟后，郑昊磊就从公司董事会的例会上直接离开了，一直到例会结束也没有再回去。"

骆修眼神一冷，从椅子上起身。

男子愣了一下："骆先生，您这是要去哪儿？"

"定客传媒。"

"哎？"

骆修很快走到了门口，但在跨出去前脚步一停，转回身问："你是开车来的？"

"啊？是。"

"什么车？"

"哈，做我们这行的，就算买得起豪车那也不能开啊。我说了车的名字您都未必听说过。"

"你的车市价多少？"

"新车的话 10 万元左右，我现在这辆都开好几年了，在二手市场估计连一半都拿不回来。"

"好。"

这一串问题问得男子越发一头雾水。就见骆修回来停在桌旁，三根素净修长的手指伸到他面前。

"我先租借一次，之后你过户给我，按照新车售价三倍加进合同。"

男子又惊又喜：名门大户出来的大少爷，脑子都是这样的回路吗？

但是有钱不赚，傻子才干。

男子毫不犹豫地拿出自己的车钥匙，笑容可掬、毕恭毕敬地双手放到骆修的掌心里："我那儿还有几辆，您要是还需要的话，随时吩咐——不花钱，买一送一！"

"谢谢，不必。"

骆修拿到钥匙，回房间换好衣服，然后在男子的陪同下下楼。

到了楼下停车场，男子从车里把自己的私人物品抱出来后，不确定地打量着面前这个男人——就算穿着简单到品牌都辨认不出的白衬衫和长裤，都有一种难以被忽视的贵气。

骆修坐进驾驶座后，男子还是忍不住开口："您亲自开过车吗？"

"嗯。"骆修粗略扫过车内的功能仪器，垂着眼插上车钥匙，随口道，"在国外玩过几年赛车，回来也拿了驾照。"

"赛……赛车？"

"嗯，怎么了？"对着车窗，骆修自薄薄的金丝眼镜后抬起眸子，温和带笑地看向男子。

车外的男子僵了几秒，尴尬地笑道："没事。您慢点儿开。"

"嗯。把报告整理一份，发到我给你的邮箱。"

"好的。"男子站在原地，望着自己熟悉的车喷着浓重的尾气轰鸣着开了出去。想到车已经不再属于自己了，他惊叹地摇头："这就是外表越温柔，骨子里越野吗？"

骆修的手机被扔在副驾驶座上，蓝牙耳机戴在右耳上。

嘟的一声后，电话接通。

"骆总？"

"嗯。之前我让你们筹备的那档节目，企划案准备得怎么样了？"

"基本拟订了，再最后捋一遍细节。"

"好。具体执行前，先把节目的常驻嘉宾确定下来吧。"

"您是指那位顾念顾小姐吗？"电话那头的人小心翼翼地念着那个名字。

骆修丝毫没停顿："嗯。"

对方沉默了几秒。

骆修瞥了一眼手机："有执行困难？"

"也不是，就是我们不知道该用什么借口去联系她。"

"借口？"

"对，毕竟她是自由编剧，不是挂靠公司的，目前也没有个人的成名作品。而我们自家的实力、人脉和潜力，圈里有名的编剧都知道。像她这种小编剧，不太接触圈里的势力，我们如果没有借口地贸然上门，是很容易被当成骗子的。"

骆修闻言，温柔地轻笑一声道："你的意思是我来给你们想办法？"

对方一下回过神来，立刻谄笑道："没……没……没，没有的事情，这点儿小事怎么能劳烦您呢？"

骆修淡然地道："她心思很细，你们不要露出马脚。如果实在没有托词，那就说是耿宏毓向你们介绍了她。"

"啊？对，耿宏毓是《有妖》的总导演，跟顾念合作过，确实可以当作理由。"

"一周之内把这件事敲定。"

"这么急吗？"

"嗯。"

骆修这边准备挂电话了，对方不确定地又问道："骆总，万一，我是说万一啊，因为不是所有创作人都喜欢上这种节目抛头露面的，即便这位顾小姐信了也不想参加我们的节目，那要怎么办？"

车里安静了几秒，然后响起一声低沉、清朗又勾人的笑。

"那就给她加一个条件。"

"嗯？什么条件？"

"就说，允许她推荐一名自己挑选的演员共同录制。"骆修说完，不禁轻笑起来。

“既然我们双方都没什么问题了，那我就通知法务部门起草合同了？”做完 PPT 报告，交流完一些简单的问题后，副制片人连金城起身，对着顾念等三人微笑着征询。

秦园园和江晓晴显然都没想到事情会这么顺利，立刻跟着起身，分别点头回应：“没问题。”

“嗯，草拟好合同后，我们会把电子版发到你们的邮箱，等三位确认无误后，再邀请你们来公司当面签署。”

“好！”

江晓晴内心雀跃，下意识地歪过头看向身旁的人，对接的秦园园同样掩藏不住喜悦的眼神。然后两人又察觉到了什么，低头看向没有站起来的顾念。

江晓晴愣了一下，压低声音喊她：“顾念，你……”

“没事。”顾念垂着眼起身，收拾着面前准备的剧本资料，“既然结束了，那走吧。”

“嗯！”

三人刚绕过椅子准备离开，对面那个很久没再开过口的男人突然动了动：“既然合作的事情基本定了，那三位编剧赏光，一起去吃午饭吧？”

江晓晴和秦园园同时愣住了，惊讶地望过去。

而郑昊磊已经看向之前领三人上来的男制片人：“老金，你在 Tine 订个位置，我们……”

“不用了。”站在呆愣着的秦园园和江晓晴中间，顾念似乎对此毫不意外。她懒洋洋地拎着装资料的背包，面无表情地转过头看着郑昊磊：“多谢郑总美意，不过我们已经有约了。”

“哦？和谁有约？”男人沉着地转回来，靠在椅子上把玩着一支泛着冷光的金属钢笔，“我想不管是谁，应该都不会介意把这段午餐时光的约会权转让给我的。”

顾念的眼神和表情都毫无波澜，听完之后她只是把视线转向旁边站着的人：“金制片，如果你们的剧组是需要编剧被潜规则才能顺利谈成合作那种，那我们的合约就不需要拟订了。”

男制片人脸色一僵，有点儿震惊地看了一眼这个看起来神态懒散却又出奇强势的小姑娘，尴尬地咳了下，然后笑道：“顾小姐误会了，我们郑总不是那个意思。他就是……就是比较喜欢交朋友。”

“原来如此。”顾念似乎接受了这个答案，“既然这样，那私人行程也不便告知。我就算这样回答，也不会影响我们的合作，对吧？”

男制片人讪讪地笑着，偷偷垂眼看向会议桌前的郑昊磊。没等视线落下去，他就听见那人声音低沉地回应：“当然……不会。”

“好，那我们就告辞了。”

顾念回头，给还对这一切茫然不解的秦园园和江晓晴一个眼神示意，等两人回过神走到前面，这才提着包跟着走向门口。

她绕过椭圆形长桌的全过程，感觉那人的目光始终跟在自己身上，半点儿没有旁落。

直到秦园园和江晓晴的身影转进长廊，而顾念差一步就迈出会议室门时，她身后房间里的男人突然开口："是我赌输了。"

顾念脚步一顿，但没有回头，继续往外走去。

身后那人身子后仰，靠到椅背上，声音再次响起："我赌输了会怎么做，你知道的吧，顾念？"

顾念的背影僵了一下。

她慢慢停下脚步，秦园园和江晓晴不放心地站在几米远处。在她们望来的目光里，顾念朝两人勾起安慰的笑意，然后侧过脸，用余光瞥着那个男人，声音懒懒地道："狗都知道打输了就夹着尾巴逃走，你连狗都不如吗？"

声音虽然轻，却足够会议室里的三个男人都听个清楚。

金琨和连金城两个制片人一下子就愣住了，下意识地转头去看椅子上坐着的男人的反应，转到一半又僵住，怕被男人迁怒。

放下狠话的女孩说完就走，毫不恋战。

很快，她就拉着两个同伴，身影消失在他们的视线里。

金琨正心里着急该怎么开口给郑昊磊铺台阶下，就听见郑昊磊突然笑起来，而且越笑声音越大，笑中并无恼怒之意，反而满是毫不压抑和遮掩的愉悦之意。

金琨表情不自控地和连金城对视，二人茫然地互望了许久。

郑总这是说疯就疯了吗？

等郑昊磊笑完起身，金琨犹豫之下还是开了口："郑总，这位顾小姐……对您说话也太不客气了，我们这个剧本还要和她们合作吗？"

"为什么不？"郑昊磊的笑意依然存留在眉眼和嘴角之间，他背着光望向金琨，眼神阴沉得充满邪性。

金琨缩了缩脖子，避开了他的目光。

郑昊磊推开椅子，径直朝门外走去。

金琨愣了下才追上来："您这是要去哪儿？"

"追人。"

顾念从会议室出来以后，拉上秦园园和江晓晴就跑，一直到了电梯间才停下。

她们运气好，刚好有一部电梯下来。把懵懂状态的两人塞进电梯后，顾念快步进去，按下了关门键。

直到电梯外的景象被完全阻隔，顾念才松了口气，靠到电梯墙上，然后扫视着两双茫然的眼睛。

江晓晴："现在可以说话了吗？顾念大大，你拉着我们跑这么急干吗？跟被狗撵了似的。”

顾念有点儿紧张过后的虚脱无力感，靠在电梯墙上有气无力地笑道：“确实是被狗撵了，还是条恶狗。”

江晓晴：“怎么，定客传媒还允许公司养狗吗？”

秦园园无奈地瞥了江晓晴一眼，然后问顾念：“你是不是和那个郑总认识？”

“嗯。”顾念随口应道，“有仇。”

江晓晴恍然大悟：“所以开始气氛才那么诡异，然后你才跑这么快？”

“不，我跑这么快是因为我走之前骂他是狗。”

江晓晴和秦园园都一脸愕然。

电梯门叮的一声打开了。

门外站着的定客传媒公司人员正低头看着手机，顾念自觉闭上嘴，给两人一个眼神示意。

三人快步出了电梯。

来到人来人往的大堂里，顾念一直紧绷的神经终于放松下来。不过她脸上一直是慵懒发蔫的神态，也看不出多大的情绪变化。

秦园园和江晓晴走在她身旁，两人眼神交流得只差用手语、唇语了。顾念看不下去，笑着说：“别憋着了，有什么要问的就问吧。”

江晓晴立刻将目光转过来：“我已经忍无可忍了，就等你这句话了。你跟那个郑总难不成有那么一段说不清道不明的男女关系？”

顾念笑了笑：“我像是会在垃圾桶里捡男人的类型吗？”

江晓晴嘀咕：“虽然这个人有点儿目中无人，让人很不舒服，但长相和背景好像都还……”

“别，”顾念截住她的话，顺手拍了拍她的肩膀，“想想上次你见网友的事，你在看男人的眼光这方面还有很大的进步空间。”

江晓晴被点到死穴，含泪败退。

秦园园比江晓晴细心得多，早从会议室里的言谈来往中看出一些端倪，也赞同顾念的话：“晓晴你看男人确实不太行，虽然不知道这个郑总是什么来头，但是给我的感觉不太安全。”

顾念深以为然。

秦园园试探地看向顾念：“我猜，他以前是不是追过你？”

顾念惊得眼角都立起来了，马上回应道：“没有的事，别乱猜。”

“那你们是……？”

话音未落，一阵脚步声在身后接连的几声“郑总”里快速接近。

顾念察觉身后一阵寒意袭来，完全本能地向前一步又侧转回身，恰好躲过了那只想握住她的胳膊的手。

近在咫尺的男人，五官带着某种快意且几近狰狞的神情。

顾念受惊，慌忙往后连退几步。一声极轻的闷响过后，顾念跌进一个温暖而又气息熟悉的怀里。她怔住，下意识地往身侧看去。

她的头顶传来低沉而温柔的声音：“你没事吧？”

顾念恍然回神，不禁惊喜地转身：“骆修！”

定客传媒公司的大堂采光极好，吊顶又高，透明得仿佛无物的落地窗不吝啬地洒下大片的光，而他就站在光里，望着她的眉眼温柔含笑。

“好久不见。”

“嗯？明明昨天在道慈观……”顾念说到一半才反应过来骆修是在开玩笑，莞尔垂眼，“啊，那真的是好——久。”

骆修眼里的笑意更深。

“郑总，您慢点儿——”金琨着急忙慌地从电梯间跑出来，然后在几人前急刹住。

刚才的声音成功唤回了顾念的神志，她陡然警觉，从“母子相逢”的意外惊喜里被拽出。顾念转过身，下意识地抬手想把宝贝“鹅子”护在后面。

但她垂在身侧的手刚刚抬起，她身后的人恰好在这时往她身侧一绕——巧合似的，骆修扶住顾念刚抬起的手腕，然后挡在她身前。

薄薄的镜片上微光一闪，骆修朝对面沉着脸的男人温柔地笑了笑：“郑总，中午好。”

郑昊磊紧皱着眉头和骆修对视，目光像是越拧越紧的湿布，最后一滴水都要被他眼里紧绷的情绪榨出来。

顾念太知道郑昊磊这个人有多么不择手段和可怕了，不安地想上前把宝贝“鹅子”藏起来。

但在她付诸行动前，郑昊磊脸上的阴沉之色蓦地变成隐忍的笑：“我差点儿没认出来，原来是骆先生。”

顾念怔住。

意外的不仅是顾念。站在郑昊磊身旁的金琨很熟知这位太子爷的脾气，能叫他尊称，还是在这种隐隐有些对峙的情况下客气，到底是什么人？

“郑总，这位是……？”金琨上前小声问道。

“我是艺人部的。”金丝眼镜的细链轻晃了几下，那人侧过头，眼角微垂地看向金琨，“骆修。”

金琨愣了愣。

他们公司艺人部的人确实都长着一张顶级明星脸，就是他怎么对这人一点儿印象都没有？难道对方是新人？

下一秒，金琨就听见对方像是会读心术似的，温和地补了一句：“只是个小演员，您没有印象也正常。”

金琨有些不爽——你站在我们老总面前，腰板挺得比老总都直，就一个小演员，有这么横吗？

不等金琨板起脸，骆修已经侧过脸，温和地问：“郑总还有什么事情吗？如果没有，那我就先接我的几位朋友离开了。”

郑昊磊声音低沉地问：“骆先生和顾小姐认识？”

“嗯。”

郑昊磊深深望了顾念一眼，脸上狞笑：“好，几位慢走。”

骆修绅士地朝郑昊磊和金琨微微颔首，转身回到顾念面前：“走吗？”

顾念回神，压下心头的不安情绪，点头道：“好。园园、晓晴，我们走吧。”

从定客传媒的大门跨出的瞬间，顾念紧绷的肩膀顿时放松。她连忙回过头：“你见过郑昊磊？”

“嗯。”骆修温和地笑道，“他不是我们公司的总经理吗？”

“对，他是，不过……在经纪人安排下，年会上我和他交谈过，所以就认识了。”

“这样啊。”

顾念沉思中突然想起什么，回过头：“啊，你是不是应该回公司的？”

“没关系。”骆修回眸，淡淡地瞥向身后小羔羊似的跟着的两个人，然后温和地问顾念，“你们来定客谈合作吗？”

“嗯，有一个剧本项目……”顾念怔了下，问道，“你怎么知道？”

骆修眼中的笑意依旧温和平静：“以你们的职业，你们一起出现在这里应该不会有别的事情。”

“这倒是。”顾念未多想，笑着应道。

江晓晴和秦园园对视了一眼，都看到对方眼中流露出的复杂神情。

江晓晴往秦园园身边凑了凑，小声说了句：“这骆修好可怕，对比跟顾念喝醉那晚简直判若两人！他不会是人格分裂吧？”

秦园园：“确实像。”

江晓晴：“比起他，现在你还觉得那个郑总可怕吗？至少那个郑总一靠近，顾念就撒手消失。这个骆修，我看顾念就算被他吃了，说不定还在他的肚子里掰着手指数他有多温柔、多绅士呢。”

秦园园下意识地点头回应，看了一眼不远处的两个人，阳光温柔地描摹出小姑娘笑容灿烂的侧脸，和方才的戒备不安的样子完全不同。

小姑娘仰头看着身旁的人，笑起来时眼睛里是放着光的。

秦园园叹了口气，转过来道：“不得不说，虽然你多数时候‘傻白甜’，但作为局外人的时候，在感情这方面还是有点儿敏锐的动物本能。”

江晓晴：“滚、滚、滚，你才‘傻白甜’。”

定客传媒一楼大堂。

顾念几人离开后，郑昊磊就站在原地一动未动，面色不善地死死盯着那几道已经模糊的身影。

此时临近正午，大堂里进出的人越来越多。郑昊磊盯得入神，剩下金琨一个人如坐针毡。

犹豫了许久，金琨终于忍不住低声问："郑总？"

郑昊磊回过神，沉着脸，语气低沉地问："什么事？"

金琨哪敢说"您盯得太久了，我帮您收收神"，眼珠一转，堆起个讨好的笑："这个骆修好像是顾小姐喜欢的艺人，也是我们公司的。"

郑昊磊顿了下，神情微微放松："只是她喜欢的艺人？"

"对，和顾小姐同行的那两个姑娘说的，顾小姐也没否认。"

"追星吗？"郑昊磊似乎在自言自语，转回了身。

金琨压低声音道："您要是看这个骆修不爽，那我就……"

已经准备离开的郑昊磊又转回来，懒洋洋地眯起眼："就怎么样？"

金琨被他那个表情盯得愣了愣，试探着问："就……让他识趣点儿，如果他不懂，再给他点儿颜色看看。"

郑昊磊瞥了他一眼："哦，给谁颜色看？"

金琨："嗯，就是骆修。"

郑昊磊气笑了："你是不是嫌自己命太长了？"

金琨顿时愣在原地。

不等他琢磨透这句话，郑昊磊已经哼了声，转身走了。

从定客传媒回来以后，江晓晴和秦园园很有默契，谁也没在顾念面前再提那个郑昊磊一个字。

顾念自己不介意，几次想和她们说开，但都没找到合适的机会，这事也就暂时被搁置了。

直到有一天，三人一同去超市买菜回来，江晓晴蹦跳着一出电梯就冲过拐角去开门，顾念和秦园园落后几步，突然听见江晓晴惊讶地叫了一声："哇！这是什么？！"

顾念和秦园园一前一后地跟上来，正见背对着她们的江晓晴弯腰抱着一大捧金灿灿的黄色花束转身。

江晓晴惊喜地道："你们看！这是什么花？好漂亮啊！"

秦园园也惊叹着上前："不像是常见的鲜花，我也不认识。你在哪儿找到的？"

"就在我们的房门口啊。"江晓晴抱着花一脸诧异，"好奇怪，我们三个都单身，这花是不是送错人了？"

"这黄花也不是送女朋友的吧，像是直接从什么花卉盆景里拔出了一整棵……"

"哈哈！反正我第一次见这种花，还挺好看的。"

"百慕大奶油花。"

江晓晴和秦园园一齐回头，看向突然开口的顾念。

顾念看着那束花皱起眉头："这是百慕大奶油花，酢浆草中的一种。"

“咦，顾念你认识啊？”江晓晴没心没肺地问，然后眨了眨眼，“等等，难道这是什么人送给你的？”

秦园园没跟江晓晴一起八卦，而是上前扒拉开包着花的纸：“这里有张卡片……”

江晓晴眼睛一亮：“快看看，是不是给顾念的？”

秦园园抽出那张黑色打底、金纹和红纹交织描绘的卡片打开。

白色的卡上有一行龙飞凤舞的签名笔字迹。

“它还是你最喜欢的花吗？”秦园园迟疑着读道，“Z……ZHL？”

秦园园读完，茫然地抬头和江晓晴对视。

江晓晴：“ZHL 是谁？”

秦园园摇了摇头：“不知道啊，应该不是我认识的人。”

江晓晴：“我也不认识这么爱装的人，好好的名字不写，写什么缩写啊？顾念你认识吗？”

顾念冷冷地看了那束花一眼，伸手从江晓晴手里接过花，然后转身把花直接丢进了楼道的垃圾桶里。

没来得及阻止的江晓晴和秦园园呆呆地看着顾念面无表情地垂着眼回来。

从两人中间经过时，顾念还是解释了一句：“郑昊磊送的。”

顾念进门，剩下秦园园和江晓晴呆站在原地。

“所以，ZHL 就是郑昊磊？”

“看来就是，也确实对得上。这是他送给顾念的？”

“反正不是送给我的。顾念之前说他们没有过恋爱关系，他也没追过她，可不会无缘无故地送花吧？还有那卡片，明显就是求爱吧？”

“不清楚……”

两人在门外讨论了会儿，然后慢吞吞地进了门。

顾念已经换下衣服，坐在料理台后的高凳上。见她们进来，她晃了晃手里从冰箱中拿出的苏打水：“给你们也拿了，过来喝吧。”

接收到信息暗示，两人强压着八卦的心，快速换好鞋和衣服，聚集到料理台旁。

两分钟后，听完顾念非常简略模糊地讲述了她和郑昊磊之间的事，江晓晴怒而拍案：“所以这个臭不要脸的人就是你第一份工作的老板，然后他妄用私权逼迫你参与他们的不法勾当，还想潜规则你，结果你都拒绝了，他就毁了你的第一份工作的全部成果？”

顾念想了想，不太在意地点了点头，然后喝了一口苏打水。冰凉的气息钻进胃里，她满足地轻眯了下眼，声音懒懒地开口：“可以这样说吧。”

“这个死性不改的家伙还有脸纠缠你？！”

顾念歪了歪头：“当时我跟他打了个赌。”

“嗯？”

同样是义愤填膺，只不过一个在言一个在眼的两人立刻回头。

顾念笑了下："算是我为了躲开他要的一个小手段。他赌我最后一定会身败名裂，然后走投无路，再回到他身边。"

秦园园眼睛一瞪，张口想说什么，但看了旁边不明所以的江晓晴一眼，又忍了回去。

江晓晴咬牙道："那你呢？你赌的什么？"

"我就赌自己不会那样做。"顾念的猫咪唇轻轻抿起个笑弧，这是和她平常慵懒打蔫的模样有点儿相反的灵动俏皮样子，"为了赌约进行下去，那他就不能再主动纠缠我。"

江晓晴惊讶："这么简单，他就放弃了？"

顾念一时无语。

秦园园已经猜到顾念说的是哪个"工作"了，面露不忍之色。

哪里是这么简单呢？

那可是几乎完完全全毁掉一个人的，她都无法想象，顾念如何能从那样一个恐怖绝望的情况中逃离出来。

秦园园想解释。

"嗯。"顾念突然接话，仰着脸遗憾地笑了下，"那时候他确实放弃了。为了摆脱他和他带来的一切影响，我也直接和过去的关系一刀两断，没给他再找到我的机会。"

"那这回就是倒霉，撞进他们公司。"江晓晴僵住脸，"不对，那天去谈剧本他就在，所以他知道是你，然后才约我们去谈的？"

顾念点头："可能是。"

江晓晴气得肺要炸了："啊啊啊！幸亏还没签，这个臭不要脸的，我恨不得捶爆他的狗头！"

顾念莞尔一笑道："消消气，生气多了对乳腺不好。"

"啊？"江晓晴立刻警觉地护胸。

秦园园突然开口："既然是这样的话，那这个合约我们就不签了吧。"

江晓晴重重地点头："对，不签了！"

顾念怔了怔："可是这个机会确实很难得，如果能成功立项并开机，那对你们的履历来说是……"

"先不说这个机会是因为他对你有所图谋，所以我们才拿到的，"秦园园气愤却不失理智，"就算签了，如果他后续提一些不要脸的要求逼你就范，那时我们再跟他撕破脸，反而会被一堆合同条款束缚。"

顾念点头："这点我想过，还想提醒你们，确定电子合约时多注意违约这方面的细节条款。"

"大公司的法务部要从字眼上搞事情的话，那是防不胜防的。"秦园园态度坚决地道，"而且和这么目的不纯的公司老板合作，实在让我感到不爽。我个人是绝对不会参与这个合作的。"

"我也是！"江晓晴慨然举手。

顾念有点儿感动，伸手拍了拍两人的手："很好，这话说得很有金牌编剧的底气。

不过底气是有了，饭碗去哪儿端？”

江晓晴和秦园园面面相觑。

江晓晴嗔道：“我们可是在挺你呢，你不给我们加油就算了，还给我们泄气。”

顾念晃了晃苏打水瓶子，在升起的气泡后慵懒地笑了笑：“可能因为我两年前就被社会毒打过。定客传媒在业内的影响力也不容小觑，我个人得罪他没关系——反正已经得罪两年了，但你们两个还是悠着点儿来。”

秦园园：“你的意思是……？”

“就算要拒绝，我们也得找一个不那么得罪人的理由。”

江晓晴好奇地问：“什么理由？”

顾念：“这事我还在想……”

话音未落，门铃声响，三人同时一怔。

江晓晴：“咦？我没点外卖啊，你们点了吗？”

顾念哭笑不得：“你就知道吃吗？我去看看。”

“好。”

顾念跳下高凳，快步走向房门。

三人同住，选的也是安全性较高的社区，顾念便直接开了门。

门外，一位西装革履——穿得很像保险业务员的娃娃脸小哥堆起一个灿烂的笑容：“您好！”

顾念愣了愣：“你找谁？”

娃娃脸小哥继续职业性微笑道：“请问，顾念编剧是住在这里吗？”

顾念仔细打量来人的眉眼，确定自己对这张娃娃脸没有任何印象。想起那束百慕大奶油花，顾念戒备地微微绷紧肩背：“我就是顾念，你有什么事情吗？”

似乎是看出顾念的戒备之心，娃娃脸男生尴尬地笑了笑，从西装口袋里抽出名片夹，取出一张名片递给顾念：“顾小姐别误会，我是BH传媒的项目负责人，专程来和您谈一项合作的。”

“合作？”顾念将信将疑地接过名片。

名片是极简风格的竖向设计，黑色的花纹勾勒出花体字母的“BH”，正中是设计感极佳的公司图标，右下角则用中英文标示着“项目经理”“戚寒”等字样。

在顾念低头看名片的过程中，和“戚寒”这个名字似乎截然相反的娃娃脸男生还在努力取得顾念的信任：“顾小姐可能没有听说过我们BH传媒。我们是一家成立不足三年的新公司，目前在业内……”

“我听说过。”

“嗯？”

顾念抬起视线：“去年年底有一部名为《出山》的小众题材作品，我记得就是你们公司制作的。”

戚寒似乎很是意外，呆了一两秒才面露惊喜地点头：“对，那部电影就是我们公司的作品，也确实是小众题材的试水作品，没想到顾编剧竟然知道。”

“嗯，我去电影院看过两次。虽然受众面受限，但我认为那部作品质量很高，我记得它的口碑也不错。”

“谢谢顾编剧的肯定！”

“戚先生客气了，请进吧。”顾念侧过身，把人请进了客厅。

江晓晴和秦园园都听到动静，好奇地从料理台旁过来了。见顾念回来，江晓晴快步上前几步，拉住顾念的袖子，一边瞄向进来的男人一边小声问：“他是谁啊？”

顾念把名片递过去：“一个传媒公司的项目负责人。”

江晓晴接过名片，看了几眼就递给秦园园，同时轻轻摇头：“没听说过，不会是骗子吧？”

顾念：“如果他确实是 BH 的，那就不是。BH 是这两年的新公司，市场铺得不是很大，做项目很谨慎，但从做出来的东西看很有发展势头，更像是有备而来。”

秦园园也看完了，微皱着眉头问：“那他怎么会来我们这儿？”

“说是谈一个项目，听听看吧。”

“行。”

顾念她们过来时，娃娃脸男生正如坐针毡，在沙发上低头快速地给躲在暗处的老板实时汇报：“骆总，您没跟我说这地方有三位女士啊！我社交恐惧症，还有轻微异性恐惧症，我跟您说过的。”

对面的人回复很快：“抱歉，忘了。”

娃娃脸男生一脸苦笑，但却没机会再回复了——顾念她们已经结束内部交流，来到客厅茶几旁。在三位女士的“合围”下，娃娃脸男生身体更僵了。

顾念礼貌地顺口问了一句：“戚先生喝点儿什么？”

“不……不用了。”

“那我们直接进入正题？”

“好的……好的。”

戚寒快速从自己的黑色公文包里掏出一个文件夹，不等顾念伸手接，就把它放在茶几上，然后往前一推。

顾念怔了下，莫名其妙地看了一眼这个好像突然很紧张的娃娃脸男生。

她俯身拿起文件夹翻开，第一页上的黑体加粗标题无比醒目——“《金牌编剧》企划案”。

顾念不解地问：“这是什么？”

戚寒目不斜视，目光紧紧盯着顾念手里的文件夹顶端，背稿子似的回答：“这是我公司正在策划的一个综艺项目。考虑到目前原创编剧市场相对低迷，以及观众对编剧水平的质疑和诉求，我们策划了这档综艺节目，旨在通过选拔评比发现高水平或者有潜力的编剧，我们将与其签约，并为其提供资金和发挥平台……”

三个女生听着，脸上有不同程度的愣怔神色。

顾念最先回过神，微微皱着眉头问："你们这档综艺节目是为了选拔编剧？"

"没错。"

顾念："相比选拔演员或者选秀节目，你们这档综艺节目的受众定位会不会有点儿奇怪？"

娃娃脸男生一板一眼地回应道："顾编剧请放心，虽然节目具体的流程还在保密当中，但这些问题只需要我们节目编导操心就够了，我们对这档节目的艺术性和收视率都有信心。"

顾念草草地看了看这份并没有多少页的企划案。

其中的节目具体流程保密，但担保不会威胁到嘉宾的身心健康之类的情况，在最后还开出了诱惑性极高的参与获益和最终胜者获益条件。

无论她怎么看，这都是从天上掉下来的一个大馅饼。

顾念合上文件夹，神色几乎没什么波动："说起来，好像我还没问，戚先生是如何找到我们这里的？"

戚寒早有准备："顾编剧之前主力编写的《有妖》剧本，我公司总负责人恰巧看过，他个人非常喜欢这个剧本。"

顾念怔了下："你们的总负责人？ BH 传媒的老板吗？"

"算是，他目前主要在 BH 传媒做幕后工作，在公司的公开资料中没有出任实权职务。"

顾念点了点头。

戚寒又补充道："再加上《有妖》总导演耿宏毓与我公司总负责人有一点儿私交，耿导演就竭力向他推荐了顾编剧，也给了我们您的联系方式和通信地址。我们担心只是电话沟通无法取信于您，所以就冒昧上门打扰了。"

顾念在脑海里回溯一遍，整体逻辑自洽，没觉出有什么漏洞，从目前这个企划案也没看到对方欺骗自己能获益的点。

由此，对来人的身份和目的信了大半，顾念稍稍放下了戒备。

她开口问："所以戚先生是来邀请我们参加这个《金牌编剧》综艺节目的录制？"

戚寒露出微妙的尴尬神色。

顾念察觉到有什么不对，就抬眼认真地盯着他道："有什么问题，戚先生可以直接说。"

戚寒迟疑着，小心翼翼地看了看顾念一左一右的两个人，然后收回视线："很抱歉，顾编剧，准确地说，我们只邀请您一个人。"

客厅里顿时陷入一片沉寂。

就这几秒钟，顾念眼神变得冷淡，懒懒地发笑道："戚先生是在跟我们开玩笑吗？《有妖》是我们编剧小组三个人的作品，我不可能独占成果。"

"非常抱歉！"娃娃脸男生低着头，样子已十分窘迫，话语里却毫无妥协余地，"据我所知，《有妖》的大纲和人设，即故事的整个核心部分是顾编剧个人独立完成的。"

顾念微微握拳道："那是她们没有参与，不代表她们不能参与。"

娃娃脸男生遗憾地道："我们只能看已有的成果，无法判断那些可能有的情况。"

客厅气氛变得凝滞。

片刻后，顾念合上手里的文件夹，直接将其推回到戚寒面前："抱歉，既然贵公司不能认同这是我们作为一个整体的成果，我也不认为贵公司有值得我付出时间和精力的资格。"

娃娃脸男生愣了下，抬头看向对面的三人。他似乎感到意外——这三个小编剧之间的关系竟然好到出乎他的意料！

而此时，被"馅饼"和"铁饼"依次打击得发蒙的江晓晴和秦园园都回过神来了。

江晓晴心直口快，一手按住顾念推出去的文件夹，想都没想就急忙喊道："别呀，你傻啊？能去一个算一个！"

顾念心底刚积蓄起的火气顿时就没了。

想阻止但没抢到话语权的秦园园也哭笑不得，但没直说，而是拉了拉顾念的衣袖，然后到一边轻声说："晓晴说得对，我们既然是小组，哪怕有一个人能起飞也是整体获益。如果BH传媒真的有你说的那种实力，那这个机会太难得了。"

顾念皱了皱眉，说道："《有妖》是我们三个人的成果，如果是因为它而获得这次机会，只是我一个人去，这个结果我绝对不能接受。"

"可是……"

"这不只是为了你们。"顾念脸上的严肃神色没有维持多久就松弛下来，她垂下眼认真地说，"你们知道我很看重原则，为此可以付出不一样的代价。在原则面前我是不会退缩的，现在退缩了，这件事以后一定会像一根刺一样扎在我的心上，每天对我进行睡前拷问。"

说不过顾念，秦园园只好放弃。

两人转了回来。

戚寒和顾念对视之后，就明白这个看起来与世无争的小姑娘是绝对不会轻易妥协的。他头疼地在心底叫唤了几声，脸上却显露出为难之色："我明白顾编剧的想法了，但这件事确实不是我说了算的。能请几位稍等一下，我给我们总负责人打个电话吗？"

顾念的眼神一动，如果在三人都能获得机会的情况下，那她自然不会犯傻："好，戚先生请便。"

戚寒拿起手机，犹豫着走到客厅离三人最远的角落，拨通刚才和自己往来信息的那个电话号码，等了几秒，电话接通，但对方没说话。

这人也太谨慎了。

尽管戚寒心里吐槽，可嘴上只能乖巧地开口："老板，是我。"

"嗯。"

"出了一点儿小小的情况。"

对面的人似乎毫不意外，淡定地问："她还有什么其他条件吗？"

“顾编剧说，《有妖》是她们三个人的共同作品，她不能独占成果。”

停了一两秒，对面的人轻笑：“不愧是顾念啊！”

戚寒苦笑着瞥了手机一眼，压下那句“这都什么时候了，您就别犯花痴了”的腹诽，无奈地道：“所以，老板您看，这件事我们怎么解决？”

电话那头的人未思考，声音温柔地说：“你告诉她，不独占可以，但直接录取的名额还是只给她一个人，另外两位编剧可以参加我们的海选，只要她们能够取胜，同样可以进入节目录制。”

戚寒茫然地问：“这……她能同意吗？好像区别也不是很大，海选那么难，那两个小编剧恐怕没法……”

“她很聪明。”

“这和聪明不聪明有关系吗？”

对方轻笑：“她聪明到不需要你多说一句话。如果她拒绝，那另外两个人连这点儿可能都没有。”

“啊？”戚寒反应过来，不禁心里一颤。

这个选择就是，骆总明知对方重情，也拿捏准了对方重情这一点，然后直接断了对方的所有退路。

戚寒感觉这股寒气顺着电话都要飘过来了，在心里告诫自己一万遍“千万不要得罪对方这个恐怖的人”，然后才挂断电话。

坐回客厅沙发上后，戚寒小心翼翼地传达了老板的意思。

果然，听完他的话之后，顾念前一秒还慵懒的眼神立刻就亮了起来，只剩下弱小无助又可怜的戚寒低头缩在顾念的视线里。

盯了他数秒，顾念问：“这是你们总负责人的意思？”

戚寒：“是……是的。”

顾念抿起嘴唇，心中暗暗赞叹：不愧是大老板，真有手段啊。

她不知道，这要是让戚寒的老板听到会伤心的。

短暂沉默之后，戚寒鼓起勇气道：“顾编剧觉得这个提议如何？”

“不如何。”顾念想都没想就说道，“我确实不会拒绝，但也有个新的提议——让她们参加海选可以，我也不用直接录取的名额，要一起参加海选。”

戚寒着实被惊到了。

在那个断人退路的方案前，他们老板都没想到还有这么一个选择。看来这小姑娘虽然被他们那位恶龙老板钉上了，但她是聪明又机灵的，说不定还有逃生的可能。

这时，戚寒的手机振了一下。他下意识地低头看向还没来得及放回去的手机，亮起的屏幕上提示有一条来自他们恶龙老板的新信息，只有一句话：

“忘记说了，她可能要求自己也参加海选，这时就是把我告诉你的那个条件给她的时机。”

这心机，他还是个人吗？

戚寒暗暗为自己未来注定会被恶龙的身影盘空遮蔽的职场生涯抹了一把辛酸泪。

然后他抬起头，同情地看向对面的小姑娘："顾编剧。"

"嗯？"

"刚才我忘记告诉您了，所有直接晋升的编剧都有一个特权。"

"什么特权？"

"可以推荐一位演员，只要对方同意就能直接进入我们节目参与全程录制。"

"啊？"

"这份合同我就留给您，有问题您随时可以按名片上的联系方式给我打电话。您考虑好之后可以直接签署合同，然后将合同邮寄到我们公司。"戚寒语速飞快地交代完，然后起身，"我自己走，不用送！"

房门被他自己带上了。

从三位编剧家门口的走廊一拐出来，戚寒就快步走进电梯间。进了电梯后，他快速抹了一把额头上的冷汗。脱离那几束看起来很想把自己抽筋扒皮的目光，戚寒感觉自己终于活过来了。

"这就不是人干的活。"他嘟嘟囔囔地按下了去一楼的电梯按钮。

戚寒下到一楼，从单元门里出来，走向自己的停车处时，兜里的手机又振动起来。

戚寒停下，拿出手机，一看见号码就像被空气噎到似的。僵持数秒后，他接起电话："您不会连我刚从她们家出来都算到了吧？"

对面的人温和地笑道："只是想试一下。"

戚寒："您……"

"她答应了吗？"

"还没有给最终答复，说要考虑一下。"戚寒话锋一转，嘀咕，"您都把人家小姑娘算计到这种程度了，人家还有不答应的余地吗？"

"你为她鸣不平？"

戚寒陡然回过神来，同时打了个激灵，站在原地把头摇得拨浪鼓似的："不……不……不，没……没……没，怎么会呢？我无条件做骆总您最忠实的拥护者！"

骆修淡然地发出一声冷笑。

戚寒绷着娃娃脸，陡然换了一副具有极大反差的小跟班语气："您放心吧，我看这小姑娘坚持不了几天，很快就会栽到您手里了。"

骆修没理他，过了几秒，才似随口换了个新话题："你刚刚进她家里了，是吗？"

戚寒没防备地随口道："那是。"

骆修温和地低声轻笑："真嫉妒你啊。"

戚寒："啊？"他被吓得哆嗦成个筛子，忍住颤抖，飞速地开口，"虽然我进到顾编剧家里了，但我发誓，不该看的东西我一眼都没看！'狡兔死，走狗烹'这种事情是不仁义的，骆总您看在我这两年没有功劳也有苦劳的分上，放我一马吧！"

对方哑然失笑："我有这么恐怖吗？"

戚寒毫不犹豫地摇头："没……没有，您就是菩萨再世。"

"好了。"骆修重回话题，"你既然去过她家里，那么她家大约多大的面积？居住条件如何？"

戚寒一时语塞，半晌才带着哭腔说："我……我一心一意给您谈合同去了，真没想到自己还有调查居住情况的任务。"

"大致呢？"

"就是……普普通通。"戚寒努力回忆着，"毕竟是K市，寸土寸金的地方，这儿离市区也不算太远。房子加起来有七八十平方米。居住条件的话，我看大件基本都有，布置得还挺温馨的。"

对方似乎没什么要问的了，电话里陷入沉默。

戚寒不敢挂断电话，只是趁机用遥控打开车锁，坐进驾驶室。不知道是不是座椅的坚实支撑给了他勇气，上车坐了没一会儿，戚寒就忍不住开口了："骆总？"

"嗯。"

"我今天在顾编剧家突然想起来，您提出只给顾编剧一个人直接晋升的名额，不会是为了离间她们三个吧？"

对方沉默了。

戚寒说完这句话就后悔了，恨不得拿手抽自己嘴巴。

好奇害死猫！让你好奇！

好奇心能当钱花吗？啊？

好在没过几秒，电话中的男人温和地轻笑道："在你看来，我就有这么强的妒忌之心，竟然对她都不择手段吗？"

"不……不……不，我就问问。"

"我只给她一个人直接晋升的名额，因为实力至上。"

戚寒庆幸自己从悬崖边上捡回了一条命，立刻摇旗呐喊："您说得对！实力至上！"

"而且……"一声低沉的轻笑打断了他的后面的话。

远处BH传媒高楼的顶楼落地窗旁，骆修靠在阳光下的老板椅里，垂眸一笑。

"我如果真要那个结果，就不会用这么漏洞百出的办法了。"

戚寒愣了愣："那您会怎么做？"

"除了她必须在，我会再给她……"骆修似笑似叹地道，"一个名额。"

二桃杀三士！

坐在酷热的车里，戚寒猛然打了个寒战。

"还有其他问题吗？"

"没……没了。"

"嗯，那就回公司吧。"

"好……好的。"

挂断电话，骆修望向窗外，晚霞染红了碧蓝的天空，从天尽头流淌过来。

“但我不会那样做。”在别无他人的办公室里，他低语着，像释然般呢喃，“我舍不得。”

傍晚，编剧小组出租屋里，三个编剧底层的小人物神色凝重地对着料理台上的文件，气氛肃穆得仿佛举行一场选举大会。

沉寂许久，顾念抬了抬眼皮：“你们怎么看？”

“还能怎么看？”江晓晴早就憋不住了，一把拉住顾念的手，“当然答应啊！这可是综艺节目，还是有实力公司做背书的综艺节目，多么难得的机会！我们没有条件创造条件都要上，更何况有了！”

秦园园被抢先，只得点头：“我赞同晓晴的观点。”

顾念迟疑之后，还是坦言道：“但是给你们的不是直接进入节目的名额。”

“其实那个娃娃脸男生说得也没错嘛。”江晓晴笑道，“本来我们小组负责剧本核心的就一直是你，如果他们要选这方面的实力人才，那理应选你。”

顾念皱了下眉，想说话。

“你别急，我还没说完呢。”江晓晴托着脸，继续说道，“然后我看他们公司真的很有诚意，你提出的不接受独占直接晋升名额的要求他们也同意了。能给这样的机会，其实我已经很满足了，园园你呢？”

秦园园点头，认真看向顾念：“你有原则，我也有原则。我不想不劳而获，更想凭实力获得认可。如果实力不够我就继续提升，而不是靠朋友提携，做个乘凉沾光的人。”

话说到这个份上，顾念自然也没法再说什么了。她莞尔一笑道：“好，那我们就一起向着《金牌编剧》，也向着‘金牌编剧’进发吧！”

“嗯！”

三人将手拍到一起，顾念刚想缩回手，被江晓晴一把握住了。

江晓晴笑得促狭：“顾念大大，其实你今天最开心的既不是你自己拿到直接晋升名额，也不是给了我们两个机会，而是——你家宝贝‘鹅子’吧？”

顾念表情一愣：“这个机会我确实很开心，但是……”

“但是什么？”

顾念低头，看了一眼那份合同上“BH 传媒”的黑色角标花纹，然后轻皱起眉头道：“我有点儿不安，总感觉这个公司的负责人好像知道我有一个很在意的艺人，然后才提出这样的条件的。”

秦园园和江晓晴惊了。

“好像真的是啊。”

“哎呀，好恐怖，不会又是郑昊磊吧？”

“应该不是吧？”

“那，顾念，你要怎么选啊？”

顾念又陷入了沉思。

与此同时，BH 传媒大楼。

顶层办公室在夜色中透出白炽灯的灯光，冷淡风格的办公室被照射得明亮晃眼。

刚回来的戚寒表情惊讶地道：“对啊，这样的话，顾小姐很可能会怀疑我们是怎么知道的了。”

办公桌后的骆修点头道：“应该会怀疑。”

戚寒着急地问：“那我们不是白计划了这么多？”

“不会。”

“嗯？顾小姐性格那么谨慎，脑瓜那么机灵，都怀疑我们的根本目的了，还会答应上这个综艺节目吗？”

“她会答应的。”

“嗯？为什么啊？”

“因为我这儿从来不是阴谋，是阳谋。”骆修垂眸瞥了眼恰在此时响起的手机，温柔一笑，将唯一备注有“顾念”两字来电显示的手机轻竖起来，褐色眸子熠熠闪动，声音低得温柔，“愿者，上钩。”

第十二章　猎人与猎物

7 月底，夏日的燥热被推上极致。

《金牌编剧》节目尚未正式展开宣传，顾念就注意到，圈内一些消息灵敏的媒体似乎已经有所察觉，隐隐传出一些风声了。

顾念与 BH 传媒的签约合同是在 12 号寄走的，遗憾的是，江晓晴、秦园园分别在 7 月中旬的初试笔试、下旬的复试面试环节被节目组淘汰了。

对这个结果顾念心有不甘，但也没办法。

《金牌编剧》节目组为证明自己的公开公正，对所有参加考试的编剧说明：正式节目阶段共 4 个编剧名额，其中 2 个名额由考试选出，2 个名额由专业人士推荐；而那 2 个考试名额的初试试卷及成绩将在评分后公开，复试面试环节则将作为节目先导片，剪辑后放出。

初试阶段的试卷顾念看过了，类似高中的命题作文，给予考试者数个关键元素，让考试者现场编写短剧剧本。

而初试就被淘汰的江晓晴的无厘头剧本，只能说遭淘汰不冤。

按照参与复试面试的秦园园自己所说，面试更考验编剧在安排情景和塑造人物这两点重叠方面的基本功。

对情景对话秦园园还算擅长，但人物塑造恰好是她的薄弱处，她的表现基本是当场就确定被淘汰的。

于是，两人败得心服口服。顾念也只能认了，独自一人去参加《金牌编剧》的录制。

8 月 6 号，立秋前一天，顾念终于收到了《金牌编剧》预告开始录制的通知。按照通知的内容，她要收拾好足够一周换洗的衣物和必备生活用品，等待节目组第二天派车来接自己。

看过通知后，即便是从来懒散得一脸淡定的顾念也惊了：“一周？”

探过脑袋来看的江晓晴同样惊叹道："一周的时间都够欧洲游了吧？这是带你们去录节目，还是要带你们去环游世界呢？"

秦园园经过时听见动静，回头问："什么一周？"

"顾念的那个节目。"江晓晴兴奋地指着顾念的手机，"节目组让她去一周呢，我在猜会不会是要带她出国！那就相当于公费旅游了，羡慕！"

秦园园停下，笑道："说不定跟我们上回似的，是去什么深山老林里呢。"

江晓晴："妈呀，那就太可怕了！顾念你快看看，他们有没有说去哪儿？"

顾念垂眼扫了一遍，摇头："没有，但肯定不是出国。"

"嗯？"

"那边跟我核对过身份信息，似乎要用来买机票、订酒店之类的，但没提过护照的事情。"

"啊，那好遗憾。"

江晓晴刚委顿地坐回去，她和秦园园的手机几乎是同时叮咚一响。

两人意外地各自拿起手机。

几十秒后，江晓晴惊呼："哇！顾念你快看！"

顾念："怎么了？"

硕大一个手机屏幕直接递到眼皮子底下，顾念往后仰了仰身子才看清屏幕上密密麻麻的几行小字的新信息，和她手机里那个通知来自同一个公司：

> BH 传媒：我公司拟启动"新秀编剧培训班"，为《金牌编剧》第二季储备人才。培训班将以"半封闭包食宿＋月补贴"模式进行。江小姐虽落选《金牌编剧》第一季录制名额，但在选拔环节中表现优异。现我公司诚邀您参加本届"新秀编剧培训班"，详情通过邮件方式已发送至您的邮箱，请注意查收。

顾念读完惊喜地抬头："看来确实是个不错的机会。"

秦园园拿着手机迟疑地道："就是不知道这个培训班靠不靠谱。"

"包食宿加培训加补贴，只要不是传销班，那必须靠谱啊！"江晓晴已经手脚麻利地打开邮箱，一目十行地看完邮件后，举起手机，"月补贴 5000 元，唯一条件是结业后，在同等签约条件下必须优先选择 BH 传媒进行签约。"

顾念仔细将邮件看过一遍，由衷地点头："BH 传媒的注册资金和运营情况我都查过，他们公司的项目都是有完备计划的。"

江晓晴："太好了，那我们就一起去吧！园园，咱们两个在培训班还能做个伴呢！"

秦园园有些迟疑。

江晓晴兴奋中突然想起什么，皱着眉头扭回头："可是这个培训班预期 3 个月，除非退出，中间离开不能超过 3 次。顾念你录完节目回来以后，岂不是要一个人住这里了？”

顾念：“嗯，太好了！我想在K市一个人独占80平方米的豪宅很久了。”

江晓晴：“啊？”

在江晓晴“哈哈，掐死你个狗东西”的笑骂声中，沙发上的两人再次闹成一团。

秦园园站在对面无奈地看着两人，又将复杂的目光落回手机上。

第二天早上9点，《金牌编剧》节目组果然来人接顾念了。顾念开门后发现不是别人，正是那天亲自登门的戚寒。

“顾编剧，早上好！”

顾念有些意外：“戚先生？”

戚寒的娃娃脸上还是那个保险业务员式的微笑：“我是来接顾编剧您去机场的，不知道您准备好出发了吗？”

顾念反应过来道：“戚先生您稍等，我很快就来。”

“好的，不急。顾编剧您慢慢来。”

顾念回到房间，把行李箱拖出来，跟秦园园和江晓晴简单交代后，还不放心地问：“园园，定客传媒那边的合同，你确定已经回绝了吧？”

秦园园愣了下，回过神后点头：“对，我已经发过邮件了。”

“好。”顾念在脑内思索一遍确定无遗漏的事，才终于放下心，轻笑对二人道：“那我们就之后再见了？”

江晓晴扑上来抱她：“呜呜，顾念大大，我会想你的！”

顾念笑着躲她：“你少装。”

江晓晴扑了个空，恨恨地说：“你这个见‘儿’忘义的女人！你是不是急着奔赴你宝贝‘鹅子’的怀抱了？”

顾念慵懒地笑道：“咦，你怎么知道？”

“哼！”

毕竟戚寒还等在门外，顾念不好叫他多等，所以跟秦园园、江晓晴告别以后，轻吸了口气，拖着行李箱离开了租住的这个小家。

戚寒非常绅士，也不知道是跟谁学的，不管顾念怎么拒绝，一定要帮顾念拿行李箱。

最后戚寒还绷着严肃的娃娃脸放狠话：“顾编剧要是想让我失业，那就别给我。”

顾念哭笑不得地道：“你是项目经理，谁能叫你失业？”

戚寒面无表情地回：“我们老板。”

顾念：“啊？”

趁这会儿在电梯里，不可能有第三个人听见，戚寒毫不客气地吐槽道：“我们老板自从看了《有妖》剧本之后，就对顾编剧您——您的编剧水平十分倾心。”

顾念有些受宠若惊：“是吗？”

戚寒："对，所以，如果被他知道是您自己提行李箱，那我肯定是离失业不远了。"

顾念玩笑道："能把 BH 传媒在这么短的时间内做起来，再加上那天的隔空交流，我想戚先生的老板应该不是这么昏庸的人。"

"不，您不清楚。"戚寒只差含泪控诉了，"放在古代，他绝对是那种为了一位妖后行逆天之举的大昏君！"

顾念露出一脸的惊讶表情。

戚寒说完才想起什么，回过头道："哦，顾编剧您别误会，我可不是说您是妖后。"

顾念："嗯？"

他要是不说，她还真没往这方面想。

顾念到底还是没有争过戚寒。

他拎着行李箱进了地下停车场，引着顾念走向离电梯出口非常近的一个临时停车位。

那里停着一辆低调的加长商务车。

"顾编剧，就是这里了。您上车就好，我帮您把行李箱放到后备厢里。"

"好，谢谢戚先生。"顾念应过之后，对着把车内遮挡得密不透风的防晒窗犹豫几秒，直接走向了后排的车门。

她拉开门，侧过身，抬头，然后蓦地呆住。

靠车内一侧，倚在真皮座椅上的那人抬眸，薄薄的镜片后，眼里透着淡淡的笑意："Surprise（惊喜）。"

他的声音温润而轻柔。

顾念陡然回神，惊喜之色一下子从眼里跳出来："骆修！"

女孩高兴得像是见了骨头的小狗狗似的扑上来，又在最后关头想起什么，眼睛亮晶晶如星子似的看着他……

骆修垂眸，笑意像古寺里那潭从未有过波澜却突然被搅动的清水，在眼里晃动……

来之前他还在想，作为她想要的"骆修"，他该如何对这场他实际上已知的综艺节目之行，演出既合适又真实的欢喜之意。

原来他什么也不必演——见她就由衷地欢喜。

戚寒将顾念和骆修送往了 K 市机场。

进了航站楼，戚寒还非常善解人意地给顾念解释了一起送他们两个的原因："顾编剧和骆……先生都是 K 市人，为了节省……那个节目经费，再加上骆先生又是顾编剧推荐的演员，所以就一起送两位过来了。"

顾念听了很认可地道："你们节目组还真是勤俭持家。"

戚寒僵着娃娃脸笑着应道："对。"

他们可不是勤俭持家吗？他这个项目负责人都亲自当司机了。

去值机顺便办理行李托运时，顾念才反应过来，左右看看，发现自己的白色行李箱不知道什么时候跑到骆修手里去了。顾念不好意思地靠过去："我……我自己来。"

骆修推着行李箱轻轻躲开她的手，望着她笑道："不可以。"

被宝贝"鹅子"这样近距离且温柔带笑地看着，顾念感觉心都软成一摊液体了。

宝贝好像更好看了！

回过神，她连忙晃了晃脑袋："为什么不可以？"

骆修："照顾女士是绅士的义务。而且我的行李箱在戚经理那边，你可以找他——如果他同意的话。"

随着顾念转头，身后那高了她一大截且完全没被挡住的目光——骆修的目光，也"温柔"地笼罩住了戚寒。

戚寒无辜被殃及，那句"戚经理"更是叫得他抖了一下。

回过神，戚寒立刻表情严肃起来，在顾念开口前死死抱住骆修的行李箱："我誓与它共存亡。"

顾念："这……"

不愧是BH传媒的项目经理，戚寒的脑回路都和常人不大一样。

值机后，三人一起过机场安检，顾念拿到自己的登机牌正要找登机口，却见戚寒很认真地跟他们告别："顾编剧，骆……先生，那我们就在P市见了。"

顾念愣了愣，抬起手里的登机牌："你和我们不是同一航班？"

戚寒："不是。"

顾念："啊？为什么？"

戚寒很想说因为他们的无良老板为了不让他当电灯泡，无比残忍地给他安排了下一趟航班。

但是他识趣，也不敢这么说。

于是，在恶龙老板的温柔注视下，戚寒仰起那张娃娃脸一板一眼地说："我和一位同事还有些公事要谈，他要稍晚些，我在这里等他一起。"

顾念了然地点头，递上一个同情的眼神："戚先生辛苦了。"

戚寒感激地回应："不辛苦、不辛苦，为老板服务。"

顾念莞尔一笑。

骆修没折腾这个身心俱疲的可怜下属，等顾念和戚寒交流完，才低声问顾念："我们去登机口？"

"好！"顾念走在骆修旁边，快乐地朝登机口走去。

半小时后，两人准备登机。

顾念和骆修拿的是公务舱的机票，走过蜿蜒的长队，优先在登机口检票。

走进空中连廊时顾念还在惊讶："我都不知道《金牌编剧》节目组到底是勤俭持

家还是财大气粗，给嘉宾的机票直接是公务舱吗？”

“航程不短，公务舱的环境会舒适一些，而且……”

顾念好奇地抬头：“而且？”

“而且这个机型的公务舱只有两人座。”骆修把手里还未收起的登机牌靠过来，和顾念手里的登机牌边角贴合，俯首在她额头旁以带着极好听的轻柔笑意说道，“刚好一对，不是吗？”

顾念骤然僵住。

她机械地穿过连廊，机械地在空姐、空少亲切的微笑下走进机舱，又机械地在空姐的引导下来到公务舱落座……

直到坐进柔软宽敞的机舱座椅上，顾念才陡然回神，脸颊瞬间变得通红、发烫。

顾念在心底把那只妄想的小纸片人抽得在空中连转三圈，然后一脚踩到地上——

宝贝“鹅子”只是说座位号是一对！不许多想！

顾念在内心疯狂抽打自己，试图重新唤醒自己的良知和母性时，耳边响起似从天边飘来的温柔声音：

“我可以帮您系上安全带吗？”

“可……以。”顾念脱口而出，茫然地回头，“谢谢。”

那人温柔一笑，得了应允后已经倾身靠过来，替她拉起垂在里侧的安全带。他靠得太近，身形清瘦挺拔，肩膀宽阔，几乎将她完完全全笼罩在座椅里。空气好像被挤压得稀薄，她鼻翼间都是骆修身上好闻的淡淡男人香。

不知道是不是这条安全带的原因，好一会儿过去，骆修仍旧在调整那条带子。顾念艰难地保持着理智，想挪动一下身体。

“别动。”身前咫尺处，男人的气息温柔却灼人地阻止了她，“很快就好了。”

顾念大脑停滞，一片空白。

空姐从公务舱前面进来，似乎是想询问乘客有什么饮品需求。但她刚往公务舱内迈一步就停住了，了然又遗憾地看了两人交叠的背影一眼，朝正思绪纷飞的顾念含笑点头，又非常懂事地低头退了回去。

顾念：“哎？”

不是你想的那样啊，空乘姐姐！

但顾念没法解释，现在大概已经丧失语言功能了。理智似乎还在脑子里，但身体已完全不听指挥，她只能屏息僵在男人的身体和座椅之间，听着心跳仿佛要早身体一步起飞。

这么下去，顾念感觉自己不是要窒息，就是要自燃了。

所幸在这两种结果发生之前，安全带那个磨人的小妖精终于在咔嗒一声后，不甘心地拥抱在一起。

“好了。”骆修抬起眼，退了回去。他侧靠在座椅上，神色温柔，似乎又有些不解：“你热吗？”

顾念像个呆住的树獭那样，缓慢而茫然地抬头：“啊？”

骆修抬手，似乎要来触碰她的脸颊，但那白皙修长的手指在距离女孩的脸颊短短几毫米时又停下了，然后克制地收回身旁。

“抱歉。”骆修歉意地笑了下，示意了一下顾念的脸，“你的脸红得有点儿厉害，像是中暑了。”

顾念：我没有！我只是个经受不起诱惑，正在良知边缘垂死挣扎的废物老母亲罢了！

P市是一座拥有狭长海岸线的海滨城市。隔着海峡，大海中像落了零碎的星子一样坐落着几座大小不一的岛屿。

这些岛屿中，最大的被开发成商业城区，中等的是旅游景区，还有一些小的被私人租用，规划成度假村之类的地方。

《金牌编剧》节目组第一期节目的主要录制地点，就在其中一座被他们租借了一整周的中小型私人岛屿上。

从P市的机场一出来，顾念和骆修就被节目组等候多时的工作人员直接接上车，送去码头。等随行的一个负责人介绍了这趟出行的终点时，顾念已经茫然地被带上船了。

顾念试图再套出一点儿信息，就委婉地试探那个来接他们的负责人：“第一期节目就租下一座岛来录制，会不会太破费了？”

负责人面无表情地道：“还行，反正不是我花钱。”

看来这个负责人是不太懂什么叫委婉了，顾念索性和他直言：“是不是有什么必需的要求，只能在岛上进行？”

负责人还是面无表情地道：“我要是知道，来接顾小姐的就该是别人了。”

顾念沉默了数秒，不死心地又问：“反正就要开始录制了，相关流程您应该多少也听说过？”

负责人这次终于有了点儿表情，回过头对顾念露出一个介于轻蔑和真诚之间的笑容：“我后槽牙里藏了砒霜，您再逼问，我就自杀。”

顾念：“啊？”

好家伙，这人不干谍报工作都可惜了。这个BH传媒，从上到下就没个正常人吗？

顾念不指望从这个守口如瓶的工作人员口中套出任何有用信息了，叹了口气，溜达回去。

骆修站在船尾甲板上，闻声回眸。

顾念哭丧着脸走到他身边，看着越来越远的海岸线，叹了口气：“我有一种不好的预感。”

“嗯？”

“这次是真的上了贼船了。”

骆修怔了怔，旋即垂眸，淡淡一笑道：“害怕吗？”

“当……当然不怕。”顾念底气不足，说完迟疑了两秒，又坚定地看向骆修，“不过你放心，不管岛上有什么妖魔鬼怪或是大恶龙，我都一定会保护好你的！”

骆修目光微闪：“好。”

今天的海面风平浪静，没经历什么颠簸，顾念和骆修就顺利抵达《金牌编剧》第一期节目录制点的岛上。

这座岛原本是个私人度假村，基本的衣食住行和设备都有。从船上下来后，工作人员把顾念和骆修接到了海岛临沙滩的一排底层架空的木屋旁。木屋隔着沙滩面朝大海，打开玻璃推拉门，就能感受到拂面的海风。

顾念被领到自己的房门口，准备先放好行李再去找宝贝“鹅子”。

她推门进去，第一眼就看到一个大大的摄像头，旁边节目组的工作人员带着“终于等到你”的喜悦表情迎了上来。

顾念下意识地往后退了一步。

“别怕。”工作人员努力使自己笑得慈眉善目，“这只是一个节目前的突击采访，预热一下。”

“突击采访？没人跟我说过。”顾念说着回头去看身后，发现领自己过来的那个总是面无表情的负责人已经不见了。

似乎看穿了顾念已放弃挣扎，采访人露出真诚的笑容，朝自己身后示意了下：“您是顾念编剧吧？来，请坐。只是几个非常简单的问题，其他参与节目的嘉宾也会被问到，不针对您一个人，放心吧。”

既来之，则安之，顾念拖着自己的行李箱进了房间。

落地推拉窗外就是露天木制阳台，再往外就是沙滩、海鸥、大海，还有模糊晃动的天际线。

顾念按照采访人的示意坐到露天阳台的藤椅上，懒洋洋地垂下眼。

她经常怀疑自己上辈子就是一天只睡90分钟的达·芬奇，所以这辈子所有闲余时间都用来犯困和补觉了。尤其是现在这个阳台和光照，更让她昏昏欲睡。

采访人的声音好像是从海底飘来耳边的：“那我们就开始采访了。首先，请问顾编剧，是什么让您选择来到我们《金牌编剧》节目参与录制的呢？”

顾念艰难地撑起眼皮，努力使它们不遮住自己“心灵的窗户”：“拿通告费？”

采访人的笑容僵住：“顾编剧，您就再没有别的想法了？”

“嗯。”顾念努力绷着困得要眯起来的眼睛，还要努力做出“我不困”的表情，“比如呢？”

“比如……”采访人僵硬地维持着笑容，“获得更多被制片人注意的机会？”

顾念支撑着脑袋沉思数秒，然后脑袋往下一垂，惊醒后迅速直起腰板，严肃地抬头说：“你说得对。”

采访人："啊？"

这段对嘉宾的采访原本是第一期开场的介绍环节，节目组也没指望能翻出什么花样。其他嘉宾确实中规中矩，唯独顾念这里，在后期剪辑的时候让剪辑师笑得不轻。

于是顾念受到偏爱，作为示例采访，在第一期的介绍环节，出场率直接拉满。

观众也很给面子。

"哇，这真的是新人编剧吗？明明颜值、气质都很像新人演员啊！"

"困得要冒鼻涕泡了，哈哈哈。"

"好可爱啊。"

"无良节目组，是不是头一天晚上没让人家小姑娘睡觉？看把人困的！"

"仿佛看见了上数学课的我。"

"哈哈哈，上数学课那个太真实了。"

…………

采访现场，问完所有既定问题的采访人，已经从开始的笑容满面转为此时的筋疲力尽。

"基本就是这样了。"合上采访提纲，采访人抬头，正看见困得快支撑不住的顾念露出一个如释重负的表情。

你如释重负什么？！该如释重负的不是我吗？

采访人心里默念了三遍"莫生气"，然后带着职业微笑起身，转过去前想起什么道："哦，对了，还有一件事。"

顾念抬头："嗯？"

采访人："顾编剧对今天的居住环境满意吗？"

顾念："这也是采访吗？"

采访人抽了抽嘴角："不是，这只是节目组的询问，有什么建议或者需求您尽管提出。"

顾念信了，认真地道："海景房真的特别好，就是容易得风湿。"

顾念，22岁，但自我定位是老年人。说完，她还认真地敲了敲自己的膝盖关节。

采访人：这个……

告辞。

这个镜头没能幸免，同样被后期剪入。

"我以为是个正经综艺节目，没想到第一集就这么搞笑。"

"哈哈哈，她是认真的！"

"拿通告费和容易得风湿这两个回答真的要笑死我了，哈哈哈……"

"人间真实顾编剧。"

"啊，我要在《金牌编剧》里养'女鹅'（网络用语，即女儿之意）了！太可爱了！"

"哈哈哈，妈妈粉+1。"

…………

显然，身在现场的采访人是体会不到观众的快乐的，留给他的只有万念俱灰的悲伤。他痛苦地跟憋着笑的摄像师招了一下手，表示要离开的意思。

顾念十分不情愿，但出于礼貌，还是很努力地让自己从藤椅上站了起来："要走了吗？我送你们。"

采访人不想给她再一次让自己尴尬的机会，僵笑了下，当作没听见。

顾念也不在意，绕过收拾设备的两人，走到房门口拉开了门。

采访人忍着万分复杂的心情走到门旁，在一阵犹豫之后还是停下脚步，回头看着这个其实挺无辜，就是稍微慵懒了些的小姑娘："嗯……顾编剧今天也辛苦了，没事就早点儿休息吧。节目的具体流程安排应该会在今晚之前给到你们。"

顾念懒懒地抬起头道："好的，谢——"

话音戛然而止。

顺着顾念的视线，采访人转过头看去，就看到斜对面的木门拉开了，穿着一条卡其色长裤和黑色休闲T恤衫，露着大片白皙又性感的锁骨的男人，松散着头发走了出来。

采访人还没来得及反应，身边的小风嗖地一刮——他眼皮子底下的小姑娘没了。

采访人茫然。

只见那个几分钟前还困得像随时要原地入睡的小姑娘，此时眼睛晶亮地站在那个男人面前，笑得太阳似的，声音清脆地问："骆修，你放好东西了吗？"

"嗯，你呢？"

"我还没有，不过不急，可以回来再收拾！"

"回来？"

"嗯！我刚刚看到海边的阳光特别好，我们去沙滩上晒太阳吧，可以补钙！"

"好。"

看着那个雀跃的背影，采访人暗自伤感：刚说的海边容易得风湿性关节炎呢？

所以不是她太困，只是自己不配！

采访人敬业地回头问摄像师："刚刚摄像头关了吗？"

"关了。"

"那就好。好好的编剧节目，怎么能搞得跟公费恋爱一样？！不行，我要向领导举报，BH传媒绝不能纵容这种歪风邪气！"

立秋之后常有秋老虎盛行的高热天气，今年在立秋当天就已经露出端倪。

白日里没什么感觉，海边的潮湿倒是明显，不过随着太阳西落，海平面被染上璀璨的红色，海风的凉意也初显几分。

顾念和骆修傍晚前就回各自的房间休息了。接近晚饭时间，所有嘉宾收到节目组工作人员的通知，邀请他们去木屋后的露台上共进晚餐，顺便公布第一期节目的录制流程。

顾念收到信息后，换好衣服想找骆修一起去，不过刚在镜子前扎起及肩的中长发，就听见敲门的声音。

咚……咚咚。

声音平缓而轻柔。

顾念第一秒就猜到是谁，对面镜子里的自己眉眼一弯，转了半圈就去给那人开门。

“晚上好。”站在门外的骆修穿着的还是白天那一身黑T恤和长裤，只是加了一件薄夹克。夜色中的走廊里光线模糊，更衬得他肤色发白，像上好的瓷器一样。

与之相对，那双褐色眸子像盛着星星的琥珀，温柔地看着她。

顾念从惊艳的情绪里回神，有点儿意外地问：“你今晚还是穿这套吗？”

骆修抬了抬手腕：“怎么了？”

“嗯，就是今天第一次看你穿这种风格的衣服，以为你去节目组会换回衬衫什么的……”

骆修轻轻一笑，很自然地抬手摸了摸小姑娘的头：“不是你白天说，我这样穿好看吗？”

顾念被摸得直腹诽——

再这样下去，连对摸头杀都习惯成自然，她的妈粉底线就真的要绷不住了。

见顾念不回答，骆修收回手：“那我去换？”

“不……不用这么麻烦。”顾念连忙拉住他，“只要你们公司允许，你怎么穿都好看。”

“公司？”

“对，有一些公司对艺人一切需要出镜的情况下的化妆、发型和服装风格都有要求，为了对应人设什么的。”

顾念说完，发现耳边没了动静，不解地抬头，就见骆修垂着眼站在她的门外，清俊的脸藏在阴影里，好像有些失落。

顾念慌忙问：“怎么了？”

骆修沉默了几秒，低声道：“我和定客传媒已经解约了。”

顾念：“啊？”顾念呆了好几秒才反应过来，着急地往前迈了一步，几乎凑到那人身前，“怎么会突然解约？难道是因为上个月在一楼大堂遇见郑昊磊，你替我解围的那件事？”

骆修知道，此时自己只要默认，顾念的自责和歉疚感就会轻易成为她身上最薄弱的那个突破点。

“不是。”骆修温和地笑道，“2018年我签经纪合约时就只有两年，这个月初到期，自动解约而已，和你无关。”

他还是舍不得让她自责和感到愧疚。

只有她的难过，他无法利用。

顾念皱着的眉头没松开："只有两年的经纪合约，难怪定客不肯花心思捧你，他们肯定是担心为别人做嫁衣。"

骆修顺水推舟道："嗯，我也没有什么商业价值，所以他们并没有挽留。"

顾念担心地问："那你现在就是自由人了？联系别的经纪公司了吗？"

骆修停顿了下才道："还没有。"

顾念像是痛下了某种决心，拉起他的手腕就带着他往外走："那我们走吧！"

看着小姑娘突然像打了鸡血似的眼神，骆修有点儿意外，顺着被她牵走："怎么了？"

"原本只是想来试一试的，但我现在很有斗志了。这次《金牌编剧》的曝光机会对你来说太是时候也太关键了，我一定要写出好剧本，让所有经纪公司都能看到你！"

想象到那个局面，即便是长于谋算的骆修也难得地有些头疼了。

但他什么都没说，任由女孩牵着自己，朝那个未知但只要有她在他也不在乎有什么的前方走去。

小岛中心的矮山上专门砌起了一个露天望台。

这里是白天在岛上看风景最美的地方，海水会泛着明亮晃眼的光，从天尽头一层一层地涌到脚下，前赴后继地撞在岩石上。而到了夜里，围栏下浪滔声不绝，好像整个海底世界在每一个散开的海水泡沫里歌唱。

节目组在露台上立起了安全又挡风的围栏，自助餐似的长桌按着某种奇怪的规律排列着，几处点缀用的烛火被轻微的海风吹得轻轻晃动。

嘉宾陆续来到露台上。

顾念作为一个勇敢的轻微路痴，成功地在第一次来的这座岛上把自己和骆修带去了另一个方向。

等纠正错误折回时，她和骆修显然已经是最后一批到达的人。

上露台的路是精挑细选的大理石板砌起的盘旋长阶，每隔几米就有造型设计十分不错的路灯照明。虽然这是座矮山，但在山脚和露台之间还是设置了面积较小的休息平台。

顾念和骆修走了半段长阶，要在中间的休息平台上冒头时，就听见平台上的角落里传来一个熟悉的、压着崩溃情绪的声音——

"邢姐，您干脆杀了我吧！这事要是让老板知道了，他能给我留个全尸都是大发慈悲！"

顾念愣了下，回头看向骆修："好像是戚寒。"

骆修极轻的声音淹没在海浪声里："嗯。"

骆修低她几级台阶站着，平台的影子斜投下来，刚好将他遮了一半，顾念看不清他的神色。

他的声音倒是温和如初。

戚寒似乎在和什么人打电话，停了片刻后又说道："不是，这是他的公司，怎么安排嘉宾他肯定有最高决定权……是，我知道邢姐您是总策划人，但总策划人也大不过老板啊。没经过他的允许直接放这么个大雷进来，您远在天边他够不着，可我有几条命够那位折腾的啊？"

海风将戚寒的声音吹得七零八落。

顾念只能听个七七八八。等安静之后她迟疑地转回来，小声对骆修说："BH 的老板好像特别可怕。"

阴影里挺拔修长的身影一顿。

须臾间，顾念仿佛听到一声轻叹夹杂在翻涌的海浪声中，又好像是错觉。

顾念以为骆修是不认同自己的话，又轻声补救："我不是说他的坏话，就是想提醒你。"

"嗯。"骆修笑着应了，"你说得也没什么错。"

顾念怔了下。

她还没回应骆修的话，戚寒破罐子破摔似的声音传来："反正这事我管不了，也担不起这个责任。您是总策划人，跟您一起拍板的是公关部的那几位领导，你们还是亲自跟咱们老板解释吧。"

对话似乎已至末尾。

顾念松了口气。按她的想法，等戚寒打完电话上了露台，他们再等一两分钟后上去，应该能避免彼此尴尬的情况。但是下一秒就感觉到手腕忽然一紧，顾念茫然地抬头。

骆修已从低她几级的台阶处走到她身旁，拉着她往休息平台处走去："上去吧，这里海风太凉了。"

"可是——"顾念还没说完，被平台挡住的视线随着位置上升而升高，在围栏旁愁得来回踱步的戚寒映入她的眼帘。

等对面的人挂断电话后，戚寒刚转过身，就骤然僵在围栏前。

他绝望地看到那个再熟悉不过的身影，正牵着个有点儿不安的小姑娘，从他面前的石阶下走来。

戚寒：天要亡我！

人已经上来还相互看见了，他再想躲开显然已来不及了。

顾念只得面对。她趁着半个身子藏在骆修挺拔的身影后面，偷偷地在他的胳膊旁边咕哝了一句："你太真诚了。"

有个这么单纯又坦诚的"鹅子"真是叫人忧心，万一以后她不在他身边，他被人坑了怎么办？

顾念嘀咕完，在戚寒做出反应前先一步绕到骆修面前，垂着眼无邪地说："抱歉啊，戚先生！我们在岛上迷路了，来得晚了。”

戚寒回过神，一副生无可恋状，气若游丝地说：“没事，没关系。”

顾念犹豫了下，露出隐隐的笑容，说道：“这里海浪声特别大，戚先生你是不是在打电话？我也没听清你说的什么，有什么事需要帮忙吗？”

戚寒的神色变得有些挣扎。

“节目组里进了什么大雷？”

低沉微哑的声音像一柄长矛，嗖的一下就把戚寒扎了个透心凉。

顾念：拿什么拯救我心直口快的宝贝“鹅子”？

戚寒：看来明年在这岛上就要立一片新坟了。左边那片留给《金牌编剧》总策划人，右边那片留给 BH 公关部领导。三坟比邻，挺好。

戚寒彻底放弃了希望，开口道：“《金牌编剧》总策划那边，还有公关部那边，上周定下了最后一个直接晋级的编剧名额。”

骆修的眼神变冷。

戚寒只看骆修的表情也知道被听完电话后对方猜到了大雷是谁，但此时当着顾念的面，只能硬着头皮开口：“公关部那边想……想借最近的事情炒一炒节目热度，所以选……选了卓亦萱。”

顾念怔住。

骆修不出意外地垂下眼，垂着的左手食指轻轻动了下，某种情绪已经被克制到极致，濒临爆发边缘。

戚寒作为完全不知情且被无辜殃及的人，很想脚底抹油，但不敢，只得绝望地等着暴风雨的来临。

但暴风雨来之前，顾念先来了。

“嗯，卓亦萱来了？那挺好的。”

戚寒怔了怔。

骆修也微抬起眼，一种未及掩饰的阴沉情绪尚留在他的眼底。

戚寒生出了求生欲：“顾小姐觉得挺……挺好？”

“嗯，我挺想和她公平公开地较量一下。”顾念说完，垂眼一笑，“当然是对我来说。”

戚寒：“不，顾小姐觉得好就是最大的好了！”

顾念茫然：“可是，你不担心你们老板生气？”

戚寒一时语塞。

顾念想了想，朝戚寒露出会心的微笑：“别担心，我肯定不会告密。”

戚寒下意识地抬头，看向女孩身后那人幽暗的眼神。

戚寒：罢了，我还是选坟吧。

山顶露台上，卓亦萱站在石壁前，拉紧肩上裹着的黑色羊绒披肩。她神色恹恹地看了身后一眼，然后转而看向前方淹没在夜色里的海岸。

“我都说不想参加这种节目了，谁要和一堆名不见经传的底层编剧混在一起竞争一个可笑的名号？这不是拉低我的身价吗？”

“我的大小姐，这都什么时候了？你就别再任性了。”经纪人在电话里无奈地道，“假借盲枝身份的事情，你知道我们花了多少时间、精力和人脉，请了多少水军才勉强把舆论拉回中立位置吗？你再不拿出能证明自己的东西，把自己的名声重新拉回来，以后你就要一直这么半黑不红的了！”

卓亦萱无法反驳，沉默之后不服气地轻哼了声：“怎么证明？就通过这种第一期要开始录制了，目前在网上还没什么动静的破节目？”

“这你就不要操心了，《金牌编剧》的背后是 BH 传媒，这可是今年业内最被看好的黑马公司。这档节目不会有任何问题，只要你表现出彩，就能借这档节目确立你在编剧界的地位。”

卓亦萱对经纪人的话将信将疑，但刚才不耐烦和躁动的情绪总算被安抚下来了。她瞥向身后，见无人注意，便压低声音问：“节目里的剧本，你们有什么准备吗？我自己来写当然也可以，只是做不到万无一失。”

经纪人：“虽然这个节目搞得神神秘秘的，不肯透露流程，但你别担心。我不是在你的电脑里给你建了一个新文件夹吗？里面分类放了一堆剧本素材，到时候不管他们出什么难题，你总能找到适合的。”

卓亦萱嘴角上扬，但很快又压制住：“不错，你们还是有准备的。”

“这可是翻身仗，不做好准备我们怎么会放心送你去呢？”

经纪人叮嘱一番后，通话在卓亦萱的不耐烦中终于结束。

夜里的海风越来越凉，即便只是从新搭起的围栏里透进来几丝，卓亦萱也冷得忍不住拉紧身上的披肩。

“什么鬼节目组，选了这么一个地方……”卓亦萱不满地咕哝着，朝摆好的长桌走去。

长桌上铺着洁白的餐布，两边压着造型复古的烛台，正中间还放着一排插满了红色玫瑰的彩釉花瓶。

洁白桌布垂落的两旁，每排摆放着四张椅子。折成花形的餐巾在擦拭得干净泛光的餐盘上绽放。

节目组的工作人员在旁边核实：“怎么还有人没到？”

“演员组和编剧组各缺一位。刚刚收到消息，好像是在岛上迷路了。”

“呵，这弹丸大小的地方也能迷路，得有多路痴？”

“再等等吧。”

“唉，只能这样了。”

卓亦萱高傲地仰着下巴从两个交谈的工作人员身后走过，闻言轻轻撇嘴。

因迷路迟到？哪个年代的理由了？

演员也就算了，更别说还有个编剧组的人，一堆不知道从哪里找来的底层编剧，竟然还有比她都要大牌的。

卓亦萱停在长桌旁，正考虑自己要坐在哪个位置时，就见一位工作人员突然抬头。

“啊，总算来了。”

卓亦萱随意地跟着瞥了过去，视线落到露台的阶梯入口处，然后就见到两个身影一前一后地从石阶下走上来。

碎发、日常款的银镜、黑T恤以及卡其色长裤裹着的精瘦腰身和修长双腿，青年领着身后的小姑娘，半垂着眼耐心地等她上来时的一个侧影，叫露台上没见过他的人愣怔了几秒。

卓亦萱怔住。

她在脑海里本能地怀疑这是自己的错觉时，就听见身后的工作人员也回过神轻声交谈起来。

“演员？这么好看？”

“应该是。”

“新出道的？不然怎么会埋没这么久？我都不知道他叫什么。”

“资料表上登记的叫骆修，我也不认识。”

“不过估计等第一期节目播出了他就该火了。”

“是啊。”

卓亦萱回过神来。

眼底的喜悦之色还没维持一秒，她就在看清楚那人身后的女孩的模样时骤然僵住了。

顾——念！怎么又是这个阴魂不散的家伙？！

石阶前，顾念刚踏上露台，就感觉到一束存在感十分强烈的视线落在自己身上。她直觉地抬头，对上了卓亦萱冷冰冰的眼神。

顾念面无表情地将视线移开了。

卓亦萱握紧手指：那个小编剧竟然又一次无视了我！

在卓亦萱发作之前，节目组的工作人员已经拿着准备好的扩音器发话了：“八位嘉宾已经到齐，可以到桌边落座了。来，四位编剧老师请坐到我的左边，四位演员老师请坐到我的右边。”

刚上来就要被拆散，顾念很是失望。她原本打算好好体验一番帮宝贝“鹅子”剥虾或者夹菜的“慈母”行为，来校正一下自己今天大有走歪倾向的妈粉路线的。

不知道这点儿低落情绪是不是被骆修看穿了，顾念刚低下头两秒，就听到头顶响起一声轻笑：“我想坐在你对面，可以吗？”

顾念眼睛一亮，嗖的一下抬起头：“当然可以！”

“那你先选？”

“好，我们就坐在——咦？”望着长桌旁那道瘦削身影，顾念愣住。

对方恰好也在看这边，和顾念的视线对上后，那个女生慢慢朝两人点头，露出善意的微笑。

顾念回神警觉地问：“宗诗忆为什么也在这里？”

骆修一愣，温和地问：“你不喜欢她？”

“就个人审美来说我还挺喜欢她的，但是她之前在《有妖》中针对性地拒绝了和你的对手戏，”顾念难得表情丰富地皱了下眉，“我有点儿记仇。”

骆修轻笑。

顾念听见了，有点儿恨铁不成钢地回头，轻声道：“她都那样对你了，你怎么还笑得出来呀？你不记仇吗？”

骆修坦言：“没什么仇可记的。”

顾念转回去，叹气道：“在圈里你这么善良不好，会被人吃掉的。”

骆修眼底的笑意更深，只是被他隐藏起来了。

顾念只听见他声音轻柔温和地说：“没关系，不是有你在吗？”

顾念想了想，深以为然地用力点头：“好，我会的！”

骆修：“我们一起过去？”

“嗯！”

节目组安排的第一次正式会餐十分丰盛，可惜编剧组三女一男，除了顾念好像都没什么胃口；而演员组是两男两女，骆修以外的三人都是圈里多少有些名声的流量演员，大概为了控制身材，三人基本上是吃猫食的样子。

骆修也没吃多少东西，顾念知道他是因为胃病，为了避免增加肠胃负担，晚上吃的东西总是较少。

顾念担忧地盯着宝贝“鹅子”没怎么动过的餐盘。

他和定客解约了的话，助理和经纪人应该也被收回了，那岂不是没人给他准备养胃的晚餐了？

她之前在家里跟着网上食谱学了几道养胃的羹汤，不过岛上材料有限，而且未必开放厨房。

顾念正忧愁着，熟悉的扩音器响了起来——

“既然八位嘉宾已经用餐结束，那在接下来的自由交流环节前，节目组工作人员先向大家宣布一下节目的规则和流程。”

等了一晚上的重点终于来了，桌边的几人不约而同地紧张起来，齐刷刷地看向走到桌边的导演组负责人。

巧的是来宣读规则的，正是白天接顾念上船，还说自己后槽牙藏了砒霜的那个面无表情的负责人。

顾念突然有种不祥的预感。

负责人是拿着平板电脑前来的。他在桌边站住，对那些盯过来的目光没有任何反应，只管低下头去对着平板电脑，语气毫无波澜地捧读起来："《金牌编剧》共八位常驻嘉宾，其中四位编剧老师参与竞赛，四位演员老师配合出演，具体流程如下——

"第一，每期节目录制前，将由导演组定下本期的核心主题词，四位编剧老师的创作均以此为主题进行。

"第二，录制开始后，节目组将会随机给八位嘉宾派发八个不同的剧本关键词，嘉宾之间互不相知。派发完后，每期进行一个小游戏，完成编剧与演员的一对一竞争配对。

"第三，当期编剧和演员配对完成后形成四个小组，每组编剧老师要以当期核心词为主题，并以加入组内的成员携带的剧本关键词为元素，完成原创剧本。

"第四，剧本创作限时三天，排演限时三天。最终表演时长须控制在半小时以内，每组剧本必须由组内演员主演，其余演员可由节目组提供。

"第五，创作及排演结束，组内按抽签顺序现场登台表演，由评委及专业影评人进行综合评分。"

负责人面无表情地读完，抬头缓缓扫视一圈，又问道："请问各位老师还有什么不确定或者有疑问的地方吗？"

四名置身事外的演员同情地将目光投向对面的四位编剧。

经过前面的笔试、面试选上来的年轻编剧大概是被这规则镇住了，顾念则是有白天接触时的阴影，看着这张脸就没有任何问题想问，于是最后只有卓亦萱开口了。

"所以，就是一个共同主题词、一个随机关键词，三天内即兴创作出一个完整剧本，表演时间还要限制在半小时以内？"

负责人点头："感谢总结。"

卓亦萱皱着眉头又问："这样的规则好像命题作文一样，不是太扼杀编剧创作的主观能动性吗？"

负责人："剧本。"

卓亦萱："什么？"

负责人面无表情地重复："是命题剧本，不是命题作文。"

卓亦萱一时语塞。

负责人看向其他人："老师们还有别的问题吗？"

在卓亦萱主动"自取其辱"后，另外两位回过神来的年轻编剧显然已经不想再提问了。

负责人又低下头去："那么接下来宣读三条规则。首先，四位编剧老师必须保证节目中的剧本是未在任何平台以任何形式发表过的个人原创作品，不存在任何侵权行为。"

这条规则一说完，场中和场外隐隐有几束目光有意无意地落向了卓亦萱。

卓亦萱身形一僵，绷着脸没说话。

负责人不为所动，继续捧读："其次，为保证上一条规则的执行，限时六天的创作和排演全部在岛上进行，其间将屏蔽所有网络信号，避免任何不合规则的‘场外求助’行为。”

这条规则宣读完，长桌两旁的嘉宾露出了不同程度的震惊之色，连一直垂着眼的顾念也抬起了眼。

卓亦萱皱着眉头又要开口，但想到暗中投向自己的目光，只能忍下来。

“最后，为确保万无一失，各位编剧老师的电脑和手机等用品须统一交由节目组工作人员保管，登台前将悉数归还。”

“这怎么行？”卓亦萱终于忍不住了，差点儿拍桌子，身体前倾，脸色难看地道，“你们凭什么拿走我的私人物品？”

负责人面无表情地抬头：“这也是为了公平起见，卓老师还有什么问题吗？”

卓亦萱：“我习惯了用电脑创作，没办法用普通纸笔，会影响我的灵感！”

负责人：“这一点请各位老师放心，明天我们将提供电脑、无卡手机、纸笔在内的任何您所需的工作用品，确保每一位老师的创作灵感不被影响。”

卓亦萱：“可是……”

负责人：“卓老师还有其他问题吗？”

卓亦萱暗自咬牙。

她知道别人都不提的情况下，自己再质疑下去只会显得可疑。

“我有个问题。”

大家扭头看去。

负责人目光一闪，转头看向长桌旁的说话者：“顾老师？”

坐在那儿一整晚没什么动静的女孩仰起头，及肩的中长发被海风吹得柔软轻拂，只可惜那张漂亮的脸上没什么表情，声音也发懒。

顾念放下胳膊：“在岛上的活动范围也受限吗？”

“全岛无网络信号，所以岛上任何地方，几位老师都可以活动。”

“好的。”

“老师们还有别的问题吗？”

在卓亦萱不甘心也只能强忍的目光下，负责人坦然地宣布规则宣读结束，进入自由交流环节。

确定今晚无其他活动安排后，除顾念以外的三位编剧全跑了。

顾念去了一趟洗手间回来，见露台上只剩下演员组的四人，有点儿茫然地走了过去。

骆修靠在椅子上一动不动，听见脚步声才回过头。

顾念茫然地停下，指了指斜对面的三张空椅子：“他们……人呢？”

“大概回去补习了。”

“补习？”

“嗯，节目组明天一早收电脑、手机等物品。”

顾念恍然大悟，靠到长桌边："那他们是回去复习电脑里的角色和剧情素材了。"

骆修见她没有要走的意思，垂眼道："你不去吗？他们可是争分夺秒地离开的。"

顾念把被海风吹到耳边的头发拨开，弯着眼角笑了下："我不需要，我可是天赋型选手。"

骆修认真地点头。

顾念失笑："你真的信了啊？"

"嗯。"

"你也太好骗了吧，哈哈。"

"就算你自己不说，我也是这么认为的。"

"啊？"顾念怔了怔，垂下乌黑的眸子望着他，语气带着一点儿不确定地求证道："为什么？"

骆修没说话。

顾念犹豫着说："你是不是知道我就是……？"

"顾编剧？"

突然响起的声音打断了两人之间的微妙气氛。

顾念只得无奈地回过头去。站在骆修的椅子斜后方的是演员组另一位男嘉宾，亚麻色鬈发，穿着嘻哈风格的宽阔衣裤，笑起来露出两颗小虎牙，少年感十足。

顾念知道他——俞松，20岁出道就一炮而红，今年才23岁，但在圈里的咖位比宗诗忆还要高一点儿，已经算是一线里流量排前几名的年轻演员了。

《金牌编剧》节目组能不动声色地就邀请到他成为常驻嘉宾，足够证明这档节目的背景、实力有多可怕。

对方主动过来打招呼，顾念也不好不理，只能从桌前直起身，朝对方点头："你好。"

俞松伸出手，笑意使他嘴角的小虎牙更明显了："我是俞松。"

顾念迟疑了下，还是抬起垂在身侧的手，伸向朝自己伸过来的男人的手："俞先——"

关键时刻，有人截和。

顾念眼前身影一晃，骆修已从椅子上起身，先她一步握住俞松的手，同时背侧过身，拦住了她的视线。

"你好。"背对着她的那人声音温柔地道，"我是骆修。"

一声极低的轻嘘声传进耳中，顾念茫然地望着骆修一动不动的背影，刚要绕过去，又模糊地听到一句"真小气"什么的。

顾念正疑惑，骆修已侧身让开她面前的空间。俞松有点儿莫名的龇牙咧嘴的神色，在对上她的视线后立刻变回灿烂的微笑。

顾念犹豫了下，还是看向骆修："你们……认识吗？"

俞松露出小虎牙微笑，骆修则神色平淡，两人同时开口——

俞松："认识。"

骆修："不认识。"

沉默数秒后，俞松一脸受伤的表情。

在顾念的注视下，骆修淡然改口："算不上认识，只是在 BH 传媒签节目合同时有过一面之缘。"

顾念点头。

她正奇怪，宝贝"鹅子"虽然长得特别帅，但毕竟是实打实的小演员，按道理不会和俞松这种一线流量明星有什么交集。

原来两个人是一起去 BH 传媒签合同时遇见过。

顾念自己替骆修圆了逻辑，完全没注意到俞松一边揉着刚才被对方带着警告意思握红了的手，一边满脸控诉地瞪着骆修。

骆修只当没看见。

等顾念注意到时，俞松已经自觉恢复常态，笑意盎然地问她："顾编剧，不回去准备明天的剧本吗？"

顾念仰了仰脸，诚实地道："一个关键词都不知道，也没什么好准备的。"

俞松："另外三位编剧已经回去准备了。"

顾念："他们是专业流。"

俞松："那顾编剧是……？"

顾念木着脸道："天马行空流。"

俞松："哈哈……"

俞松的笑声很快惹来长桌旁另外两位女生的注意，她们似乎说了句什么，便前后起身朝这边走过来。

顾念余光扫见，瞬间头疼得想往长桌下钻，可惜不行。

过来的两位女演员，其中一位就是顾念有点儿记仇的宗诗忆，另一位比较特殊——温初，国内一线影视剧奖里年轻的影后，今年才 26 岁，童星出道，演技派，实力堪比一些老戏骨，但平日里非常低调，不营销、不炒作，口碑极佳。

这次应该是温初第一次参加综艺节目。

顾念再次在心底赞叹《金牌编剧》节目组背后的 BH 传媒，其背景和人脉纵深程度之可怕。

顾念主动朝两人打了招呼："温小姐、宗小姐。"

抛开温初的影后身份不谈，人家三五岁童星出道的时候顾念还在吃奶呢，完全是后辈。

宗诗忆立刻温和地回了问好，温初则只是冷淡地点了点头。

顾念毫不意外。

和 23 岁的俞松总被大家玩笑说"永远 18"的年纪小不同，温初虽只有 26 岁，但在个别同龄的演艺后辈眼中，威严程度堪比 62 岁的老前辈。

倒不是因为她的面相老，而是她素来冷淡，不爱言谈，出了戏后总是气场强大，冰冷得像随时长刀一挥就要取人项上人头的女将军。

所以温初异常低调的粉丝群里，大部分还是整天喊着“姐姐好”“姐姐娶我”的女孩子。

顾念相信，绝没有一个年轻人在温初的御姐气场面前能够不正经起来。

“哇，姐姐好酷，能给我签个名吗？”

顾念望着那个龇着小虎牙朝温初笑得一脸灿烂的少年，默默把自己的前一句心里话收了回去。

她错了。

世上永远不缺真的勇士。

顾念不太喜欢绝大多数的社交场合——互相揣摩和你来我往会让她觉得疲惫。今晚因为有骆修在，她还算享受些。

但这点儿愉悦感持续没超过晚上 9 点。

海风越来越凉，耳边少年叫“姐姐”叫得还欢，顾念偷偷打了个哈欠，调动着还没睡过去的脑细胞思考该找什么理由退场时，听见自己身旁的椅子在露台的地板上移开。

“抱歉，时间不早了，我准备回去休息了。”

顾念立刻抬眸。

不等她投去求救的目光，已经听见那个声音温柔地问：“顾小姐要和我一起回去吗？”

亲近好久，这句“顾小姐”把顾念叫得怔了下。

尽管知道骆修是有避嫌的用意，顾念心头还是闪过一丝莫名的失落情绪。她没来得及细想这丝情绪，便连忙起身：“好的，我刚好有点儿累了。”

和另外三人作别，顾念与骆修一前一后下了山顶露台，沿着石阶朝矮山下的海边木屋走去。

岛上的夜晚万籁俱寂，顾念出着神，一路无话地回到他们的住处。等踩上木质的廊梯，顾念才回过神，看向身后。

落后她一两步，那人眉眼温柔地望着她的背影。顾念被那眼神撩拨得心底湖面荡开一圈圈涟漪，越来越大地扩开。

她莫名有点儿慌，忙用微笑掩饰：“骆修，你怎么一路都没说话？”

“看你累了。”骆修轻轻一笑道，“不想打扰你。”

“嗯，其实还好。”顾念退着往后走，低头的时候看见自己的影子后跟着骆修的影子，又走神了。

她再回过神时，他们已经拐过廊外拐角，站在她的房间门口了。

顾念犹豫着打开房门："那，明天见？"

骆修轻笑，问："没有什么想跟我说的了？"

顾念停住。

她当然有话要说，但是……

看穿了女孩的为难，骆修暗自发笑。

他垂下眼，上前一步，却恰遇女孩靠着门转身仰头："明天的比赛——"

好不容易鼓起的勇气，在过近的距离下全部消失，顾念僵住。

不等她陷入迷糊状态的大脑做出什么反应，眼前一幕深深融入她的视线里——男人轻抬手臂撑住房门旁的墙角，微微俯身。像是要迎合她的身高，他清瘦的身影压低，遮住了廊内陆离的灯光，还有远处轻涌的海浪。

在顾念的惊讶之下，他停下了。

骆修深情地望着她，然后垂眼，语气含着笑意说道："这样说可能有点儿破坏规则，但我还是克制不了私心。"

"私……心？"

"嗯。"

"什么？"

"明天的配对竞赛……"骆修最终还是抬起眼，那双褐色的眸子在逆光下变得像浓墨一样，深不见底。

他附到她耳边，像亲密私语一样说道——

"你想要我吗，顾念？"

顾念瞬间僵住。

朝阳在海面上铺满了璀璨的光辉，沙滩上留下了潮起潮落后深深浅浅的脚印，海鸥叫声清越而嘹亮，在泛着鱼肚白的天空划过一条条随意的弧线。

难得的美景，顾念却无心欣赏。她此时正气若游丝地靠在露天阳台的躺椅上。

节目组工作人员通知，早上 9 点统一收管参赛嘉宾的私人电子用品，于是顾念在昏昏沉沉一夜梦醒后，第一件事就是给顾媛打电话报平安。

"参加综艺节目？"顾媛年过半百仍宝刀不老，一大清早起来就呼朋唤友地在家里"堆长城"。麻将牌被熟稔地打得清脆作响，拇指捻到一半，顾女士惊住抬头："你终于看开了，不写剧本要去当演员了？"

"唉……"顾念叹了口气。

有只大概是海鸥之类自己也分不清的鸟落下来，停在她面前不远处的木质围栏前。

一双豆豆眼盯着她看了几秒后，那只鸟还嚣张地走近了两步。

顾念垂下眼角，无声地打了个哈欠："不是，是一档有编剧、演员的综艺节目。"

"就知道你不会开窍。"顾女士把摸回来的麻将牌随手立在一边，单手移动整理着牌堆，“你不是最讨厌镜头了，想好了要上？”

“嗯，想好了。既然想以尽可能快的速度在这个圈子里证明自己，那出现在镜头前在所难免。”

“不害怕？”

“不怕。”顾念摇头，“想往上爬总要付出点儿代价吧？这是我可以接受的程度。”

“那就去吧。做得出彩点儿，下回相亲我还可以打出你在电视节目上的照片……哎，这真的挺好，他们更要抢着和你见面了。”

“妈，您天天在家里打麻将屈才了，还是去开婚介所吧。”

“哼，自己闺女都嫁不出去的婚介所，谁敢上门？”

“我才22岁呢。”

“要是等你32岁就愿意结婚了，那我指定不催你，但你会吗？”

顾念选择沉默。

这个话题母女两人交锋过太多回，彼此深谙对方的话术套路，再聊起来就像冲了七八遍的红茶那样寡淡无味。

所以很快双方就在沉默里默契地结束了这个话题。

顾媛打出一张麻将牌，顺便娴熟地转了话题：“说到年纪，你那个24岁的帅哥‘儿子’最近怎么样了？”

顾念愣住。

她好不容易忘记了，在昨晚的梦里纠缠了她一整夜的那人的话语再一次在脑海中响起。

“你想要我吗，顾念？”

“你想要我吗，顾念？”

“你想要我吗，顾念？”

顾念哭了。

这声音还是自带360度无死角回音的那种。

“怎么不说话了？”顾媛催问。

顾念只得擦干眼泪，支支吾吾地打太极：“您怎么知道他24岁啊？”

“上次视频通话，他跟我做自我介绍的时候说了。”

顾念警觉地问：“您问的还是他说的？”

疑似心虚地短暂停顿之后，顾媛咳嗽了一声：“有区别吗？”

“当——然——有！”顾念这下彻底清醒了，从躺椅上直接起身，“他跟我们有什么关系啊？您怎么能随便查人户口呢？”

“你不是说他是你‘儿子’吗？我就顺口问问。”

顾念想都没想地道：“就算是我‘儿子’，也不是您的‘儿子’。”

顾女士拍下麻将牌：“是我‘儿子’的话那还是你‘儿子’吗？那不成了你哥或是你老公了？！”

"老公"两个字正中红心。

顾念心底挣扎了一整夜的气若游丝的小人儿捂着胸口倒了下去。

宝贝"鹅子"明明只是发出组队邀请，她竟然误解了他的话，还因为那低低沉沉又温柔好听的声音，克制不住地连夜狂奔向使母爱变质的警戒线。

她可真是个禽兽！

在无比沉痛的自我反省和自我厌弃里，顾念懒懒地回应："反正之后一个星期，我的手机会交给节目组保管，应该是没法给您打电话了。我住海边，为方便起见，我们就用漂流瓶联系吧。"

顾媛："你……"

在顾女士愤怒地谴责之后，通话终于结束。

顾念像只被抽了气的气球，飘飘摇摇地软回躺椅里。

咚——咚——

隔着整个房间，阳台外传来模糊的叩门响声。

顾念抬起眼，手机显示 8:23，应该还不到节目组来收电子产品的时间。她撑起腰，懒懒地随口问了一声："谁？"

这点儿声音门外的人不可能听得见。

但外面的人就好像真的听见了似的，混着一声海浪飘进来一句好听的英文。

"Room service（客房服务）。"

顾念茫然地回过头，隔着半合的玻璃推拉门看向房门。

"每个房间自带管家？现在的节目组都这么贴心了吗？"顾念咕哝着起身，抚了抚松散的中长发，随手扎起个小鬏，朝房门走过去。

打开房门，顾念抬眼："抱歉，我没有叫——"

视线撞进一双笑意温柔的深褐色眸子里，顾念愣住。

骆修："早上好。"

顾念脸一红："你……你怎么来了？"

"早餐服务。"骆修示意了下手里的纸盒，"介意我进去吗？"

"哦，好的。"

顾念本能地顺着他的话立刻侧开身，等骆修从她面前走过时，再顺手不过地"顺便"牵走了她。

顾念被牵着穿过房间，回到洒满阳光的阳台上，然后跟着骆修坐到藤椅上。

被阳光一晃，顾念终于回过神："我……我看到节目组通知的早餐时间和地点了，不用麻烦你的。"

"我去餐厅发现你不在，厨师说你的那份早餐也没有动，所以我就把我们两人的东西一起带回来了。"骆修将纸盒打开，把早餐放到阳台配备的小桌上，然后含笑抬眼，"私人客房服务，顾老师不喜欢吗？"

一句低低沉沉、温温柔柔的"顾老师"，再次把小姑娘撩拨得晕头转向。

顾念憋住气，很努力地想让自己的声音听起来像心无杂念、平平静静，说了一句：“喜欢”。

骆修微笑：“那就好。”

顾念抱着小份的粥碗喝粥。等脑内热度退去，理智艰难地爬回来，她才终于想起什么似的，从碗边露出一双乌溜溜的黑眼睛：“你……帮我带早餐的时候，有其他人看到吗？”

“应该没有。”看穿小姑娘的担心，骆修垂眸一笑。

顾念松了口气，然后放下碗，绷着脸，盯着粥碗认真地建议：“那你以后还是不要做这样的事情了。”

“嗯？”

“我知道你肯定习惯了对身边的人都很温柔、很友好，但是等你有名气以后，你的一举一动会被很多人注意到。那时候，你的这点儿好可能被曲解、被恶意揣测，这也是为了保护你自己。”

“我不会对所有人都好。”他突然打断她的话。

顾念怔了怔，抬眼。

在她的视线里，那双褐色眸子已经恢复，依旧温柔平和，仿佛几秒前那一点儿凉薄的凌厉感只是她的错觉。

“我只给你一个人送过早餐。”他温和地笑道。

“啊？”顾念回神，下意识地看了眼手里的粥碗，抬头问，“为什么？”

“因为……”那双眸子里有了某种深沉而难以压抑的情绪，但很快便在轻垂的睫毛下被掩饰成无邪的笑，“我昨晚向顾老师寻求同组合作的要求似乎被拒绝了，所以想来试试……潜规则？”

“啊？”顾念被一口粥卡住。

看到女孩震惊得总懒懒垂着的眼角都睁得圆圆的模样，骆修不禁失笑地垂了眼：“不逗你了，好好吃饭。”

他又来了一次摸头杀。

仿佛听见自己心底的老母亲雕像崩塌的碎裂声，顾念含着泪把粥咽了下去。

上午十点，在所有电子产品被收管后，八位嘉宾按节目组工作人员的通知，在岛上一片树林前的空地上集合。

顾念等人到达时，空地上已经搭起几个棚子，导演组和节目组其他工作人员正在棚下休息。

临近中午，正是太阳逐渐毒辣的时候，如果是在平常，娇生惯养的卓亦萱早就忍不住抱怨了，但此时空地前的摄像设备全都开启着，肩上扛着移动摄像机的摄像师也不在少数，嘉宾们就算再不满意，也不敢把烦躁情绪露在脸上。

十点十分，导演组终于从对讲机里确定各组嘉宾到位，昨天那位负责人再次出来读了一遍昨晚说过的规则。

然后他放下平板电脑，示意工作人员搬上来两只不透明的箱子，分别放在演员组和编剧组面前。

“这两只箱子里各装着四个外形、体积、重量完全相同的蜡制小球，球中密封着序号字条。其中编剧组的箱中四个序号对应的四个剧本关键词为人物相关；演员组的箱中四个序号对应的四个剧本关键词为事件相关。接下来请大家随机抽取，然后去导演组那里确认个人序号对应的剧本关键词并登记，但不可以互相交流。”

听了规则后，编剧组里的卓亦萱毫不犹豫地第一个上前，从箱子里取出了一个蜡球。

另外两人也立刻跟了上去。

完全一样的概率下，顾念对第几个去拿球并不在意，所以等到最后箱子里只剩一个球的时候，才上前伸手拿起蜡球。

摄像头立刻跟了上来。

顾念把蜡球扣在掌心里，沿着中间隐隐的一条缝，没表情地捏了下。

蜡球丝毫不动。

顾念：嗯?

顾念认真地盯着蜡球，双手合力再次捏了一下。

蜡球扁了一点儿，然后恢复正常。

顾念一脸茫然。

扛摄像机的大哥忍不住笑道：“我帮你捏开？”

顾念感觉自己受到了侮辱，回过头，木着脸认真地对摄像机后面的摄像师说：“我只是看起来弱，上学时是能拧开一排矿泉水瓶盖的。”

大哥憋着笑道：“你来、你来。”

顾念踌躇满志地转了回去。

二十秒后。

“导演组，这个蜡球打不开！”

后期剪辑时不但没有剪掉这个顾念出糗的片段，还在画外音里加了一个土拨鼠站山上咆哮的表情包，惹得弹幕一片欢笑刷屏。

“哈哈哈——我要笑晕了。”

“《我只是看起来弱》。”

“哈哈哈哈哈哈哈……”

“‘女鹅’太可爱了！”

“哈哈哈哈，一定不是‘女鹅’的错，是节目组太过分，之前不让睡觉就算了，连饭都不给吃饱，看把孩子饿的，蜡球都捏不开了，哈哈哈哈哈……”

…………

顾念知道无良节目组是不会放过自己的，只能在心底劝自己，当作什么事也没发生，然后拿着还是别人帮着捏开的蜡球，去导演组最边上的板子后面登记。

白板上由上到下 1、2、3、4 地标着四种人物身份，顾念跟工作人员报完自己手里的“3”号，也看到了自己对应的剧本元素关键词——室友。

“这个词是你这一期的个人关键词，不可以弄错哦。”工作人员热心地嘱咐。

顾念点头回应，回到聚集区。

大概因为“蜡球捏不开风波”，顾念是八人中最后一个结束登记的。

感受到另一边的演员组里宝贝“鹅子”含笑望来的眼神，顾念灰溜溜地夹着尾巴躲进了编剧组里。

面无表情的负责人举起扩音器说道：“各位老师已经知道自己的剧本关键词了，那么我宣布，这期的共同剧本主题是——网恋。”

顾念低头思索，自己手里的就是“网恋、室友”，看上去灵活度很高，并列关系或者发展关系都可以，可以排列组合出许多种方案，不过还要加一个事件的话……

“接下来的这个小游戏，就是由 A 组的编剧选定 B 组和自己搭档的演员。”负责人转身，朝斜后方某个节目组棚子示意地挥了挥手。

节目组的八个工作人员各自拎着一只黑色大袋子，分别来到两组嘉宾面前。

顾念被面前这位虎背熊腰的大哥的身形完全挡住，有点儿迟疑地看了看那只黑色塑料袋：“这是……cosplay（角色扮演）吗？”

大哥没说话，垂下眼。

大哥可能没什么意思，但是这个距离下，这么明显地压低视线，还是让顾念深切地感受到一种“哼，小矮子”的蔑视。

事实证明不是她一个人这样感受到了。

“哈哈哈哈哈，天哪，‘女鹅’有 18 吗？”

“一定没有。”

“没错，不是矮！只是没发育完全！”

“哈哈哈，好小一个小可怜。”

…………

而现场，始终面无表情的负责人终于露出一个僵硬的微笑：“请各位嘉宾按指引前去换装。”

五分钟后，全身迷彩服加护盔、护腕、护膝，除了脸蛋以外包裹得严严实实的八位嘉宾回到空地上。

编剧组为绿色，演员组为咖啡色。

他们还有一个最大的区别：编剧组人手一把玩具水枪，每个人手中的颜色不同，从顾念开始，依次是红、橙、黄、蓝的颜色。

至此，导演组的目的一目了然。

顾念面无表情地举起手。

负责人：“顾老师，请说。”

顾念：“你们都把真人 CS 叫‘小游戏’的吗？”

负责人沉默两秒，扭回头道：“接下来我宣布这场游戏的规则。”

蜡球都捏不开的顾念绝望中……

游戏规则——

“在我身后这片平地密林的两头，分别搭建有一间木屋，作为两组嘉宾各自的出发点。

“编剧组为猎人组，演员组为猎物组。只要猎人用自己手中有颜色的水枪‘标记’猎物身体的任何部位，则视为命中，猎人即可带猎物离场，并成功获得演员及其身上的剧本关键词。

“游戏限时 2 小时，无论猎人还是猎物，在任何地点停留不能超过 5 分钟，否则视为消极对待游戏，自动认输。”

听完游戏规则，两边的人都松了口气。

虽然这确实是真人 CS 的形式，但听起来并不凶残。反正最后大家总要一对一组队，过程中只要稍微做点儿捕猎表演就……

“啊，忘记说惩罚规则了。”负责人突然面无表情地补充了一句。

两组人心里咯噔了一下，纷纷抬头。

负责人岿然不动：“猎物被标记即视为出局，按出局顺序分为 1、2、3、4 名，将对前三名出局者进行体积不同的‘喝青汁’惩罚。”

“什么，青——青汁？”演员组的俞松小心翼翼地问。

负责人露出一个僵硬的微笑，工作人员适时推上一辆餐车。

上面罩着的餐布被负责人掀开，三杯从大到小且绿油油又泛着青黑色——好像老巫婆调制的某种散发着毒药气息的液体，出现在八位嘉宾面前。

负责人抱着平板电脑，在目瞪口呆的嘉宾面前讲解：“这是混合蔬菜汁，包括苦瓜汁、芹菜汁、姜汁、青椒汁、蒜汁……”

顾念僵硬地看着那三杯分别标注着“1000 毫升”“500 毫升”“200 毫升”的恐怖到不可名状的液体。

这种东西喝下去……人还能在？

编剧组的人震惊而同情地看向演员组的人。没等他们同情完，负责人话锋一转道：“哦，对了，如果游戏结束，而仍有猎物幸存，那么剩下没有获得标记猎物的猎人，将同等享受出局第一名的待遇。”

编剧组的人脸也绿了。

摄像机在此时专门给这三杯可怕的液体拉了一个近镜头。

弹幕疯狂刷屏。

“哈哈哈哈，我的妈，这到底是什么玩意儿？”

“别给近镜头！还在吃饭呢！”

“溢出屏幕的魔鬼味道！”

“哈哈哈，节目组好坏啊！”

“导演组：演员和编剧加起来必须给我‘死’三个！”

“哈哈哈哈，这真的太惨了！”

…………

顾念从呆滞中回过神，严肃地举手。

负责人将视线移过来：“顾老师？”

顾念：“这个东西喝下去，真的对身体无害吗？”

负责人：“当然。加工过程都是经过杀菌的，蔬菜汁本身也对身体有益无害，只是入口过程会比较痛苦。”

顾念可不觉得这是“比较痛苦”能形容的，尤其里面好像有一点儿弱刺激性的东西，再加上心理不适感，这玩意儿喝下去就算不得胃病恐怕也要难受。

更别说……

顾念握紧了手，目光不安地望向演员组嘉宾。

演员组里的宗诗忆黑着脸，俞松似乎在跟导演组抗议，温初皱着眉站在一边，唯独最应该被担心的那个，没事人似的站在一旁。

直到此时他似乎察觉到什么，略微抬起眼，隔空朝顾念微笑了一下。

这个镜头毋庸置疑被剪入了。

“哎呀，这个太可以了！”

“这神仙颜值，我可以说一万遍！”

“前面采访里一晃而过我还以为是错觉，近距离360度看是真的没有死角！”

“我不信这么帅的演员会没有名气，我怎么可能不认识他？”

“自加粉籍，哥哥我可以！”

“哥哥在笑！朝谁笑的？！后期你有本事就把镜头切过去啊！”

“切——过——去！”

…………

观众自然是到最后都没能得到答案的。镜头一转，两组人已经分别被带到两个木屋中。

某一时刻，两边对讲机停下，木门同时被推开。

猎物竞赛开始了。

顾念一边小心端着手里装有她个人标志性红色颜料的水枪，一边压低声音在林间慢慢穿行。

摄像师就跟在她身后，感觉是受过专业训练的，脚步声比顾念轻多了。

她漫无目的地在林中走着。

开始前她特意偷偷去问过负责人，编剧组嘉宾之间“中枪”是否会有出局之类的影响，答案是没有。

换句话说，她想保护宝贝“鹅子”不被别人射击基本是没可能了。

但以攻为守的话，就算她能以最快速度带走演员组中的一位嘉宾，也还剩下500毫升和200毫升两杯不明液体。

骆修的胃病……

就算是最小剂量的200毫升青汁，她也不想让他尝试。

那她要怎么做呢?

顾念索性停下脚步，忧心地陷入深思。想着想着，方法没想到，她先把“猎物”想来了。

耳边甫一捕捉到那脚步声，顾念就本能而无比敏捷地嗖的一下蹲下身。摄影师大哥都没反应过来，镜头里突然空了两秒。

“大哥，快蹲下！”女孩的声音压得很轻。

摄像师连忙带着摄像机蹲了下去。

顾念躲在树旁的一堆灌木丛里，小心翼翼地扒开树丛，朝声音传来的方向望过去。

几秒后，一个身影鬼鬼祟祟地猫着腰，从一片草丛里钻了出来。

俞松。

不是骆修。这个结果让顾念既失望又庆幸。她还没想好到底要怎么做，但至少也要确保第一杯1000毫升的魔鬼液体惩罚落不到宝贝“鹅子”头上。

顾念耐性极好，一动不动地屏息躲在树丛后面，预测了一下俞松的行动路线。一直等到他进入垂线最短距离的点，也就是她在过来之前就用水枪试过射程的区域。

顾念嗖的一下端枪起身：“不许动！”

一声轻喝把俞松惊得僵在原地。

几秒后，他回过神，苦笑又可怜巴巴地转回来：“顾编剧，你运气也太好了吧?这才开始几分钟。”

顾念不为所动，手里稳稳地端着水枪。她瞥了一眼俞松往后挪动的脚，沉着脸，声音懒懒地道：“不要乱动哦，这个距离我还是射得中的。”

俞松受到警告，只得停下。

见顾念没有第一时间开枪，俞松急中生智，笑着问：“顾编剧，你其实更想和骆修搭档吧？”

顾念愣了愣。

俞松：“我帮你引他出来，你把他当猎物带回去，好不好？”

顾念：“不好。”

被拒绝得毫无余地，俞松沉了脸：“为什么啊？”

顾念自然不能说因为骆修的胃病。按朱涵宇的说法，这事情骆修对所有人都瞒得很严，他自己没提，她就不能开口。

至于俞松……

顾念轻轻眯起眼，透过水枪上面的准星瞄准了他。

俞松能跟她说要引骆修出来，那自己放过他，他一样会跟别人这样说。

而且俞松看起来还是演员组里最具活力且比骆修更可能幸存到最后的人，那眼前的最佳方案就是……

顾念的食指轻轻搭到了扳机上。

“唉……”视线里的俞松显然看出顾念的意图，也绝望了，“出师未捷，天妒英才啊。”

顾念扬了下嘴角。

就在她即将扣下扳机的那一刻，斜前方的树丛被拨开，一个温柔带笑的声音随着清瘦挺拔的身影飘了过来。

“找到了。”

顾念愣了愣，蓦地侧身。

在她的准星瞄向的视野里，一身迷彩服的男人站在树前，裤脚被收进黑色军靴里，小腿绷起修长利落的线条。

准星一路向上，扫过精瘦腰身旁垂下的一截腰带，掠过胸膛和白皙的锁骨，最后停在那张清俊面孔上。

褐色的眸子温柔带笑，来人表情一往情深。

“真的不要我了吗，顾老师？”

第十三章　他的“死穴”

看到骆修出来，俞松感动得不行：“这种时候还能出来替我分担，你太够义气了！”

骆修瞥了这个自作多情的家伙一眼。

俞松没接他的眼神，已经第一时间转回去：“顾编剧，你看，骆修哥特别有诚意想和你合作，你就满足他这个愿望吧。这样我们三个皆大欢喜，对不对？”

“不对。”顾念沉着脸否认道。

俞松笑容一僵：“为什么？”

“你欢喜我就不太欢喜。”

俞松：“嗯？”

看到此时的观众狂刷弹幕。

“哈哈哈……笑死我了。”

“明明我是‘松香’，不知道为什么也在屏幕前笑成了狗。”

“哈哈哈……可能因为第一次看俞松在女孩子面前这么吃瘪。”

“我宣布‘你欢喜我就不太欢喜’CP（couple 的缩写，配对）今日正式出道！”

“别乱拉 CP 好吧？很败好感的。”

“没错、没错，抱走‘女鹅’！”

“看综艺都这么开不起玩笑，干脆让你们的哥哥、姐姐别参加啊。正主都比你们放得开，搞笑！”

…………

顾念正在让不让俞松现在出局之间纠结，突然听见地上的树叶被踩得响动的声音。

她警觉地抬眼，发现是骆修正走向自己。

顾念慌了，本能地退后一步：“你……你……你，别过来啊！”

骆修温和地笑道："为什么不能过去？"

顾念："你……你……你，你再过来我就开枪了！"

骆修："好，开吧。"

眼看着骆修距离自己只剩一两米，顾念终于忍不住了，把手里的水枪一抬——扛起来转身就跑。

摄像师蒙了，连忙往前追去。

连几十秒都没用上，小姑娘已经迅速消失在他们的视野里。

骆修也怔在原地。

他身后的俞松笑了起来："哈哈哈……顾编剧怎么回事？她见了你怎么像见了鬼一样？"

骆修望着已经没了顾念的踪影的丛林，收回视线："看来是吓到她了。"

俞松笑着靠过去，手搭上骆修的肩膀："她没开枪你还很遗憾？你们两个到底谁是猎人，谁是猎物啊？"

骆修不动声色地避开俞松搭上来的手，朝前方顾念离去的密林走去："自己小心，下次没人替你挡枪了。"

"差点儿把这事忘了，大恩不言谢，这期节目录完请你吃饭啊，修哥！"

骆修没应声，在背影没入丛林前抬手晃了下，也不知道是告别还是拒绝，或者两者都有。

俞松盯着两人离去的方向看了好一会儿，露着小虎牙笑着转回镜头前："我怎么感觉他们两个之间的气氛奇奇怪怪的，好像凑到一起就会开始冒粉红泡泡那种？"

摄像师被他如此直白的话吓了一跳。

俞松却在最后露出更灿烂的少年感十足的笑，但眼神狡黠："有本事你们后期就别剪这个镜头。"

后期用事实证明了，他们没本事，俞松搞事情的这个镜头却被剪得干干净净，一个字眼都没剩下。

但这也不妨碍已经深谙该如何从各种奇怪地方抠糖吃的观众的慧眼。

"这个发展我有点儿看不懂了。"

"这不是编剧综艺节目吗？这不是真人 CS 大战吗？为什么我闻到了恋爱综艺节目才有的'狗粮'味？"

"实不相瞒，我也闻到了！"

"建议声控反复听此处骆修出场后的前两句话，尤其是那句'顾老师'，耳机党福利！"

"感谢提醒，本声控因失血过多，已经带着循环播放的录音死而无憾了！"

"声控 + 斯文败类病娇控，双控党原地螺旋升天，呜呜呜……"

"所以，我的本命成为我本命的第一天就自带 CP 了吗？呜呜呜，我不相信！"

…………

顾念此时自然不知道，自己不久后就将成为她最担心的宝贝“鹅子”会有的绯闻名单上光荣上榜的第一人。

顾念从骆修和俞松那里仓皇逃离后，大概是受到了运气给到她自己却放弃机会的惩罚，之后将近二十分钟里，都没能在这片密林里遇上任何人。

她几次听到有声音，但追过去的时候，已经什么痕迹都没有了。

眼看着剧组统一配备的手表表盘上，限时 2 小时已经过去 30 多分钟，顾念却仍旧没听到任何一位演员遭淘汰出局的广播。

这也就意味着，1000 毫升的那杯魔鬼液体还是高悬在上。

顾念对骆修的担心让她越发紧张起来，端着水枪的手，掌心都有点儿湿漉漉的。

她停在原地，半蹲下身深吸气再深呼气，这样反复几次后，终于平静下来，重新端起自己的红色颜料水枪。

在顾念将跨出这一步时，突然听到某个方向隐隐传来好像是交谈的声音。

顾念脚步骤停。

她闭上眼睛，仔细地辨别了一下声音传来的方向。

几秒后，顾念睁眼，扭过身转向自己的左后方。颜料水枪被她端在手里朝向斜下方，脚步放到最轻。

经过一脸蒙的摄像师身边时，顾念轻声提醒：“大哥，我要往这边走，应该有人在前面‘打’起来了。我要过去看看情况，麻烦你待会儿身体稍微放低点儿。”

摄像师这才反应过来，仔细听了下但没能分辨出什么，苦笑着点了点头，跟上顾念。

在将速度压到最慢和将声量压到最低地行进了一分钟后，顾念走过了百米的直线距离，前方的声音终于在层层丛林的遮掩下逐渐变得清晰。

“我不同意！你们之前没有说过这个规则，这不算数！”

“卓编剧，请你配合我们的工作。这确实是节目组的隐藏规则，与明规则毫不冲突，没有说明只是为了增加节目的趣味性。”

“那凭什么我就是第一个倒霉的？”

“这……”

顾念听得模糊，但还是本能地停下，身体蹲到最低，并示意自己的摄像师大哥照做。

就在和卓亦萱交涉的似乎是节目组工作人员闭口时，另一个声音传了过来。

“卓小姐，现在还在节目录制过程中，大家的摄像机也都没有关，再这样闹下去，后期一不小心漏了哪个镜头，你别怪大家没提醒你。”

“温初，你……你还说风凉话？还不是你害的我？”

一声御姐范儿十足的冷冷轻笑传来：“一场游戏而已，非要闹得这么难堪，卓小姐是从来都没赢过，还是输不起？”

“你！”

又是几声低低的劝告过后，争执终于结束了。

凌乱的脚步声似乎朝着林子边缘走去，而在片刻之后，单独剩下的一个人也往相反的方向离开了。

顾念一直到“原地停留不得超过 5 分钟”的时限将近，才慢慢起身，轻手轻脚地朝方才声音传来的地方接近。

不等她拨开遮挡的枝叶，密林上空响起喇叭播报：“编剧组卓亦萱，第一名出局。”

即便有一定的心理准备，顾念还是由衷地感叹了一下。

明明规则里只有“限时 2 小时，没有获得猎物的编剧被判为失败”这一条，居然冒出了能让编剧中途出局的隐藏规则。

猎人和猎物的天平不再平衡，开始摇摆起来。

那么导致天平开始摇摆的所谓“隐藏规则”，到底是什么呢？

顾念拨开最后一片树叶。

这里显然就是方才温初和卓亦萱发生冲突的地方，地上的落叶上还残留着代表卓亦萱的身份的蓝色颜料的痕迹。

其中一块，从完整的溅落长度来看像是没有射到任何目标，而另一块……顾念走过去，蹲下以后拿手比量了一下。

其中一边断得突兀，痕迹量也很少，基本可以判断是命中目标的，随后有少量颜料溅落在地上。

顾念思索数秒，微微皱起眉，抬头左右看了看，见实在没人可以交流，索性转向摄像师。

小姑娘表情严肃地求证：“大哥，你记得我走之前问节目组，编剧组内部能不能中枪，他们是怎么回答的吗？”

顾念皱着眉回忆：“他们说的是不是编剧之间互相射击是不能构成出局伤害的？”半响没等到回应，顾念茫然地抬起头，和一脸有苦难言的摄像师大哥对视数秒后，突然明白了什么，“你们工作的时候不能开口吗？”

大哥如释重负，点头。

顾念一脸迷惑地问：“会被扣工资吗？”

大哥愣住。

顾念边叹气边摇头：“难怪能弄出这么坑人的‘小游戏’，果然是个无良节目组。”

大哥装没听见，扭开头。

无良节目组为了证明自己不无良，并没有放过这段画面。

弹幕在摇头叹气的小姑娘面前飞成一片。

“哈哈哈哈……”

“节目组：记仇了。”

“这大哥太难了！”

“哈哈哈……所以隐藏规则到底是什么啊？为什么我们观众都不给上帝视角看？”

…………

而此时，镜头前的顾念并没有遗憾太久，很快就找到了一个新的整理思路的方式：“没关系，大哥，你不能说话没关系，听着就行了。我个人经常这样和朋友整理剧本——表达的过程需要整合信息输出，能让思路更清晰且具有条理，还有可能发现一些自己独自思考时没办法获得的盲点或者信息。”

顾念说完转回去，示意了下两处颜料水枪留下的痕迹：“从这两处痕迹来看，显然至少发生过两次射击，一次命中，一次未命中。最终结果是卓亦萱出局，温初没有。即便有隐藏规则，从方才工作人员说的‘与明规则不冲突’可以知道，至少温初绝对没有被命中，否则出局的应该是她。那么被命中的只有可能是卓亦萱了。”顾念从溅落的颜料痕迹前起身，思索着在原地踱步，“而我出发前问过节目组工作人员，编剧被击中是否会出局，得到的答案是编剧组成员之间互相射击不会出局，但现在回想起来，他们明显避开了编剧被演员组嘉宾夺到水枪道具后会有什么结果。这样看来，演员组嘉宾只要获得水枪，那就可以用来反——咦？”

顾念突然加快几步，冲到草丛边，从落叶间扒拉出那把露着半个屁股的蓝色颜料水枪。她对着水枪呆住了：“如果演员组嘉宾可以用水枪反杀，那温初不可能扔下它啊。”

镜头不失时机地靠上前，来了个半怼脸拍摄。

弹幕笑疯。

“哈哈哈哈哈哈，‘女鹅’好可爱！”

“仿佛一只失去梦想的呆土拨鼠。”

“哈哈哈，真的好可爱啊！”

“你们的关注点跑歪啦！顾念说得没错啊，如果真的可以反杀，那为什么温初不拿走啊？”

…………

“啊？”

顾念突然起身，把摄像师大哥吓了一跳。

小姑娘眼睛晶亮：“我想起来了！他们当时说的原话应该是，编剧组之间的水枪是不能相互构成伤害的。也就是说，只有编剧自己的水枪才能对自己造成伤害！”

确定完隐藏规则，兴奋过后，顾念低头看了一眼节目组发的腕表，此时比赛已经过去 40 分钟了。

顾念起身：“暂时还是安全的，我们快去找猎物吧！”

顾念跑到一半又突然折返回来，拿起了地上那支水枪。感觉到摄像师大哥疑惑的眼神，顾念解释：“在你们自己清场前，我先替节目组回收一下。”

大哥：她觉悟竟然这么高吗？

和之前努力地躲着骆修不同，知道了这条隐藏规则后，顾念的目标已经迅速转变为找到宝贝“鸦子”，然后趁着除了温初和她以外没人知道，尽快把这条隐藏规则告诉他。

在苦苦寻觅一番后，皇天不负有心人，顾念终于撞见了——俞松。

相对迈出草丛后两人同时僵住，对视数秒后，同时沉下了脸。

已知隐藏规则的顾念防备地举起枪。

俞松叹道：“顾编剧，你是在我身上放定位了吗？”

顾念沉着脸道：“我如果有那么珍贵的东西，不会舍得放在你身上的。”

俞松想了想，露出小虎牙笑了笑，状似乖巧地举起手：“看在我们如此有缘的分上，你就再放我一马，怎么样，顾姐姐？”

顾念：“别叫姐姐，我22岁。”

俞松不假思索地道：“我18岁。”

很难有顾念被人噎得愣神的时候，俞松抓住机会，矫健地身影一晃，迅速躲到了旁边树干后面。

顾念本能地穿过空地追了过去。

俞松得意地回头，露出个少年般灿烂的笑容：“在空地我怕你，丛林里你可跑不过我，还是尽早放弃我——我去！”

俞松突然毫无征兆地停下。

还好两个人隔着好几米距离，否则顾念要因他这急刹车直接撞在他身上。

顾念停住脚步，立刻警觉地抬枪，手指扣到了扳机上。

她身上冷汗直冒。

论身体素质她确实不行，在普通人里也只能算中下。俞松要是借着方才急刹有心算计她，恐怕吃亏的就是她了。

但是俞松好像是意外受惊……

顾念没想完，眼前的俞松突然举起双手，一改方才得意少年的模样，慢慢转回身来，眼中满含深情：“顾编剧！”

“干吗？”

“我突然想通了。”

“嗯？”

“我愿意为你喝下500毫升的恶魔饮料，开枪吧。”

顾念面无表情地偏了偏头。

隔着不远，就在被俞松的身体挡住的后方，温初微皱着眉头，那张冷淡的美人脸上带着一种“这是什么奇葩情景剧表演现场”的疑惑表情。

沉默数秒后，顾念哑然失笑，声音压得很低地说道：“你少栽赃给我。”

俞松的眼神纯良无辜：“嗯？”

顾念瞥一眼他身后的人，又平淡地收回目光："那是为我喝的吗？"

俞松露出小虎牙笑着，却不解释了，一副"随你处置"的架势。

顾念垂眼。

在还没有告诉骆修隐藏规则前，她不能退出游戏。

顾念将手指从扳机上稍稍移开："我可以再放你一次，但你知道骆修在哪儿吗？"

俞松很意外："你之前还躲着他走，怎么又要找他了？"

顾念沉着脸道："女人的心总是善变的，你才18岁，不懂。"

俞松："哦……"他叹了口气，放下手道，"好吧，我刚刚确实见过，那个方向。"

"谢谢。"顾念朝俞松示意的方向跑去。

俞松困惑地站在原地："明明上次她还想射击我，怎么这次反而放弃了？"

"她知道隐藏规则了。"

一个冷淡的女声在俞松身后响起，温初踩着落叶走到了他旁边。

俞松回头："隐藏规则？"

温初："卓亦萱是我淘汰的。"

俞松眼都不眨地道："哇哦，姐姐好酷。"

温初被他这不正经的语气弄得轻皱了下眉头，回过头，眼神冷淡、清澈且认真，说道："我告诉你是想要你知道，我不需要你保护。"

"我什么时候保护你了？"

温初放弃和他斗嘴，转身要走。

俞松立刻追上去："姐姐等我！"

温初："我说了，我不需要你保护我。"

"没关系。"俞松情真意切地大言不惭道，"我需要姐姐你保护我。"

温初："你……"

游戏进行了一个多小时后，顾念终于在筋疲力尽前找到了骆修。

骆修亦然。

经历了一个多小时在丛林里大海捞针似的寻找，以及数次终于见到人却发现不是顾念后，他已经失去耐性，开始在心底清算这次游戏的策划人了。

看清楚是顾念的身影，骆修眼里的幽暗情绪终于消散。

"顾念。"他在一声低叹中垂下眼，情绪深沉。

顾念回神，身体动了下。

想起上次她转头就跑的画面，骆修蓦地皱起眉头："不许跑。"

顾念愣了一下。

宝贝"鹅子"语气有点儿凶，记忆里她好像还是第一次见他这样。

就这几秒间，骆修快步走到顾念身旁，好像生怕她又跑了似的，本能地想去牵她的手，然后才想起身前身后的摄像机。

骆修停住。

顾念此刻回过神，弯唇一笑："我没有要跑，我就是专门来找你的。"

骆修怔了怔，抬眸："找我？"

"我知道隐藏规则了！"

顾念快速把自己获得的信息和推测给骆修讲了一遍，然后把手里的蓝色水枪递给他。

骆修："它不是只能让卓亦萱出局吗？"

顾念眨了下眼："我知道，但另外两个编剧不知道啊，他们只知道卓亦萱出局了。如果和他们遇上，你可以拿它吓唬他们一下，他们就不敢轻举妄动了。"

骆修哑然失笑。

摄像师大哥在旁边听得一阵感慨：什么替节目组回收一下，什么觉悟高，原来都是骗人的。

顾念递出去的蓝色水枪没有被接过去，她茫然地抬头："你不想拿吗？"

骆修："我不想拿这把。"

顾念："嗯？"

骆修抬手，轻轻敲了下顾念手里的红色颜料水枪："我想要你的。"

顾念怔住。

几秒后她做出决定："只要被颜料射到应该都算，就算你来开枪也可以，那给你吧！"

顾念把红色颜料水枪递了过去。

骆修接过，轻轻摩挲了一下，含笑抬眼："你就不怕我拿它朝你开枪？"

顾念立刻严肃地摇头："现在不行。"

"现在？"

"嗯，我们两个人一起胜算会比较大，要等再淘汰一个，你才能朝我开枪，这样才能确保受惩罚的前三个出局名额被占满。"

顾念说完，就听见头顶传来一声温柔的笑声。

她准备抬头讨夸："我是不是特别聪——"

随着笑声响起，她的头顶被轻抚了一下："你是特别傻。"

又是一个摸头杀。

顾念：妈妈的尊严没有了。

她还没哀伤完，密林的上空突然响起喇叭声——

"演员组俞松，第二名出局；编剧组越鸿升，狩猎成功。"

顾念呆住："啊，看来他是求仁得仁了。"

回过神，她正义凛然地挺直腰闭上眼："那我也做好英勇就义的准备了，来吧！"

骆修望着紧张得眼睫毛直抖的小姑娘，眼底压不下的笑意深深浅浅地漫了上来。他朝她轻轻踏出一步，将两人原本就很近的距离缩得更短，声音依然低柔："来什么？”

顾念闭着眼，想都没想地说：“开枪啊。”

“真的要开？”

“当然了，这样才能保证你就算后面出局也不会喝到那魔鬼饮料！”

“那我动手了？”

“嗯！”

骆修的目光一寸一寸地描摹过女孩的五官，虽然他已经很熟悉，但好像从没有机会看得这样……肆无忌惮。

在这片刻，他不需要再遮掩分毫，眼底深埋的那些见不得人的情绪都可以被释放出来。如果她此时睁眼，那在她眼底的影子里，他一定能看到最陌生的自己。

他是如此渴求，如此贪婪。

就在此时，骆修身后的密林方向，窸窣的枝叶声伴着脚步声逼近。

“不……不行了，她应该没追上来吧？我要休息一会儿，您扛着摄像机也跑累了吧？我们就在这边——”

话音戛然而止。

扒拉开枝丛钻出来的宗诗忆毫无防备地看到两人，惊住。

顾念也在此时听见动静，睁开了眼。她快速反应过来，抬起手里的水枪就指向宗诗忆：“别动！”

宗诗忆僵了两秒，靠到身后的树干上，苦笑道：“顾小姐，你现在就算让我跑，我也真的跑不动了。”

顾念忍住快乐飞扬的心情：“真的吗？”

“我刚刚已经被你们组最后一个编剧追……追着跑了一公里，好不容易才甩掉她，她太……太可怕了。”

顾念忍住要扬起的嘴角。

这就是守株待兔的快乐吗？

卓亦萱第一名，1000 毫升青汁。

俞松第二名，500 毫升青汁。

如果宗诗忆是第三名，占掉 200 毫升青汁，那她和骆修就谁都不用——

“你的水枪拿错颜色了。”骆修轻笑着提醒。

“啊？”

顾念回过神，连忙扔了手里那支蓝色的无效水枪，接过骆修手里的红色水枪。

虽然听到宗诗忆说放弃，但顾念并不完全信任对方，所以拿到枪的第一时间就立刻抬起枪口，指向倚在树上的宗诗忆。

“实在抱歉。”顾念的食指扣上扳机，“宗小——”

最后一个字尚未出口，顾念端着水枪的手突然被连枪握住，横移，枪口直接抵在了骆修的胸膛上。

顾念陡然僵住。

回过神来的第一秒，她本能地想松开手甩掉水枪。

但不行，那个力道紧紧压制住她的手，然后那人俯身，温柔地一点点把她抱进怀里。

顾念挣扎不得，急得出声："骆修！"

"顾念。"他低声回应她，像是在笑，然后压下了扳机，"只有我能是你的猎物。"

《金牌编剧》导演组的监控器前，总导演长叹一声，绝望地把脸埋进了手里。

"赵导，这……这要怎么办？"

"我如果知道怎么办，那还用坐在这儿唉声叹气吗？"

"可这个骆修在镜头前也太没遮没拦了，要不等录制结束，我找人跟他谈谈？"

"跟他谈？"导演终于抬起头，表情诡异地道，"谁跟他谈？我还是你？"

导演特别助理犹豫了下，说道："毕竟是个新人演员，也不用您亲自去吧？您要是不放心，我专程跑一趟？"

"你……"导演觉得好气又好笑，"你是不是觉得自己专程去一趟，给他传个话，可委屈你了，可抬举他了？"

"那……那我哪敢啊？"

"知道不敢就别乱出主意！"

见总导演冷下了脸，特别助理惊了几秒，才眨巴着眼反应过来，俯下身小心地问："这位背后是有什么……大人物吗？"

总导演欲言又止，不知道因为什么，好像很烦闷地摆了摆手："这不是你能操心的事，你就别多问了，自己机灵点儿。"

特别助理尴尬地笑了下："哎。"

"演员组骆修，第三名出局；编剧组顾念，狩猎成功。"

密林上空响起喇叭播报声。

总导演转到监控器前："还剩最后一个名额，比赛快结束了。在林子里摸爬滚打了两个小时，接着录他们肯定不乐意。你让人送他们回房间吧，也该吃午餐了。"

"但游戏之后还要录制的那一环节怎么办？"

"下午 3 点后，安排嘉宾化妆和补录。"

"好的，赵导。"

为了方便嘉宾休息，午餐是直接送到嘉宾各自的房间的。

岛屿上绝大多数区域已经断了网，节目组统一分发的手机和电脑这会儿和板砖没啥区别。顾念冲澡以后就瘫在床上，对着房间的天花板放空。

虽然身体已经被一个多小时的密林 CS 折腾到虚脱，但她现在实在睡不过去。

想想那杯 200 毫升的魔鬼液体，还有她宝贝"鹅子"那"脆弱易碎"的"水晶胃”，她就开始头疼下午的补录。

顾念在床上辗转反侧，忧心忡忡地思考着该怎么办时，她的房门被叩响了。

她想得正投入，被突然响起的声音惊了一下，慌忙从床上坐起：“谁？”

门外的人停了一两秒，温和的声音顺着房门传过来：“是我，骆修。”

顾念立刻下床开门。

站在门外廊下的正是骆修。

那身迷彩服已经不见了，他换回了一件白色T恤和浅灰色长裤，眼镜也选了副薄片无色框的，一身打扮十分休闲随意。

顾念茫然地问：“你怎么没在房间里休息？”

骆修：“打扰你休息了？”

顾念立刻摆手：“没有，我是担心你身体不舒服。”

骆修淡淡一笑，垂下眼看她：“说过了，我没有你想的那么弱不禁风，而且……”

“而且什么？”

“没有网络，一个人在房间里很无聊。”

顾念疑惑地抬头。

骆修笑了笑：“怎么了？”

顾念嘀咕：“以前朱涵宇明明跟我说过，你是那种一本书、一壶茶就能一整个下午都不跟人说一个字的。”

骆修垂眸，温柔失笑：“我准备了一路的借口，没想到这么容易就被拆穿了。”

“借口？”

“嗯，事实是，”骆修停顿了下才道，“我只是想来找你，没什么原因。”

顾念愣住。

“只有我能是你的猎物。”

上午那句被她强行无视了的话，带着她没看到但能察觉到的某种陌生而强烈的情绪，突然再一次追了上来。

望着这双依旧温柔平和的褐色眸子，顾念心里没来由地慌了下：“那，你进来吗？”

顾念循着心底那点儿慌乱情绪激起的本能，扶着门转身，想先溜进房间。但是她刚迈出一步，垂在身侧的手腕就被牵了起来。

顾念僵了一下，回头：“骆修，你怎么了？”

骆修轻叹：“我怎么觉得你好像在躲我？”

“没有啊。”

“今天中午回来前你先走了。”

“啊，那个……不是身上全是泥巴、树叶什么的吗？我知道你有洁癖，当然不会那种时候还追着你了。”

骆修望着她，那双褐色眸子里透着意味不明的情绪。

顾念屏息，有点儿不习惯两人之间这样的气氛。她必须说点儿什么，不然……

骆修蓦地笑了笑，表情温柔又无奈。

顾念怔住。

等骆修再抬眼时，之前她感觉到的那种情绪已经丝毫无存，好像是她的错觉。

骆修只无奈地笑着："是不是我上午最后说的话吓到你了？"

顾念回过神，慌忙否认："没有，我——"

"那是一段剧本台词。"

"啊？"正绞尽脑汁地要找托词的顾念表情僵住，呆滞地回眸。

骆修淡淡地笑道："是在我和定客传媒解约之前，我的经纪人发给我的一段剧本里的台词。"

顾念的大脑持续性空白。

骆修继续说道："之前一直无法代入情绪，再加上解约，也就放弃那个剧本了。但是上午在那个场景里我突然捕捉到那种状态，就试着代入了一下角色。"

顾念终于从复杂的情绪里跳出来，能够明确感知到除了震惊和松了口气外，心底此时有什么不太一样的感觉藏了起来。

顾念直觉这种情绪不能碰，最好也不要知道，所以努力无视了它。

"啊，原来只是剧本台词吗？"

"我是想结束后和你解释的。"骆修歉意地轻声道，"但是没找到你，所以没来得及说。"

"难怪。"

骆修盯着女孩的每一丝反应，面上神情温和如常："确实吓到你了？"

"也不至于。"顾念不好意思地笑了一下，"就是有点儿意外。"

"抱歉，下次不会了。"

"下次？"

顾念茫然回头。

这事还会有什么下次？

骆修半垂着眼，情绪似乎有点儿低落："可能不是科班出身的原因，我试剧本要共情代入才可以。"

顾念点头："我知道啊，这其实也是你的一种天赋，好几次表现都很厉害的。"

骆修："嗯，但是为了不再吓到你，在你面前我会尽量克制，不会有下次了。"

顾念反应过来，转回身，严肃地握住他的手道："不行，不能克制！对你来说，表演上你只是缺乏经验而不是天赋。那种入戏的关键感觉如果来了，多试几次肯定对演技有很大的提升。这么宝贵的机会，你怎么能克制？"

"但是会对你造成困扰。"

顾念立刻否认："怎么会？我可是专业的编剧，不会有任何困扰！"

"真的？"

“嗯！”

几秒后，回过头的顾念表情沉重，泪流满面。

顾念：为了宝贝“鹅子”的演技提升，我可一定要挺住，要经得起诱惑，千万不能动摇，更不能被影响到过界啊！

想想上午那声音和拥抱，顾念还是觉得腿软……

她想要做个坚定的妈妈粉太难了。

下午3点，《金牌编剧》补录现场。

下午的比赛中，宗诗忆最终以第四名被淘汰者的身份出局。而至此，编剧组和演员组的一一配对恰好完成，惩罚名单也火热出炉。

第一名，卓亦萱，1000毫升青汁。

第二名，俞松，500毫升青汁。

第三名，骆修，200毫升青汁。

作为已经被分到第一小组的组员，顾念站在骆修身边，望着推过来的小推车上那杯液体，表情如临大敌。

宗诗忆和另一个女编剧是第二小组，也是唯一有幸两人都不必接受惩罚的小组。

宗诗忆在旁边全程看着，忍不住打趣道：“顾编剧，要喝这个的应该是骆先生不是你吧？怎么你看起来比他还害怕？”

顾念神色严肃地道：“你不觉得这个很像老巫婆熬制的那种在黑咕隆咚奇形怪状的容器里冒着泡的紫色毒汤吗？”

宗诗忆忍不住笑起来：“这是绿色的。”

“绿色的就更恐怖了！”

顾念回完宗诗忆的话，一回头发现工作人员已经把那“巫婆汤”端给骆修了。

她慌忙拦住：“还是我来吧。”

工作人员愣了下，随即不太信任地看着她：“顾编剧是想……？”

顾念绷起脸，一本正经地说：“搭档要喝这么可怕的东西，我当然要好好安慰他，然后再亲手递给他。”

工作人员将信将疑地将青汁递给她，顺便“威胁”道：“我们那边还有备份，所以就算你失手掉在地上，也可以重新盛一杯哦。”

顾念的Plan A（A计划）失败。

她转过身环顾四周，他们脚下是片砌起的水泥空地，离最近的草地也有几十米距离，想将青汁倒掉还不被注意显然没可能。

Plan B（B计划）也不行。

那她就只剩最后的Plan C（C计划）了。

顾念深吸一口气，带着和善的微笑转向工作人员：“有糖吗？”

“糖？”工作人员愣了下。

顾念严肃地举起杯子：“当然了，这么可怕的东西，喝完以后嘴巴里不含块糖，怎么压得下味道？”

工作人员挠了挠头：“这个应该没有。”

“你去问问导演组，肯定有的！”

工作人员犹豫之后点头道：“好吧，你们稍等，我立刻回来。”

这个负责监督的工作人员转身跑向不远处的小棚子，顾念立刻抱着手里的纸杯，转向身后的骆修。

骆修一直眼角带笑地望着她：“你要做什么？”

顾念：“嘘。”

小姑娘快速转了转头，确定把最近的一个摄像师的镜头挡在骆修身后的盲区了，立刻收回视线，近距离地把自己藏在骆修身前。

顾念微微仰头，低声道：“别怕，我帮你喝！”

“不用——”

骆修话没说完，身前贴上来的小姑娘已经紧蹙着眉头，眼睛一闭，双手抱着纸杯咕咚咕咚地往下灌青汁了。

骆修怔了两秒，蓦地回神，握住顾念的手腕往下压，强迫她放低了手里的杯子。

然后骆修伸手，不容拒绝地从她合拢的手里把纸杯拿了出来。

顾念茫然地睁开眼：“骆修？”

骆修没说话，微皱起眉头，低头看向纸杯——原本盛了满满一杯的青汁，现在只剩下四分之一都不到了。

而此时，顾念麻木的味蕾已经反应过来，辣、酸、苦，还有各种奇怪味道带来的心理性恶心感直接冲击着她的感觉神经。

顾念吐舌、皱眉地忍了好一会儿，压低声音道：“快……快……快，给我，这种东西中药似的，必须一鼓作气地喝完，不然反应过来该咽不下去了。”

骆修尚未开口，身后已经有个声音传过来：“顾编剧，你要的糖。”

顾念的身形僵了下。

她低头看向骆修的手，一次性纸杯还在他那儿，青汁没喝完，而且纸杯边沿那儿有点儿淡红的痕迹好像是……

顾念表情一僵。

节目组补妆的口红竟然是沾杯的！

“顾编剧？”

听工作人员的脚步声已经来到自己身后不远处，顾念不敢耽搁，平复好情绪转回身来。

对方瞥了一眼她身后的骆修，将手伸过来：“节目组里只有薄荷糖了。”

顾念大脑飞速转动：“一块糖可能不太够，能不能麻烦你再拿一块？”

工作人员更加怀疑地皱眉：“可以，等一下。”

那人突然抬头看向顾念身后，好像是被意外惊到的表情。

顾念回过身去，只来得及看到骆修放下纸杯，修长脖颈上的喉结轻轻动了下。

顾念呆滞地低下头，握在骆修左手里的纸杯，边沿上沾着淡得已经可以忽略不计的口红痕迹那一侧，正朝向他的身体。

顾念睁大了眼睛。

“谢谢。”骆修将杯子递给工作人员。

工作人员仓皇回神，对着从头到尾没有一丝表情变化——依旧笑得温柔的骆修，敬而远之地点了点头，转身跑了。

骆修收回目光，见女孩呆得像只土拨鼠似的，不禁抬手抚了抚她散在肩后的头发：“回神了？”

顾念僵硬地抬了抬头：“你刚刚喝……喝了？”

“嗯。”

“那个杯子我用过了！”

“嗯，我知道。”

“可你不是有特别严重的洁癖吗？”

骆修屈起食指指节轻拭了下嘴角，温柔一笑：“大概不治而愈了。”

顾念：“啊？”

魔鬼饮料事件让顾念很是不安地守了骆修一下午加一晚上。直到确定那份大概 50 毫升的可怕液体确实没给骆修造成明显的胃部不适症状，她才放心地把注意力放回正事上——命题剧本。

第一期四位编剧的共用主题是“网恋”，顾念个人抽到的剧本关键词是“室友”，而骆修抽到的剧本关键词是“刑事案件”。

于是她的剧本就确定了三个必须涵盖的元素：网恋、室友、刑事案件。

经过两天半几乎足不出户地剧本编写，顾念终于在第三天中午宣布剧本完成。

这是一部表演时长控制在半小时内的迷你短剧——《破碎》。

按照规则，每组嘉宾的排演时间只有三天。

除了各组的固定演员外，《金牌编剧》节目组可以支援的年轻演员多是艺术学院的在校生，缺乏实际表演经验，剧本解读和共情能力跟不上，台词功底也一般，难挑大梁。

顾念在几个年轻女演员中挑挑选选，实在凑不够自己剧本里需要的三个年轻女角色。百思无解，时间又有限，顾念只得亲自上阵。

不知道是不是有《有妖》两场替身戏打底的缘故，顾念和骆修演起对手戏格外顺利，以两人对手戏为主的短剧排演几乎没有障碍。

距离最后时限还剩大半天，最后一遍排演已经完美收场。

节目组请 BH 传媒旗下的签约导演临时来帮忙。

被分到顾念这组的那位导演起初还有点儿冷淡，拿到剧本后表情有了变化。等两三天反复排演拍摄下来，他和顾念熟了，最后不住地夸赞：“剧本厉害，戏也不错。我本来以为第四组有影后温初坐镇，剧本再普通也是他们稳赢的，没想到啊。”

顾念立刻把握机会：“主要是骆修演得好。”

助场导演却不理她的茬儿，只盯着她问：“顾编剧今年什么年纪？”

顾念被问得茫然：“22 岁。”

导演意料之中又忍不住感慨地摇头，笑着给她竖起拇指：“果然后生可畏。希望以后有机会，我们能真正合作一次。”

“好的。”

顾念推销宝贝“鹅子”的第二轮还没开始，导演就功成身退地溜了。

走之前他还扶着门给了最后一个建议：“别的戏都没什么问题，只是中间快进主角感情那里，两位可能还不够熟悉，有别于懵懂初恋期的那种热恋期的熟稔和热情不是很到位，你们可以再琢磨和切磋一下。”

说完他就走了，没停留片刻。

顾念失望地放弃了推销计划，认认真真地对着剧本研究。

片刻后，她无奈地合上剧本，靠到椅背上看着站在窗边的骆修：“应该是我的问题。”

“为什么？”骆修看着她。

“台词功底这方面，以前我为了写出不同角色的声音区别，专门在家里一个人对着各种剧和人物反复练习过，但导演说的这块刚好是快进式的无台词表演。”

骆修：“找不到感觉？”

顾念丧气地点头：“我毕竟不是专业演员，无台词的纯表演，还是自己没经历过的情感戏，就很难代入了。”

骆修没接话，垂下头来，表情若有所思。

顾念拿着剧本起身，表情严肃地道：“不行，这个剧本怎么也不能坏在这一段上。我今天下午不出门了，就在房间里闭关研究。”

说着她就要往回走，但刚转过身，手腕就被拉住了。

顾念怔了怔，回眸，对上了骆修温柔含笑的眼睛。

“这种戏份，靠一个人闭关研究是没有用的。”

“啊，那要怎么做？”

“跟我来。”

“嗯？”

顾念未反应过来，已经被骆修牵着手带出排演房间。

这里是私人岛屿，没有庞大的人流量，所以岛上的风景静谧而私密。

沙滩也是非常干净的，几日里无人打扰的海潮起落，把细细的沙粒彻底抹平，像一块巨大的画板，等着人来描绘。

顾念和骆修出来时，岛上恰巧下起一场太阳雨。

天上的太阳明明还灿烂得晃眼，细密的雨丝就带着一片片流光似的，从广袤的天空之城上坠落下来。

有太阳的掩护，这场雨来得猝不及防，尽管并不大，但在衣衫单薄的夏天已足够恼人了。

骆修拉着顾念跑进海滩边上的小木屋。到檐下时，两人的衣服都湿了大半，头发也湿漉漉地垂下来，额角几绺还滴着水珠，狼狈得很。

两人对视了几秒，骆修微笑着转开视线，顾念也扑哧一声笑弯了腰。

“你带我出来，就是为了专门淋一场雨的吗？”顾念停住笑，眼睛晶亮地转回来问。

骆修拂了拂额角有点儿湿的碎发，无奈地摘了被雨丝模糊的薄片眼镜：“当然不是。”

“那是要做什么？”

骆修没有回答，回身看了看身后。

木屋的门半开着，暂时做了节目组的储藏室，外排有一个衣架，上面是为工作人员准备的一次性防晒衣，还有几把防晒伞和雨伞收拢在伞盒里。

骆修推开门，从外排的衣架上取了一件小号的白色防晒衣，摘掉防尘套后，转身递给了顾念：“先穿这个吧。”

“嗯？”顾念茫然地接过防晒衣，拿在手里前后晃了晃。

没等她发问，骆修又折回去，再出来时手里多了两把伞，一把纯白色，一把纯黑色。

看着白色那把伞被递到自己手边，刚穿上防晒衣的顾念下意识地接过，更茫然了：“我们是要从这儿出去吗？”

“嗯。”

“这个能解决我的问题？”顾念打开手里的伞。

“它不能，我能。”

骆修也撑开自己手里的黑伞，两把伞一白一黑，像两朵雨幕下盛开的花朵。他牵着顾念走下木屋前的台阶，走在柔软的沙滩上。

黑伞下传出低沉的笑声：“我说的方法很简单，也最有效。”

“怎么做？”

骆修侧身，黑伞下露出他挺拔的身影：“你和我伪装在热恋。”

顾念一脸茫然。

骆修垂眸，掩藏下眼底一点儿深沉的笑意，声音依旧温柔低沉：“别担心，只是今天傍晚前，为了帮你进入角色的情绪状态。”

顾念惊呆了：“这、这是不是不合适？”

骆修：“哪里不合适？”

顾念：“哪里都……”

骆修：“但这是最有效的方法了。你一个人躲在房间里很难进入热恋状态下的情绪，而明天离岛，回去就要正式登台竞演了。”

顾念内心的天平在“为了坚守妈妈粉的底线绝不能动摇”和“拍好剧本捧‘鹅子’最重要”之间摇摆了几秒，迅速倒向后者。

顾念含泪点头：“那我应该怎么做？”

骆修垂眸一笑：“今天我是你的男朋友，我们彼此熟悉、感情热烈，你可以对我做任何你想做的事情。”

“这……”顾念呆住。

“你可以对我做任何你想做的事情。”

“做任何你想做的事情。”

“想做的事情。”

…………

无限回音响过后，顾念现场表演了瞳孔地震。

她艰难地抬起头：“任何事情是指……？”

骆修轻声笑起来，牵着顾念的手走向海滩，步伐越来越快，平整柔软的沙滩上留下了两个人的脚印。

“牵手、拥抱、亲吻，所有热恋的情侣之间做的任何事情，你都可以对我做。”

顾念一阵眩晕——你这是在诱导我犯罪。

“不要拘束。”

黑伞和白伞蓦地交错，雨丝和阳光被摩擦拉扯，那个带着潮湿和清香的气息伴着笑声贴在她的耳边。

“如果现在都做不到，明天正式竞演，你要怎么办？”

顾念回过神来。

没错，如果在只有两个人的情况下自己都没办法进入状态，那明天当场竞演，她一定会毁了自己的剧本。

那就今天，只有今天下午她无须坚守。她要把自己心底那点儿偷藏着的不切实际的幻想释放出来，还要让它膨胀，让它带着自己的体验那种情绪和状态。

只有这样，明天在台上她才能演出来。

顾念深深吸了一口气，又缓缓吐出。这样反复两三次后，她蓦地仰头，对上黑伞下那人清俊的面孔。

女孩轻弯起眼角，盈盈一笑：“我准备好了，男朋友。”

骆修的瞳孔一缩，须臾后他垂眸，哑然失笑：“那来吧，约会开始。”

半个下午飞逝而过。

太阳从中到西，海水涨落，沙滩上他们的脚印你的盖着我的，两把伞在落下的雨滴间交错和晃动着。

直到最后顾念玩闹累了，坐在一块被海水冲刷得平滑的岩石上。她赤着白净的脚丫，长裤被挽起来，露着雪白的半截小腿，在温柔的海风中轻轻晃着。

她还撑着那把白色的伞，伞柄懒洋洋地靠在她的肩上遮着太阳。

顾念歪过身去看站在岩石旁的男人，笑着冲他拍了拍身旁位置："过来。"

骆修微笑着垂眸，听话地走到她身边。他将黑伞撑在身后，扶着顾念身下的岩石欲坐下。大概是岩石被海水冲了太多遍，他撑住岩石的手掌滑了一下。

"啊！"

伴着顾念的一声惊叫，骆修将手里的黑伞松开，才险之又险地在她上方将身体撑稳。

顾念原本以为要被砸到，吓得合上了眼睛，然后偷偷睁开，正瞥见骆修眼睛里从未有过的一丝惊慌之色。

静默了几秒，他猝然笑了，狼狈又无奈地说："是真的手滑。"

顾念回神，红着脸颊笑起来："我不会误会你的，你放心吧。"

骆修眼神一沉，暂时打消起身的念头，反而俯下身，将两人之间原本就没多少的距离拉得更近："为什么不误会呢？"

"啊？"顾念怔住。

"我们不是……情侣吗？"骆修轻笑。

没了眼镜遮掩，那双深褐色透着一点儿黑的眸子漂亮得像琥珀一样，衬上白皙的肤色、被雨丝润湿的薄红的唇，竟有种勾人的魅力。

顾念被蛊惑得慌神，思绪全停掉了，脑海里只有一种意识——

他说得对。

他们不是情侣吗？

他说了她可以对他做任何想做的事情，而她现在只想……

啪。

在和他相距咫尺之时女孩前倾的身体停住，她下意识地回头看去，是手里松开的白伞滚落了下去，轻轻打到黑伞上。一白一黑两把伞交错着靠在一起，色调有着极致的反差。

顾念骤然回神："啊！"

小姑娘像只受了惊的土拨鼠，在岩石上往后退了一下，然后握起双手朝骆修认错："对不起、对不起、对不起！我入戏太深了啊！"

骆修慢慢起身，眼底那点儿幽暗情绪差一点儿就要克制不住地被勾出来。这个被压制的欲望怪物，又被他一点点地按了回去。

顾念一时没听到回应，小心翼翼地抬起头，偷偷睁开一只眼睛，就见骆修停在她身旁，背对着阳光，笑意如常，表情温良无邪。

“回去吗？”

“好！”

顾念只觉劫后余生，迫不及待地抱起自己的“救命恩伞”，转身跑了。

骆修站在原处。

夕阳把他的身影拉得细长，他侧身站着，眼神深沉地望着那把孤零零的黑伞许久。

他克制而压抑地叹息一声后，俯身拿起黑伞，朝不远处抱着白伞的女孩走去。

灯光骤亮，出租屋的梳妆镜前，年轻女孩正对着镜子小心翼翼地给自己画眉。

黑色的眉笔尖勾向眉尾时，她的肩膀上突然搭上一双手：“嘿！”

“哇！”

镜子前的女孩被吓了一跳，回过神后好气又好笑地转身：“赵佳你吓死我了！你看我的眉毛，被你害得都画成毛毛虫了！”

“这能怪我吗？”赵佳笑嘻嘻地揉着镜子前的女孩的肩膀，“刚回来就看见你对着镜子臭美，怎么，迫不及待地要去见你的网恋小哥哥？”

女孩好脾气地转回身，拿化妆棉擦掉画歪的眉线，顺便玩笑地说：“嫉妒我吗？那你也找一个。”

“喊，我才不要。”赵佳甩手，走回自己的床位旁，“我可提醒过你了，男人没几个是好东西，你可不要等上当受骗了再回来找我们哭。是吧，冰冰？”

没人回应。

窝在沙发上抱着薯片默不作声地看剧的孙冰冰只抬了下眼，很快又垂回视线。

赵佳无趣地撇了撇嘴，咕哝着：“就不该跟这个小自闭讲话……”

“赵佳！”镜子前的女孩不赞同地轻声制止她再说下去。

“好啦、好啦，知道我们的女神钱怡最善良了。我不说了，行了吧？”赵佳作势在自己的嘴巴上“拉拉链”。

镜子前的钱怡化好妆，拿着手机微红着脸，好像在给什么人发消息。

盘腿坐在床上的赵佳忍不住又靠过去，玩笑地去刮钱怡的脸蛋：“哎哟喂，看看我们钱女神这脸蛋红的，网恋小哥哥就这么好啊？你们不都认识两年了吗？聊天约吃饭而已，你怎么还这么容易脸红？”

钱怡的脸更红了：“你……你少挖苦我。我们认识再久，也是第一次见面，我不好意思是人之常情。”

“好、好、好，人之常情。”

钱怡犹豫了下，问道：“你们真不能陪我去吗？我一个人不太好意思。”

赵佳说：“我晚上还有兼职，才不去当电灯泡呢。孙冰冰那个小自闭，更不可能出门了。”

钱怡苦恼地皱了皱眉。

赵佳笑道："别怕生啊，要勇敢。如果对方是个好人，那你就抓紧时间把他拿下；如果不是……"赵佳作势摩拳擦掌地道，"那你就跟我说一声，姐姐出面，绝对帮你捶爆他的狗头。"

钱怡失笑，推开她："你少来，女孩子这么暴力会把桃花运都吓跑的。"

赵佳撇嘴："桃花运？我才不稀罕呢。"

丁零零——

闹铃声突然响起。

"啊！"钱怡起身，慌忙往外跑去，"我要迟到了，先走了！"

"路上小心啊。"

"好！"

出租屋的门合上，赵佳脸上的笑容消失了，她转头看向沙发上的人："冰冰，你说她那个网恋小哥哥靠谱吗？"

孙冰冰没说话。

赵佳："要我说，男人本来就没几个好东西，可惜钱怡不信，非说这个李鼎不一样。"

房间里静谧了几秒，沙发上的女孩突然低着头开口："你不能把世界上所有男人都当成你爸那种人。"

赵佳腾地从床上起身，表情狰狞，像是要扑上去打人似的。

许久，她才忍下来，冷笑道："你能好到哪儿去？如果你遇到的是好男人，那你现在会被吓得晚上不敢出门吗？"

沙发上的女孩骤然僵住。

灯光一点点暗下，又亮起。

夏日的晚上蝉鸣聒噪，窗明几净的咖啡屋里，钱怡坐在椅子上，局促不安地握着咖啡杯："我……我叫钱怡，今年 23 岁，职……职业是一名漫画师。现在我和两位朋友合作出漫画作品，有一辆自己的车，还没攒够买房的首付款，所以在和……和她们合租。"

桌对面的男人笑起来，表情温柔又无奈："我们认识这么久了，只是见面，你怎么紧张得像在相亲？"

"对不起。"钱怡更紧张地握住了手里的杯子。

"别握那么紧。"男人说，"咖啡烫。"

"啊？"女孩后知后觉地回过神，摊开发红的手掌，脸颊更红了，"我是不是显得特别傻？"

"嗯……你还记得我叫什么吗？"

"李鼎啊。"女孩茫然地抬头。

“记得啊，那还好。”李鼎笑着，温热的手掌轻轻摸了摸女孩的脑门，“不是特别傻。”

女孩的脸更红了。

又一个冬天，男孩和女孩手牵着手走过这座城市的每一个街口，看过无数风景。两年的网恋让他们早就彼此熟悉，很多次在默契地说出同一句话时会情不自禁地对视，又脸红地各自转开视线。

终于在那年冬天下第一场雪时，他在雪地里向她求婚。

她感动得含泪答应了。

婚期定在第二年的夏天。

临近婚礼，当幸福变得触手可及时，两人之间却第一次产生了分歧。

“为什么不能提前搬过来呢？”李鼎不解地问，“我们不是说好了？结婚后你也总是要住到我这边来的。”

“我和她们的合租协议是签到明年的。”

“没关系，那部分钱还是可以付给她们，只要你过来就好了。”

“但我们三个认识的时候承诺过，我不能这样抛下她们。”

“承诺过什么？”

在李鼎的追问下，钱怡终于说出原因：“我们三个虽然都是漫画师，但并不是因为漫画认识的。”

“那是因为什么？”

“三次刑事案件。”钱怡露出痛苦的表情，“我们都没办法完全走出过去的阴影，参加了同一场互助会。”

李鼎惊愕地看着女孩，半晌才发出声音：“刑事案件？”

“我在中学时经受过校园霸凌。上次你问我腿上的疤，就是最后一次我被他们推下楼梯时，腿部开放性骨折留下的。”

听女孩用颤抖的声音努力平静地说出自己的经历，李鼎忍不住把她抱进怀里。

钱怡忍着泪，轻声道：“赵佳有个赌博加酗酒的父亲，从小家暴她。在她小学时，她爸爸有一次喝醉酒失手杀了她的母亲。孙冰冰是大学时在外面兼职赚生活费，有一次晚上回去得晚了，路上遇到了一个……”钱怡说不下去了，埋进男人怀里，眼泪汹涌而出，“我们最绝望的时候都是依靠着彼此走过来的，相互承诺过不会抛下彼此，所以我没办法这么做，对不起……”

李鼎抱着她轻轻叹息：“没关系，我可以等。”

“可我不能让你一直等下去。”

“那就等你们的合租协议到期，好吗？”

沉默许久，钱怡还是在男人怀里点了下头。

如往常每一个夜晚一样，李鼎开车送钱怡回去。

送她到楼下时，他轻叹了声："以前我还不明白，你们只是普通室友，你为什么总说要回来陪她们。现在我懂了，你们之间的感情当然很深。"

钱怡犹豫了下，小心地抱住他："我还是最爱你的。"

李鼎轻笑着，温柔地回抱她："我没有吃醋。有机会的话，我请她们一起吃饭吧？"

"冰冰可能不会理你，赵佳的话——"钱怡忍不住笑了，"她说不定会先揍你一顿。"

李鼎无奈地失笑。

夏天的天气变化极快，两人刚抱在一起没几秒，空中就响起雷声，雨滴也噼里啪啦地砸了下来。

钱怡连忙从他怀里挣出来："下雨了，你快回去吧。"

"好，你先上楼。"

"嗯！"

目送着女孩进了公寓楼，李鼎转身回到车里。他合上车门，拉上安全带，侧回身刚要扣上，余光瞥见了后排的座位。

钱怡之前嫌车里闷热，脱下外套扔在后排座位上，刚才下车忘记拿了。

李鼎看了一眼楼内，连忙解了安全带，拿起外套护进怀里，推开车门冒雨冲入公寓楼。

"哎！你等等，你是住户吗？这里不是什么人都能进的。"

李鼎刚进楼，就被一楼保安室的人喊住了。

李鼎拍掉肩膀上的雨水，这才把怀里的外套拿出来，犹豫了下，把外套递给对方："这是我女朋友的衣服，刚刚落在车上了，能不能寄存在这儿，等她明天出去或者回来的时候拿？"

"哦，那行，给我吧。"

"谢谢。"

李鼎转回身，在门口停下。

外面下着瓢泼大雨，天空中还传来沉闷的雷声。

李鼎吸了口气，刚准备冒雨冲出去，就听到保安室的人探出头问："差点儿忘了，你女朋友住哪层哪户？我明天上午交班，到时候跟换班的人说。"

李鼎转回来道："1003 室，三个女孩里那个叫钱怡的。"

保安愣了愣，笑了："哎，大晚上的，你说什么鬼故事呢？"

李鼎怔了下："什么？"

"1003 室，钱怡？"

"对啊。"

狂风忽地大作，身后的长窗外，一道闪电撕裂了整片夜空——

"她一个人住，住了五年了啊？"

舞台上的灯光灭掉。

屏幕上慢慢亮起两个布满裂痕的白色字——“破碎”。

《金牌编剧》节目在8月中下旬开始第一轮正式预热。

有最年轻的影后温初和当红流量演员俞松坐镇，加准一线小花旦宗诗忆加盟，再多一个黑色阴影处理、号称“荧屏新人首秀”的神秘存在，单演员阵容就获得大批关注，引发一阵讨论热潮。

再加上紧跟国内观众实时吐槽的热点，作为国内首档编剧类综艺节目，将幕后的编剧工作推到幕前的出发点，前所未有。

BH传媒的总策划和公关部几位高层，冒着“生命危险”邀请卓亦萱加入节目组，自然不会放过这个噱头。

预热第二阶段，《金牌编剧》的编剧组阵容公布。综艺旨在挖掘年轻新人编剧，本应按部就班的环节却因为卓亦萱自带“到底是盲枝还是盲枝2.0”的讨论，再次被推上舆论热点。

自然也没几个人知道，真正的盲枝此时正在《金牌编剧》的编剧组席位上看热闹。

两轮预热结束，8月29日，《金牌编剧》正式上线。

游戏部分结束，无缝接入竞演部分。

舞台灯光明明灭灭，第一部迷你短剧历时28分钟结束，屏幕上以黑底加裂纹白字结尾，《破碎》谢幕。

弹幕死寂两秒，然后迅速翻滚起来。

“啊！我这大晚上的，起了一身鸡皮疙瘩！”

“我蒙了……但不妨碍我被吓出了一身汗。”

“啊，这是什么魔鬼剧情？！”

“所以，那两个室友根本不存在，只在女主角的臆想里？她们经历过的事情其实是她一个人经历的？”

“别问，问就是人在床上，灯都关了，但现在特别清醒！”

“卑微住校生在线提问：如何确定自己的室友不是自己的癔症？”

“哈哈哈……”

“求续集！想看后面的！”

“服了！这是第一期第一个剧本吧？上来就这么高能？把这个剧本留到最后多半能夺冠吧？怎么上来就直接开大？”

…………

节目上线当晚，《破碎》的关联词就燃爆各大平台话题榜，热度经久不下。

预热靠阵容和噱头，但真正的口碑还是要靠内容和质量。

《金牌编剧》第一期不负所望，二、三组的剧本可圈可点，第四组最初受到关注的“盲枝 2.0”因剧本被演员的演技完全碾压成渣，也带了一阵话题，但比起第一组上来就开大的高能反转，其他三组的剧情难免显得寡淡了些。

有真实口碑做帆，以及 BH 传媒在背后保驾护航，《破碎》短剧迅速在圈内引发讨论，也直接稳固和保障了《金牌编剧》后续的持续性关注度和话题量。

之后的几天里，更多的相关话题被挖掘和发酵，比如关于骆修的——

“N 刷了，还是忍不住感慨，这个新人好帅啊！”

“对、对、对！第一次看我就想尖叫了，但是被最后的反转给吓得忘了。”

“哈哈哈……演员：接错剧系列。”

“真的好帅！之前我还以为三个老牌明星和一个新人，新人肯定是靠关系，现在我悟了。不是的！他靠脸就够了！”

“真的，凭这颜值，他到哪儿不能刷脸？”

“死心吧，姐妹们，这么帅还没选秀出道，明显是要靠演技吃饭，然后过两年就结婚生子，三年抱俩。”

…………

再比如关于顾念的——

“啊！二刷才发现，编剧就是演女主角的！”

“编演同步，牛啊！”

“不出戏啊，厉害厉害！”

“呜呜呜，‘女鹅’好可怜，抱抱！”

“去看了履历，才 22 岁！”

“妈呀，那个假冒盲枝 2.0 跟她一比，简直弱爆了！”

“别提了，那个不配，这才是我心目中的盲枝大大！”

“求求别再往上贴了，放过盲枝大大好吧？”

…………

再比如关于 CP 的——

“天哪，这一对好香！我可以粉了！”

“好多细节杀我！”

“这不会真是一对吧？”

“怎么可能？编剧综艺节目又不是恋爱综艺节目。”

“肯定是节目组搞事情，魔鬼剪辑炒 cp，一贯套路了。”

“就是，这么帅的新人演员，演技再好点儿，配个靠谱团队，加上这么好的首秀机会，过两年都能预订顶流位置了，多想不开才会刚出头就光明正大地谈恋爱，自毁粉丝盘和话题度啊？”

…………

相关话题热度居高不下，BH 传媒一开始似乎还有所顾忌似的，业内人士都在奇怪，他们为什么不抓紧机会带话题搞热度？

综艺节目刚上线，话题正在热度巅峰，这会儿时间就是流量，流量就是生命。BH 传媒当然懂这个道理，他们比谁都急，但高层尽数压着，似乎在等一个命令。

知情人都明白，大老板不开口，谁也不敢动。

熬过热锅上的蚂蚁般度日如年的几天，大老板的电话总算是通了。

戚寒有气无力地说："骆总，您要是再不接电话，我嘴上急出来一圈泡没啥，但我家让人踏平了再发生什么刑事案件就不好了。"

"嗯，抱歉。"

戚寒直了直腰。虽然知道他们这位老板和多数老板不一样，但乍一听到"抱歉"两个字，他还是心里发虚："您这两天是出什么事情了吗？公司几位高层 24 小时轮班倒地给您打电话好几天了，说是家里也一直没人接。要不是不知道具体住址，我们都准备报警了。"

"没事，我不在家所以没接到。"

"啊？那您这会儿在哪儿呢？"

骆修抬起眼，视野中是一片红树绿草的大花园，楼下还有几个安保人员来来回回溜达，偶尔将目光投向二楼。骆修收回视线，轻笑了一下："出了点儿意外。"

戚寒一惊："什么意外？什么时候出的？"

"前天晚上。"

"嗯？前天晚上不是第二期节目录制结束，您送顾小姐回家了吗？"

"对，在她家楼下被绑了。"

"啊？"

戚寒惊得到处找手机要报警，回过神后才想起来手机在自己手里，惊恐地压低声音道："那您现在还在绑匪那儿吗？要不要我找人定位一下您的来电位置？"

骆修垂眸，淡淡一笑："不用，我是自己跟他们走的。"

戚寒："啊？"沉默数秒后，戚寒找回理智，慢慢悟出了什么，"您说的'绑匪'，主谋不会是您家那位老爷子吧？"

"嗯。"

"因为《金牌编剧》的事情？"

"只是一方面原因。"

"哎，我就说您家老爷子绝对不会同意您跑去上综艺节目。不对啊，骆总您被突袭，就直接跟他们走了？这不是您的做派啊！"

骆修忆起前天晚上那一幕。

彼时他刚送下车的小姑娘还站在不远处的楼下，迟疑又有点儿担心地看着他。

他身后穿西服的骆家人恭恭敬敬地垂着手："大少爷，您应该不想我们在这儿跟您动手吧？"

“必须今晚？”

“老爷子的吩咐，我们也没办法。”

“好。”骆修轻应了一声，朝女孩走去。

身后的人迟疑着要阻拦，却被他话音冷淡地截住：“你说得对，我不想在这儿动手。两分钟，我自己回来跟你们走。”

“好的，大少爷。”

骆修在夜色中走到顾念面前。女孩早在他走来时就跑上前，此时也停下脚步，担心地往他身后看去。

骆修无奈地问：“怎么一直不上楼？”

“我刚刚看你旁边有人，好像有点儿凶的样子，怕有什么事就没上去。”

“没事。”

顾念却不放心，犹豫了下拉起他的手腕，在他的掌心里偷偷写了个“110”，然后眨眨眼问：“需要吗？”

骆修反握住她的手，轻笑道：“别担心，只是一位远房亲戚。”

“远房……亲戚？”顾念将信将疑地问。

骆修：“嗯，老家的长辈出了点儿事情，需要我赶回去，所以他表情不太好，吓到你了？”

顾念惊了：“长辈出事？我没吓到。那你快回去吧，别耽误时间了。”

骆修有点儿无奈，虽然不想顾念担心，但也不想被小姑娘赶走。这趟离开不知道要折腾多久，按老爷子的脾气，多半是要直接断开他和外界的一切联系。

想到要有好多天见不到顾念也听不到她的声音，骆修一贯冷淡到极致的心绪竟然夹杂了几分躁意。

顾念再次察觉，不安地拉了下骆修的袖子：“是很严重的事情吗？”

“不是，但可能会耽搁很多天。”

“啊，那就好，时间不是问题，下一期节目录制也不会那么着急。”顾念安慰完，突然想到什么，“不过家里长辈有事的话，你是不是经济上有什么困难？”

骆修愣住了。

顾念已经侧过身去包里摸银行卡了：“我这里有——”

下一秒她的手被按住。

骆修慢慢叹了口气，像是苦笑又像是无奈。他在夜色中微微靠下来，两个人投在地上的影子交叠到一起，像是在亲密地拥抱。

“不是。”

顾念微微僵了下。

靠得近到好像要贴到她的额头上的那个声音有点儿倦乏，又不失温柔：“只是想见到你，一直。”

顾念还呆着的时候，骆修已经松开她的手，退了半步：“过几天我会给你打电话的。现在，上楼吧，晚安。”

“晚……晚安。”

骆修回过神来，垂了垂眼：“我的疏忽，早该意料到的，忘记给你们打预防针了。”

“那您现在能上网？”

“嗯，公司邮件我回复过了，按批示处理吧。”

“那骆总您什么时候能回公司？”

“我会通知你们的。”

“好的。”

结束了通话，骆修没转身，随手将手机放到旁边搁着吊兰的工艺品台子上。

“偷听别人打电话是很没礼貌的行为。”骆修望着窗外，像在自言自语。

“你想多了，我只是路过。”身后隔着半个房间，和骆修面容有几分相似的年轻人懒洋洋地走出来，靠到门上，望着窗边的背影。

“你回来做什么？”

“嗯，幸灾乐祸？”骆湛走进来，似笑非笑地道，“毕竟骆大少爷栽跟头的情况难得一见，不亲自回来看看太可惜了。”

骆修回眸，语气带着兄长似的关怀：“家法的伤好了？”

提到这个骆湛还有些郁闷：“同样是做了有辱家门的祸事，我被打得几天下不来床，你却没事人一样才被关了半周禁闭。”

骆修：“我记得那是你自找的，而且我和你不一样。”

骆湛瞥他：“哪里不一样？”

骆修笑了笑，淡然转身：“你明知故问。”

“骆家之外确实没多少人亲眼见到你的人、知道你的名字，但不代表骆家大少爷不存在。”骆湛说完也转身，声音有些低沉，“你借这个逃脱家法就算了，可别想连继承人的身份一起逃掉。”

兄弟两人一前一后停在只开了半扇的门前。

骆修微侧回身，依旧笑着：“继承人的身份，老爷子想指给的人不是我。”

骆湛：“他可以将就的。”

骆修笑道：“你问过他的意见了吗？”

骆湛有点儿兴味地抬起眼：“问过了你就答应？”

“不可能。”骆修让开身，礼貌地朝门外比了个“请”的手势，“还有别的事情吗？”

骆湛轻眯起眼：“你这攒了24年的疯劲儿一回撒了，就因为那个叫顾念的女孩吧？”

骆修的眼皮动了动，须臾后他抬眸，眼神冷淡：“你想说什么？”

骆湛懒懒地将手插在衣袋里：“没什么，问问而已。”

“问到想要的答案了？”

“嗯，很满意。”

“满意什么？”

骆湛已经走出去，听见这句话笑起来，回眸道：“你一个‘死穴’，我一个‘死穴’，这才公平。”

第十四章　同　居

下午 5 点，骆修从笑容满面的管家林易那里拿回了自己之前被“扣押”的全部私人物品。

林易关怀备至地问：“您今天就回去吗？”

骆修：“嗯。爷爷那边请林管家代我问候。”

林易怔了怔：“您不自己去跟老先生道别？”

“不了。”

林易眨了眨眼，笑容变得有点儿迟疑。

他跟在骆老爷子身边太久了，亲眼见到骆修在骆家当了二十多年温良恭顺的大少爷，礼节从来做得到位，离家而不亲自告之这样“失礼”的举动，以往可只有小少爷才会做。难道是这次老先生直接让人强硬地把他带回来又扣了所有物品在房间里关了半周，把这从来绅士的人也给惹恼了？

骆修原本已经走出去，垂着眼慢条斯理地戴上手表，调整表带。听身后没有回应，他停下脚步，微侧过身。那双温和的褐色眸子凝视了管家几秒，然后骆修淡淡一笑：“我不像骆湛，不会做赌气这种无聊的事情。”

管家松了口气，脸上挂回笑容：“那您这是……？”

“况且爷爷和我之间本来也没有能赌气的亲情基础。”

管家刚松下的一口气又提起来了。

为难半晌，管家还是小心地开口：“其实老先生也是很关心您的，只是您从小懂事，小少爷脾性顽劣些，所以长辈们难免更多……”

话音未落，站在长廊的花纹地毯上的那人垂下整理手表的手，垂着眼无声地笑了笑。

林易一下子就说不下去了。

人心就是这样，不是机器，天平之间就总有偏颇，即便自己不愿承认，也永远存在。

何况对骆修和骆湛的情况，不止老先生一个人，骆家上下同宗同脉甚至是随便风言两句的外人大概都清楚。

他这话不过是自欺欺人罢了。

“林管家不必多心。”骆修就好像能看透他的想法，语气温和地走上前，“爷爷让我回来闭门思过，这三天是我给他的交代。至于不去道别……”

管家抬头。

骆修笑道：“爷爷性格和骆湛相近，他想计较，我不去还好，去了他是忍不住要说的。”

管家听懂他的意思，无奈地笑了笑：“那您敷衍几句就是了。”

骆修垂眸轻笑，却未置可否。

知道这就是婉拒的意思了，管家犹豫过后，问：“只因为那位顾小姐？”

骆修眼皮动了动，没有回答。他再抬眸时，有些突兀地问了个问题，笑容却是温和的：“林管家觉得，我以前从不拒绝、反抗，只做骆家温顺听话的大少爷是为什么？”

管家苦笑：“或许您觉得那些人和事都无所谓吧？”

“对。”骆修往管家的西服上衣口袋里插了一张叠起来的纸，然后温柔地拍了拍，“但现在有了。”

管家像是被什么无形的东西哽了一下似的。等那背影在视野里消失，他才回过神，把口袋里插着的那张纸拿出来展开。对着上面的几行印刷字和下面的签名沉默几秒，管家苦笑着摇了摇头：“越是‘听话’的，折腾起来越要人命啊。”

提前得了通知的司机去骆修的私人车库开出了一辆轿车来骆家接人。

骆修到楼下时，对方似乎已经等了一会儿了。

“骆先生。”

“这个时间，辛苦你跑一趟了。”

“不、不，本职工作，骆先生太客气了。”

骆修坐进车里，一边拿起平板电脑签字处理堆积的公司文件，一边对发动车子的司机道：“稍等十分钟。”

“好的。”司机立刻应了，也没敢问原因。

秒针在表盘上走了四圈半，后视镜里的男人放下平板电脑，摘了高挺鼻梁上架着的薄片眼镜，似乎有点儿疲惫地仰进椅枕里休息。

司机眼神瞟了几次，似乎想找什么由头开口。

“有事就说吧。”

后排突然响起的声音把司机吓了一跳。他回过头却发现那人并没有看他，甚至连合着的眼睛都没睁开。

司机：这是闹鬼了啊？

被点破了，司机只能支支吾吾地开口：“我今天到您的车库里取车，见……见了一辆二手低……咯，平价车。那车好像不是您的。”

司机一边说一边心有余悸，尤其那辆车还大大方方地停在一排低调豪车的正前方，那种视觉冲击上的震撼程度，仿佛一群汗血宝马前站了头驴。

司机还因为记起这个过于诡异的画面惊魂未定，就听见后排响起不以为意的声音。

骆修："是我的。"

司机惊住。

骆修："不久前买的，最近拿它代步。"

司机："啊？"

不等司机思考完"有钱人的脑子到底都有什么毛病"这个严肃命题，前排的车窗被人轻轻叩响。

骆修垂手，他身旁的车窗降下。

车外的人立刻走来这一侧，躬下腰："大少爷。"

站在车外的不是别人，正是几天前从顾念家楼下把骆修"请"回骆家的安保队负责人。

"这两天辛苦你们了。"骆修温和地抬眼望向车外的人。

"大少爷的事情，我们照看着也是分内职责。"

"她这两天一直在家吗？"

"是，顾小姐除了去超市买菜，没有到过别的地方，不过……"

骆修表情一变，眼神微冷："不过什么？"

车外的人开口："我刚刚接到电话，今天傍晚顾小姐从外面回来，在楼下遇到了一位男性朋友。我的人不敢靠得太近，两人正在交谈，似乎纠缠了很久，顾小姐表现得不太高兴。"

车里死寂了几秒，随后一声低沉的轻笑响起，空气中仿佛起了无形的波澜。

"男性……朋友？"

顾念是在接近单元楼门口时觉出明显不对的。她原本就是高度敏感的性格，一个人走夜路，就算什么事情都没有也会疑神疑鬼，觉得身后有人。

而这两天，她总觉得自己只要一出楼门，不管到哪儿好像都有种被一双眼睛盯着的毛骨悚然的感觉。但每次她或直接转身或借着余光观察，都一无所获。

直到方才，从那辆黑色轿车旁走过去后，她听见隔着几米，驾驶座的车门响起极轻的咔嗒一声解锁的声音。

余光里，她更是能看到身后有什么人从车里下来，几乎没有发出声音。

顾念心里警觉，缓缓将包拉到身前。包中的手机点亮了，"1、1、0"三个数字被她小心翼翼地按了下去。

身后那脚步声明显在靠近，顾念猛地转过身："谁？"

手指在110的拨号键上即将落下，然后蓦地停住，顾念皱着眉头，看着停在自己面前一两米处的男人。

来人是定客传媒太子爷——郑昊磊。

郑昊磊也看见她举起的手机屏幕了，停下脚后嗤笑了一声："我在这儿等了你半个多小时，你就用报警来报答我？"

见不是什么不知根底的陌生人，顾念松了口气，但没有放松警惕。

她冷冰冰地看着郑昊磊："我好像并没有和郑先生约过什么见面——没有经过告知和约定，私自调查并出现在对方的家门外，这不叫等，叫骚扰。"

郑昊磊不怒反笑："这就叫骚扰了？那我送你的花呢，还喜欢吗？"

"扔了。我没有收陌生人的东西的习惯。"

"陌生人？"郑昊磊笑起来，"我们都认识这么久了，顾小姐说忘就忘了？还真是绝情啊。"

顾念半点儿都不想和这个疯子纠缠。两年前她几乎是壮士断腕，赔上了自己大好的前途才从这个疯子身边逃开，没想到两年后不过是刚刚有一点儿步入正轨的迹象，这个疯子就卷土重来了。

一想起当初被逼无奈的窘境，顾念气得微微握紧手。

"郑先生，于私，我们志不同道不合，我跟您没话好说；于公，我们小组的人因为各自有事，不能完成那个剧本，秦园园应该也已经发邮件通知过贵公司了。除此之外，我们之间没有任何公私纠葛，希望您不要再来纠缠。"顾念说完，朝郑昊磊示意了一下自己手里的手机，"如果您再追上来，那我就立刻打电话报警。定客传媒是圈里的大公司，总经理半夜被带进局子里这种新闻，您的公关部门应该不想见到吧？"

郑昊磊一言不发地站在原地，眼神里藏着的情绪叫顾念觉得不安。

她不知道自己这样做是对是错，毕竟疯子就是疯子，正常人怎么能揣摩他们的想法？

所幸，在顾念紧绷到肩背发酸时，郑昊磊望着她的眼神蓦地一松。

他朝她笑起来，双手微微举起来，玩笑似的慢慢往后退着："放心。你对自己能有多狠，我见识过。这次我不会轻举妄动了。"

顾念紧抿着唇没有说话。

"我只是听说你回来了，忍不住来看你一眼，看完就该走了。我们明天见。"

说完，那个男人竟然真的头也不回地上了车，关门离去。

顾念回过神，蓦地松开屏住的呼吸，气息紧促地转过身快步进到楼内，几乎是小跑着进入电梯里的。

一直到关上家门靠在墙上时，她仍旧觉得心跳得像擂鼓一般。

秦园园和江晓晴在编剧培训班的三个月课程还没结束，家里只有顾念一个人。

顾念独自坐在空荡荡的客厅里，惊惶许久，突然听见叩门声。

咚——咚咚——

顾念一惊，惊弓之鸟似的猛地抬头看过去。

而此时，门外传来模糊而温柔低沉的声音。

"是我，骆修。"

顾念紧绷的神经蓦地放松下来。她扶着沙发扶手起身，拍了拍不用照镜子也知道会发白的脸，走向玄关，拉开门，果然看见了扶着墙面的骆修。

不过和素来清雅温柔的模样不同，此时门外的男人好像是匆忙赶过来的，淡色的薄唇变成深红色，下颌线紧绷，眸子像是洗过，漆黑明亮。

顾念看得失神两秒，回过神后连忙问："出什么事了吗？"

骆修见面前的女孩无恙，慢慢压下起伏不平的呼吸，扶着顾念推开的门，声音低哑地道："没有。"

顾念怔了怔："可你看起来很着急。"

骆修的眼神映着厅里的灯光轻闪了下，他随即微垂下眼："南路转盘出了车祸，堵车了，我跑过来的。"

"啊？"顾念更呆了。

堵车就要跑过来还说没事，显然这种说法可信度不高，但顾念没追问，侧身让出玄关的路："先进来休息一下。"

骆修顿了顿，应道："好。"

他跟在顾念身后进门，侧过身关门前瞥了一眼昏暗的走廊，确定无人才关上了门。

顾念去餐厅的冰箱里翻找了两分钟，终于从某个角落里扒拉出一瓶存留的矿泉水。对着保质期确认过没什么问题，顾念才把它拿进客厅。

"我们家最后一瓶矿泉水了。"顾念半是玩笑地道，"以你的洁癖，以后出门要自带保温杯才方便。"

"来找你应该不需要。"

顾念起初没反应过来，头抬了一半才反应过来，骆修说的是《金牌编剧》第一期的游戏部分后面，他们共用纸杯的事情。

她握着矿泉水递出去的手蓦地停在半空中。

修长白净的手指握上水瓶的另一端，她却没有抽手，骆修坐在沙发上慢条斯理地含笑抬眸，似温柔又似有深意地说："怎么了？"

被这个只有两人的寂静空间里微微低哑的声音撩拨了下，顾念心里一抖，手下意识地松开，嗖的一下收回身后。

"没事！"小姑娘动作迅疾地跑去了沙发另一头。

矿泉水瓶压得骆修手腕一沉。

他垂下眼，嘴角却扬起来，没说什么，拧开瓶盖喝了一口水。

这片刻间，骆修已从记忆里翻出今天下午处理过的那些公司提案中的一个。

放下矿泉水瓶，骆修回眸开口："我今晚过来确实有件事情想和你商量。"

顾念连忙把自己飘远的思绪收回来："什么事？"

"《金牌编剧》第一期节目播出以后，《破碎》的剧本在网上反响很热烈。"

顾念点头："我知道。"

“那个反转作为结尾很完美，但观众想要一个正式结局的呼声比较高，BH 传媒那边考虑到这一点，似乎有意续拍一小段内容。”

“续拍？”顾念微皱起眉头。

骆修看出她并不想，没有迟疑，声音温柔地道：“如果你不喜欢，那我就回绝他们。”

顾念本能地想拒绝。她很喜欢故事或者剧本在高潮部分戛然而止，留白总是能极大程度地满足创作者的艺术需求。

但是……

顾念问：“BH 传媒是先去找你问的吗？”

骆修顿了顿，温和地笑道：“应该是想和我确定是否有继续参演的意愿。”

顾念皱起眉头。

骆修一眼就看透她在想什么：“不要因为我违背你自己的想法。”

顾念回过神道：“也没什么，如果续拍的镜头很短，只是当作一个小彩蛋，不会有太大的影响。”骆修正要开口，顾念抬头，笑着截住他的话，“而且我怎么可能不考虑你？《金牌编剧》第一期就有这么好的反响我也是没想到的，你没看到你的人气涨得很高吗？我要帮你把握住这个机会巩固人气才行。”

骆修无奈地望着她。

顾念突然想起什么，又说道：“有新的经纪公司联系你了吗？”

骆修沉默了下，回道：“没有。”

顾念皱了下眉：“怎么这样？不应该啊，我这边都收到几家传媒公司的签约邀请了，难道因为他们不知道你现在是没有经纪合约在身的情况？我要不要试试……”

骆修有点儿头疼地笑了笑：“应该不用了。”

“啊？”

“BH 传媒……他们可能有意向。”

“哦？！”顾念的眼睛蓦地亮了，“太好了！从目前看 BH 传媒有背景、有资源，前途光明！最重要的是他们旗下现在好像还没签多少艺人，上升期进入这样一个黑马股，以你的条件，将来把握住机会肯定会有大量资源倾斜向你，你再成为公司艺人里的元老……”

小姑娘高兴得忘了不好意思的事情，从沙发那头噌噌地挪了过来，几次说到激动处好像要扑上来抱着他转圈圈似的。

骆修靠在沙发上，微侧着身，眼神含笑地深深望着她。

顾念兴奋得叽里咕噜地说了好一会儿，给骆修描绘完一大片美好蓝图，才终于从那种亢奋劲儿中找回理智。

她脸蛋通红，一半是激动的，一半是反应过来后不好意思弄的：“我好像说得有点儿多。”

“不会。”骆修轻笑，“我可以听你说一整晚。”

在那双褐色眸子的温柔注视下，顾念的脸颊莫名地更烫了。

又闲聊片刻后，骆修起身准备离开。顾念送他到门外。

作别之前，骆修似乎后知后觉地问："你的两位室友不是和你住在一起？"

顾念一脸沮丧地道："她们去了 BH 传媒的编剧培训班，接下来两个月还是只有我自己住在家里。"

骆修眼神微动："你一个人住会不会不安全？"

想起傍晚被郑昊磊堵在楼下的事情，顾念脸色微变，但很快就掩饰过去，弯着眼笑了笑："没事的，我都在这里住了很久了，这一片管理不错，而且也很难找到这样条件适合的租住房了。"

骆修点头，似乎全然信了："嗯，有什么事情，记得随时给我打电话。"

顾念点头："好。"

两人告别后，骆修转身出了走廊。

楼外天色已经完全黑下来，这片居民区有些年头，路灯灯光暗得像萤火虫似的，几米之内都难看清人影。

骆修在死寂无声的电梯间里站了许久，才按下电梯，转身进了电梯门，下楼。

司机开来送他的黑色轿车隐在夜色里。骆修从楼内走出，拉开了后座的门。

司机小心地看了这栋居民楼一眼，回头问骆修："骆先生，我们现在出发吗？"

"不急。"骆修脸上素来挂着的温和笑容不知道什么时候消失得分毫不剩，他垂下眼，冰冷地看过腕表，说道，"再等半个小时。"

司机不敢有异议："好的。"

静谧的时间流淌而过，骆修丝毫没有放松过心神地望着窗外的楼道口，只见到一对散步回来的老夫老妻进出过。

半小时过去，他摘下眼镜轻捏了捏鼻梁："走吧。"

"好的，骆先生！"司机在这个叫人窒息的空间里都快晕过去了，此时恨不得立刻将车子速度提到 120 迈。

车开出去后，骆修在后座拨出一个电话号码。

没过几秒，电话就通了："稀客啊！这个点你不都该睡了吗，怎么还想起给我打电话了？"

骆修没理会乔西的打趣："有件事请你帮忙。"

乔西愣了愣："你找我帮忙？骆老爷子知道你进圈里上综艺这种有辱门楣的事情都能做出来，要赶你出家门了？"

骆修张口欲言。

乔西："不对啊，那你肯定高兴得恨不得连夜搬进道慈观——哦，不对，现在换主儿了，恨不得连夜搬进顾小姐家里吧？"乔西等了几秒，疑惑地看了看手机通话界面，"你怎么不说话了？"

骆修声音低沉平稳地道："我不急，等你说完。"

乔西顿了顿，片刻后自觉悔改地说："行吧、行吧，我错了，不该打趣你，毕竟上个月道慈观请道士那事还多亏你救了我一命呢。说吧，你要我帮什么忙？”

夏季天气变化快，晚上也是这样。车开上主道，窗外不知道什么时候下起淅淅沥沥的小雨，雨滴落在路灯的光影里，碎金般闪着光，顺着灯罩往下淌。

车内飘着的冷冷淡淡的声音，融入车窗上啪嗒啪嗒的雨滴声里。

等骆修说完，对面的乔西静了好久才发出声音：“不是，你这也太……你这是让我帮你欺占良家妇女啊？这也太考验我的良心了。”

骆修微眯起眼，声音低缓地重复了一遍：“欺占良家妇女？”

“不是吗？不然你为何这么费尽心思地要把人家小姑娘划进你的地盘里才行？”

骆修捏了捏眉心：“因为郑昊磊。”

“谁？”

“定客传媒的总经理。”

“哦，我想起来了，就那个定客的太子爷嘛，名人啊。”

“你认识他？”

“当然了，我不在国内的时候都听说过他。他是圈里有名的浪子，早几年一个人的花边新闻都能养活半个报社的狗仔了。不过这两年不知道怎么他突然安分下来……等等，你突然提他干什么？”

“他在纠缠顾念。”

死寂数秒后，乔西震惊地道：“顾念怎么会招惹上他？那浪子虽然玩得疯，但一直还是有脑子的——玩得再疯也是和那些上赶着贴他的人玩，没听说过他还干欺男霸女的事情啊？”

骆修越听眼神越沉，等乔西说完许久，他搭在扶手上的指节才轻轻颤动了一下。

骆修微垂下眼，遮住眸里的阴暗情绪：“两年前顾念以笔名退圈的事情和郑有关，具体的情况我还在查。”

“两年前就有瓜葛了？听着就是恩怨情仇啊。”

“我和你说的这件事……”

“放心吧，既然是这种情况，那我肯定得帮你把人家小姑娘捞出来。不过她这刚脱离虎穴就进了恶龙窝，听着也没好到哪儿去。”

“你拿我和他比？”

即便隔着电话，乔西还是被后背爬上来的寒意冷得一抖：“比方，我就是打个比方。”

“就算我们一样不择手段，但有一点不同。”骆修声音冷淡地道，“我不会让她害怕或者难过，更不可能伤害她。”

从骆修口中听到这话，乔西感觉心情复杂。

最后他叹气道：“有生之年还能听到你说这种话。果然活得长久点儿什么恐怖事情都能见到。”

骆修：“这件事要尽快办。”

乔西：“放心吧。”憋了几秒，乔西还是没忍住，“嘿”了声，“你快跟我说说，岛上那段时间，顾念到底是怎么把你勾得魂都跟着跑了的？”

秦园园和江晓晴都去了BH传媒的编剧培训班，顾念身边亲近的朋友也就剩了林南天。

盲枝那件事情，虽然她最开始一直是瞒着林南天的，但后来进剧组前说破，也就慢慢一点点地向林南天透露了。

这次被郑昊磊纠缠，顾念在家里宅了一整天没敢出门。

白天她和林南天聊起，没想到晚上林南天就打来了视频电话。

顾念刚接起来，就见视频里林南天眉飞色舞地道：“告诉你一个好消息！”

顾念趴在沙发上有气无力地问：“什么好消息？你这个祸害终于要嫁出去了？”

“滚、滚、滚！”林南天翻了个白眼给她，“枉我今天听你说了那事以后担心了一下午，还费心费力地帮你想办法。”

顾念哭丧着脸歪过头，脸颊挤成软软的一团：“能有什么办法？”

“搬出去啊！”

“我想过，可太麻烦了，而且位置、价格、环境都适宜的地方那么难找。最重要的是，万一他还找去，我总不能一直被他追着搬家吧？”

“不、不、不，我这儿刚好遇上个完美的方案！”

见林南天这么信心满满的模样，顾念有点儿狐疑地抬起眼睛。在沙发垫上趴了几秒，她慢吞吞地爬起来：“什么方案？”

“乔西你还记得吗？”

“桥西？哪座桥西？”

“不是真桥，是人，就是Josh！今年5月底和你相亲的那个海归‘富二代’！”

在林南天的努力提醒下，顾念终于艰难地从脑海深处把已经模糊了五官的这一人物翻找出来。

抱着抱枕窝进沙发，女孩已经耷拉下脸：“想起来了，和他有什么关系？”

“他最近要去国外旅居，好像是在北欧一座小城市待一年呢。然后他在K市的别墅就空出来了，他想请人住进去。”

“嗯？”顾念着实感到迷惑，“自己跑去国外旅居，别墅请人住进去？”

林南天：“对啊。”

顾念：“这是你们新兴的什么慈善活动吗？”

林南天笑出声：“不是！好些人相信房子要靠人气来养，所以长时间不住就会租出去让别人住，省得把房子荒废了。”

顾念：“那他为什么不租出去？”

林南天：“一方面是怕被不知根底的人糟践了装修，不过我想主要还是不差钱吧。”

顾念：“哦……”

这是多么朴实无华的一个理由。

林南天像个热情的售楼小姐一样，又是拉地图又是描述这处别墅在安保、私密性等方面的优点，说得天花乱坠。

顾念不得不承认自己很心动，但理智让这份心动停住了。

实在是这个机会来得太像天上掉馅饼，而且掉得又这么是时候。顾念根据自己二十多年的人生经验，从不相信绝顶的运气会在地球上的几十亿人里恰好砸中自己。

所以即便林南天说得唾沫横飞，也没影响顾念听完以后理智地发问："你是怎么知道他有这样一栋别墅需要别人入住的？"

林南天没察觉她的意图："之前给你们安排饭局，我加过他的好友啊。他应该是给联系人列表里的人群发了这么一条消息吧，我刚好看到就想起你了！"

顾念皱了皱眉："那就没有别人问过他吗？你我和他实在算不上认识吧？"

林南天想了想道："没有，我找上他，他就很乐意地表示吉房免费待出租了。"

顾念："其他一个问的人都没有？"

林南天点头："嗯，也正常。"

顾念："哪里正常了？"

林南天不假思索地道："他的朋友应该至少也是我这样的暴发户吧，谁家里没那么一两栋空置的别墅？自己的都照顾不过来，干吗去住别人的？"

顾念："哦……"

有钱人的烦恼还真是奢侈啊。

听出顾念还是迟疑，林南天劝她："我知道你的脾气，但你不用有什么欠人情的负担。本来就是他群发消息想找靠谱的人帮忙打理房子，我们这是一拍即合，各取所需。"

顾念："但客观上还是我占便宜。"

林南天："我就是知道你这倔劲儿，所以提前和他商量过了，水电费这部分你自己来负担，然后每个月给1000元作为房租。"

顾念苦笑："以K市的基本房租，1000元也太儿戏了。"

林南天装出凶巴巴的模样："干吗？老娘为你这事都愁一下午了，你非得把我气得一嘴泡，让我晚上还担心你碰上变态而做噩梦睡不着才行？是吧？"

顾念被噎住。

林南天放出撒手锏："反正我跟他已经说好了，你要是不去，我就……"

"就怎样？"

林南天狞笑了一声："我就打电话给顾阿姨，她也很想找理由把她宝贝闺女拎回身边吧？"

顾念："算你狠。"

这位海归"富二代"那边似乎确实非常急着把别墅安排好，听林南天说完，第二天就主动找人约林南天和顾念签了租房协议。

离开之前，委托人还专程转达了乔西的迫切心愿："乔先生说了，别墅里房间很多，顾小姐随时可以邀请朋友同住，这不需要额外跟他说明了。"

这完全是慈善行为的表达，让顾念好半天缓不过来。等她回神，委托人早就抱着合同走没影了。

顾念忧心忡忡地问林南天："这件事，你真没觉得哪里不对？"

林南天："有什么不对的？"

"我也说不上来。"顾念托着腮，听着窗外蝉鸣聒噪，声音懒懒地道，"但总觉得像掉进什么人的套里了。"

林南天："你就是爱多想，从小就这样！"

"好吧，希望是我想多了。"

两天后，顾念搬进了"乔西的别墅"。

不过还没来得及细细体验别墅生活，顾念就被《金牌编剧》节目组请去进行第三期节目录制。

等这一整周节目录制结束，她风尘仆仆地回来，脚还没完全沾地，又接到了BH传媒公司某位职务时高时低的负责人的电话。

对方来电理由也简单，正是为了骆修之前和她提过的《破碎》短剧小彩蛋的事情。

即便顾念再想痛斥资本家不顾人性的剥削本质，但一早就答应过，为了骆修能顺利签约BH传媒，也得忍耐些。

于是回到对自己来说还非常陌生的别墅淋浴换衣后，顾念第一时间赶去了BH传媒安排的临时拍摄地。

在那儿顾念见到了骆修以及他的行李箱。

虽然只是个几分钟的短视频，但现场调度也需要时间。拍摄没开始时，顾念偷偷溜去了骆修身边。

"骆修？"她从他身后冒出来。

"嗯。"

顾念犹豫地指了下他的行李箱："他们不会都没让你回去，就直接把你拎过来了吧？"

"和他们没关系。"

"那你这是……？"

骆修垂下眼，细长的睫毛掩下了淡淡的易碎的阴影，似乎情绪低落，还有点儿为难。

换作平常，顾念肯定不忍心逼问他。但此时见到这个状况，再联想之前骆修说的"家里长辈出事"的事情，顾念自然不可能放心。

思索再三后，顾念往骆修身边挪了一步，拽了下他的衣袖，凑过脑袋去轻声问："不是说好了我保护你的吗？有什么问题你可以说出来，看我能不能帮上忙。"

骆修轻叹了声，笑容有些无奈："没什么严重事情，只是我之前的住所是定客传媒安排的艺人住处，后来解约，我原本提前租好了新的房子，但房东那边临时出了问题。"

顾念愣了愣："所以你现在是没有住的地方吗？"

骆修："没关系，我这几天可以先住酒店。"

"住酒店太不方便了，你现在可不是能随随便便走在大街上不用担心被认出来的情况了。"见骆修沉默，顾念不放心地问，"你有没有亲属、朋友之类的人在K市？或许可以——"

说到一半顾念就后悔了。

骆修明明和她说过他的家庭情况，亲生母亲离世，父亲另娶，受弟弟欺负和家人的疏离，也不见他有什么朋友……

望着那人失落的眼神，顾念心疼了一下，几乎是想都没想就脱口而出——

"你这几天住我那边吧！"

嘀嘀——

电子密码锁解锁的声音响过，顾念推开了面前的房门。

房门是带自动回弹锁的，顾念进来后就压着这半扇厚厚的防盗门，眼睛弯弯地朝门外的人笑道："进来吧。"

"打扰了。"挺拔的身影拎着行李箱走进门，声音温和地道。

"你就不要跟我客气了，难道我们又不是朋友了？"顾念把门关上，将手包搁在宽敞的玄关柜里，然后蹲下身，把底层的抽屉拉开，拿出一双自己搬进来后新买的备用拖鞋。拆开封袋，顾念把拖鞋摆到骆修脚边，仰起脸看他："你换好鞋，我带你上去找一下房间吧？"

骆修："好。"

行李箱被主人暂时抛弃在玄关处。

顾念踩着啪嗒啪嗒作响的船形拖鞋，领着骆修踩上通往二楼的木质楼梯。她脚上的拖鞋顶端的兔子耳朵还晃来晃去的，透着点儿憨憨的可爱劲儿。

骆修垂眼看向自己脚上的鞋。

这双是灰色的，同样的款式和毛茸茸的质地，顶端是小尖耳，分不出是猫还是狐狸。

顾念在经过楼梯拐角的时候，发现骆修的注意力似乎跑偏了。她慢了下来，好奇地问："你在看什么？"

"拖鞋。"

"嗯？"顾念下意识地低下头。

骆修恰好在这时抬起眼，一点儿幽暗的情绪被压了下去，温柔的笑意泛上来："你是自己住，怎么还准备了男式拖鞋？"

"女孩子一个人住是要准备男式鞋子放在外面的。"顾念严肃地道，"虽然林南天反复跟我说过这边安保级别和私密性都是顶级的，但我还是不太放心。专门买一双男鞋又太麻烦，那天我买新拖鞋刚好看到这双，就一起买了。"

"原来……是这样。"

顾念茫然地想了一会儿，回过头："不然呢？你以为是什么原因？"

骆修笑了笑，没有回答她的问题："再有这种需要，你可以找我。"

"没关系，现在不需要了！"

"嗯？"

"你不是来了吗？"

被女孩灿烂的笑容晃了眼，骆修默然之后垂眸失笑。

顾念正领他上到二楼，奇怪地问："你笑什么？"

"不知道。"

"啊？"

"就是……"那人细密的睫毛微微垂下来，深褐色眸子温柔得像琥珀，"听到你这样说，不知道为什么就很开心。"

小姑娘呆了几秒，在可疑的红晕染上脸颊前，嗖的一下转回身去，继续啪嗒啪嗒地往前走："我……我……我，带你去找你的房间！"

她脚上的小兔子慌乱地摇晃着。

"好。"眼里的笑意更深，骆修抬脚跟了上去。

二楼有三个卧室套房，骆修选了顾念隔壁那间。

楼下的行李箱被拿了上来，骆修在柜子里挂起衣物，顾念拎着吸尘器帮他打扫这间房的地板和角落。

"我上周刚搬进来，当天就跟着节目组工作人员去录节目了，所以这栋别墅里的房间功能我也没完全弄清楚。"

顾念说着，察觉一道影子被落地窗外的阳光投下，和她的影子并肩，莫名地感到心里柔软。

顾念没敢放任自己沉浸太久，回眸朝骆修笑了笑："你怎么过来了？东西收好了？"

"没有。"骆修望着顾念拿着的手持吸尘器，"我在学习。"

顾念愣了下，问："学习什么？"

"打扫。"骆修示意了下她手里的电器。

顾念呆滞地抬了抬手："你不会用这个吗？"

骆修坦诚地回道："没有用过。"

顾念回过神，内心流下心疼的泪：宝贝以前一定生活得很惨吧。

片刻后，骆修终于有了掌握吸尘器功能的十足把握，温和的神色重回他的眼里。他伸出手道："我来吧。"

"不用，你坐着休息就好。"

"我想试试。"

到底不忍拒绝这样的要求，顾念心疼地望着他，把吸尘器递出去。

但理论和实操显然是两回事。

半个小时后，被折腾得一身狼狈的顾念和骆修坐在只铺着垫子的床边，相视之后笑着转开视线。

顾念看着倒在一旁的吸尘器和其他的打扫设备，止不住地笑："我本来以为你应该什么都会的。"

"为什么？"骆修回眸，笑意淡然。

"嗯……因为你在我眼里很完美啊，没有瑕疵的那种。"顾念歪过头，玩笑起来，"现在发现是我错了。"

骆修点头："还好发现了。"

顾念："嗯？"

骆修起身，过去把倒地的吸尘器扶起来，然后顺势靠着落地窗坐在了女孩脚尖的对面。

男人微仰着头，下颌弧线漂亮，眼神温柔得像春天里的湖面："我不希望我在你眼里是完美的。"

顾念看得丢了几秒的魂，本能地问："为什么？"

"完美意味着存在距离，"骆修轻笑，"而我想靠近你。"

顾念刚回过来的神又被吓跑了一半。

等她完全回过神来，几乎从床边跳起来，抱起吸尘器转身就跑："我下去放东西！"

骆修靠在窗前笑了笑，忍住了没追上去。

一周后，BH 传媒《金牌编剧》节目组的官方账号，发布了一段只有一分半钟的《破碎》短剧彩蛋。

镜头里还是那个最开始时奇奇怪怪地放着三张床铺的出租屋，但这一次的房间里只剩下一个女孩。

钱怡抱着胳膊，赤着脚，坐在冰冷的地板上。

房间里没有开灯，窗帘紧紧地合着，昏暗得像连绵的山，死寂得像无际的深海。

直到房门被叩响，推开，一束光从门外投下。

女孩蓦地一抖，抬起头，颤声看向那道身影："你别……别过来……"

"钱怡，你的快递到了。"那人走进来，不曾迟疑地走向那个瑟缩在墙角柜子边的女孩。然后他停下，在她面前蹲下身。

女孩战栗地望着他："什……什么快递？"

"你伸手。"

女孩畏惧不安地伸出手，张开苍白的手掌。

他握着拳的手伸到她的手掌上方，然后打开——空的。他轻轻地握住她的手，把浑身冰凉的女孩抱进怀里。

"我叫'钱怡的胶水'。

"钱怡的心碎成了片，我会把它重新拼起来的。

"她们不会回来了。

"但我永远在……"

门缝投下的那束光慢慢扩大，直至屏幕变成全白，两行轻柔的手写字浮现：

“裂缝，是光照进来的地方。”

——《破碎 · 献给等光的人》

《破碎》彩蛋一经放出，很快就在平台上掀起了之前的狂热波澜，热度暴涨。

《金牌编剧》官方账号的评论区，留言数量激增。

“呜呜呜……我喜欢这个结局。”

“之前那个太虐了，被震惊后我就一直在想钱怡好惨。”

“还好有李鼎在。”

“呜呜呜……李鼎好温柔，顾念编剧也好温柔，都对彩蛋不抱希望了，没想到还能被满足一个 HE（Happy Ending 的缩写，大团圆结局）。”

“没错，我太喜欢现在这个结局了。我也好喜欢顾念编剧和演员骆修！”

“唯一的问题是骆修那么帅，顾编剧那么漂亮可爱，但是顾编剧给他还有她自己的角色名字都好大众，哈哈。”

“说起名字，我 N 刷发现了一个事情——‘女鹅’真的太会偷懒了。”

“嗯？什么？我怎么不知道？”

“把出场过的人物名字放在一起你们就知道了。”

“赵佳、钱怡、孙冰冰、李鼎，你们品……”

“赵钱孙李，甲乙丙丁！”

“哈哈哈……”

“顾编剧，不愧是你！”

…………

《破碎》彩蛋放出的当天晚上，一条“顾编剧不愧是你”的热搜慢慢攀升。

第二天顾念刚醒来，就在《金牌编剧》嘉宾群里收到了 N 条 @ 消息。她点进去以后，只见“起名废编剧 @ 顾念”刷了屏。顾念十分茫然，并不知道到底发生了什么。

在顾念找方法一探究竟之前，一通电话先打了进来。

电话是顾女士打来的。

顾念接起电话：“妈？”

“咦，你竟然起了啊？”顾女士十分惊讶，“本来觉得怪肉麻的，你不接电话刚好我就给你发条消息。”

顾念茫然：“什么肉麻？”

顾女士停下手里的麻将牌，深情而严肃地道：“祝你生日快乐，永远 18 岁，妈妈爱你，宝贝女儿。”

顾念：“哦……”

顾念无奈又好笑，扭回头去看了一眼床头柜上摆着的电子台历——2020年9月29日。

今天还真是她的生日。

顾念仰躺回床上，踢了踢薄被子："你不说我都忘记了。"

顾女士哪能放过这种机会？她立刻见缝插针地开始老生常谈："你看看你，工作那么忙，连生日都忘了，就算赚再多钱、有再大名气又有什么用？身边连个嘘寒问暖祝你生日快乐的人都没有。"

顾念被噎住。

非常难得，她实实在在地在这个清凉的夏末早上，头一回被顾媛女士戳到了肺管子上——戳得她胸口闷疼。

顾媛见顾念不应声，问："你前几天说那别墅大吗？"

顾念："大。"

顾媛："住起来舒服吗？"

顾念："舒服。"

顾媛："那么大的房子住起来冷清吗？"

顾念："冷清。"

顾媛："那去相亲吗？"

顾念："不去。"

顾媛："你……"

顾媛被这个倔丫头气得差点儿将麻将桌掀了。

更主要的原因是这把她手黑。

但劝女儿结婚这种事不能放过，顾女士给自己的牌搭子们打了几个专用的手势暗语，就起身让了位置，去隔壁房间找了个安静的角落，张嘴准备苦口婆心地劝女儿。

"念儿啊……"她刚开了个头，那头咚咚咚的敲门声响起。

顾念虚掩的房门被叩响。

她正在换衣服，手机开着免提被扔在床头柜上，没提防这一出，呆呆地看了看手机，然后突然想到什么，扭头转向门外："别——"

晚了。

轻和温柔的声音顺着虚掩的门缝传了进来："醒了吗？"

顾念愣住，僵着脖子回头，看向突然没了声音的免提通话。沉思两秒后，顾念上前一把捂住手机话筒，压低声音对着话筒快速说了一句："妈您别误会，改天我跟您解释。"

然后立刻挂断了电话。

把手机扔回床头，顾念拽下衣角，踩着拖鞋跑去卧室门口拉开门，探出半个上身："骆修？"

门外那人垂眼笑着道："22岁生日快乐，顾念。"

一碗卧了个圆圆白白的荷包蛋的长寿面，冒着热气出现在她的视线里。

顾念怔住。

好几秒后她才反应过来，眨了眨眼，睫毛好像被长寿面的热气熏得微潮。她一边接过碗，一边问："你怎么知道我……今天的生日？"

"节目组的资料表上有你的信息，他们告诉我的。"

"噢……"

女孩低下头的反应有点儿出乎骆修的意料，他迟疑了一下，压低声音问："怎么了，你不喜欢吗？"

"不是、不是。"顾念连忙否认，刚抬起头又立刻低下去。

但她微红的眼角还是被骆修看到了。

骆修怔过后轻叹了声，无奈却温柔地抚了抚顾念的头："你怎么回事，小姑娘？"

顾念抱着碗，越是想忍越是忍不住，情绪总是这么奇怪的东西。骆修不说话还好，一开口，她的泪珠子就啪嗒一下掉进了碗里。

骆修的手停住。

顾念飞快地擦了一下眼泪，有点儿恼自己，破涕为笑道："我也不知道我这是怎么了……你吃饭了吗？"

骆修："还没有，不用等——"

"那我们一起吃吧。"顾念打断他的话，眼角还泛红，但已经弯起来了，"走吧，去楼下。"

骆修到底没拒绝，任由顾念拉着自己下楼去。

上午，骆修要去超市买生日晚餐的食材。

点外卖的提议被拒后，顾念也没让他一个人去，从楼上翻出两只没拆封的黑色口罩，郑重地把其中一只递给了骆修："《金牌编剧》都播出第二期了，你要有身为一个明星的自觉了。"

骆修含笑问她："什么自觉？"

"当然是不要在路上被人认出来的自觉。"顾念戴上口罩，"比如我是你的狂热粉丝，突然在路上看到你，肯定会立刻扑过来尖叫着问你是不是《金牌编剧》上那个超级帅的演员，那你要怎么办？"

骆修接过口罩，淡淡一笑道："抱歉，我不是。那是我弟弟，你认错人了。"

"啊？"顾念怎么也没想到还能这样说，当场呆住。

骆修哂笑，单手戴上口罩："跟你开玩笑的，走吧。"

顾念回过神，跟上去，走出几步后还在侧着头看他。

骆修："我脸上有什么吗？"

"不是。"顾念又看了一眼那被黑色口罩勾勒得完美的鼻梁线，转回头道，"总觉得你就算戴口罩出门也很危险。"

"嗯？"

顾念抬手，忧愁地在面部上下比了比："五官轮廓好看得太过分了，戴上口罩怎么看都像明星。"

骆修怔住。

但一心犯愁的小姑娘显然没发现自己一点儿都不委婉地把人夸了，还在嘀咕着往前走。

骆修回过神，无奈地笑着走过去。

两人的采购一直到傍晚才结束。他们行动中途从超市又到了家具店和生活用品店——骆修搬来时只提了一只行李箱，零零碎碎的总有顾念觉得能用到的东西。

当他们回到别墅时，窗外的天已经擦黑儿了。

骆修在厨房准备食材，顾念则负责安置买回来的各种小物品。

她的手机就是在这个时候突然振动起来的。

"喂？"接电话时顾念手里还拿着东西，没顾得上看来电显示。

"生日快乐啊，小仙女！"

顾念有些意外："林南天？"

对面的人愣了愣："你干吗一副不确定的语气？我给你打电话你连来电显示都没看？"

顾念放下手里的东西："我这儿忙着归置东西呢，没注意。你不是这周有事出国了吗？"

"是啊，但我这不是想起来你今天过生日吗？肯定没人陪你过，我就大发慈悲地专程搭飞机回国，现在已经到你们别墅区外面了！"

顾念僵住："到哪儿了？"

"你们别墅区外面啊，怎么样，感动不感动？感动就快出来接我，乔西他们这儿的安保真是太好了，拦着不让我进！"

顾念僵着身体转过身，看向厨房里那道挺拔修长的身影。

"快点儿啊，我手里还拎着东西呢，不和你说了。"

"等——"

啪嗒一声，电话被挂断了。

顾念目瞪口呆地在沙发边上站了好几秒才反应过来，连忙走向厨房："骆修，有个意外情况。"

"怎么了？"厨房里的男人停下手里的刀，被切成片的蔬菜乖顺地码在他修长的指节下。

不管是他这人还是这些东西，看起来都像艺术品。

顾念情不自禁地犯了一两秒花痴，然后正色道："林南天——我的一个朋友突然过来了。"

镜片后，褐色眸子里有光微微闪了下，但很快他脸上就恢复温润的笑意："我在这里会打扰到你们吗？"

“啊？不是、不是——我不是这个意思！”顾念慌忙解释，“我是感觉你不太喜欢和别人相处，嫌吵闹，那样我就带她去外边……”

“不会。”骆修温柔地打断她的话，“既然是你的朋友，我当然欢迎。”

顾念松了口气，露出微笑：“那我去接她了？”

“嗯，我会多准备一份晚餐。”

“好！”

十分钟后，别墅的门被打开，林南天叫苦连天地放下手里大包小包的东西，瘫坐在玄关的沙发椅上。

“不行了！不行了！这一路可累死我了，我得瘫在这儿歇会儿。”

顾念绕过她，去拿了两双拖鞋：“你提前跟我说，就不会白等那么久了。”

“我哪里想到你们这儿这么严？我嘴皮子都快磨破了，那安保大哥说没有通行卡就不能让我进来……哦，对了！”林南天支起胳膊，“我之后肯定还会常来找你，乔西不是给了你三张通行卡吗？给我一张呗？”

顾念顿住：“没了。”

林南天：“啊？”她从沙发椅上抬头，“哪儿去了？”

“一张我自己的，一张暂时放在我妈那儿了。”

“那另一张呢？”

顾念没说话，视线往玄关柜底层瞥去。

林南天跟着看过去，一双男式休闲皮鞋安安静静地摆在那儿。

她睁大了眼，惊得都结巴了：“你……你这是……是跟男人同居了？”

顾念就怕她误会，纠结了一路也没想好怎么说，此时连忙扑过去把她的嘴巴捂住：“别乱说。”

林南天把她的手扒拉下来：“那这双鞋是怎么回事？”

顾念还在纠结措辞，两人在玄关处僵持，玉石雕刻的镂空屏风后，一道身影从厨房走出，端着两个白瓷餐盘，穿过中堂走向餐厅。

他听见声音，脚步稍微放缓，朝林南天略微颔首：“你好，林小姐。”

林南天：“呃……”

骆修将视线平移到顾念身上，眼里的淡漠顷刻就转变成温柔：“晚餐好了，准备好就过来吃饭吧。”

“好。”顾念连忙应了。

骆修从中堂去到餐厅。

看着那道背影离去，林南天僵着脖子机器人似的回过头：“他是谁？”

顾念怕骆修听见，只能委婉地暗示林南天：“跟我同参加《金牌编剧》节目的演员，骆修先生。”

林南天震惊过度，完全没领会她的意思，依旧目光呆滞：“我又不看综艺节目，不过骆修这个名字有点儿耳熟……演员就是明星吧？”

顾念迟疑了下道：“算是吧。”

林南天喃喃着，语气复杂地道：“你堕落了，顾念。”

顾念：“嗯？”

骆修从镂空屏风后走过，从餐厅返回厨房，大约是取了其他餐盘。

顾念顾不得理林南天，朝没能得到她的帮忙的骆修抱歉地比画了下收拾动作。

骆修摇头，表示没关系。

顾念松了口气——林南天对他之前的问好视而不见，看来骆修应该没有介意。

不等松完这口气，顾念就听见林南天长长地叹出一口气：“你这样堕落，阿姨知道吗？”

顾念迷茫地回头：“知道什么？我怎么堕落了？”

“你还不承认？”林南天终于回过神来，恨铁不成钢地望着她，“你说说你，才火起来多久，买房的钱存了吗？买车的钱存了吗？养老的钱存了吗？存了吗？”

顾念被问得更蒙：“没有。”

林南天痛心疾首地问：“对啊，你都还没怎么存钱，怎么就开始包养小明星了？”

几米外，刚走过屏风的骆修听见声音停住脚步，回眸望了过来。

顾念想冲上去捂住林南天的嘴巴，但已经来不及了，回过神来的林南天一两秒就把话秃噜完了。

按照骆修此刻的位置，他应该一字不落地将这话听了个清清楚楚。

顾念不死心，僵硬地转过身去。

骆修似乎回过神，微微扶了下银框眼镜，朝顾念温和一笑，转身去厨房了。

顾念：“林南天……”

她现在就要弄死林南天，谁都不能拦她。

在顾念僵滞的几秒时间里，林南天也终于发现自己口中“被包养的小明星”刚刚从她们旁边过去。

林南天沉默几秒，清了清嗓子，心虚得声音轻成蚊子声：“别的不说，嗯，心理素质不错，还挺敬业。”

“敬业你个头！”顾念就算是仙女脾气也忍不住磨牙了。

林南天惊得瞪大了眼睛：“你骂我？竟然还是为了一个包养的小明星——呜呜！”

顾念在她再犯口业之前毫不犹豫地一把捂了上去。

压住了林南天，没给她留下说话的余地后，顾念回头，确定骆修还没从厨房里出来，这才转回来，压低声音道：“你傻了？他是骆修！”

“嗯？”林南天露出茫然的眼神，显然在问：哪个骆修？

顾念没说话，面无表情地斜睃她。

僵持了十秒，林南天陡然睁大了眼睛。

顾念牵了牵嘴角，露出一个平平淡淡的笑：“没错，就是你现在终于想起来的那个骆修。”

林南天呆呆地转了转头。

顾念：“我不是跟你说过他和之前的公司解约了吗？公司那边可能把他从艺人公寓里赶出来了，然后他还没找到新的租屋，暂时就在这儿借住了。”

林南天回过神，抬手扒拉下顾念的手：“你……你这是终于实现梦想，把你‘鹅子’领进自己的户口簿里了？”

顾念愣了下。

听见“鹅子”这个她自己好像也好久没再用的称呼，心里莫名地有点儿发虚。

而林南天此时终于捋顺了自己从进门开始到现在差点儿被灭口的前因后果，双手合十地连连作揖：“对不起、对不起、对不起！我是真没想起骆修这个名字——我完全不追星，不关注娱乐圈的事，更不看综艺节目，你知道的。误会了、误会了，实在对不起。”

“行了。”顾念没好气地拉了下她的手，咕哝，“你跟我道歉有什么用？进来再说吧。”

“OK。”林南天心虚地提起自己拿来的大包小包东西，从玄关前的镂空屏风绕了过去。

顾念陪林南天把包放到客厅里时，正赶上骆修端着白色餐盘从厨房里出来。

顾念忍住刚刚的尴尬心情，上前问：“有没有什么其他我能拿的东西？”

“这是最后一份了，你们洗完手就可以直接过来吃饭了。”

“那……辛苦啦，骆大厨。”

骆修淡淡一笑：“为寿星服务，我的荣幸。”

当着后面林南天这个大背景板的面，骆修完全没提方才的事情，更未借机调侃。

顾念和林南天的尴尬情绪都缓解许多，顾念感激地看向骆修。

“对了。”骆修想起什么，转回身来，“你能帮我一个忙吗？”

顾念立刻问：“什么事？你说。”

骆修示意了一下手里的餐盘，无奈地笑道：“我自己不太方便解开围裙系绳，刚刚在厨房试了一下，好像不小心系了死结。”

顾念了然：“我来。”

骆修傍晚回来后就进了厨房，身上的白衬衫和西装长裤没换，腰带扎出了精瘦的腰身，而灰色的围裙系带就勾勒着腰线，系在身后。

顾念靠过去，低下头去解死结。僵持数秒后，顾念说道：“确实是个死结，还挺紧。”

林南天茫然地站在客厅里。

几米外，一高一矮两道身影几乎要贴在一起，站在后面的小姑娘木着脸，严肃认真地跟手里的结做斗争，完全没察觉自己和身前的人已经靠得有多近、多亲密。

别说异性，就算是同性，林南天认识顾念这么多年，也从来没见顾念还和谁这么不设防地亲近过。

而被亲近的那个人……

林南天下意识地移动目光，紧接着便对上一双褐色的眸子。

似乎是察觉了她在观察他们，那人朝她略微颔首，眉眼间是温柔的笑意，却叫林南天品出几分疏离感。

但那几分疏离感在他收回目光似乎望向他和身后的人投在地上亲密交叠的影子时，顷刻间就消失不见了。

林南天心里泛起一种莫名的微妙感觉。

即便完全不追星，林南天也承认面前这个叫骆修的明星果真如顾念当初所说，天生一张挑不出任何瑕疵的明星脸。

宽肩、窄腰、长腿，身材也是顾念描述的大卫模板，可这样一个人，怎么做了两年寂寂无名的180线小明星？而且她总觉得这个人有点儿眼熟，好像在哪儿见过。

在林南天心里越发觉得古怪的时候，那边顾念终于结束了和围裙死结的斗争。

“好了！”顾念长出了口气，“下次还是我帮你系吧，你自己系得太难解了。”

“好。”骆修温柔地应了。

等那人端着餐盘走去餐厅，林南天终于回过神，快步走到顾念身旁，拽了拽她的衣角：“你们什么情况？”

“什么什么情况？”顾念茫然地回头。

“你和你宝贝‘鹅子’啊！怎么相处得跟夫妻日常似的？！”

顾念再次被这个称呼噎了一下，小声道：“你别这么叫了……万一被他听见。”

林南天沉默。

两人对视了片刻。

林南天：“你不对劲。”

顾念：“啊？”

林南天：“老实告诉我，你是不是已经母爱变质了？”

顾念：“我……”

林南天：“‘我’什么？”

顾念：“我没有。”

林南天：“你发誓。”

顾念：“发就发。”

林南天：“你发誓，你要是刚刚说谎了，那让骆修一辈子都火不起——”

顾念：“别！”

顾念一把捂住了林南天的嘴，险之又险地没有让林南天把这句话说完。

林南天眼神复杂地看着她。

顾念讪讪地收回手：“不要总说这么恶毒的话。”

林南天：“呵，女人。”

顾念装作没听到：“嗯，我去洗手了，你也快点儿，不然饭菜该凉了。”

顾念回到餐桌边时很惊愕，原以为骆修就算会做饭，也应该只是一般水平，但眼前这一桌菜……

“之前不知道林小姐会过来，只买了西餐食材。”骆修看向坐在斜对面的林南天，声音温和地道，“顾念吃得惯，但我不了解林小姐的口味。”

林南天放下擦手餐布，着实被面前的西餐卖相惊艳到了。

顾念在桌下拽了拽林南天的裤线，林南天回过神，连忙点头：“我不像顾念那么挑食，没问题。”

顾念顿了顿，偷偷斜睖了林南天一眼，然后转向坐在自己对面的骆修：“我不挑食，她骗你的。”

骆修半垂着眼，手里拿着刀叉，闻言笑道：“你的牛排配菜里没有放小胡萝卜。”

顾念低头看看自己盘里的东西，又看了看林南天那边，果然同样的大餐盘和旁边色彩鲜艳的摆盘里，自己这边少了那种手指长度的小胡萝卜。

顾念呆了两秒，抬起头：“你怎么知道我不吃胡萝卜？我好像没跟你说过。”

骆修抬起脸，笑道：“之前在《有妖》剧组的食堂，所有饭菜里的胡萝卜，无论生熟，你都会皱着鼻子挑出来，很嫌弃地放到一旁。”

“啊，我做得有那么明显吗？”

顾念刚说完不挑食就被戳穿，红着脸去拿水杯，用喝水遮掩。

她这边放下水杯的动作提醒了骆修，他拿掉腿上铺开的餐布，站起身道：“差点儿忘了给你们准备的红酒，我去厨房拿。”

顾念连忙回头：“你胃不好，不能喝酒！”

骆修经过她身旁，好像再自然不过地在女孩的头顶轻抚了一下：“放心吧，我只喝水。今天是你的生日，让你朋友陪你喝一杯。”

“啊，那好的。”顾念这才松了口气，转回头来。

没多久，骆修拿绢布托着醒好的红酒回到桌旁，又摘了两个倒挂的红酒杯。

在他横瓶之前，顾念已经起身从他那儿拿过酒瓶，还表情严肃地说道：“倒酒不能再让你来了，你都忙一整晚了。”

骆修：“我没关系。”

“那不行，我有关系。”顾念示意了下椅子，“你快坐回去。”

骆修笑了笑，温柔从容地道：“好。”

林南天坐在旁边，仿佛身处被世界遗忘的角落。她面无表情地看看这个，再看看那个，心情更复杂了。

自己最好的朋友就要被人撬走了，她有这样一种预感。

开始明明说好只喝一杯的，顾念晕乎乎地倒进沙发里，看着横倒在面前的房间还有客厅茶几上堆满的啤酒易拉罐时，用最后一点儿残存的理智这样想着。

“顾念你……你酒量下滑得也太厉害了吧？”林南天不知道什么时候滑到沙发下面去了，晃着手里空掉的易拉罐，嫌弃地撇了撇嘴。

“你以为我是你吗？每天那么多清闲时间……”倒在沙发里的女孩合着眼，不知道是在梦呓还是在回话。

林南天推了推她："真不行了啊？"

顾念没动。

林南天不满意地放下易拉罐："你变菜了，太菜了。"她撑着沙发起身，弯下腰捏了捏沙发里的女孩透着酡红的脸颊，"喂，顾念，别在这儿睡啊。"

顾念还是没动，完全睡过去了。

林南天垂着脑袋，颓丧地叹了口气："说倒就倒，有本事你先回房间再睡，没有酒品的女人。"

尽管抱怨，林南天还是弯腰把沙发上的顾念扶住，试图扶她起来送到楼上去。

骆修收拾完最后的厨余回到餐厅时，正见到林南天扶着顾念，摇摇晃晃地从沙发前起来。

骆修忙走过去："交给我吧。"

"啊？"林南天只来得及听到头顶的这个声音，原本被自己搭到肩上的顾念的胳膊突然被挪开了，她的身上顿时一轻。

林南天茫然地抬头，只见面前的男人一弯腰，便把身体往下滑的小姑娘打横抱了起来。

他一个字都没多说，转身就往楼梯走去。

林南天在原地呆了好几秒，直到那背影要上楼了，才陡然回过神，连忙跟上去："你等等……我也送她上去！"

把顾念送回卧房，骆修关门出来，林南天小心检查了一遍门锁，然后才敲着发晕的脑袋转回来。

骆修淡淡地问："林小姐今晚是在这边休息，还是我找人送你？"

"不用。"林南天垂着头摆了摆手，"我跟我家司机说了，他们应……应该到了，我出去就行。"

"好，我送林小姐下楼。"

"谢谢……"

顾念完全喝倒，林南天也没好到哪儿去。从别墅出去的路上，她几乎走成"S"形路线了。

骆修隔了四五米距离跟在她后面，以免出什么意外。

两人到了别墅区外，停在路旁的轿车前看起来已经等了许久的司机忙迎上来："林小姐？怎么喝得这么醉？"

骆修不放心顾念一个人喝醉后待在家里，确认过林南天和司机互相熟识，便准备作别离开："林小姐慢走。"

"等……等等。"林南天按住了拉开的车门，撑着没进去。她迷迷瞪瞪地歪过头，竭力睁着眼打量骆修。

那人侧影瘦削，站在夜色里，眼神比月光清冷，声音却好像有些温和："林小姐还有事吗？"

林南天看不分明，晃了晃脑袋也没用：“你说实话……你是不是对我们顾念有……有什么图谋？”

骆修不为所动。

林南天将音量提高了些：“你不要以为别人看……不出来，那么明显，瞎子才看不出来，顾念她就是……就是当局者迷……”

“林小姐说完了吗？”低沉而冷淡的声音截断了林南天的话。

“嗯？”扶着门的林南天皱着眉头扭过头，盯着骆修看了几秒，“我就感觉你……你不是看起来那么良善……果然是装出来的，顾念还傻乎乎地被你骗……”

“林小姐最好弄清楚一个问题。”

“什么？”

骆修侧回身，几步走回来，停在林南天面前。

他面上的温和笑意不知道什么时候已不见痕迹。单手按着车门，骆修微微俯身，那双褐色眸子没了伪饰，眼神冷得像冰——

“你们能觉察我的意图而她不能，不是因为她傻。”

“那……那是为什么？”

“因为无论你们觉得如何——我都不在乎。”

林南天的身体僵住。

回过神后，林南天又气又恼：“你以为……你以为你是谁？你认识顾念多久？你凭什么这样……这样跟我说话？”

骆修轻笑，表情却是冷淡的：“我为什么不能？！”

“你就不怕我告诉顾念？”

“最好不要。”

“你怕了？”

“对，我怕。”骆修顿了顿，温柔地笑了笑，“她的朋友不多，失去一个她也会难过——我怕她难过。”

林南天气得肺要炸了。

她咬牙切齿地瞪着这人，眼前的人却说完就走，完全不在意她听完以后的反应。

尤其他走之前最后那一笑，看似温和，却藏着凌厉的疏离感。而且这样的笑，比那个今晚在顾念面前几乎温和无邪的人更叫她觉得熟悉。

可到底是哪里熟悉呢？

林南天晃了晃脑袋。

视线里那个身影已经不见了，司机不安地过来问话，被她几句搪塞了。林南天坐进车里，看着一盏一盏路灯往身后移去，紧紧皱着眉，在脑海里翻找记忆——这样一张脸，如果真的见过，那她不可能没有印象。

大约是酒精刺激得厉害，林南天始终没能想起来。

司机把她送到楼下，给她开车门时轻声嘱咐：“林小姐小心，今晚星星和月亮都暗，路黑，别磕着、碰着。”

一幅画面突然闪过她的脑海。

窗边椅子上的男人，身着浅金淡纹衬衫，袖口挽起两三折，眼镜下轻晃过的金丝链衬着他白皙的肤色和温和又极端疏离的笑。

他身后垂着纱帘，顾念的身形影影绰绰。

林南天身影一停，陡然抬头：“没错，是星月酒店！顾念和乔西相亲的那间西餐厅！”

司机茫然：“啊？”

林南天低下头：“不对啊，顾念明明说他是个落魄的180线小明星，怎么会去那种档次的餐厅？潜规则？那也不该，凭他那张脸，要是他愿意被潜，那不可能到现在还不红。”

司机更茫然了：“林小姐，您在说什么？”

林南天顾不上解释：“我的手机呢？”

“在包里。”

“给我！”

“好的。”司机把包递给林南天。

她一通翻找，摸出了手机。她本来想拨号，但想起顾念这会儿可能还醉得在昏睡，就改成了发信息：“5月底，你去星月酒店和乔西相亲，当时隔着帘子你看到的那个人好像就是骆修！他为什么能去那样的餐厅？你确定他真的就是个180线小明星？”

发完消息，林南天上楼回到自己的房间。一边洗漱，她一边还在忧心这件事。那个骆修看起来实在不是什么善类，顾念到底是怎么觉得这么一个人温柔善良的？

林南天还没想完，她放在洗漱台旁的手机振动了一下。

她连忙拿起手机来看，回复来自顾念。

顾念：“我知道，那个是他的弟弟，不是他。”

林南天：“弟弟？”

顾念：“对，他有个亲弟弟，不过对他不好。他算是被赶出家门了吧。”

林南天：“这么惨吗？”

顾念：“提起来就气，不说了、不说了，我好困，继续睡了。”

林南天迟疑了好几秒，想起走之前骆修的话，叹了口气，最后还是没再说什么，只发了一个“好”字。

对面的人没再回，大概睡过去了。

“唉！”林南天把手机搁回去，继续洗漱。

与此同时，别墅区一楼的沙发上。

“你在……干什么？”

沙发蓦地一沉，骆修身旁扑过来一股暖乎乎的气息，一颗毛茸茸的脑袋从他的胳膊下钻进来，好奇地望着他手里亮着的手机屏幕。

骆修垂眼，无奈地笑道：“真不回楼上休息？”

“不，不困。”小姑娘坚定地摇头。

骆修：“你是每次喝醉都这么折腾人吗？”

“嗯。”小姑娘认真地想了想，“我酒量很好的，没醉过！”

骆修莞尔，点了下她的额头：“那上次在剧组酒店里，是谁折腾了我一整晚？现在又在闹我的是谁？”

顾念绷起脸道：“不是我。”

男人失笑垂眸。

“真不是我。”顾念表情严肃地说着。

“好。”他纵容地笑着，“不是你。”

顾念满意地点头。

过了一会儿，脑袋有点儿晕，顾念停下来想起自己刚才的问题，好奇地在他怀里蹭着转了转：“你刚刚在做什么？”

骆修指腹滑动几下，把手机屏幕上最新的那几条消息删除，但留下了和另一个联系人的信息。然后他叹了口气，微微俯身。

灼热的气息好像要落在女孩的额头上，但他最后还是停住。

骆修声音微哑地道：“我在做……非常卑鄙的坏事。”

顾念：“嗯？”

骆修眨了眨眼，自嘲道：“你以后会讨厌我吧，顾念？”

顾念动了动：“为什么？”

骆修没有解释，只是像怕吵醒她似的更轻地叹息：“我不想这样，可是习惯了，改不掉的。”

“习惯了……卑鄙地做坏事吗？”顾念茫然地重复。

“嗯。”

“为什么会习惯这个？”

“为什么？”骆修慢慢抱起她，贪恋地收紧手臂，把女孩抱在怀里，靠在她的肩上似笑似叹地道，“是啊，我为什么要习惯这种事情？”

喝醉的小姑娘呆了两秒，突然抬起手回抱住他：“不要哭。”

骆修僵住。

片刻后他侧过头，微微抬起眼，哑然失笑：“我没有。”

“你有。”顾念很坚持，胳膊也收紧了，“我听到了。”

“我不会哭。”

顾念转了转头：“为什么不会？没有人不会哭。”

“因为哭是孩子学会的求救手段。”

“嗯？”

“我从很久以前就知道没人会救我。”

骆修忍过无数回，终于还是在女孩坐在他怀里转过身来仰起头看他时，低下头，无法克制地吻了吻她的额角。

顾念丝毫没有被占了便宜的自觉，抱着他的胳膊仰起头，一脸严肃地道："胡说，我会救你的。"

骆修垂眸，声音低哑地笑道："别救我。"

顾念呆了下："为什么？"

"会被缠上。"骆修垂下眼帘，抵着她的额角合上眼，"会被缠一辈子。"

"啊？"顾念转回来，醉得酡红的脸颊上是认真的表情，"那我就救一辈子。"

骆修怔住，睁开眼望着她："一辈子？"

"嗯！"女孩骄傲地仰着头，"一辈子！"

第十五章　她唯一的网

如何把一个喝醉了还自以为清醒的小姑娘哄去房间睡觉，绝对是个世纪难题。

即便是骆修来完成这件事，依旧折腾了将近一刻钟的时间，才走完加起来不超过二十级的楼梯。

身上挂着八爪鱼似的半睡半醒的小姑娘，骆修终于抵达两人相邻的卧室套房门外。

他松开手，把女孩放到地上："顾念？"

"嗯？"原本靠在他的肩窝里迷糊着的小姑娘从他身上滑下去，脸颊贴着他的锁骨趴到他的胸前。

隔着薄薄的衬衫，她的呼吸拂上来，带着灼人的温度。

骆修低垂下眼，望了她几秒："你该回房间休息了。"

顾念这会儿倒是听话，眼睛都睁不开似的，靠在他身前点了点头："好，休息、休息。"

"你想回哪个房间？"

"嗯？"这次迟疑得更久，顾念迷茫地仰起脸，艰难地把一直往一起磕碰的眼皮努力撑开了。

她就那样全然不设防地茫然看着他。

真卑鄙啊，骆修这样想着，却声音低缓地重复："我的房间，还有你的房间，你想回哪一个？"

"你的，和我的？"顾念在困意里摇摇欲坠，细白的胳膊从睡衣里脱出半截，本能地把身前的人抱得更紧。

"嗯。"那低沉的声音带着某种蛊惑意味，"我和另一个，你选哪一个？"

"我选你……"女孩困倦地低下声去，"不管你和谁，我只选你。"

走廊上安静下来，片刻后骆修笑着轻叹："不要给我这么充足的、可以利用你的感情的余地。”

顾念靠在他怀里喃喃：“为什么？”

“因为我会更贪心。”

就像现在。

骆修推开自己的房门，把身前的女孩抱进去。

把顾念安置在床上后，骆修进到卧室套房内的浴室淋浴。

水声响了二十分钟后，骆修穿着黑色丝质睡衣睡裤从水雾朦胧的浴室走了出来。

刚转进卧室正房，迎着大床的方向，骆修先对上一双乌溜溜的眼睛。

骆修擦拭头发的手停了下来。

有上次被闹了一整晚的经验在，骆修没怎么意外。他迈开腿走过去，一直到床边才停下：“怎么不睡？”

“我想起来一个特别特别严肃的问题。”顾念绷着脸，没表情地抬头看着他，语气认真极了。

“什么事情？”

“签名。”

“嗯？”

骆修还在思索这个词的意思，就见顾念不知道什么时候从哪里变出一支黑色的签名笔。

她认真地把笔举到骆修面前，严肃得像在做报告：“给我签名。”

骆修放下擦头发的手，无奈地笑：“签什么名？”

尽管这样问，他还是没让顾念一直举着胳膊，从她手里把签名笔接了过去。

顾念苦恼地仰着脸：“你就要火了……不对，已经火了，以后肯定会越来越火的，还会有更多更多的女友粉和妈妈粉……你肯定很快就会把我忘掉的，然后我就会和其他粉丝一样被拦在外面。去机场给你接机的时候你也不会认识我了，你的经纪人还会跟我说要和你保持距离，不能跟任何人说我认识你……”顾念越说越难过，委屈地撸起袖子，“不行，在你不认识我之前，你要先给我留个签名，这样我才能睹物思人。”

小姑娘一个人说得声情并茂，骆修几乎不忍心打断她。到后面他听得忍俊不禁，抬起眼却发现小姑娘入戏太深，眼圈都微微泛红了。

骆修弯下腰，无奈又好笑地道：“让我怎么说，你不愧是个编剧吗？”

顾念泪眼汪汪地抬起头。

骆修扶在她身旁的床上的指节微微动了下，还是没能忍住，他抬手轻轻拭了下女孩憋得微红的眼角，哑然失笑。

见他只俯下身来不说话，顾念等了一会儿，更委屈了：“你现在就连签名都不肯给我了。”

“我给。”骆修无奈地轻捏了下小姑娘的脸颊，“不许哭，今天可是你的生日，我不能弄哭你两次。”

顾念抬头：“真的给签吗？”

“嗯，签在哪儿？”

“这里！”顾念从身后拿出一个本子。

骆修莞尔：“趁我去洗澡，你往被子下塞了多少东西？”

顾念诚实地举起本子：“只有这个了。”

骆修接过去打开，随即愣住——《盲枝养鹅日记 2.0》。

顾念丝毫没察觉骆修那点儿微妙的情绪变化，被酒精麻醉的大脑显然也不觉得，这个举动有点儿让人对着自己的卖身契还要签字画押的意思。

她戳了戳本子上的空白处：“签这里、签这里。”

骆修坐到她身旁，沉默片刻后淡淡一笑，慢条斯理地抬起眼：“你确定吗？”

“确定！”

“明天醒来不会后悔？”

“不会！”

“好。”骆修笑着垂眼，几笔落了一款签名。

他合上本子交给顾念，她立刻抱了过去，犹豫几秒后又偷看向骆修：“还能……再签一个吗？”

“嗯？”

顾念抬起手腕，睡衣被往上撸了一截，露出半截纤细雪白的胳膊。她指了指手腕：“签这里！”

骆修眼含深情。

几秒后，骆修垂眸一笑：“想让我给你签很多个签名，是怕我以后不认识你了？”

顾念点头。

骆修：“那我教你一个办法，好不好？”

顾念眼睛一亮，往他那边挪了挪：“什么办法？”

骆修拿下手里没有还回去的签名笔的笔帽，然后把笔递到顾念手里，让她拿好。

顾念呆呆地看着手里的笔，又抬头看向骆修，茫然地问：“怎么做？”

“签名。”

顾念更茫然了：“我签吗？签谁的名字？”

“你的。”

“啊？”

骆修侧过身，附到顾念耳旁，轻声问：“还记得《金牌编剧》第一期的射击游戏吗？”

“记……记得。”

“用代表个人身份的颜料标记到的猎物属于个人。”

“所以……”顾念闻着贴近的人身上熟悉的清香，循着本能靠到他的肩上，抬了抬手，看着那支签名笔，呢喃着，“如果在你身上签了我的名字……”

他给了她选择的机会，猎物还是自己迈进了陷阱里。

骆修垂下眸子，遮住眼里深深浅浅的笑意，声音微哑，像浮士德蛊惑的低语："签了，我就是你的了。

"你可以对我做任何事情。"

顾念在一片昏黑里睁开了眼。

宿醉的代价让她情不自禁地按住太阳穴，轻轻呻吟了一声。

再喝醉就自挂东南枝吧，顾念在心里警告着自己，白净的胳膊伸出被窝，习惯性地在枕头旁边摸了摸，摸到了她的手机。

房间里的窗帘拉着，久睡之后手机的光显得格外刺眼，顾念眯起眼，看了一眼屏幕上显示的时间——9:42。

又是一个过去了大半的上午啊，顾念哑着嗓子低低地哀号了一声，扔了手机，习惯性地翻进大床中间，胳膊一松——啪。

顾念的身体陡然僵住。

如果这种无比真实的感觉不是梦，那么在她的手掌侧下方，这种温热又细腻、像极了人类皮肤的触感是……

顾念慌得身体一抖，却咬紧了牙关愣是让自己一个字音都没哼出来。

她僵着的左胳膊一动没敢动，右手艰难地摸到被自己扔在枕头旁的手机，将屏幕调到最暗，然后小心翼翼地顺着自己的胳膊把微弱的光打过去。

她滑下的手压在颈侧，男人睡颜安静，细长微翘的睫毛密密地垂在眼睑下，鼻梁在半明半暗间有着最凌厉完美的线条，薄唇色淡而弧度饱满，这张脸这样近距离地看，仍旧每个细节都美得惊艳。

"啊！"顾念却顾不得惊艳了，此刻内心正天崩地裂，宇宙重建。

她怎么又把人给……

上次还只是衣衫凌乱，这一次除了她搭在那人颈上一动不敢动——生怕把人弄醒的胳膊外，顾念能够清晰地看到勉强遮过他的腰腹的薄被下，那件衬得他的肤色越发白皙的黑色缎面睡衣是完完全全被剥去大半的。

甚至——顾念僵硬地把视线定格在自己的手掌下，被她的胳膊挡住的阴影里，他锁骨位置好像有一点儿什么痕迹露了一角。

怀着最后一丝"一定是错觉"的希望，顾念小心翼翼地缓慢挪开自己的手掌。

微弱的手机光线落上去，在男人凹凸的锁骨线上，有两个歪歪扭扭的黑色字——"顾念"！

而就像重要文件在签名后盖上印章一样，取代红色印记的是一个淡淡的——咬痕。

"这是签名……这是盖章……好了，你以后就是我的了，不能忘了我！"

"好。"

碎片般的画面在脑海里回放完，她竟然在酒后跨过了最后一条死死守住这么久的红线。

毁灭吧，世界！

顾念正在绝望中把自己像条晒干的咸鱼一样瘫在床上，就听见被子里传来窸窣的声响。

“咸鱼”陡然变得僵挺。

她正在装睡和装死之间纠结时，微热的呼吸从她身后弥漫上来。有炽热的温度包围住她，隔着睡衣都感觉烫人。

就在她耳边，那个熟悉的声音是她从未听过的，带着尚未清醒的倦意，又沉淀出让人骨头都好像慢慢化掉的性感：“醒了吗？”

顾念僵成石头。

“我想再睡一会儿，可以吗？念念……”

念什么？什么念？

只一晚就这个进度，所以她昨天酒醉后到底做了什么禽兽不如的事情？

顾念疯了。

在脑内经历过无数次宇宙重建以后，她终于缓慢地、泪流满面地、小心翼翼地转过头去。

她的呼吸拂过他的颈旁。

极近的距离下，即便是室内光线如此昏暗，她适应了的眼睛也能轻易看清他锁骨上那个烙在签名旁边、半深半浅的“盖章”咬痕。

顾念咬住被角：下口好狠，都快破皮了。

不等她开口，她的呼吸好像惊醒了他，那人在昏暗里往后躲了下，声音掺着睡意未消的低哑：“不给咬了……疼。”

顾念：我这个禽兽！

她无语凝噎了半天，终于颤着声音低低地道歉：“对不起、对不起，我以后再也不喝酒了。”

面前的人安静了很久。

在顾念绝望得心如死灰的时候，被子下的人张开手臂，突然上前抱住她，然后头紧紧地埋在她的颈窝里。

骆修：“没关系，我很高兴。”

顾念被抱得蒙住。

骆修轻轻吻了下她的耳鬓：“因为我终于可以不用再忍着了。我喜欢你，顾念。”

顾念刚建立起来的脑内系统再次死机。

她耳边的声音却更加温柔：“你昨晚说的话还算吗？”

顾念颤着声音问：“我说什么了？”

“你说，我是你的。”

顾念脑袋里重建的宇宙被炸成了烟花，心跳跟着一起突破了灵魂的束缚，理智基本变成云烟。

骆修喜欢她。

而她趁酒醉把人占为己有了。

这是什么恶霸编剧强行潜规则可怜柔弱美貌小演员的法制故事？

顾念正处于绝望和另一种她自己都不敢直视、不敢承认的魔鬼情绪中，感受着良心的拷问和人性诱惑的水深火热时，房门外突然传来一声明显的电子铃声——嘀嘀。

顾念呆呆地回头。

这是别墅一楼正门的电子锁开锁的声音。

可是别墅区只有三张通行证，房门密码也只有她和骆修还有顾媛女士知——

等等。

顾念的脑子空白了两秒。

在她那种更惊悚的想法还没来得及成形的时候，楼下传来了顾媛女士响亮的声音。

“顾念？”

顾念的表情僵住。

在她脑内刷过无数遍“顾女士怎么会没有任何通知突然过来”和“自己现在是跳楼还是上吊走得更快一点儿”后，顾女士的声音似乎已经顺着楼梯上来了。

“顾念，你在哪儿呢？”

声音无比清晰，越来越近。

顾念呆滞地扭过头：“我……我……我们的房门是不是没有关上？”

骆修支起身：“可能是，我去看一下。”

“不——我去！”顾念从床上跳到地板上，不忘回头嘱咐，“你先换好衣服，尤其……”顾念绝望地在自己的锁骨位置比画了一下：“千万别让我妈看到，她会抽死我的。”

骆修点头。

他穿着丝质黑色睡衣，扣子一颗没系，衣领敞着，白皙的肌肤像温润的雪玉，在昏暗的房间里也春光无限。

顾念本能地沉迷了两秒，醒过神后恨不能以头抢地：这都什么时候了，还犯花痴！

顾念转身往外跑，风驰电掣地拉开门，一步跨出，关上身后的门，准备跑回自己的房间。

“你在楼上啊？叫你怎么不应声呢？”身后的声音拉住了顾念的脚。

“妈……”顾念绝望地回头，“你怎么来了？”

“什么叫我怎么来了？”顾媛说话时已经走上前，皱着眉，戳着顾念的额头往后一点，“你是不是又喝酒喝傻了？昨晚我发消息问你明天中秋节，是你回去还是我过来，不是你让我过来的吗？”

顾念迷茫地问：“我让你过来的？昨晚？”

“怎么，我给你看短信界面你才能相信是吧？你等我拿手机找找。”

“不用——”顾念连忙拉住顾媛，露出无辜的笑，“一定是我昨晚喝多了，醉了后不记得回过你了。”

“哼，说了多少回不准喝成那样了！是不是忘了你上次喝醉干过什么蠢事了？”

顾念内心的泪唰的一下淌了下来。

是的，她就是不懂得吃一堑长一智，所以昨晚竟然干出了那样“禽兽不如”的事情，悔之晚矣！

“这是你的卧室吗？你上次跟我说我还觉得不信呢，没想到这房子确实可以啊。采光应该也不错吧？你从事这个职业就是得多晒晒太阳。”顾媛说着，伸手就去推顾念身后的房门。

“别！”顾念瞬间移动，拦在顾媛和房门之间。

顾媛被顾念惊得一抖，回过神后虎起脸道：“你个熊孩子吓我一跳！”

顾念一把握住顾媛的手，露出垂死挣扎的僵硬笑容：“我先带你参观楼上，这栋别墅可大了，三层半，顶层阁楼阳光最好——走、走、走，我们去楼上。”

她拉了一下，没拉动，再拉，还是没拉动。

顾念：“嗯……”她绝望地回过头，“妈？”

顾媛正疑神疑鬼地盯着她：“你从小就不会说谎，一看就是心虚的样子。干吗不让我进你的卧室？”

顾念垂着脑袋机械地笑：“我的卧室不是这间，是那间。”

“那这间是谁的？”

“没……没谁啊。”

“可我上来时，明明就看到你是从这个房间里出来的。”

“啊，那个……房间脏了，我之前在里面打扫了一下。还没收拾好，所以您先别进去。”

“光着脚丫打扫卫生？”

顾念低头，绝望地看见自己忘了穿拖鞋的白脚丫。

天要亡我！

顾媛更加怀疑了：“你到底在房间里藏了什么见不得人的东西？你老妈都不能看一眼？”

顾念：“不是……”

顾媛：“你不会藏了个野男人吧？”

顾念陡然顿住。

顾媛原本只是随口一说地试探顾念，一见女儿的反应，也愣住了。

僵持数秒后，顾媛慢慢地扭过头盯住房门。

她眯起眼，用那只每次拍麻将桌都大有气吞山河之势的手，拉开跟她比起来像只小鸡崽似的顾念，然后一把按在了门把手上，重重压下，将门推开——

房间里光亮一片，从玄关就能看到的那半边窗帘打了一个漂亮的结，大片的阳光洒在光滑的地板上。

被一身黑色丝质睡衣勾勒出完美身形的男人正走到近玄关入口处，似乎意外地停住。

和表情冷酷的顾媛对视了几秒，男人垂首，黑色碎发落到额前："顾阿姨。"

声音像身后的阳光一样，温柔而充满惬意。

问候之后，他穿着那双晃着狐狸脑袋的灰色拖鞋走上前，然后在呆着的顾念面前蹲下身，粉色的兔子脑袋拖鞋被放到顾念脚边："你忘记穿拖鞋了，抬脚。"

顾念完全是凭着本能，跟着那人温柔的声音抬起脚了。骆修一只一只地给她穿上拖鞋，还理了一下耷拉着的兔耳朵才站起身。

顾念陡然回神，惊慌地看向身旁的顾媛。

顾媛的脸色变得像雨后彩虹，赤橙红绿青蓝紫轮番上阵。

顾念惊恐地往后一仰："不……不……不，您先别发火！我没说是有隐情的！"

"隐情？"顾媛磨牙冷笑，"你可真是出息了啊，顾念！"

"我……我……我可以解释的！"

"你不用急着解释，先挨我一顿揍再说。"

"啊？"顾念脚底抹油就想开溜，还没蹿出一步，手腕就被人握住。

然后那股拉力温柔而坚定地把她拽向了房内。

顾念下意识地跟着迈出两步，随之被骆修护到身后。

顾媛扬起的巴掌停在骆修身前。

青年垂着头，好看的眉微蹙着："顾阿姨，是我让念念瞒着您，您不要跟她置气，要打就打我吧。"

顾媛哼笑了一声："你别以为我跟你不熟就不会动手，我这人自来熟。再说上回我们也认识了，你就是小辈，我可不会给你什么面子。"

骆修没抬眼，一丝迟疑之色都没露，手臂依旧把顾念牢牢地拦在身后："是我做错了。"

"不是他！"顾念终于回过神。可惜被身前挺拔的身影拦得太严实，她只差扶着骆修的胳膊跳着努力冒头了："是我！妈，我错了，我真的不是特意不告诉您的，就是没来得及！"

顾媛咬了咬牙，瞪了自己那个不争气还胳膊肘往外拐的闺女一眼。

话说得再狠，毕竟是第一眼见面的小辈，还是这么一张看起来就值七八位数保险的明星脸，她也不可能真下得去手。

僵持几秒后，顾媛甩回手，没好气地扭头往楼梯走去："你们两个换好衣服，下楼再跟我解释。"

“好……”见顾嫒的背影消失在楼梯口，顾念松了一口气，手搭在骆修的胳膊上，把人拉回来。她严肃地告诫道：“你别在我妈面前护我，她是真的自来熟的，而且她那巴掌得了降龙十八掌的真传似的，一巴掌拍实了半条小命都会没。”

骆修无奈地垂眸：“你现在的关注重点是这个？”

顾念：“死里逃生啊，不然还能是什……？”

话没说完，顾念在这个极近的距离下，瞥见了骆修微敞的黑色睡衣衣领下的一角咬痕，当场僵住。

回过神后，她双手合十，垂首道：“对不起。”

骆修哑然失笑：“我不想听这个。”

“那你想听什么？”

“你昨晚说过了，要反悔吗？”

“这……”迟疑许久，顾念终于小心翼翼地问出口，“你真的确定要我负责吗？”

骆修眼睫一垂，笑意中露出失落之意：“如果你不喜欢我，那就算了。”

“怎么会？”顾念想都没想就脱口而出，“我不可能像喜欢你一样程度地再喜欢其他任何一个人了！”

骆修怔住，抬起眼帘。

顾念反应过来自己又说了什么大实话，红透了脸低下头。这点儿赧然情绪没有持续太久，顾念就想起了最严肃的问题。

她皱着眉仰起脸：“可是现在正是你的事业上升期，你在这个时候发展恋情，那会分散很多精力的。”

对着小姑娘完全真诚又认真的模样，骆修难得觉得有点儿无奈又好笑。

顾念茫然地看着他：“你笑什么？”

骆修往前靠了靠，以他们的身高差，恰好够他撑着门板低下头，亲密地贴近女孩的眼睛：“我和我的事业哪个更重要？”

顾念想都没想就说道：“当然是你。”

“我的答案也一样。”

“嗯？”

“你比我的事业更重要。”骆修难以克制地吻了吻女孩的额角，“你最重要。”

几秒之后，扛不住这火力的小姑娘跑向自己的房间了：“我……我……我们赶紧换衣服下楼吧。”

对着顾念的背影，骆修遗憾地笑了下。他靠在门上，目光深沉而眷恋地盯着女孩的卧室门，几秒后才转身回去。

二十分钟后，别墅客厅的沙发上，顾嫒和顾念这母女两个面对面正襟危坐，只是顾念的目光看起来有些心虚。

骆修将斟好的茶放到顾嫒面前。

顾媛接过去，摆了摆手："你别忙了，坐吧，我有话问你们两个。"

"顾阿姨，您请说。"

顾媛目光扫过去："你们两个现在是什么关系？"

第一个问题就正中红心。

骆修没有开口，望向顾念。顾念同时看向他。

对上骆修藏着某种期望又克制的情绪的眸子，顾念心里揪了下，已经到嘴边的"合租"两个字被咽了回去。

低头想了会儿，顾念小声道："男……男女朋友。"

顾媛："啊？"

即便已经做过20分钟的心理准备，顾媛乍一听到这个答案还是感觉自己的血压立刻飙了上去。

她按住面前的茶几，克制住一把掀了它的冲动："什么时候开始的？"

顾念当然不能说昨晚，磕巴了一会儿才放弃挣扎："有一段时间了。"

顾媛："所以你是完全没有跟我提过，就直接和他同居了？"

顾念噎住。

骆修在此时开口："顾阿姨，请您不要误会。是我的租房合约临时出了问题，我来顾念这边借住几天，我们并不是同居。"

"那刚刚我看到，你俩不是从同一个房间出来的？"

骆修眼都没眨地说道："那是顾念的房间，我昨晚给顾念庆生，喝醉以后进错了房间，她没有赶我出来。"

"不——"顾念一听骆修把她进错房间的事情揽到他身上就有点儿着急了，刚开口想否认，就对上了骆修转回来的眼眸，他的眼神温柔而坚定。

顾念慢慢咽回话，低下头去。

顾媛眉头稍松："所以你们没有发生关系？"

"妈！"顾念抬头，一秒就红透了脸。

骆修却淡定地垂首："我尊重顾念。在我们的关系得到您的认可、正式订立婚约之前，我不会对她有任何越线的行为。"

顾媛的表情稍松了些。

骆修斟的茶被顾媛端起来喝了一口，又放回去。她像随口问道："你是个演员，对吧？"

骆修目光一闪，垂眸："是的，阿姨。"

"嗯，说实话，对这个职业，我作为妈妈是不太喜欢的。倒不是歧视，只是演戏嘛，总有些感情投入。你们两个在热恋期的时候还好说，但日子过久了，没那么多新鲜感，说不定就……"

顾媛没说完，若有深意地看向骆修。

骆修神色间没有任何波澜："阿姨请放心，最迟到结婚，我会转向幕后。"

顾媛意外地仰了仰身。

骆修想起什么，回眸望向顾念，眼里带笑，表情温柔而认真："如果顾念愿意和我结婚的话。"

顾念听到半截就蒙了，完全没想到话题飞去了结婚上。

等她的大脑翻译完骆修的后半句话，身为一个已经失格并迅速过渡向事业型女友粉的前任妈妈粉，她机警地抬头："转幕后？那怎么行？不能因为我们的生活影响了你的工作！"

顾念没觉察，她那句"我们的生活"一出口，骆修就怔住了。

好几秒过去，骆修猝然笑了起来。

"如果是我们的生活……"他咬重那个短语，"那我愿意为它付出我的一切。"

这下轮到顾念呆了，还慢吞吞地红了脸。

顾媛看不下去，偷偷对自己这个没出息的闺女翻了好几个白眼，然后才清了清嗓子："咯，事业的问题以后再说也行……骆修是吧？"

"是，阿姨请说。"

"你家里几口人？是做什么的？"

"妈……"顾念犹豫着轻声阻拦，却被顾媛一个凶巴巴的眼神压了回去。

顾念低下头，不敢再吱声了。

沉默之后，骆修垂眸开口："我生母去世很早，父亲后娶，有一个弟弟，家里平常打理一点儿小生意。"

"小生意？"顾媛料想是个体户之类的，也没多问，点了点头。

这顿盘问一直持续到中午。

顾媛结束谈话，从沙发上起身，转过身后似乎想起什么："明天中秋节，骆修你是不是要回家过？"

沙发上的骆修顿了顿，点头："是，不能陪阿姨和念念，很抱歉。"

顾媛摆了摆手："没事，家里重要。那你是下午还是……？"

骆修起身："我去楼上收拾几件衣服就该走了。"

"那好，你快去准备吧，不用顾及我在。"

"好……"骆修朝顾媛颔首，然后顺着楼梯上楼去了。

他一离开，顾念就忍不住起身走到顾媛身旁："妈，你干吗赶他走啊？他才刚起来……"

"我哪里赶他了？那不是他说的要走吗？"

"他明明就是顺着您的话才说的。"

"行啊你，人还没嫁出去呢，就向着他说话了是吧？"

顾念被噎了一下，心虚地转开目光："他家里人对他不好，我怕他回去受委屈。"

"他再委屈，还有中秋节不回家团圆的吗？"

顾念想了想也对，没再说话了。

几分钟后，骆修拎着行李箱下楼，温和有礼地跟顾媛道别。顾念提出送骆修出门，却被骆修拒绝了。

“不用送我，你在家陪阿姨吧。”

“可你——”

“我又不是不回来了。”骆修的眼底有着深深浅浅的情绪，克制许久后，他只是拉起顾念的手，放在唇边轻轻吻了下，“中秋节快乐，念念。”

直到别墅的大门合上，顾念依旧站在原地，脸红得像隔壁家挂在别墅院子门外的大红灯笼。

骆修一路步行出了别墅区，到正门外才上了路边一辆低调的黑色轿车。

司机是临时接到电话赶来的，见骆修上车便问：“骆先生，是送您回骆家吗？”

“不，去公司。”

司机愣了愣：“下午公司员工都放假了，连着明天的中秋节一起……”

“我知道。”

“您不……不回家过节吗？”

“中秋节吗？”

“是啊。”司机尴尬地笑了笑，“一家团圆嘛。”

“团圆……”

后座上响起一声低沉的笑，又静了几秒。

“所以我不回去，他们才叫一家团圆啊。”

司机怔了下，回过神后在心底叹了口气，转过方向盘开进寂静的长路。

中秋月圆。

BH 传媒顶楼，落地窗内的办公室里灯光清冷，办公桌后的男人坐在老板椅里，手中的钢笔在面前堆积的文件上慢慢扫过，最后在落款处签字。

将文件夹合上搁到一旁，骆修慢慢松了口气，有些疲惫地靠进椅子里。

不知道过去多久，他望着窗外清冷的月色失神的间隙，搁在办公桌一角的手机突然振动起来。骆修目光一扫，没什么情绪地拿起手机。

来电是一串没有备注的数字。

骆修指腹一拨将电话接起，开了免提随手搁到桌上。

“大少爷？”管家林易的声音震响了办公室里寂静的空气。

“林管家有事吗？”

“今年的中秋，您还是不回来吗？”

骆修垂眸笑了笑：“公司事情多，就劳林管家代我向几位长辈转达歉意了。”

“公司的事情也不差一个中秋，您……”

“林管家……”骆修淡淡地打断他的话，语气依旧温柔，“您也知道我这只是借口，何必还要多费口舌？”

对面的人似乎被这直白的话噎住。

过去几秒后，林易才无奈地说："老先生和您父亲都是希望您能回家里过节的，餐桌边总会为您留个位置，年年如此。"

连着一天多的时间都是在处理公司里需要自己决策的公务，骆修撑着椅子扶手困乏地低了低头。碎发从他的额角垂下来，搭在撑着额头的白皙手背上。过去很久，他才很轻地发出一声笑。

"林管家，国外的历法和国内不一样，我还小的时候，身边没人记得哪天是中秋，哪天是春节，也从没人提醒过我。

"我一个人那样生活了十几年，那时候骆家也是年年如此，在餐桌边给我留一张空位吗？"

林易哽住，过了好久才叹了口气道："早些年因为您母亲的事情，骆家和毕家关系冰封很久，老先生那时候待您确实刻薄了些。但这几年他其实已经后悔了，不然也不会总叫我或者小少爷给您打电话叫您回家了。"

"他是后悔还是因为骆湛而想给骆家留条退路，我都不在乎。"骆修抬眼，笑容淡去，"我不恨他，但除了不失礼节，我也没有爱他们任何一个人的义务。"

"大少——"

"我还有文件要看，就这样吧。"

骆修点了下手机屏幕，挂断电话。在他冷着脸移开视线前，刚暗下的手机屏幕突然又亮了起来。

是一条新信息，来自顾念的。

骆修怔了下，回神时已经本能地将消息点开了，最上面是个表情包，一只探头探脑憨态可掬的小老虎，后面紧跟着一句话："今晚你家的月饼好吃吗？"

骆修眼神一柔，那点儿冷漠如冰雪消融。他拿过手机轻点："嗯，好吃。你呢？"

"我在陪我妈看月亮，她非说不能浪费这个别墅的阁楼。今晚可冷了。"

骆修皱了下眉，手指敲击的速度快了许多："阁楼上有小壁炉，还有可以合上的观景天窗，你别着凉。"

"那太麻烦了。放心吧，我多穿了好几件衣服呢。"

骆修神色放松："嗯。"

"不过你怎么知道阁楼上有这些设备？我都是上来检查过好几遍才发现的呢。"

骆修垂下眼，过了几秒才慢慢打出一行字："前几天上去看过。"

"噢，这样啊。不过上面的景色确实很好，等你回来，我们一起来看星星！"

"好。"

"那我不打扰你和家人团聚啦，我们节后见。"

"嗯。"

骆修垂眼望着那个停住不再动的信息界面，一直默不作声。

虽然知道今晚不会再有新的消息了，但他还是忍不住，怀着一点儿等待奇迹似的可笑心情看着小姑娘的头像，想她现在是怎样的模样、怎样的笑声，想她会不会又想起什么事情，给他发来一个新的表情。

不知道过去多久，一片阒然的办公室被敲门声打破了安静的气氛。

骆修回神："请进。"

戚寒抱着几份文件，小心翼翼地进来："骆总，您今晚还在公司睡啊？"

"嗯。"

戚寒把文件放到旁边那个文件堆上，刚收回手就注意到骆修似乎在对着手机走神，而且脸上难得地连伪饰的笑容都不见了。

戚寒不确定地轻声问："您心情不太好？"

骆修终于自手机屏幕上抽离视线，冷淡地抬眸，深望了戚寒一眼。

就在戚寒开始后悔自己为什么要多此一问的时候，奇迹般听见他们的恶龙老板平淡地开口了："我在犹豫一件事情。"

戚寒惊讶过度，话没过大脑就秃噜了出来："您还会有犹豫不决的时候呢？"

"嗯？"骆修抬起眼，淡淡地望着他。

戚寒仅一秒就已站得笔直，神色庄严肃穆："实在是您在我心目中的形象太过英伟不凡，我没有想到您也会犹豫。"

骆修冷淡地轻哂。

确定无危险后，戚寒躬回身道："是什么事情，我能帮您排忧解难吗？"

骆修敲了敲手机。

戚寒不解。

"顾念。"

戚寒恍然大悟："顾编剧的事情？"

"嗯。"骆修轻叹了声，靠回座椅里，"一个谎言要用无数个谎言去弥补，我不想再欺瞒她任何事情，却在一次又一次地骗她。"

戚寒迟疑了几秒，嘀咕："您这是良心不安了啊？"

骆修摇头。

戚寒茫然："不是吗？"

骆修："我没有良心和道德感之类的束缚。"

戚寒："啊？"

戚寒还是第一次听人能把这话说得这样理直气壮，真是令人叹服且深不可测的道德下限啊！

戚寒在心里不住地摇头赞叹。

不过这话他自然不敢说出来，面上还维持着一个尽职尽责的下属为老板排忧解难时应有的职业笑容："那您为什么不想再骗顾编剧了？"

骆修垂眸思索了两秒："因为纸包不住火。"

"啊？"

“如果我能骗她一辈子，那我会骗她一辈子。但我知道只要是谎言，就永远有被戳破的那天。”

“所以您其实是怕谎言被拆穿之后……”

“我怕失去她。”

骆修抬眸，剥离了温和的假象，他的眼神冷得几近漠然，眼眸深处却又埋着另一种极端的贪婪执念。

他垂回眼，情绪低落地道：“我不怕任何后果……只有失去她这一件事，是我绝对不能接受的。”

戚寒一时语塞。

在他绞尽脑汁地想着要怎么帮他们老板解决这个困难时，某一秒突然听见文件翻动的声音。戚寒茫然地抽离思绪，低下头，发现骆修已经拿过最上面的文件夹，打开继续办公了。

呆滞了几秒，戚寒犹豫着道：“骆总，我们刚刚不是还在聊您的……”

“我只是需要一个发泄口，谢谢，现在好多了。”骆修没抬眼，声音平静地道。

戚寒：“我刚刚是在帮您想对策。”

“和她有关的事情，我不需要任何人插手。”

戚寒面无表情地直起身。

尽管知道心里的实话万一漏出来自己就是被捶死的下场，但他还是有那么一秒没忍住，在心底感慨了一句——对这位基本没有人性存留的恶龙老板，顾编剧就是他的报应啊。

等顾编剧将来真缚了恶龙，他一定得去送一面锦旗，就写“造福苍生”。

戚寒面无表情地告别，转身往办公室外走去。他的手刚握上门把手，身后那人想起什么，又说道：“今晚中秋，你们怎么还有新文件？”

提起这个，戚寒瞬间就精神了，委屈地转回身来：“《金牌编剧》策划组的人集体脑子进水，非要搞个什么国庆特辑！连累我们都一起加班两天了！”

骆修顿了顿：“国庆……特辑？”

“对啊。”

“通知嘉宾组了？”

“好像昨天晚上就发预通知了。”

骆修拿过手机，对着所有信息交流软件检查了一遍，皱着眉问：“为什么我没有收到通知？”

戚寒愣了愣：“啊，这个……他们可能忙傻了，就把您这特殊嘉宾的双重身份给忘了。”

骆修的指节在办公桌上轻轻叩动，片刻后，他瞥向桌角的电子台历，问：“既然是国庆特辑，那会提前安排录制插播吧？”

“他们最脑子进水的地方就在这儿了！”

“嗯？”骆修抬眸。

戚寒气得咬牙：“策划组那群疯子竟然说要搞什么直播综艺的试水首秀！”

“哦……”骆修怔住。

10月6日，星期二。

一大清早，顾念就被《金牌编剧》节目组安排的专车从别墅接上，然后直奔这期国庆特辑的录制地点——K市的青时广场。

路上，顾念靠在座位上，紧张得抱了一路安全带。车窗上映着的小姑娘表情空白，但嘴唇明显抿得很紧，似乎非常紧张的样子。

戚寒作为负责人随行，坐在副驾驶座上看了好几回，终于还是忍不住回头问了：“顾编剧，你是不是身体不舒服？

“顾编剧？”

“啊？”顾念魂游天外回来，茫然地抬了抬头，“你叫我了？”

戚寒：“啊……”

默念了三遍“这是未来老板娘不能得罪”，戚寒脸上挂上非常和善的笑容：“顾编剧是身体不舒服还是有心事？”

“没……没有。”顾念泪流满面地转了回去。

她总不能说因为这是在那天仿佛梦里一样确定关系后，她要和骆修再次正式见面的第一天，所以已经魂不守舍一早上了吧？

眼见着车子离青时广场越来越近，顾念感觉自己的心跳加速得有点儿濒临失控。她攥了攥手指，问戚寒：“骆修到了吗？”

“早就到了，他这几天就没离开过公司。”

“啊？”

戚寒秃噜得太快，说完以后自己先惊悚地僵在副驾驶座里。等慢慢从石化状态中恢复，他僵笑着回过头，果然对上了顾念茫然的表情。

“骆修为什么会在BH传媒？”

戚寒心念急转，极有求生欲望，终于在那无形的狗头铡落到他的脖子上的前一秒急中生智地道：“啊，那个……骆先生不是要和我们BH传媒签经纪合约吗？最近他在筹备签约的事情呢。”

顾念闻言惊喜地问：“已经确定要签了？”

“对、对。”戚寒心虚地擦汗。

顾念：“太好了！到哪位经纪人那儿也确定了吗？”

“这个……毕竟还没签约，这些都属于保密信息，我刚刚也是一时说漏了嘴，具体的消息还是不太方便透露……”戚寒委婉地看向顾念。

顾念飞快地点头：“是我唐突了，我理解。那就等你们的好消息了！”

“好……好的。”戚寒更加心虚地抹了一把汗，转了回去。

顾念一早上的紧张感被这个惊喜的消息冲淡得不剩多少了，如果不是还在车里，她怀疑自己都能激动得飞起来跑去向骆修祝贺和分享快乐。

这种无法按捺的兴奋劲儿一直持续到下车。

戚寒把顾念带去嘉宾临时休息室。推开门一见到骆修，顾念已经忍不住跑上前去直接抱住了他。

“骆修！”

骆修预测过无数种顾念在今天第一次以正式交往关系见面的时候会有的反应和他的应对措施，唯独没想过眼前这个场面。

站在门口的戚寒非常荣幸地看到他们那位天塌下来也能面不改色的恶龙老板怔住的模样，一边想笑一边很怕被事后戳眼。

他只能艰难地忍着笑低下头。

骆修终于回神，扶住从他怀里冒出脑袋、笑容灿烂得花儿似的小姑娘，也不禁微弯了眼睛：“什么事情这么开心？”

“我已经听说了！”顾念激动得脸颊微红，“你已经确定要和BH签约了，对吧？”

不远处的房门旁，低着头的戚寒嘴角的笑容陡然僵住。

不出两秒，他就感受到从房间里投来的一束仿佛冰川实质化的目光。

戚寒：天要亡我！

所幸有顾念在，骆修没有多少心思分给旁人，他的注意力很快转回到面前的女孩身上：“嗯，戚寒告诉你的？”

“对！”

心里轻描淡写地记了一笔，骆修望着女孩弯成月牙的眼睛，淡然一笑：“这么开心？”

“当然！摆脱那个不靠谱的定客传媒，找一个新东家，然后踏上你的事业起飞路——我等你这一天可已经等了两年两个月零六天了！”

“哦……”骆修被这句话提醒了，低下声道，“那个秘密能告诉我了吗？”

顾念愣了下才反应过来骆修说的秘密，是当初在《有妖》剧组她提过的和他初遇的事情。

顾念犹豫了下，小声道：“现在……还不太行。在这个时候说出来，我会觉得自己特别没用。”

“没用？”

“嗯。”顾念点头，想了一会儿笑起来，“不如我们约好，就等我签编剧合约时说吧。”

骆修反应极快：“有公司邀请你了？”

“对，其实第一期节目结束就有一些编剧经纪人还有传媒公司联系过我，但是我没有特别满意的。”

“现在有了？”

“嗯，有三家在备选。”

骆修目光微闪了下：“BH传媒邀请你了吗？”

顾念："这倒没有，可能他们没什么意愿吧？"

骆修温柔地笑了笑："连你都抓不住，他们是不想做这档节目了吗？"

顾念怔住。

而这句话真正的接收人已经站在门旁快哭了。

冤——枉——啊。

他们这几个知情的主要负责人哪个能想到，都进了老板碗里的老板娘还有飞走的可能性呢？！

老板娘要是被别的公司签走，那他们大概见不到第二天的太阳了。

戚寒顾不得解释了，转身就往外跑。他跑得太急，还把只开了半扇的房门撞得发出砰然一声震响。

房间里的顾念被吓到了，茫然回头："戚先生这是干吗去？他怎么这么着急？"

"大概是刚想起来自己忘了多重要的事情吧。"

"哦。"顾念不解，但还是点了点头。

半个小时后，预计时长一小时的《金牌编剧》国庆特辑直播版即将开始，节目组准备就绪，做好造型的嘉宾被导演组聚集到了室内。

骆修是最后一个进场的嘉宾，因为进门前被气喘吁吁地赶回来的戚寒拦在了场外。

"定好了？"

"您放心吧，合同已……已经在草拟了。"戚寒喘着粗气，一手撑着墙拯救自己的气管，"还……还有，导演组一定要我……转……转达一件事。"

"什么事？"

戚寒深吸了一口气，又吐出："导演说了，这次是直播，您要是再像前面几期录播似的那么肆无忌惮——"勉强压稳了呼吸，戚寒拎住自己胸前的领带高高提起来，"那他明天就在公司大堂拿领带吊死自己。"

戚寒还配合地做了一个吐舌头、翻白眼的表情。

骆修挑了挑眉，像个丧失人性的资本家那样反应淡漠地转过身："那让他别等明天了，就现在吧。"

"别！"戚寒扑上去拉住骆修的手腕，"不止导演组，策划组和公关部那边的同事也委婉地向我表达了这个意思——吊一个导演没事，他们集体吊了，我们公司就得关门了。"

骆修停住："威胁我？"

戚寒干笑："哪敢啊？我就是个传话的，您要是不爽，我现在就让他们集体去大堂准备。"

骆修侧身，目光冷淡地落了下去。

戚寒目露不解之色。

"手。"

"哦。"戚寒想起他们老板那变态的洁癖，立刻把手抽回。

"我会尽量克制，不保证克制得住。"骆修停顿了下，抬起眼，"他们不是想要噱头吗？我不行？"

"噱头这东西得循序渐进，就拿您第一期游戏里那言行来说，那就是直接开大好吗？"戚寒说完等了一会儿，发现没动静，抬头看去，对上了一双幽深的眸子。戚寒心虚地探头："怎么了？"

骆修声音低沉地重复："循序渐进？"

"对……对啊。"

"他们这次直播到底是想做什么？"

戚寒僵住，慢慢露出惊悚的表情："我还没说什么，您也太恐怖了。"

"说。"

戚寒："其实跟您和顾小姐都没关系，就是策划组和公关部那边的人筹备噱头够久了，这次准备——"

"骆修，你怎么还没进去？"

门内靠近的声音打断了两人的交谈。

戚寒这一秒闭紧了嘴巴。

顾念走到门口，才看到被挡在门外的戚寒，犹豫着停下了脚步："抱歉，我是不是打扰你们谈事情了？"

"没关系，已经说完了。"骆修回眸，眼神温柔，"走吧，我们一起进去。"

顾念被骆修牵着往前走，一边走一边迟疑地回眸："真的没事了？"

"嗯。"

"嗯，那好吧。导演组那边大概要讲一下流程了，我们快去听一听。"

"好。"

《金牌编剧》直播特辑时长控制在一小时内，无论可操作性还是区别于平常节目的特殊性，显然都不可能再安排剧本元素。

顾念在化妆室听节目组工作人员谈起，这次更多是基于《金牌编剧》上线以来的高人气，以纯娱乐性质和短特辑形式回馈观众，以便最大限度地增加节目话题度，顺便为公司内另外一档在筹备的大型综艺节目试水直播市场。

资本家的内心果然都是无底黑洞——"小白鼠"顾念如是想。

这期特辑保留了平常节目编剧组和演员组一一配对成组的传统，不过为了增强观众的互动性和参与度，这一次的配对组别将由节目直播开始前半小时的网络投票结果决定。

分组结果出来后，四组嘉宾将会被带到青时广场的八个不同地点。

每组嘉宾设有一个最终会合点，各组的两位嘉宾必须分别依次完成数个环节的任务才能拿到线索，并抵达最终会合点。如果限定时间内某位嘉宾无法抵达最终会合点，那么同组的另一名成员将受到惩罚。

宣布正式流程时，直播已经开始，而惩罚规则一出，数个直播镜头第一时间捕捉到了每一位嘉宾的反应。

直播弹幕迎来开播后的第一个小高峰。

“哈哈哈……这下我真的相信没剧本了，反应完全暴露。”

“没剧本 +1。”

“完了，‘女鹅’芳心已动实锤了。”

“专心搞事业啊，‘女鹅’！谈什么恋爱？！狗男人不值得！”

“啊啊啊……看总镜头站位！他们是对视！对视！我就知道！”

“别硬黏在一起了，什么对视？！”

“抱走骆修，哥哥不约。”

“俞松你今晚给我回家跪着搓衣板解释，你为什么第一反应是皱眉去看温初？”

“余温！”

“前面的姐妹醒一醒，俞松录完节目肯定回我们家，不会找你！”

“哈哈哈……最虐的是温影后完全没有看他！”

“太惨了！太惨了！”

…………

于是第一段直播镜头刚切出去，收到弹幕反馈的导演组脸都已经绿了。

总导演忍着怒气拍桌：“投票结果统计怎么还没出来？”

“来了、来了。”

白板被抬了出来，导演刚看第一眼，脸又黑了。

投票人气第一名——顾念 & 骆修。

导演助理擦汗：“这个……实在是《破碎》正剧加彩蛋的铺展成果太好，节目 CP 粉里一直是这对人气最高。”

导演摆了摆手：“第二名呢？”

助理举牌：“温初 & 俞松。”

导演：“啊……”

导演的脸更黑了，他扭过头去对直播组敲桌子：“那三个，就特别不自觉的那三个，给他们仨的镜头切得越少越好！”

分组结果一公布，八位嘉宾第一时间被各自带离。受直播所限，八个地点距离出发地并不远。顾念回过神，不死心地问自己这边的跟组负责人：“惩罚措施不会还是之前的那种魔鬼饮料吧？”

负责人：“是它，上次熬的还没用完。”

这次轮到顾念脸绿了：“过去那么久还喝，是会死人的！”

负责人笑了笑。

这段被直播控场组切入，弹幕里洋溢着证明“人类悲欢并不相通”的快乐气氛。

“哈哈哈……看把我‘女鹅’吓得都要哭了！”

“抱抱宝贝……”

“顾编剧不哭，那么聪明一个脑瓜，怎么就没听出来他在跟你开玩笑呢？！”

“啧啧啧，关心则乱啊！”

“粉了！粉了！”

…………

虽然负责人第一时间认识错误，跟顾念澄清了惩罚饮料是今天早上临时熬的，但顾念的紧张情绪并没有得到缓解。

其后的每个任务环节，顾念几乎是带着负责人飞跑，所过之处鸡飞狗跳，一片狼藉。

在距离倒计时还剩下足足15分钟时，顾念领先编剧组全组人员，第一个到达最后一环的任务发布处。

导演组这边的监控镜头实时跟进，到了这一环，所有人的情绪明显紧绷起来。

总导演压低声音问身旁的人：“给卓亦萱准备的是褐色那个吧？”

“没错，我确认过了。”

“策划组耳提面命，唯独这一环节不能出错。这个噱头他们可铺了四期了，就等着推一个沸点了，搞砸了他们非来玩命不可。”

“放心吧导演，没问题。”

“行。”

他们这边说着，顾念那边的镜头里已经在介绍最后一环的任务了。

任务发布人面前搁着四只不同颜色的锦囊。

“任选其一，到青时广场人流量最大的广场中心完成表演，即可抵达指定会合点。”

趁着发布人对着镜头介绍任务规则，顾念这边的跟组负责人把一张藏在掌心里的卡片迅速放到顾念面前。

顾念愣了下，定睛去看。

“选蓝色。”

顾念愣了愣。

节目组这么明目张胆地搞事情吗？

镜头转回来，跟组负责人第一时间垂回手，退到镜头拍摄范围外。

顾念上前。

任务发布人开口：“顾编剧，请挑选一个你喜欢的颜色。”

“喜欢的颜色？”顾念想都没想地道，“我最喜欢深褐色。”

任务发布人脸上的笑容顿时僵住。

顾念察觉到什么，低下头看去。

果然桌上搁着的四只锦囊分别是蓝色、紫色、褐色、灰色。

这可就不能怪她了。

尤其这个节目组竟然妄图让她家宝贝第二次喝那种魔鬼饮料，想都不要想！

顾念露出一个满意的笑容，毫不犹豫地拿起了褐色锦囊，还在镜头前晃了晃："就这个啦。"

跟组负责人一巴掌捂住自己的脸。

数百米外，导演组的人集体石化了数秒。

在开启鬼哭狼嚎模式前，总导演一把抓过直连现场统筹的对讲机，咬牙切齿地说："让她现场打开，然后立刻把褐色锦囊放回去，就当编剧组每个人都是四选一！"

"是、是、是。"对面的人显然也慌了神。

主镜头切回编剧组最后一环的任务发布处。

发布人保持僵硬的微笑说道："顾编剧可以查看你的任务了。"

"好的。"成功搞完事的顾念心情十分愉悦，轻轻拆开褐色锦囊，把里面的一条纸卷拿了出来，慢慢展开。

镜头拉近，顾念的手却在她看清纸上的字迹的那一秒蓦地一抖。

纸上是一行黑色蝇头小字——

歌曲演唱：《渡我》。

《金牌编剧》毕竟是一档以编剧为主要嘉宾的综艺节目，国庆特辑的重头戏自然安排在编剧这边。

演员组的任务相对简单，俞松和温初这唯一一对纯演员组合更是五分钟前就已经会合，骆修和宗诗忆也前后到达各自组的会合地点。

因此直播的绝大多数主镜头给了编剧组嘉宾。

顾念是编剧组第一个到达最终任务环节的，这段任务发布的全过程始终展现在观众面前。

于是当直播主镜头里的顾念展开手中的字条时，上面那行清晰的字迹就直接出现在了所有观众的视线里。

直播弹幕在短暂停滞之后，瞬间到达开播以来的留言量最高峰。

"啊啊啊——渡我！"

"竟然是盲枝大大的歌，双重狂喜，啊啊啊！"

"我疯了，我疯了，我疯了。有生之年我竟然还能再在高热度的节目里重温《渡我》吗？呜呜呜，爷青回！"

"醉了，能不能放过盲枝大大？"

"那个不要脸的'盲枝 2.0'拉着盲枝炒作也就算了，顾念也来蹭热度？好感直降好吗？"

"炒作蹭热度 +1！"

“开播前节目组就拉着‘盲枝 2.0’炒作，还说什么疑似盲枝大大出现在节目里，搞热度也不是这么个搞法啊！”

“肯定是节目组故意安排的，无语了。”

“神经病吧，顾念现在可是《金牌编剧》的口碑天花板，他们会拿顾念故意安排这种桥段？要拿也该拿本来就一身腥的卓亦萱啊！”

“拜托你们，睁眼看看我‘女鹅’的表情，明显最震惊，人都傻了，怎么可能是故意安排？”

“太惨了，太惨了，不管是不是故意安排，她只要唱了，肯定就要被扣蹭热度的大帽子！顾念实惨！”

“盲枝大大才惨，好吗？”

“哎，你们有没有人注意左一小镜头，骆修那边好像也有异动哎！”

“演员组不是已经全员抵达了吗？还能有什么事？”

…………

《金牌编剧》直播屏幕安排得十分直接，正中一块主镜头区域，左边和右边各自一列四块分镜头。

八位嘉宾的画面全部涵盖，导演组远程统筹，随时切换主镜头内选择的分镜头现场。

左边一列为演员组，骆修的分镜头就在第一个。

演员组嘉宾各自到达后，分镜头内基本画面固定，骆修是其中最先察觉可能发生了什么意外情况的人。

因为他这里的跟组负责人就是戚寒。

收到导演组那边的实时消息后，戚寒明显表情不对，还心虚地朝骆修看了一眼。

骆修原本坐在会合点的高凳上，察觉后抬眸：“出什么事了？”

戚寒打了一个激灵：“没……没事。”

骆修淡淡地瞥他一眼：“纸包不住火。”

戚寒僵住，秒懂骆修这话的意思。

瞒是不可能一直瞒着的，节目一结束，甚至可能不用等结束，骆修就能知道发生了什么事。到那时候，他的下场会比现在开口惨得多。

权衡一番后，戚寒立刻收起笑容。他低头看了一眼手机上连线的直播屏幕，他们这边还是分镜头，不需要担心声音被录入主镜头。

戚寒放心地上前，压低声音说：“就是开场前我跟您说的策划组安排的节目噱头，其实就是在编剧组嘉宾的最终环节，安排了一个在广场演唱往年网络金曲前四名的任务。”

骆修目光一动，转过视线，声音沉了几分：“网络金曲？”

“是。”

“《渡我》？”

"有这首。"戚寒加快语速，"但原计划这是安排给卓亦萱的歌曲，锦囊颜色都是分开的，节目组会提前告知嘉宾选哪个。"

"原——计——划？"骆修忍着怒意道，"那现在呢？"

"没……没想到，顾编剧没听节目组工作人员的，选了定下给卓亦萱的那个褐色锦囊。"

即便已经预料到结果，骆修在听到答案的那一秒还是怒火中烧。

他深吸了口气，慢慢转回身，放在桌上的右手一点点握成拳，淡蓝色的血管在他的手背上绷紧。

戚寒站在他身后，没能看到这场景，不然绝不会在此时作死地上前妄图开口安慰他："骆总，您放心，卓亦萱那边是配合我们进行炒作的，肯定还会选那个褐色的锦囊。到时候她也唱，那多数舆论攻击和焦点还是会转到——"

"闭嘴！"

戚寒茫然上前："啊？您说什么？我没——"

砰！

高凳前的吧台被砸得震颤。

戚寒蒙了。

死寂数秒后，那浑身紧绷的背影仍旧没回头，声音低哑得厉害："我的手机。"

戚寒一个字都没敢再说，转身极限往返跑，然后把手机放到骆修身边。

垂手退到离骆修最远的角落，回过神他才发觉自己一后背的冷汗。也是这时候，他才察觉自己的手机在振动。

戚寒机械地接起电话："喂？"

"你疯了啊？在节目里把手机给他？！"

戚寒僵硬地抬头，看了一眼手机通话显示，猛地吸了口气，脸憋得通红，想炸开声音但只能忍着。

戚寒扭过身，对着墙角奓毛："你们疯了还是我疯了？你没看见他刚刚拍桌子了吗？！我进 BH 都三年了，别说拍桌子，你哪一回见他说话声音超过 60 分贝？！他这捅人一刀都能带笑的人，现在拍了桌子，我还能不给他？是我想死，还是你们不想活了？！"

对面的人大概被一贯脾气还可以的戚寒这一通怒骂给怼傻了，过去好几秒才尴尬地道："主要是……观众都注意到了。"

戚寒："啊？"

戚寒挂断电话，第一时间转回直播间。

果然弹幕里大家的关注点已经有一半转到了骆修这边。

"现场什么情况？"

"怎么了，怎么了？发生什么事情了？"

"没情况啊，顾念不是在往广场中心赶吗？"

“我也看到了，左上角，骆修分镜头！骆修好像跟他们组的工作人员吵起来了！”

“刺激，还要走了手机！”

“啊啊啊……骆修是不是要给顾念打电话？”

“哈哈哈……这要是综艺剧本，那绝对是我看过的最刺激的剧本。”

“看来顾念真的是完全倒霉，替节目组背锅啊？”

“拿自家节目的口碑天花板炒噱头，他们疯了吗？”

“依我看没那么简单，这个噱头如果是留给那位‘盲枝 2.0’的，那才更合情合理吧？”

“我去，细思极恐！”

“别带盲枝大大，求求了，倒了八辈子霉被这么两个蹭热度的编剧碰上。”

“真是这样，我‘女鹅’是无辜的好吗？她有口碑、有实力、有热度，谁愿意惹这一身腥啊？”

“再怎么有热度，比得过《渡我》当年的热度？”

“顾念接电话了！”

…………

所有观看节目的人的注意力都放在了顾念身上。

主镜头里，正在跑向青时广场中心的顾念，果然从上衣口袋里摸出了振动的手机。

看清来电显示，顾念慢下了脚步。

在旁边工作人员惊恐的注视下，顾念犹豫两秒，还是接起了电话：“骆修？”

“是我。”

“你的声音听起来怎么——”

“不要管我。”

“啊？”

“不要管我。”那个声音低沉地重复了一遍。

顾念停下脚步。

弹幕震动了。

“这是不是一语双关？”

“这次是真的粉了！”

“这应该只是在说同组成员的惩罚互担吧？呜呜呜，我不信！”

“不至于吧？太矫情了，不就是唱首歌吗？又不是没人翻唱过《渡我》。”

“哦，上面那位姐姐，敢情到时候挨骂的不是你，被说蹭热度狗戳脊梁骨的不是你！”

“没错，‘女鹅’处于口碑上升期，又有实力和作品，真没必要跟那个卓亦萱似的蹭热度，完全有害无利！”

…………

顾念回过神，侧了侧身。

在她的视线正前方，节目组在广场中心提前清出了一块空场地，周围围着彩旗拉线，空地中央放着话筒和音响设备。

工作人员大气不敢喘，上前提醒："顾编剧，倒计时还剩不到10分钟了。《渡我》全长3分45秒，您再不开始就来不及去会合点了。"

说话声被悉数收进了顾念的随身微型麦克风里，也进了手机的话筒。

"顾念。"电话对面的人声音低哑，"我知道你不想。"

顾念眨了下眼："我更不想你喝那个惩罚饮料。"

"我没关系。"

"我有。"

"顾念？"

"再等我一下。"女孩慢慢弯起眼，轻笑着说，"我就去见你。"

A组会合点，骆修紧皱着眉从高凳上下来，转身就往门外走去。

旁观全程的戚寒到底不能再装作没看见了，冒死冲上去拦住骆修："您真不能去，顾念的惩罚还在您身上绑着呢！"

骆修冷冰冰地抬眼。

与此同时，青时广场中心，顾念站在话筒前，抬起僵着的手指，慢慢扶上话筒。

她已经很久没有摸过话筒了，就在两年前，发誓离这个肮脏得令人作呕的圈子越远越好，发誓绝对不要再站到任何一个镜头前。

那些曝光度、关注度，还有藏在那些口舌之下的可怕恶意，即便是在不知任何实情的状况下，它们也能轻易地把一个人的人生撕得粉碎。

所以她丢盔弃甲，又躲又逃，装成一个聋子、瞎子，对所有和盲枝相关的事情不管不问。

直到遇见了骆修，遇见了江晓晴和秦园园，她找回了继续走下去的目标和勇气。也看到了在她以为的全是污黑、全是噬人恶魔的恶意下，还有那么坚定地把她当成梦想甚至是希望一样的善意。

她逃跑过太多回了。

这一次她不想再逃。

顾念慢慢握紧话筒，听着那仿佛已经刻进骨子里的无比熟悉的前奏响起，闭了闭眼，轻轻哼起——

昔年金堂高庙里，
殿前细雨，
优昙花又表一枝。
团簇青衣下菩提，
往日如梦，

随风起……

“好听！”

“啊啊啊——顾编剧是十项全能吗？能唱歌、能编剧，还能演戏？”

“讲真，这是我这两年听过的最好听的翻唱，卓亦萱太不配了，要开‘盲枝 2.0’的名号也该顾念上啊！”

“只有我一个人觉得不太对吗？”

“都唱成这样了还想怎样？”

“不是你一个人，她一张口就——”

“别吓我，不可能，我做梦做两年了，每回不用唱一半就清醒了！”

“你们在说什么？”

…………

《金牌编剧》导演组。

原本七手八脚地忙着善后工作的人一个接一个停下来，迟疑不定的目光陆续交会。

“导演，这听起来怎么……”

“嘘！”

青时广场中心，原本只是纷纷回头的路人里，有不少逐渐露出惊异或惊艳的神情，拉起的彩旗红线外越来越多的路人开始聚集、低声议论。

场中的女孩闭着眼，握着话筒，没有看任何一个人，随着心里那个在无数午夜响过的歌声唱进高潮——

借我一叶轻舟，
渡我去彼岸……

“这个转音，不可能是别人！一模一样，就是盲枝无疑！”

“啊啊啊——”

“盲枝！”

“真的是盲枝大大的声音！”

“我听过无数个版本的《渡我》，没人能把《渡我》再像盲枝一样唱得我全身鸡皮疙瘩持续 3 分 45 秒不停！”

“她一开口就是！”

“完完全全，每一个音都对得上啊！”

“啊啊啊，我已经在从隔壁街飞奔向青时广场了！”

“我就差两百米！”

…………

彻底疯了的不仅是观众，更有逐渐从沉浸模式里一点点回神的路人。那根拉起来的彩旗红线逐渐被一只只手攥上，颤动起来。

节目组派过来跟在顾念身边的人全都紧张得战栗，一边防止场中骚乱，一边震惊地回头看那个站在话筒后的女孩。

乐声停止，最后一声清唱响起：

青灯下，古佛说

终是一场空了。

空了。

尾声落地，彩旗线外无数驻足的路人却一片死寂。

顾念睁眼，对上一双双震惊的眼睛。

死寂只持续了几秒，安静骤然被撕裂——

“是盲枝！”

彩旗红线绷断，嘈杂声响铺天盖地而来。

工作人员脑壳都炸了，全员拉起手往后缩着围在顾念身旁，跟组负责人抱着手机跳脚地对着对面不知道哪个导演组的领导爹毛：“安保！调安保！！”

顾念表情空白地站在众人中间。

那些嘈杂声仿佛是另一个世界的，她只感觉到这一刻有什么已经压了她整整两年的沉重东西从自己身上一点点卸了下来。

她想起两年前，定客传媒顶楼天台上，夕阳如血，风声猎猎。

数十层高楼下，车如流水，人如蝼蚁，天空摇摇欲坠。

她向前跨出，距离夕阳血色似的余晖只一步之遥。

蓦地，一只手拉住了她。

顾念回眸，看见了这个世界上最温柔的眼睛。

他说：“顾念！”

一个无比熟悉的声音突然撕开回忆，把她拽了出来。

顾念蓦地睁眼，瞳孔骤缩。

她已经在梦里描摹过无数遍的熟悉眉眼，就这样出现在她的视线里。

顾念轻轻张口，尾音发抖：“骆修。”

骆修：“找到你了。”

他如释重负，眼里泛起最温柔的笑意。

那人紧紧握住她的手，一顶鸭舌帽被他扣到她的头顶，帽檐压下去，盖住了她通红的眼。

他把她护在怀里，声音低沉而令人心安：“我带你走。”

最后一道由工作人员拉起的防线被冲破，人群瞬间蜂拥而至。

顾念握着骆修的手，两人十指紧扣。

他带她逃离，而她一眼不眨地望着他的背影。

顾念想起了那个下午，她对副导演说的话。

“真正的温柔是世间宝藏。

“是你从万米高空坠落即将摔得粉身碎骨前，唯一接住你的柔软的网。”

那是她唯一的网。

第十六章　夕阳和你，欢迎回家

《金牌编剧》的国庆特辑以一种无论制作方还是观众都完全没有预料到的情形，在一片鸡飞狗跳的混乱中仓促结束。

青时广场中心场面一度失控，险些发生踩踏伤人的严重事故，BH 传媒公司为此收到了政府有关部门的书面严肃警告。

危机分析和应急方案跟进不力，策划组人员集体遭殃。分管副总在顶楼挨了两小时冷气，回来以后原地火山爆发，策划组人员集体挨骂，奖金被砍半。

公关部和《金牌编剧》项目专组人员原本也逃不开被惩罚的命运，但一场国庆特辑闹得满城风雨，这会儿还急着用人，只能让他们戴罪立功。

而当事人……

在外面铺天盖地的舆论热议中，顾念毫不犹豫地拉着骆修躲在了别墅里。

第二天清晨，玻璃门紧闭，低噪的抽油烟机正在运转。骆修将蓝牙耳机戴上右耳，轻敲了两下放在大理石料理台上的手机屏幕：“你有十分钟的时间，汇报请尽量简短。”

对面的人噎了一下。

戚寒当机立断，略去酝酿了十分钟的开端问候，直奔主题：“公关部和《金牌编剧》项目专组联名请顾编……呃，顾小姐来公司参与公关会议，希望她能配合一些官方宣发。”

骆修重新洗净手，垂着眼，一边处理案板上的料理，一边慢条斯理地说：“那是她的事情，我无权替她决定。”

“可是顾小姐的电话打不通。”

“嗯，我建议她关机的。”

戚寒用他的三年“苦力”经验泪流满面地理解了这个“委婉”的答案，而且是不留余地的拒绝。

“第二件事是，经纪部显然从昨天的直播里发现您跟顾小姐关系匪浅，昨晚两位负责人连夜交替打电话骚扰我，让我务必尽快安排他们敲定和顾小姐的经纪合约。”

烤箱发出叮的一声轻响。

骆修走过去，戴上隔热手套取出里面的自制芝士面包，声音依旧波澜不惊：“和哪家公司签约是她的自由。”

戚寒带了哭腔：“老板您昨天还不是这么说的。”

“我说什么了？”

“昨天您……您虽然没有说话，但间接谴责了我们没有及时联系顾小姐商谈编剧经纪合约的迟钝行为。”

“嗯，那是什么时候的事？”

“啊？”戚寒茫然地看了一眼手机屏幕，确定自己没有超过时间，这才委屈地说，“不就是昨天直播前的事情吗？”

“那你觉得在经历过那样一场直播事故后，我还能放心让我女朋友签约贵公司？”

戚寒：“这……”

这嘲讽噎了戚寒足足五秒。

五秒后，电话对方却换了人。

“骆总，是我啊，骆总！”

骆修看了一眼手机。

对面的人似乎猜到什么，戚寒扯着嗓子喊：“卢部长一早就守在我家门口了，不是我出卖您的——”

骆修放下烤盘，手指停顿：“卢为生？”

“是我、是我，骆总！”

骆修微皱起眉。

他擅长应对绝大多数人和事，但卢为生就是极少数会让他觉得头疼的那种人。

卢为生秉性真诚善良，但口无遮拦，不会察言观色，情商低到不可救药，人生字典里仿佛从来没有“面子”和“委婉”这两个词，最可怕的还是对人对己都是如此。

果然这人拿起电话就开始了。

“骆总，我们昨晚和法务部负责人连夜开会拟订了初版合同，我代表经纪部全体同人求您，务必要把顾小姐的经纪签约权拿回来，这对我们经纪部明年甚至更长远的规划发展来说可真是太重要了！”

骆修摘下隔热手套，冷淡地答道：“她虽然是我的女朋友，但我无权干涉她的选择。”

“不用干涉，不用！尽您所能地给她施加有利影响就好了！”

“比如？”

“比如靠您的美色，色诱她！”

隔热手套被啪的一下按在了料理台上。

骆修冷漠地抬眼，须臾后才温柔地勾了勾唇：“这就是你们经纪部连夜开会拿出来的方案？”

“这是其中最高投资回报比的方案。当然我们也考虑了加上备选方案双管齐下……”

卢为生十分认真且严肃地开始跟骆修畅谈，如何配合他的色诱计划展开攻心行动。

即便以骆修的耐性，听了半分钟后他还是忍无可忍地开口：“让戚寒一小时后给我打电话。”

说完，骆修直接挂断了通话。

端着准备好的早餐盘从厨房里出来，骆修还未到餐厅，就正巧见到自己的“色诱对象”打着哈欠从楼梯上走下来。

骆修侧回身，眉眼带笑地道：“睡得好吗？”

“很好……嗯，好香啊。”顾念凑过来，在芝士的香气里沉迷了一两秒，直起腰，有点儿不好意思地摸了摸鼻尖，“明明你才胃不好，是需要被照顾的那个，怎么好像我成米虫了？”

骆修淡淡一笑道：“各司其职。”

“那我下次打扫，你可不能再跟我抢着做了。”

“好，过来吃早餐吧。”

“嗯！”

顾念跟着骆修到餐桌边，注意到骆修摘掉蓝牙耳机，好奇地问：“有人这么早就给你打电话吗？”

骆修微微停顿了一下：“是 BH 传媒的负责人。”

“戚寒吗？”

“嗯。”

“他这么早找你有什么事啊？”

“不是找我，是找你。”

“嗯？”正拿着刀叉和芝士面包“拼杀”的顾念茫然地抬起头，“找我？”

“BH 传媒想和你签约。”

顾念思索了两秒，了然地点头：“因为‘盲枝’是吧？”

骆修停顿。

顾念瞥见骆修似乎犹豫的表情，惊讶地问：“他们是跟你提了什么让你为难的条件吗？”

骆修轻叹了一声：“其实在昨天直播前，BH 传媒就确定要和你签约了。”

“哦，那你刚刚犹豫是为什么？”

“我知道不该说出来，会影响你的判断。”骆修无奈地笑道，“果然我还是没办法克制自己的私心。”

“私心？”顾念笑起来，“你是想和我签同一家公司是吗？”

骆修没说话，抬眸深望着顾念。

真相和谎言中间只隔了一层薄薄的纸，他明知道一点即破，却还是不敢动口。

他从来没有这样畏惧过某个后果。

顾念终于跟自己餐盘里的芝士面包结束第一阶段的“拼杀”，笑着抬头：“你不要为难自己了。就算你不说，我也一定会选 BH 传媒的。”

“为什么？”

“只有在同一家公司，我才能有更大的概率捧红你嘛！”

骆修垂眸笑了笑：“你对捧红我的执念就这么深？”

“那当然了。”顾念咬了一口面包，不假思索地说，“我这两年做梦都是梦见宝贝‘鹅子’大红大——”

声音戛然而止。

顾念呆了两秒，小心翼翼地看向骆修。对面的男人半垂着眼，眼睫毛细长微翘，表情似笑非笑。

他好像没听到。

顾念刚准备松口气，就听到刀叉轻轻落盘，骆修拿餐巾擦过嘴角，又拿起水杯润了一口，无声地放回杯子。

然后他起身，绕过餐桌走到顾念身旁。

咕咚。

顾念随那人僵硬地移动目光，由于过于紧张，芝士面包咽得喉咙发出一声响。

骆修单手扶着女孩身后的高背椅靠背，另一只手撑着餐桌，朝她俯了俯身。

顾念后知后觉，小心地往后缩着身体僵笑：“你没……没戴眼镜啊。”

“嗯。”骆修隔着十厘米左右的距离才停下，笑意温柔，“现在能看清了。”

顾念紧张地握着桌边：“怎么突然……”

“你刚刚说了一句宝贝……什么？”

顾念噎住。

然后她慢慢露出无辜的神色：“我如果告诉你，你能原谅我吗？”

“当然可以。”

顾念信以为真，眼睛一亮张口就道：“‘鹅子’，就是圈里——”

唇上一热，顾念呆住了，总是弯着的眼睁得溜圆，一副惊呆的土拨鼠模样。

骆修哑然失笑：“再说一遍？”

理智灰飞烟灭，顾念完全是下意识地跟着走：“鹅——”

这次的吻力度重了些。

骆修眼底笑意更深：“再说一遍？”

顾念终于回神，扔了刀叉捂住嘴巴，脸蛋涨红地噌噌往后挪了好几厘米。

但没想到，她被骆修连人带椅子地又拉回面前。

他的眼角像染了春风的桃花枝，眼睛黑得勾人，还带着点儿深藏的欲望，差一两厘米他就要吻到她的手背上。

“还敢再说吗？”他的声音多了几分沙哑的味道。

“不……”顾念捂着嘴巴，嗖嗖摇头。

“真胆小啊。”那人微垂了眼，似乎还有点儿遗憾，“没关系，以后还有机会。”

两人从国庆特辑直播回来后，别墅的网络就被骆修断了。

尽管顾念几次忍不住偷偷抱着手机想猫个角落看一看网上的舆论情况，但骆修就好像在她身上装了定位似的，每次还没连上信号，人就先被拎出来了。

数次之后，顾念终于放弃挣扎。

BH 传媒经纪部那边急着催签约，顾念终于逮着机会，要出面和他们商谈，但是惨遭骆修拒绝。

“具体条款可以等你们约好时间去公司谈。”骆修非常冷酷地拨开她的手指，从她手里把平板电脑往回拿，“舆论平息前，你还不能上网。”

顾念最后两根手指攥着平板电脑的边角，可怜巴巴地道：“我没有看到会更不安，晚上会失眠的。”

骆修点头：“那今晚去我的房间，我哄你睡。”

她挣扎无用，平板电脑还是被骆修拿走了。骆修和戚寒那边电话联系后，把签约时间敲定在周五。

打完电话回到客厅，骆修就看见小姑娘一个人抱着膝盖坐在沙发上，下巴垫在腿上，表情蔫蔫的。

骆修垂下眼，好笑又无奈。他走过去在顾念身旁坐下，俯身摸了摸顾念的头：“不让你上网，就这么没精神？”

顾念蔫蔫地垂着眼：“我怕他们说我坏话。”

骆修点了点头：“肯定会有人说的。”

顾念悚然，抬眸控诉：“你不安慰我，不让我看，还吓我？”

骆修笑了笑，抬手把缩在那儿就剩小小一团的顾念抱进怀里，亲密地贴着她的额角，轻叹了一声：“就是因为你这么容易被吓到，所以我才不能让你看。”

顾念抿了会儿嘴巴，心虚地小声道：“我觉得我现在接受能力好多了。”

“高敏感是人格特性，和你大脑的生理结构有关的，不可能改变。”

顾念无法反驳。

骆修垂眼，声音温柔、微哑：“所以我能做的就是尽可能保护你，不让你去接触那些对你有伤害的负面信息。”

“嗯？”

“而且你不要担心，BH 传媒公关部会有专门的小组负责你的事情，他们的能力还是不错的。这件事用不了多久就可以平息。”

半天没等到女孩开口，骆修问道：“怎么不说话了？”

顾念沉默了会儿，靠到骆修的肩上：“如果，我是说如果，网上有一些关于我过去的……不好的流言，那你不要相信，要问我，我会解释给你听的。”

骆修怔住。

他很轻易就猜到顾念说的是什么，在猜到的那一刻，心口不可抑制地泛起钝痛。

骆修垂下眼，遮了他变得阴沉的眼神，声音克制地压低：“别怕，不会再有任何事伤害到你了。”

顾念呆了下，抬头看他：“你是不是早就知道了？”

骆修：“我听说过。”

顾念有点儿躁动：“那件事不是真的，我——”

“我知道。”骆修抱住她，安抚地贴近，吻了吻她的嘴角，声音低缓地重复，“我知道。”

顾念眼角微微泛红。

她僵了会儿，靠回骆修的肩上，声音轻颤地道：“那时候没人相信我。”

骆修神色一恸，扶在她后背上的手收紧，声音沙哑地道：“那种事情再也不会发生了。”

顾念忍着泪点头：“嗯。”

晚餐时，骆修的手机再次振动。

顾念注意到，和之前几次 BH 负责人联络的状况不同，骆修在看到那串没什么区别的数字后，眼神似乎就蓦地冷了下来。

而且他没有接电话，直接挂断了。

顾念犹豫了下，轻声问：“是谁的电话？”

骆修克制下情绪，温和地道：“没事。”

“哦。”

其后的晚餐间，手机又振动了数回，而且频率越来越高，到最后骆修干脆将手机调成静音，倒扣在桌上。

顾念忍不住提醒：“要不要拉入黑名单？”

“不用，我和这个人有事要谈。”

顾念怔了下：“那是不是有什么急事，你怎么不接呢？”

“他急，我不急。”

“嗯？”

看出顾念有所顾虑，骆修了然地抬眼，笑意温柔无邪：“不要多想，对面是个非常垃圾的人，这点儿‘捉弄’针对他以前的所作作为来说只是小事。”

顾念松了口气：“这样啊……不过你和他打交道，会不会对你不好？”

“别担心，我有分寸。”

顾念顿了下，点头轻笑：“好。”

晚餐结束，骆修才终于拿起已经有两位数的未接来电的手机。在他避去茶室时，电话恰巧再次打了进来。

没了顾念在场，骆修眼里的冰冷神色已经毫无遮掩。

他接通了电话。

对面的人声音嘶哑地道：“骆总，好大的架子啊！要我给你打一整晚的电话才肯接是吗？”

骆修漠然垂眸：“我是给你足够的思考时间。”

“你就不怕迟则生变？”

“迟则生变？”骆修冷冰冰地发出嘲讽的笑，“你以为怕踏进死路的人是我？”

“如果我真按鱼死网破的那条路来，你就不担心你要付出的代价？！”

“我怕不怕，不如你现在就选那条路试试？”

电话对面，胡子拉碴一宿没睡的郑昊磊狠狠地瞪着一双已熬出了红血丝的眼睛。他完全听得出，骆修不复平素温和的语气里已经透出一两分阴狠之意。他不知道发生了什么，让这个男人突然就卸了温柔绅士的假面，露出里面的狰狞本性来。

郑昊磊咬牙：“你想反悔了？你明明能全身而退，要受损失的只有我，你发什么疯？这样逼我？”

骆修面无表情地沉默着。

死一样的沉默后，他似温柔地笑起来，声音低沉地道：“今天下午的一点儿小插曲而已，但让我非常想不惜一切代价地……弄死你。”

“啊！”郑昊磊这辈子还没受过这样的侮辱，牙都差点儿被咬碎了。

骆修：“如果不是最后一点儿顾忌，这件事拖得越久对她的影响越大，那我大概会直接把你拉进黑名单——当协议作废。”

郑昊磊将指节握得咔咔响，半天才狰狞地开口：“你就不怕我报复顾念？”

骆修冷着声音道：“你不会。”

“骆总这么信任我？”

“无论两年前还是今天，你郑昊磊丝毫没变，就是一个利益为先的小人罢了。”

“万一呢？你想拿顾念的命和我赌？”

“不，我拿自己的。”骆修的声音像极了冰刃，“你敢有一点儿异动，我会亲手——”

“骆修？”

门外突然传来的声音让茶室的通话蓦地中断。

几秒后，骆修回眸，声音轻和温柔：“我在茶室。”

“嗯。”茶室门口探进颗脑袋，“你在打电话吗？”

“嗯，要我做什么吗？”

“没有、没有，想和你去楼上看电影。”

“稍等我两分钟，好吗？”

“好！”

等女孩的脚步声消失在门外，骆修才徐徐地拿起手机，声音恢复漠然：“我还有事，郑总考虑好了吗？”

“你给我选择的余地了吗？”

“不能鱼死网破，真遗憾。”骆修漠然地道，“那只能请郑总以后小心了。”

电话里的人沉默许久，最后嘶声笑起来。

“哈哈，他们还说我是个疯子……跟你温文尔雅的骆家大少爷比起来，我实在是小巫见大巫！”

骆修眼神漠然地挂了电话。

周五，顾念和BH传媒签约的日子，时间定的是下午2点。

骆修有事，上午就出门了。顾念午觉睡到下午1点多，爬起来洗漱后，戴着口罩坐上骆修给她约好的车，赶去BH传媒。

签约安排在专门的会议室里，经纪部的两位主要负责人都到了，全程十分热情，看起来恨不得把顾念当祖宗供起来似的。

合同清晰明了，顾念已经找专业法务人员看过电子版，没费多少时间就完成了签约事宜。

签约结束后，顾念从会议室里出来，那位姓卢的负责人第一时间追到门口：“顾小姐，您家住哪里？我开车送您回去吧？”

“不用了，我自己——”话没说完，顾念的手机响了起来。她拿出手机，同时开口：“抱歉，我接个电话。”

“没问题。”

电话接通，对面传来熟悉的声音：“顾念，别来无恙啊？”

哑然几秒后，顾念皱眉：“郑昊磊？”

“是我。”

“你打电话给我做什么？”

“半小时后，我就会发出一封官方道歉函，澄清当年对你的诬蔑和造谣事件。”

顾念怔了半晌，皱起眉头：“你到底有什么目的？”

“不能是良知发现？”

“良知？”顾念冷笑了一声，“你如果有这种东西，当年就不会那样做了。”

“哈哈，好啊，我承认，我没有——如你和骆修所说，我一直是利益为先，所以对损害了我的利益的人，不让他承受一点儿他最不想承受的痛苦，实在不符合我的人生原则啊。”

顾念握紧了手机："你到底想说什么？这件事和骆修有什么关系？"

"准确来说，我是来帮你的啊。顾念，难道你就不好奇吗？你从我这儿逃走，又进了一个怎样的龙潭虎穴里，他才能如此护你周全？"

顾念想到什么，目光轻颤了下。

·

BH 传媒公司的天台上有一家半开放式的西点屋，客人以 BH 传媒公司的员工为主，午休时间总有人坐进玻璃房里临窗的位置，品着咖啡晒太阳。

不过正是下午的上班时间，玻璃房内就冷清得多了。

顾念拎着手包走进西点屋，店里只有两桌客人，一桌在角落，愁眉紧锁的年轻人正对着电脑和桌上散乱的文件抓耳挠腮，像是个上班族，但大概不是 BH 传媒的员工：另一桌客人相隔不远，就在玻璃墙边上，西装革履的男人跷着长腿，靠在椅子上打量高楼外的风景。

听见高跟鞋叩击地面的声音，圆桌边的年轻人没抬头，临窗的西装男子转过头来。望着顾念走近，郑昊磊笑了笑起身道："顾小姐终于来了？"

顾念没情绪地垂着眼，绕过郑昊磊，径直坐到离他最远的桌子斜对角，放下手包，抬眼："郑先生为什么会约我在这儿见面？"

郑昊磊不以为意地坐下来，笑得刺眼："我今天有公务来 BH 传媒洽谈，刚好有缘，听说顾小姐今天也要来这儿签约。毕竟是当年错过的缘分，那我怎么也得等着和顾小姐见一面。"

顾念垂眼，表情看起来意兴阑珊，丝毫没有和郑昊磊交谈的兴趣。但郑昊磊并不介意，能把顾念约到这儿，计划就成功一大半了。

西点屋的服务生送来一杯咖啡，郑昊磊做了个"请"的手势："听说这家店的咖啡煮得不错，顾小姐尝尝？"

"不用了。"

"顾小姐这么冷淡，那后面的话我可不知道要怎么说了。"

听到这句话，顾念终于有了表情，皱着眉看向郑昊磊："郑先生不要误会，我上来不是要听你跟我说什么的。"

郑昊磊笑容一僵。

顾念："骆修品性如何，那是我和他的事情，轮不到第三个人插手。"

"哦？"郑昊磊手里的咖啡杯杯柄被握紧，他挤出个笑容，"那顾小姐还上来做什么呢？"

"我只是觉得郑先生还没有死心，决定上来跟你说清楚。"

"说清楚？说清楚什么？"

"郑先生可能以为，是骆修的出现导致我不接受你。这种可笑又可怜的错觉，我专程来替你打破。"

顾念说完，也没去看郑昊磊的表情，低头从手包里拿出手机，拨到某个界面上，把显示出来的长图往郑昊磊面前推去。

长图里是密密麻麻的文字，像一封几百字的书信，还配有图片。

郑昊磊接过手机："这是什么？"

"绝笔信。"

郑昊磊身形一僵，错愕地抬头。

顾念撑着脸颊笑了笑，眼睛里却像是冰块似的冷淡神色："不过不是今天写的，是两年前的7月31日，我把被室友剪碎了扔出宿舍的衣服、书本收拾好以后离开学校，到定客传媒前，在'盲枝'的账号里提前定时要发布的绝笔信。"

郑昊磊僵了几秒，挤出笑道："你什么意思？"

"那天从郑先生的会议室出来，我没有直接离开，而是上了定客传媒的天台。"顾念回头，目光扫过玻璃房外的灿烂阳光，然后转回头来粲然一笑，"我打算从那上面跳下去，就落在定客传媒公司大堂的正门前——那块地板花纹漂亮，我很喜欢。"

郑昊磊手一抖，拿到一半的手机落到桌面上。

顾念好像没察觉，仍旧垂着眼轻笑，声音也平和："反正我活着的时候没人相信我的话，所有人都叫我去死，那我就死给你们看，顺便带上不可一世的郑先生和他的传媒公司，还算划算吧？"

郑昊磊握紧了拳。

盲枝当年的名气如何他是清楚的。如果真有这封附着那些潜规则事件信息的合同证据的绝笔信，她再以一死震惊网络，那猝不及防下，定客传媒和他本人要付出怎样的代价？

他想一想都觉得后怕。

顾念把自己的手机拿回来，从桌上取了纸巾，慢慢擦拭被郑昊磊碰到的地方。擦完后她收起手机，垂眼笑了笑："郑先生也不用担心，今天我再拿出这些东西来不是要威胁你。"

郑昊磊皱着眉头问道："那你想做什么？"

"我说了，我只是让你清楚。"顾念冷笑，"就算我这辈子孤独终老，也不可能接受你。你是个唯利是图且没有半点儿道德底线的垃圾，我宁可杀了你甚至我自己，也绝对不可能愿意靠近你。"

顾念说完，直接起身，拎起手包，看都没再看郑昊磊一眼。

只在离桌前，顾念停顿："我和你之间最后一点儿恩怨也说清楚了，希望有生之年我再也不用多看郑先生一眼，就算作你对我当年和今天不报复的报恩。"

"等等。"

顾念漠然回眸："郑先生难道还有话要说？"

郑昊磊看了一眼手表："时间也合适，我送顾小姐下楼好了。"

"不用。"

"我保证，这会是我们之间最后一次见面。"

顾念没理他，转身往外走去。

她已经懒得和这人多说一句话，也不可能打断他的腿不让他跟自己乘同一部电梯下楼，索性无视了。

两人前后进到BH传媒的公用电梯里，顾念刚要按键，外面有人急呼了声："等等！"

顾念抬头，就看见之前在圆桌边抓耳挠腮的年轻上班族狼狈地冲了进来："不好意思、不好意思，我赶时间。"

顾念点头："几楼？"

"你们也去一楼吧？我一样的！"

"好的。"顾念按下电梯按钮。

电梯门刚合上，电梯按钮那边，28层的按键就亮了起来。

顾念皱起眉，侧过头，郑昊磊正笑着把手从另一边的28层按键上拿下来："我突然想给顾小姐引荐一位朋友。"

"不必了。"顾念冷冷地道。

"别担心，见完这位朋友，我绝对彻底消失在顾小姐的世界里，再不出现。如何？"

电梯在28层停下，郑昊磊无赖似的拿手拦着电梯门不让其关上，还朝顾念做出"请"的动作："这里是BH传媒，又不是我的地盘。他们的老板不同意，连我都走不出去，顾小姐还担心我能在这儿使坏？"

顾念回头看了被无辜牵连的年轻人一眼，皱着眉走出电梯。

郑昊磊笑了笑，跟了上去。

刚出电梯间走了几步，他们就被楼内专层的前台人员拦了下来："这里是会议室楼层，两位……郑先生？"

前台人员似乎认出了郑昊磊。

郑昊磊点头："是我，我刚从这楼层离开不久，不至于不让进吧？"

"抱歉，郑先生，和您的会议安排已经结束，您也不能进。"

"不进也行，我们就在这儿等，反正也没多久了。"郑昊磊看了腕表一眼，笑着靠在前台桌子上，"你们的高层会议应该快结束了吧？"

前台人员皱了下眉，不卑不亢地道："郑先生，这是我公司的内部会议，与您无关，您——"

话音未落，安静的大平层上，从前方的拐角处传来开门的声音，紧随其后，纷乱的脚步声和交谈声从拐角处传来，越来越近。

郑昊磊露出快意的冷笑，朝顾念摆了摆头："我要给顾小姐引荐的'朋友'来了。"

某种不舒服的预感缠绕着顾念的心房，她握紧了手指，僵在原地。

而在她不自觉望过去的视野里，拐角处一群人前后走了出来。为首那一人身形修长，侧颜清俊，低垂着眸子看着手里的手机屏幕，是她再熟悉不过的眉眼。

“骆修！”

“今天的会议内容我就——”戚寒跟在骆修身后，声音和脚步戛然而止。

他表情惊悚地呆望着前台方向，连带着戚寒身后各部门正在低声交谈的公司高层也一个跟一个地被迫停下。

骆修擦得锃亮的黑色皮鞋踩着柔软的地毯，他走出一两步才慢慢停下，手里的手机屏幕上是几条新消息，来自一个小时前，一张有着“顾念”两个小字签名的照片，跟着一个灿烂的表情和一句话——“宝贝！我今天就要开始捧你啦！等我！”

“骆……骆……骆总……”在身后众人不约而同地停下交谈的安静氛围里，戚寒拽了拽骆修笔挺西服的衣尾。

骆修合上手机，抬起眼眸。

望着视线里僵在那儿的女孩，还有她身旁笑得满带报复后的快意的郑昊磊，骆修轻叹了一声。

两人之间隔了不过五六米，空气却似成了凝固状态，没有人说话，僵持的气氛诡异得令人窒息。

戚寒在一群公司高层的注视下，只能硬着头皮走到中间，然后挤出一个非常僵硬的笑容。他咽了一下口水：“顾……顾……顾小姐，这是我们公司老……老板，骆修。”

即便见了这个场面，甚至在更早时就有预感了，顾念听完心还是沉了下。

没收到回应，戚寒快哭了，僵着脖子不敢去看那个男人的表情，颤着声音说：“骆总，这位顾小姐是——”

“不用介绍，我认识。”骆修走到顾念面前，垂下眼帘，叹息一声看向低着头的女孩，“这位是我的幕后金主。”

顾念慢吞吞地皱起眉，抬头看向这个男人。

这话的声音不高不低，可是大平层内太安静，后面隔着五六米站着的BH传媒的高层们听得十分清晰。

然后一个接一个，众人像被传染了麻痹症似的目瞪口呆、面面相觑——

金……金什么玩意儿？

在戚寒求生欲极强的示意下，骆修身后从会议室里出来的公司高层们纷纷离开。

前台处只剩下骆修、顾念、郑昊磊三人。

顾念竖着耳朵听着，电梯间那边两三趟电梯把那群人都载下去了，她才稍稍放松紧绷的弦。

顾念将注意力转回来，视线顺着那条昂贵精致的领带移上去，掠过最上一颗扣子也系得一丝不苟的衬衫，最后停在那张清俊的面孔上。

顾念顿了顿：“骆总？”

那人垂眸苦笑：“是骆修，你的男朋友骆修。”

顾念的眼睫抖了下，但很快她就垂下眼，语气严肃地道：“我不记得自己认识 BH 传媒的老板这种级别的人物。”

骆修轻叹：“对不起，我不该隐瞒你。”

“我不喜欢隐瞒和欺骗。”顾念皱了皱眉，最后一句话声音变得很小，自怨自艾般道，“但我喜欢你。”

骆修怔住。

顾念很快回过神，严肃地绷起脸，抬头看着骆修：“我现在想法很乱，为了避免此时我说出什么会伤害你或者伤害我们之间的关系的话，我要回去冷静一下。”

骆修回过神，俯身抱住了面前的小姑娘。

顾念被抱得蒙了，脸上维系的严肃表情差点儿崩了。她连忙挣扎了下：“不行，不准动摇我，我还没有冷静地想一想。”

骆修埋在她的颈旁，哑声轻笑：“我没有要动摇你，只是想抱抱你。我还担心你会不理我，直接走掉。”

顾念绷着脸，嘀咕道：“那不行，我上午刚跟你们公司签了‘卖身契’，直接走掉会被抓回来。”

“对，不要走。”骆修侧过头，隔着女孩柔软的中长发轻轻吻了吻她的耳尖，“你冷静再久或是不想见我都没关系，但是不要走，我会忍不住把你抓回来关小黑屋的。”

说好了温柔善良单纯如天使的宝贝“鹅子”呢？这一只天使“鹅子”的羽毛为什么是黑色的？

骆修即便再不舍得放开，最后还是克制着松开手，眼睁睁地看着他的小编剧从眼皮子底下飞快地溜走了，头都没回，没良心极了。

骆修站在原地，手握起又松开，松开又握起，这样来回了几次，才终于把追上去的冲动一点点压回去。

戴上温和的面具，骆修眼神冰冷地看向倚在前台桌上看戏的郑昊磊。

“真遗憾啊！”郑昊磊笑了笑，直起身走过来，“本来以为以顾小姐这种眼里容不得沙子的性格，就算比不得当年对我的厌恶，至少她也会跟骆总闹到决裂的。”

骆修轻扯了下嘴角，笑容温柔而轻蔑：“郑总知道为什么不会吗？”

郑昊磊假笑道：“愿闻其详。”

骆修垂眸，声音低沉地道：“因为你不是我。”

郑昊磊的表情顿时僵住，狰狞的情绪挣扎出来，又被他忍了下去。僵持数秒之后，郑昊磊大笑了声：“没错，我是没有骆总这样的好运气。但听和你打过交道的人都说，没人算计得到你骆修身上，可我今天一看，也并非如此啊！”

在郑昊磊的凝视下，骆修没有露出丝毫他以为会有的怒意，反而慢条斯理地摘了眼镜，一边垂着眼擦拭眼镜，一边轻笑了一声：“运气？你不能跟她走到一起和运气无关……是你不配而已。”

郑昊磊冷笑："骆总这是恼羞成怒了吗？"

"你真以为是你算计了我？"

"不然呢？"

"你当这里是什么地方？"

在郑昊磊微怔的表情里，骆修戴回眼镜，冷漠地笑了笑："这里是BH传媒，不是你的地盘，我不同意你就走不出这座大楼，你却觉得你能在这儿神不知鬼不觉地算计我？"

骆修每多说一个字，郑昊磊的脸色就沉一分。

因为这番话实在耳熟得令他太阳穴都突突地跳。

郑昊磊咬牙："你怎么知道——"

"骆总。"一个声音突然从郑昊磊身后打断了他的话。

郑昊磊骤然转身，入眼的不是别人，就是不久前还和自己同坐在天台西点屋里，那个一身廉价西装，后来冲进电梯里说自己赶时间的愣头青似的上班族。

不过不同于那会儿，此时年轻人表情自然淡定，没半点儿方才的慌里慌张之色。

感觉到郑昊磊瞪视自己，年轻人甚至抬头温和无邪地朝郑昊磊露出一个带小酒窝的善意笑容。

"你——"郑昊磊握得拳头咔咔地响。过了半天，他才表情难看地转回头来："原来从一开始你就知道我约了顾念？"

"再早些。"骆修面上温和地笑着，眼神却冷得像冰。

他这会儿因为顾念的离开心情极差，深埋心底的那些劣根性被他纵容地放了出来——去折磨你想折磨的任何人吧，比如郑昊磊。

郑昊磊咬牙："什么再早？"

"郑总以为，你真是靠运气听到她今天会来BH签约的？"

郑昊磊眼睛一瞪："难道是你……？你就不怕我约她见面，她会出什么事？"

骆修没说话，朝他身后示意了下。

乖巧地站着的年轻人举手："散打、柔道、跆拳道、空手道、徒手格斗，我都会那么一点点。别的不敢说，三秒之内让郑总您失去意识，这件事还是没什么难度的。"

郑昊磊的表情扭曲了下。

骆修无趣地垂了垂眼，语气也轻慢："感谢郑总配合，没有你以一个如此低劣的形象出现并揭穿我的身份，那念念可能会更……"

预想中的情况即便没发生，还是让骆修的眼神沉了下来。

郑昊磊在震怒之后终于回过神，冷笑道："顾念如果知道你到底是个什么样的人，还会选择你吗？"

骆修淡淡地道："她会知道的。"

郑昊磊："我看不会。骆总不愧是骆总，算计人心简直到了可怕的程度，顾念怎么玩得过你？"

骆修："我会告诉她。"

郑昊磊愣住。

"我到底是个怎样阴沉、冷漠、不择手段的人。在未来的日子里我会一点点地把自己剖开给她看。"骆修眼神平静沉着，"我不会隐瞒她，不会再给我们之间留下任何隐患的可能，而这些和郑总将没有丝毫关系，还记得我说为什么吗？"

"什么？"郑昊磊回神。

骆修温柔一笑，说道："因为你不配。"

"你！"最后一点儿报复成功的快意都被泯灭了，郑昊磊积压在心里的怒火终于爆发出来。他忍无可忍地上前扯住骆修的领带，手握成拳就要挥下来。

他身后的年轻人敛去笑容，眼神凌厉地就要上前。

骆修将手插在裤袋里，原本全无反应，察觉他的动作后余光淡淡一瞥。

年轻人蓦地止住动作。

而骆修这一眼不仅叫停了年轻人，也让挥拳的郑昊磊硬生生收住了手。郑昊磊想到什么，回眸看向两人站位正对的电梯间出口。

270 度广角摄像头闪着微弱的红点，像只恶魔的眼睛。

郑昊磊蓦地一惊。

回神之后他松开手，往后连退了两步，脸色铁青地道："你还想继续陷害我，以为我会上当两次！"

骆修遗憾地垂眼，抬起手腕，整理着自己的领带和袖口，然后声音低沉地笑道："我心情不太好，越想越觉得让郑总付出的代价还是不够，看来是操之过急了，抱歉。"

"疯——子！"郑昊磊眼神惊怒又畏惧地瞪着骆修。此时在他眼里，这个俊美的男人更像只披着画皮的恶鬼。

他握拳僵了两秒，头也不回地转身走了。

骆修慢条斯理地整好领带，没什么情绪地转过身，往他的办公室走去。

一直尽可能缩在角落的戚寒目睹全程，小心地上前道："骆总，您想再动定客和郑昊磊不难，实在没必要拿自己冒险。"

"嗯，临时起意而已。付出的代价还是太小了。"

戚寒尴尬地笑了笑："您给郑昊磊挖的坑，他摔那一下够他疼一两年，不算小了。"

锃亮漆黑的皮鞋无声地停在柔软的地毯上，骆修回眸看向戚寒。

戚寒以为自己说错话了，准备改口。

骆修："不是说他，是说我。"

"啊？"

骆修轻叹了声，似乎有些无奈：“念念太心软了。”

戚寒目瞪口呆地愣在原地。

直到那道身影在拐角处消失后，他才一个激灵回过神，摇头嘟囔：“疯了、疯了，这是彻底疯了。”

“戚先生。”等在前台的年轻人见缝插针地跑了过来。

戚寒回头：“嗯？你怎么没走？”

“我在天台听到了一件事情，没敢直接向骆总汇报，想先问问您。”

“什么事？”

年轻人左右看看，附耳嘀咕了几句话。

戚寒悚然一惊，幅度大得差点儿扭了脖子地转过头来：“真的？”

“是真的。”

“好，幸好，你做得对，这个时候可千万不能跟骆总提。”

“真不提啊？”年轻人犹豫地挠了挠头。

“不能提，打死都不能现在提。”戚寒指了指拐角处，后怕地压低声音道，“你没看到骆总现在的精神病状态——咯，不，精神状态，你觉得现在跟他提了这事，不会发生什么恐怖的事情吗？”

年轻人一脸茫然地问：“会吗？我跟在骆总身边有段时间了，觉得他还挺好的。”

戚寒忍住叹气的冲动，说道：“以前骆总可能还有点儿人性和分寸，现在我估计就没多少了。”

“啊？”

“我给你打个比方。”戚寒皱着眉说，“西方童话故事听过吧？骆总以前就是那被封在瓶子里面的魔鬼，虽然也有点儿吓人，但不太在意什么，所以从来不动怒，整个人都在可控范围内。”

“那现在呢？”

“现在？”戚寒搓了搓胳膊，“顾小姐把瓶子上的封条撕了，这魔鬼算是被彻底放出来了。”

年轻人呆了下，问：“那以后我们不是要遭殃了？”

“过了这段时间就还好。”

“为什么？”

戚寒看了看拐角后，又看了看电梯间，回过头笑了下：“谁放出来的魔鬼，听谁的呗。”

“BH 传媒老板？骆家那位大少爷？”林南天惊得差点儿从沙发上跳起来。

顾念头疼：“你小点儿声。”

林南天僵在沙发上，半天没有反应，好久才迟疑地道：“这……真的假的，你确定？”

顾念顿了下道：“他就差把他的族谱整理一份给我了。”

林南天喃喃道：“你这是什么逆天的眼光，能在这么多的180线小明星里一眼挑中骆家进圈微服私访的大少爷？”

顾念被林南天的用词弄得哭笑不得：“你也太夸张了。”

“我夸张？姐姐，你是不知道骆家在豪门圈里到底是什么水平。”林南天比画着，“就我们家这种暴发户，攒半辈子家产也换不来跨入他们家门槛一步的条件啊！”

“哦。”顾念垂下眼。

林南天回过神来，站起身四处扫视：“人呢？他还在楼上吗？活的骆家大少爷，我得好好参观参观。”

“不在。”

“啊？他去哪儿了？”

“他说知道我最近不想看见他，等我没那么烦他了就给他发一条消息，他立刻回来。”

林南天愣了几秒，点头：“别说，反省态度还挺好。”林南天从震惊状态彻底回过神，才慢慢觉察到顾念的情绪，迷惑地问，“你怎么看起来一点儿都不高兴？因为他骗了你？”

顾念摇头：“不是。”

“那是为什么？”

顾念沉默了会儿，叹了口气，把脸埋进手里，语气蔫蔫的，有点儿懊丧：“其实我不是很怪他。我们认识的情况那么特殊，他不可能一上来就告诉我他的情况，后来时间久了再难找机会开口，我也能理解。”

“那你还有什么不高兴的？”

“我也不好说，这种感觉就像是……”顾念想了想，继续道，“就像是坐在云上，让人有种不真实感，还有不确定性。”

“啊？”林南天听得云里雾里的，最后不耐烦地摆了摆手，“要我说，就是你们搞艺术创作的人爱瞎想，哪有那么多问题？爱就是爱，不爱就是不爱。”

顾念抬头看向她。

林南天：“最简单的问题，抛开骆修身外所有的东西不谈，只对这个人，你愿意和他分开吗？”

顾念想都没想地虎起脸道：“不要。”

林南天愣了下，好气又好笑：“当初说你母爱变质你死活不认，这会儿倒是敢于面对自己的真实欲望了？”

顾念被噎了下，不自在地吹开垂到脸颊前的碎发，转开微红的脸。

林南天一巴掌拍到她的后背上：“既然你都这么坚定了，那还犹豫个什么劲儿？其他问题等两个人在一起的时候慢慢磨合慢慢解决呗。你确定了自己的心意，别的问题都不是问题。”

顾念慢慢转回头，若有所思地盯着林南天。

林南天被看得发毛：“你这样盯着我干吗？”

顾念：“就是突然觉得你还挺有当爱情顾问的天赋。”

林南天：“去你的。”

顾念轻松一笑，扶着膝盖直起腰：“不管怎么说，谢谢你了，被你这么一点拨，我好像通透多了。”

“那就行。哦，对了，你记得给阿姨那边打个电话啊。”

“嗯？”刚要起身的顾念停住，茫然地回头。

林南天晃了晃手机：“昨天阿姨还打电话问我，怎么这几天你的情绪不太对。”

顾念心里顿时冒出一种不好的预感：“你怎么说的？”

“实话实说了啊。”

“实话？”

“对啊，就你和骆修的事……情……”在顾念惊恐的眼神里，林南天也头皮一麻，“你……你……你不会还没和阿姨说你俩闹别扭的事情吧？”

顾念惊慌地问：“你说了？”

“我……我……我又不知道这种事情你还瞒着她，就全给说了啊。”

“啊！”顾念惊得从沙发上爬起来就扑向桌上的手机。

她拿起手机来拨号的过程里，林南天还在旁边表情恐慌地喃喃：“你没说就被我捅了出去，那按阿姨的脾气，骆修这会儿可能骨灰都被扬了吧？”

“你别乌鸦嘴！”顾念抽空斜睃她。她没来得及说第二句话，电话接通了。顾念小心翼翼地问：“妈？”

不等她酝酿出一句“你找骆修了吗”，就听对面的顾媛语气不确定地问：“骆修是不是酒量一般啊？”

呆了数秒，顾念脸色苍白地起身：“你让他喝酒啦？”

十秒后，林南天惊见顾念挂断电话，扭头就往外跑。

“快！送我去我妈那里一趟！”

“啊？”

半小时后，顾家的社区。

车门一开，顾念就慌忙从里面钻出来，身后林南天下车追着跟上去：“哎，顾念你慢点儿，小心车！”

顾念顾不上回答，快步跑向那片社区老楼。

还没等她跑到三单元门口，就看见楼前站着一个熟悉的修长身影。那人微垂着头靠在墙前，头发凌乱微湿，唇色艳红，清俊的脸透着病弱的苍白之色。

顾念呼吸一窒：“骆修！”

听见声音，那人抬起头，摘了金丝眼镜，那双没了遮掩的褐色眸子像融了春意的湖泊，温柔缱绻。

他的声音被醉意染得有些低哑："念念？"

顾念快步跑到他面前，眼神慌乱地上下打量着他："你没——"

话音未落，顾念就被拥进一个炙热的怀抱里。

那人抱住她，呼吸灼人地烙在她的颈旁。

"念念……"他闭了闭眼，一遍一遍重复着，声音低沉地笑，像个抱住了最珍爱的宝藏的小孩，"你终于来找我了啊？"

尾声渐弱，骆修倒在了顾念的怀里。

K 市郊区，某私立医院，顶层单人病房内。

厚重的木质推拉式房门被人从外面轻轻推动，一道身影进来，门在身后被无声地合上。

顾念放下胳膊，小心地拎着手里的早餐转身。借着窗帘透出的一点儿光，她轻手轻脚地走过这间单人病房的玄关，进到还有些昏暗的房间里。

纸质的早餐包装袋被顾念放到桌上。还没转身，顾念就听到旁边病床上窸窣地响了下，透着微微发哑的声音像喟叹似的喃喃了一声："念念。"

"嗯？"顾念吓得手指一抖，差点儿把小米粥扔了。

回过神后，顾念连忙转身，在眼睛适应了病房里的昏暗后，看见躺在病床上的男人半垂着眼。

虽然看不分明，但她也知道那是很温柔的注视。他还带着病人身上特有的好像依赖似的柔软气息。

顾念走过去，轻声问："你醒了？"

"嗯。"

"今天好一点儿了吗？"

"已经好很多了。"

"是吗？"她明显是不信的语气。

"嗯，别担心，本来也不严重。"

顾念拉开窗帘的手停下，忍了几秒，最终她还是没忍住，放下手绷着脸转身道："医生都说胃部已经轻微出血了，怎么还不严重？！"

看见女孩努力凶起来但还是没能掩饰住微红的眼眶，骆修怔了下，无奈地叹了口气。他朝顾念伸手，温柔地笑道："过来。"

顾念很想凶一句"不去"，可惜"不"字才到嘴边，借着身后拉开的窗帘透进来的光，清晰地看见骆修病弱苍白的脸，更别说还有那双温柔的眼眸、低哑从容的声音。

她是凶不起来了。

顾念屈服地走去了病床边。

等她到了近处，骆修从病床上支起身，往另一边挪了几厘米。

顾念慌忙拉住他的手：“你别乱动！”

“今天输液的时间还没到。”骆修抬手，示意了一下他白皙的手背，上面有两点极小的瘀青，是前两天输液留下的痕迹。

顾念看得更难受了。

骆修察觉，反握住女孩的手腕，把她带得坐到病床上，将人抱住。骆修贴着女孩的额角轻吻了一下，然后哑着声音笑道：“不要心疼我。”

顾念闷声道：“我没有。”

“嗯。”

顾念听见他的低语立刻回眸：“又不舒服了吗？”

结果她却撞进一双含笑的眸子里。

顾念顿了顿，憋住怒气：“骗子！”

骆修垂眸笑了：“嗯，我又骗你了。”

顾念严肃地绷起脸：“你现在是已经开发到读心术环节了吗？”

“读心做不到，读你可以。”骆修莞尔。

顾念木着脸，轻哼了一声，又问：“为什么不要心疼你？”

“因为是苦肉计。”

“嗯？”顾念在他怀里转过身，狐疑地盯着他。

骆修脸上依旧是她最熟悉的温柔笑意：“我后悔那么潇洒地跟你说‘你想见我，我才会出现’，等不及想见到你了，又不能违背答应你的事情……就只好这样做了。”

顾念一时语塞。

骆修笑着低下头去亲吻女孩的嘴角，病中的声音带着喑哑和柔软之意：“所以你不要怪阿姨，是我故意没有告诉她我有胃病的。”

顾念憋了憋怒气：“你现在是完全不掩饰了吗？”

“嗯，以后任何事情，我都不会再隐瞒你。”

顾念绷着脸道：“那就是明着套路我。”

骆修垂眸失笑。

半明半暗的房间里沉默良久，顾念靠在骆修怀里，轻声咕哝了一句：“我前几天一个人想了好久，发现从我们见面开始你就在套路我了，骗了我好多好多次。”

骆修苦笑：“对不起。”

顾念更轻声地道：“只有我喝醉以后你才会说实话。”

骆修怔了下，开口：“上次……”

“我没断片儿。”顾念抿了抿嘴角，“刚醒来的时候是有点儿被吓蒙了，后面就慢慢想起来了。”

骆修沉默。

停了几秒，顾念动了动，抬起胳膊回抱住他：“你又在想‘卑鄙地做坏事’了吗？”

骆修回神轻叹：“你会讨厌我吗？”

“不会。”顾念收紧手，“永远不会。”

“为什么？”

顾念认真地想了想，回答：“因为你不卑鄙也没有恶意，一定只是想保护小时候的自己。”

骆修顿住，有那么一瞬眼底的情绪动摇得厉害，但很快平息。

因为他怀里的人没了。

骆修醒过神来，看向跳到病床下的小姑娘：“你做什么？”

“差点儿忘了，医生嘱咐过好多遍，你一定要按时进餐。”顾念把早餐纸袋里的小米粥拿出来，认真严肃地托起，“而且只能是流食，听说小米粥能保护胃黏膜，接下来的两天你就只能以吃它为主了。”

骆修接过小米粥：“那你吃什么？”

顾念拿出另一碗小米粥，语气悲伤地道：“有福同享，有难同当。总不能你喝小米粥，我在旁边吃鸡鸭鱼肉。”

骆修忍俊不禁：“等这周出院了，我回家给你做好吃的。”

“好——不行！”

“嗯？”

顾念刚绽放到一半的笑脸被严肃地压了回去：“你要住院住到下周，医生说完全没问题了你才可以出院。”

骆修无奈地道：“公司里还有……”

“工作重要还是你重要？”顾念凶巴巴地虎起脸问道。

骆修莞尔，垂眸道：“你重要。”

“嗯？”

“所以听你的。”

顾念努力压住想翘起来的嘴角，它背叛了自己严格控制的面部表情。

她忽然想起什么，低着头轻声说了句话。

“嗯？”骆修没听清，抬起眼眸。

顾念沉默了会儿，声音轻轻地道：“三十六计随你，苦肉计不行。”

骆修怔了片刻，笑了：“好。”

吃了早餐之后，顾念去外面丢垃圾，骆修在病床上翻看戚寒昨晚送来的文件。病房门再次发出响动，骆修动作一停，抬头看去。

从玄关处走出来一道挺拔的身影。

来人转出来后就往墙边一靠，打量着病床上的骆修，懒洋洋地嘲笑道：“你真可以啊，赶在重阳祭祖前把自己喝进了医院里。为了不回骆家，你也太舍得折腾自己了。”

“别自作多情。”骆修没什么反应地低头继续批文件，“跟骆家和你都没关系。”

“是吗？”骆湛轻笑了一声，显然不信。

骆修望了一眼时间，声音非常温和：“有事说事，没事不要打扰病人休息。”

骆湛：“下周末的重阳祭祖，爷爷说了，让你爬也要爬着去。”

骆修没抬头，讥嘲道：“应该是你找理由，他跟你这样说的吧？”

谎言被拆穿，骆家小少爷不自在了一秒都没到，就恢复那副懒洋洋的常态：“虽然不是给你的原话，但意思也差不多。”

“嗯。”骆修将手里的文件翻页，语气平淡地说，“不去。”

“你这次不回真不行了。”骆湛忍住笑道，“上回你给老爷子留了什么东西？听说他看完以后气得把书房里那宝贝花瓶都砸了，可以啊。”

骆修动作一停，抬眸温和一笑：“也没什么。”

“嗯？”

“就是一份公证过的遗产继承权的放弃声明。”

“啊？”

房间里静默了数秒。

骆湛回过神，气得失笑：“你跟我玩釜底抽薪？”

骆修：“你也可以效仿，需要模板我发你一份。”

骆湛冷笑道：“我还需要那种走形式的东西吗？”

“随你。”

“那这次可是你把老爷子逼急了的，跟我没关系。”

骆修的笑容淡了些：“他说什么了？”

“没说直白，但意思到了。”骆湛听见病房外的脚步声，半回过头，“重阳祭祖，你去也得去，不去也得去。”

骆修慢慢合上笔帽：“又要安排人‘请’我回去？”

“或许不是‘请’你呢？”

骆修皱着眉抬眼，就见骆湛靠在墙边，手抬了抬，指向身侧的玄关出口。

几秒后，丢垃圾回来的顾念从玄关处走了出来。

骆修皱眉。

顾念刚出玄关就感觉到什么，脚步一停，茫然地回头，看着墙边站着的这个病房里突然多出来的人。

“这是……？”顾念转向骆修，“你的朋友吗？”

骆修回过神，目光冷淡地瞥过骆湛：“不是。”

顾念更茫然了，总觉得这个看起来神态慵懒的年轻人的模样有点儿眼熟：“那是……？”

“我弟弟。”骆修温和一笑，“骆湛。”

顾念：“啊？”

这就是骆修那个从小就三天两头欺负他的浑蛋弟弟吗？

骆湛刚勉强攒起点儿耐性，准备朝这位未来的小嫂子露出一个勉强符合礼节的笑容，就见女孩突然眼神警觉地看着他。

她几步就回到病床边，直接拦在了骆修身前，只差把胳膊抬起来护着身后病床上的人了。然后她转回去，压低声音问病床上的男人：“他来找你做什么？”

病床上盘着的那条恶龙一副温柔无邪的大白兔模样：“没关系，别担心。这里是医院，他不会做什么的。”

当年那个赌约，他是帮骆修找到本命职业了。

骆演员这辈子拿不到奥斯卡奖的原因可能只有一个，就是不喜欢吧。

一周后，在某骆姓恶龙的温柔目光下，主治医师终于松口，同意给他办出院手续了。

两人离开住院楼时已近傍晚，天边晚霞浓烈，余晖漫天，从地平线铺到他们头顶的天空。

顾念站在石阶下，仰了仰头：“真美。”

骆修停下来，侧身望着她的身影：“嗯，很美。”

顾念笑着合上眼，伸了伸胳膊，像是要去抱那颗红彤彤的夕阳。

骆修问：“你好像很喜欢晚霞。”

“嗯？”顾念睁眼，回过头。

“在《有妖》剧组，你陪我过生日那天的缆车上。”骆修想起什么，眼角染上温柔的笑意，“我记得那时候你就很喜欢。”

“啊，那个。”顾念笑起来，一两步就蹦跳到骆修身边，“其实我喜欢的不是晚霞。”

“那是什么？”

顾念又想起那个天台——那双世界上最温柔的眼，那杯当借口递给她的温热咖啡，还有她在风里含泪笑着问了他一个问题：

“夕阳是将死吗？”

然后她望进一双很深很深的湖泊似的眼底。

“不，它是重生。”

…………

“顾念？”

顾念回过神来，望进同一双温柔的眸子里。

骆修似乎察觉什么，不安地抬手蹭了蹭她的眼角：“你怎么了？”

“我喜欢的是夕阳。”

“嗯？”

“是夕阳。”顾念顿了顿，仰起头，“还有你。”

骆修怔住。

视线里，女孩的脸颊像被天边的余晖染红了。她笑着牵起他的手，拉着他朝前路跑去。

“回家吗？”

“好，回家。”

第十七章　重阳祭祖

阴历九九重阳节，也叫祭祖节、登高节，自古就有“遍插茱萸少一人”的思亲名句流传，现代以来又多了“敬老节”的名号。

别的时间顾念不回家探亲还能说是工作忙，今年重阳节恰逢周末休息日，再不回多半要被骂不孝了。

大概因此，K 市路上来往的车流量增了三成。

于是，从别墅区到顾媛处，原本半小时的车程硬生生地耗成了一个小时。骆修开车，顾念坐在副驾驶座上。晒着十月末还暖融融的阳光到顾媛的住处楼下时，副驾驶座上的小姑娘已经抱着安全带时不时点下头地瞌睡着了。

骆修停稳车，扶着方向盘侧身垂眸，认认真真地把小姑娘的每一次呼吸都看进眼底，舍不得放出来似的。

身在恶龙窝里的顾某人毫未察觉，停车后睡得更安稳了。

时间无声地流淌，不知道过去多久，寂静的车里突然响起振动声。骆修皱眉，难得动作快速地拿出手机，挂断来电以后将手机调成静音，抬头再去看顾念的反应。

她根本没醒。

骆修无奈地笑了下，又察觉什么，垂眸瞥向手机屏幕。

上面有一条新消息：“接电话。”

只看这个语气，不看来电的那串数字，骆修也猜到是谁。他手指轻动，一条信息发了回去：“不方便，有事说事。”

又一条信息过来：“我在接染染的路上，收发消息更不方便。”

骆修轻皱起眉，回眸看向副驾驶座。顾念睡得还安稳，看起来一时半会儿醒不过来。

骆修解开安全带，无声地开了车门下车，拨通了电话。

“什么事？”骆修靠在车前盖上，拦住了落到女孩眼睛上的阳光。

“还能有什么事？今天祭祖，你什么时候回家？”

“下午或者晚上。”

“你不如别回来了！”

“好啊。”

“那到时候一转身人不见了，可别怪我没提醒过你。”

骆修淡了伪装的笑意，回眸看向车里。小姑娘抱着安全带，睡得还香。

骆湛：“你上午忙什么？”

骆修：“送她回家，刚到楼下。”

骆湛：“那送完就走不就好了？”

骆修顿了顿，语气温和地道：“我现在知道你那个曾经的忘年交——现在的准岳父——为什么每次看见你都想把你从唐染身边踹开了。”

骆湛：“你……”被戳了痛处的骆家小少爷有点儿暴躁，隔着电话冷冰冰地笑了声，“我没这个烦恼，蓝景谦早就被唐世语拉去国外补蜜月了，染染现在就是我一个人的。羡慕吗？”

骆修不想跟小学鸡弟弟说话。

兄弟两人隔着电话僵持不下，最后终于勉强达成一致——最晚下午3点，骆修要准时出现在骆家。

骆修打完电话转回身，却发现车里的女孩正捧着手机，摄像头朝着他。

偷拍被发现的顾念毫无被抓包的自觉，坐在车里，弯着眼笑得灿烂极了。

骆修走到副驾驶座旁，拉开车门：“醒了怎么不下来？”

“看你在打电话，不打扰你。”顾念一脸“我很乖，对吧？”的得意小表情。

“不打扰我，只偷拍我？”

“嗯，女朋友拍也不行吗？”

骆修失笑：“行。”他抬起左手把女孩从车里牵出来，右手关上门，顺势把人抵到车门上吻了一下，“你想怎么样都行。”

顾念想躲没躲开，趁骆修退后，红着脸颊溜出去就跑：“这可是在外面，注意一下你的偶像包袱！”

骆修笑了笑，转身跟了上去。

同单元楼上，几位太太的麻将房里。

麻将牌被搓得哗啦哗啦响，等着轮班的两人坐在靠阳台的窗边唠嗑。

一人无意间在三楼窗户外瞥见什么，点了点窗玻璃：“哎，咱单元门口停了辆好车。”

另一人也歪头看出去：“什么车？”

“不认识。”

“不认识你说是好车？”

“这你就不懂了吧？这好车赖车，在外形、气势上就不一样。”

“那倒是……”

“下来的年轻人是个生面孔啊，没见过。老张你认识吗？”

“我看看……”

“这么年轻，说不定是谁家的新女婿呢。”

这话吸引了麻将桌那边忙着堆长城的四位女士的注意力，有人笑得直摇头：“新女婿？这可羡慕了，我家那个不听话的，不管我怎么说都咬死了不谈恋爱、不结婚。”

“我家那个臭小子也是。”

“哎，媛姐，你家小念呢？她可是我们社区里出落得最漂亮的姑娘了。”

顾媛摸麻将牌的手停了两秒，然后她随手将麻将摆到牌尾：“年轻人的事情，我们这个年纪的人就别跟着操心了——想操心也操不着。”

“哈，媛姐，你之前可不是这个说法啊，怎么了这是？”

顾媛还没说话，趴在窗边一直往下瞅的老张突然拍了下腿：“我认识他！”

房间里其他五个人被不同程度地惊了一下，离得最近那人恼道：“认识就认识，你家女婿啊，这么激动？”

“去、去、去，我闺女才多大？不过我确实是通过我闺女认识的这人。”

“啊？”

“她之前天天拿着手机傻乐，还整了一张电视明星的图当屏保呢，说是个演员——就楼下这个！”

房间里的其余人来了兴趣，除了顾媛顿住，另外三人都起身走到窗边。

“演员？”

“真的假的？”

“我看看。”

“那年轻人确实生得好看，这么张脸我还能认错吗？”窗边的老张不满地转回来，余光瞥见顾媛扣了麻将起身，看方向是往房间外走去。老张愣了下问：“媛儿，你这才下来多会儿，干吗去？”

“我忘了家里煲汤的火关没关，上去看看，你们玩着吧。”

“哦，那你赶紧看看去吧。”

“嗯。”

顾媛前脚刚离开，窗边牌友中一个眼尖的人开口：“哎，副驾驶座上有个小姑娘下来了。”

“看着有点儿眼熟啊？”

“是挺眼熟。”

“这不是媛姐家的小念吗？！”

“啥？”

牌友们这才反应过来，但再回头想找人，顾媛早就没影了。

五分钟后，住宅玄关里，顾媛接过顾念手里提的东西：“不是跟你说了不用回来吗？怎么还是回来了？”

“骆修说敬老节必须回来看看您的。”顾念笑着朝顾媛眨了眨眼，“而且我回来一趟也不累，您也不用替我担心。”

“谁担心你了？”

“那您干吗不让我回来？”

“耽误我打麻将是一方面。”顾媛抬头看了看走进来的骆修，皱着眉收回视线，“你俩，尤其是他，出来都一点儿不注意，不怕路上被人认出来啊？”

顾念怔了下，不安地回过头看了骆修两秒，又转回头来：“没事，反正我们今天来的中间也没下过车。”

顾媛冷笑了下：“没下车？跟我一块儿打麻将那几个人，最迟明天肯定得找上门来盘问我。”

顾念一惊：“被看见啦？”

顾媛：“你说呢？”

趁着转回身去接骆修手里的礼盒的工夫，顾念小声对骆修说：“我就说在外面要注意点儿，我妈的朋友都认出你来了。”

“没关系。”

“那怎么能没关系？”顾念严肃地否认，“你还没有公认的代表作呢，万一这时候被拍到传出绯闻，那你以后身上就被钉死了‘靠炒作绯闻成名’的花瓶标签，再想揭下来就难了。”

骆修被顾念认真的表情逗得忍俊不禁：“你这么关心我的前途还不能拿工资太不合适了，不如你来做我的经纪人？”

顾念心动了两秒，然后迅速摇头：“不行。”

“为什么？”

“万一以后我们在一起的事情传出去了，我这就是‘监守自盗’了。”

骆修笑意一僵：“万一？”

“嗯，怎么了？”顾念不以为意地回头，对上骆修若有所思的眼神，沉默了几秒，慢慢露出警觉的眼神，“我们说好了，在你的事业进入稳定期以前，不公布恋情的。”

“《金牌编剧》里大家已经默认了。”

顾念摆了摆手：“那是综艺嘛，炒 CP 的情况在圈里再正常不过了，没多少粉丝会当真的。”

沉默片刻之后，骆修慢慢勾起个温柔无邪的笑容：“我以为我们在谈恋爱，结果你在跟我炒 CP？”

“嗯？”顾念笑容一顿，无辜地眨了下眼，在被某人逐渐恶龙化的眼神盯得逐渐心虚后，迅速开口，“我没有，怎么可能呢？你误会了。”

“是吗？”

“千真万确！”

骆修似乎信了，笑着微微点头，朝顾念走近一步。

大概是在恶龙窝里待久了培养出了求生本能，在某一秒顾念心里一动，嗖的一下往后退了半步——恰巧错开骆修拦住她的退路的手。

“哇哦！”顾念由衷地为自己的灵活身手赞叹了一声，但是叹完就后悔了。

她抬起眼，对上骆修的目光，果然看见那人眼底的无边温柔下隐藏着某种被她的躲避刺激上来的欲求。

顾念：哦，要糟。

没有半点儿犹豫，顾念回过头跑向顾媛所在的厨房，一边跑一边声情并茂地演独角戏：“啊？妈，您喊我呀？妈，您叫我帮忙吗？”

“嗯？谁叫你了？”

“哦，洗菜是吧？来了、来了。”

骆修站在原地，慢慢调整呼吸，压下心底那点儿被顾念撩拨得起起伏伏的情绪。等心境平复，他微抬起眼，无奈又若有所思地望着女孩在厨房里忙碌的背影。

作为勤勤恳恳、无所不能的上一代人中的一员，顾媛却异于同龄人，天生没点儿料理技能，从年轻时起就一度毁坏家中锅碗瓢盆无数，给顾念幼小的心灵留下过不少阴影。在为祸厨房这方面，只有别人想不到，没有顾媛达不成，堪称“厨房杀手”。

大概是作为她的亲生女儿的证明，顾念十分完美地遗传了这个“天赋”，甚至隐隐有要发扬光大的势头。

两人在厨房里以“骆修还算客人”为由婉拒骆修的参与要求，并折腾了半小时试图筹备大餐，但成效甚微，做的菜卖相惨不忍睹。

最后午餐还是骆修下厨。

母女两人只能尴尬地去客厅坐着。

顾媛问：“你男朋友做饭好吃吗？”

顾念严肃地竖起大拇指：“特别厉害。”

顾媛疑惑地问：“林南天不是说他是个怪厉害的继承人吗？他怎么还会自己做饭？”

顾念：“他小时候自己在国外住了很久……然后有一次因为照顾的人粗心，他食物中毒被送去医院洗胃——哦，胃病就是那时候落下的病根。”

顾媛心虚地咳嗽了一声。

顾念照顾老妈的面子，当没听见，跳了过去：“后来他就开始按自己的喜好尝试做料理了。而且因为照顾他的人一批一批地换，每次适应口味还挺难的吧？”

“听林南天跟我说，我以为他是个养尊处优的少爷，这么听起来小时候还怪可怜的。”

顾念用力点头，随即好奇地问：“不过上次您叫他来，他没下厨，难道是您做的饭菜？”

顾媛板起了脸：“偶尔我还是能发挥好的。”

顾念扯了下嘴角：“您要是这么说，那我就得怀疑他上周到底是因为喝酒还是因为吃了您做的饭菜才进医院的了。”

“你……”顾媛对着厨房看了一会儿，不知想到了什么，眼神复杂地转回头来，上下打量起自家的宝贝闺女。

顾念被盯得不自在，往后缩了缩：“您这么看我干吗？”

顾媛：“我当初给你立了三条找男朋友的规矩，你还记得？”

顾念努力回忆了下：“不要太帅，不要太有钱，不要城府太深。”

顾媛拍了拍她：“三条全给我占上，出息了。”

“啊……”顾念不服气，“那不怪我，怪您选的条件不合适嘛。”

“哪里不合适了？”

“哪……哪里合适了？”

“你看，长得帅，家里有钱，心思还不浅，万一以后人家欺负你了，你都没处说理去。”

“骆修不是那种人。”顾念轻哼了一声，“您这是怀疑我看人的眼光。”

“我不怀疑你的眼光。”顾媛朝厨房抬了抬下巴，“我怀疑他的。”

顾念：“啊？”

战火一路从客厅蔓延至餐桌上。

骆修察觉，趁顾媛去房间里接电话的工夫，在顾念身旁落座时轻声问她：“怎么了？”

顾念垂着眼道：“我妈说你一定是鬼迷心窍才和我在一起的，等鬼跑了你就清醒了。”

骆修怔了怔，哑然失笑。

顾念木着脸抬眼：“你还笑？”

骆修：“所以你想问我，我为什么会喜欢你？”

顾念点头。

骆修思索了几秒，望着顾念说道：“喜欢是一个过程，提起这个词的时候我可以想起很多场景，都和你有关，也只和你有关。我不知道原因，但知道它是不会改变的结果。”

顾念听了这个答案微微脸热，停顿了一下，还是忍不住小声问：“那你知道关于你的一个传闻吗？”

“我？”

“嗯，关于你骆家的那个身份。”

“什么传闻？”

“嗯……他们都说骆家的大少爷无欲无求，一心想出家。”顾念看向骆修，“是真的吗？”

骆修笑着垂眸：“是真的。”

顾念：“啊！”

在顾念一秒从“怎么会这样？”过渡到“难道我要守活寡了吗？”的惊恐眼神里，骆修忍不住笑着抚了抚她的头：“不要胡思乱想，那是在认识你之前的想法。”

“哦。”顾念冻住的眼神缓缓回温。

骆修微垂下眼，带笑的声音有些哑：“遇见你以前我不在意生死、欲望和人间的事。没有人或事能让我有归属感，无所求和无所顾忌下只可能滋生恶念，所以我想出家。佛和道哪一个都无所谓，只要能带走那种虚无感，或者让我找到一个答案。”

顾念听着，下意识地握住骆修的手，像是下一秒他就会在她面前消失。

察觉到顾念的不安，骆修笑着轻叹，也反握住她的手，然后与她十指交扣：“不要怕。”

顾念还是不安：“以后不会了吗？”

“不会了，因为我已经找到我的答案了。”

“什么答案？”

“你。”

顾念怔住。

不等她回话，那人眼底的温柔淡去，一点儿克制已久的欲念情绪涌了上来，他低垂下眼睫，半遮着眼神，终于松开了困着心底恶龙的锁链。

骆修扶着女孩身后的椅背，放任自己吻上顾念柔软的唇。

砰。

某一秒突然传来的声音让顾念惊醒退开。

她脸蛋涨红地回过头看去。

顾媛面色复杂地站在餐厅门口。

沉默对视数秒后，顾媛木然地指了指房门：“要不……我先下去推一桌麻将再上来？”

吃过午餐之后，原计划还要再留一会儿的顾念就被顾媛十分嫌弃地“赶”出了家门。

顾女士的理由十分冠冕堂皇：“既然是敬老节，那就均匀分配，两边长辈一边半天时间。还有下次我让你别来你就别来了，要给你年过半百的妈留下足够自由的私人时间，懂？”

顾念只能哭笑不得地跟顾媛道别，顺便把她送到楼下几位退休女士常聚的麻将房里。

至于听到动静就立刻关怀备至地想出来看看顾家的演员新女婿的女士们，都被顾媛以一己之力拦在了门后。

“快走、快走。”隔着巴掌宽的门缝，顾媛嫌弃地朝顾念直摆手。

“您少打点儿麻将，注意身体啊。”顾念不放心地嘱咐。

“知道了。”听着脚步声跟着电梯运转的声音一起消失，顾媛这才关上门，扭头看向自己的好姐妹们：“这么大年纪了，你们就不能稳重点儿？”

“媛姐你也太吝啬了，我们就看看你家新女婿，又不抢。”

“就是。”

顾媛撇嘴：“什么新女婿？八字还没一撇的事情，等真结婚了再说。”

“怎么，新女婿你不满意啊？这才来了多久，你就把人赶走了？”

顾媛沉默之后，摇了摇头往里走："太高了。"

"什么太高了？个子？"

"条件。"

"条件高还不好啊？"

顾媛脚下一顿："门不当户不对的，好什么？"

"这都什么年代了，你还有这老观念？"

"就是，我还巴不得我女儿找个条件好的人呢，再对她好就行，可惜找不着啊。"

坐到麻将桌前，顾媛慢腾腾地摸着麻将牌想了好久，才憋出一句："对念儿应该挺好的。"

旁边的老张笑起来："那你还赶人家走？"

"当然要赶。"顾媛皱起眉，"年轻人不懂这些，我们当父母的不能不懂。哪个长辈上年纪了不想儿孙绕膝？你把人家的儿子留着不让走，等女儿到了他们家，哪有好脸色看？"

老张问："那你怎么办？不想你家小念？你可就这么一个孩子，时间久了她跟你生疏了，有你后悔的。"

"生了就生了吧。"顾媛摸着麻将笑了笑，大概是顾念都没见过的慈祥模样，"我又不能陪她走一辈子。"

桌边的人静了下来。

片刻后，四位年过半百的女士默契地恢复到日常的说说笑笑，麻将牌磕磕碰碰间桌上热闹起来，没人再提这个话题了。

顾念原本是没打算和骆修一同回骆家祭祖的，但走之前被顾女士刻意提醒过，所以上车后仍在蹙眉思考这个问题，直到被身旁的声音叫回神："不要顾虑太多。"

"嗯？"顾念回头，"什么顾虑太多？"

骆修嘴角勾起浅浅的弧度："你不是在考虑要不要陪我去骆家的事情？"

顾念："啊，这么明显吗？"

骆修声音温和地道："不要顾虑礼节之类的问题，你想去就去，不想去也不要勉强自己。"

顾念犹豫了下，却问骆修："那你想我和你一起去吗？"

这个问题让车里安静了几秒。

顾念没等到答案，茫然地回过头，就见骆修在沉默之后无奈地笑道："一方面，无论走到哪里我都会想要和你在一起；另一方面，我又并不想你和骆家的人有太多接触。"

"你不想我和他们接触？"顾念怔住。

"嗯。"

"为什么？"顾念若有所思，"难道你父亲或者你爷爷会给我一千万让我离开你吗？"

骆修玩笑道：“如果他们真那样做，那你要怎么办？”

顾念绷起脸思考了一会儿：“好像我就只能努力赚够一千万，向他们要求给你赎身了。”

“那我倒贴一千万，让你现在赎走我可以吗？”骆修忍俊不禁地问。

听出这话里的调侃，顾念严肃地道：“我是正经编剧，不走潜规则演员那一套的，你不要诱惑我。”

骆修笑了笑。

等这个话题过去，顾念也收敛了玩笑态度，认真地对骆修道：“我陪你一起回去。”

“想好了？”

“嗯，我知道你不喜欢那里，一个人去不喜欢的地方会更难过，两个人一起应该会好很多。”顾念顿了顿，继续道，“关于你担心的问题，放心吧，我会尽量避开和他们接触的。”

骆修目光微闪了下，似乎想说什么又作罢，最后温柔一笑：“好。”

最终比约好的截止时间提前了一个多小时，骆修带着顾念一起回到了骆家。

提前接到消息的管家林易在骆家正门等候，见骆修和顾念下车便主动上前：“大少爷、顾小姐。”

骆修温和地笑道：“林管家怎么还亲自出来了？”

林易苦笑：“老先生在祠堂已经等急了，催过几遍，一听说您快到宅前，立刻让我下来接您。”

“没关系，我不着急。”骆修淡淡一笑，转向顾念：“我先送你回我的房间休息。”

在林管家无奈的目光中，顾念最后还是没说什么，点了点头。

骆修拉起她的手扣进掌心里握住，然后牵着小姑娘走进那片深宅大院，一路受人瞩目。

不少骆家的用人听说了他们那位一心想出家的大少爷竟然在祭祖的日子里带回了女朋友，忍不住好奇，专程来看这位能把他们的大少爷勾得动了凡心的“女妖精”长什么模样。

顾念被盯得不自在，但并没有表现出多少情绪，仍木着脸，抽空才轻叹了一句：“早知道是来走 T 台的，那我就换一身压得住场的打扮了。”

骆修：“现在也压得住。”

“是吗？”顾念有些不信。

“当然。”

虽然还是不信，但也不妨碍她嘴角往上翘起。

骆修在管家林易的跟随下，亲自把顾念送到他的个人房间才安心。

走之前，骆修特意站在门外嘱咐：“除了我来找你，无论什么人说有什么事，你都不要出这个门，好吗？”

顾念警觉地问：“这么恐怖吗？”

骆修的目光好像无意又和善地从旁边的管家林易身上一扫而过，然后他垂眸温柔地望向顾念："以防万一。"

顾念想了想，点头："嗯，我记下了。"

"你可以先在我的床上休息，等祭祖流程结束，我会立刻回来找你。"

"没关系，不着急。"顾念笑起来，"刚好我困了，你晚点儿回来我还可以多睡一会儿懒觉。"

骆修目光微闪，眼里泛起一丝入骨的笑意："那我更该早一点儿回来了。"

顾念的脸颊慢慢涨红。

"不要胡思乱想。"骆修哑然轻笑，向前倾身，扣着女孩身侧半扇未开的门，声音压得低低的，"我只是想陪你入睡而已。"

恶龙的尾巴都快在后面甩起来了，傻子才信。

骆家的祭祖流程繁杂而冗长。

眼见着落地窗外的太阳一路西沉，祭祖那边还是没有半点儿结束的消息。

顾念坚强地绷了两三个小时，最后在太阳下山前还是没能敌过周公的邀约，不知道哪次呼吸里放松了警惕，就倒在骆修的房间里那黑色大床上香香甜甜地睡了过去。

敲门声响起时，顾念的意识复苏。

她蓦地醒过神来，难能可贵地一秒内就清醒地想起自己还身在骆家。在几乎就要从床上惊坐起来的时候，顾念看清了面前的场景。

被床上的黑色被子遮住像山峦起伏一样的阴影之后，落地灯的光线轻柔地洒下，坐在窗边椅子上戴着垂了金丝链细框眼镜的人正靠在椅上，手里的书页翻到中间。

显然也是听到敲门声，骆修原本没什么情绪的侧颜明显绷起，他合上书起身，就要走向门外。只是刚转过身，他就对上一双躲在被子里乌溜溜地瞅着他的眼睛。

骆修意外地停下，须臾眼神便温柔起来："什么时候醒的？"

"刚刚醒。"顾念也没好意思再装睡，抱着显然是被骆修拉到她身上盖住的薄被爬起来，脸颊在熟睡后微红，中长发松软俏皮地贴在脸颊边。

骆修从床尾帮她拿过拖鞋放到脚边。

顾念不好意思地问："我是不是睡了很久？"

"还好。饿了吗？"

顾念感受了下："好像有点儿。"

"那——"

骆修话未出口，房门再次被叩响，这一次外面传来用人小心的声音："大少爷？"

骆修对顾念说："我先过去一下。"

"嗯。"

房门被拉开，隐约的声音从门外传进来："大少爷，老先生让我请您和顾小姐一起到楼下用餐。"

顾念绕过卧房，转去套房外间，门已经半合上，骆修恰巧转过身，望见她脚步一停："你想下楼吗？"

顾念没反应过来，茫然地"啊"了一声。

"到楼下用餐会见到我爷爷，如果你不想见，那我让他们送晚餐上来。"

顾念慌忙摇头："那太没有礼貌了。"

骆修淡淡一笑："来之前我说了，你不需要顾忌那么多。"

"不行、不行。"顾念严肃地绷着脸，"如果我真这么做，那被人偷偷在背地里议论和笑话的还是你。"

"议论什么？"

"嗯，就是类似说你找了一个一点儿都不懂礼数的女朋友。"

骆修抬眸，柔和的光从他的镜片上轻晃过去，高高的鼻梁下薄唇勾起，脸上带有温柔笑意："他们敢？"

顾念走上前，表情古怪地凑到骆修身前："你有没有觉得……？"

"什么？"骆修温柔地问。

顾念："你在我面前越来越不掩饰你的本性了？"

骆修微微停顿了一下，笑着道："如果你想，我可以藏起来。"

顾念想都没想地摇头："那还是算了。"

骆修眼神微变："不讨厌吗？"

顾念："讨厌什么？"

"你以前喜欢的不是那个……"骆修停顿了下，顺着回忆重复她的措辞，"'温柔善良如天使'的骆修？"

顾念思索了两秒，摇头："我喜欢的是你啊，又不是加在你前面的那些定语。"

这个答案叫骆修怔住。

顾念说完，就已经很自然地牵起骆修的手，拉着他转身往外走："反正你什么样子我都会喜欢，不需要藏起来。我们下去跟你爷爷打个招呼吧？"

默然半晌，骆修叹气道："好。"

骆家主楼餐厅里，骆修和顾念进去时，长桌旁边正巧有人过去——骆湛单手拉开高背椅，另一只手小心地给身前的女孩当拐杖，扶她落座。听见动静，骆湛还是等唐染坐下后才抬眼望过来。

"不是说谁下来谁是狗？"骆湛眼神微带嘲意。

骆修淡定地牵着顾念走进去，到骆湛和唐染对面停住。拒绝了要上前的用人，骆修给顾念拉开椅子，然后才慢条斯理地望回去："那是你自己说的。而且难道现在站在这儿的你是幻觉？"

骆湛："染染被老爷子耍手段，先让人偷偷领下来了，我还能放她自己在这儿？"

骆修不在意地点头："所以先毁约的不是我，是你自己。"

骆湛漠然以对。

兄弟两人一个站在顾念身后，一个扶着椅背站在唐染侧边，目光交锋得十分激烈，场面十分“友好”。

坐着的人就比较尴尬了。

顾念和对面那个皮肤雪白、长相漂亮、看起来年龄不大的女孩尴尬地微笑着对视了好几秒，终于忍不住朝后回头，小声道：“骆修，她是……？”

骆修的目光落了下来，和顾念对视，他眼底的凌厉神色变得温和：“这是唐染，骆湛的……”

顾念在等一句“女朋友”，但没等到。

“的主人。”骆修微笑着结语。

顾念愣住：这是撞进了什么奇奇怪怪的 play（游戏）现场吗？还是说这位传闻中的骆家小少爷有什么奇奇怪怪的癖好？

顾念情不自禁地转回去，茫然地望向对面一站一坐的两人。对面坐着的女孩雪白的肤色在这几秒里已经被羞赧染得红透，她紧张地攥着刀叉没说话。

至于她旁边那人……不愧是和骆修一脉相承，仿佛没听见骆修的这番介绍，少年人眼神不驯，一副“对，没错，她就是，你能拿我怎么样”的表情。

能养出骆修和骆湛这样两个性格奇特而对立的兄弟，还能保持家族长盛不衰……顾念顿时对骆家生出由衷的敬佩之情。

这片刻，对面憋得脸蛋红透的女孩终于开口了：“你好，我是唐染。”

“啊，你好。”顾念回神，朝女孩露出善意的笑，“我是顾念。”

唐染犹豫了一下，轻声说：“我的眼睛刚做完手术不久，看东西还不太清楚……如果有什么做得不好的地方，请你不要介意。”

顾念恍然大悟，刚刚对视中就觉着对面女孩的眼睛和普通人有一点点不一样的感觉，原来是眼睛做过手术。回过神后顾念莞尔一笑道：“不会的。你的眼睛很漂亮，期待你早日恢复。”

对面的唐染停了两秒，微红着脸低下了头，声音更轻了：“谢谢……”

顾念呆住了。

天哪，她这是害羞了吗？这么可爱漂亮、柔软乖巧还有点儿可怜的宝贝，竟然是真实存在的吗？

顾念正想和唐染再交流，就听到餐厅长桌正对的双开门被从外面拉开，一位提着拐杖的老人从门外走进来，身后还跟着之前专门去接过顾念和骆修的管家林易。

顾念回神起身。

显然这位老人不是别人，肯定就是骆家现在当家的老先生骆敬远了。

顾念听林南天跟她科普过一些骆老爷子当年的丰功伟绩，虽然做足了心理准备，但乍一对上老人那双沧桑但并不混浊的眼睛，还是心里一虚。

所幸老人的目光没有在她身上停留太久，很快随着步伐挪开了。

“骆爷爷。”对面的女孩轻声问好。

骆家两位兄弟没什么反应，顾念却犹豫起来——她是第一次见骆老先生，不问候显得太没礼貌，但是问候的话，怎么称呼是个大问题。

顾念正纠结着，听见骆老爷子停在主位旁，随着拐杖落地应了一声，然后回身，目光落到她身上："顾小姐？"

顾念立刻把跑远的想法拽回来："您好，我是顾念。"

"嗯，我听骆修提过你。你不必为难，和小染一样称呼我就好。"

"好的，骆——"顾念卡了下，"骆爷爷好。"

站在她身侧，骆修垂眸，口中轻哂。

顾念察觉，偷偷斜睃过去一眼。

骆修的身体一半拦在她身前，大约是感觉到顾念的注视，他没回身，但手轻拉起她的手，安抚地点了点她的手掌心。

长辈还在的严肃场合，顾念做贼心虚地脸上发热，立刻一本正经地把手抽了回去。

这片刻间，骆老爷子已经发话："不用都站着了，坐吧。"

长桌主位落了座，餐厨之间连通的长廊门被打开，晚餐按上餐顺序送了上来。

起初气氛很平静，除了菜色过于丰盛外跟普通家宴区别不大，也没有一上来就如顾念想象的那样风起云涌、波澜起伏。

骆老爷子跟管家林易似乎在说什么公事，偶尔与骆修、骆湛交谈几句，似乎也只是关心两个孙子的日常生活。在顾念以为兴许今天就会这样平静地过去，晚餐也临近末尾，上到最后一道甜点时，主位上的骆老爷子突然开口了。

"你们父亲明年就五十过半了。"

他这话显然是朝骆修和骆湛去的。兄弟两人非常默契，大约也是嗅到什么潜台词，不约而同地停下各自的动作，抬眼看向主位上的人。

老爷子说得似乎很随口："上年纪了，祭祖流程太长可撑不下来，我就是五十多岁的时候把主祭人的位置交给你们的父亲的。"

餐厅里静寂下来，连刀叉轻微碰撞碟盘的声音都没了。

顾念没太听懂这话的意思，但只看骆修和骆湛的表情，也猜得到这话肯定不是长辈向晚辈抱怨劳累的。

果然，老爷子拿过林管家递过来的软布，慢慢擦完手，放到一旁，便平静地抬眼："明年开始的祭祖，主祭人也该轮到你们这一辈了。你们兄弟两个商量商量，谁来？"

随着最后一句话说完，餐厅里仿佛有一根无形的弦被蓦地拉紧，之后每个字音落上去，就是一声颤鸣。

顾念大气不敢出。

这样的沉默大约持续了五秒。

长桌对面响起一声冷淡的轻笑："就知道宴无好宴。"

主位上的骆老爷子老脸一黑，看起来想发火，但是大概顾及顾念和唐染，又忍下去了。

骆敬远摸了摸拐杖头，板着脸问："你开口的意思是，你要来做这个主祭人了？"

骆湛："我没时间，int 实验室今年的项目忙到明年年中时间都很紧。您要是不怕清明节当天主祭人跑没影了，那您就让我来。"

骆老爷子狠狠乜了他一眼。

骆湛及时甩锅："我没时间，但我哥有时间。他是长孙，而且他公司那边去年年底就步入正轨了，不需要他亲自在。他来做合情合理。"

顾念跟骆老爷子一样，目光移向身边的人。

自骆老爷子开口后，骆修就一语未发，半垂着眼摆弄着餐盘里的甜品，好像完全置身事外。

上到他这儿的是一块白巧克力慕斯，冻得硬度合适，在融化前就被他拿甜品刀叉切成了薄片，在雪白的盘子里摆弄着，似乎拼成了什么图案。

顾念纯属好奇，往他盘子里看了一眼，然后就愣住了。

那个图案，准确说是个字——

"念"。

顾念心虚地抬头，恰巧望见主位上的老爷子同样像是被噎了一下的老脸。

顾念更心虚了。

骆老爷子心情无比复杂地开口："骆修，你觉得呢？"

骆修把"念"字下面的心上的最后一点挪正，才放下刀叉，淡淡抬起眼。他看起来心情极好，眸子也温柔如春日湖泊，涟漪浅浅："我不给骆湛收拾烂摊子。"

可惜，他一张口就把湖给冻上了。

长桌对面的骆湛挑眉："什么叫给我收拾烂摊子？"

骆修语气温和地道："主祭人是什么位置，又代表什么身份，我们彼此心知肚明，没必要装糊涂。"

骆湛眼神微动，没说话。

骆修："接了主祭人的位置，相当于昭告所有人，他就是下一位家里的掌权者和继承人。"

骆湛没反驳，靠在椅子上声音慵懒、似笑非笑地说道："之前爷爷身体不舒服那段时间，你不是掌得挺好吗？我看好多人觉得这位置非你莫属。"

骆修温和地笑道："有对比才有判断，不让你来试一下，你怎么知道自己不行？"

骆湛："我行不行不用靠试来检验，可惜我没时间，这种大任还是要哥哥你来。"

骆修："有时间闯祸，没时间收尾？"

骆湛叩了叩桌面，懒洋洋地哼笑了一声："刚刚你就在诬蔑我，我留什么烂摊子了？"

骆修这次没有立刻开口，而是缓慢转了下视线，目光焦点掠过骆湛，落到唐染身上。

唐染眼睛不好，这会儿看东西还不清楚，那些事情她又不懂，大概听得一早就魂游天外了，此时眼神雾蒙蒙的，表情里透着点儿迷茫。

大概是养“鹅子”失败的后遗症，顾念看得心里又母爱泛滥了好一会儿。

长桌上安静了几秒。

骆湛表情有些变了。他似乎想到什么，也不再懒散不正经地靠在椅子上，而是微微绷起肩背，像只被踩了领地边缘的大型食肉动物，目光警惕而凌厉地望着骆修。

骆修垂眸，扶了下眼镜，笑意温和无邪：“之前你为了对付唐家那位杭老太太，插手了家里生意上的事情，你忘了？”

骆湛皱眉。

他身旁，终于被“唐家”“杭老太太”的关键词叫回神的唐染回过头，似乎想说什么，却被骆湛侧过身说了句什么安抚下来。

“其中有几支再过三五年也未必缓得过来。”骆修说得隐晦，语气波澜不惊，“这种烂摊子，你不自己收拾，难道要我来？”

骆湛没说话，冷了眼神。

顾念不懂他们兄弟两个话里走的什么机锋，但能凭作为编剧的本能敏锐感知到事情本质——骆湛之前因为唐染做了什么落了把柄的事情，骆修在利用这个把柄，甚至使得骆湛在唐染面前不方便开口直接怼回来。

骆修果然是恶龙。

顾念心里想着，坦然地决定置身事外，不闻不问不参与，做个安静“吃瓜”的好路人。

兄弟两人隔空对峙，画面一时像无形的硝烟战场。

骆老爷子轻眯起眼，沉默了一会儿后，敲了敲手里的龙头拐杖。

“林易，时间不早了，你先送唐染和顾念到楼上休息吧。”

“好。”林易了然地应下。

显然接下来这部分谈话不适合顾念和唐染听了。

顾念也乐于不参与，很配合地站起身。

旁边的骆修跟着要站起：“我送你上去。”

“小心。”对面的骆湛同时去给唐染当人形盲杖。

兄弟俩几乎是同一秒从之前的对峙状态默契地抽离。

主位上的骆老爷子黑着脸，管家林易倒是笑眯眯地站在后面。

老爷子不满地回了下头，压低声道：“让你去送。”

林易：“我哪敢管两位少爷？”

借刀不成，骆老爷子气哼哼地转回去，加大力气敲了敲拐杖：“就送上楼，出不了骆家这一亩三分地，你们两个坐着！”

骆修和骆湛同时皱眉，这会儿倒是半点儿都看不出方才对峙得剑拔弩张的模样了。

眼见爷孙三个之间气氛僵了，顾念只觉得头疼。

单纯就此时发生矛盾的问题来说，这爷孙三个加起来可能不超过十岁吧？

顾念在心里叹了口气，先从骆修那儿抽回手："我扶唐染上楼就好，刚好我们熟悉一下，交个朋友。"

骆修回过头："你一个人上去？"

顾念咕哝了一句："我又不是三岁小孩，现在闭着眼都能上去了。"

骆修没办法违背顾念的意思，只好同意。

而骆湛在顾念与对比起来显得格外五大三粗、毛手毛脚的用人之间，没有多犹豫地就选了顾念。

顾念绕过长桌去领唐染，应了她的道谢后，两人离开了餐厅。

骆老爷子口中的"时间不早了"完全是毫不走心的托词，顾念领着唐染上到三楼时，时针才刚过"8"和"9"之间的中点。

顾念想了想，回过头问身旁乖巧听话又安静的女孩："一个人在房间里应该很无聊的，要不我们找个地方聊天？"

唐染点了点头："好。"

顾念流下了母爱的泪水。

养"女鹅"应该比养"鹅子"暖心多了吧？而且可爱一万倍，还不会有母爱变质和养到一半的小可爱突然变身恶龙的风险。

于是一小时后，当骆修、骆湛终于结束三方会谈前后上楼时，就发现他们屋里各自的小姑娘没了。

用人在那一冰冷一温和但都带刀子的眼神下，战战兢兢地供出了顾念和唐染的去处。

骆修和骆湛赶去的时候，两个女孩言笑晏晏地凑在一起，一个比一个神色灿烂，亲近极了。

尤其在骆修和骆湛出现以后，那边顾念和唐染被打断交谈，起来以后还表现得非常不舍。

顾念问骆修："我们今晚还回去吗？"

骆修牵起顾念的手："明天回吧，将近十点了，太晚了。"

"好啊。"顾念的眼睛亮了起来。

骆修察觉什么，微眯起眼。

果然下一秒就听顾念开心地问："那我今天想和小染睡一个房间，可以吗？"

雪上加霜的是，另一边骆湛刚皱起眉想拒绝，就见他面前的女孩难得露出明显的高兴情绪。回过神的唐染还用力点了点头："好。"

两秒后，骆湛故作凶恶地低头"警告"唐染："好什么好？你今晚要跟我走。"

骆修温柔地抬手抚了抚顾念的头："不，你不想。"

唐染："嗯？"

顾念："啊？"

迫于恶龙势力，顾念不得不含泪和她今晚刚拐到手的小可爱告别，然后像那只被命运拎住了后颈皮的猫一样被恶龙叼回了房间。

兄弟两人各自的套房在同一个楼层，不过一个在东一个在西。最后分别之际，骆湛不太爽地看着那边因为之前聊得太开心忘记互留联系方式的女孩。然后他转过头，对骆修说："你能不能看好你家那位，让她离染染远一点儿？"

骆修转过头："原话奉还。"

顾念跟小可爱依依不舍地告别完，刚转回身来看到的就是这么个"兄友弟恭"——日常拿眼神亲切"问候"对方的场面。

顾念无奈，介入后带走骆修。

等回到房间里，只剩下他们两人时，顾念关心地问："你们那个主祭人有结果了？"

"没有。"骆修温柔一笑，"不要太担心，问题不大。"

顾念点了点头："我还以为骆湛这次要栽到你手上呢。"

骆修略有遗憾："如果唐染不被支开，那大概今晚能结束。"

几秒后，骆修察觉什么，抬眸看去，就见顾念正眼神感慨地望着他："怎么了？"

顾念："这要是在剧本里，你应该是幕后最大的那个反派。"

骆修顿了顿："你不喜欢这样吗？那我可以改。"

"嗯？"顾念愣了下，看见骆修眼里并无玩笑之意，而是认真的情绪，于是弯起眼睛，上前一步抱住他的腰身："我永远喜欢。"

骆修伸手接住她，垂下眸子："喜欢反派，不怕吗？"

"不怕。"顾念踮起脚，亲了下他微凉的唇，"你永远是我一个人的男主角。"

第十八章 曝 光

10 月底，《金牌编剧》已经进行到最后一期录制，BH 传媒的编剧培训班也接近尾声。

秦园园和江晓晴刚从封闭式培训里被放出来，就发现她们的合租屋里没人了，而网络世界里顾念就是盲枝的事情已经传得尽人皆知。

秦园园是早就知道这事，江晓晴却不一样。上次她因为迟钝完美错过重要发现契机，毫无心理准备，这次差点儿被铺天盖地的信息轰炸到世界观重建。

在家里经过了时而疯狂时而低落，时而兴奋时而麻木的反复循环，终于又在一句鬼哭狼嚎的“我女神竟在我身边而我两年没发现”之后，江晓晴被忍无可忍的秦园园摁进了沙发里。

“你有这个发癔症的时间，叫顾念出来见面不就好了？”

被摁得脸埋在抱枕里的江晓晴眼泪汪汪地抬头，顺便把手机屏幕上显示着“《金牌编剧》内盲枝继《破碎》之后又掀短剧新潮”的大热报道递给秦园园。

秦园园瞥过那篇阅读量过亿的文章：“我看到了，怎么了？”

江晓晴：“呜呜呜，顾念现在重回盲枝身份，这么火了，不愿意见我们怎么办？”

秦园园无奈地道：“盲枝难道是第一天火起来的吗？”

“当然不是！盲枝大大两年前就火爆过了啊！”一听和盲枝的名声相关，江晓晴立刻精神抖擞地反驳。

秦园园：“那不就行了？她又不是第一天火。虽然不了解她这两年不肯重出江湖的具体原因，但只要她想，显然这些热度本来也是这两年内她就能拿回来的——这期间她什么时候有过不愿意见你的情况吗？”

江晓晴陷入表情呆滞状态，半晌没有反应。

秦园园正担心她是不是受刺激过度，就见江晓晴抱着抱枕埋下头，慢慢露出一个娇羞且痴呆的笑容：“嘿嘿嘿……”

秦园园："你干吗突然笑得这么变态？"

江晓晴："就是被你提醒我才想起来，原来这两年我还跟我女神同床共枕过，还不止一次，嘿嘿嘿……"

秦园园："你……"

这人可能是真要变态了。

三人最终约在了距离 BH 传媒公司不远的一家私密性极好的咖啡屋里见面。

顾念是戴着口罩、帽子来的。

自从《金牌编剧》国庆特辑里那一首《渡我》的"翻唱"被认出来以后，顾念除了被誉为《金牌编剧》口碑天花板外，更在节目流量上地位迅速飙升。

时隔两年，这样两部题材不同却同样吸粉无数的作品，再加上《金牌编剧》本身在嘉宾层面上拓宽的流量广度和 BH 传媒引导性的宣传，更使得顾念在编剧行业一时风头无限，隐隐有从编剧转向明星的势头。

而作为"代价"，顾念前几天刚经历了一场在购物广场停车场被狂热粉丝认出而险些出事的惊险事件。

摘了口罩给秦园园和江晓晴讲了那件事，顾念是随口说起，江晓晴却已经握住了她的手，感动得眼泪汪汪："你是冒着生命危险来见我的吗？"

顾念一边把自己的手从江晓晴亲切到不撒手的抓握里拽出来，一边木着脸问秦园园："她这是在培训班里受什么刺激了吗？"

秦园园笑着看热闹："你可得离她远点儿，她现在比起那个在停车场袭击你的狂热粉丝恐怕好不到哪儿去。"

顾念："啊？"

她这才想起来，江晓晴身上还有"盲枝死忠粉"这么一个贴得牢靠到两年都没掉的标签。

然后江晓晴又经历数次蹭怀埋胸未果，总算眼神哀怨地慢慢恢复常态。两人聊完在编剧培训班这三个月的封闭学习后，问起顾念的情况。

"所以你现在的主业还是参加《金牌编剧》录制？"半事业粉型的江晓晴很是关心此事，"应该没剩几期节目就要结束了吧？之后打算干吗？"

顾念摇头："《金牌编剧》录制只剩一期了，我现在工作重心不在这方面，正在新剧本创作的项目上。"

江晓晴愣了愣："啊？"

秦园园脑子转得快得多："晓晴你傻了啊？盲枝的身份一曝光，还有《破碎》之前带来的热度和口碑，顾念自由编剧的身份还不被抢破头？"

江晓晴的眼睛亮了起来："这么说……"

"嗯，签约了。"

"签了哪儿？"

“BH 传媒。”

“B……啊？”

江晓晴不解地转过头，连秦园园都有点儿意外地问：“以盲枝的身价，肯定圈里最好的传媒公司都会给你抛橄榄枝吧？你怎么签了 BH 传媒？”

江晓晴飞快地点头：“虽然说 BH 传媒确实是黑马，但毕竟只创立了三四年，就算背景了得、资源厉害，但比起头部几家老牌传媒公司，那肯定还是有点儿差距。”

顾念斟酌之后，语气犹豫地开口：“最初的主要原因是，他们也签了骆修的经纪合约，然后……”

“啊，他们签骆修了？”江晓晴惊声打断顾念的话。

秦园园：“从骆修的整体情况来说的话，好像确实 BH 传媒是最佳选择了。”

江晓晴摩拳擦掌：“他们也太奸诈了！这次肯定和当初招你进节目的时候一样，知道骆修是你最喜欢的明星，所以又利用这一点想留下你！”

顾念顿了顿，抬起眼帘。

江晓晴气愤完了转回来，被顾念盯得僵了下：“怎么了？”

“没什么。”顾念垂回眼，仍没什么表情，但语气似乎有点儿意味深长，“被你提醒，之前我都把这件事忘了。”

秦园园察觉什么，问：“你知道当初是谁利用这件事拉你进节目的？”

“谁？”江晓晴看向顾念。

顾念沉默几秒，慢吞吞地点头：“基本能确定，应该不会有别人了。”

“谁啊，这么能算计人？”

事关骆修的声名和身份，顾念最终还是没有轻率地开口，打了个哈哈就把这件事带了过去。

“哦，对了。”顾念想起之前专程跟 BH 传媒经纪部确认过的事情，看向两人，“你们有意向和 BH 传媒签编剧经纪合约吗？”

两人愣了愣，江晓晴心直口快地道：“我们有意向有什么用？你没去培训班不知道，我看 BH 传媒确实是想搞大事情，他们这次封闭培训做得有模有样的，里面好些出来就直接签了的人特别厉害——剩下的名额有限，园园希望大一点儿，我就够呛了。”

秦园园犹豫了下，也点头：“虽然 BH 传媒现在肯定非常看重你，但如果我们两个借你的人脉进去，会让你遭人非议的。”

江晓晴瞪大了眼睛：“我都没想到这个。园园说得没错！我们绝对不能让你这么光辉灿烂的履历有黑点！”

顾念有些哭笑不得，更多的还是感动：“别误会，我邀请的签约不会占用培训班的选拔名额。”

“啊？”

“我愿意和 BH 传媒签约，另一个重要原因就是他们开出来的条件非常优厚，是已经体制成型、阶层固化的头部传媒公司没办法给我的。”

“难道你可以自己招团队？”

“嗯。”顾念在江晓晴期望的眼神下笑着点头，“我可以在 BH 传媒公司内成立个人工作室，在工作室内的各种人员选拔上也有比较大的自主权。只不过他们能给你们的薪资待遇，可能刚开始是没办法和我等同的，要靠后面你们的个人成绩……”

“别说了，我同意！”江晓晴扑了上去，“呜呜呜，能和我盲枝大大继续一起工作，包吃包住不发工资我都可以！”

顾念失笑：“不发工资？那我先要不同意了。争取自己的正当权益是理所应当的事情，绝对不能给资本家省工资。等我让他们和你们面谈薪资条件的时候，待遇上你们一定要有坚持的立场，记得吗？”

“好、好，记得了！”江晓晴嬉笑道，“我看出你对那个算计你的 BH 老板恨得有多牙根痒痒了，人家都给你开这么好的条件了，你还这么寸步不让的。”

“这个……”顾念心虚地蹭了蹭鼻尖。

BH 传媒实力不虚、前景厉害，秦园园也没犹豫就答应了。

确定好编剧小组签约的事情，顾念放下心里责任感沉重的大石头，笑起来都轻松不少：“那提前庆祝你们入职，我今天中午请你们吃大餐好了！”

江晓晴振臂欢呼：“我要吃贵的！”

顾念莞尔：“好。”

午餐地点最终选在了星月酒店的西餐厅。

这边私密性确实很好，只要不赶上情人节之类的日子，人流量也不大，顾念不太需要担心吃饭吃到一半再发生被狂热粉突然袭击的场面。

江晓晴一路感慨着乘电梯上楼，又在侍者的引领下到落地窗边的位置落座，不住感慨：“这也太美了！”

秦园园早就不好意思了，等侍者转身去取餐品单，忍不住在桌下轻踢了江晓晴一下：“你收敛点儿，怎么跟刘姥姥进大观园似的，太丢人了。”

江晓晴不服气地说：“我就是第一次来这么高档的西餐厅嘛，非得装得淡定、什么都懂，多累啊？”

秦园园被噎得无话可说。

顾念在旁边听了全程，也不禁垂着眼笑起来：“我觉得晓晴说得挺对的，见过就是见过，没见过就是没见过。没有生来就具备优渥的家庭条件，没办法对出入这种地方当成家庭便饭，这不是我们的错，不用觉得没来过就是丢人的，是这个意思吧，晓晴？”

江晓晴用力点头：“不愧是我的盲枝大大，简直是我肚子里的蛔虫！”

顾念失笑。

正思索这话的秦园园也生气又无奈地瞪了江晓晴一眼：“你可真会夸人哪！”

江晓晴茫然："我这不是说，我们顾念善解人意吗？"

秦园园放弃跟江晓晴理论，转回头叹了口气："希望以后我也能靠自己的努力达到这种生活质量。"

顾念点头："会的。BH 传媒是很好的舞台，我对我们有信心。"

三人点完餐，侍者微躬身后离开，江晓晴好奇地凑过来问："顾念，你不是第一次来吧？"

"嗯。"顾念回忆了下，"来蹭过饭。"

"嗯？"

"就之前五月份那次相亲，在这边吃的。"

"相亲选在这种地方？"江晓晴惊了，"你这相亲对象挺有钱啊？"

"确实。"顾念不知道想起什么，突然笑了起来。

江晓晴别的地方迟钝，在感情八卦这方面倒是出奇敏感。她一见顾念低头笑，立刻警觉："嗯？有情况？"

顾念无辜地抬头："什么情况？"

江晓晴："别装傻，老实交代，你和你那个相亲对象是不是有后续进展了？不然你怎么知道人家'确实挺有钱'？"

顾念笑着推开她："我之前不是跟你们说了？我现在的住处是一位朋友去欧洲旅居一年，委托我为他照顾房子所以租给我的。"

"对啊，你说过，怎么了？"

顾念："那个相亲对象就是我说的那位朋友。"

"啊？"

没等江晓晴和秦园园从震惊里回过神，顾念的手机振动了一下。她拿起来看了几秒，有点儿犹豫地抬头问："你们介意……今天的午餐多一个人吗？"

江晓晴还没回过神，下意识地喃喃问道："多一个谁，你的相亲对象吗？"

顾念哭笑不得："不是。"

"那是什么人？"

顾念犹豫了下，轻声道："其实有件事没来得及告诉你们。"

"嗯？"

"我最近多了一位，嗯……男朋友。"

"啊？"

两人刚找回来没多久的神志再次被惊飞了。

二十分钟后。

当秦园园和江晓晴面对着餐桌对面那个摘下黑色口罩后坐到顾念身旁的空椅上的男人时，大脑和表情都只能用空白形容了。

"抱歉，距离稍远，来迟了。"骆修朝两人微微颔首。

江晓晴呆呆地回头问秦园园："是不是长得和那个谁特别像？"

秦园园终于回神，无奈地低声道：“不是像，是同一个人。”

江晓晴：“哦……”江晓晴艰难地拉回自己碎成渣的神志，扭过头恨铁不成钢地看着顾念：“说好的母爱永不变质呢？”

顾念心虚地移开视线。

江晓晴忍不住又看了那人一眼，然后迅速转回顾念那儿，含恨地道：“你还变质得这么彻底。我们才走三个月，回来他就是你男朋友了，要是走三年，回来是不是两个小豆芽儿要抱着我的腿叫阿姨了？”

顾念这次终于不能再装淡定，脸颊以肉眼可见的速度红了起来。她全力无视了从身边望过来的略带戏谑的眼神，偷偷斜睖江晓晴，声音细如蚊蚋：“你别胡说啊。”

江晓晴：“我这不是胡说，是对你的能力的认可。别人是五个月从妈粉到女友粉，你是五个月从妈粉到女友。”江晓晴叹了一口气，“我觉得你不用着急做编剧，干脆出本书好了。书名就叫《如何从零基础速成攻略你心爱的男明星》，现身说法教学，绝对上市就抢——”

关键时候还是秦园园深明大义，在顾念脸红成“植物大战僵尸”里那个樱桃炸弹以前，及时捂住了江晓晴的嘴。

骆修也看出顾念快要“自燃”了，哑然一笑，站起身来。

顾念红着脸颊回头：“你去哪儿？”

骆修：“你们先聊，我去选一瓶红酒。”

顾念点头：“好。”

等骆修的背影消失在视线里，顾念转回身，脸上带着还没散掉的红晕，朝还被秦园园捂着的满眼无辜的江晓晴走过去，又气又笑地咬牙：“我看我今天还是为民除害，给你把这张嘴缝上吧！”

“哎哎哎，我错了，哈哈……”

江晓晴刚挣扎出来又被秦园园捂回去，免得声音扰到帘幔外的别桌客人。

一套挠痒“酷刑”下来，江晓晴笑到挣扎的力气都没了，连连投降。

三人这才消停。

秦园园“帮凶”结束，提醒顾念：“骆修怎么还没回来？”

顾念起身转回头：“应该快……了啊，回来了。”

秦园园跟着顾念的视线望过去，果然就见桌外铺着柔软地毯的走廊里，十几米外，骆修正朝这边走来。而就在此时，通往餐厅入口的廊内，出现一男一女两道身影。

顾念瞥到其中那个年轻男子的脸，身影立刻就僵住了。

她下意识地出声问道：“他怎么在这儿？”

秦园园不解：“谁？”

顾念眨了下眼，转向秦园园，对视两秒后回过神，示意了下方才视线的落点：“那个人就是我跟你们说的那个把别墅租给我的相亲对象。”

“啊？”

顾念茫然地歪了歪头：“可他应该去欧洲旅居了……林南天明明说过他是要一年后才会回来的，怎么会还在K市？”

没听见任何回应，顾念纳闷地准备抬头，就见秦园园神情十分微妙地转回来：“顾念，骆修和你的相亲对象认识啊？”

顾念想都没想就道：“他们为什么会认识？”

秦园园：“哦，可是他们看起来确实是认识的。”

顾念：“啊？”

她顺着秦园园指向前方的手指看过去。

那个从餐厅入口进来的相亲对象乔西，十分意外地朝停下的骆修走过去，惊喜地道：“巧了啊，你今天中午怎么也来这儿了？有什么应酬吗？”

这种仿佛已经认识很久很久的熟识语气……某个十分离奇但又好像合情合理的念头，从顾念的脑海深处冒了出来。

乔西这个意外插曲的出现，使得原本氛围浪漫、格调雅致的西餐变成了一顿颇具火锅风格的围桌式六人聚餐。

但不同于火锅聚餐的热闹，由于聚餐成员非常跨圈子，加上各怀心思，桌上的气氛十分尴尬而微妙，一度进入冰点。

午餐结束，江晓晴和秦园园以及乔西带来的那位女伴终于熬到了这场让人消化不良的“酷刑”结尾——三人各自找了不太走心的理由，迅速消失不见。

乔西也想趁机跑掉，朝顾念挤出一个尴尬又不失礼貌的微笑：“顾小姐，我下午还有事，就不打扰你和骆修……骆先生了，你们慢慢聊。”

“乔先生别急。”顾念根本没给他离开的机会，“我刚想租房，你就有事要去欧洲旅居，空了一套房子要找租客。以你我这种缘分，我应该敬乔先生一杯酒才对。”

对着举起的红酒杯和杯子后面女孩温和的笑，乔西只得再坐回去，僵笑着举杯：“顾小姐客气了。”

于是六人聚餐又成了三方会谈。

拿客套话留下了乔西，顾念又不痛不痒地绕了几句，然后就开门见山地道：“乔先生既然已经回国了，那你的别墅我也不好占着，给我两天时间，我会尽快搬出去的。”

即便猜到顾念在试探，乔西也不能真让她搬出去。他没敢看骆修，只能硬着头皮笑道：“顾小姐不必着急，我这趟回国就是……就是临时有事，过两天还要回去的。房子顾小姐尽管住着，等我正式回来，一定提前跟顾小姐说。”

顾念似乎信了：“真不急？”

“不急、不急。”

顾念：“那真是太谢谢乔先生了，帮了我这么大的忙。”

“顾小姐不用客气，应该的、应该的。”乔西心虚得想擦汗。

顾念顿了顿，抬头笑了下：“我和乔先生只是相过一次亲，怎么会是应该的呢？”

“这……”乔西被噎住。

乔西几乎想朝骆修投去目光求助了，但还好理智回来得快，硬生生遏制住了在顾念眼皮子底下犯这种低级错误。

可惜顾念并没有因此结束“审讯”。

将手里的红酒杯放回桌上，顾念像是随意地问道：“乔先生和我男朋友认识吗？”

乔西装傻：“男朋友？顾小姐有男朋友了？”

以前她以为演技最好的无非那些影帝、影后、视帝、视后，现在发现以前的自己太年轻、太肤浅了。

真正的演技好，分明应该像某条恶龙一样，都能润物细无声地影响到他的员工和朋友了。

顾念看向骆修。

骆修置身事外地拿刀叉折腾着他的那块甜品，金丝链眼镜的镜片下眸子温润，薄唇带笑，表情从容淡定。顾念深深觉得，诸葛亮弹琴玩那出空城计的时候也就这种心态了。

而此时，终于可以顺理成章地看向骆修的乔西没有放过机会，一副恍然大悟的模样：“原来顾小姐的男朋友竟然是骆先生？”

顾念配合他往下演：“嗯，乔先生是怎么和我男朋友认识的？”

乔西很努力地想跟骆修进行视线交流，可惜那人完全没抬眼理他。

乔西只能一边在心里骂，一边自力更生地胡诌：“我之前就知道骆先生，明星嘛！我刚好又很喜欢骆先生的演技和作品。然后一次偶然的机会，我和骆先生在一场酒会上见过一面，就认识了。”

乔西自觉自己补得天衣无缝、十分完美，甚至骄傲地想等骆修一个暗中的表扬眼神。可惜他非常骄傲地偷瞥过去时，耳边突然响起一声轻笑。

“不用和念念遮掩。”骆修停下动作，抬起眼眸，“我已经告诉她骆家的事情了。”

乔西：“啊？”

骆修没再去看乔西一脸“我就这么被背叛了吗”的表情，微侧过身看向顾念，表情仍是温柔带笑：“你直接问我就好。我不是已经答应过绝对不会再骗你了吗？”

顾念反复默念数遍“不能被美色迷惑”，才艰难地绷住脸看着他：“问你什么？”

骆修：“任何事情，只要你想知道，我都不会再隐瞒一个字。”

顾念继续绷着脸：“好，那你告诉我，现在我们住的那套别墅是不是你的？”

骆修没犹豫：“嗯。是我不放心你一个人住在原来的地方，拜托乔西单独给你朋友发了一条装成群发的消息，然后通过他们把别墅租给了你。”骆修想起什么，又补充，“后来《破碎》彩蛋补录现场，我也是故意带着行李箱过去，骗你收留我的。”

由于“被审讯者”过于坦诚，不但承认罪行，还把前因后果和“相关案件”一起交代了，顾念一时竟然不知道该怎么接话了。

而桌对面，乔西听到他原本不知道的那部分后续事情，看骆修的眼神都含着一种复杂情绪，内心敬佩又控诉：你怎么能这么无耻？

过了半天，顾念终于回过神，慢吞吞地叹了口气："我上次说三十六计，只是跟你说着玩的，没想到还是低估你了。"

骆修垂下眼："对不起，念念。那时候我只想尽快到你身边，并且拥有挡在你面前的资格。"

顾念沉默。

骆修轻叹："我知道你会生气。你可以惩罚我，做任何事都可以，但是不要不理我，好吗？"

"我没有……不理你。"顾念发现，即便知道骆修多么善于伪装真实情绪，又多么擅长算计人心，但还是最听不得他难过，哪怕只是语气里藏着一点儿低落情绪。

顾念微皱起眉，低下头对自己这个属性绝望地轻叹了口气，随后感觉手被身旁的人拉住，牵了起来。

顾念抬眼看去，骆修轻吻了下她的指背："那就不要生气，除此之外怎么惩罚我都可以。"

顾念刚想说什么，突然想起来，回头看向桌对面的人——

乔西正一脸被噎得不轻的表情。

骆修发现顾念的注意力转开，跟着她的视线望过去。

乔西沉默几秒后说道："要不我去桌子底下趴会儿，等你们好了我再上来？"

顾念红了脸，骆修却并不在意。他笑意如常，只在转向乔西后眼神淡了点儿："你不是下午还有事吗？"

乔西："嗯？我有什么事？"

骆修望着他，沉默不语。

几秒后乔西懂了，咬了咬牙，瞪了这个见色忘义的男人一眼，扶着桌起身："没错，我确实还有事，不打扰你们了。顾小姐，我们改天再见。"

骆修温和地道："毕竟是前相亲对象，为了你的女伴不吃醋，还是不见为好。"

乔西像是被什么东西绊了一下似的，顿住后回头："没事，我女伴一般没有这么醋缸成精的。"

骆修仿佛完全没有听到，淡定地转回去和顾念继续说什么了。

乔西含恨离开。

从星月酒店下楼，骆修和顾念走到门廊下。礼宾部的人去取车，请他们在大堂外稍等。

近十一月，天气早已凉下来了，今天下午降温，风格外冷。骆修来时就带了一件穿在西装外的长款大衣，此时从臂弯间拎起大衣给顾念披上。

顾念正在张望开向门廊下的车，肩头一沉才回过神：“我不冷，你自己——”

她还未说完，头顶戴着的白色棒球帽被骆修修长的指节扣住，轻轻往下一压。

头顶的声音压下来些，语气温柔缱绻：“听话。”

顾念被这声音一撩拨，心底的小人一秒就举了小白旗，原地红着耳朵投降了。

骆修刚欲转身，就瞥见什么反光，身影蓦地停住。一两秒后，骆修又转回来。

顾念怔了下，抬头茫然地望着突然挡回自己面前的人：“怎么了？”

“没事。”骆修抬手，将女孩柔软垂下的一绺中长发轻别到耳后，“头发散了。”

顾念抬手摸了摸：“哦，应该是被帽子压开了。”

“没关系，回家再整理吧。”

“好。”

泊车的人将车停在两人面前，从驾驶座上下来后就把钥匙递给骆修。骆修没让他插手，亲自拉开车门，护着顾念上车。

等副驾驶座的车门合上，他眼底温柔的笑意淡去，眼神冰冷地看向停车区，一个黑影掠到了停着的车后。骆修垂眸，不动声色地绕过车身，进了驾驶座。

大约一小时后，骆修送顾念回到别墅。

玄关内，顾念刚踩进那双兔耳朵拖鞋里，准备踮起脚去玄关柜放包，就听见骆修语意带笑地问：“想好惩罚了吗？”

“惩罚？”顾念转身的过程中才想起骆修说的是什么，犹豫了一两秒道，“就罚你今晚陪我去阁楼看星星吧！”

骆修顿了顿，片刻后似笑似叹地道：“你这样会很好欺负。”

顾念都准备走出去了，闻言不服气地转回来：“你问问《有妖》剧组，我哪里好欺负了？”

骆修淡淡一笑：“那就这么轻易放过我了？”

顾念想了想，点头，眼神慵懒里藏着点儿俏皮之意：“那就只给你一个人欺负。”

骆修怔住。

顾念毫无自觉，说完就甩着拖鞋上的兔子耳朵，开心地进屋去了。

等回过神，骆修无奈地笑起来，摇了摇头，换上那双灰色的狐狸头拖鞋，跟着走进客厅。

“我先上楼淋浴去啦。”顾念的声音从楼梯上传来。

“嗯。”

“哦，对了。”已经没了人影的楼梯上，拐角位置晃出来一颗朝下趴着的脑袋，“你今天有个快递寄过来，我给你放在客厅的置物柜上了，没拆。应该是个盒子，体积还挺大的，但是不重。”

骆修走向置物柜，一眼就看到放在上面的纸箱，神色缓和下来，笑意也更温和了：“是我收过的一件礼物。”

“礼物？”

“对，也是我收到过的最珍贵的礼物。”

“噫，那我更好奇了，待会儿我洗完澡下来可以看吗？”

“当然。”

“那你等我，我很快就洗完下来看！”

小姑娘踩着拖鞋啪嗒啪嗒的声音慢慢远了，骆修垂眼站在置物柜前，对着那个盒子看了很久。然后他才双手捧起盒子，拿回客厅，沿着封盒的胶带，用最薄的刀片一点点划开，动作缓慢而小心翼翼，仿佛里面装着的是什么轻蹭一下就会碎掉的珍贵物品。

等盒子终于打开，里面的东西裹着一层薄薄的防尘纸露了出来。

骆修把防尘纸从边角掀起。

一条褐色的质地柔软而针脚细密的手织长围巾，安安静静地躺在盒子里——《盲枝养鹅日记》的1.0版本里，顾念提过的那条学了三个月才终于学会也成功织出来的围巾。

只是当年收到那些每个月都会寄来的礼物时，他并没有查看任何一件，所以连盒子都没拆开过，所幸一直完好地放在他的前经纪人名下的仓库里。

更幸运的是，还好，东西被他找回来了。

虽然想等顾念下来让她第一眼就看到，但骆修还是忍不住伸过手去，从盒子里拿起那条围巾。

入手的质感和他想象中一样柔软，每一针每一线都是他的小姑娘按照教程认认真真学过一遍又一遍的结果……

骆修将围巾捧起来，一张卡片突然从展开的围巾中间翩然落下。

他有些意外，弯腰捡起了那张卡片。

大约是张风景明信片，正面是一片傍晚的海面。

夕日欲隐在海平面的尽头，天空半明半暗，晚霞将尽，最后一点儿余晖映在海面上，闪着粼粼的光。

骆修将卡片翻转过来，在光洁白净的明信片背面，用黑色签名笔写着几行娟秀的小字。

> 夕阳是将死吗？
>
> 不，它是重生。
>
> ——2018年7月31日
>
> 夕阳将落前，感谢你成为我余生的天光。

骆修望着那个时间和那两句仿佛他曾亲身经历的对话，皱眉思索，到某一秒电光石火间，身体蓦地一僵。

深埋进他的记忆里的那场夕阳和晚风，终于带着他曾忘却的一段记忆，和这条姗姗来迟的围巾一起，在这个傍晚叩响了他的心门。

顾念从浴室里出来，拿吹风机快速吹干了头发，就迫不及待地下楼来了，但是到客厅才发现自己扑了个空。

放在桌上的白色礼盒是空的，盒盖斜撑在盒体和桌面上，一张半透明的白色磨砂防尘纸孤零零地搁在中间，里面的东西已经没了。

顾念茫然地转了转头，四下看看，骆修也好像不在一楼。她正准备转身上楼，就见到盒子旁边躺着一个摊开的本子，上面似乎是随手写下的留言，黑色签字笔还滚在一边，笔帽都没盖。

顾念好奇地走过去，弯腰拿起本子，自言自语地咕哝："住在一个房子里，敲门说句话就能明白的事情，怎么还要留言？"

本子上的话也没什么特殊的，是骆修的笔迹，只是比起平时好像多了一点儿潦草感。

"我回房间淋浴，你可以先去阁楼上等我。"——只有这么简简单单的一句话，顾念反复看了几遍，都没发现什么别的玄机。

她更觉得奇怪了。

歪着脑袋想了半天还是一无所获，顾念弯腰放回本子，准备依言先去阁楼上等骆修。而就在她转身，脚上的粉色兔子都蹦出去一步时，身体却突然停住了。

在原地僵了两秒，顾念表情古怪地转过头，走回来重新拿起本子，这一次把本子凑得离眼睛极近，只差拿放大镜去看了。

而事实如她所察觉的那样——

笔迹是无视了本子上原有的横线，斜写上去的；一整句话下来，缺了最后的句号；潦草之外，最后一个"我"字的尾钩，凑近了竟然还能看到微微颤抖的痕迹。

顾念的脸色凝重起来。

她再次放下本子，余光从那支忘了盖上笔帽就被扔在一旁的签字笔上扫过。

这些细节，哪一个都证明骆修绝对不是正常的情绪状态。

甚至应该说，即便是处于不正常的情绪状态下的骆修，从顾念认识他至今，他也没有任何一次表现得这样反常，反常得几乎不像无论什么事情都温柔以待的他，也不似有时候极端冷漠——对什么都不在意的骆修了。

顾念顾不得多想，松开本子转身就朝楼上跑去。沿着楼梯上了二楼，顾念直奔骆修的房间。

房门半开着，顾念站在门前犹豫两秒，轻唤了声："骆修？"

她推开门走了进去。

浴室在套房里间，顾念确定过外间无人，就直接穿过里间的房门，听见了浴室方向的细微水声，也看到了浴室门口扔在地上的西装外套。

只有外套。

顾念不安又不解地走过去捡起地上的衣服，拎着肩线位置轻轻一甩，想把它挂到旁边的衣帽架上。然后顾念的视线落在了这件外套的中段——西服外套最下面的那颗扣子只被最后一股线钩着，摇摇欲坠，仿佛在控诉自己不久前受到过怎样的酷刑对待。

顾念想到什么，慌忙抬眼，看向还响着水声的浴室房门。

骆修在进浴室前只脱了一件外套，还是在匆忙甚至是暴躁的情绪下，外套直接被扯开扔在地上的。

顾念将衣服抓得微微起皱，终于再忍不住，上前两步抬手叩响了浴室半透明的玻璃门："骆修？你在里面吗？你还好吗？"

浴室内除了水声外别无回应，顾念耐心地等了几秒，听见淋浴被关掉，水声停下，然后一个低哑微沉的声音响起："我在。"

顾念长出了一口气。

但她并没有完全放下担忧的情绪，犹豫着扒在门缝前："我看你把衣服扔在外面，进去得好像很匆忙，有没有什么忘记拿的东西，需要我帮你取一下吗？"

浴室里的人又沉默下来。

顾念纠结得心都拧了起来，不知道发生了什么事，又不敢贸然开口问，怕让骆修的情绪状态更不好。

正在顾念纠结时，浴室内的声音似乎近了些："念念，你去阁楼上等我好吗？我很快就好。"

顾念迟疑地问："真的没什么事情……不需要我陪你吗？"

"没事。"

"好，那你快上来啊！"

"嗯。"

门外安静下来。

女孩的脚步声渐渐远去，直至消失。骆修闭了闭眼，向后靠在冰凉的墙体瓷面上。被淋得湿透的白色衬衫和黑色长裤贴着他的身体，衬衫湿了几近透明，露出凹陷的锁骨和起伏的胸膛曲线。黑色碎发湿漉漉地垂在额前，遮了他的眉眼，鼻梁线条凌厉，而薄唇紧抿，毫无血色。

他就垂头站在那儿，紧闭的眼睫战栗着，压在身侧墙壁上的手紧握着，青筋毕露。

顾念一个人仰躺在阁楼上的懒人沙发上。那是她之前特意从家具店买回来的双人豆豆袋，扔在阁楼上，把天花板打开，调成玻璃天窗的模式，最适合白天躺着晒太阳，或者晚上仰着看星星了。

可惜买回来第一次正式使用，她好像完全没有享受的心情。

顾念蔫蔫地抬起眼皮，胳膊抬到眼睛上空，借着阁楼旁侧灯的光，分辨着腕表上的时间。又过去五分钟了，骆修怎么还没上来？

顾念的一个想法尚未完全闪过，随着咔嗒一声轻响，她眼前突然暗了下来。

顾念没来得及反应，呆了一下后，才连忙从豆豆袋里撑起上身，转成侧趴的姿势看向后面。借着楼梯下方投来的微弱光线，她还能分辨出站在楼梯口的那道修长身影。

“骆修？”顾念不安地出声问。

“嗯，我在。”

“怎么突然关灯？”

“太亮了，不适合看星星。”

“噢……”顾念将信将疑地应下，拍了拍身旁豆豆袋上空余的位置，“快过来吧。”

“好。”

顺着顾念的声音，那道身影走过来，然后停在豆豆袋旁边。

月光将他的身影映得有些清瘦。

顾念的眼睛已经在昏暗环境里适应过来，她坐起来等着骆修坐到她身旁，然后伸手拉住骆修的臂弯：“我们——”

话声戛然而止。

顾念低头怔怔地看了看被她抱住的那人的手臂，隔着薄薄的黑色睡衣，感受到的只有凉意。回过神后，顾念蓦地战栗，想都没想就抬手朝骆修裸露在外面的修长脖颈探过去。

还未触及她就被骆修握住手。

而与她感受到的他的手臂温度一样，如果不是眼睛看到，那她几乎要以为自己是被什么冰块成精的东西给握住了。

顾念一点点地绷起脸，没说话，反手握住了骆修的手腕：“你刚刚冲的是冷水澡？”

女孩表情严肃，语气也少有地冷得发僵，原本柔软的脸蛋此时绷了起来，似乎是咬紧了牙忍着什么情绪。

骆修慢慢松开自己握在女孩纤细手腕上的指节，垂下眼，声音依旧低哑：“抱歉。”

和平常不同，那是虚弱到近乎病态的声音。

顾念听得又心疼又生气，握着他的手指想狠狠地收紧，但还是没忍心。

她轻吸了一口气，说道：“我们不是说好了，你想做什么，用什么手段都可以，但是只有苦肉计不行？你不能这样对待自己的身体。”

“我不是故意的。”骆修轻叹，微微倾身似乎想抱住她，但又停下，“我只是需要冷静一下。”

顾念气不过，但还是没忍住，张开手臂抱了上去。

骆修察觉，半垂着的眼睫一抖，欲起身向后躲：“念念，我身上太凉，你——”

话没来得及说完，握着他的手的顾念难能地如此强势，没给他躲避的机会，甚至像是算准了他起身的角度，直接把人压倒在豆豆袋上。

这次是避无可避，她扑了个满怀。

骆修更是本能地抬手把人护进怀里。

阁楼上的空气安静下来。

牢牢地抱着他，不许他挣扎的女孩侧着脸枕在他的胸膛前，感觉到那冰凉的身体慢慢有了一丝丝温热。顾念收紧手臂，语气压得平静："今晚你睡豆豆袋，我睡你。"

空气沉寂了一瞬，顾念从恼极了的情绪里回过神，想起自己刚刚口不择言的用词，脸蓦地热了起来。但是正在置气的关键环节，她绝对不能表现出一丝软弱或者让步的意思。所以顾念努力绷着脸，好像无事发生一样改口："今晚你躺着豆豆袋，我躺着你。"她顿了顿，又语气严峻地道，"这是惩罚。"

安静片刻，她头顶传来一声闷哑无奈的轻笑。

那声音顺着微微滚动的喉结，透过他的胸膛，偷偷钻进她的耳朵里，一路像是拖着无数小羽毛，一边搔她的痒一边欢快地扑进她的心窝，又溜去四肢百骸的每一个毛孔。

顾念脸上更加发烫。

她用力闭了闭眼，试图把理智和生气的感觉一起拽回来。美色不能动摇她，好听得过分的声音也不行！

"对不起。"传入耳中的声音更加有磁性，连喟叹都是情绪饱满而勾人的，"让你担心了。"

顾念安静了一会儿，咕哝："你也知道啊。"

骆修轻轻叹气，抬手安抚地抱住女孩的肩背。

顾念动了动脑袋，在他身前蹭过，然后慢吞吞地抬起头，下巴垫在他的胸膛上，严肃地绷着脸看着他："所以到底发生了什么事情，你现在做好告诉我的准备了吗？"

骆修的手停在顾念的背上。

顾念等了好一会儿，还是没等到动静，皱了皱眉，终于狠心使出了撒手锏："你答应过我，以后任何事情都不会再隐瞒我、欺骗我了。"

"我知道。"骆修抱紧她，"我没有要隐瞒你，只是不知道该怎么开口。"

顾念将眉头皱得更紧了，语气却故作轻松地玩笑道："嗯，原来我们算无遗策的骆修先生也会有觉得为难和不知道该怎么做的时候吗？"

骆修默然之后，自嘲地低声说道："和你有关的事情，我总会为难。"

"嗯？"顾念意外地抬头。对上昏暗里那双被夜色染得黢黑的眸子，她愣了好几秒才不确定地问："和我有关？"

"嗯。"

顾念沉思起来："难道是BH传媒新定给我的那个剧本项目黄了？不对，你肯定不会那么在意这种工作上的事。就算BH破产了你都不会——啊呸呸呸，BH才不会破产，我是胡说八道的。"顾念转向另一边，继续钻研，"不是工作就是和私人生活有关了，这方面应该也没什么问题……难道是我得病了？也不对啊，我最近又没做什么体检……”

骆修听着女孩叽里咕噜地犯傻，即便心情沉重，但好像只是这样和她待在一起，什么都不用做，什么都不用说，就已经足够令自己觉得慢慢释然和满足了。

而这样的时刻，还有这样活生生地躺在他怀里的他最珍爱的人，竟然是他差一点儿就永远失去的。

顾念正深思着每一个可能性，就突然感觉被她当作豆豆袋躺着的那人的身体没什么征兆地又一次紧绷起来，连抚在她背上的手都不知道在什么时刻慢慢握成了拳。

就像他刚过来时一样，仿佛在身体里压抑着什么可怕的情绪。

顾念皱起眉，从骆修身上翻下来，躺到他旁边。

骆修感觉身上一轻，立刻醒过神，手臂本能地就想把女孩抱回来。

他侧过身，还未动就对上顾念认真严肃的眼神：“按照你现在的情绪状况，我就只能想到一种可能了。”

骆修按捺下情绪，哑声问：“什么可能？”

顾念沉默两秒，轻声问：“难道……我是骆家失散多年的女儿吗？”

骆修愣住。

难得见骆修有这样好像被噎了一下的表情，顾念绷不住，终于笑了起来。

骆修回神，无奈地叹道：“是和你有关的事情，你就一点儿都不担心吗？”

“不担心啊，我又不会有什么事情。”顾念抱着他的手臂，靠在他身上，看着头顶玻璃墙外一颗一颗散落在夜空里的星星，笑了起来，“而且过去的事情都过去了，我才不会拿过去的事情为难现在的自己。”

骆修身体一僵。

须臾后，昏暗里有人轻叹了一声。

骆修靠在女孩的头顶，低声问：“什么时候猜到的？”

“就刚才，不然我才不会为了这种事吓得差点儿冲进你的浴室里。”

“猜到是因为还没放下？”

“当然不是，你不要胡思乱想。”顾念抱紧他的胳膊，认真地道，“能猜到很简单啊，我和你可不一样，从来没挖过那么多的坑，要说隐瞒的也只有这一件事而已。多好猜？”

“真的放下了吗？”

“当然是真的。”顾念只差一字一顿，语气严肃认真，“如果没有迈过那道坎儿，我怎么可能那么坦然地用盲枝的账号发布消息说我要重新回来？”

顾念说完没听到回应，不过只从某人此时的肌肉紧绷程度，也能感知到骆修还是没有走出那种情绪状态。

顾念有点儿头疼，只能想方设法地逗他：“骆修小朋友，你告诉顾老师，你现在是在生谁的气呢？”

骆修沉默许久，开口时声音低哑，温柔的湖泊好像都被冻成了坚硬的冰面："我怕。"

顾念僵住。

好几秒过去，顾念才开口："你……怕？"

知道骆修的本性的所有人，大概都不可能把骆修和"怕"这个字眼联系到一起。

别人怕他才是理所当然的。

骆修握紧的拳僵到了极致，慢慢地抖了下，然后松开。他突然侧过身，把顾念揽进怀里，拥抱的力度紧到身体颤抖，声音也颤抖。

"我怕那天我在天台上看见你，却没冲过去……我怕我转身离开。"

顾念怔住。

骆修的声音再不复平日里的温和淡然，他像个被吓到后恐惧、愤怒又无力的孩子，只能紧紧地抱住自己怀里差点儿失去的珍宝。

骆修用力地闭了闭眼，声音沙哑涩然："想到那种可能性——"

"没有那种可能。"顾念终于回神，毫不犹豫地打断骆修的话。她从他怀里挣出，胳膊顶着豆豆袋支起上身，无比认真地看着骆修，重复了一遍："没有那种可能，不要用那种没可能的可能性折磨自己。是你拉住了我，这是既定的事实。"

骆修眼角微红，因难过而有些不安："我拉住你了吗？"

"嗯，是你拉住了我，只有你拉住了我。"顾念重新抱住骆修，声音轻柔地安抚道，"所以，在这个世界上，最不应该为这件事自责的就是你——是你把我从悬崖边上拉回来的。"

时间安静地淌过。

感觉到骆修的情绪在一点点平静下去，顾念也终于放下了提着的那颗心。她偎在他怀里，等到他的呼吸变得平和下来，才又开口，半是玩笑地问："这件事我明明瞒得很辛苦了，连林南天和我妈都不知道呢，你是怎么知道的？"

骆修轻叹："围巾。"

"围巾？什么围……"顾念在头抬到一半的时候突然想起什么，惊愕地问，"我当初寄给你的那条围巾里的卡片？"

"嗯。"

"你竟然还留着？失策了。"顾念趴回去，声音拖得懒懒的，"那就是你今天下午说要给我看的你收到过的最珍贵的礼物啊？"

"是。"

顾念失望地咕哝了一句："枉我像冲战斗澡似的着急忙慌地就出来了，结果竟然就只是那条围巾。"

沉默之后，骆修垂下眼帘，低声问："就只是？"

"对啊。"

"不是学了三个月才学会，好不容易才织出来的？"

"你怎么知——啊，《养鹅 1.0》是吧？这个潜在'叛徒'。"顾念顿了顿，继续道，

“就算学了三个月，它也算不上最珍贵。”

“对我来说，是。”

顾念不服气地仰了仰头：“对你来说它就是最珍贵的了，那我呢？我还不如一条围巾吗？”

骆修：“它是我收到过的最珍贵的礼物。”

顾念：“我知道啊。”

骆修：“如果你把自己作为礼物送给我，那你就是了。”

顾念：“送就——”

顾念的声音险险地停住。

几秒后，她面无表情地从他怀里抬起头：“你又给我挖坑。”

骆修淡然一笑，抬手轻抚了抚她的头发：“我不是在顺着你的意思说吗？”

“我什么意思？”

“跟我胡闹，让我忘了这件事？”

顾念被噎了一下，那点儿突然被戳破的心虚情绪差点儿没按下去反而暴露出来。

她吸了口气：“你……你都没提了，我干吗还要刻意逗你啊？”

骆修眼角微垂，温柔一笑：“让我猜？”

顾念立刻后悔了：“不、不、不，你别猜了，我不好奇。”

“因为你怕我想起来，是谁逼得你走上那个天台的。”

顾念僵住。

骆修笑起来，声音缱绻，像是春意盎然的满树桃花，连落肩的花瓣都柔软得如情人的温柔一吻：“我想杀了郑昊磊。”

温柔刹那成刃，花瓣都割喉似的冷。

顾念僵了几秒陡然回神，一把握住了骆修的手。她没能说出一个字来，但那双受惊的眼里已经是无尽的话。

骆修说得对，这就是她最怕的。越了解真正的他，她就越清楚，恶龙的心像一块浸了剧毒的刀石，每一个棱角都能把人割得粉碎。

如果他下了狠心……

在顾念惊慌的眼神里，骆修笑了笑：“既然告诉你了，那我就不会这么做，对吧？”

顾念握紧了手，声音慌得发空：“真的不会？”

骆修抬手抱住她：“我是遵纪守法的好公民，怎么会做这种事情？”

顾念：“那你刚刚……”

“说一说而已。”

顾念不信他只是说一说。

或者说，到了能让骆修说出来的程度，他可能已经在脑海里推演了 108 个计划方案了。

但顾念没敢拆穿，只是更紧地回抱住他："就算是为了我，你也不能做任何危险的事情。"

"我知道。"骆修眼神深沉，然后垂下头，笑着轻吻顾念的额头，"是为了你，所以我不会。"

骆修那天之后具体做了什么，顾念并不知道。

她只在十一月初某天下午茶的时间，听见 BH 传媒公司经纪部的同事说起，大意是定客传媒今年流年不利，几个大项目接连出了问题受挫，公司内部闹出几次丑闻，股价动荡，高层权力体系间纷争倾轧，闹得人人自危。

顾念听到时没说什么，只当了个置身事外的旁观者。不过等晚上回到别墅，她还是在晚餐时主动跟骆修提起了。

"定客传媒最近的事情，是你在背后主导的吗？"

骆修正站在餐桌前给顾念盛蘑菇汤，汤汁盛在银白的大汤匙里，剔透得发亮，挪到碗中的全程端得一丝不颤。

骆修把手里的汤碗平稳地放在顾念面前的隔热垫上，眼里有着温柔的笑意："小心烫。"

顾念点头，接过了汤。

骆修到她对面坐下，拿起汤匙，然后像是刚想起什么地说道："定客传媒屹立传媒业多年，尾大不掉，积弊已久。郑昊磊会玩手段，又太依赖宵小手段，出问题只是或早或晚的事情。"

顾念听他和自己打太极，慢吞吞地喝了口汤："或早或晚的事情，就这么不早不晚地发生了啊。"

骆修笑了笑，见顾念坚持也就不再遮掩："我是推手，但积弊是他们自己的事，与我无关。"

顾念淡定地点头："从来都是别人按照'冥冥中'的指引，主动走进你的陷阱，甚至是连环陷阱里，确实用不着你主动出手。"

从这波澜不惊的话里听出一点儿若有若无的怨气，骆修停了动作，抬头问："你不喜欢我这样做吗？"

顾念翻动汤匙的动作停了下，过了一会儿，她轻叹了口气，把汤碗往前稍稍一推，也抬了头，眼神沉静又不安："我对郑昊磊不会有半点儿同情，他祸害的人远不止我一个，什么下场都算他活该。"

骆修眼神一松，柔软的笑意漫了上来："那为什么不喜欢？"

顾念皱眉："我和他打过交道，深觉他是我见过的最疯的一……"在和骆修温柔的目光对上的那一秒顿住，顾念默然两秒，头疼地按了按额角，"是我见过的除了内心的你以外最疯的一个人。"

骆修听懂了："你怕他对我们不利？"

"狗急了也会跳墙的。"

骆修温和地垂眸一笑："那就不要让它急。"

"什么？"

"找到它的承受极限，把它最看重的那块肉当作诱饵，永远不要让它绝望。那样无论遭受怎样的折磨，它眼里都会一直盯着那块肉，忘了身后的墙。"骆修的声音凉得像冰，但他再抬头时褐色眸子里却是温柔的神色，"念念，对这种人来说最可怕的不是绝望，是希望。"

顾念沉默数秒，心里微颤了下，低下头喝汤。

骆修在那几秒里眼神动了，像平静湖面掀起意料之外的波澜。他放在桌垫旁的手轻握了起来："对不起。"

"嗯？"顾念茫然地抬头，"为什么要跟我道歉？"

骆修垂着眼没说话。

前两天那场冷水澡没让他的身体出别的问题，但大概是动了场大怒，第二天骆修的胃病就犯得十分厉害，到现在仍能从他的脸色上看出几分苍白病弱感。

尤其他这样垂下眼，一句话不说，低落又难过的样子，就更叫人心疼了。

虽然也不排除他是伪装的。

顾念在心底无声地叹了一声。

这片刻里，骆修开口了："我知道你不喜欢，甚至可能厌恶这种手段。"

顾念听到他的用词，立刻否认："我没有。"

骆修抬起眼，褐色眸子被柔光衬着，眼神显得温和又伤感："你不必顾忌，没人会喜欢真正的我。"

顾念脸色一变："你胡说。"

"可你刚刚也怕我了，对吗？"

"我那不是怕你，就是——"

"就是什么？"

顾念心虚地卡壳了。

眼见着骆修的情绪更加低落，她纠结了一下措辞，认真地开口道："我真的没有怕你，或者说刚刚让我犹豫害怕的不是你，只是你说的那句话。因为它是事实所以让我难以接受又震撼——仅此而已。"

骆修的眼神变得温柔起来，他慢慢点头："那接下来我还想对他做的事情，会让你反感吗？"

"对谁？"顾念犹豫地问，"定客传媒，还有郑昊磊吗？"

"嗯。"

"只要不会伤害到你自己……"顾念不安地拨弄了下汤匙，"可能因为我还是太胆小了，总担心和这种恶人纠缠，会把自己也弄进深渊里。"

顾念说完，自己觉得有什么地方不太对，茫然地歪了下头。

和恶人纠缠，深渊？

这词听起来怎么这么熟悉，而且她感觉很奇怪？

“尼采说的，当你凝视深渊时，深渊也在凝视你。”骆修温和地道，“和恶龙搏斗，自身也会成为恶龙。”

顾念愣住。

她现在知道感觉哪里奇怪了。

在顾念的目光下，骆修向她露出心有灵犀的笑：“戚寒他们总说我才是恶龙。”

是了。

看电影时观众总是担心好人会被坏人的报复拖下水，也时常有这样的悲剧发生。

但是如果坏人遇到的是更坏的人……

顾念拿起汤匙，十分安心地开始吃饭了。

骆修没动，侧撑着颧骨，微微扶了下垂着细金丝链的眼镜。薄薄的镜片后，他眼神温柔地望着对面的顾念。

其实他还有话没说完。

顾念怕郑昊磊来报复他。

但郑昊磊和他都知道，他求之不得。

就像那天在 BH 传媒，那个无比清晰地正对着他们的像恶魔眼睛一样的摄像头，骆修太期待郑昊磊犯下那样的错误了。

可惜了，郑昊磊是个十分聪明的人，尤其在利益抉择面前。他即便知道身后有那堵墙，也只会盯着面前那块肉。

大约是被望得太久，顾念察觉地抬头：“你怎么不吃饭，还一直看着我？”

骆修无声叹息。

这些话他不敢和顾念说——他唯一怕的事情就是她对他的感受了。

骆修拿起餐具，似乎无意地轻声问：“你不会害怕我吗？”

“不会。”尽管这问题来得突然，但顾念还是想都没想就坚定地说，“我永远不会怕你。”

骆修眼神沉了沉：“你还是喜欢说永远。”

顾念骄傲地抬头：“那是因为我对我自己的专情程度十分有信心。”

骆修笑了笑。

顾念乐得见话题轻松起来，故意托起脸，又绷着表情逗骆修：“你笑什么？难道你对自己没有信心？”

骆修摇头。

顾念一惊，接着往后仰：“你真没有啊？”

骆修失笑，眸子里深深地嵌着她一个人的身影：“我不会有专情这个指标判断。”

顾念茫然：“嗯？”

“你是我欲念的始末，是开启和终结。”骆修温和地笑道，“与其他人无关的东西，不需要指标判断。”

沉默许久，顾念红着脸低下头喝了口汤，小声叨叨：“可恶。”

骆修：“怎么了？”

顾念：“明明我才是编剧，怎么你比我还会说情话？”

骆修哑然失笑。

晚餐结束。

顾念陪骆修把厨余和餐具送进厨房里，拉开洗碗机的时候她想起什么，回过身对骆修说：“我最近在找合适的房子。”

骆修往外走的身影蓦地停下，他回眸看向顾念。

顾念把盘子一只一只地摆进洗碗机里：“之前那个社区不太好，虽然安全，但私密性不高。我最近出门都恨不得口罩、帽子地捂上三五层，还是要找个人流量小一点儿的地——啊！”

一双手突然从身后抱上来，毫无防备的顾念吓得惊呼了一声，手里盘子摔了下去。而身后抱住她的人显然早有预料，一低身就把盘子接住了，将其放回料理台的台面上。

顾念惊魂未定，回神后有点儿恼又想笑。

“你搞什么突然袭击？”她说着就想转身，却被骆修从身后抱得更紧。

而且那只修长漂亮的手在放下碟子后，还摘了眼镜一并放到旁边。

顾念心底拉响警铃。

但被“束缚”得彻底，她躲无可躲，只能认命地任那人埋下头颈，窝到她颈旁，呼吸微灼地贴着她的颈动脉，烫人的温度传回心房。

顾念莫名有点儿口干舌燥。

把这感觉归因于别墅里的地暖开得太热后，她心虚地清了清嗓：“你怎么了？”

那人没说话，在沉默里吻了下她的脖颈，然后才开口：“为什么要走？”

声音和平日里的温和淡然大不相同，竟然有点儿委屈似的。

顾念被他那低哑勾人的声音还有气息缠得心底直呼救命，面上却拼尽全部理智地绷住了：“之前一起居住只是权宜之计嘛，现在没什么事情了，我也不应该一直赖在你这里。”

“我们不是男女朋友吗？”

“虽然是，但也不是男女朋友就理所应当地可以蹭房子住在一起。”顾念顿了下，开玩笑道，“万一被公司同事发现了，那他们该在背后议论你搞职场潜规则了。”

“随便他们说什么。”

那人一边说话，一边犯规地轻轻吻她的颈项，可以说十分磨人了。

顾念只能小心地躲开，然后头疼地笑道：“你能随便，我可没你那么强大的心脏。什么‘盲枝又靠潜规则上位’这种话我才不想听到，我可是凭实力混饭吃的。”

“别怕，他们不会这样说。”

“嗯？”顾念轻歪了下头，“那他们会怎么说？”

“经纪部那个卢为生，你记得吗？”

顾念想了想，点头：“当然记得，我签约那天他就在，特别热情还要亲自送我回来。”

“嗯。”

“他怎么了？”

骆修抱着怀里的女孩随意地道：“你进公司不久经纪部开庆功会，他喝醉以后就告诉所有人，你是我用美人计献身以后才骗进公司的。”

“啊？”顾念愣住。呆了几秒后，顾念再也忍不住，挣开骆修并不牢靠的禁锢，回过头难以置信地看着他：“哈？”

看小姑娘被惊得总垂着的眼角都睁圆了的模样，骆修不禁笑起来，顺势上前把挣开他的顾念慢慢压到冰箱前：“毕竟是传媒公司，爱八卦是他们的天性——这么长时间过去，公司里的所有人应该都知道，我是靠‘卖身’才把盲枝大大骗进来的了。”

顾念被这位经纪部部长卢为生的不要命行为惊得过于彻底，都被某恶龙趁机抵到冰箱前了，还在走神。

骆修低下头，眼睫半垂，眸子里的欲意纠缠肆虐，最终只是克制地轻吻了下女孩的唇。然后他抬了抬眼，哑然一笑：“所以你是不是要为你的潜规则负责才行……顾老师？”

顾念被电了似的一颤，慌乱地抬眼。

某人摘了眼镜，就像是揭开了封印放出一只千年道行的妖孽，好好一句“顾老师”，他将声音压得低哑缱绻，勾人的劲儿直往人骨子里钻。

顾念躲是躲不开了，腿都软了，只能艰难地撑着身后的冰箱，然后在最后一丝理智下捂住了嘴巴，支支吾吾地开口：“你……你……你，不能这样，我们在聊正事。”

“什么正事？”骆修吻了下她的手背。

顾念快被“欺负”哭了：“就是，我要搬……搬出去的事情。”

“啊——”骆修将尾音拖得长长的，点头时嘴角勾着一点儿未尽的笑，“顾老师竟然还记得正事，看来是我这美人计的火候不够。”

顾念万分庆幸自己现在捂着鼻子和嘴巴，不然就刚刚那一秒，自己可能已经直接扑上去了。顾念死死拽着自己的最后一丝理智，为了杜绝这个揭了封印的妖孽再为祸她的神志，干脆闭上眼睛道：“真……真……真的不行！”

“为什么？”

“今天公关部的一位朋友告诉我，他私人渠道获得的消息，好像有……有……有狗仔拍到我们在一起的模糊照片了！”

那人似乎停住。

顾念语速飞快地继续道："而且那个人还说，有好几家媒体最近正到处找机会想挖我们同进同出的绯闻呢！"

半天没有动静，心跳加速得快要爆表的顾念小心翼翼地睁开了一只眼睛。

然后她正对上若有所思的骆修的目光，好像妖孽稍稍被封印回去一些了。

顾念心里长出了口气，但没有完全放松警惕，还是很小心地开口问："你最近都没有收到这方面的消息吗？"

骆修眼神微闪，转回视线："公关部没有跟我提起过。"

顾念没察觉这句话里推的太极，点点头道："跟我说的那个人只是公关部的一个职员，不久前认识的，应该不知道你的身份，所以只跟我说了。"

骆修平静地应道："嗯。"

顾念等了半天都没等到别的反应，迷茫地问："然后呢？"

"什么然后？"

"你听到了这个消息，除了一个'嗯'字，就没有其他想说的了？"

"没有。"

顾念真的要哭了。

她叹了口气，决定还是自己来："这也是我必须搬出去的主要原因。"

"嗯？"

顾念严肃地道："不管怎么说，你和我都算是圈里的公众人物了，尤其以《金牌编剧》今年的热度，还有我们各自的人气加成来说，如果我们真被拍到同进同出的照片，那绝对会闹成大事件的。"

骆修神色微动："会吗？"

"会的！"

"好。"

"嗯？"

骆修从顾念面前退开一步。旁边料理台上的眼镜被他用手指钩回来，戴上以后轻轻一扶，笑意已然温柔无邪。

顾念茫然地问："好什么？"

骆修牵起她，笑着拉着她走出去："我知道了。这件事我会让人处理好的，你不要担心了。"

顾念小心翼翼地道："那我可以继续找房子了？"

骆修回眸，笑道："可以。"

顾念顿了顿，明明是得到同意了，妖孽也被封印回去了，自己心里怎么就这么不安呢？

不出三天，顾念就找到了自己不安的原因。

工作日，上午10点。

顾念的个人工作室已经基本建立完成，BH 传媒十分慷慨，分给了她们专门的工作区，有小半个楼层的面积。

顾念正在和工作室创作团队的成员开一个小型会议，讨论她们最近在准备的一个分段式网络大电影的核心项目——《勇士公主》。

会议持续了将近三个小时才结束，经历完惨无人道的头脑风暴，顾念大概是大脑运转过速、糖原消耗过度，走出来时都有种头重脚轻的感觉。

“噩耗”就是这时候传来的。

“顾念、顾念、顾念！”

整个工作室会这么叽叽喳喳、大呼小叫的只可能是江晓晴。

她扑到顾念面前，一个急刹停下来，手里的平板电脑都快晃出花来了：“出大事了！”

顾念习惯了江晓晴的咋呼劲儿，并不觉得会是多么大的大事，打了个哈欠，垂着眼拍了拍江晓晴的肩膀：“我昨晚准备开会内容，一共就睡了五个小时。你先放过我，大事等我清醒过来再谈。”

“不、不、不！”江晓晴一把就将顾念薅了回来，“你先看一眼再确定还有没有心情睡！”

顾念放弃挣扎，认命地从江晓晴那里把平板电脑接了过来。

页面是一个不知名的八卦新闻网站，网页排版堪称粗制滥造，标题也是最丑的黑体加粗字，而且起的也是非常烂大街的震惊体——“劲爆！某新晋二线流量小生疑似被包养！不接新戏竟然只因在高档别墅区深居简出照顾金主？”

顾念面无表情地在心底嫌弃了一下这个起标题的人的水平，然后木着脸继续往下翻：“这种捕风捉影的新闻能有什么——”

话音戛然而止。

就算那张照片拍得再模糊、再具有马赛克效果，顾念也能从那棵大树和别墅的位置清晰地认出来——入镜的是骆修的别墅。

顾念僵着手指往下一拉，目光果然捕捉到了“《金牌编剧》新人”“骆修”以及“富人区”“疑似被包养”的关键词。

她瞬间失去阅读能力，抬头错愕地看向江晓晴：“他们这篇报道是说骆修被包养了？”

“对，你俩也太不小心了！一起进出的照片都被拍到了！”江晓晴奓毛道，“尤其是骆修，照片里你还戴着口罩、帽子看不出来，他那张照片口罩都没戴，也太明显了！”

顾念在这几秒里困意全无，大脑停滞半天，终于找回理智，转身握住江晓晴的手：“骆修现在在公司吗？”

“刚刚你开会我没法进去，先跑去艺人经纪部问的，他们负责人说骆修不在，好像在家，也正联系他呢！”

“我先回去，公司这边有什么情况，你第一时间联系我啊！”

“好。”

顾念把平板电脑往江晓晴手里一放，外套都顾不得拿了，拎起手包转身就跑向电梯间。

一路上出租车司机被戴着口罩的顾念催得头疼：“小姑娘，我这是车，又不是飞机，而且这路上堵成这样，我再想开快也飞不起来啊。”

“我理解，就是麻烦您尽量快点儿，我这边真的有十万火急的事情。”

“好，我尽量吧。”

顾念只得焦急地给骆修打电话，但大概是公司那边也在紧急联系他，他的电话一直是通话的状态。

半小时后，顾念打开别墅录入她的指纹的正门，冲进玄关。

“骆——”“修”字还没出口，她已经看到正对玄关的客厅里，沙发上安然坐着看平板电脑的骆修。

听见声音，还穿着家居服的骆修淡笑着抬眸：“回来了？”

顾念换上拖鞋，匆忙进去：“你接到公司那边的电话了吗？”

“嗯。”

顺着骆修的示意，顾念看到他面前的桌上，手机似乎在通话状态，但是并没有开免提。以骆修和手机的距离，他应该根本听不清电话对面的人在说什么。

似乎看出了顾念的疑惑，骆修笑了笑：“公关部的电话。”他垂手，在身旁的沙发上拍了拍，“过来坐。”

顾念无奈地放下包，坐到他旁边：“外面闹得那么凶，你还这么淡定？”

“挺好玩的。”

“啊？”顾念噎了好几秒才出声，“哪里好玩了？”

“你看——”骆修将平板电脑递给她。

顾念接过去，一目十行地扫过那篇八卦新闻。看完以后她就冷了脸：“这么不负责任的报道，还有这么毁人又诛心的用词，这些记者有没有一点儿职业道德？”

骆修倾身过来，靠到她的肩上：“毁人吗？”

“当然了！你可是明星，公众人物！”顾念恼怒地道，“‘被包养’‘金主’这种词这么不负责任地甩出来，还有那些故意吸引眼球的暧昧话。”

顾念蓦地顿住。

停了两秒，她僵着表情慢慢往后挪了一点儿，声音也弱了下去：“嗯……你怎么又把眼镜……摘了？”

骆修笑道：“我只是被他们提醒了。”

“提醒什……什么？”

“他们提醒了，原来同住在一个屋檐下，还有那么多事情可做。”骆修贴上来，声音掺着笑意，哑得勾人，“还提醒了，作为被包养人，我好像一次都没尽过自己的职责。”

封印这是又被揭了？

顾念惊醒，转身就准备从沙发上逃开，可惜未果。

几秒里天翻地覆。

顾念发丝散乱、脸色微红地被压在沙发上，撑在她上空的那人俯下身来，笑得极尽温柔妩媚：“顾老师，你真的不想要我吗？”

第十九章　绯　闻

顾念被某只摘了眼镜的妖孽蛊惑得鬼使神差地差点儿就要点下头去说一声“想”了。

不过妖孽自有天收。

桌上尚未挂断的电话里，对方似乎终于察觉某人根本没听的事实，中断汇报提高了音量问道：“骆总，您还在线上吗？”

“在。”

顾念惊醒。

大约是一时羞愧带来的爆发力，顾念把骆修往旁边一推，几乎是从沙发上跳到地上去的。

小姑娘中长微卷的头发松散着，藏起脸颊上的红晕，她指着桌上的手机，声音都发颤：“电……电……电话！”

她这是吓得不轻。

骆修遗憾又好笑地垂下眼，没再继续逼迫她：“知道了。”

顾念眼神如惊鹿，带着对眼前这只恶龙的十足防备之意。

骆修笑了笑：“不会再逗你了，坐回来吧。”

“真的？”

“嗯。”

小姑娘站在原地犹豫了几秒，还真慢吞吞地回来了。

骆修既感意外又被触动，等顾念坐回沙发上，不禁含笑问：“明明知道我的本性，还这么相信我？”

顾念还在安抚自己被吓得快速跳动的心脏，闻言咕哝：“你不是说你不会了？”

“我说了你就相信？”

“你都说了，我当然要信。”顾念慢慢放松下来，也恢复到平常没什么表情的样子，“你又不会骗我。”

许久没等到任何声音或者动静，顾念茫然地回头，对上了骆修那双褐色眸子里深深浅浅的某种情绪。

顾念正要发问，那人却遮掩地垂头，笑着转回去：“好，知道了。”

“嗯？”顾念茫然，“知道什么了？”

骆修却没回答，只朝她笑了笑，起身拿起手机去旁边接电话了。

等到通话结束，骆修回身，就看见厅里的沙发上抱着平板电脑皱着眉翻新闻的顾念。

瞳孔里映着女孩的身影，他的眼神变得格外温柔，他在心底重复了一遍那句没有说出口的话——知道这信任有多难得，往后余生，决不辜负。

“啊，这到底是哪个浑蛋造的谣？！”沙发上，顾念绝望地揉着头发翻倒。

她手里的平板电脑被抛到一旁，屏幕正中是最初那条八卦新闻的评论区。经过半天发酵，热度已经增了许多，评论区里网友骂成一片。

“之前粉丝不是还吹盛世美颜吗？确实，所以靠脸上位？”

“花瓶一个！”

“潜规则的建议滚出圈。”

“我就说嘛，凭什么《金牌编剧》的四位演员嘉宾要么已经是流量明星，要么直接是影后，就他一个新人，果然啊！”

“颜值也是实力好吗？”

“哦，靠实力吃软饭？”

“这么捕风捉影毫无实锤也能撕起来，服了，人家进的就不能是自己的房子？”

“进一座别墅就叫被包养，那我摸一把造谣小编的头，小编是不是得管我叫爸爸？”

“说得轻巧，知道照片里那别墅是什么价格吗？一个刚靠综艺节目起来又没作品的二三线小明星能在那儿买房子？还在梦里呢？”

“粉丝就闭着眼洗吧！”

“呜呜呜，我不信！我粉的 CP 不可能是假的！”

“渣男！看错你了！”

“盲枝大大实惨！”

“这边建议点一首《真相是假》，送给修念 CP 粉们以示哀悼！”

…………

顾念绝望地滚在沙发上，把抱枕当那个造谣小编的脑袋暴揉了好一会儿，突然听见身后响起个声音。

“《真相是假》是什么？”

“嗯？”

顾念回过头，正见骆修不知道什么时候结束通话了，此时他正拿着平板电脑，悠闲自在地坐在自己身后。

顾念心里一慌，连忙扑上去想把平板电脑抢回来：“你别看！”

骆修单手把平板电脑一抬，右手手臂一拦，就把小姑娘揽进了怀里：“怎么了？”

抢夺计划失败，顾念垂头丧气地趴了下去："他们骂得太凶了，我不想让你看见。"

骆修淡淡一笑，问道："你觉得我会在意别人怎么说吗？"

顾念顿了顿，声音放轻："但我还是怕你看到心里不舒服。"

"不会。"骆修顺手给顾念理了理凌乱的中长发，"你还没有回答我的问题。"

"嗯？"顾念仰头。

骆修指了下平板电脑上的一条评论："这是什么？"

顾念顺着他手指的方向看过去，他点在了那条提名《真相是假》的评论上。

"啊，这个是圈里大概每一对 CP 都被剪过的视频背景歌曲。"顾念没什么表情地给骆修科普，"《真相是假》的歌词大概就是说这对 CP 只是营业，或者爱过但不爱了。对应的还有一首《真相是真》，两首都蛮好听的。"

骆修若有所思地问："我们也有这种剪辑吗？"

顾念呆了呆："这个我还真不知道，没搜过。"

骆修点头。

顾念思绪一转，想起正事，连忙从骆修怀里爬起来："公关部的人怎么说？他们什么时候发澄清声明？要说明这是你的别墅吗？可是说了的话，那你的身份是不是就藏不住了？骆爷爷那边是不是会生气？那要怎么办？可是不说的话……"

眼见顾念一个人皱着眉头要开一场公关会似的紧张模样，骆修失笑，抬手抚了抚小姑娘的脑袋，把她的注意力拉回来："你不要担心那么多，他们会处理的。"

顾念不是很信任地问："他们真的能处理好吗？"

"不相信他们？"

"不太信。"顾念不满地道，"之前那个公关部的小职员都那样跟我说了，就说明肯定有渠道已经得到消息了。结果公关部竟然没反应，也没处理，还真让这件事曝光了出去……"

骆修目光一闪，但没说什么，只笑了笑。

顾念念叨完，叹了口气："我觉得还是得想办法联系上最开始发报道的那个新闻网……说起来，别墅区这边私密性不是很好吗？他们怎么进来的？"

骆修："我问过物业了。前不久别墅区内进行道路维护，进出管制宽松了一些，大概是那时候溜进来的。"

顾念咬了咬牙："这些人也太能见缝插针了。"

骆修笑着捏了捏顾念气鼓鼓的脸颊："好了，不要为这种事生气了。今天下午不是打算去道慈观上香吗？我们该出发了。"

顾念皱着眉扭头："这样还能去吗？"

骆修："没关系，回来前我看过，别墅外面已经没人了。这几天进出管制恢复，他们也混不进来了。"

顾念："可是……"

"不是你说每个月的上香很重要，不能落下吗？"

纠结了好一会儿，顾念叹了口气点了点头："那就去吧，趁今天人最少，不然以后更没法去了。”

“嗯。”骆修安抚地摸了摸顾念的头，“就当是去散心了。”

顾念点头：“好。”

工作日的道慈观确实比周末和节日的时候清闲太多，或许也有天气冷下来，人们不愿再跑来郊区山林里受冻的缘故。

顾念和骆修从山下的停车场出来，一路拾级而上，严严实实地戴着口罩、帽子的心思似乎是白费了，一直到了道慈观门前，也没遇见多少人。

等两人来到观里，人影依旧稀少，而且看起来多数是至少和顾女士年纪相仿的退休老人，这让一直有点儿提心吊胆怕被人认出骆修的顾念放松了许多。

上香的前殿人也稀少，原本节假日里总排出十几米的长队此时刚到阶下。

顾念没让骆修陪同，自己买了香火，到队末排着去了。骆修等在院里的石阶下，看着人影一个一个过去，轮到顾念排队进到殿里。

手机也是这时候振动起来的。

骆修原本以为又是公司那边打来的电话。拿出手机来扫了一眼，看到的来电号码让他略意外地挑了挑眉。

停顿片刻，骆修接起电话。

“爷爷让我问你，又搞什么鬼？”对面响起个懒洋洋的年轻人的声音，只听这语气显然也不会是别人了。

骆修情绪淡淡地回：“我不知道你在说什么。”

“中午闹了那么大的新闻，我还能是在说什么？”骆湛慵懒地轻笑了一声，“你是不是知道我这段时间要陪染染住在家里补习，所以特意借着老爷子的脾气折腾我呢？”

骆修温和地回答：“你太自作多情了。”

骆湛：“不然还能是什么原因？可别告诉我，这种消息会没经过你的同意就放出来。”

“嗯，我疏忽了。”

电话对面的人似乎停了一下，几秒后，才冷笑道：“你当我傻吗？会信你这种鬼话？”

“你信不信不重要。”骆修的声音依旧温和，“按我的原话这样告诉爷爷就可以了。”

“后面还有吗？”

“有什么？”

“和你有关的爆料新闻。”

骆修微微一笑：“他们有没有新的爆料，我怎么知道？”

“少装傻，你经手做的事情，怎么可能不走一步算十步？没有一环一环算准了预期反应和结果，我不信你会放这种东西出来。”

骆修面上笑意淡了，声音也凉了下去：“有没有都和你无关。”

骆湛冷哼了一声：“染染和我现在都在骆家，老爷子一发火就是我替你背锅，你说和我有没有关系？透个底，透了我就去帮你传刚刚的话。”

“好吧。”

骆修站在细碎的透过树荫的阳光下，若有所感地回过身。从前殿里出来的小姑娘刚好迈过大殿的门槛，停在门口朝他摆着手笑了一下，眼神灿烂又明亮。

骆修回以温和一笑，声音平静地对电话对面的人说：“友情建议，最近一个月你先带着唐染搬出去。”

骆湛：“什么？”

不待骆湛再问，骆修迎上走下台阶的顾念，顺手把电话挂断了。

顾念停到他面前，不安地问：“公司又给你打电话了吗？”

“没有，是骆湛。”

顾念惊了：“你家里人也知道了？”

“嗯。”

“那……那……那骆爷爷生气了吗？”

“没有。”骆修说得坦然平静，“他气量大，不会为这点儿事情生气。”

“哦。”顾念不确定地点了点头。

戴着口罩实在憋得慌，顾念四下看看，确定没什么年轻人在周围，便把口罩拉到了颌下。

她深吸了口气，笑得眉眼弯弯：“果然还是山林里的空气干净，我们趁人少，在这边走走吧。”

“嗯，听你的。”

沿着前殿往后的小路，骆修和顾念踏着青石板路走在掉净了叶子的树下。

顾念踢开青石板上的碎土块，笑着道：“我之前每个月都会来这边一次，总感觉这边环境特别好，还想着等以后攒够了钱，就找一处这样的山林，买一个坚固暖和点儿的房子养老。”

骆修放缓步子，转头望着她：“然后呢？”

“然后？”顾念疑惑，“什么然后？”

“比如，那会是什么样的房子？”

顾念认真思考起来，一边想一边说道：“藏在一片深林里，应该是有很多个尖顶的，看起来和整个山林颜色相近的古屋。它会有一个几平方米的小门廊，延展进褐色的土地里。到了夏天的时候，养在家里的猫和狗就会一起跑出来，并肩趴在小门廊下晒太阳。

“房子不需要很高，一层就够了，进门以后的客厅是高吊顶的，墙是古老的欧式风格，装着壁炉，对面是沙发，还有可以坐在上面读书的羊毛毯。旁边是唯一的一间卧室，卧室是落地窗，有很大一面。

“到了冬天的时候，卧室的火炉会放在墙角，干枯的木柴躺在里面烧得通红，安静的空气里会响起噼啪的声响。火炉旁是落地玻璃窗，窗外黝黑的林木枝丫伸展，割开白茫茫的世界，外面风雪簌簌，寂静无声……”

顾念沉浸在她最像梦境的构想里，好久之后才回过神，连忙回头，有点儿不好意思地问：“我是不是一个人说太多了？”

“不会。”骆修继续问道，“为什么只有一间卧室？”

顾念抿了抿唇：“因为那时候设想的是养老嘛，顾女士应该已经不在了，大概不会有别的朋友来往长住，只有我一个人，所以……”

“会冷。”

“嗯？”顾念茫然地抬头，没有理解骆修这句话的意思。

然后她就见那人俯身，把她垂在身旁的手牵起来，刚刚说到开心时伸出来被冻得冰凉的手指被他包进了掌心里。

然后骆修深深望着她道：“一个人会冷的。”

顾念反应过来，轻笑：“因为做这个梦的时候，还没有你在嘛。”

骆修：“现在有了。”

“嗯，那当然。”顾念玩笑着给他拍了拍肩上从枝头落下来的碎叶子，“就在旁边给你加一间卧室。”

“不要。”

“嗯？”顾念刚放下手就听见这个拒绝的答案，迷茫地看向骆修，还没看清那人的眼睛就被凑上前的骆修扶住，对方轻轻吻了下她的嘴角。

他还紧紧握着她的手，声音低哑含笑：“不要加卧室，卧室里那张床换成双人床。”

想到来之前刚发生的险些走火的“事故”，没几秒顾念就红了脸。

骆修直起身后察觉，不禁笑问：“你在联想什么事情？”

“没！”顾念吓得差点儿跳出去，“我不是！我没有！”

骆修脸上的笑意更深：“好，你没有。”

顾念心虚地移开视线，脸颊更红更热了。

不等顾念考虑出该怎么把这个话题转开，就感觉头顶沉了沉。

骆修抚了抚顾念的头，敛去笑意，眼神深沉，声音低沉：“深林、古屋、大雪、火炉，这些都很美，但是不要一个人。”

顾念点头，弯眼一笑：“听起来太孤独了，对吗？”

“嗯。”

顾念握紧了骆修的手：“我也是在认识你以后才发现的——这个梦真的很美，但是进到这样的梦里，我好像就跟世界上的任何一个人都没有关系了。没遇见你以前，我不怕生命这样去结束，但是现在……”顾念对上那双温柔、深沉且极少露出不安神色的眼眸，“我要选有你在的地方。”

骆修神色一动，张口欲言，还未说出第一个字，两人斜前方传来十分懒散又破坏气氛的声音——

“我是不介意大下午吃两口‘狗粮’的，不过在全真教派的道观里做这种风花雪月的事，骆修你是真不怕招雷是吧？”

突然冒出来的声音本来就足够吓顾念一跳了，更别说对方还直接叫出了骆修的名字。

顾念受惊，第一反应就是先四处看了看，确定没有其他路人也在这条小道上，这才长出了口气。

回神的顾念看向声音传来的方向。

来人是一个……道士。

顾念："嗯？"

她目光疑惑地上下打量对方——偃月冠、戒衣、麻履，正正经经的道士打扮。

除了那多少有点儿吊儿郎当的神态，怎么看他也不像什么江湖骗子。

更何况对方见她望向自己，还整了整衣襟，捏了个非常标准的子午诀，朝她略一揖身："福生无量天尊。"

只可惜好好一句道教问候语，偏被这青年道士用懒散的语调道出了股"客官您里边请"的韵味。

顾念慢慢回神，下意识地朝对方回了句"您慈悲"。然后她才转向骆修，声音压得低低的，偷偷指着不远处已经抬起头的青年道士："你认识？"

骆修："嗯，他是我朋友。"

顾念顿了顿，问："真的道士？"

"真的。"见顾念狐疑地望向那人，骆修不禁笑了笑，"他俗名安亦，道号'持寡'，是上任道慈观观主的关门弟子，现任的观主是他师兄。他在道观里辈分非常高，观里最年轻的那批弟子都要喊他……"

隔着一两米，稀疏得拦不住人影的林子外一个小道童路过，刚朝这边走了两步就突然惊住似的。小道童嗖的一下低头，捏着子午诀朝那个懒散不羁的青年道士作揖："太师叔祖！"

顾念："哦。"

这还真是好大好大的辈分。

小道童吓跑了，骆修意外之后，含笑望向安亦："前两年不还是师叔祖吗？怎么又提了？"

安亦懒洋洋地趿着麻履走到近前："那你得问招弟子的那些人，怎么做修行的时候不见他们那么勤快？"

顾念目光更加呆滞。

骆修回眸瞥见，不由得失笑："不用觉得离奇幻灭，道士里像他这样的人也是极少数的，不，应该说只有他一人。"

安亦不在意，也没辩驳。

顾念僵笑："持——持寡道人看来比较超脱束缚，自由随性。"

"嗯。"骆修淡淡一笑，"所以上任老观主给他起的道号，叫他持重寡辞，可惜他没听。"

安亦撇嘴："是可惜了，我师父应该把这道号留给你。"

"嗯？"顾念这一秒警觉起来，本能地往骆修身前拦了一小步，十分警惕地看向青年道士，"骆修他不出家了。"

安亦愣了愣，然后看向骆修。那人眸子含笑，眼底情绪虽深深浅浅，却很专注，只盯着身前的小姑娘一人。

安亦抹了把脸：“你连之前打算出家的事情都告诉她了？”

骆修回道：“我对念念没什么不能说的。”

“你可真是豁达。”

“还好。”

安亦转身：“来都来了，到暖室里坐会儿吧。我让人准备了煮茶的山泉水，这会儿该烧开了。”

骆修应声，领着顾念跟上去。

顾念疑惑地问骆修：“你来之前跟他说要来了？”

骆修：“没有。”

顾念：“那他怎么好像提前就知道了，还烧了水？”

“那要问他了。”

骆修的目光和声音一道落过去，前面隔几米走着的青年道士只得停下，回头道：“你们一进观里我就知道了。”

顾念沉默了两秒，惊讶地问：“道家法术？”

安亦愣住。

骆修则侧开脸，哑然失笑。

林子里安静了几秒。

安亦面无表情地转回头去：“我们这儿也有监控摄像头。”

顾念：“哦。”

一两秒后，骆修牵走了一只“红灯笼”。

安亦口中的暖室坐落在整座道慈观的后方。

三人从主观后穿过一条林间的石板路，顺着青瓦檐下，经由道观弟子们的居处，最后停在一座木石砌的单独成栋的屋前。

安亦走在最前面，来到檐下叩了叩门扉。

没几秒，里面有门闩被拉动的声音，然后面前的推拉木门被人从里面拉开。屋里露出一个人影，听声音是个介于少年和青年之间的小道士，恭恭敬敬地朝安亦作揖：“师叔祖。”

“水煮好了？”

“已经好了。”

“好。”安亦一撩道袍，正要进门，想起什么似的回身，示意了下停在后面的顾念和骆修，“他们就是我说的客人。”

安亦让开身，被隔住的两边的人得以互相瞧见。顾念看清楚了，那确实是个小道士，看模样就是二十左右的年纪，面容白净清秀。

顾念等着对方问候一句他们道家惯用的“福生无量天尊”，等来等去却没等到。

她茫然地看过去，只见那小道士原本白净的脸竟然一点点红了起来，眼睛倒是一眨不眨地直盯着自己。

顾念被看得心生迷茫。

对方这是……困在观里久了没见过女孩?

骆修也察觉了，面上假装的温和神色被檐外冷冬的风吹散了许多。他垂手正要走到顾念身前，就见小道士脸红到极致，回过神颤着声道：“您是盲……盲枝老师？”

顾念：“嗯？”

忍到这会儿，安亦终于回过身，揣着手朝骆修露出个蔫坏的笑：“这是你家顾小姐的忠实粉丝，我们观里独一位。当初顾小姐退圈，他哭得被他师父一脚踹到殿外反省了好几天。”

骆修温和的笑容不变，看向安亦的眼神却迅速降温。

安亦忍着笑，把那个完全没察觉异样的不知死活的小徒孙拦住：“外面太冷了，回暖室再聊。”

小道士还想上来说什么，被自家师叔祖拦了，只能点头：“好……好。”

他这么说着话，目光还一直小狗似的落在顾念身上，依依不舍地被师叔祖拎了进去。

暖室里是道观一贯的极简风格，低矮的木榻和暖炉，隔着半开的推拉门，多层加厚的落地窗玻璃倒是显得格格不入。

不过落地窗外就是白云山的后山，冬季的林木松散地排布，景色静谧宜人。

顾念刚走进房里，就望着窗外呆了下，回过神后忍不住加快脚步跑到窗前，扶着窗边往外看了一会儿，笑弯着眼回头对骆修说：“这里像极了我跟你描述的养老的地方啊！”

骆修走过去，停在她身旁，温柔地低声道：“你很喜欢？”

顾念转回头去，望着后山飞快地点头，兴奋地道：“完全就是我梦里的场景。”

骆修点头，若有所思地转向身后的人。

安亦已经在那方木质的低矮榻上坐下来，正拿一把带着长柄的木筒往质地温润的茶壶上缓慢浇上刚煮好的山泉水。润完壶身，他放下长柄木筒，没抬眼地懒散一声：“不卖。”

没头没尾的一句话，惹得顾念茫然回头。

骆修遗憾地道：“道慈观的这块地皮使用权，是他母亲留给他的遗产。”

这信息量有点儿大，顾念消化了好几秒才反应过来，轻声问：“那为什么要说卖不卖？”

安亦听了，一撩道袍，懒懒地开口：“因为你刚刚说完了，骆修就想买了。”

顾念：“啊？”她去向骆修确认，收到切实的目光回馈，顿时有些窘：“我没有那个意思，这里是道慈观的地方，怎么能——”

骆修打断她的话道：“我可以支付足够的费用，然后给你们重新选一块你们想要的地皮。”

安亦：“那也不卖。”

骆修：“为什么？”

安亦：“懒得搬。”

感觉到安亦的坚决态度，骆修继续道：“我会照着这边的风景，重新选一个相似的地方。”

顾念方才没好意思直接阻拦骆修的话，这会儿无奈地拽了拽他的袖子。

骆修会意，朝她俯身：“怎么了？”

顾念压低声音道：“这样会不会太得罪人了？”

骆修笑了笑，直起身，回答的声音并未遮掩：“没关系，我和安亦认识很多年了。我们三个人之间不需要绕弯子。”

“三个人？”

“嗯。”骆修顿了顿，语气极少有地变得有点儿不自然，“还有乔西，我们自小就认识。”

顾念恍然大悟。

“热恋中的人，还真是走到哪里都能变成二人世界。”安亦随口调侃的声音传了过来，“你们再不过来坐，茶可该凉了。”

顾念蓦地回神，不好意思地拉着骆修回到低矮的木榻旁。

小道士这时也终于把理智找回来了，帮顾念又是铺软垫又是摆茶杯的，好不殷勤，连骆修在旁边望向他的眼神都没注意。

安亦忍着笑。

过了半天，小道士的师父那边来人找他有事，小道士这才依依不舍地往外走去。

临到门扉前，他又想起什么，在骆修“温柔”得快要杀人的眼神里毫无自觉地跑回来，不好意思地问顾念：“盲枝老师，你走之前能……能给我留一个签名吗？”

顾念笑着点头：“好啊。”

“谢谢您！”小道士开心地跑了。

这个粉丝憨直可爱，顾念心情极好地转回头来，就对上了一双藏在薄薄的镜片后的褐色眼眸。没来由地，顾念心里一虚，笑容也僵了一下。

骆修垂下眼：“签名啊。”

“对。”顾念从某人的语气里品出了一种幽沉的情绪，小心翼翼地问，“怎么了？”

骆修：“你好像还从来没有给我签过名。”

“啊？”顾念噎住。

她还没在“为什么要给骆修签名”的问题上捋出一条逻辑线，就听见骆修声音轻得风一吹就要散了似的说：“没关系，忘了就忘了吧。”

顾念：“你——”她立刻醒悟，表情严肃地道，“不能没关系，回去就签。”

骆修点头：“还是要排在他后面，先来后到对吗？我理解。”

“不，哪儿有纸笔吗？我现在就签，立刻签。”

顾念泪流满面——今天的恶龙是绿茶兑果醋味的。

于是顾念的暖室品茶变成了现场签名，足足签完了十张，骆修才“慷慨”地同意把第十一张留给了小道士。

结果顾念往第十一张签名纸上多写了一句话，被骆修瞥见，绿茶果醋味恶龙再次上线。

最后顾念含泪又给前十张签名纸各自补了一句“肺腑之言”。

安亦在旁边，一边喝茶一边好笑地看热闹。

可惜欢乐总是短暂的。

顾念这边刚结束自己的“签名活动”，一直放在旁边挂着的手包里就传来手机振动的声音。

顾念起身：“我的手机，应该是有电话来了。”

木榻上骆修顿了顿，抬手去整理和收起铺散在矮桌上的签名。

顾念拿出手机一看，是江晓晴的电话。

联想到上午离开公司前她对江晓晴的嘱托，顾念表情一变，有种不好的预感。

“晓晴？”顾念接起电话。

“你可终于接电话了，急死我了！”江晓晴在电话里叫苦连天，“你现在人在哪儿呢？赶紧回公司一趟吧！”

“怎么了？你先慢慢说。”

“你没关注后续？”

“后续？上午的新闻的后续？”

“对啊，你真没看啊？”江晓晴愣了半天，才道，“你可真是心大，闹出这么大的事都不关注。”

又被提醒起来，顾念头疼地说：“骆修说公关部那边的人会处理，我们就一起来道慈观散心了。又有什么后续了吗？”

“对，那个最开始爆料的网站放新的照片了，是你前几天和我们一起吃饭，最后你和骆修单独离开的照片，还有几张是你进出那别墅区的。”

“啊？”顾念呆了几秒，终于慢慢回神，转回头看向木榻上的骆修，“所以网上现在的舆论风向是……？”

“还能是什么？基本认定了你就是骆修的幕后金主！还有人曝出了你和骆修签约BH传媒的事情，大家都在说是你把骆修带进去的呢。”

“啊？”顾念绝望地扶了扶额头，回到挂着手包的衣架前，压低声音道，“我这就回公司，待会儿路上详细说。”

“好，你快点儿吧，工作室里的人都急成热锅上的蚂蚁了。”

“嗯。”

顾念挂断电话，三言两语地和骆修说清楚了事情，两人只能提前结束这场下午茶会面，匆忙离开。

他们走后没多久，没有拉上门闩的门扉被人急急忙忙地推开，小道士跑进来，看见已经空了的半边木榻，失望地塌下肩膀：“师叔祖，盲枝老师已经走啦？”

“嗯，这会儿该到山下了。”安亦放下茶盏，“给你留的签名。”

“哦哦。”小道士连忙过去，半是失落半是高兴地把那张签名拿起来放在手里看。等看完后，他想起什么，问安亦：“师叔祖，刚刚跟盲枝老师一起来的就是您那位之前想来咱们观里出家的朋友吧？”

“嗯。”

“他又不来啦？”

安亦低低哂笑了一声，晃了晃茶盏：“你看他像是还有来出家的意思吗？”

小道士挠了挠头：“那怪可惜的，我那天还听住持师祖说，您这位朋友天性出世无为，是很难得的修行苗子呢。”

“他？”安亦蓦地笑了声。

小道士被这笑里的意味弄得茫然：“您好像不赞同这话？”

安亦笑着起身：“师兄这话可以说是完全对的，也可以说是完全错的。”

“嗯？弟子不明白，请师叔祖赐教。”

“你年纪轻轻的，别学得跟你师祖一脉似的咬文嚼字，说点儿人话。”

“噢。”

安亦打趣过，懒洋洋地走到窗边的阳光下：“说骆修出世无为确实不错。什么人啊，事啊，纷纷扰扰的，他以前没一样看得进心里，更没什么在乎的，可不是出世无为吗？”

“那您怎么又说是错的呢？”

“因为现在不一样了。”

小道士想了想：“是因为盲枝老师吧？”

“算是，也不完全是。”

“啊？”

安亦面容懒散地搂着道袍，半靠到阳光晒得暖和的玻璃上：“因为从一开始他就算不得真正出世，只是从来没被什么人全心爱过。在这世上他应有尽有，一切唾手可得，除了爱，什么都不缺。也只这一个，他从未有过。”

小道士恍然大悟道：“所以盲枝老师的出现……可这样，如果以后还有别的人出现怎么办？”

安亦揣起手，望着窗外懒散又欣慰地笑了下：“你不懂他这种人。”

“嗯？”

“顾念给了，他就不要别人的了。多一分一毫他也不会要。”

“哦。”小道士明显替他的盲枝老师松了口气，“那就好。”

“好？未必好。”

“啊？”

安亦走回来，在小道士宝贝似的护在怀里的签名纸上轻弹了一下，然后笑着走开：“他既只要一个人的，就会要她的全部，一丝一毫都不会放过。”

从白云山的道慈观下山的路上，下起了雨，凉意入骨，雨丝细密，一路湿了青阶。

顾念被骆修护在外套下，匆忙上车。

回 BH 传媒的路上，顾念都坐在副驾驶座上，紧张地抱着手机刷着与骆修的标签相关的话题。

而继骆修的账号评论区沦陷，盲枝的账号也在这一轮新的舆论攻势下迅速失守，放眼看过去，评论区里全是在讨论今天新曝出来的八卦新闻的。

“所以传闻里包养骆修的金主真的就是盲枝？”

“啊，这幸福来得太突然，CP 粉一时有点儿不知所措！”

“听说那别墅超贵的！”

“To（给）盲枝：富婆，饿饿，饭饭！”

“饿饿，饭饭 +1！”

“呜呜呜，我也想被盲枝这样的小仙女富婆领养，我什么都会，看看我。”

“那潜规则还是真的了？果然圈里没有真爱，只有钱色交易！”

“你是他们肚子里的蛔虫吗？就知道是钱色交易了？”

“原来我粉的 CP 不但是真的，而且还是虐恋情深版本的金主与小明星吗？呜呜呜，我可以！”

“姐姐这么一说，妹妹也可以了。”

“哪个大佬写一下修念 CP 的金主小明星版本的同人文？！给大佬递笔！”

“友情提醒：让盲枝大大自己写是最直接而且便捷的了。”

“哈哈哈，此处 @ 盲枝 !”

“@ 盲枝 +1!”

“@ 盲枝 +111，快出来干活！”

…………

打开评论区以后，顾念就发现画风和自己想象中的口诛笔伐不太相近了。

她茫然地往下翻了好一会儿，虽然也见到了几条料想中的谩骂之类的评论，但比起 CP 粉的留言，数量实在少得可怜。

顾念看了一会儿实在没忍住，好奇地侧过头问骆修：“难道 BH 传媒已经安排水军下场了吗？”

骆修开着车，视线未离开前方，只声音温和地问：“怎么？”

顾念晃了下手机：“我在看舆论风向，跟我想象中的完全不一样。”

“你想象中是什么样子？”骆修瞥过后视镜，似乎随意从容地笑问。

顾念在想象中呆了几秒，心有余悸地回到现实：“至少也是腥风血雨的各种攻击之词，可现在的评论区……反正比起我想象的程度真的已经算是特别温和了。”

骆修笑了笑，没说什么。

等回到 BH 传媒公司，顾念被早已等在公司大堂里的江晓晴火急火燎地带回她们的工作室，骆修则去了公关部楼层。

两边几乎是同时开紧急会议，进度互通，一直折腾到临近傍晚，天色开始擦黑儿，这才基本结束。

在综合考虑了数个方案后确定下来的公关大方向只有一个——否认潜规则说法，恋情问题暂时不予置评。

顾念这边会议刚结束，还未离场，就发现手机上已经有好几个来自顾女士的未接来电了。顾念拨电话回去，却发现电话占线，只得暂时作罢。

江晓晴和工作室的人结束交谈，快步走到她身边："又出事了？"

"没有。"顾念抬眼，"怎么这么说？"

"看你一直盯着手机。"

"是我妈的未接电话。"

"哦，我还以为我们的公关声明没放出去，他们又放出爆料来了呢。"江晓晴松了口气，"今天快把我搞得电子产品 PTSD（创伤后应激障碍）了，一见谁刷手机或者平板电脑我就提心吊胆的。"

两人并肩从会议室里出来。

开完会已经是公司的下班时间，没任务安排的人都提前撤了，顾念工作室这半边楼层基本空了下来。

江晓晴四下看了看，见没什么人在身旁，就趁着两人回到工作区角落，问顾念："我看公关部那边的意思，你俩的恋情迟早是要曝光的。"

顾念点头："我知道。"

江晓晴惊讶地看向她："你之前不是还特别反对这件事吗？担心影响骆修的公众注意力落点，这下你不担心了？"

顾念表情十分无奈地道："你也不看看眼下的情况——'骆修恋情曝光'，总比'骆修被金主包养潜规则'这种新闻好一万倍吧？"

江晓晴失笑点头："说得也对。"

"你还笑。"

"总不能陪你一起哭吧？"江晓晴随口玩笑道，"那这次骆修可真是因祸得福了，本来你多抗拒曝光恋情这事啊，现在都恨不得立刻澄清你们是恋爱关系了吧？"

"嗯？"

江晓晴说完，发现顾念突然以一种异常诡异又微妙的眼神盯着她。江晓晴在那目光下顿了几秒，莫名其妙地抬手摸了摸脸："是我说错什么，或者脸上有什么吗？"

"不是。"许久后顾念才轻眯起眼，幽幽地道，"是你说得非常对，对到让我突然觉得……"

江晓晴好奇地凑过去："让你觉得什么？"

"没什么。"顾念回过神，快速收拾起手包，"我先下班了，你也别耽误太久。"

"哎？你不等公关部的消息了？"

"回家一样等。"

"好吧，明天见。"

"嗯，明天见。"

说是回家，顾念却刷卡进到最边上的那部可以直达个别楼层的公司高层专用电梯里，没有下到停车场，而是按了最上面的楼层。

电梯识别过她的个人工作卡，立刻开始上升，直接到达顶层。

顶层的专层前台人员对顾念已经再熟悉不过了，起身打了个照面，立刻朝平层内某个方向示意："骆总在那边。"

"谢谢。"顾念朝对方点了点头，快步走过去。

那边是这层楼的专属休息区，外间有一面墙是玻璃墙，里面的帘子呈拉开状态，能看清房间内的情况。

顾念到时，正见骆修站在落地窗前，拿着手机在和什么人通话。她站在门外迟疑了几秒，轻轻叩门。

骆修回身，和顾念对上目光后似乎毫不意外，带着温柔的笑意走过来，主动给顾念开门。

顾念放轻声音走进去，刚好听到骆修温顺地应声："您放心，我一定会的。"

顾念步伐迟疑地慢了下来。

在她的印象里，能让骆修用这种温和且谦恭的语气说话的，好像就只有一位。

骆修环抱住顾念，声音依旧温和低沉："好，我记得了。阿姨再见。"

果然对面是顾媛女士。

骆修挂断电话，随手把手机抛到了一边的沙发上。

顾念这才突然惊觉，不知道是不是开会后疲累，骆修才进了休息室，此时的眼镜已不知道放哪里去了。

没戴眼镜 = 封印解除。

想到这个换算关系，顾念顿时忘了自己来这儿的目的，就想先溜出去。可惜出师未捷，只迈出半步就被恶龙截住拦回了玻璃墙前。

"要去哪儿？"那人低了低身，亲昵地把她压在玻璃墙前，在她的颈下轻轻蹭了蹭。

顾念缓慢地做了个吞咽动作，小心翼翼地道："我突然想起来，我《勇士公主》那个剧本有个细节还没——"

"已经下班了。"

"啊？"

"现在已经是下班时间了。"骆恶龙很有耐心，声音低缓动听地重复了一遍。

顾念更加不安："所……所以？"

"下班以后，就是私人时间了。"骆修俯身，听见顾念慢慢加速的心跳声，露出笑，"我等了那么久，总不能白等。"

这大概就是传说中的守株待兔和自投罗网吧！

不过这最后几句对话，也使得顾念来这儿的目的回到她的脑海里。顾念稍稍正色，试图以此逃过这一"劫"："我来找你是有正事要谈的。"

"嗯。"可惜恶龙不为所动，固执地蹭在她的颈边，"我在听。"

顾念欲哭无泪，只能硬着头皮开口："今天傍晚我们工作室开完会以后，我越想越觉得不对。”

“哪里不对？”

“明明我前几天都收到了消息，说有人在挖你的绯闻，那公关部那边至少不应该完全没有听到任何风声。

“如果他们听到了，那他们的负责人不可能不告诉你。”

接连说了两句没听到任何回应，顾念微皱起眉，正准备一鼓作气地问出心里的问题，就见面前俯身的骆修抬起头，那双褐色眸子近在咫尺，温润却深沉：“嗯。你想得没错。”

顾念愣了下：“什么……没错？”

骆修：“你想问我是不是早就听到风声，只是装作不知情，是吗？”

顾念慢慢贴上玻璃墙：“你……是吗？”

“是。”

骆修过于坦诚，反而让本该理直气壮的顾念有点儿束手无策了。

正在她对着那双褐色眸子不知道该说什么的时候，就见那人猝然一笑：“明知道这样可能会被你厌烦，我还是忍不住这样做。抱歉，念念。”

顾念迟疑地问：“你这样做，是为了和我公开恋情？提前曝光被包养这种传闻，确实会把我的接受底线一下子拉到最低，曝光恋情也显得不算什么了。”

“这只是一方面。”

顾念微微惊愕：“还有另一面？”

“嗯。”

骆修转开视线，看向身侧。

顾念跟着望过去，看到了被骆修抛在沙发上的手机。想起她进来时骆修那通和顾媛女士的电话，顾念若有所察，但又说不清具体原因。

骆修也没卖关子，坦诚地道：“新闻前后的进展阿姨知道了。同居曝光的那部分她同样看到了。”

顾念：“所以？”

骆修垂眼：“我已经向她允诺，一周内，骆家会正式提起婚约。”

顾念：“啊？”

休息室内寂静了数十秒。

顾念终于发出自己的声音：“啊，原来这才是你的根本目的。”

骆修躬下腰，慢慢地圈紧怀里的人，靠在她的肩上，额头却抵着她身后冰冷的玻璃墙，声音压得低沉，伴着自嘲的笑：“我是不是很可怕，念念？”

“是，好可怕。果然像戚寒他们说的，恶龙一样。”

恶龙的眼睫轻颤了颤，他哑然一笑：“那你会被吓跑吗？”

“你怕我跑吗？”

沉默许久，他彻底将头埋进她的颈窝里，然后从里面传来低低的，像是受了伤忍着的战栗声音，却是笑着说的：“怕。”

顾念眼瞳微缩，再没忍住，抬手抱住了骆修精瘦的腰身，抱得紧紧的，像要把全身的温度都传给他：“那我就不跑。”

骆修僵住，像是不确信自己所听到的是真实还是幻听。

顾念抱着他轻声重复：“我不会跑。我知道你一直习惯了这样，知道你没有安全感，知道你拿苦肉计来试探我，也是想触到我心里的底线。”

骆修环在女孩身后的指节轻轻颤抖。

顾念在他耳边笑了笑，声音轻和悦耳：“那就来试吧，恶龙先生。我会给你一辈子的爱和时间，填满这个世界欠你的所有安全感。”

“一辈子？”

“嗯，一辈子。”

那个拥抱变得更加紧密，两个人像要融为一体。

他在她耳旁声音压抑得微颤：“恶龙是最贪得无厌的……不要后悔，念念。”

“不后悔。”顾念轻声笑起来，“永远不。”

他终于起身，然后吻落下。

最后一秒里，她瞥见他未能藏住的微红眼角，还有那个声音消失在深吻里的饱含刻骨深情的一个字：“好。”

第二十章　婚　事

骆家讲究礼数，在大事上尤其如此。

订婚虽然不比结婚仪式隆重繁复，但骆敬远还是专门请人取了骆修和顾念的生辰八字择了日子，三挑五选的，最后才在阳历的十二月末定下了订婚日期。

顾念差不多前后收到《金牌编剧》节目组的问答特辑邀请，以及骆修告知订婚日期的消息——好巧不巧，安排在了同一天里。

《金牌编剧》最后一期录制在半个月前就结束了。毋庸置疑，第一季桂冠花落“盲枝”家。有季内两部爆款短剧和个人名气在，这个结果既名副其实，也是众望所归。

节目结束后，观众对综艺里两对CP再营业的呼声要求极高。尤其是顾念和骆修，因为那段在包养和恋情之间摇摆不定的绯闻曝光，无论是盼合还是盼分的人，全都眼巴巴地盯着《金牌编剧》节目组。

“盛情难却啊，顾编剧。”《金牌编剧》节目组的主策划人之一专程跑来顾念工作室的楼层蹲点，拉着顾念不松手，“就一个快问快答的直播互动环节，最长不超过十分钟！”

顾念被缠得头疼：“要我和骆修一同出镜？”

“对、对，您两位就在沙发上坐着回答问题就行，绝对没有别的活动。”

“只有我们两个人吗？”

“还有余温CP。”

“余温CP？”

“对，就是温初温影后和俞松两个人的CP名，他们也出镜，不过排在你们后面。”

眼见顾念有松口的意向，策划组的小姑娘又前前后后纠缠了顾念许久。

终于顾念苦笑：“你们是专拣软柿子捏，所以不去问骆修，只来缠我？”

“哪能啊？”策划组的小姑娘立即否认，“除了我以外，那几位男性主策划人早就去找骆总了，我们这是——"

"嘘。"对方声音不低，叫"骆总"时也没压着，顾念被惊了一下，连忙喊停，然后被对方眼巴巴地看着。顾念扛不住，只得无奈地笑："只要骆修同意，我就同意。"

"好嘞，谢谢顾编剧，时间就是我说的那个，我们定好地点立刻通知您！"

"嗯，好。"

答应了这期问答特辑的邀请不久，顾念就从骆修那里收到了订婚日期的消息，发现在同一天，有点儿意外，但并没有觉得不便。

她以为订婚最多就是白天约会，晚上一起吃一顿烛光晚餐，只要在中间抽出半小时，赶去《金牌编剧》节目组安排的特辑录制地点就完全没问题。

直到订婚前一天。

傍晚，从BH传媒下班，顾念和往常一样坐上骆修的车，准备回他们共同的家——不久前恋情曝光的事情，不但使顾媛女士同意两人的婚约，更直接让两家默认了订婚后两人合住的决定。

路上顾念坐在副驾驶座里，戴着耳机听今天的会议录音。她习惯通过这个方式启发剧本思维。

等车停下，顾念回过神，就后知后觉地发现窗外的风景不太对劲儿。

"这是……哪儿？"顾念摘下耳机，茫然地问。

驾驶座上的骆修倾身过来，给她摘掉安全带，闻言笑了笑："你这个样子，小心被我带走了卖掉都不知道。"

车门已经被人从外面拉开，穿着迎宾制服的小帅哥扶着门站在外面。

顾念现在躲陌生人都成本能了，第一时间把脸偏向车里，受惊的眼神惹得骆修莞尔："别怕，我已经交代过了，他们知道我们两个会来。"

"不用戴口罩？"

"不用。"

顾念这才松了口气，挪开安全带小心地下车。车外的迎宾朝她微微躬身，果然没有半点儿惊讶神色。

顾念在车前站稳。等她打量过面前气势恢宏的酒店，骆修也从驾驶座一侧绕了过来，停在她身旁。

顾念心里冒出种微妙的预感，看向骆修："我们今天来这里不会是为了明天的订婚吧？"

骆修眼里含笑，语气温柔："不然呢？"

顾念一愣，指了指里面可能有十米吊高的酒店大堂："订婚，还是结婚？"

"如果结婚，不会这么仓促的。"

顾念头疼："你答应过我不折腾的。"

"嗯，爷爷那边提出的仪式典礼都被我拒绝了。"

“那这是……？”

“双方长辈总要有一次正式的见面，最合适的日子就是在订婚当天。”

顾念认真想了想，不得不承认骆修说得对，不好意思地开口：“是我想得太少了，但不是不重视，真的。我就是想等年后……”

“我知道。”骆修抬手，在顾念头上轻抚了抚，然后牵起她纤瘦的手，“别担心，阿姨那边和骆家的人我都已经安排好了。他们明天才会过来。”

顾念：“那我们今天到会不会太早了？”

骆修：“是爷爷让人择的良辰吉日，时间可能会比较早，在明天早上。我担心你睡不足。”

顾念怔了怔，反应过来后感动极了，玩笑地说：“有一位这么心细的恶龙先生照顾，我以后应该什么都不用操心了？”

“嗯。”骆修对答如流，“一步步谋算着怎么把你勾进碗里的时候，我也想得特别细心。”

顾念又气恼又好笑，拖着他往里走：“你就破坏我的感动情绪吧！”

骆修纵情地笑，跟了上去。

订婚前夕确实是自己料想中的烛光晚餐，不过她食不甘味，不安地度过了整个晚餐时间。

直到晚餐结束，骆修和她一并上楼。在套房门外收到一张房卡时，顾念尚有些回不过神：“这是……我的？”

骆修微垂着头，笑意像星子似的缀在他的眼里。

“嗯。”他动了动手里的另一张房卡，“这是我的，房门在那儿。”

顺着骆修指的方向看向和自己的房间相邻的套房，顾念呆了好几秒才回过神问：“我们不住一起吗？”

“想和我住一起？”

“想——不……不是。”顾念红了脸，“我是想了一晚上都以为我们肯定是住在同一个套房里的。”

“啊，所以你今晚吃晚餐的时候，才那么心不在焉？”骆修一边温和地调侃，一边淡淡地笑。

顾念的脸红得更厉害了。

“放心吧。”骆修俯身在她的唇旁轻吻了一下，“今晚不会。”

“为什么？”顾念忍不住问。

“你忘了？”

“忘了什么？”

“我们最早在别墅里被阿姨发现住在一起那天，”骆修缓缓直起腰，“我答应过阿姨——在我们的关系得到她的认可并且正式订立婚约之前，我不会对你有任何越线的行为。”

顾念呆了呆。

她显然早就忘了。

不等回神，她就听见有人在耳旁用那低哑勾人的嗓音笑了笑。

“没关系，只剩一晚了，我等得起。”

小姑娘站着没动，两颊红得像五分熟的虾子。

骆修没再逗她，帮她打开房门，然后扶住门，看着顾念慢吞吞地低着头挪进去。在她经过他身前时，骆修轻声道：“晚安，小姑娘。”

顾念抬头，正对上一双褐色眸子，目光深情如春湖，还含着温柔的笑。

“明天起来，你就是要被恶龙抢回去的准新娘了。”

骆修逗完顾念，退开身准备看她进去，只是没想到顾念听完这话以后就停住了。他的手从门旁垂下，刚到半空就突然被顾念拉住。

骆修怔了下，顺着女孩握着他的手指望上去。

顾念犹豫着道：“其实我们可以睡在同一间套房里，反正床很大……”

话音未落，她身前的人哑然失笑。

顾念茫然地对上骆修染着笑意且混着某种难抑情绪的眼眸，听他说：“你还真当我是入世修行的佛子或者道士？”

“啊？”

“对你，我没有那样的克制力。”骆修俯身到顾念耳旁说完这句话，然后在她的脸颊上落下一吻，退开，“所以别折磨我了，念念。”

顾念终于反应过来骆修话里的意思。

没再给恶龙言语或行动上“作恶”的机会，下一秒套房的房门就在骆修面前无情地关上了。

如果说没经历过订婚典礼或结婚典礼之类的流程的人，还能对这类仪式抱有某种浪漫期许的话，那经历之后再回忆起来，就只觉得像场酷刑了。

顾念已经不记得自己是怎么被从被窝里拉出来，又经历过多少道程序的折磨，才化好订婚妆，换上据说是骆老爷子板着脸异常坚持的订婚服。

礼服非常喜庆，大红色的，有大片金银刺绣，硬度和重量让顾念一度怀疑自己是被套上了一套盔甲——上了战场说不定她都能刀枪不入。

而其后，据说已经是精简掉了无数环节的订婚仪式，更是差点儿把顾念扒掉一层皮。

一件件事情做下来，终于熬到结束，顾念和骆修把非常满意的骆老爷子以及顾媛女士分别送走后，回到套房里顾念就绝望地倒在床上。

然后更绝望的事就来了。

“换衣服？”顾念从气若游丝的状态中支撑起身，惊呆地看向床下开口的骆修，

“去哪儿？”

骆修无奈地笑道：“昨天还提醒过你的，《金牌编剧》问答特辑的直播录制就在中午，你忘了？”

“啊？”顾念呆若木鸡地倒回床上。

骆修转身往外走，体贴地拉上内间的房门：“还有一个小时录制就要开始了，时间比较紧，我在外面等你。”

“啊！”顾念号叫一声，欲哭无泪地把自己埋进了被子里，“我当时为什么要答应啊？！”

半小时后。

顾念有气无力并任由摆布地坐在录制直播间的化妆室里。

化妆师一边给顾念补妆，一边意外地问：“顾编剧来之前化过妆了？还好、还好，化得还挺精细，不然时间上都来不及了。”

顾念木着脸道：“可不精细吗？我早上4点被拉起来，化妆和换装一直折腾了我两三个小时。”

化妆师抿着嘴笑：“专业妆服嘛，时间总是要久一些的……好了！顾编剧看看镜子？”

顾念没表情地抬眸，对上了镜子里五官漂亮、妆容精致的女孩。

化妆师满意地点头：“顾编剧感觉怎么样？”

顾念：“后悔。”

化妆师：“嗯？”

顾念木着脸，语气平淡地道：“如果再给我一次机会，那我一定回到答应这件事的前一秒，然后把自己一巴掌扇到墙上，你们抠都抠不下来。”

“扑哧……”对视上女孩哀怨又无神的眼睛，化妆师没忍住笑了出来。

录制现场，直播镜头已经准备就绪，顾念和骆修坐在镜头前的沙发上，镜头后的主持人正在看问答的参考台本。

为了保证这一期节目尽可能真实和高效互动，问答将在回答五条提前准备的台本问题后，再选取直播间里开播前十分钟内的五条顶赞问题提问。

“顾小姐、骆先生，可以开始了吗？”

“嗯。”

随着导演组的一声示意，直播正式开始。

坐在镜头后的主持人开口：“欢迎来到《金牌编剧》季末彩蛋环节——互动问答直播特辑，这期做客《金牌编剧》互动问答直播间的是你们最期待的顾念小姐和骆修先生哦。”

主持人热场完，在导演组的示意下迅速进入正题：“下面让我们抛出本期的第一个问题。顾小姐？”

“嗯。”

“在您的‘盲枝’身份曝光以前，顾小姐就因为《破碎》短剧的惊艳创作为大家所熟知。我们也知道，《破碎》短剧本身是以悲剧向的留白收场，但在不久后又补充了一个彩蛋。能请问顾小姐的初衷是什么吗？”

顾念明显怔了一下才回过神。

主持人注意到直播弹幕，笑着对顾念说：“直播间的很多观众好像发现您的意外表情了，顾小姐是没有料到这个问题是吗？”

顾念也不掩饰，朝镜头笑了笑：“我证明这场直播问答是完全没有提前对过词的。我确实没想到，第一个问题竟然这么……正经？”

弹幕里笑语刷屏。

镜头中的顾念则稍稍正色：“嗯，《破碎》彩蛋《献给等光的人》是后来临时决定补拍的，当时大家的意愿比较强烈，原剧本是个悲剧结局，很多人不喜欢悲剧。”

主持人笑着问：“确实很多人不喜欢悲剧，那顾小姐呢？”

顾念：“我？我不太在意。”

主持人：“真是个意外的回答呢，能问顾小姐是为什么吗？”

顾念停顿了下，弯眼一笑：“因为我认为，结局就是结局，无关悲喜。”

主持人怔住，似乎沉浸在这话里，一时没接上来。在导演组的示意下，主持人立刻回过神，连忙问了第二个问题：“顾小姐作为编剧，共情能力非常强。之前《金牌编剧》的花絮里，不少观众见过顾小姐写剧本的过程中代入角色哭得不能自已，因此还有很多网友称顾小姐是‘一个被编剧行业耽误了的演员’。这一点，顾小姐怎么看？”

…………

导演组提前准备的五个问题非常快就结束了，前两个是顾念的，后三个是骆修的。而让顾念意外的是，这五个竟然都是专业性极强且与《金牌编剧》节目本身息息相关的问题。

等主持人问完以后，镜头切到甄选直播间里挑选出的顶赞问题时，顾念趁机小声对骆修感慨：“《金牌编剧》节目组确实有想法，有前途。”

“嗯？”

“我本来以为，他们做这期问答就是为了借着炒 CP 的事情提高节目热度，没想到他们态度这么端正，弄得我都有点儿为误会他们觉得抱歉了。”

骆修垂眼一笑：“或许你抱歉得太早了。”

“啊？”顾念不解。

骆修示意了下直播组：“他们恐怕是对后面直播里的顶赞问题胸有成竹，所以才这么放心，一个相关问题也不问的。”

顾念：“哦……”

事实证明，对人心，骆修确实把握得很精准。

直播间内的五个顶赞问题迅速被机选出来，拿着平板电脑上的电子成稿，镜头后面的主持人以一种微妙又忍笑的表情走近两人。

不出所料，主持人拿回话筒简单说了几句后，就迫不及待地进入了直播间机选问题提问环节。

“第一个问题是同时问两位的。”主持人扫了两人一眼，低头读稿，“能请问两位，是以怎样的关系在同一栋别墅里同进同出吗？”

顾念顿了顿。

早在来路上，他们已经预测到这一环中逃不开的问题有哪些了。

顾念看向骆修。

骆修也在这时望向她。

四目相对下，原本两人各自放在身侧的手抬起，然后十指相扣，成对的订婚戒指在他们的手指上熠熠闪光。

在呆若木鸡的主持人面前，骆修和顾念相视一笑，转向镜头：“是说好一起白头到老、永不相离的关系。”

骆修和顾念的话音落下，主持人呆住了，直播间里弹幕也刷爆了。

几秒里弹幕就变得密密麻麻，一层铺着一层地刷过去，几乎完全盖住了镜头里的人。

“是我瞎了、聋了还是幻听了？他们两个刚刚说了什么？”

“除了一句厉害，我无话可说！”

“疯了！疯了！疯了！”

“我还以为肯定是否认的回应，至少也是打太极瞒过去。”

“你们两个怎么回事？官宣恋情都不按照圈里的先否认再低调，数年后孩子满地跑时澄清绯闻的基本方法来的吗？”

“绯闻澄清基本方法那个，哈哈哈……”

“炸了炸了，热搜预定！”

“盲枝是吃编剧饭的也就算了，骆修想不开吧，这种人气暴涨事业起飞的时候直接公开恋情？”

“呜呜呜，说明两人是真爱！”

“塌了那么多座房子以后，我粉的 CP 竟然成真了！”

“‘鹅子’‘女鹅’白头偕老！不准散！妈妈说的！”

…………

这条回答一出，后面再试探擦边的问题也显得无关痛痒了。

没人再在意接下来的《金牌编剧》官方的问答，所有关注两人绯闻的网友都开始奔走相告。就如弹幕里所预料的，没几分钟，“盲枝 & 骆修官宣”的热搜就迅速登顶各大平台的实时搜索榜。

全网沸腾。

当各种支持与反对的议论在网络世界里铺天盖地地出现时，两位当事人却已经严严实实地包着口罩、帽子，还专门换了车，低调地开上回家的路。

不出所料，被曝光的别墅区外面，已经明显有几个蹲点的狗仔。

“幸亏换车了。”顾念一边咕哝着一边拿出手机，拨了几个号码。

骆修瞥见，轻转着方向盘问：“打电话？”

“嗯。”

“这个时候给谁打？”

“没谁。”顾念抬头，表情无辜地道，“就是作为优秀公民，我觉得我有义务举报一下别墅区外面的严重违规停车情况。”

骆修不禁勾起嘴角。

等顾念履行过“公民义务”，两人的车也已经开到别墅楼外。下车之前，顾念小心翼翼地扒着车窗玻璃往外看。

骆修莞尔：“这么担心？”

“嗯。”顾念没回头，还顺着后视镜观察后方情况，“我都快被这些狗仔训练成侦察兵了……”

话没说完，顾念听到身后安全带锁扣被解开的咔嗒一声轻响。

顾念怔了下，立刻回头：“你先别下——”

车门被关上了。

顾念只能木然地坐在副驾驶座上，看着骆修绕过车身，到副驾驶座外拉开车门，笑意温柔地弯下腰伸出手。

顾念将手搭上去，哀怨地钻出车子：“我还没侦察完。”

骆修把顾念牵到身旁，闻言笑道：“我们不是已经官宣了？”

他握着她的右手抬起，两人相扣的指节间，订婚戒指在阳光下闪着淡淡的光芒。

顾念盯着它犹豫了下：“但是——”

“不需要但是。”骆修温柔地打断她的话，牵着她往别墅走去，“我们现在是合法同居的关系。”

顾念认真地想了几秒，点了点头：“你说得对。”笑意一点点攀上她的眼角眉梢，顾念反握住骆修的手，步子轻快张扬地往前走去，“过我们两个人的生活，以后也不管他们了。”

进门前是豪言壮语，但吃过晚餐之后，在客厅沙发里窝了没一会儿，顾念就蔫了。

“我想出门。”小姑娘抱着抱枕，木着脸，以青蛙坐姿势坐在沙发上。

骆修刚洗净手，笑着在她身旁坐下：“想去哪儿？”

“哪儿都想去，就是不想憋在家里。”顾念顺势扒住骆修，语气更加哀怨地靠到他的肩上，“但是我刚刚看了，到处都是人。”

骆修："可以戴口罩？"

顾念仰起头，盯着他看了几秒，语气平和又严肃："不行，你长得太好看了，只戴口罩也会被认出来。"

骆修哑然失笑："你怎么这么不知道克制？"

顾念茫然："我不知道克制什么？"

骆修玩笑着抚了抚她的头："你夸我的时候，是不是什么招摇的词都不介意往我身上安？"

"那当然。"顾念被摸了脑袋依旧表情严肃，"你就是最好看的，谁问我都会这样告诉他。"

骆修眼底笑意更深："别人提起自己的伴侣，一般会谦虚一些。"

"伴侣"这个词惹得顾念呆了下。等回过神后她的脸颊上泛起一点儿赧然的热潮，但红着脸也没耽误她梗直了脖子说道："那我就是比他们更诚实一点儿。"

骆修别开脸，轻声笑起来。

"哎？"顾念弯起嘴角凑上去，故意压着声音"调戏"骆修，"你是不是不好意思了啊，恶龙先生？"

"没有。"

"明明就有！"

"真的没有。"

"不信！那你转过头来让我看看，我就看一眼——啊！"

"小心。"

嬉闹间重心倾斜，顾念一阵手忙脚乱之后，已然把面前的人压倒在了沙发上。

顾念艰难地撑着细胳膊，方才被"伴侣"那词逗得发红的脸颊还没消去热意，这下子又覆上一层红晕。她张了张口，小声道："我要是说我不是故意的，你信吗？"

这突发情况骆修显然也始料未及。方才匆忙间，他只来得及截住顾念没让她跌下沙发，然后就被扑倒了。

心跳平缓之后，他抬起眼，歪了一点儿的金丝眼镜架在他高挺的鼻梁上，黑色碎发微微凌乱地贴着他的额角，那双褐色眼眸被某种情绪搅得浓重到近乎黑沉。

顾念被看得心虚腿软，撑起胳膊表露出想跑的意思。

骆修垂下眼帘掩藏了眼底情绪，声音温和地道："帮我扶一下眼镜，可以吗？"

"嗯？"顾念迟疑。

这听起来没什么危险的样子，他也是被她扑倒眼镜才弄歪的，那就纠正一下错误？

顾念这样想着，小心翼翼地抬起右手伸过去，指尖离那人的眼角越来越近。

顾念小心翼翼到眼睛一眨不眨地盯着骆修——她被恶龙"坑"惯了，必须提防恶龙有什么新的坑挖给她。

但出乎意料，随着她的手指贴近，恶龙不但没有要作恶的意思，反而非常听之任之地把眼睛合上了。

顾念的手指搭上了他的眼镜。

金丝眼镜的细框和骆修本人一样，看起来泛着淡淡的光，好像温柔无邪，但指尖触及，只感到冰凉。

顾念心里一抖，忍不住轻声开口："你别乱动，我要帮你正眼镜了。"

"好。"恶龙的声音带一点儿哑，好像倦意已至，人要睡过去了似的。

"睡"过去的恶龙应该更接近睡美人吧？而且像那种优雅出尘、不可侵犯，带着虚假的温和，遥远又冷冰冰的神像一样……

顾念想压，但压不住，心底的坏念头像是一朝见了雨露阳光，克制不住地疯长。

在那种坏念头的驱使下，她微微弯下指尖，小指好像"不小心"蹭过那人的额角。

薄薄的镜片下，细密的眼睫蓦地一颤。

恶龙要醒过来了。

那一秒里，鬼使神差地，顾念反应过来时，已经摘了骆修的眼镜，并迅速跳下沙发，跑到了几米外。顾念背着手把眼镜藏在身后，直勾勾地盯着那人。

"念念？"

安静须臾，男人慢慢从沙发上撑起身，黑发垂下来，半遮了他的眉眼，那双没了眼镜遮掩的褐色眸子，在焦距微散之后透着温柔无邪甚至有点儿可怜的茫然之色。

她还……还想欺负。

顾念红了脸，努力自欺欺人地挺直了腰背，才觉得那点儿不可告人的小心思没那么容易被看穿了。

她故意板起脸道："你的眼镜在我这儿，你现在又够不到我，怎么办？"

骆修十分配合，一动未动地坐在沙发上，安静地垂下眼，语气依旧温和："我听你的，念念。"

顾念心虚得鼻尖微痒，红着脸道："不是我欺负你，只是对你以前总给我挖坑的惩罚。"

"嗯。"骆修声音带笑，轻声应道，"是我不对。"

顾念既有扳回一局的快乐，又有点儿顾忌的不安感。自从恶龙露出真面目以后，她可不记得他什么时候这么乖巧好欺负过。

犹豫了几秒，顾念看了看被自己拿在手里的金丝眼镜，看完以后放心地垂回手。

反正被摘掉眼镜的骆修在一定距离下什么都看不清楚，跟恶龙被拔了爪牙没区别，想作恶也不行了。

自己给自己喂了定心丸，顾念转着坏念头，笑着道："我想好了，那我们就玩捉迷藏吧。"

骆修顿了顿，确认道："在别墅里？"

"嗯。"

“我来找你吗？”

“那当然不是。”顾念忍住小得意，“我这么大一个活人，就算你没戴眼镜，找起来也太容易了。”

“那找什么？”

“就……这个吧。”顾念晃了晃自己手里的战利品——金丝眼镜。

默然几秒，沙发上的骆修似乎无奈地道：“好。”

顾念正犹豫着自己是不是太欺负人了，沙发上的那人开口了：“不过我有条件。”

“什么条件？”

“在某个地方藏好以后，它就不能再变地方了。”

顾念想了想，点头：“可以，我藏限时五分钟，你找限时一小时。”

骆修点头。

好不容易有欺负恶龙的机会了，顾念摩拳擦掌、跃跃欲试：“那现在开始？”

“等等。”

都准备上楼的顾念停住，茫然地问：“还有什么问题吗？”

沙发上的男人不紧不慢地理过被她弄得褶皱的衬衫，眼角微弯，声音温柔：“既然是游戏，那赢了的人应该有奖励。”

顾念：“嗯？”

“一个小时内，找到了算我赢，没找到算你赢。”

顾念点了点头：“这没问题，你要什么奖励？”

“如果你赢了……”骆修温和地笑道，“我任你处置。”

顾念完全没有高兴的意思，第一反应是心虚地退后：“那如果是你赢了呢？”

骆修莞尔：“对自己这么没信心吗？”

“怎么会？！”

激将法永远屡试不爽。

顾念说完以后心虚地补充：“我就问问。”

骆修点头：“反之亦然。”

顾念顿住。

没等她考虑好，沙发上的男人声音轻柔地问：“怕了？”

“我……我才不怕呢，又不是我看不清。”顾念低头看了一眼腕表时间，快速跑向楼梯，“计时开始，五分钟后你就可以来找了！”

“好。”骆修低声嘱咐，“慢点儿跑。”

半小时后，顾念歪着头坐在别墅阁楼的豆豆袋上。

阁楼天花板被顾念遥控打开了，只剩下遮风避寒的玻璃天窗。今天晚上没有云，月光也不算太亮，星子细碎地缀在夜空里，是个看星星的好时机。

可惜……

顾念回头看了看身后，空荡荡的楼梯，被拔了爪牙的恶龙应该还在楼下找他的眼镜呢。她偷偷下去观察过，按刚才的进度，现在他或许快要找到三楼了。

顾念低头，揣在身侧的手抬起来——被她刻意收在眼镜盒里的金丝眼镜正安安分分地躺在她身旁。

游戏规则说眼镜藏好以后就不能变位置，他却没说不能动。

眼镜就在她手里，跟着她走可不算动。

顾念弯了弯嘴角。

又等了一会儿，她已经无聊地撑着脸颊靠在膝盖上，仰头看着夜空，慢吞吞地打了个哈欠。

早知道她应该说限时半小时的，有这么漂亮的夜晚和星星，却只有自己一个人看，那不是太可惜了？……

啪嗒。

身后的楼梯上突然响起的脚步声惹得顾念蓦地一惊，挺直了腰。几秒后她回过头，呆滞地看着楼梯口扶着楼梯扶手，慢慢走上来的男人："你找到眼镜了？"

"没有。"那人垂着眼，表情似乎有点儿失落，"找不到。"

顾念长松了口气。

趁着阁楼没开灯，顾念小心翼翼地把眼镜盒往骆修的视线盲区拨了拨："嗯，那你怎么就上来了？还没到时间呢。"

"找不到，想放弃了。"骆修走近。

看那人在昏暗环境里似乎难以确定路线而慢慢行走的样子，顾念都有点儿心疼了。她正犹豫着要不要起身去扶他，回神时发现那人已经来到她面前了。

顾念小心地背着手拿起身后的眼镜盒，慢慢起身："那你要先找阁楼这一层吗？我不耽误你，先去三楼——"

猝不及防之下，顾念被扑倒在豆豆袋上。

震惊之后顾念回神，茫然地看着已经从她手里拿走眼镜盒的骆修。那人撑在她上方，原本的疲惫和低落神色早就消失得一干二净了，近在咫尺的眸子里只有一点儿克制的笑意："找到了。"

他的声音有些低哑。

顾念慌忙想跑："你……你……你怎么知道在我这儿？"

她的手腕被握住，骆修轻轻一拉，把它扣到她身旁。禁锢的力道十分温柔，和他俯下身来轻吻她嘴角的动作一样。

"你猜。"

顾念此刻已经了然而绝望。

明明是细微又偷偷进行的动作，却还是被他察觉，那答案就只有一个了——

"你根本不近视！"

骆修略微抬起身，难以自禁地笑道："我没有刻意隐瞒过，我以为你知道。"

“你平常总戴着眼镜啊，而且我又不知道近视是什么感觉。”顾念欲哭无泪，“我要是知道就不会玩这种给自己挖坑的游戏了。”

骆修毫不掩饰愉悦地说道：“嗯，我知道。”

“不知者无罪，惩罚是不是就算了？”

那人声音温柔地否决了：“不行，愿赌服输。”

顾念内心流泪。

落下来的吻十分轻柔，顾念被骆修禁锢在身侧的手虚握了下，她有些赧然地偏了偏头，看见他背后的天空，那些漂亮的星子在夜空里眨着眼睛，就好像在偷窥这一场惩罚。

顾念被自己的想象弄得红透了脸，用力闭了闭眼，声音颤得厉害：“我——”

“可以吗？”那人停在她的颈旁，像是用声音轻轻叩动了她的颈动脉，于是他的呼吸融进了她的心跳，仿佛要带着她进入黑夜与旷野的梦里。他声音低哑地重复：“可以吗，念念？”

顾念眼前的星空变得模糊，月亮和星子缀在她的视野里，光晕一样包裹住了她。

她咬紧了唇，轻声微颤：“好。”

新年伊始，阳光灿烂，是个做客的好天气。

在别墅二楼的南边，有一间带落地长窗的房间。原本是地地道道的品茶室，不过顾念不喜欢茶，更习惯喝咖啡，所以前不久骆修就找人把这个屋子改了一半的装修风格。

现在房间一边是摆着瓶瓶罐罐的茶叶柜子，还有茶海和各种茶具，风格偏古典；另一边则截然相反，是现代风格十足的吧台、高凳，一溜儿咖啡机、奶泡机和手冲壶，密封的咖啡豆袋子整整齐齐地陈列在格子柜里，场面透着一种诡异的和谐感。

林南天站在房门口，呆了一会儿才回神走进去。

她顺着边上那片茶柜的名签一一看过去，一边看一边感慨地摇头：“不愧是骆家大少爷的私房存备，厉害啊，真不是我家那些暴发户比得了的。”

顾念径直去了另一半房间的吧台后面，翻找咖啡豆时听见林南天说的话，无奈地道：“只有我们两个在，就别一口一个大少爷了，听着都别扭。”

林南天走回来：“这有什么好别扭的？”

“二十一世纪了还这么喊，不别扭？”顾念似笑非笑地说完，拎着咖啡豆袋子回到吧台前。

“这你就不懂了吧。骆家家大业大，在圈里也是规则制定者，一个称呼的事情，当然是他们想被怎么叫别人就怎么叫，谁还敢嘲——”林南天顿住。

顾念倒完咖啡豆，打开机器的片刻问道：“怎么突然不说了？”

林南天叹着气，坐在吧台高凳上，歪着头道：“除了你以外，可没人敢嘲他们的。

骆家说了算嘛。”

顾念：“骆修自己也不喜欢。”

“家里的老先生喜欢呗。”

顾念点了点头：“那确实管不了。”

“谁说管不了？”林南天靠过来，撞了下顾念的胳膊，“外面可到现在还在传骆家兄弟不和还都不想继承家业的事情呢。你劝劝骆修，一旦骆家到了他手里，你不就管得了、说了算了吗？”

顾念被这雄心壮志噎了好几秒，只差翻个白眼给林南天。咖啡机那边准备出浆，顾念下了高凳，语气慵懒地说：“你那么有野心，你来。”

“那我可不敢。这俩少爷没一个好惹的，我无福消受，还是留给您妯娌两位好好收服各家的妖孽，也算造福苍生了吧。”

顾念护短：“你才妖孽。”

“好、好、好，不妖、不妖……哎，说真的，你家妖——不是，你家那位呢？平常我来找你玩，他恨不得做个玻璃罩子把你扣里面不让我靠近，今天怎么没出现？”

“哪有那么夸张？”顾念莞尔，“BH 传媒今年要做国外市场，他出差去了。”

“出差？”

“嗯。”

“啧啧，不行啊。”

“嗯？”顾念按林南天的喜好比例混合了原浆和牛奶奶泡，闻言端着杯子茫然地问，“什么不行？”

林南天接过咖啡，促狭地开口：“新婚宴尔，娇妻在房，这种时候还出差，骆大少爷不行啊。”

顾念终于反应过来，白皙的脸一秒钟就点了灯笼似的红起来。

她红着脸盯着林南天咬牙：“你得庆幸刚刚把咖啡接走了，不然你今天就有被毁容的风险。”

林南天忍不住笑道：“别害羞啊，我说的是实话嘛。”

“实……实什么话？我们又没正式完婚。”

“婚礼不就是一个形式吗？”

“那也没领结婚证。”

“快了吧？而且这种事和结婚证关系不大，反正你们都订婚了，我不信你们两个没有——”

尾音被拖得意味深长，顾念羞愤欲绝，靠最后一丝理智忍住了，没把手里的奶泡壶扣到林南天的脑袋上当帽子。

在林南天逼近的奸笑里，顾念嘴硬地道：“没有，你少胡说。”

“得了吧，你以为我不知道？”

“你知道什么？！”顾念惊得回头。

林南天单手撑在吧台上，笑得很得意：“上周说好了一起出去，为什么突然放我鸽子？”

顾念一蒙，下一秒回过神就支支吾吾起来：“我那……那天不是说了吗？身体突然不……不舒服……”

“哦？感冒了？”

“说了不是。”

“既然不是感冒，那怎么那天给我打电话的时候，嗓子都哑了，跟刚哭了一晚上似的？”

前一秒还心虚窝着的小姑娘像是突然摸了电门，刺溜一下滑下高凳，严肃又凛然不可侵犯地斜睐着林南天：“你……你才哭了一晚上！”

林南天愣了愣，然后扑哧一声笑出来：“宝贝啊，你这此地无银三百两的样子可太好玩了。没事、没事，这是好事啊。”

顾念红透了脸蛋，但还梗着脖子坚决否认：“我没有！”

林南天忍笑道：“好、好、好，你没有、你没有。”

顾念这才不服气又心虚地作罢。

不过没等她拿起咖啡杯，旁边的林南天又笑着靠过来，声音低低的，还有点儿贱兮兮的：“看来真是哭了一整晚啊？那我刚刚冤枉骆大少爷了，他们这种斯文败类，眼镜一摘、衬衫扣子一解，立刻就成禽兽了是吧？”

“林——南——天！”

“哈哈哈，我错了、我错了！别……别挠我痒，哈哈哈……”

林南天的狗命差点儿丢在茶室里，还是楼下别墅正门突然的门铃声把她救了下来。

顾念意外地回过头。

林南天差点儿笑断气，苟延残喘地从桌子底下爬起来，扶着高凳调整呼吸：“你……你还约了别人啊？”

“没有啊。”顾念皱起眉，“今天说好了下午和你一起，我怎么可能叫别人来？”

“那是找骆修的？”

“他也没跟我说过……算了，我下去看看吧。”

“我跟你一起。”

“不用。”

“不行、不行，我必须跟你一起去！不然万一你出点儿什么事，那我还不得被你家那位恶龙先生给撕成片片？”

顾念无奈，只得和林南天一同下楼。

两人到了别墅玄关处，顾念打开视频对讲，镜头里是个陌生男子，穿着笔挺熨帖的黑色西服，还戴着墨镜。

总之，这人一看就不是善茬儿。

顾念和林南天警觉地对视了一眼，然后顾念打开传声器，出声问："您好？请问找谁？"

"是顾小姐吗？"

"我是。"

"我是骆家的司机。骆老先生让我来接顾小姐回骆家一趟。"

顾念蒙了几秒，下意识地开口："可我没听骆修提起过这件事。"

门外的人回答："大少爷不知道。是老先生听说大少爷出国，顾小姐今天又自己在家，所以专程让我过来请您回去吃一顿便饭的。"

顾念已经恢复镇定，清了清嗓，问："但我也没接到过骆家的电话，怎么确定你说的是真的？"

外面的人愣了下，随即笑道："我是骆老先生的专职司机，骆家的人都认识我……不过上次顾小姐来没能见着，那也没事，您出来看一眼就知道了。"

顾念刚想说什么，就被林南天抬手拉了一下。

林南天压低声音道："可别是什么坏人吧？干吗非叫你出去？"

"应该不会。"顾念摇头，"这片别墅区我住了这么久，安保方面确实做得很好，如果不是骆家的人，应该很难进得来。"

"那我陪你一起。"

"好。"

别墅门打开，顾念和林南天走进别墅花园，隔着私家围墙和金属网栏，顾念看见了之前出现在可视电话里的男子，以及他身后低调不失奢华的黑色轿车。轿车的后门是打开的，里面还坐着一个人。

顾念绕过花园小径，看清了车里人的同时，里面的人也扶着拐杖侧目望来。

顾念蓦地停下。

林南天猝不及防，差点儿撞到顾念身上，站稳后不解地看向顾念："怎么突然这么一副表情？真是坏人啊？"

"不是。"过去两三秒，顾念才慢慢放松微绷的肩背，苦涩地低声道，"是骆家那位老先生。"

林南天沉默片刻，由衷地说出一句："哎呀！"

顾念原本还僵着，听见这句差点儿笑出来，看向林南天："刚刚聊起骆家你还如数家珍呢，怎么这会儿刚听见人家老先生的名号就㞞了？"

"你不懂，这位在圈里神秘得早就是活化石似的人物了。就我们家这种暴发户，别说我一个小辈，我爸爸、叔叔也没见他一面的机会啊。"

"那你见还是不见？"

"多说多错——不见。"

"真有你的。"

“客气客气。”

顾念跟林南天不敢多掰扯，确定林南天不见骆老先生以后，就快步走向院外。

她一直走到车前才停下：“骆爷爷。”

“嗯，吃午饭了吗？”

顾念看了看从东边山后升起来没多久的太阳，实在没法昧着良心说一句吃了，只能僵着微笑回道：“还没有。”

“那正好。”骆敬远一只手从拐杖上垂下来，叩了叩扶手箱，威严的语气里透出一两分难得的温和之意，“上车吧，回家吃。”

顾念顿住了。

尽管骆修一直不太在意骆家这位老爷子作为家主的威严，但有林南天这“半个”圈里人给她科普，骆老先生的威严影响也已经蔓延到了她这里。

不过在不久前那家酒店的订婚典礼上，骆老爷子和顾媛女士作为双方长辈到场，全程虽然依旧没怎么和她交流，但整体倒算得上和蔼，氛围也算融洽。

长辈都亲自来家门口请了，顾念显然不太好拒绝。

她思索之后点头：“那我和我朋友说一声。”

“好，不急。”

“不费事，我说完后换件衣服就出来。”

“嗯。”

顾念转身，快步回到院里，拉着林南天进门，三言两语说完情况，上楼换了一套日常着装下来了。

林南天还站在楼下：“我在这儿寻思半天了，听着这老爷子怎么跟办鸿门宴似的？”

顾念迟疑：“不至于，不过猜也没用，等我回来给你打电话。”

“行。”

顾念：“等会儿你自己关门出去？”

“好，放心吧。”

顾念的身影消失在门外，林南天站在玄关处，等到外面的车开远了，才走出来。站在院子里迟疑了一会儿，林南天还是拿出手机，拨了个号码出去。

许久之后，对方终于接起电话。

林南天：“是骆先生吗？”

对面的人似乎在分辨她的声音，须臾后那个温和却漠然的声音微微震动：“林南天小姐？”

林南天松了口气：“是我。我是林南天。”

“你找我有事吗？”

“是这样，我不知道你知不知道，但想着还是跟你说一声。我刚刚和顾念在一起呢，然后你家老先生突然就开车过来，说是要接顾念回骆家吃顿便饭什么的。”

对面的人陡然静默下来。

这安静让林南天一阵心慌。她不确定地问："你不知道？"

对面的人没回答，再开口时声音里的温和之意不复存在，剩一点儿冷淡的凉意："让念念不要答应，只说是我不让去就好。"

"呃，这个——"林南天尴尬地抬头，看了一眼空空的大道，"可能来不及了。"

"人已经被接走了？"

"对。"

"我知道了。"

林南天察觉出对面的人要挂断电话的意思，慌得手都抬到了半空："等等！"

对面的人顿住："还有事？"

"你知道了——是什么意思？"

大约是顾及顾念的朋友这一重身份，骆修压着冷意开口："我立刻起程回国。"

林南天：这还真是鸿门宴啊？

顾念不知道这是不是鸿门宴，只知道从别墅到骆家这一路上，更像场酷刑。

那位威严的骆家老爷子就坐在她旁边——顾念恨不得把自己压成一张纸片糊在车门上，以便让自己尽可能远离对方，但又不敢表现得太过明显。

于是一路上她都是僵硬的状态，等到了骆家下车的时候，已经忍不住偷偷拿手敲绷得发酸的腰背了。

跟在骆老爷子身后进了骆家主楼，顾念正不安地琢磨接下来会发生什么时，面前的老爷子侧了侧身："离午餐还有一段时间，先陪我去书房坐一会儿？"

顾念乖巧地点头："好的，骆爷爷。"

进到书房后，顾念一直安分地扮着乖巧样子。她到书房那弹性适宜的真皮沙发上落座以后，骆家的用人送上了两杯红茶。到这会儿工夫，顾念竟然还有心思想起家里的咖啡壶忘了洗。

不过下一秒她就大脑空白了。

骆敬远："你喜欢孩子吗？"

顾念："啊？"

顾念将那杯红茶举到面前，端也不是，放也不是，就那么僵住了。

在老爷子不知道是慈祥还是威严的眼神里，顾念呆了五秒钟才慢慢回过神。但她还是有点儿不确定自己方才听到的话。

"孩子？"

"对，孩子。"

顾念慢吞吞地放下杯子，在身边比量了一下："就是那种……小孩？"

"嗯。"

确定了答案以后，顾念尴尬地收回手势："还挺喜欢的，小孩嘛，都很可爱。"

“喜欢就好。”骆老爷子点了点头，端起红茶杯。

骆敬远喝茶的这几秒，顾念是喝不进去了，满脑子都是以往看过、写过的无数个剧本在面前晃来晃去。

在她的思路已经陷入“难道骆修年少失足在外面留下了个私生子”这类狗血剧本时，骆老爷子终于品完那一口红茶，也吊足她的胃口了。

骆敬远放下红茶杯，幽幽地开口：“骆修就不喜欢，骆湛也不喜欢。”

“嗯？”顾念没跟上这思路。

好在骆敬远似乎也没逼她跟上，自顾自地说了下去：“但这不能怪他们，怪我，怪骆家。尤其是在骆修身上，这两年没什么事的时候，我就会想，是不是当初觉得‘为他们好’的教育方式还是走上岔路了。”

顾念没敢说话，心想：您还是谦虚了。

就骆修那恶龙性子，都不是岔路，非 90 度直线坠崖式教育方式大概是管教不好的。

骆敬远继续缓缓说道：“但孩子是无辜的。”

顾念顿时警觉，紧绷起腰背静待着听一段骆修当年的失足少年经历。

然后她就见骆老爷子幽幽地看向她：“尤其是还没出生的孩子。”

“啊？”顾念怔住。

还没出生，也就是说最多怀胎九月，往前推八九个月正巧是她和骆修在剧组相遇的时候。剧组里没时间也没条件，那就是之后……

顾念脸色一变，僵了几秒后皱眉：“我相信他不是那种人。”

“嗯？”这次轮到骆老爷子愣了。

他显然不知道这几秒的时间里，坐在他面前的这个小姑娘已经在脑内走了多少万字的狗血小剧场。

两相沉默，终于，某种认识在双方的对视里达成。

顾念尴尬地抿了抿唇：“好像我搞错了……您说的孩子是指……？”

骆敬远：“你们以后的孩子。”

这话题的开启方式就离谱。

不过经过了之前那番冲击，连这个本该让顾念大吃一惊的话题都显得不算什么了。

她犹豫了下，诚实地道：“骆修和我都还年轻，我们说好的是再过两年再完婚，更没有那么急着想——”

“但我老了。”骆敬远坐在沙发里，突然沉沉地叹了口气。

顾念哽住，下意识地抬了抬视线，目光在老人家那白色的头发上瞟过。

骆家老爷子的威严，让她和其他人都本能地忘了他已经是个耄耋老人这个问题。

骆敬远的声音透出一种罕有的暮气：“不久前，家里的医生刚给我做过体检……”

顾念心里一紧。

余音消失在叹气声里，骆敬远沉默后抬头：“唐染还小，变数也未可知，我催不得。你和骆修年纪合适，如果你也不喜欢孩子，那我自然不会说什么，但既然你不排斥这方面的想法，无论是从母亲还是孩子的角度来说，都是在年轻时生孩子更好，你说呢？”

顾念迟疑了下，说道：“道理是这样，没错……”

“当然了，孩子不是一天两天就能变出来的，所以这件事我也并不急着催促你们。”老爷子敲了敲拐杖，很善解人意地说，“只是有个问题——虽说你们已经订婚了，但毕竟没办婚宴；只要还没完婚，孩子往前推算的时间比婚礼早，在圈里总是要惹人闲话的。”

“这我知道。”

见顾念点头，骆敬远露出满意的目光：“我就知道你是个懂事的孩子，那这事情就这么定了？”

“嗯？”顾念听着感觉有些茫然，什么事情就定了？

骆老爷子朝书房外喊了一声：“林易！”

房门被推开，一道身影快步进来，停到沙发旁边：“老先生。”

骆老爷子一改方才暮气沉沉的模样，眉眼间焕发着光彩：“既然顾念同意了，那骆修的意见就仅为参考了。让他们选个今年最好的日子，把请帖发出去。这可是骆家近二十多年里最重大的一件事了，必须办好，知道吗？”

“是，老先生。”

顾念目瞪口呆地看着老爷子和管家两个人在自己面前一唱一和。

几秒后她才发出声音：“骆爷爷，我——”

“咝，哎哟，我的心脏——”骆老爷子单手捂住胸口。

林易上前：“老先生？”

“不行，我先回房休息了。你送顾念去唐染那儿吧，她们姐妹共同话题也能多些。”

“好的，老先生。”

几秒后，书房里就只剩下顾念和笑眯眯的管家林易了。

顾念茫然地坐在沙发上，缓缓问道：“林管家，骆爷爷说要定的是什么事？”

“顾小姐，瞧您说的，还能有什么事？”

“嗯？”

林管家笑眯眯的，像只狐狸：“那当然是您和大少爷的婚礼了。”

顾念僵住。

顾念见过耍无赖的，却没见过骆老爷子这样一把年纪还耍无赖的，耍得还这么堂堂正正不加遮掩。

望着书房里除了自己仅剩的管家林易，还有他那副笑眯眯的招牌表情，顾念板着脸，严肃地道：“我没答应过。”

林易笑容不变："可老先生说您已经同意了。"

"那是他说的，不是我说的。"

林易："那看来您要和老先生再聊聊了。"

顾念站起来，作势要走："去哪儿聊？"

林易躬身："老先生身体不舒服，回房休息了，现在可能不方便打扰。"

已经走过去的顾念慢吞吞地转回头："所以你的意思是，我想说清楚我没同意婚礼的事就得见到骆爷爷，但他身体不舒服我见不到？"

林易笑眯眯地点头："顾小姐理解得很对。"

顾念叹气："林管家，你觉不觉得这种做法对骆爷爷的名声和形象都会产生不太好的影响？"

"这个老先生不会担心的。"

"为什么？"

"因为您和老先生已经是一家人了，家人之间是不会在乎名声和形象那种给外人看的东西的。"

换个通俗点儿的说法大概就是，家人之间要什么脸面呢？

顾念肃然起敬："受教了。"

她知道就算再纠缠下去，今天骆老爷子也一定铁了心要"身体不适"到底了。顾念没有多做无用功，转身往书房门外走去。

中途琢磨着从自己来这儿到骆敬远离开的全过程，顾念从里面品出了些什么，问给她带路的管家林易："骆爷爷今天叫我过来，就是为了催婚，孩子只是幌子吧？"

"是，顾小姐通透。"

顾念不解地问："可我和骆修刚办完订婚仪式没多久，骆爷爷为什么要催我们完婚？"

林易脚步一缓。

两人又沿着长廊往前走了一段。

顾念追问："不方便说吗？"

拐过拐角后，林易才笑着开口："其实告诉顾小姐也无妨。"

"嗯？"

"骆老爷子最近几年忧虑头疼的问题只有一个。"

顾念走了两步，猜测地开口："骆修和骆湛都不想继承家业的事情？"

"对。"

"可这和我跟骆修完婚与否有什么关系？"

林易回过头，朝顾念礼貌地笑了笑："顾小姐不生在这种家庭所以不了解，每一代的长子正式成家，意味着独立于大家庭的小家庭产生，那下一步就该是分家立业了。"

顾念怔住。

林易转回身去，一边走一边继续道："骆家的规矩是不分家，这个规矩是在老先生的父亲那一辈定下的。两位少爷的父亲也就是老先生的儿子骆清塘骆先生是独子，而且他完婚时老先生正值壮年，没有继承家业的问题存在，而今……"

顾念了然地接话："担子就落在骆修和骆湛身上了。"

"没错。"

"所以我和骆修订婚还不算有什么影响，但是如果我们完婚，那这个问题就必须推到他们两个面前了？"

"顾小姐玲珑心思。"

"您就别夸我了。"顾念回神，咕哝了句，"真那么玲珑，预想到这么一个局面，我今天肯定装肚子疼。"

林易笑起来："您不清楚骆家的规矩和情况，刚开始猜不到也正常。"

顾念叹气："不过我就算清楚，可能一开始也会来。"

"嗯？"林易意外地回头，"为什么？"

顾念板着脸道："毕竟装病这种事情，今天见识以前，我肯定不好意思在骆爷爷面前用啊。"

林易一呆，回过神后笑了起来："哈哈哈哈……之前听唐染小姐说顾小姐是很有意思的人，今天见了果然啊。"

顾念听了林易话里的名字，眼睛亮起来，被骆老爷子坑出来的心理阴影也慢慢消散了。

她加快步伐："现在只有小可爱能抚慰我受伤的心灵了。"

林易笑着跟上去："大少爷听见会吃醋的。"

"怎么会？骆修不是那么幼稚的人。"

"哈哈，但愿如此吧。"

骆修是傍晚回到骆家的。

彼时顾念正坐在骆家主楼的阳光房里，唐染刚被从K大实验室忙完回来的骆小少爷拉回房间复习功课。顾念听说她年中就要备考K大，所以虽然不舍得，但也没好意思再耽误她的时间。

于是偌大的阳光房里只剩顾念一个人蔫蔫地坐在沙发椅上昏昏欲睡。落地窗外，夕阳余晖将尽，暮色带着凉意漫了上来。

顾念知道等到晚餐时间，会有人来这儿找自己下楼。在那之前她也没什么地方想去，索性窝在沙发椅里，一动不动地犯困。

房里没开灯，外面夕阳落下后，顾念很快就撑不住眼皮。只是夜色袭来的凉意加重，她在半梦半醒里无意识地缩起了身体。

一张温暖的毛毯覆上身来，顾念蓦地惊醒。

借着窗外骆家楼前的灯光，顾念依稀看清了俯身给她掩好毛毯边角的那人的侧脸。他的碎发垂在额前，离她咫尺之间，好像还沾着匆忙归途里的凉意。

顾念忍不住抬起下颌，凑上前轻嗅了一下：“骆修？”

熟悉的淡淡清香充满鼻间。

骆修似无奈又温柔地笑道：“怎么跟只小狗似的。”

顾念的声音还带着初醒的喑哑，不满地道：“看不清嘛。”

骆修眼底最后一两分因她被诓来骆家而生出的凉意，在这不自察的撒娇似的呢喃里消失。过了片刻，骆修压下翻涌的情绪，轻叹了一声，扶着女孩身侧的沙发椅扶手微微靠近，在她唇上轻轻吻了下。

顾念循着本能抬起下颌回应着他，仍旧是困得眼睛都睁不开的懒猫模样。

骆修没忍心折腾她，克制地直了直身，哑声问：“怎么一个人睡在这儿？”

“嗯……等你。”顾念写惯了剧本，情话信手拈来，语气却慵懒困倦得极不走心。

骆修却顺着她道：“下次等我，要记得带条毯子。”

“好。”顾念终于睁开眼，慢吞吞地点头答应着。

“不睡了？”

“嗯。”顾念摇头，“不睡了。”

话是这么说，小姑娘却很自觉地抬起胳膊，然后缠到他腰上。

顾念把脸颊贴到他的腰腹前，声音轻得发懒：“但是不想动。”

骆修无奈地抚了抚小姑娘的脑袋：“那我们坐一会儿就下楼，好吗？”

“下楼？”顾念仰头，“这么早就吃晚餐了？”

“不在这儿吃晚餐，回家我做给你吃。”

“啊？”顾念怔了几秒，混沌的大脑反应过来，“你找骆爷爷谈过了？”

“嗯，是我疏忽了，所以你才被他们打扰到，对不起，念念。”骆修声音温柔地说，“你不需要担心，我会处理好。”

顾念听得茫然，然后慢慢皱起眉，不赞同地纠正：“这不能叫打扰。”

“嗯？”

“我们是说好了要一起走下去的啊。”顾念严肃地绷着脸，牵起骆修的手，在他眼皮底下晃了晃，“你的事情就是我的事情，和你有关的事，怎么能说成好像和我无关一样打扰我呢？”

骆修怔然地望着两人紧扣在一起的手，须臾后哑然失笑，然后点头：“你说得对，是我说错了。”

顾念满意地点了点头：“孺子可教——”

“也”字尚未出口，顾念就被一只修长的手温柔地托住下颌。

面前的人负着身后的夜色和月色俯身，眸子里是沉沉的情绪，语气带着笑意：“叫谁孺子？”

顾念心虚地沉默着。

骆修作势去吻女孩的唇，声音像有蛊惑的力量："已经这么亲密了，妈妈粉的本能却还在？"

顾念察觉"危险"，慢吞吞地后挪，表情严肃地道："我能改，很快就能改得一点儿不剩！"

"真能改？"

"能！相信我！"

"那怎么这么久了，还没改完？"

耳边的声音越发近了，也越发温柔，顾念退到后背紧贴沙发椅的靠背，已退无可退，苦着脸道："再……再给我一次机会？"

"好啊。"骆修温柔地笑着。

顾念松了口气。

骆修："不过这一次，我会更努力地帮你改的。"

顾念松到一半的那口气憋住了，她茫然地抬眼："啊？"

"一定是我之前做得还不够。"骆修的声音里带着逗弄她的哑然的笑，"今晚回去我们好好'改'。"

林易很茫然。

他也不知道发生了什么事情，使得原本对留在骆家好像蔫蔫的很不乐意的顾小姐今晚表现得十分奇特——

都已经被送到骆家门外了，顾念还依依不舍地看着他和他身后的骆家大门："我……我……我想再住一晚。"

骆修温柔地拉开车门："乖，你不想。"

顾念把住车门，泫然欲泣："我真的还挺想的。"

"真的想？"

"真的，呜呜呜。"

"好。"

林易只见他们的大少爷扶着车门，俯身在女孩耳边说了什么。

听完，那位好像只有在他们大少爷面前才有很多情绪的小姑娘激灵了一下，脸蛋还莫名其妙地慢慢红了。

然后林易听见骆修温柔地笑道："还想吗？我不介意。"

"不……不……不，不想了。"

小姑娘嗖的一下坐回车里，自己拉上了车门，然后乖巧地并膝目视前方。

站在车外的骆修哑然失笑。他隔着车窗在车门外的凉夜里站了很久，才垂下眼笑着绕去驾驶座。

"林管家不用送了，回去吧。"

"好的，两位路上小心。"

“嗯。”

林易退到宅门里，临走前余光瞥见车里的骆修俯身去帮副驾驶座的小姑娘检查安全带，然后一抬眸间，眼神温柔得如一池春水。

那是和那么多年虚伪的面具不同的，能看见一腔真心的刻骨温柔的表情。

林易在骆家这么多年，曾亲眼见那个十几岁的少年独身一人回到这个对他来说更像异国他乡的家中，迈过主楼大门的那一刹那，眼底神色漠然。

林易也亲眼见到他心墙高筑，像茧子、盔甲或者壁垒，一层一层无比冰冷而坚硬，不叫任何人看到他的真心。

甚至那时候林易和骆敬远一样，以为他没有真心。

原来他还是有真心的。

被创伤磨上了厚重的刀枪不入的茧后，他到底还是遇上了这样一个女孩——让他甘愿地打开那无数层的城墙和壁垒，把最脆弱的真心捧到她面前。

“还好啊。”林易笑着摇了摇头，转过身。

“什么还好？”

突然出现的声音惊了林易一下。他抬起头，看见骆敬远从宅门后走了出来。

林易苦笑：“老先生，您既然想送，那大大方方地来送就是了，这么偷偷摸摸的可不好吧？”

骆老爷子板着脸道：“我想送什么了？我不就是下来散散步吗？”

林易无奈：“行，您说了算。”

骆老爷子瞪他：“你是越来越敷衍我了。”

林易：“您误会了，只有我们两个在的时候，我一直这样。”

骆老爷子气得直吹胡子。

林易也没再捋这只老虎的胡须，笑着上前搀扶骆老爷子：“夜晚太凉，我还是送您回去吧。”

骆敬远不动声色地瞥了一眼早就没了车影的门外，点了点头，拎着拐杖转身：“走吧。”

林易扶上去，想起什么，问：“大少爷和您谈出结果了？”

“嗯。”

“他同意了吗？”

林易没听见动静，转过头去，就见骆敬远半眯着眼，似乎在思虑什么。

林易问：“没同意，您就这么放他们离开了？”

骆敬远回神，沉吟道：“他确实同意了，但我怎么想都觉得他答应得太容易——他那九转十八弯的心思，我看，到婚礼结束前，一秒都不能松懈。”

林易笑着点头：“好。”

另一边的车内，顾念抱着安全带靠在窗边，车开出去没多远突然想起什么，亮着眼睛回头问："等过几天放寒假了，我们邀请唐染来家里玩吧？"

骆修放在方向盘上的指节微顿了下："唐染？"

"对啊，她最近功课比较紧，没什么时间。但是等到寒假，尤其是临近过年的时候，就差不多了。"

骆修眼神微妙地问："你好像很喜欢唐染？"

"当然了！"顾念想都没想，欢欣雀跃地道，"小染那么可爱，谁会不喜欢？"

骆修没说话，轻眯起眼。

顾念完全沉浸在跟小可爱的回忆里，并没察觉身旁某人身上逐渐冒出来的"黑气"。

"不过今天骆爷爷跟我说，你不喜欢孩子，是真的吗？"顾念突然想起来，问道。

骆修神色不动："你喜欢？"

顾念点头："嗯，听话的小孩我都喜欢，那种乖巧可爱的我就更没抵抗力了。"

骆修沉默几秒，试探地问："那结婚以后，你也想要孩子吗？"

顾念红了脸，还是点头："当然了。"

骆修："生孩子对母亲的身体有损伤。"

"我知道。"

"那还想要吗？"

"嗯。"

"为什么？"

车里安静了几秒，顾念微红着脸颊，诚实地开口："就是想养女儿或者儿子，如果像缩小版的你，那不管是板着脸的还是小狐狸类型的，一定都可可爱爱！"

骆修微怔。

顾念沉浸在想象里，好一会儿没得到回应，正好奇地准备转过头，就听安静的车里那人声音低沉地道："那就不要麻烦了。"语气四平八稳，"直接养我吧。"

两人的婚礼定在了阳春三月末。

今年暖意回得早一些，三月中旬，骆家楼前花园的绿意里已经泛起一片姹紫嫣红了，景色十分怡人。

中午的婚礼现场安排在郊外的一处私人度假庄园里。

按骆家的流程，今天的婚礼安排了双宴：中午会被接到庄园内的都是两家搭得上血缘关系的亲朋，或者顾念和骆修的个人好友；等到晚上那场在骆家办的晚宴，才会有骆家的各路世交拿着邀请函上门。

庄园内，新娘房里。

经过从凌晨三点多就被拎起来护肤、美容、化妆、做造型和穿婚纱的一通折腾，顾念前一晚难以入睡的紧张已经不剩多少了。

只要给她一个支点，她就能原地站着睡过去。

“哎，别动、别动，头纱的花都要歪了！”

顾念这边刚有瞌睡得点头的趋势，旁边的江晓晴咋咋呼呼的声音就传了过来。

顾念艰难地撑起眼皮。

江晓晴和她对视两秒，憋不住笑地扭过头：“园园，你看我们顾念大大困成什么样子了，双眼无神、目光呆滞，这哪儿像是要走婚礼红毯的新娘子啊？”

秦园园那边也化完了伴娘妆。她是跟江晓晴一起，前后从门外进来的。听见江晓晴对顾念的打趣，她绕到化妆镜旁边，见了顾念也不禁笑起来：“今天可是你的婚礼，快把瞌睡虫赶一赶，打起精神来才行。”

顾念像只失魂状态的树獭，茫然地停了两秒才声音轻缓地道：“让你们凌晨两点刚睡着，然后三点就被拎起来梳洗打扮试试，还能不能有精神？”

“听听，这气若游丝的声音。”江晓晴憋不住笑道，“那你还是别说话了，省着点儿力气待会儿走婚礼红毯的时候用吧。”

秦园园赞同地点头。

顾念的目光在两人身旁落下，停了几秒，她问道：“如果我没记错，我应该有三位伴娘？”

江晓晴笑：“林南天没进来。妆化到一半她就开始泪奔，然后拉着化妆师讲，你们两个小时候怎么两小无猜，一起爬树掏鸟窝，下河捞鱼——”

顾念虽然困，但理智还在，板着脸否认：“我没有。”

“哦，对，你都是在旁边看着她爬树、下河。”

顾念顿了顿，大概是想起了什么，声音带着一丝笑意：“她就为这个哭？”

“不，主要还是说，在她 12 岁上生物课以前，一直觉得以后是她和你结婚来着，没想到转头就要亲手把你送进一条恶龙的窝里了。”

顾念垂了垂眼，莞尔笑了。

等化妆师给她扑完最后一点儿补粉，顾念小心地绷着脖子回了回头，见新娘房的门口仍没动静。

顾念转回来，好奇地问：“那她现在是去补妆了？”

“不是。”江晓晴说，“这位姐姐英勇得很，哭完以后一抹眼泪，雄赳赳气昂昂地就提着裙子去守我们这层的楼梯口了。”

顾念：“啊？”

秦园园含笑插话：“她说婚礼开始前不能见面，但是以她亲眼见过的你家恶龙的占有欲，那人肯定忍不住要上来找你。”

顾念怔了怔，笑了：“你听她胡说。”

江晓晴认真地道：“我倒是觉得她说得挺对的，你家那位确实是占有欲极强的恶龙啊。”

顾念笑道：“我没否认这个，但她不过来才不是因为这个。”

“那是因为什么？”

“嗯……她就这样，看着大大咧咧、粗神经、暴脾气，从小就比男孩子还男孩子气，但在这种事上特别敏感。”顾念眼角弯弯，“她是怕过来以后带着我也一起哭，所以才不进来的。”

“这样啊。”江晓晴和秦园园这才恍然大悟。

又过去十几分钟，顾念这边最后一点儿服装造型也拾掇好了。围着她的化妆师、造型师散开，剩下最后的负责人小心翼翼地领着她站起身。

“顾小姐，待会儿是一个人走红毯进场，对吗？”

“对。”顾念点头。

“那会安排花童在后面帮您拎着裙摆，但您自己还是要小心些。”

“好的。”

江晓晴和秦园园一直守在旁边。

听见这句，江晓晴不安地问：“顾念，你一个人真的没问题吗？我之前早上来的时候过去看了，那红毯可长了，你又穿着这么不方便的婚纱……没人扶着，万一摔了怎么办？”

顾念笑道：“我的平衡力也没那么差吧？”

秦园园神色迟疑：“出个代替的男性亲属其实就可以了。”

顾念理了理腹前的婚纱裙摆：“我父母离婚以后，那边就再没联系过了。我妈又是独女。”她笑着回眸，“总不能跑出去借一个叔伯或舅舅吧？”

秦园园和江晓晴两人犹豫着对视。

顾念慢慢拖着婚纱裙摆，走到她们旁边，安抚地轻声道：“没关系。这几年的路再坎坷，没他们我也走过来了。区区一条红毯，难道还难得倒我？”

江晓晴小迷妹又上身了，最先转忧为安，当场就给顾念竖起大拇指：“开玩笑！我们盲枝大大，别说一个人走婚纱红毯进场，拎起裙摆跑个马拉松也不在话下！”

顾念失笑：“吹过了哈。”

江晓晴还不服气地想说什么，新娘房的门被急匆匆地敲响，侍候的用人跑过去拉开门，外面传进隐约的声音。

“时间差不多了，该下楼准备了。”

“好。”

顾念笑容一敛。

尽管前面话放得满，但这种事情毕竟是头一遭，她心再大也难免紧张。

江晓晴察觉，笑着凑过去，在她腰后轻轻一托：“别抖，盲枝大大，上红毯以前有我和园园站在你身后呢，我俩给你保驾护航！”

顾念心里一软，由衷地笑道：“好。”

红毯漫长，圣洁的白玫瑰装饰起的玫瑰花廊，一圈又一圈地伸向前方。

顾念站在红毯的起点，手里紧紧地握着新娘捧花，阳光温暖而晃眼，在光晕模糊的视野里，红毯的尽头站着西装笔挺的男人。

《婚礼进行曲》已经在宽阔的草地上空回响。红毯两旁，宾客们的目光或近或远地集中到了她身上。

顾念轻吸了口气，低头握紧花束。

花童已经拎起她的裙摆。

林南天和乔西作为主伴娘和主伴郎，等在司仪台下，拿着戒托盒里的婚戒。

秦园园和江晓晴陪在顾念身侧。

在越来越多望过来的目光里，江晓晴轻微地歪了歪身子，压低声音道："顾念大大，还不走吗？"

顾念抱着捧花："腿软。"

江晓晴哭笑不得："别啊，关键时候不能掉链子，拿出你刚刚在新娘房里的气魄来。"

"我尽量。"

顾念是真的腿软。

一条红毯看起来却好像比她走过的前面二十多年的人生都漫长。

不过她紧张但不畏惧。

因为她知道，红毯尽头站着的人就是自己最想奔赴的今生所向。

顾念深吸了口气，跨出第一步。跟着婚礼进行曲，她一步步地走向红毯尽头的骆修。

长毯的右侧是骆家的远近亲属，其中还有许多从未见过顾念的，每个人好奇的目光都集中在她身上。

夹杂在《婚礼进行曲》的音符间，有细微的议论声。

"新娘一个人吗？"

"竟然没有父亲陪同啊。"

"亲属那边人也不多，好像父亲一方的亲属没有到场。"

…………

某个间隙，顾念在那些议论里失神，身形轻晃了下，所幸很快便稳住。

旁边的宾客显然都有所察觉，纷纷紧张地看过来。

顾念定住身，望向身侧，也收到秦园园和江晓晴担心的目光。尤其是江晓晴，看起来都要忍不住上来扶她了。

顾念幅度极轻地摇了摇头，绷起腰背，心情平稳下来。

这一路走来，她身旁从没缺少过非议和中伤。如果这些就能让她倒下，那她也不会走到骆修身旁。

顾念放松了手里的捧花，坚定地往前迈出一步。

就在这一秒里，她听见宾客席中响起压抑的低呼声，好像发生了什么让他们震惊的意外事件。

顾念下意识地确定了一下自己身上没任何情况，然后就听身侧江晓晴回神后压低的惊呼："顾念，前面！"

顾念抬头，然后怔住。

在她的视线里，红毯尽头的那人不知何时朝她走来，此时已经只差几米就到她面前。

"骆修？"顾念出声，而那人已经停到她面前。

骆修的呼吸有细微难察的急促，不知道是因为步伐太快还是因为紧张，他在她面前站定几秒，才低声道："我过来晚了，念念。"

顾念回神："你好像应该在那儿等我过去……"

"这是我们两个人的红毯。"骆修温柔地打断她的话，眸子熠熠生辉，"我怎么能让你一个人走完？"

顾念怔了怔，垂眼笑了："你会被骆爷爷骂惨的。"

"那我也心甘情愿。"

骆修微微俯身，行抚胸礼朝她伸出手，又抬起眼来，深深地望着她，那双温柔如湖泊一样的眸子里，满是她一个人的身影。

"亲爱的公主殿下，你愿意被恶龙抢回城堡，陪他走完余生的路吗？"

顾念垂下微红的眼，笑着藏住哽咽，手紧紧握住他的指尖——

"我愿意。"

人间四月芳菲尽，白云山后山的桃花正漫山遍野地开放。

顾念和骆修清早便来了，趁游人稀少来道慈观上上香、赏赏景、散散心，是他们约好的每个月初的例行之事。

唯一有点儿麻烦的就是，两人的长相在圈里是几乎尽人皆知了，即便他们戴着口罩和帽子，还是有很大风险被认出来。

尤其最近，顾念的新电影《勇士公主》刚上映不久，正是口碑和票房走俏的时候。

即便顾念再三申明，这部电影作为送给骆修的退圈纪念礼物，只是小众爱情题材，但在圈里的关注度和讨论度还是逐渐攀上沸点，聚集在他们这对圈内夫妻身上的目光也多了许多。

他们这种时候出来，确实冒着很大风险。

"你们是冒着极大风险吗？你们那是让我冒着极大风险。"

没睡醒的观内超级大辈分的道士，揣着袖子靠在暖室的外门门扉上，慢悠悠地打了个哈欠，然后才懒懒地抬起眼，不急不缓地对这对新婚夫妻表示了嫌弃。

"要是被发现了，你们拍拍屁股一走了之，我和道慈观没的跑，就得代你们先被踏平一遍。"

顾念抱着腿坐在窗边看后山的桃花，听到这话后不好意思地转回头："抱歉，我们——”

“不用抱歉。”温温柔柔的声音止住了她的话。

顾念茫然地回头，不理解骆修的意思，却见那人在矮桌后放下茶杯，笑容染了眉眼。

他温和地望着顾念：“他要的可不是道歉。”

顾念在恶龙身边待得久了，隐有所觉地回头看向门扉旁边：“那持寡道人是想要什么？”

骆修钩着女孩的手指，漫不经心地说：“你们道慈观是个道观，还是个烧钱的地方？”

顾念怔了两秒，恍然大悟。

门扉旁的安亦原本也没指望自己的意图能在这只千年恶龙的眼皮子底下掩盖过去，漫不经心地靠着门：“道观怎么了？道观不用吃饭啊？冬季这么冷，山上人烟稀少也没什么香火，一个冬天的取暖费用就能把头一年储备下来的那点儿资金全烧干净了。”

骆修想起什么，点了点头，环视身周：“暖室不错。”

安亦露出个慵懒的笑：“所以骆总看看，是不是给我们添一笔暖室维护费用？”

尽管骆修也知道，打着“暖室维护”的名号划下来的资金，绝对够道慈观修一后山的暖室了，但还是点了头。

这回安亦有点儿意外：“这么痛快？”

“我什么时候跟你计较过这些？”

“那倒是没有。”安亦直言，“就是你这恶龙本性和你对身外之物的不计较在我这儿实在矛盾得很，每次感受到总得适应一下。”

“也不是全不计较，只不过慈善捐赠是没必要计较的。”

这话出口，不仅是看桃花的顾念意外地转回头来，连门边的安亦都愣住。

几秒后他摇头叹气：“和你这样的人做朋友真的很没安全感，什么动静都瞒不过你啊。”

“毕竟是我的资金，走向总能了解到一些。”

“行呗。可怜我一个只有个破道观的穷道士，只能摧眉折腰事权贵——”

骆修轻笑了声：“你，穷道士？”

“对啊。”

安亦歪着道士髻，懒散地打了个哈欠。

“你母亲留给你的这白云山后山偌大的道观地皮使用权不提，那人每年往你卡里走的巨额馈赠也不提……”骆修似笑非笑道，“我最近听闻，丰家当家的老先生去世，钱权一并落进入赘丰家的女婿手里。”

安亦表情一变，终于在那没睡醒的哈欠连天的丧气劲儿里抬了眼。

坐在他视线尽头的暖室里，有人笑得风华比身后窗外的桃花更灼灼，旁边的小姑娘托着下巴好奇地仰着脸，望着那人听故事。

那人察觉，立刻就不理他这边了，转过头去和小姑娘互动，再开口时语气也变得随意："丰家老先生唯一的孙女要嫁了，不是招婿。丰家女婿明面上的后代，也只有这么一个女儿——你想安安稳稳地做你的道士，他还能让你做几日？"

安亦僵了几秒，又懒散地垂回眼去："嫁不嫁和我无关，丰家和我更没半点儿血缘关系。"

"可新的当家人和你有。"

"吃绝户？"安亦冷笑了一声，声音里含着两分锋芒，但须臾就散没了。他扶了扶自己的道士髻，懒洋洋地转身："这种损阴德的事情，那人不怕，我怕。"

骆修笑道："怕什么？"

安亦哼了声："怕我师祖在后山的棺材板压不住，他跳出来把我踹进土里去。"

安亦的意思明白得很，骆修听得通透，也没再多说一个字。

顾念悄悄凑上来，藏在他身前小声问："原来你今天要来，是想看他什么口风？"

骆修没瞒她："嗯。丰家事乱，他若想争，我得帮他维护一下。"

顾念点头："现在明白了。"

骆修没忍住，笑着俯身亲了亲她的嘴角，声音微哑地道："嗯，明白了？"

顾念躲开，认真掰着手指："他不想要他父亲的财产，乔西不想要乔家的财产，你总想把骆家推给骆湛——你们三个不愧是最亲近的朋友，心思互通。"

"哎，别价，我可不和千年恶龙心思互通。"安亦耳尖，听见这句话立刻拒绝，"折寿。"

骆修笑了笑，不以为意，只当没听见，伸手挽起顾念垂到额前的一绺碎发。

安亦原本打算走了，推门前想起什么，从袖子里摸索出件东西。他又走进暖室，把摸出来的物件放到两人旁边的矮桌上。

"这是什么？"顾念好奇地凑过来。

安亦语调懒洋洋的，没个正经："就算是给我们道观的两位金主的馈赠吧——同心木，一人半块，写完了我给你们扣一起，挂到那千年结缘树的最上头。"

顾念："保佑百年好合之类的？"

安亦打趣道："你旁边是个成了精的千年恶龙，还是千年好合吧？"

顾念笑着拿起同心木："你们21世纪的道士不容易，为了攒暖室维护费，这种钱都赚，不怕师祖从后山的棺材里跳出来把你踹进土里了？"

安亦沉默了几秒，痛心疾首地看向骆修："好好一个小姑娘，让你带成什么样了？"

骆修听了这句话，笑意难得恣意，比窗外的桃花更耀眼了。

安亦不想再看这两人，摆了摆手："你们写完以后就搁这儿吧，我让小道童给你们挂上去。"

顾念干脆地回应："好！要挂得最高。"

“行，金主说了算。”安亦慵懒地笑着，转身出去了。

一个多小时后。

安亦和小道士来暖室时，房间里已经没人了，两块木牌各自放在一角，默契地朝下扣着。

谁也没给谁看。

安亦和小道士走过去，一人拿起一块同心木。

安亦笑了笑：“看吧，看了你就知道你的盲枝老师不是被骆家那个少爷强娶回去的了。”

“哦，听师叔祖的。”

小道士正是之前那个盲枝的粉丝，不服气地拿起木牌。

他那边那块同心木正是顾念的，木牌上写着两行竖行的娟秀小字：

我欲乘风去夜空摘一颗星星，
未承想他自银河飞下，奔我而来。

小道士怔怔地看了几秒，回过神，愤慨地握拳：“竟然还是我们盲枝老师主动的。”

安亦想起两人最初那点儿好笑又乱七八糟的关系，忍俊不禁：“她最开始是主动，可不是男女之间的主动。”

小道士：“嗯？”

安亦显然不想给他解释了。

小道士也没敢追问师叔祖，只好凑过去想看安亦手里那半个木牌：“您总说您那位像千年恶龙成精的朋友，他写的什么？”

安亦低头看着手里木牌上的字，眼神变得复杂起来。须臾后他拉过小道士的手，把那块木牌扣进小道士的手里：“还记得之前那次他们来，我是怎么说骆修的？”

小道士茫然地眨了眨眼。

“因为从一开始他就算不得真正出世，只是从来没被什么人全心爱过。在这世上他应有尽有，一切唾手可得。除了爱，他什么都不缺。而只这一个，他从未有过。”

“顾念给了，他就不要别人的了。多一分一毫他也不会要。”

“他既只要一个人的，就会要她的全部，一丝一毫都不会放过。”

小道士若有所思地低下头，看向掌心中翻过来的另一块木牌。

上面只有一句话：

于我，

你是无边欲念，亦是不尽人间。

咔嗒。两块扣在一起的同心木，被挂在了道慈观千年结缘树的枝头上。

风声轻作，木牌相依。

从此就是一生一世，看过春花、夏雷、秋雨、冬雪……山野间时光匆匆，四季轮回，物事更替，唯独这双木牌，再未变过。

（正文完）

番　外　勇士公主

（一）

“啊啊啊，殿下、殿下！不好了！不好了！”

王宫中心的宫殿群里，公主寝殿的正房殿门被推开，公主的贴身侍女急急忙忙地冲进来，跑向公主床边。

帷幔垂在床的四周，层层掩映下，隐约能够看见公主床上那道横躺着的模糊影子。

侍女焦急地等在床边，却没等到帷幔里传出任何回应，茫然地踮了踮脚，探头：“殿下？”

侍立在寝殿角落的另一名侍女左右看看，小步走到这名跑进来的侍女身边，附耳低声道：“别喊了，公主殿下不在里面。”

“啊？”贴身侍女惊愕地回头，“那……那殿下去哪儿了？”

小侍女犹豫片刻，低着头偷偷指了指身后。

贴身侍女回头。

寝殿通向后花园的镏金露台上，那扇风门大大方方地敞着，垂在窗边的纱幔迎风飘扬。

贴身侍女头疼地转回来：“国王陛下不是已经下令让殿下禁足了？她怎么又跑出去了？”

小侍女低声道：“殿下在床上团了一条被子，说如果国王和王后的人来，我们就说她身体不舒服，睡过去了。”

贴身侍女：“哦……”

有小侍女透露信息，公主的贴身侍女绕到殿外，一路向着公主殿下最可能去的那几处地方找去。

果然，不久之后，她就在后花园里阳光最宜人的角落里，找到了公主殿下。公主殿下在搬出来的休息长榻上闭着眼，不知道是不是睡着了。

贴身侍女快步过去："殿下、殿下？"

"嗯？"绣着金纹的手帕被扯下来，垂着长发、脸蛋白净、疲惫慵懒的女孩露出写满了困意的清秀面庞。

她躺在阳光下，半眯着眼，像只晒太阳晒得睁不开眼的猫。

贴身侍女一看见她那垂下长榻的柔软发丝就头疼："殿下，您怎么又没束发戴冠就出来了？让陛下看到了肯定又要训责您了。"

顾念很轻微地撇了下嘴角，将金丝手帕盖回脸上，声音轻飘："我这是午睡，戴着那么多乱七八糟的东西，多硌得慌。"

"午睡？我的殿下，哪有在外面午睡的？"侍女不放心地左右看看，压低身子也放低声音道，"万一又被陛下发现殿下在禁足期间离殿，那禁足期肯定要延长的。"

"延长就延长！"

"可您既然是要睡午觉，在哪儿不一样，干吗非跑出来？"

"不一样。"顾念拿下手帕，木着脸严肃地看着她。

"哪点不一样？"侍女迷惑地问。

"这儿，是自由的气息。"

侍女："哦……"

侍女总是说不过这个从小就板着漂亮脸蛋可是一开口就能把人噎死的公主殿下，此时也一样。

顾念等了一会儿，撑起晒得睁不开的眼皮："你跑来找我，不会就为了让我换个地方睡觉吧？"

侍女呆了几秒，倏地回神，脸色立刻变得焦急："差点儿忘了，殿下，不好了，出事了！"

"我好得很，不要诅咒我。"顾念语调慵懒地道，"说了多少遍，'不好了'这种话不要挂在嘴边，说的次数多了，'好'也'不好'了。"

"哦……"

"好了，重新来。你想说什么？"

侍女认真想了想，试探地开口："'太好了'，殿下，那条恶龙又来侵扰帝国边境了！"

顾念："嗯？"这次顾不得和侍女纠正用词问题，顾念扯掉了半掉不掉的手帕，一下子从长榻上坐起来，微绷着脸问，"它又来了？"

"对啊，殿下！"侍女点头，"我刚刚按照殿下的要求，溜出王宫去给您买西市的点心，然后就听到市集里的人议论，说那条可恶的恶龙又来边境侵扰了，毁坏了半座城镇呢！"

"城镇里的人呢？"

“城镇里的人好像没什么伤亡，因为它这次还是白天来的，在城镇西边的天上盘旋了好久，城镇里的人都被吓到东边去了，所以后来任凭它再怎么发怒，也只是毁掉了半座空城。

“这条恶龙真是贪得无厌！今年王国已经供奉它两回了，连殿下您宫殿里镶着宝石的梳妆镜都给它了，它竟然还不知足！”

想起自己从小就留在身边的祖母送她的梳妆镜，顾念原本没什么表情的脸上竟然露出一丝心疼之色。

她绷着脸继续问：“那这次父王和那些大臣怎么做？难道还要继续向那头恶龙妥协吗？”

侍女为难地低下头：“以前，去征讨恶龙的勇士们进了恶龙领地后都是有去无回；现在已经没人敢去了。”

“所以他们还想退让？”

“还真是。这几年恶龙沉睡苏醒异常频繁，王国为了给它进贡金银宝石，储备都快掏空了。”贴身侍女叹气，“王国应该仅存最后一批宝石了，大臣们都在祈祷恶龙快点儿进入沉睡期。”

等侍女再抬头时，却发现身边的长榻上没人了。她连忙回过头，追着那道快要消失在花园小径里的身影跑过去：“殿下，您要去哪儿？”

“我要去见父王和母后。”

“哎？可是陛下因为殿下违抗跟邻国王子成婚的事情，还在让殿下禁足呢。殿下，这时候您不能离开寝殿啊！”

“管不了那么多了！”

王宫寝殿里。

“胡闹！”

“我是认真的！”

“认真什么？！”国王瞪着阶下的女儿，气愤地拍着面前的黄金矮桌，“你是王国唯一的公主，我怎么可能让你去做带队征伐恶龙的事情？！”

阶下，换了一身戎装的女孩面无表情地道：“那父王，这里还有其他自荐领命的人选吗？”

国王陛下的脸色变得很难看。

他暴躁地在黄金桌后徘徊了几圈，才愤怒地转回身来：“就算没有，我也不可能让你带队征讨！”

“为什么不可能？”穿着盔甲的公主昂首，“自幼我就随父王征战，同王兄打猎，猎场里我的战绩每次都比兄长好。王兄可以率领军队出征，我为什么就要被困在王宫里？”

“他那是和人族作战，你却想去与恶龙争斗，两者的凶险程度岂能同日而语？！”

“就算不能相提并论，难道就要不战而败？”顾念冷眼瞥向那座被国王拍过的黄金桌，“这次已经要掏空国库存备的黄金宝石，如果恶龙还不陷入沉睡，那下次送什么？父王您的桌子和床榻，是不是都要被那恶龙劫掠去了？”

国王气得脸色铁青，瞪大眼睛，胡子都要翘起来了。可是瞪了阶下身着盔甲的公主一会儿，他又长叹了口气，颓然地坐进王座里：“你说得对，可那是恶龙领地，普通人进去就是送死。”

“我又不是普通人。”公主绷着脸，随口答完就受到瞪视，只能勉强改口，“况且未必一定动武，还可以谈判。”

“谈判？”国王冷笑，“那恶龙不通人语，只会龙吟，我们人族又听不懂龙吟。我以前派去的谈判使臣全被龙吟声浪震伤了，到现在还在家中躺着。”

“反正会有办法，总好过坐以待毙。”

大殿静默，两方僵持。

最后还是国王败下阵来：“你从小就这样，机灵又固执，想做什么事情就想方设法非得做到。我就算不同意，你肯定也会自己想办法溜出宫去。我说得对吧？”

顾念眼睛一亮，不答反问：“这么说您同意了？”

“两个条件。”

“父王请讲。”

“第一条，王国边境离恶龙领地很近，两天就足够到达，这大概也是那头恶龙总来侵犯我们王国的原因——十日之内，无论成败，你必须折返。”

“好。”

“第二条，”国王顿了顿，才继续道，“无论成败，等你回宫，必须答应邻国王子的求婚，完成婚礼。”

阶下，身着盔甲的公主殿下表情冷淡许多，半晌才冷飕飕地笑了声：“看来是我们的黄金宝石不够那恶龙抢掠的，父王又惦记上邻国的了？”

“胡说！”国王怒道，“你的婚事我和你母后殚精竭虑地为你谋划，你还——”

“好。”公主一身铠甲，收矛转身，身形利落，“那就等我凯旋，再成大婚！”

等公主的背影消失在宫殿外，老国王叹了口气，坐进黄金椅里。

王后自他身后的帷帐内走出来，皱着眉停下，愁思满怀地问：“陛下，您怎么能真的答应让她去恶龙领地呢？那里太凶险了！”

“我当然知道。”国王沉声道，“可这批进贡的宝石已经是最后一批能拿出来的了，比起上次尚有不足。那些大臣怕祸及自身，竟然提出这恶龙是求公主而非黄金宝石！”

王后脸色一变：“他们是想……？”

“是啊。”国王脸色有些狰狞，“所以就算是为了她自己……不然真被举国相逼，再落到恶龙手里送死，她还不如放手一搏。”

“那如果失败了呢？”

“如果失败，她已尽力，那就只能送她去邻国完婚，也好过在这里受折辱做祭品！”

“唉……”

有十天的时间限制，顾念只能以最快速度在王国里挑选了一支精英小队组成轻骑，开赴恶龙领地。

境内赶了一天半的路，他们终于在第二天傍晚抵达边境森林。

进入林中不久，顾念的小队搜寻到了合适的扎营空地，旁边就有一处活水，水边草肥，正适合战马休养。

此时天色已经擦黑儿，不再适合赶路，顾念下令扎营。

公主也是主将，帐篷居于正中。贴身侍女在里面给公主铺床，不过总是铺一会儿就跑出来，跑去空地边扶着树吐上一会儿。

等她再回来，换下轻铠只穿着内甲的公主懒洋洋地靠在旁边的大石头上，半点儿公主样子都没有了。

侍女惨白着脸色走过去，有气无力地提醒：“殿下，在外面不比王宫里，这么多没瞻仰过您的仪容的勇士看着您呢。您这个模样，有损公主威仪。”

顾念钩着根狗尾巴草，一边在手心里缠着把玩一边笑：“我有你损吗？你跟在我身边这么多年身体还这么差，只不过骑了一路的马，就颠得吐成这样，你丢人大了去了。”

侍女含泪道：“哪国公主跟您似的，从小就上树掏蛋下水摸鱼，进可御马骑射退能舞刀弄枪？这两年，我还以为您迷途知返开始修身养性了，原来都是避着我偷偷训练……”

顾念和这贴身侍女关系名为主仆，实则亲近如姐妹。侍女发起牢骚来没完，顾念正愁怎么结束话题，突然听见不远处的水边传来一阵骚乱。

顾念扔了狗尾巴草，嗖的一下从岩石上起身，顺手提起旁边的长矛：“怎么回事？”

“殿下勿惊。”精英小队的队长过来禀报，“是水中捞起来一人。”

“人？什么人？”

小队长踌躇了，似乎斟酌着措辞。

看完热闹跑回来的侍女已经激动得按捺不住，跑来公主身旁，低声雀跃着道：“美人！落水的是个大美人！”

（二）

顾念听了，显然兴致寥寥，坐回岩石上，顺便按住了侍女：“你已经在王宫里见过世面了，学学那各国来使、王子公主，你要学会矜持。”

侍女立刻摇头："不、不、不！殿下，是真的大美人！"

顾念神色懒洋洋的，并不相信："难道还能有我母后美吗？"

侍女下意识地要点头，最后一秒却改口道："落水昏迷的那个大美人是另一种美，是没法和王后陛下相比的，是绝不逊色于王后陛下的另一种美！"

"真的？"顾念难得起了兴趣。

"我当然不会蒙骗殿下了。"

"那好，去看看。"穿着柔软内甲的公主殿下拍了拍手，起身。

精英小队的队长反应过来，连忙阻拦："殿下不可，那落水者尚处在昏迷中，身份不明，虽然是布衣裹身，但也不能确定无害。您身份尊贵，不能让这种——"

"那大美人昏迷着，手无寸铁，更别说盔甲、内甲了，能做什么？"小侍女嘀咕。

顾念虽然用眼神制止了侍女，但也坦然地转向精英小队队长："我说过了，率队出宫就不要拿我当公主了，我只是你们的领队。遇上这样的事情，我去查看也是分内职责。"

精英小队队长犹豫之后，躬身道："那请殿下等候，我这就让人把他抬过来。"

"也行。"

顾念翘首以待，没一会儿那个落水者就被用担架抬过来了。她起身定睛一看，就懂了侍女说的"另一种美"到底是什么了。

昏迷的人一身白衣，身形修长，乌黑长发贴身及腰，白皙的肌肤透着一种冷感，能让人想起北国的冬雪，五官也确实美到了极致。

但这种美的奇异之处，又在于丝毫没有模糊性别。

穿着软甲的公主殿下盯着那人看了几秒，木着脸回眸，对两颊绯红的侍女说："另一种美？"

"对啊。"

"你应该直接说他是个男的。"

"就算是男的，那也是大美人嘛，我又没说错什么。"侍女小声说着，还忍不住又看了那人一眼。

"也对……"顾念赞同地点了点头，转回身去面向精英小队长："毕竟是个活人，让人医治一下，给他烤烤火。这么冷的天气，再冻会儿，人会被冻坏的。"

精英小队队长面露难色。

打算离开的顾念停住："有什么不便？"

精英小队队长低头如实回答："为了防备林中野兽突袭，扎营密集，没有足够的空地安置照料这个人。"

顾念："那……"

队长："这人身份不明，我们又已出边境，不如还是给他些衣物就送去外围，不予理会。"

顾念皱眉看了看篝火外渐浓的夜色里昏暗的森林，说道："送他去外围，不是直接把人送进狼肚子里？”

队长没说话，显然就是这么个意图。

顾念站在原地思索：“行军路上遇到身份不明的人，贸然收留确实是个隐患。”

侍女在旁边露出焦急之色，想说什么，却被公主用眼神打断。

顾念话锋一转，说道：“不过我们此行是绝密，而且征讨的又是恶龙领地，而非人族异国，恶龙领地里那些穷凶极恶的兽类应该不会聪明到骗个人类来做卧底。既然这样，不如收留他，权当为此行积累福报了，还可以杜绝泄密。”

“可是……”

“而且等此人醒后，如果他能走动，我会叫他到安全处自行离去，就算不能——”顾念瞥向身旁面露喜色的侍女，“也要有人负责监视全程，保证没有祸患。”

“是，听殿下的。”队长听面前这个神色慵懒却考虑得面面俱到的公主殿下堵完了他的退路，只得点头，退下不再干涉了。

公主的临时营帐在营地的正中央，空间最大，还生着四处篝火。

随行医者来给担架上昏迷的长发大美人医治完，捋了半天胡子，也只能说出个落水者受寒。

顾念只得把人放在篝火旁，然后和侍女一起，一边无聊地聊天，一边等着睡美人醒来。

“这样说起来，我和这地方好像也算有缘。”顾念在夜色里披上大氅，柔软的毛皮覆盖了冰凉的内甲。她借着夜色里的篝火看见大氅领子处缀着的那条不知道是什么动物的毛，突然有点儿感慨地说道。

侍女正在给她们面前的这一堆篝火加柴，闻言好奇地抬头：“殿下和这里有什么缘？”

“我在这儿救过一次人。”顾念从大氅的衣领处抬头。

侍女愣了愣：“在这儿救人？”

“对！不过准确来说，那也不能算是人。”

“哦？”

顾念歪了歪头，似乎陷入某种回忆里：“算起来已经是十几年前的事情了，那会儿我还不及父王那匹宝马的腿高呢。他和王兄带我出来打猎，然后就在这儿，看见一群贵族少爷在围堵猎杀一个少年。”

侍女惊得脸色一白，手里捧着的热壶都晃出了水：“围……围猎活人吗？”

“嗯，因为那个少年比较特殊。”顾念罕有地露出个俏皮灵活的笑容，“你听说过半妖吗？”

侍女愕然：“就是那种传闻里人和妖兽结合生出的后代？可我听说这种后代存活率非常非常低。”

“对，本身人和妖兽结合的情况已经罕有，这种后代基本在母体里就会死亡了，存活率不足万分之一。听父王说，那也是他一生里唯一一次见到半妖。”

“国王陛下年轻时征战无数，见识过世界上各种奇闻，竟然第一次见……那个被围猎的少年是半妖吗？”侍女好奇得眼睛都亮了。

“是。”

“那他和普通人有什么区别？比如，多了一条尾巴？”

顾念抬眸，果然就见侍女的目光正落在她的大氅的毛领子上。

顾念无奈地道：“不是。当然，也可能有，但他穿着衣裤呢，反正我没看到尾巴。”

“咦，那殿下你们怎么知道他是半妖的？”

顾念抬手点了点眉心：“他这里有个鳞片。”

“鳞片？”

“对，血红色的鳞片，但又像是透明的，有着棱角凸起且质地非常坚硬的鳞片。”

“听起来好神奇。”

“确实神奇。”顾念不知道想到什么，突然笑起来，还压低声音道，“救下他以后，我趁他睡着偷偷摸过，刚一入手冷冰冰的，但是慢慢就会有一点儿温热的感觉，而且里面的血色像是会动——那个鳞片本身就好像一个活物一样。”

侍女听得呆若木鸡。

一阵凉风吹来，她蓦地打了个冷战，脸色发白地看着顾念：“殿下，这……这听着好像很奇怪，就是既可怕，又好像……好像……”

“好像还透着种妖异的美感，对不对？”

“对、对。”侍女用力点头。

顾念拍了拍她的肩膀，笑眯眯地坐回去：“我那时候也是这么觉得的。”

“那后来呢？”

“什么后来？”

“就那个半妖少年啊！他后来怎么样了？”

“没怎么样。”顾念耸了耸肩，“后来他就走了嘛。”

“哎？那你们为什么不带他回国？”

“带回国干吗？换另一批人围猎他啊？”

侍女噎住。

顾念不在意地伸手探向篝火：“半妖在世人眼里可不是什么神奇生物，而是不祥、邪祟和灭世的代名词。如果我们带他回去，他的鳞片藏不住，万一被人发现了，那别说是我，父王也保不住他。”

“那就放他离开了？”

“嗯，不然怎样？”顾念坏坏地开着玩笑，“养他在身边做宠物吗？”

“可那是半妖啊，按殿下说的，万年难得一见的，就那么放走了不会遗憾吗？”

“遗憾？那确实有，不过不是遗憾放走了，而是……”

“嗯？”

顾念托着脸颊仰头看着森林上空细碎的星子，半晌后轻眯起眼，笑道：“我更遗憾的是，当时真的应该问出他到底是什么妖的。”

侍女：“啊？”

顾念回过头来：“你不知道，我那会儿看多了动物报恩的故事，总以为他会回来报恩的。后来我就一直等啊等，后花园里跑过只兔子、狐狸我都怕是他，一定要拎起来好好扒拉一下有没有长红色的鳞片。结果，等了十几年我也没等到，然后才发现那些故事都是人族编出来骗人族小孩子的。”

侍女扑哧一声笑出来：“难怪殿下总是跑去后花园晒太阳。”

“哼！”

被触及“伤心往事”，顾念木着脸，将脑袋转向一旁，余光所及，在篝火后烤着火的大美人身体似乎微微动了下。

顾念眼神一动，好奇地从篝火前起身，朝那边走过去。

侍女还在自顾自地猜测：“不过有鳞片啊，那肯定不是狐狸、兔子之类的妖兽了，鱼应该不会在陆地上，那就是蛇或者蜥蜴吗？咦？听起来怪骇人的。也说不定是龙的近亲？那要是找到它，就能让它和它们恶龙领地那个变态领主恶龙好好商量一下，不要总是欺负我们王国……殿下，您怎么过去了？！”

顾念没理会咋咋呼呼的侍女，走到担架前蹲下身。

长发及腰的大美人就躺在篝火旁，火光照着他绝美而立体的五官，连细长的睫毛都被投下淡淡的影子。

那影子此时像从寒冬苏醒的蝴蝶蝶翼，微微颤着，然后慢慢张开了。

顾念对上了那一双褐色的眸子。

那褐色眼眸流转着淡淡的昏暗的光，漂亮剔透得如琉璃一样。

那种原本只是惊艳的美突然活了过来，变得几近妖异地勾人神魄。

顾念怔住了。

没来由地，她突然想起十几年前的少年额头上那个宝石一样的血红鳞片，也是美得冰冷而妖异。

顾念的指尖触到了冰凉的质感。

她蓦地回神，这才惊觉不知道什么时候，自己竟然不自觉地把手抬起来，还把指尖抵到了大美人的眉心位置。

冷冰冰的触感是大美人的额头。

从昏迷中苏醒过来的大美人也不知道是不是被水泡傻了，竟然完全没反抗，就安安静静地躺在那儿，安安静静地看着她。

两人四目相对。

大美人慢慢盯着她的手腕，眼神深沉又懵懂。

顾念有种在欺负小孩的感觉，讪讪地准备收回手：“我……”

话没说完，她发现大美人薄唇微张，似乎要说话。

出于她从没有过的公主礼仪，顾念住口，决定等他先说话。

然后她就听到这个美得冰冷妖异的落水者望着她，认真地张口。

大美人："嗷——"

（三）

随行医者又来了一趟。

在顾念面前，大美人还有"嗷"一下的兴致，等随行医者代替顾念凑上前后，他就眼皮都懒得抬一下了。

随行医者绕着大美人检查了好几圈，最后走回顾念面前，神色沉重地说："殿下，您救下来的这个人好像是不会说话的。"

顾念木着脸道："这点你来之前我就知道了。"

听出公主殿下语气背后藏着不耐烦的意味，随行医者擦了擦汗："初……初步判断，他可能是落水时头部受了撞击或者其他内伤，导致语言功能暂时丧失。"

顾念没说话，视线越过医者，落到他身后的篝火堆旁。

大美人已经从担架上坐了起来，在几道精英小队队员的提防目光下，非常自若，甚至左右移动着视线，似乎在好奇地打量自己此时身处的这个营地。

这心理素质，是个能做大事的人。

公主殿下懒洋洋地托着脸，没什么表情地想。

顾念不急，有人还是着急的。

侍女听了医者的话，等了一会儿，见顾念还在走神，就小声问医者："那他以后还能恢复语言功能吗？"

医者回答得很谨慎："这个要看恢复情况。"

侍女皱眉，嘀咕："说了就跟没说一样啊。"

医者也权当没听到，找了个借口溜了。

侍女走到顾念身旁："殿下，你打算拿这人怎么办？"

顾念转回来，困得打了个哈欠："你想怎么办？"

侍女叹气："长得这么好看，可惜被淹成了个傻子。要是我们不管他，他恐怕是没办法活着走出这片森林的。"

顾念点了点头："嗯。"

"要不我们就收留他？以后将他带回王宫……"侍女苦思冥想片刻，眼睛一亮，"带回王宫，就算当花瓶摆着也是赏心悦目的！"

顾念从篝火旁起身，敷衍地答道："说得有道理，那就交给你——"

"了"字还没出口，顾念向着营帐前进的脚步就被绊住了。感受到内甲下方传来的阻力，顾念低头，然后就顺着内甲尾摆看到了从篝火旁伸过来的手。

那只手骨节修长且漂亮，在火光下也白得分明。顺着它，顾念很轻易地就能望到那张长发间的美人脸庞。

他不知道什么时候把注意力从周围收了回来，此时坐在那儿，仰头望着她，眼神深沉、澄澈又专注。

“嗷——”他声音很轻地朝她叫唤了一声。

顾念心弦一动，弯眼笑着，蹲下身停到大美人面前。刚想说话，顾念又顿住了。大美人似乎非常非常高的模样，她这样蹲到他面前，竟然有比坐着的他矮一些的架势。

顾念不自在地假装活动了一下腿脚，又站了起来，最后扶着膝盖弯腰看着他：“你想跟我走？”

大美人：“嗷。”

顾念摇头：“不行，我是要去睡觉。”

大美人：“嗷。”

顾念：“你不能跟我一起睡。”

大美人：“嗷？”

顾念：“因为他们肯定不让。”

大美人：“嗷。”

被大美人用失落又委屈的眼神盯着，顾念不知道为什么罪恶感丛生。

她回头试图向旁边寻求认同，然后注意到了侍女和精英小队那几名负责在她营帐外守卫的队员目瞪口呆的神情。

顾念被盯得不自在，起身道：“这么看我做什么？！”

“殿下，”侍女震惊地跟着她的身影抬起视线，“您能听懂他在说什么？”

顾念低头，对上大美人澄澈的眼，理所当然地道：“看他的眼神，不是很好懂吗？”

侍女摇头：“完全不是。”

“哦？”顾念没在意，“那可能就是我天赋异禀吧。”

侍女：“这……”

顾念转身要回营帐休息，不过被某道始终没再脱离她的身影的目光锁住，犹豫了下，又回头道：“给他搭个帐篷，就在我这顶旁边吧。”

“是。”

顾念对上篝火旁那双眸子：“等明天一早，我就会来看你的。”

“嗷。”大美人眼睛熠熠生辉，温柔地低唤了一声。

大美人的恢复速度飞快。

到第二天傍晚再次扎营休息的时候，顾念就发现他已经能单个地蹦出一些字了。

等到三天后，到达恶龙领地外围时，除了语速缓慢且多停顿，他已经能像普通人一样正常交流了。

这一度使得那位医者惊叹不已。

最后一次诊治时，侍女在旁边不确定地说："可他真的是在恢复吗？我怎么感觉他更像是在学习和模仿我们呢？"

"当然是恢复。"医者不满地辩驳，"如果没有过往的记忆基础，人怎么可能会有这么恐怖的学习速度？"

"他长得这么美，说不定不是人呢？"

"胡说，而且人族已经是百族之中最为聪慧的生物了，妖兽都是体魄强悍但无比愚笨，这才是平衡。"

侍女虽不太服气，但显然也被这个说法说服了。

顾念一听他们吵嘴就昏昏欲睡，到此时支撑着精神问医者："那他就是没问题了吧？"

"是的，殿下。"

"好，这一趟麻烦你了。"顾念起身，走到合眼靠在树下的那人面前，停下后低声问："修？"

靠在树前的长发美人蓦地睁开了眼，琉璃似的褐色眸子在叶子间隙投下的阳光里，像星子似的熠熠闪光。

这个名字是在他能够说话的第二天，由他亲口告诉顾念的。

顾念弯腰，轻声开口："我们接下来就要进入恶龙领地了，那里妖兽密布，而且听令于恶龙，每一步都会非常凶险。"

修缓慢点头。

顾念："所以为了你的安全，我建议你停在这里。如果我回来了，那我会带你一起回我的王宫；如果我没回来，那我的下属也会带你回去。"

出乎顾念的意料，这个从被她救下至今就一直对她言听计从的修竟然摇头了。那双褐色的眸子凝视着她，他声音低缓却坚定地道："一起。"

顾念微怔："你也要进去？"

"嗯。"

"为什么？里面太危险了，我是来征讨恶龙的，这是我的使命，但不是你的。"

"一起。"修低声重复了一遍，大约知道这种坚持不足以说服顾念，在停顿片刻之后又开口，"我……比你们……更了解。"

顾念愣住。

片刻后，她惊讶地示意了一下身侧的方向："你了解恶龙领地？"

修摇头。

顾念迷茫了。

修一字一顿地纠正："龙城。"

顾念怔然地思索几秒，恍然大悟，问："你的意思是，这里不叫恶龙领地，真正的名字叫龙城？”

修露出一丝温柔的笑，点头。

顾念是第一次听说这个名字，看修的反应不似作假，而且他也没必要在这个问题上蒙骗她。

顾念：“你对恶龙领……对这座龙城非常熟悉，是吗？”

修点头。

顾念：“那你也知道怎样才能穿过恶龙领地，到达传说里的恶龙城堡？”

修想了想，再次点头。

顾念惊喜极了。

恶龙领地神秘且危险，对人族来说就是禁区，能来到这边的人已经是人族里百里挑一的勇者，但绝大多数人无法活着从里面离开。能活着出来的那极少数人也完全不知道自己怎么出来的，更谈不上了解了。

而如果有人熟悉恶龙领地，还能带他们以最小的伤亡代价穿过这片险地抵达恶龙城堡，他们此行的成功可能性就会最大程度地增加。

“你可以把地图画下来给我们。”顾念在对方坚定的目光下迟疑着改口，“你真的要跟我们一起去？”

“嗯。”

“会很危险，就算你熟悉那里，龙城里的那条恶龙也是很危险的。”

修沉默之后，低声道：“它睡了。”

顾念怔了怔，片刻后惊喜地起身问：“你的意思是，那条恶龙现在陷入沉睡了？”

“嗯。”

“那我们必须抓紧时间，在它苏醒之前赶到龙城。你在这儿等我，我去通知精英小队，即刻拔营！”

顾念转身就要走向营帐区，迈出去几步后，身后突然响起修的声音。

“殿下。”

“嗯？”穿着轻铠的公主殿下转身，站在背光的树下，眉目染笑。

修望了她一会儿，问道：“你想，杀了它吗？”

顾念想了想，点头：“人族别无选择。”

修沉默。

顾念迟疑地转回来：“你是不是……？”

“我会帮你。”

顾念怔住。

她看见，迎着身后的光，树下的人起身，长发在他身后微微拂动，他眸子里的笑意温柔缱绻。

“我会帮你，杀了它。

“杀了它以后，就带我回宫吧……殿下。”

（四）

恶龙领地的传说已经在人族里流传几百年。

吟游诗人把那些凶险恐怖、九死一生的历险故事编成诗歌，于是人族的孩童都对这里的凶险谈虎色变，大人们会恐吓说“再不听话就把你扔到恶龙领地里”，那时再疯闹的孩子听见这话也会被吓得噤声。

所有人都知道，这是人族的禁区，是被诅咒的黑暗之地。

传闻说，在黑暗之地的核心，越过整片恶龙领地，就能看到与月亮并肩的恶龙城堡。偶尔有旅者经过领地外的森林，会在长夜尽头听到高亢清亮的龙吟。

但是没人见到过那座城堡，勇者的尸骸累累，铺向进入龙城的路。

传说却在今天终结——

跋涉过死一样漫长的寂静领地，斩开最后一片交错成网的荆棘，顾念一行人终于看到这片长夜的尽头。

出现在他们视野里的，是一座狰狞而嶙峋奇异的古堡。

月色下，高耸恐怖的影子如庞大巨兽，仿佛要把夜穹都吞噬遮蔽。

“是恶……恶龙城堡……”精英小队里有人在打了个寒战之后蓦地回神，颤声说道。

顾念如梦初醒，皱眉回头。

修那长长的身影平静地站在她身后，乌黑长发从他肩头散下，清冷的月色都能从上面滑落。

他微微仰头望着那座在夜色里让人胆寒的城堡，眼神却平静无波，仿佛那城堡才是要仰视他的低贱之物。

但刹那过后，他垂首，温柔无邪的视线对上顾念的眼眸：“殿下？”

顾念回神，轻叹了口气：“谢谢。”

“谢什么？”

“有你在，我们才能这么顺利地抵达这里。”

“为殿下，这是我应做的。”

顾念确实没想到他们能够这样畅通无阻地走到这里。

除了战马在刚进恶龙领地的边缘时就被空气中的某种妖兽留下的气息吓得四下逃窜跑散外，接下来的一路上，他们竟然没有遇到任何一头进犯的妖兽。

路旁那些累累白骨，无一不在诉说着这条路上的血腥和凶险遭遇，但领路的修就好像有一种神奇的感知力，能带他们完美地避开任何凶险。

所以一路至此，除了有人误食剧毒野果外，人员上没有什么折损。

这显然要全部归功于修。

顾念原本应该庆幸惊喜，但这一路近乎死寂的漫长路途，让她的心底慢慢滋生出一点儿不安情绪来。

恶战在即，她没那么多时间考虑。

顾念转身，对精英小队队长低声道："传令让所有人原地休整，不要生火，不要有任何声响，准备进入。"

"是，殿下。"

需要休整的人自然也包括顾念。

她坐在岩石上一边喝水一边休息时，她的侍女从队伍后面的角落里偷偷溜上前。

在进入恶龙领地外围时，侍女含着泪花表示生随死殉，一定要跟在殿下身边。但这勇气和忠心显然并不能作为身体素质的加成，丝毫没耽误她一路都吊车尾般落在最后面。

到此时，侍女依旧小脸惨白。但她难得地绷着脸，看起来很紧张的样子，贴近顾念。

"殿下……"

"嗯？"顾念抬头。

"您觉不觉得这个修有点儿怪异？"侍女不安地看着站在远处荆棘边的那道修长身影，"他怎么能……怎么能做到领着我们在恶龙领地里穿行还不遇到任何危险，就好像对这儿了若指掌似的？"

顾念点头："很神秘。"

"这不是神秘的问题。"侍女扭回头来，"您觉得他……真的是人族吗？"

"嗯。"顾念答得笃定。

"殿下为什么这么确信？"

"我们的战马呢？"

"跑……跑了？"

"嗯，动物对妖兽的气息比人类敏感多了。如果他不是人族，那它们早该有反应。"

侍女恍然间松了一口气，肩膀也放松地垂下来："也对，就是他实在太神秘了，所以让我都开始胡思乱想了，这世上怎么可能有妖兽能化为人形？"

似乎想到什么，侍女的话声蓦地停住，她看向顾念。

顾念和她对视后，了然一笑："当年救下的那个半妖少年，除了额头有鳞片外，战马和豢养的牛羊都不敢靠近他。"

"太好了。"侍女这才完全放下心来。

顾念手里盛着水的水壶被她晃了晃，安静之后，她突然轻声说："而且就算他不是人族，我也不会做什么。"

"啊？"侍女一惊。

"就这件事而言，过程不重要，结果重要——我的目的只有一个。"顾念看向视野里蛰伏的城堡，“斩杀恶龙。”

“殿下……”

身着轻铠的公主握着长矛起身，侧身对着昏暗里侍立在侧的精英小队队长声音坚定地道：“出发。”

“是。”

那是一场恶战。

在踏过城堡大门，眼前昏暗的一切突然变成白得刺眼的天地飞雪和冰冷割面的凛冽寒风时，顾念才突然想起来，自己曾在王宫藏书中的一本古籍里看过，传说中的恶龙最擅长制造幻境，杀人于无形。

顾念来不及提醒所有人。

冰天雪地里凶恶的狼群妖兽、熊熊的火海里食人的岩浆蜥蜴、刺骨刀山下冷酷的傀儡士兵……精英小队的人一个接一个地在她身旁倒下，鲜红的血染遍她的视野。顾念没有停留更没有后退，踩着脚下淌成河一样的血水，一步步向前。

幻境也有尽头，只要她斩杀了那条在沉睡里都能布下这种幻境的恶龙，那所有在幻境里死去的同伴都能复活。

遮蔽在王国上空的浓重阴云也终将被驱散。

最后一境，侍女的血染红了顾念的轻铠。

侍女倒了下去，向着顾念脚边匍匐。顾念伸手去拉她，然后亲眼看到那只手穿过自己的手，像幻影一样消散。

一并消散的还有她眼前无尽的幻境。

不知何时，顾念已经独身一人站在城堡的最深处。

她面前的那扇十人高的门大开，门内珠玉、玛瑙、黄金、宝石像被随手弃置的石头一样，堆满了那个比她的王国王宫都大的房间。

数十根承重巨柱之间，能晃瞎人眼的宝物堆积成一座璀璨的大山。

一条漆黑的龙盘绕其上，龙尾就甩在顾念的脚边，长长的身子绕着整座金山，而它硕大的脑袋靠在山顶正闭目安睡，龙嘴里紧衔着一件东西。

那件东西应该是纯金做的，从一半藏在龙嘴里的轮廓看，像是纯金椅子似的东西。

那恶龙睡得静谧，似乎完全没察觉老窝已经被人端了，舌头还时不时舔过那纯金的“椅子”，像是在梦里都爱不释手。

望着憨态可掬的恶龙，顾念眼神冰冷。她看见的不是眼前这一幕，而是无数个同伴在自己眼前倒进幻境被虐杀的画面，是无数座城池在它那条龙尾下崩毁。

顾念握紧了手中的长矛。

在她跨出第一步前，一双手遮住了她的眼睛。

黑暗来得突然，顾念蓦地停下，侧过头，在血腥气味里感觉到一点儿淡淡的冰片似的凉意：“修？”

“是我。”

那个声音温柔、低沉。

这温柔的声音在肃杀的气氛中让人恍惚，顾念怔了片刻才回过神问：“你要做什么？”

“斩杀恶龙这种事情，还是应该我来为殿下做，不是吗？”

“你——”

“殿下只需闭目静候就好了。您想要的一切，我自会送回到您的脚下。”

修的声音像具有某种魔力。

顾念在他的话声里不自觉地慢慢合眼。等到他的双手松开，她眼前依旧一片漆黑。

顾念听见脚步声从自己身旁走了过去。

死寂之后。

一声骤然响起的龙吟，像自远古的时间长河里激荡而出，昂然直上，撕破了苍穹，翻覆了日月与天地。

顾念惊慌地睁眼。

最后清明的意识里，她只见到漫天的金光与血雨，龙吟响彻上空，龙身垂死挣扎扭动着。

只有一件东西跌落，重重地砸在她面前，是龙沉睡时也衔着没舍得松口的那把纯金“椅子”。

可是……原来那不是椅子，而是陪了她很多年，被恶龙掠走的她的梳妆镜。

顾念心里蓦地一恸，随后陷入了黑暗里。

她再睁眼，已身处龙城外的王国边境。

星子细碎地散在漆黑的夜空中，朝着躺在藤蔓织成的睡网里醒来的公主眨着眼睛。

顾念呆了片刻，猛地翻身坐起：“修？”

篝火旁，修那长长的身影一僵，褐色的眸子温柔地回望：“醒了？”

不等顾念回神，旁边一道影子冲了过来，带着哭腔道：“殿下，您可终于醒了！吓死我了！”

顾念茫然地看着伏到她腿前恸哭的侍女。幻境里侍女倒在自己面前的那一幕还在脑海中，她仿佛还能记起溅到她冰凉铠甲上的鲜血的温度。

而眼前……

顾念抬手，在伏到她膝上哭的侍女的头顶抚了抚。

侍女脸上挂着泪花，带着哭腔往后躲：“殿下，我们不是说好了以后不……不摸我的头了？！”

顾念怔了怔，莞尔：“还好，是真的。”

“什么……什么是真的？”侍女哭得眼睛通红地问。

顾念愣了下，收回手，低头问她：“在龙城城堡的幻境里的事情，你都忘了？”

侍女茫然地摇头：“进了城堡以后的所有事情我都不记得了，其他人也一样。”

“那你们是怎么回来的？”

“就好像做了一场梦，梦里有个声音一直赶着我们离开，然后清醒过来的时候，我们就已经在这儿了。”

顾念下意识地看向篝火旁的男人。那人已经起身，只朝她递出一个含笑的安抚眼神。

不等顾念再开口，身边侍女突然兴奋地说：“对了，殿下，你看！”

“什么？”顾念顺着侍女举高了指向她身后的手臂望过去。

在她身后，原本的恶龙领地已然消失不见，取而代之的是一片广袤无垠的天坑。

深不见底的天坑里飘着云雾，而在仿佛无尽头的天坑正中间，一座擎天的石柱耸立着，是恶龙盘柱的雕塑。

而龙首正是那座看起来嶙峋而奇异的城堡，孤立于万丈天坑之中。

顾念看得失神。

侍女在旁边兴奋得面色通红：“殿下，您真的做到了！从此以后人族和恶龙城堡就天堑相隔，恶龙领地和上面的妖兽族群已经全部消失了，人族再也不会受它们骚扰了！殿下您一定会成为最神圣的传说！殿——咦，殿下，您要去哪儿？”

披着大氅朝天坑走去的公主没有理会她的声音。

侍女着急地想追上去，却被一只手臂拦住。她身影微僵，回头看向拦住她的那个长发美人：“修……阁下？”

侍女不知道原因，只知道结果。从那片被诅咒之地回来以后，他们这一行人中的每一个，都对面前这个看起来温柔无邪的长发美人自心底生出一种敬畏感。

而那人对他们温和如故分毫未变，但近乎冷漠地一视同仁。

“我过去就好。”

“是。”

迎着夕阳的余晖，修走到站在天堑前的公主身侧。

她没表情地望着脚下深不见底的云雾，眼神黯然，好像没什么情绪，又好像在难过。

她问：“它死了吗？”

修：“死了。”

顾念眨了眨眼，又想起在失去意识前，看到的被那条恶龙宝贝似的在睡梦里都要衔着的梳妆镜，心底有种很不好的感觉。

像是应验了她的感觉，修那长长的手在她眼前张开，他声音温柔地道：“这是它的逆鳞。”

那是一片血红色的、宝石一样的鳞片。

顾念咬住嘴唇。

耳边那人温柔地笑道：“现在它是殿下的了。”

声音冷得入骨。

（五）

公主回王城那天，是英雄凯旋。

从边陲小城开始，公主侍卫队所过之处万人空巷，众人夹道欢迎。人族内口口传颂着这一趟龙城之行的惊险与奇异遭遇，折服于公主殿下的惊天壮举。

昔日死于龙城中的勇士已经被遗忘，唯有成功斩杀恶龙且活下来的人成为勇者中的传奇；而过往提起恶龙就会笼罩上来的阴影和噩梦，到今天则只为英雄加冕的荣耀上增添一抹瑰丽的色彩。

但“传奇”的主角郁郁寡欢。

从边陲到王城的一路上，顾念连那顶公主轿都没怎么下过。

距离王城只剩最后一段行程，公主的仪仗队在两城之间休整，精英小队的成员聚在一起闲聊。

“走的时候还是和我们一同骑马，怎么凯旋途中，殿下反而要乘公主轿了？”

“或许是受了伤？”

“不可妄言！殿下英明神武，如此英雄，怎么会受伤？”

“没错，一定只是累了。”

“不过我听说，殿下醒来以后就去了那恶龙领地崩毁后的天坑旁边，回来的时候眼睛通红呢。”

“这……这……或许是受恶龙荼毒残害太多年，终于功成，殿下太激动了。”

“有可能。”

“殿下心系苍生，果然——哎呀，修阁下，您怎么出来了？！”

精英小队成员中的一人在偶然抬头间骤然惊呼，其他人吓得也连忙从石头上爬起来。

几人慌忙整理头盔、铠甲，金铁相碰发出沉重又清越的声响。

侍卫们口中的阁下正站在一旁，一身不设防的布衣，长发垂后，神色温柔，完全像个手无缚鸡之力的贵公子。

即便如此，这些握着闪耀锋利寒芒的长矛的侍卫也没一个敢轻视他，甚至不敢和这个长发美人对视，那种畏惧感发自心底，又不知缘由。

但不知缘由更叫人畏惧。

长发美人对他们的敬畏熟视无睹，温和地笑着问：“殿下还没出来吗？”

“是的，阁下。”

“那我去看看。”

“这……”

为首的侍卫小队成员想阻止，但一个字刚出口，就对上了长发美人看过来的温和视线。

他顿了顿，声音憋在了嗓子眼里，没能说出第二个字就匆忙低下了头。

修平静温和地收回视线，转身走向公主轿。他到公主轿外的时候，正见侍女愁眉苦脸地从里面出来。

侍女抬头见到长发的修，表情迟疑了下：“阁下？”

“我来看望公主。”

“殿下身体不舒服，可能不方便见您。”侍女愁得低下视线示意了下手里的东西，“今天中午准备的餐食，殿下又没吃几口就让我拿出来了。”

修的目光在托盘上掠过，很快他就抬起视线，伸过手去：“给我吧。”

“不……”侍女本想拒绝，但甫一抬眼，就见那人缓缓上前，眸子里像是带着某种不可违逆的威严气势——她几乎是全凭本能地就把双手拿着的托盘送上前去。

等蓦然回过神时，侍女回身，只来得及瞥见大美人最后一片衣角没入公主轿的外帘之中。

侍女一身冷汗，开始努力回忆方才片刻间发生的事情，但什么细节都想不起来，唯一残留在记忆里的就是一双……一双微微泛起金色的瞳孔。

侍女慌乱不安地朝着公主轿迈出一步：“殿下，您——”

“没关系，你回去休息吧。”

公主轿内传出女声，轻柔而慵懒的语调是侍女再熟悉不过的。

侍女这才松了口气，转身像逃跑似的离开。

顾念说完话以后就收回视线。

公主轿内可以说是麻雀虽小五脏俱全，隔着张精致的矮桌，毫不见外的长发美人就坐在她对面。

餐盘上她没碰两口的东西被修漂亮的手指一件一件地摆回来。或许是那人手生得好看，那些叫她没食欲的餐食上桌的过程她都忘了阻拦。

等回过神时，面前的小桌已摆满了东西，顾念皱起眉想说话。

“你在看什么？”修声音温柔地先发制人。

顾念对着手心里的东西犹豫了几秒，还是慢慢把手从桌下抬起来放到桌上，拢起的五指慢慢展开，伸平，一块宝石似的鳞片在她白净的掌心上展露出来。

修似乎并不意外，无所谓地望了那片逆鳞一眼，就没什么留恋地抬起视线看向公主：“殿下喜欢？”

顾念抿唇不答。

她没说话，只是忍着，因为知道自己一开口就会说出很过分的话——她不喜欢修对它的态度，在他眼里这龙鳞像是一件礼物——一件染满了它的血的礼物。

这没什么不对，如果她将这片龙鳞的来源宣布出去，世界上所有人族都会欢呼、庆贺，他们眼里那条恶龙死不足惜。

原本她也是为这个来的。可如果这片龙鳞就是那个半妖少年的，如果它并不想作恶，如果它在难得苏醒的日子里一次次逼近王国边陲，只是不会说话，只是想讨来几件她的东西，像那个梳妆镜一样被它衔着把玩，那么它真有理应被杀死的大错吗?

可不管有没有，它已经死了，连逆鳞都被撕了下来。她又想起在她昏过去前听到的那痛苦的龙吟，还有那片血雨……

顾念紧紧闭了闭眼，手指再一次合拢。逆鳞坚硬的棱角几乎被她嵌进掌心，之前还会疼，现在却已经麻木了。

“我认识它。”很久之后，顾念听见自己用很轻的声音慢慢开口，“我只是不知道是它，其实原来我就认识它。”

修慢慢抬起眼帘，褐色的眸子里压抑着某种亟待挣出的幽暗情绪。他温和地问：“殿下不舍得了？”

顾念沉默很久，轻声道：“我只是后悔了。”

“后悔什么？”

“后悔……那时候我或许应该把它留在身边，至少教会它该怎么跟人族交流，该怎么提出要求。”

“要求？”修垂下眸子，嘴角却微微勾起，“什么要求？”

“无论什么要求，如果人族能够满足它，能够有不被它威胁的希望或者可能，那人族就都不会和它殊死搏斗。”

“什么要求都可以？”

顾念握紧鳞片，那种冰凉的触感一直凉到她心里。她觉得难过，想大哭一场。

可她是人族的英雄，是王国的勇士，不该在凯旋时为一条恶龙而哭。

顾念声音低得发哑：“什么要求都可以。”

修倏地笑了：“即便那恶龙要的是殿下您？”

顾念怔住。

那声龙吟，还有血雨里摔落在自己面前的梳妆镜，声音和画面一并闪回到她面前。

顾念似被那片血红的雨淋得微微战栗，更紧地握住了鳞片，嫩嫩的皮肤终于没能扛住锋利的棱角，一丝血迹慢慢浸入那宝石似的鳞片里。

顾念没察觉，声音微颤地道：“如果能够预见这样的结局，那我愿意选择另一条路。”

“什么？”

修目光一闪，若有所察地望向顾念的手心，看见鳞片下仿佛在流动的血色里那一抹独一无二的痕迹。

顾念回神时，见修还望着她手里的逆鳞。她低头看了一会儿，问：“撕下来的时候，它一定很疼吧？”

修眼神微闪了下，须臾后垂眸笑道：“不疼。”

顾念怔然抬头。

修声音温和地道：“这片逆鳞是它自愿献给殿下的。”

“啊？”顾念僵了两秒，失笑地自嘲，“可我是去杀它的。它如果知道，应该恨死我了。”

“不会。”修声音温和，像承诺似的说道，“从很多年前它就一直爱着殿下了。无论殿下对它做什么，龙是不会变心的。”

“嗯？”顾念听得一怔。

等回过神时，她下意识地想追问什么，但公主轿外已经传来侍女的声音：“殿下，王宫传信，陛下催我们尽快回宫了。”

“我知道了。”顾念深吸一口气，压下情绪道，“传令下去，拔营。”

“是，殿下。”

公主凯旋，王宫连续庆贺了三天，乐声不绝。

英雄传奇常有些绯闻做伴，这次也不例外。庆贺还没结束，王宫内的侍女之间已经传开一个流言——公主此去龙城，不但屠了恶龙，覆灭恶龙领地，还带回个美得近妖的大美人。

而且公主也不避嫌——大美人自从跟着公主殿下回宫以后，就住进了公主寝殿的旁殿，两人天天在殿内密会，连殿门都不出。

“我那天恰巧从公主寝殿院外走过，亲眼见过，真是个大美人！”

“有多美？”

“听说是男版的王后陛下，比之毫不逊色，所以都说他不是人族呢。”

“不是人族？”

“那应该不会，我之前去公主寝殿送东西，还从那人身边走过去来着。虽然他确实美得很，但气息很干净，一点儿都没有那些妖族身上的恶心味道。”

“可是他若不是妖族，那怎么会从征讨恶龙的路上被带回来？”

“哇，难道是殿下从恶龙领地带回来的战利品？”

“对、对，我就听说过这种说法，还有说是殿下在路上救下的。”

…………

诸如此类的流言在宫里很快就传开了，一贯好脾气的王后听到之后都冷了脸，重罚了传谣的宫人。

这谣言也传到了公主寝殿里。

顾念听到时，正在与传闻中的大美人“密会”——下棋。

她寝宫里的小侍女支支吾吾，说一句看一眼白袍长发的美人，好半天才终于说完此事。

贴身侍女听得恼怒，撸起袖子要去教训那群乱嚼舌根的宫人，却被顾念拦下了。

“不用管他们。”

从龙城回来以后，公主殿下变得比以前更慵懒了。以往她还时常去后花园晒晒太阳，如今等着来报恩的少年已经不在了，就连后花园都懒得去了。

顾念闲拨着棋子，说完就缩回手窝进摇椅里。

贴身侍女跑回来：“殿下，真不管他们？”

“嗯。”

“可修阁下是国王陛下任命的公主侍卫长，他们却传这样过分的流言，诬蔑了殿下您的名声，相信修阁下应该也不能容忍他们这样吧？”

“我是没什么关系。”顾念剥开手边的橘子，随口问道：“修，你介意吗？”

侍女眼巴巴地看向对面的人。

长发白袍的美人一拢衣袖，一边落子一边温和地道：“能和殿下一同被卷入流言，是我求之不得的荣幸。”

侍女：“这……”

顾念听得怔了下，然后笑起来：“我觉得从回到王宫以后，你说话也学他们，越来越会挑好听的说了。”

修落下棋子，抬起头，温柔且认真地说：“只是我以前不会表达。”

顾念玩笑地问：“所以是真心话？”

“是。”

顾念一笑置之，不知道是信了还是没信。

侍女在旁边看得无奈：“殿下，就算您不想计较，王后陛下也一定是不会轻易放过那些人的。”

顾念不在意地点了点头：“那就随她计较嘛，反正不用我劳心劳力。”

“殿下，王后陛下如果真想计较，您是脱不开干系的。”

“嗯？”顾念将手里的橘子放下，茫然且无辜地抬头，“他们传的谣言和我有什么关系？”

“王后陛下应该会让殿下您……”侍女顾忌地瞥了一下对面垂着眼的长发美人，“让您和侍卫长阁下避嫌。”

顾念摆了摆手：“不会，以往他们都不管我的。”

“殿下，这次不同以往。”

“哪里不同了？”

“殿下您没听说吗？”

“听说什么？”顾念茫然地问。

侍女迟疑了几秒，低声道：“邻国王子来求亲的仪仗队已经到王城外了。”

棋桌对面，长发美人蓦地停下动作。

须臾，他淡淡地抬起眼，脸上温柔的笑意仍在，眼神却冷得像冰封的湖面。

（六）

月明星稀，王宫寂静。

公主寝殿外灯火通明，侍女们步履匆忙地进进出出，极低的议论声在纷杂的脚步声中显得细碎，只有零星入耳。

“那位殿下生得可真英俊啊！他看着我们公主殿下时可是目不转睛呢。”

“毕竟人家是来求亲的嘛。”

“可公主殿下对他似乎没什么好感，席间都没做过回应。”

“正常，公主殿下身边有修侍卫长那样清雅不凡的人，哪还有什么皮相打动得了她？”

“也是，不过婚事上，公主殿下竟然不反对，这可叫我大吃一惊呢。之前她不是还为这事和国王陛下顶嘴，结果被禁足了好久吗？”

“这我知道，听说是陛下在公主出征恶龙领地前就跟她说好了，只要她回来，立刻就要成婚呢。”

“难怪……”

“我们公主殿下英武不凡，可惜是女儿身，又长在王宫里……历代皇室里，哪有公主能终身不嫁的？或早或晚罢了。”

“没错，公主殿下在王宫里多待了两年罢了，那些王公大臣就三天两头地提成婚的事，没完没了。”

“唉……”

…………

议论声在远去的步伐里被夜风吹散了，尾音绕在树梢间，融进枝头挂着的那轮圆月里。

圆月的清辉映着两道影子，那影子落在侍女们穿过的行廊上方整齐叠着的琉璃瓦上。

公主殿下没半点儿公主仪态，懒洋洋地靠在琉璃瓦的中脊处，撑着胳膊仰头看天上的月亮。

“真要走吗？”她身旁的人温柔地问。

“嗯。”

“为什么？”

“原因她们不是讲了吗？”顾念晃了晃脚尖，懒懒地道，“皇室不比平民家，公主总要嫁人的，留的时间久了，王公大臣们难免有疑心。”

“你不同。”

“我当然不同了。”顾念笑着低头，“屠了恶龙的公主殿下更留不得了。王兄从小护我、顾我，我惹出来的乱子总是他代我受过，我可不能陷他于两难之地。还是趁他出征未归，趁父王、母后身体安健，我趁早嫁出去，这才能让他们省心。”

清风徐徐，长发微拂的美人不说话了。

顾念却没放过他，歪着身子望着他问：“之前回程路上我就问你，你冒险帮我引路、代我屠龙，到底求的是什么？你也不回答。”

修不动声色，抬眸看着顾念。

顾念在月下，嘴角微弯着：“趁我在王宫里还有最后一阵的公主做，你快把愿望说出来，我好替你实现。不然等我的送亲队伍出了王城，可就没人听我的了。”

修仍不说话，只是望着她。

在这样的夜里，他褐色的眸子与墨无异，透着叫人捉摸不透的幽暗情绪。

顾念也不着急，就耐心地等着他，顺便单方面地与他玩谁先眨眼谁就输的游戏。

这样对视许久，她见到那双眸子里好像泛起一点儿波澜。

“殿下真的甘心吗？”

“甘心什么？”

“就这样嫁去异地，背井离乡，永不归来。”

“皇室公主的命运罢了。我生来锦衣玉食，享受了别人无法享受的一切，有什么资格在承担责任的时候就说自己不甘心了？”

“好。”

长发美人拂袖起身，似乎就要离开。

顾念眨了下眼：“你还没告诉我，你到底想要什么呢？”

“我想要的东西里，殿下能给的已经给了。”

“还有我给不了的？”

“嗯。”

“我都给不了的……”顾念显然不信，半是玩笑地问，“那你要怎么办？”

美人在月下回眸，温柔一笑，眼底却像铺了清冷凌厉的月华。

“那就只有抢了。”

“嗯？”

话声刚落，他便纵身从琉璃瓦上跃下。

顾念怔了怔，连忙起身去看——庭院空荡，只余树枝清影在风里微微颤动。

公主殿下停了片刻，也没去找，浑然没了形象，四仰八叉地躺在冰凉的琉璃瓦上。

仰头望着天上的月，她轻叹着笑道：“美人薄情啊。”

公主殿下被邻国王子的迎亲仪仗队隆重接出王宫的那天，举城相送，好些人泪洒街头，活像是自家嫁女儿似的。

顾念趴在九匹宝马拉的垂了三重纱帘的长辇上，扒开一重纱帘往外瞧，街上热闹极了，眼泪鼻涕满天甩。

顾念看得惊奇：“这是给我送亲，还是给我送……”

在第二重纱帘外，背着小布包的侍女同样哭得眼圈通红，闻言仰头瞪向她的公主殿下，不满地道：“您怎么能这么说呢？！”

顾念回头，笑道：“可以啊你，刚出王宫就对我没大没小的了？”

侍女带着哭出来的鼻音说：“是……是殿下您要赶我走的！”

顾念笑着递给她一块手帕：“我这是为了不连累你。”

“怎……怎么说？”

“随着公主嫁去异国的侍女，最后不是被塞给王子当玩物，就是落个不得善终的下场，所以我当然得先放你走了。”

侍女不满地鼓着嘴，显然并不信顾念的话。过了一会儿，她才嘀咕：“您别以为我不知道……”

“你知道什么？”

“您根本……根本就没准备嫁过去吧？”

“嗯？”顾念原本都准备趴回去了，闻言眨了眨眼，好奇地问，“我这不是已经跟着迎亲的仪仗队走了？”

“那是您不想拖累宫里人，当然不能在自家地盘上搞事。”

顾念笑了：“你还挺了解我。”

“我跟在您身边那么多年，您是什么脾性我还不了解吗？您怎么可能是那种肯乖乖嫁给个只有皮相的没用王子安安分分地当王后的人？”

顾念叹气，靠过去，温柔地拍了拍侍女的肩膀：“那你知不知道了解得越多越危险啊？”

“啊？”侍女慢吞吞地往后缩了一点儿，“我就是因为知道，才听您的，自己把行李收拾好了。”

顾念怔住。

侍女低着头道：“我知道，我在肯定会耽误您的计划，还是趁早……趁早自己走了吧……”

侍女说着话，眼圈又红了起来。

顾念哭笑不得：“我不是怕你拖累我，而是我的计划只能让我自己脱身——我总不能把你一个人留在迎亲队伍里吧？”

侍女红着眼道：“那您也可以跟我说您脱身以后想去什么地方，我再跟着您就是了。”

“为什么要跟着我？”

“因为我是殿下的侍女啊！”

“你是你自己，不是别人的什么。”顾念刚正经地说了一句，很快就回到懒洋洋的模样，“再说了，你跟着我，那你的小队长怎么办？”

“嗯？”侍女脸色顿红。半晌她才回过神，躲着顾念促狭的眼神：“什……什么小队长？我不知道殿下在说什么。”

“哦，这么说，我之前那一路上看到你和侍卫小队长拉手手还眉来眼去的，都是他强迫你的？”

“这……这……”

“那简单，毕竟我还没离开王城，这点儿权力还是有的。我这就让人传信回去，让父王下令把这个敢欺负你的小队长——”

“别！”侍女扑了上来。

顾念原本也没准备说下去，此时眼角弯弯，眸里漾着促狭的笑，很不正经地拿眼神欺负小侍女。

小侍女被她闹得脸通红。

“行啦，你找着自己以后的路，我给你留的东西也足够你一辈子衣食无忧了。这叫快乐分手，你非要哭哭啼啼的干吗？”

“可我舍不得殿下……”

“没事，我舍得你。”

“殿下！”

“哈哈，开个玩笑，玩笑。”顾念笑着摸了摸侍女的头，“等我玩够了，偶尔会想起来回来见你的。”

“殿下说真的？”

“嗯，真的。”

“不……不能骗我。”

“不骗你。”

迎亲仪仗队出了王城，没人注意到队伍里少了个小侍女，一路向边陲行去。

直到离开王国边境，队伍前行的中途稍稍改了方向——

迎亲队伍里那位英武的公主殿下从离宫以后，提了唯一一个要求，说是要在去他们王国前，去那已经陷落的恶龙领地的天堑看最后一眼，祭奠死在这片土地上的勇士们。

这种要求，迎亲仪仗队的人自然只能答应。

拒绝了王子陪同，顾念等侍从们在天堑的崖边摆好祭桌，就以自己要单独祈福为由遣散了侍从。

祭桌方方正正，是顾念专门从公主的寝宫里带出来的。

她向来是个不正经的公主，到此时也没乖乖祈福，而是靠到祭桌一角，没什么表情地看着脚边不远处，那儿云雾缭绕。

“走之前来见你最后一面啦。”公主下长辇前就换掉了公主盛装，此时一身平民布衣打扮，“算是我对不起你，今天专程来向你道个歉。至于这个……”

顾念将手里的东西一抛，那块红宝石似的棱角分明的东西在空中转了一圈，坠下来，折射出炫目的光。顾念抬手把它捞住，然后往祭桌上一放。

“物归原主。”她拍了拍巴掌，“从此以后，就算你我两不相欠啦。”

顾念说完，就转过身去拿放在空地上的布包，那里面搁着她提前准备好的东西——与她身上这套穿出来时还特意跑去王子殿下眼前晃了一圈的一模一样的一套衣服，不过里面那套是被撕碎的血衣。

只要她拿出来扔在地上，那效果大概就是，能造成类似公主殿下被什么妖兽袭击，尸骨无存的场景。

顾念一边复盘自己准备好的计划有没有什么缺漏，一边拎起了那只布包。

就在她要打开布包的时候，听见身后——应该是空无一人的祭桌方向，传来一点儿细微的声响。

顾念顿了顿，然后徐徐转身——

一只硕大的龙脑袋趴在天堑崖边，像两颗半个人那么大的宝石似的深褐色眼睛，一眨不眨地盯着她。

“呼——”一口龙气喷在她身上。

“我——”

“呸”字在最后关头被公主殿下强行咽了回去。

顾念从惊悚状态中回过神来，看着明显对她目露威胁之意的恶龙，迟疑地往后挪了一小步，同时露出一个充满公主礼仪风度的微笑：“恶龙阁下，果然还健在啊？”

恶龙没说话。

就像顾念似乎并不惊讶它还活着一样，它似乎也并不惊讶顾念知道它还活着的事情。

僵持中，顾念犹豫了一下道：“我们之间的误会已经解释清楚，逆鳞我也还给你了，我们之间应该两不相欠……恶龙阁下找我还有事吗？”

恶龙望了一眼祭桌上的鳞片。

顾念甚至觉得它不用专程去望，毕竟那么大的龙眼睛哪还有一眼望不到的东西？

不过它还是望了。

顾念就束着手，很无辜地看着那硕大的恶龙脑袋那么慢慢地慢慢地凑到祭桌前。它似乎在鳞片上嗅了一下。

顾念有种被质疑了人格和智商的感觉，保持着微笑道：“我不会在你的逆鳞上给你下毒的。”

恶龙没说话，顺着祭桌移往另一边，还在嗅。

顾念愣了下。

和那双龙眼睛对视着，她好像很轻易就能读懂对方心里在想的事情。

迟疑片刻之后，她轻声道：“这桌子是我从寝宫里带出来的，跟了我好多年，和那梳妆镜差不多，这是专门给你准备的祭桌——”

话音未落，顾念就看见那条恶龙满意地张大了嘴巴："啊呜——
咔嚓咔嚓。
那张祭桌连带着它上面的鳞片一起，被恶龙咬进嘴巴里，嚼了嚼，咽下去了。
这恶龙的形态是拿智商换的吧?
顾念来不及探究和证实这个问题，很快就发现恶龙意犹未尽的目光投到了她身上，那双褐色的龙眼睛里透出一种毫不掩饰的——贪婪之色。
沉浸在那种贪婪情绪里，它直勾勾地望着她。
顾念缓缓后退，缓缓摇头："我的肉不好吃啊。"
恶龙没理她，贪婪又痴迷地凑上前。
顾念僵住。
倒不是她的求生欲不强，而是看出恶龙藏在天堑下面的长长的躯体，就算她先跑出八百米，大概也不够它一弹身的距离。
顾念绝望地闭上眼，别过脸道："那你快点儿，我可不想看见自己被咬得只剩下一半的场景。"
这次轮到恶龙僵住。
静止了几秒，恶龙带着不满的报复感，凑上前张开嘴："嗷——"
顾念被恶龙这一口舔得差点儿没站稳。
睁开眼，顾念急了："你不吃我也别舔我啊，我可就带了这一身衣服，舔湿了我怎么——"
说着她抬起头，和那虎视眈眈地盯着自己的巨大褐色眼睛对视。
识时务者为俊杰。
顾念："随便舔吧，没事，我自己洗干净。"
小姑娘的模样反而惹得恶龙眼底那种贪婪和渴望之色更加急躁地涌动起来。
它左右为难地围着她绕了好一会儿，直到她身后某个方向有声音传来。
恶龙眼睛一眯，片刻之后："嗷——"
伴着一声震怒的龙吟，天堑崖边土石寸寸炸开碎裂，迎亲仪仗队的侍从吓得屁滚尿流地往回跑，一边跑一边鬼哭狼嚎地喊——
"不好了，殿下！公主……公主被恶龙抓走了！"
"什么？"王子从长辇上一跃而下，提起长剑就要往前冲。
又一声龙吟骤然响起，前一秒还晴空万里的天气突然就阴云密布，紫蓝色的闪电蜿蜒游动，云层里轰隆隆地传出闷响声。
一条骇人的巨大身影从崖边腾起，在电闪雷鸣中盘旋升空。
王子蓦地僵住。
他吞了口口水，提着长剑转身上马，朝后疾驰："快！快去传信！恶龙……恶龙又活过来了！"
云层翻滚，电闪雷鸣。

像是恶龙的一声冷笑响过后，那条可怕的长影在电光里盘旋了一圈，扭头直奔向广袤无尽的天坑正中——柱子孤立且与人族领域远隔天堑的恶龙城堡。

片刻后，恶龙寝宫里。

顾念被恶龙衔着，搁在一片非常眼熟的金山顶上，那里铺着一张金光灿灿的床，亮得闪眼睛。

顾念人在龙口下，不得不低头。她强迫自己忘了自己的人类审美，面带微笑地转身。

恶龙绕着金山盘起来，这大概是它习惯的休息方式，然后那颗硕大的龙头就靠在金床边上。

顾念僵笑："我不困，站着就行。"

恶龙动了动脑袋，凑到她面前张开嘴巴："嗷——"

顾念被舔到了金床上。

这身衣服是不能要了。

恶龙舔完她以后懒洋洋地把脑袋靠回金床边上，龙眼睛半张半合，盯着床上的公主。

然后它开口了："你知道我是谁。"

这本身就不是问句，要不是迫于龙威，顾念都不想搭理它。

但是她实在不想再被舔一口了，所以只能捏着鼻子答："修。"她顿了顿，又说，"我比较喜欢你人族的模样，你要不要考虑……"

"不要。"

顾念："嗯？"

这恶龙形态不但得拿智商换，还得拿脾气换？

恶龙又问："你什么时候……怎么知道的？"

顾念躺在金床上，像条既来之则安之的咸鱼："回宫以后，闲着无聊，想着想着就想明白了。"

"想明白什么？"

"你的那些古怪行为，还有修'杀'了恶龙那里，其实是你设下的最后一层幻境吧？"

龙眼睛微微闪动了一下："你怎么知道是幻境？"

"你最后不该给我看那梳妆镜。"

"嗯？"

"那是你的城堡里唯一一个我熟悉的东西，所以我很清楚，从那么高的地方掉下来，就算纯金椅子不碎，那镜子也不可能不碎。"顾念翻了个身，对上褐色的龙眼睛，"可它没碎，我看得很清楚，只是当时忘了。所以我看到的梳妆镜是假的，那个场景是假的，还有与恶龙演了一出戏的修的身份，自然就露出很多破绽了。"

恶龙动了动龙脑袋，喷出了一口龙息。

金山里一只黄金梳妆镜被"吹"出来，落到金床边上。

“你的。”

顾念很清楚地看到，恶龙在送它过来的时候，又偷偷舔了它一口。

顾念：“你们龙是和狼、狗之类的生物有什么同族之缘吗？”

恶龙动了动龙脑袋。

和顾念对视片刻，它似乎懂了她的意思，把龙脑袋往前凑了凑，到金床边才停下。

恶龙盯着她：“上面有你的气息。”

在它说完这句话的时候，顾念很清楚地看到，凑近的那双龙眼睛里再次掀起那种强烈的贪婪和渴望之色。

顾念：“啊？”

她好像按到什么不该按的开关了。

顾念想纠正，可惜晚了，盘绕着金山的恶龙躯体慢慢卷上来，一点点地缠绕到金床上。

然后它俯视着她：“你还有什么想说的吗，殿下？”

顾念一时语塞。

片刻后，顾念头顶那无数的夜明珠蓦地暗淡无光，城堡里漆黑一片。

黑暗里，温热的气息覆上她的身体，柔滑的长发凉凉地垂到她的颈旁。

顾念抓着最后一丝即将消失的理智，艰难地在大美人的唇下别开脸：“那个……你是龙族，而我是人族。”

“嗯。”恶龙俯首，笑着低语，“好——你教我啊。”